经典散文读本

采桑子——主编

北方文艺出版社

图书在版编目（CIP）数据

经典散文读本 / 采桑子主编 .—哈尔滨：北方文艺出版社，2007.7（2018.11 重印）

ISBN 978-7-5317-2178-9

Ⅰ．①经… Ⅱ．①采… Ⅲ．①散文 – 作品集 – 世界 Ⅳ．① I16

中国版本图书馆 CIP 数据核字（2007）第 094690 号

经典散文读本

Jingdian Sanwen Duben

编 者 / 采桑子

责任编辑 / 王金秋 赵 芳

出版发行 / 北方文艺出版社

网 址 / www.bfwy.com

邮 编 / 150080

经 销 / 新华书店

地 址 / 哈尔滨市南岗区林兴街 3 号

发行电话 /（0451）85951921 85951915

印 刷 / 北京高岭印刷有限公司

开 本 / 720 × 1020 1/16

字 数 / 810 千

印 张 / 34.5

版 次 / 2007 年 7 月第 1 版

印 次 / 2018 年 11 月第 4 次印刷

书 号 / ISBN 978-7-5317-2178-9

定 价 / 120.00 元

前 言

散文是一种轻灵、自由的文体，为我国历代文人墨客所喜爱，数千年来，流派异彩纷呈，名篇佳作迭出，一直是中国文学发展史上的一道亮丽景观。从欧阳修的《醉翁亭记》到范仲淹的《岳阳楼记》，再从归有光的《项脊轩志》到徐霞客的经典游记，散文早早就在中国文学的领域里占据了一席之地。

从过去到今时，散文的脉络绵延不绝。在当下，散文更是有了蓬勃的发展契机。它们尽可能地扩大着自身存在的疆界，不断涌现出的散文家亦如雨后春笋。就在我们身边，每年仅成集的散文选，就不下几十种，它们的选本、篇目各有不同，可谓琳琅满目。然而，即使千变万化，唯有一点似乎是恒久不变的：那就是一种文体的平凡、细碎，个性被分解，远离轰动的效应。

之所以这样说，是参照了它的近邻小说。

小说家们笔耕不辍，用自己的辛劳为图书市场打造了一根繁荣、夺目的“产业链条”，它的存在吸引了大量的眼球。它为自己赢得了足够多的绚烂的鲜花与掌声。散文也气息不断，然而与小说相比，究竟逊色不少。这份差距，与散文自身的“形散”“无法聚焦”不无关联，却也名副其实。

当然，与众多文体相较，散文自有它的优势，那就是更加贴近我们的生活。它不是文学史上的“正典”，它是游弋于这个体系之外的飘忽不定的片断；少了正襟危坐，它一如街头巷陌的闲话家常。平实与常态，让人们熟悉它，也因太过熟悉，往往失却敬意。

世上经典美文不少，本书编者也为了给文苑增光添彩，特此汇编了大批名家力作成集，希冀读者或在精练的语言中，或在凝重的思想里，甚而平凡的事件中，能够有所感悟，能够畅享文学的美妙。要补充的是，所谓“名家”“力作”，其实未必论资排辈。由于阅历的不同，知识积累的不同，生活层面的不同，作家为文的形式和内容可谓天差地别。这份自有的不同，彰显的是各家的特色，也构成了散文创作的多样性。因而，名篇也好，佳作也罢，皆以随意、抒发真性情、灵动抓人为准。在这个宽泛的标准下，或有人运斤成风，写就文化大散文；或有人才思细腻，以精致哲思小品示人；更不乏当代作家，将以往的文章统统扫归“传统写作”，而成就了自己的“新生代”……散文的创作从来都不高深，但也难讨一剂良方，令人下笔一日千里。所有的进程，无不暗合散文的意境：细碎、绵长。

行路无疆，没有人为散文作史。

冷落的长河中，文人继续怀揣着各自的心事，在各自的角落里行色匆匆。

且倒一盏清茶细细品味，细啜它的味道兼收并蓄；细看它的色调五彩纷呈；在广袤的天地中，认真领悟那份本真的、内在的妙不可言。

现代部分

现代部分

现代部分

从百草园到三味书屋

● 鲁迅

我家的后面有一个很大的园，相传叫作百草园。现在是早已并屋子一起卖给朱文公的子孙了，连那最末次的相见也已经隔了七八年，其中似乎确凿只有一些野草；但那时却是我的乐园。

不必说碧绿的菜畦，光滑的石井栏，高大的皂荚树，紫红的桑椹；也不必说鸣蝉在树叶里长吟，肥胖的黄蜂伏在菜花上，轻捷的叫天子（云雀）忽然从草间直窜向云霄里去了。单是周围的短短的泥墙根一带，就有无限趣味。油蛉在这里低唱，蟋蟀们在这里弹琴。翻开断砖来，有时会遇见蜈蚣；还有斑蝥，倘若用手指按住它的脊梁，便会拍的一声，从后窍喷出一阵烟雾。何首乌藤和木莲藤缠络着，木莲有莲房一般的果实，何首乌有臃肿的根。有人说，何首乌根是有像人形的，吃了便可以成仙，我于是常常拔它起来，牵连不断地拔起来，也曾因此弄坏了泥墙，却从来没有见过有一块根像人样。如果不怕刺，还可以摘到覆盆子，像小珊瑚珠攒成的小球，又酸又甜，色味都比桑椹要好得远。

长的草里是不去的，因为相传这园里有一条很大的赤练蛇。

长妈妈曾经讲给我一个故事听：先前，有一个读书人住在古庙里用功，晚间，在院子里纳凉的时候，突然听到有人在叫他。答应着，四面看时，却见一个美女的脸露在墙头上，向他一笑，隐去了。他很高兴；但竟给那走来夜谈的老和尚识破了机关。说他脸上有些妖气，一定遇见“美女蛇”了；这是人首蛇身的怪物，能唤人名，倘一答应，夜间便要来吃这人的肉的。他自然吓得要死，而那老和尚却道无妨，给他一个小盒子，说只要放在枕边，便可高枕而卧。他虽然照样办，却总是睡不着，——当然睡不着的。到半夜，果然来了，沙沙沙！门外像是风雨声。他正抖作一团时，却听得豁的一声，一道金光从枕边飞出，外面便什么声音也没有了，那金光也就飞回来，敛在盒子里。后来呢？后来，老和尚说，这是飞蜈蚣，它能吸蛇的脑髓，美女蛇就被它治死了。

结末的教训是：所以倘有陌生的声音叫你的名字，你万不可答应他。

这故事很使我觉得做人之险，夏夜乘凉，往往有些担心，不敢去看墙上，而且极想得到一盒老和尚那样的飞蜈蚣。走到百草园的草丛旁边时，也常常这样想。但直到现在，总还没有得到，但也没有遇见过赤练蛇和美女蛇。叫我名字的陌生声音自然是常有的，然而都不是美女蛇。

冬天的百草园比较的无味；雪一下，可就两样了。拍雪人（将自己的全形印在雪上）和塑雪罗汉需要人们鉴赏，这是荒园，人迹罕至，所以不相宜，只好来捕鸟。薄薄的雪，是不行的；总须积雪盖了地面一两天，鸟雀们久已无处觅食的时候才好。扫开一块雪，露出地面，用一支短棒支起一面大的竹筛来，下面撒些秕谷，棒上系一条长绳，人远远地牵着，看鸟雀下来啄食，走到竹筛底下的时候，将绳子一拉，便罩住了。但所得的是麻雀居多，也有白颊的“张飞鸟”，性子很躁，养不过夜的。

这是闰土的父亲所传授的方法，我却不大能用。明明见它们进去了，拉了绳，跑去一看，却什么都没有，费了半天力，捉住的不过三四只。闰土的父亲是小半天便能捕获几十只，装在叉袋里叫着撞着的。我曾经问他得失的缘由，他只静静地笑道：你太性急，来不及等它走到中间去。

我不知道为什么家里的人要将我送进书塾里去了，而且还是全城中称为最严厉的书塾。也许是因为拔何首乌毁了泥墙罢，也许是因为将砖头抛到间壁的梁家去了罢，也许是因为站在石井栏上跳下来罢，……都无从知道。总而言之：我将不能常到百草园了。Ade，我的蟋蟀们！Ade，我的覆盆子们和木莲们！

出门向东，不上半里，走过一道石桥，便是我的先生的家了。从一扇黑油的竹门进去，第三间是书房。中间挂着一块扁道：三味书屋；扁下面是一幅画，画着一只很肥大的梅花鹿伏在古树下。没有孔子牌位，我们便对着那扁和鹿行礼。第一次算是拜孔子，第二次算是拜先生。

第二次行礼时，先生便和蔼地在一旁答礼。他是一个高而瘦的老人，须发都花白了，还戴着大眼镜。我对他很恭敬，因为我早听到，他是本城中极方正、质朴、博学的人。

不知从哪里听来的，东方朔也很渊博，他认识一种虫，名曰“怪哉”，冤气所化，用酒一浇，就消释了。我很想详细地知道这故事，但阿长是不知道的，因为她毕竟不渊博。现在得到机会了，可以问先生。

“先生，‘怪哉’这虫，是怎么一回事？……”我上了生书，将要退下来的时候，赶忙问。

“不知道！”他似乎很不高兴，脸上还有怒色了。

我才知道做学生是不应该问这些事的，只要读书，因为他是渊博的宿儒，决不至于不知道，所谓不知道者，乃是不愿意说。年纪比我大的人，往往如此，我遇见过好几回了。

我就只读书，正午习字，晚上对课。先生最初这几天对我很严厉，后来却好起来了，不过给我读的书渐渐加多，对课也渐渐地加上字去，从三言到五言，终于到七言。

三味书屋后面也有一个园，虽然小，但在那里也可以爬上花坛去折腊梅花，在地上或桂花树上寻蝉蜕。最好的工作是捉了苍蝇喂蚂蚁，静悄悄地没有声音。然而同窗们到园里的太多，太久，可就不行了，先生在书房里便大叫起来：——

“人都到哪里去了？”

人们便一个一个陆续走回去；一同回去，也不行的。他有一条戒尺，但是不常用，也有罚跪的规矩，但也不常用，普通总不过瞪几眼，大声道：——

“读书！”

于是大家放开喉咙读一阵书，真是人声鼎沸。有念“仁远乎哉我欲仁斯仁至矣”的，有念“笑人齿缺曰狗窦大开”的，有念“上九潜龙勿用”的，有念“厥土下上上错厥贡苞茅橘柚”的……先生自己也念书。后来，我们的声音便低下去，静下去了，只有他还大声朗读着：——

“铁如意，指挥倜傥，一座皆惊呢；金叵罗，颠倒淋漓噫，千杯未醉嗬……”

我疑心这是极好的文章，因为读到这里，他总是微笑起来，而且将头仰起，摇着，向后面拗过去，拗过去。

先生读书入神的时候，于我们是很相宜的。有几个便用纸糊的盔甲套在指甲上做戏。我是画画儿，用一种叫作“荆川纸”的，蒙在小说的绣像上一个个描下来，像习字时候的影写一样。读的书多起来，画的画也多起来；书没有读成，画的成绩却不少了，最成片断的是《荡寇志》和《西游记》的绣像，都有一大本。后来，因为要钱用，卖给一个有钱的同窗了。他的父亲是开锡箔店的；听说现在自己已经做了店主，而且快要升到绅士的地位了。这东西早已没有了罢。

九月十八日

◎文章品读

《从百草园到三味书屋》写于 1926 年 9 月。当时鲁迅先生正在厦门大学任教。此文是其对儿时生活的一段美好回忆。这一类回忆童年的文章，大部分都收在了散文集《朝花夕拾》中。

文中的百草园是鲁迅家屋后的一片大园子。对大园子的回忆，最为出彩：碧绿的菜畦、光滑的石井栏、高大的皂荚树、紫红的桑椹、肥胖的黄蜂以及会冒烟的斑蝥等等。色泽鲜活，动静交替。一片儿时的园子在作者笔下生机勃勃，情趣盎然。景物描写是最精彩的，而意外出现的“美女蛇”更为百草园平添了一份神奇的色彩。

与百草园的快乐相比，被送入私塾后的鲁迅似乎颇受约束。学着古文，读着逐渐加厚的书本，看着先生手中的戒尺，百草园渐行渐远。对儿时的无限缅怀流露在眉宇间。然而鲁迅对读书却并不抵触。在全城最严厉的私塾先生的教导下，读书、习字、对课，一丝不苟。这其中自然有对先生渊博学识的敬重与佩服。从百草园到三味书屋，鲁迅由调皮贪玩的孩童渐渐成长。

《从百草园到三味书屋》是对儿时生活的一段美好回忆。这段生活经历对鲁迅先生日后的人生道路产生了巨大的影响。

·作者简介·

鲁迅（1881 ~ 1936）是著名的文学家、思想家和革命家。出生于浙江绍兴城的一个破落士大夫家庭，原名樟寿，后改名树人，字豫才。发表《狂人日记》时始用笔名“鲁迅”。鲁迅在青年时代深受进化论、尼采超人哲学和托尔斯泰博爱思想的影响。1902 年赴日本留学，先在仙台医学院学医，后改从文学创作，试图以此改变国民的精神面貌。“五四”运动前后，参加《新青年》杂志工作，成为“五四”新文化运动的奠基人。其作品被收入小说集《呐喊》《彷徨》，散文诗集《野草》，散文集《朝花夕拾》，杂文集《坟》《华盖集》《华盖集续编》等。其中，1921 年 12 月发表的中篇小说《阿 Q 正传》，为新文学史树立起一块丰碑，对中国乃至世界文坛都产生了深远的影响。1936 年 10 月 19 日，因肺结核病逝于上海，葬于虹桥万国公墓。

藤野先生

● 鲁迅

东京也无非是这样。上野的樱花烂漫的时节，望去确也像绯红的轻云，但花下也缺不了成群结队的“清国留学生”的速成班，头顶上盘着大辫子，顶得学生制帽的顶上高高耸起，形成一座富士山。也有解散辫子，盘得平的，除下帽来，油光可鉴，宛如小姑娘的发髻一般，还要将脖子扭几扭。实在标致极了。

中国留学生会馆的门房里有几本书买，有时还值得去一转；倘在上午，里面的几间洋房里倒也还可以坐坐的。但到傍晚，有一间的地板便常不免要咚咚咚地响得震天，兼以满房烟尘斗乱；问问精通时事的人，答道，“那是在学跳舞。”

到别的地方去看看，如何呢？

我就往仙台的医学专门学校去。从东京出发，不久便到一处驿站，写道：日暮里。不知怎地，我到现在还记得这名目。其次却只记得水户了，这是明的遗民朱舜水先生客死的地方。仙台是一个市镇，并不大；冬天冷得利害；还没有中国的学生。

大概是物以希为贵罢。北京的白菜运往浙江，便用红头绳系住菜根，倒挂在水果店头，尊为“胶菜”；福建野生着的芦荟，一到北京就请进温室，且美其名曰“龙舌兰”。我到仙台也颇受了这样的优待，不但学校不收学费，几个职员还为我的食宿操心。我先是住在监狱旁边一个客店里的，初冬已经颇冷，蚊子却还多，后来用被盖了全身，用衣服包了头脸，只留两个鼻孔出气。在这呼吸不息的地方，蚊子竟无从插嘴，居然睡安稳了。饭食也不坏。但一位先生却以为这客店也包办囚人的饭食，我住在那里不相宜，几次三番，几次三番地说。我虽然觉得客店兼办囚人的饭食和我不相干，然而好意难却，也只得别寻相宜的住处了。于是搬到别一家，离监狱也很远，可惜每天总要喝难以下咽的芋梗汤。

从此就看见许多陌生的先生，听到许多新鲜的讲义。解剖学是两个教授分任的。最初是骨学。其时进来的是一个黑瘦的先生，八字须，戴着眼镜，挟着一叠大大小小的书。一将书放在讲台上，便用了缓慢而很有顿挫的声调，向学生介绍自己道：——

“我就是叫作藤野严九郎的……”

后面有几个人笑起来了。他接着便讲述解剖学在日本发达的历史，那些大大小小的书，便是从最初到现今关于这一门学问的著作。起初有几本是线装的；还有翻刻中国译本的，他们的翻译和研究新的医学，并不比中国早。

那坐在后面发笑的是上学年不及格的留级学生，在校已经一年，掌故颇为熟悉的了。他们便给新生讲演每个教授的历史。这藤野先生，据说是穿衣服太模糊了，有时竟会忘记带领结；冬天是一件旧外套，寒颤颤的，有一回上火车去，致使管车的疑心他是扒手，叫车里的客人大家小心些。

他们的话大概是真的，我就亲见他有一次上讲堂没有带领结。

过了一星期，大约是星期六，他使助手来叫我了。到得研究室，见他坐在人骨和许多单独的头骨中间，——他其时正在研究着头骨，后来有一篇论文在本校的杂志上发表出来。

“我的讲义，你能抄下来么？”他问。

“可以抄一点。”

“拿来我看！”

我交出所抄的讲义去，他收下了，第二三天便还我，并且说，此后每一星期要送给他看一回。我拿下来打开看时，很吃了一惊，同时也感到一种不安和感激。原来我的讲义已经从头到末，都用红笔添改过了，不但增加了许多脱漏的地方，连文法的错误，也都一一订正。这样一直继续到教完了他所担任的功课：骨学、血管学、神经学。

可惜我那时太不用功，有时也很任性。还记得有一回藤野先生将我叫到他的研究室里去，翻出我那讲义上的一个图来，是下臂的血管，指着，向我和蔼地说道：——

“你看，你将这条血管移了一点位置了。——自然，这样一移，的确比较的好看些，然而解剖图不是美术，实物是那么样的，我们没法改换它。现在我给你改好了，以后你要全照着黑板上那样的画。”

但是我还不服气，口头答应着，心里却想道：——

“图还是我画的不错；至于实在的情形，我心里自然记得的。”

学年试验完毕之后，我便到东京玩了一夏天，秋初再回学校，成绩早已发表了，同学一百余人之中，我在中间，不过是没有落第。这回藤野先生所担任的功课，是解剖实习和局部解剖学。

解剖实习了大概一星期，他又叫我去了，很高兴地，仍用了极有抑扬的声调对我说道：——

“我因为听说中国人是很敬重鬼的，所以很担心，怕你不肯解剖尸体。现在总算放心了，没有这回事。”

但他也偶有使我很为难的时候。他听说中国的女人是裹脚的，但不知道详细，所以要问我怎么裹法，足骨变成怎样的畸形，还叹息道，“总要看一看才知道。究竟是怎么一回事呢？”

有一天，本级的学生会干事到我寓里来了，要借我的讲义看。我检出来交给他们，却只翻检了一通，并没有带走。但他们一走，邮差就送到一封很厚的信，拆开看时，第一句是：——

“你改悔罢！”

这是《新约》上的句子罢，但经托尔斯泰新近引用过的。其时正值日俄战争，托老先生便写了一封给俄国和日本的皇帝的信，开首便是这一句。日本报纸上很斥责他的不逊，爱国青年也愤然，然而暗地里却早受了他的影响了。其次的话，大略是说上年解剖学试验的题目，是藤野先生讲义上做了记号，我预先知道的，所以能有这样的成绩。末尾是匿名。

我这才回忆到前几天的一件事。因为要开同级会，干事便在黑板上写广告，末一句是“请全数到会勿漏为要”，而且在“漏”字旁边加了一个圈。我当时虽然觉到圈得可笑，但是毫不介意，这回才悟出那字也在讥刺我了，犹言我得了教员漏泄出来的题目。

我便将这事告知了藤野先生；有几个和我熟识的同学也很不平，一同去诘责干事托辞检查的无礼，并且要求他们将检查的结果，发表出来。终于这流言消灭了，干事却又竭力运动，要收回那一封匿名信去。结末是我便将这托尔斯泰式的信退还了他们。

中国是弱国，所以中国人当然是低能儿，分数在六十分以上，便不是自己的能力了：也无怪他们疑惑。但我接着便有参观枪毙中国人的命运了。第二年添教霉菌学，细菌的形状是全用电影来显示的，一段落已完而还没有到下课的时候，便影几片时事的片子，自然都是日本战胜俄国的情形。但偏有中国人夹在里边：给俄国人做侦探，被日本军捕获，要枪毙了，围着看的也是一群中国人；在讲堂里的还有一个我。

"万岁！"他们都拍掌欢呼起来。

这种欢呼，是每看一片都有的，但在我，这一声却特别听得刺耳。此后回到中国来，我看见那些闲看枪毙犯人的人们，他们也何尝不酒醉似的喝彩，——呜呼，无法可想！但在那时那地，我的意见却变化了。

到第二学年的终结，我便去寻藤野先生，告诉他我将不学医学，并且离开这仙台。他的脸色仿佛有些悲哀，似乎想说话，但竟没有说。

"我想去学生物学，先生教给我的学问，也还有用的。"其实我并没有决意要学生物学，因为看得他有些凄然，便说了一个慰安他的谎话。

"为医学而教的解剖学之类，怕于生物学也没有什么大帮助。"他叹息说。

将走的前几天，他叫我到他家里去，交给我一张照相，后面写着两个字道："惜别"，还说希望将我的也送他。但我这时适值没有照相了；他便叮嘱我将来照了寄给他，并且时时通信告诉他此后的状况。

我离开仙台之后，就多年没有照过相，又因为状况也无聊，说起来无非使他失望，便连信也怕敢写了。经过的年月一多，话更无从说起，所以虽然有时想写信，却又难以下笔，这样的一直到现在，竟没有寄过一封信和一张照片。从他那一面看起来，是一去之后，杳无消息了。

但不知怎地，我总还时时记起他，在我所认为我师的之中，他是最使我感激，给我鼓励的一个。有时我常常想：他的对于我的热心的希望，不倦的教诲，小而言之，是为中国，就是希望中国有新的医学；大而言之，是为学术，就是希望新的医学传到中国去。他的性格，在我的眼里和心里是伟大的，虽然他的姓名并不为许多人所知道。

他所改正的讲义，我曾经订成三厚本，收藏着的，将作为永久的纪念。不幸七年前迁居的时候，中途毁坏了一口书箱，失去半箱书，恰巧这讲义也遗失在内了。责成运送局去找寻，寂无回信。只有他的照相至今还挂在我北京寓居的东墙上，书桌对面。每当夜间疲倦，正想偷懒时，仰面在灯光中瞥见他黑瘦的面貌，似乎正要说出抑扬顿挫的话来，便使我忽又良心发现，而且增加勇气了，于是点上一枝烟，再继续写些为“正人君子”之流所深恶痛疾的文字。

十月十二日

◎文章品读

《藤野先生》选自鲁迅的散文集《朝花夕拾》。记述了作者 1902 年至 1906 年间留学日本的生活片断。

作为一篇内涵丰富的散文，《藤野先生》的思想内涵并不止于怀念与赞颂，更在于统摄全文的爱国主义思想感情。文章开篇写东京的清国留学生，字里行间均是失望、厌恶——辫子如“富士山”，而且还很“标致”；去仙台途中，看到驿站“日暮里”，让他想起了清王朝的穷途末路；到了水户，印象最深，因为这里是明朝遗民朱舜水先生客死的地方。赴日本仙台学医，作者本意是想以医术救国救民，然而一路的所见所闻，令其感慨万千。到了仙台，作者遇到了藤野先生。藤野先生的出现，是全文的亮点。作者之所以对藤野先生尊崇有加，是因为他是个没有民族偏见的人，没有因为贫穷、落后而歧视中国留学生。此后，面对日本“爱国青年”的嚣张，时事影片的冲击等，作者均抒发了满腔的爱国热情。

在艺术上，作者以时间为顺序，以与藤野先生的交往为叙事主要线索，围绕表现藤野先生的可贵精神这一中心来组织全文。文章用语精到贴切，不失辛辣，无论记事写人，还是抒情议论，均融入了真挚的情感。

两株树——草木虫鱼之三

●周作人

我对于植物比动物还要喜欢，原因是因为我懒，不高兴为了区区视听之娱一日三餐地去饲养照顾，而且我也有点相信“鸟身自为主”的迂论，觉得把它们活物拿来做囚徒当奚奴，不是什么愉快的事，若是草木便没有这些麻烦，让它们直站在那里便好，不但并不感到不自由，并且还真是生了根地不肯再动一动哩。但是要看树木花草也不必一定种在自己的家里，关起门来独赏，让它们在野外路旁，或是在人家粉墙之内也并不妨，只要我偶然经过时能够看见两三眼，也就觉得欣然，很是满足的了。

树木里边我所喜欢的第一种是白杨。小时候读古诗十九首，读过“白杨何萧萧，松柏夹广路”之句，但在南方终未见过白杨，后来在北京才初次看见。谢在杭著《五杂俎》中云：

“古人墓树多植梧楸，南人多种松柏，北人多种白杨。白杨即青杨也，其树皮白如梧桐，叶似冬青，微风击之辄淅沥有声，故古诗云，白杨多悲风，萧萧愁杀人。予一日宿邹县驿馆中，甫就枕即闻雨声，竟夕不绝，侍儿曰，雨矣。予讶之曰，岂有竟夜雨而无檐溜者？质明视之，乃青杨树也。南方绝无此树。”

《本草纲目》卷三五下引陈藏器曰，“白杨北土极多，人种墟墓间，树大皮白，其无风自动者乃杨移，非白杨也。”又寇宗奭云，“风才至，叶如大雨声，谓无风自动则无此事，但风微时其叶孤极处则往往独摇，以其蒂长叶重大，势使然也。”王象晋《群芳谱》则云杨有二种，一白杨，一青杨，白杨蒂长两两相对，遇风则簌簌有声，人多植之坟墓间，由此可知白杨与青杨本自有别，但“无风自动”一节却是相同。在史书中关于白杨有这样的两件故事：

《南史·萧惠开传》：“惠开为少府，不得志，寺内斋前花草甚美，悉铲除，别植白杨。”

《唐书·契苾何力传》：“龙翔中司稼少卿梁脩仁新作大明宫，植白杨于庭，示何力曰，此木易成，不数年可茂。何力不答，但诵白杨多悲风萧萧愁杀人之句，脩仁惊悟，更植以桐。”

这样看来，似乎大家对于白杨都没有什样好感。为什么呢？这个理由我不大说得清楚，或者因为它老是簌簌的动的缘故罢。听说苏格兰地方有一种传说，耶稣受难时所用的十字架是用白杨木做的，所以白杨自此以后就永远在发抖，大约是知道自己的罪孽深重。但是做钉的铁却似乎不曾因此有什么罪，黑铁这件东西在法术上还总有点位置的，不知何以这样地有幸有不幸。（但吾乡结婚时忌见铁，凡门窗上铰链等悉用红纸糊盖，又似别有缘故。）我承认白杨种在墟墓间的确很好看，然而种在斋前又何尝不好，它那瑟瑟的响声第一有意思。我在前面的院子里种了一棵，每逢夏秋有客来斋夜话的时候，忽闻淅沥声，多疑是雨下，推户出视，这是别种树所没有的佳处。梁少卿怕白杨的萧萧改种梧桐，其实梧桐也何尝一定吉祥，假如要讲迷信的话，吾乡有一句俗谚云：“梧桐大如斗，主人搬家走”，所以就是别庄花园里也很少种梧桐的。这实在是一件很可惜的事，梧桐的枝干和叶子真好看，且不提那一叶落知天下秋的兴趣了。在我们的后院里却有一棵，不知已经有若干年了，我至今看了它十多年，树干还远不到五合的粗，看它大有黄杨木的神气，虽不厄闰也总长得十分缓慢呢。——因此我想到避忌梧桐大约只是南方的事，在北方或者并没有这句俗谚，在这里梧桐想要如斗大恐怕不是容易的事罢。

第二种树乃是乌桕，这正与白杨相反，似乎只生长于东南，北方很少见。陆龟蒙诗云“行歇每依鸦舅影”，陆游诗云“乌桕赤于枫，园林二月中”，又云“乌桕新添落叶红”，都是江浙乡村的景象。《齐民要术》卷十列“五谷果瓜菜茹非中国物产者”，下注云：“聊以存其名目，记其怪异耳，爰及山泽草木任食非人力所种者，悉附于此”，其中有乌桕一项，引《玄中记》云：“荆阳有乌臼，其实如鸡头，迮之如胡麻子，其汁味如猪脂。”《群芳谱》言：“江浙之人，凡高山大道溪边宅畔无不种，”此外则江西安徽盖亦多有之。关于它的名字，李时珍说：“乌喜食其子，因以名之。……或曰，其木老则根下黑烂成臼，故得此名。”我想这或曰恐太迂曲，此树又名鸦舅，或者与乌不无关系，乡间冬天卖野味有桕子舄（读如呆鸟字），是道墟地方名物，此物殆是乌类乎，但是其味颇佳，平常所谓舄肉几乎便指此舄也。

桕树的特色第一在叶，第二在实。放翁生长稽山镜水间，所以诗中常常说及桕叶，便是那唐朝的张继寒山寺诗所云江枫渔火对愁眠，也是在说这种红叶。王端履著《重论文斋笔录》卷九论及此诗，注云：“江南临水多植乌桕，秋叶饱霜，鲜红可爱，诗人类指为枫，不知枫生山中，性最恶湿，不能种之江畔也。此诗江枫二字亦未免误认耳。”

范寅在《越谚》卷中桕树项下说：“十月叶丹，即枫，其子可榨油，农皆植田边。”就把两者误合为一。罗逸长《青山记》云：“山之麓朱村，盖考亭之祖居也，自此倚石啸歌，松风上下，遥望木叶着霜如渥丹，始见怪以为红花，久之知为乌桕树也。”《蓬窗续录》云：“陆子渊《豫章录》言，饶信间桕树冬初叶落，结子放蜡，每颗作十字裂，一丛有数颗，望之若梅花初绽，枝柯诘曲，多在野水乱石间，远近成林，真可作画。此与柿树俱称美荫，园圃植之最宜。”这两节很能写出桕树之美，它的特色仿佛可以说是中国画的，不过此种景色自从我离了水乡的故国已经有三十年不曾看见了。

桕树子有极大的用处，可以榨油制烛，《越谚》卷中蜡烛条下注曰：“卷芯草干，熬桕油拖蘸成烛，加蜡为皮，盖紫草汁则红。”汪曰桢著《湖雅》卷八中说得更是详细：

“中置烛心，外裹乌桕子油，又以紫草染蜡盖之，曰桕油烛。用棉花子油者曰青油烛，用牛羊油者曰荤油烛。湖俗祀神祭先必燃两炬，皆用红桕烛。婚嫁用之曰喜烛，缀蜡花者曰花烛，祝寿所用曰寿烛，丧家则用绿烛或白烛，亦桕烛也。”

日本寺岛安良编《和汉三才图会》五八引《本草纲目》语云：“烛有蜜蜡烛虫蜡烛牛脂烛桕油烛，”后加案语曰：

“案唐式云少府监每年供蜡烛七十挺，则元以前既有之矣。有数品，而多用木蜡牛脂蜡也。有油桐子蚕豆苍耳子等为蜡者，火易灭。有鲸鲵油为蜡者，其焰甚臭，牛脂蜡亦臭。近年制精，去其臭气，故多以牛蜡伪为木蜡，神佛灯明不可不辨。”

但是近年来蜡烛恐怕已是倒了运，有洋人替我们造了电灯，其次也有洋蜡洋油，除了拿到妙峰山上去之外大约没有它的什么用处了。就是要用蜡烛，反正牛羊脂也凑合可以用得，神佛未必会得见怪，——日本真宗的和尚不是都要娶妻吃肉了么?那么柏油并不再需要，田边水畔的红叶白实不久也将绝迹了罢。这于国民生活上本来没有什么关系，不过在我想起来的时候总还有点怀念，小时候喜读《南方草木状》《岭表录异》和《北户录》等书，这种脾气至今还是存留着，秋天买了一部大板的《本草纲目》，很为我的朋友所笑，其实也只是为了这个缘故罢了。

十九年十二月二十五日，于北平煆药庐

◎文章品读

《两株树》写于 20 世纪 20 年代末，是周作人借物咏怀的作品之一。选自《看云集》中的草木虫鱼系列。这个系列多为日常小品文，取材花、鸟、虫、鱼，兴之所至，信手拈来。风格清新，朴素平和。

两株树，都是作者平生最欣赏的，一是白杨，二是乌桕树。一种纯粹的喜欢。如对白杨，他这样写:“我承认白杨种在墟墓间的确很好看，然而种在斋前又何尝不好，它那瑟瑟的响声第一有意思。我在前面的院子里种了一棵，每逢夏秋有客来斋夜话的时候，忽闻淅沥声，多疑是雨下，推户出视，这是别种树所没有的佳处。”一变传统白杨意象里的悲凉之气，充溢着寒斋夜话亲切而闲适的雅趣。对乌桕树，也是如此。乌桕生在南方，北方很少有。叶子、果实都很出众。作者爱乌桕，尤其提到一个古人的讹误，即诗人张继的“江枫渔火对愁眠”中的“枫”。作者由此引用《重论文斋笔录》卷九论的注脚予以说明:“江南临水多植乌桕，秋叶饱霜，鲜红可爱，诗人类指为枫，不知枫生山中，性最恶湿，不能种之江畔也。此诗江枫二字亦未免误认耳。”因树生发，涉笔成趣，行文趣味盎然。

本文没有汹涌澎湃的感情波涛，也少了不可遏抑的憎爱激流。抒情感怀时，总像经过了一种艺术的淡化处理，从而将蕴含的激情隐而不显、含而不露地表现出来，给人一种宁静、幽远、质朴的美感。

·作者简介·

周作人（1885～1967），现代著名散文家、诗人、翻译家。原名櫆寿，字星杓，后改名奎绶，自号起孟、启明（又作岂明）、知堂等，笔名药堂、仲密、周遐寿等。是鲁迅的二弟。1901年入南京江南水师学堂。1906年东渡日本留学。1911年回国后在绍兴任中学英文教员。1917年任北京大学文科教授。“五四”时期任新潮社主任编辑，参加《新青年》的编辑工作，参与发起成立文学研究会，发表了《人的文学》《平民文学》《思想革命》等重要理论文章，并从事散文、新诗创作和译介外国文学作品。是新文化运动的重要代表人物之一。抗战爆发后，出任伪南京国民政府委员、伪华北政务委员会常务委员兼教育总署督办等职。1945年以叛国罪被判刑入狱，出狱后定居北京，新中国成立后在人民文学出版社从事日本、希腊文学作品的翻译和写作有关回忆鲁迅的著述。主要作品：散文集《泽泻集》《苦茶随笔》《知堂文集》等，诗集《过去的生命》，小说集《孤儿记》，论文集《艺术与生活》《中国新文学的源流》，论著《欧洲文学史》，文学史料集《鲁迅的故家》《鲁迅小说中的人物》《鲁迅的青年时代》，回忆录《知堂回想录》，另有多种译作。

乌篷船

● 周作人

子荣君：

接到手书，知道你要到我的故乡去，叫我给你一点什么指导。老实说，我的故乡，真正觉得可怀恋的地方，并不是那里；但是因为在那里生长，住过十多年，究竟知道一点情形，所以写这一封信告诉你。

我所要告诉你的，并不是那里的风土人情，那是写不尽的，但是你到那里一看也就会明白的，不必另啰唆地多讲。我要说的是一种很有趣的东西，这便是船。你在家乡平常总坐人力车，电车，或是汽车，但在我的故乡那里这些都没有，除了在城内或山上是用轿子以外，普通代步都是用船。船有两种，普通坐的都是“乌篷船”，白篷的大抵作航船用，坐夜航船到西陵去也有特别的风趣，但是你总不便坐，所以我就可以不说了。乌篷船大的为“四明瓦”（Symenngoa），小的为脚划船（划读 huá）亦称小船。但是最适用的还是在这中间的“三道”，亦即三明瓦。篷是半圆形的，用竹片编成，中夹竹箬，上涂黑油，在两扇“定篷”之间放着一扇遮阳，也是半圆的，木作格子，嵌着一片片的小鱼鳞，径约一寸，颇有点透明，略似玻璃而坚韧耐用，这就称为明瓦。三明瓦者，谓其中舱有两道，后舱有一道明瓦也。船尾用橹，大抵两支，船首有竹篙，用以定船。船头着眉目，状如老虎，但似在微笑，颇滑稽而不可怕，唯白篷船则无之。三道船篷之高大约可以使你直立，舱宽可以放下一顶方桌，四个人坐着打麻将，——这个恐怕你也已学会了罢？小船则真是一叶扁舟，你坐在船底席上，篷顶离你的头有两三寸，你的两手可以搁在左右的舷上，还把手都露出在外边。在这种船里仿佛是在水面上坐，靠近田岸去时泥土便和你的眼鼻接近，而且遇着风浪，或是坐得稍不小心，就会船底朝天，发生危险，但是也颇有趣味，是水乡的一种特色。不过你总可以不必去坐，最好还是坐那三道船罢。

你如坐船出去，可是不能像坐电车的那样性急，立刻盼望走到。倘若出城，走三四十里路（我们那里的里程是很短，一里才及英里三分之一），来回总要预备一天。你坐在船上，应该是游山的态度，看看四周物色，随处可见的山，岸旁的乌桕，河边的红蓼和白蘋，渔舍，各式各样的桥，困倦的时候睡在舱中拿出随笔来看，或者冲一碗清茶喝喝。偏门外的鉴湖一带，贺家池，壶觞左近，我都是喜欢的，或者往娄公埠骑驴去游兰亭（但我劝你还是步行，骑驴或者于你不很相宜），到得暮色苍然的时候进城上都挂着薜荔的东门来，倒是颇有趣味的事。倘若路上不平静，你往杭州去时可于下午开船，黄昏时候的景色正最好看，只可惜这一带地方的名字我都忘记了。夜间睡在舱中，听水声橹声，来往船只的招呼声，以及乡间的犬吠鸡鸣，也都很有意思。雇一只船到乡下去看庙戏，可以了解中国旧戏的真趣味，而且在船上行动自如，要看就看，要睡就睡，要喝酒就喝酒，我觉得也可以算是理想的行乐法。只可惜讲维新以来这些演剧与迎会都已禁止，中产阶级的低能人别在“布业会馆”等处建起“海式”的戏场来，请大家买票看上海的猫儿戏。这些地方你千万不要去。——你到我那故乡，恐怕没有一个人认得，我又因为在教书不能陪你去玩，坐夜船，谈闲天，实在抱歉而且惆怅。川岛君夫妇现在偁山下，本来可以给你绍介，但是你到那里的时候他们恐怕已经离开故乡了。初寒，善自珍重，不尽。

十五年十一月十八日夜，于北京

◎文章品读

《乌篷船》是一篇书信体散文，出自《苦雨斋尺牍》集，是一组文章中的第九篇。作者用冲淡、细腻之笔展现了江南水乡所特有的民俗风情。

文章收信人为子荣，子荣是何许人也? 就是作者自己。这个笔名始用于 1923 年 8 月 26 日《晨报副刊》发表的《医院的阶陛》一文。以后，1923 年、1925 年及 1927 年一段时间作者均用过此名。本文收信人和写信人是同一人，可以看作是作者寂寞的灵魂的内心对白。作者把自我的两个侧面外化为收信人“子荣”与写信人“岂明”，于是，就有了两个“自我”的撞击、交流。这是两个“实体”，有着不同的意趣与追求。

文中讲的是家乡的船，粗粗一看，似乎琐碎、平淡。然而用一种舒缓自在的目光去赏读，自能体会其间的个性、文心与韵味：那是一种淡淡的忧郁与浓浓的乡愁。文章开篇便有说明：家乡的风土人情，“那是写不尽的”。乌篷船其实是水乡风物的代表，因而细细道来。赏玩至最后，这种洋溢着传统美的风物竟不可避免地走向变质，文中这样写：“只可惜讲维新以来这些演剧与迎会都已禁止，中产阶级的低能人别在‘布业会馆’等处建起‘海式’的戏场来……”作者记录着那消失中的传统，内心忧虑、困惑、惆怅，辗转反侧。历史前进的复杂性让人不安，却终是无可奈何。

荷塘月色

●朱自清

这几天心里颇不宁静。今晚在院子里坐着乘凉，忽然想起日日走过的荷塘，在这满月的光里，总该另有一番样子吧。月亮渐渐地升高了，墙外马路上孩子们的欢笑，已经听不见了；妻在屋里拍着闰儿，迷迷糊糊地哼着眠歌。我悄悄地披了大衫，带上门出去。

沿着荷塘，是一条曲折的小煤屑路。这是一条幽僻的路；白天也少人走，夜晚更加寂寞。荷塘四面，长着许多树，蓊蓊郁郁的。路的一旁，是些杨柳，和一些不知道名字的树。没有月光的晚上，这路上阴森森的，有些怕人。今晚却很好，虽然月光也还是淡淡的。

路上只我一个人，背着手踱着。这一片天地好像是我的；我也像超出了平常的自己，到了另一世界里。我爱热闹，也爱冷静；爱群居，也爱独处。像今晚上，一个人在这苍茫的月下，什么都可以想，什么都可以不想，便觉是个自由的人。白天里一定要做的事，一定要说的话，现在都可不理。这是独处的妙处，我且受用这无边的荷香月色好了。

曲曲折折的荷塘上面，弥望的是田田的叶子。叶子出水很高，像亭亭的舞女的裙。层层的叶子中间，零星地点缀着些白花，有袅娜地开着的，有羞涩地打着朵儿的；正如一粒粒的明珠，又如碧天里的星星，又如刚出浴的美人。微风过处，送来缕缕清香，仿佛远处高楼上渺茫的歌声似的。这时候叶子与花也有一丝的颤动，像闪电般，霎时传过荷塘的那边去了。叶子本是肩并肩密密地挨着，这便宛然有了一道凝碧的波痕。叶子底下是脉脉的流水，遮住了，不能见一些颜色；而叶子却更见风致了。

月光如流水一般，静静地泻在这一片叶子和花上。薄薄的青雾浮起在荷塘里。叶子和花仿佛在牛乳中洗过一样；又像笼着轻纱的梦。虽然是满月，天上却有一层淡淡的云，所以不能朗照；但我以为这恰是到了好处——酣眠固不可少，小睡也别有风味的。月光是隔了树照过来的，高处丛生的灌木，落下参差的斑驳的黑影，峭楞楞如鬼一般；弯弯的杨柳的稀疏的倩影，却又像是画在荷叶上。塘中的月色并不均匀；但光与影有着和谐的旋律，如梵婀玲上奏着的名曲。

荷塘的四面，远远近近，高高低低都是树，而杨柳最多。这些树将一片荷塘重重围住；只在小路一旁，漏着几段空隙，像是特为月光留下的。树色一例是阴阴的，乍看像一团烟雾；但杨柳的丰姿，便在烟雾里也辨得出。树梢上隐隐约约的是一带远山，只有些大意罢了。树缝里也漏着一两点路灯光，没精打采的，是渴睡人的眼。这时候最热闹的，要数树上的蝉声与水里的蛙声；但热闹是它们的，我什么也没有。

忽然想起采莲的事情来了。采莲是江南的旧俗，似乎很早就有，而六朝时为盛；从诗歌里可以约略知道。采莲的是少年的女子，她们是荡着小船，唱着艳歌去的。采莲人不用说很多，还有看采莲的人。那是一个热闹的季节，也是一个风流的季节。梁元帝《采莲赋》里说得好：

于是妖童媛女，荡舟心许；鷁首徐回，兼传羽杯；棹将移而藻挂，船欲动而萍开。尔其纤腰束素，迁延顾步；夏始春余，叶嫩花初，恐沾裳而浅笑，畏倾船而敛裾。

可见当时嬉游的光景了。这真是有趣的事，可惜我们现在早已无福消受了。

于是又记起《西洲曲》里的句子：

采莲南塘秋，莲花过人头；低头弄莲子，莲子清如水。

今晚若有采莲人，这儿的莲花也算得“过人头”了；只不见一些流水的影子，是不行的。这令我到底惦着江南了。——这样想着，猛一抬头，不觉已是自己的门前；轻轻地推门进去，什么声息也没有，妻已睡熟好久了。

一九二七年七月，北京清华园

◎文章品读

《荷塘月色》是朱自清最为优秀的散文之一，有着极高的美学价值。

作为一篇写景抒情的散文，它透露出的是一种特定环境下的情感：文章写于1927年，当时正值大革命失败，白色恐怖笼罩着中华大地。朱自清正处于苦闷、彷徨中。有了这种情感，作品中自然就有了几分“不平静”与贯串始终的“淡淡的忧愁”。然而无论如何，这是一篇美文：美得秀外慧中，处处营造出恬淡、朦胧与诗一般的意境。

在历代文人中，书写荷塘、月色者不在少数。然而，此荷塘既非杨万里笔下的“接天莲叶无穷碧，映日荷花别样红”，也不同于《春江花月夜》中的“玉户帘中卷不去，捣衣砧上拂还来”。这里的荷塘，仅是月下荷塘。月，也仅是荷塘之月。主题分外明确，令文人所要抒发的情感有了形象的依托。

漫步于月下荷塘，朱自清这样写荷：“叶子出水很高，像亭亭的舞女的裙。层层的叶子中间，零星地点缀着些白花，有袅娜地开着的，有羞涩地打着朵儿的；正如一粒粒的明珠，又如碧天里的星星，又如刚出浴的美人。微风过处，送来缕缕清香，仿佛远处高楼上渺茫的歌声似的。”比喻、拟人、通感，多种修辞的运用不着痕迹，浑然天成。对于月，实写极少，多为月影。这样的写法，是被历代文人所称道的高超技法。

在荷塘月下漫步，景色极美。然而却始终没有绕开作者心中的结：淡淡的喜悦与淡淡的忧愁。无论“喜”“愁”，均是淡淡的。仿佛不存在，却一定有。在当时的外部环境下，人们的情感多复杂、惶惑。对于诸多文人，能够给自己的，也许只有在深夜中营造的一方如许清幽、美妙的境界了。

·作者简介·

朱自清（1898～1948），原名朱自华，字佩弦，号秋实。祖籍浙江绍兴。毕业于北京大学哲学系。1925年任清华大学教授，抗日战争时期，任西南联合大学教授，是现代著名作家、学者。“五四”运动后开始新诗创作，1923年致力于散文创作，并取得了引人瞩目的成就。1928年出版的散文集《背影》，使朱自清成为当时负有盛名的散文作家。其作品按叙事性和抒情性分类，大致有三个系列：一是以写实抨击黑暗现状为主题的散文，代表作有《生命价格——七毛钱》《白种人——上帝的骄子》和《执政府大屠杀记》；二是以《背影》《儿女》《悼亡妇》为代表的散文，主要书写个人及家庭生活，表现父子、夫妻、朋友间的人伦之情，具有浓厚的人情味；三是以写景为主的散文，如《绿》《春》《桨声灯影里的秦淮河》《荷塘月色》等。朱自清的后两类散文成就最高，其中《背影》《荷塘月色》是脍炙人口的名篇。

桨声灯影里的秦淮河

●朱自清

一九二三年八月的一晚，我和平伯同游秦淮河。平伯是初泛，我是重来了。我们雇了一只“七板子”，在夕阳已去，皎月方来的时候，便下了船。于是桨声汩——汩，我们开始领略那晃荡着蔷薇色的历史的秦淮河的滋味了。

秦淮河里的船，比北京万生园、颐和园的船好，比西湖的船好，比扬州瘦西湖的船也好。这几处的船不是觉着笨，就是觉着简陋、局促；都不能引起乘客们的情韵，如秦淮河的船一样。秦淮河的船约略可分为两种：一是大船；一是小船，就是所谓“七板子”。大船舱口阔大，可容二三十人。里面陈设着字画和光洁的红木家具，桌上一律嵌着冰凉的大理石面。窗格雕镂颇细，使人起柔腻之感。窗格里映着红色蓝色的玻璃；玻璃上有精致的花纹，也颇悦人目。“七板子”规模虽不及大船，但那淡蓝色的栏杆，空敞的舱，也足系人情思。而最出色处却在它的舱前。舱前是甲板上的一部。上面有弧形的顶，两边用疏疏的栏杆支着。里面通常放着两张藤的躺椅。躺下，可以谈天，可以望远，可以顾盼两岸的河房。大船上也有这个，便在小船上更觉清隽罢了。舱前的顶下，一律悬着灯彩；灯的多少、明暗，彩苏的精粗、艳晦，是不一的。但好歹总还你一个灯彩。这灯彩实在是最能勾人的东西。夜幕垂垂地下来时，大小船上都点起灯火。

从两重玻璃里映出那辐射着的黄黄的散光，反晕出一片朦胧的烟霭；透过这烟霭，在黯黯的水波里，又逗起缕缕的明漪。在这薄霭和微漪里，听着那悠然的间歇的桨声，谁能不被引入他的美梦去呢？只愁梦太多了，这些大小船儿如何载得起呀？我们这时模模糊糊地谈着明末的秦淮河的艳迹，如《桃花扇》及《板桥杂记》里所载的。我们真神往了。我们仿佛亲见那时华灯映水，画舫凌波的光景了。于是我们的船便成了历史的重载了。我们终于恍然秦淮河的船所以雅丽过于他处，而又有奇异的吸引力的，实在是许多历史的影像使然了。

秦淮河的水是碧阴阴的；看起来厚而不腻，或者是六朝金粉所凝么？我们初上船的时候，天色还未断黑，那漾漾的柔波是这样的恬静，委婉，使我们一面有水阔天空之想，一面又憧憬着纸醉金迷之境了。等到灯火明时，阴阴的变为沉沉了：黯淡的水光，像梦一般；那偶然闪烁着的光芒，就是梦的眼睛了。我们坐在舱前，因了那隆起的顶棚，仿佛总是昂着首向前走着似的；于是飘飘然如御风而行的我们，看着那些自在的湾泊着的船，船里走马灯般的人物，便像是下界一般，迢迢的远了，又像在雾里看花，尽朦朦胧胧的。这时我们已过了利涉桥，望见东关头了。沿路听见断续的歌声：有从沿河的妓楼飘来的，有从河上船里度来的。我们明知那些歌声，只是些因袭的言词，从生涩的歌喉里机械地发出来的；但它们经了夏夜的微风的吹漾和水波的摇拂，袅娜着到我们耳边的时候，已经不单是她们的歌声，而混着微风和河水的密语了。于是我们不得不被牵惹着，震撼着，相与浮沉于这歌声里了。从东关头转弯，不久就到大中桥。大中桥共有三个桥拱，都很阔大，俨然是三座门儿；使我们觉得我们的船和船里的我们，在桥下过去时，真是太无颜色了。桥砖是深褐色，表明它的历史的长久；但都完好无缺，令人太息于古昔工程的坚美。桥上两旁都是木壁的房子，中间应该有街路？这些房子都破旧了，多年烟熏的迹，遮没了当年的美丽。我想象秦淮河的极盛时，在这样宏阔的桥上，特地盖了房子，必然是髹漆得富富丽丽的；晚间必然是灯火通明的。现在却只剩下一片黑沉沉！但是桥上造着房子，毕竟使我们多少可以想见往日的繁华；这也慰情聊胜无了。过了大中桥，便到了灯月交辉，笙歌彻夜的秦淮河，这才是秦淮河的真面目哩。

大中桥外，顿然空阔，和桥内两岸排着密密的人家的景象大异了。一眼望去，疏疏的林，淡淡的月，衬着蓝蔚的天，颇像荒江野渡光景；那边呢，郁丛丛的，阴森森的，又似乎藏着无边的黑暗：令人几乎不信那是繁华的秦淮河了。但是河中眩晕着的灯光，纵横着的画舫，悠扬着的笛韵，夹着那吱吱的胡琴声，终于使我们认识绿如茵陈如酒的秦淮水了。此地天裸露着的多些，故觉夜来的独迟些；从清清的水影里，我们感到的只是薄薄的夜——这正是秦淮河的夜。大中桥外，本来还有一座复成桥，是船夫口中的我们的游踪尽处，或也是秦淮河繁华的尽处了。我的脚曾踏过复成桥的脊，在十三四岁的时候。但是两次游秦淮河，却都不曾见着复成桥的面；明知总在前途的，却常觉得有些虚无缥缈似的。我想，不见倒也好。这时正是盛夏。我们下船后，借着新生的晚凉和河上的微风，暑气已渐渐消散；到了此地，豁然开朗，身子顿然轻了——习习的清风荏苒在面上、手上、衣上，这便又感到了一缕新凉了。南京的日光，大概没有杭州猛烈；西湖的夏夜老是热蓬蓬的，水像沸着一般，秦淮河的水却尽是这样冷冷地绿着。任你人影的憧憧，歌声的扰扰，总像隔着一层薄薄的绿纱面幂似的；它尽是这样静静的，冷冷的绿着。我们出了大中桥，走不上半里路，船夫便将船划到一旁，停了桨由它荡着。他以为那里正是繁华的极点，再过去就是荒凉了；所以让我们多多赏鉴一会儿。他自己却静静地蹲着。他是看惯这光景的了，大约只是一个无可无不可。这无可无不可，无论是升的沉的，总之，都比我们高了。

那时河里热闹极了；船大半泊着，小半在水上穿梭似的来往。停泊着的都在近市的那一边，我们的船自然也夹在其中。因为这边略略的挤，便觉得那边十分的疏了。在每一只船从那边过去时，我们能画出它的轻轻的影和曲曲的波，在我们的心上；这显着是空，且显着是静了。那时处处都是歌声和凄厉的胡琴声，圆润的喉咙，确乎是很少的。但那生涩的、尖脆的调子能使人有少年的，粗率不拘的感觉，也正可快我们的意。况且多少隔开些儿听着，因为想象与渴慕的做美，总觉更有滋味；而竞发的喧嚣，抑扬的不齐，远近的杂沓，和乐器的嘈嘈切切，合成另一意味的谐音，也使我们无所适从，如随着大风而走。这实在因为我们的心枯涩久了，变为脆弱；故偶然润泽一下，便疯狂似的不能自主了。但秦淮河确也腻人。即如船里的人面，无论是和我们一堆儿泊着的，无论是从我们眼前过去的，总是模模糊糊的，甚至渺渺茫茫的；任你张圆了眼睛，揩净了眦垢，也是枉然。这真够人想呢。在我们停泊的地方，灯光原是纷然的；不过这些灯光都是黄而有晕的。黄已经不能明了，再加上了晕，便更不成了。灯愈多，晕就愈甚；在繁星般的黄的交错里，秦淮河仿佛笼上了一团光雾。光芒与雾气腾腾的晕着，什么都只剩了轮廓了；所以人面的详细的曲线，便消失于我们的眼底了。但灯光究竟夺不了那边的月色；灯光是浑的，月色是清的，在浑沌的灯光里，渗入了一派清辉，却真是奇迹！那晚月儿已瘦削了两三分。她晚妆才罢，盈盈地上了柳梢头。天是蓝得可爱，仿佛一汪水似的；月儿便更出落得精神了。岸上原有三株两株的垂杨树，淡淡的影子，在水里摇曳着。它们那柔细的枝条浴着月光，就像一支支美人的臂膊，交互地缠着，挽着；又像是月儿披着的发。而月儿偶然也从它们的交叉处偷偷窥看我们，大有小姑娘怕羞的样子。岸上另有几株不知名的老树，光光地立着；在月光里照起来，却又俨然是精神矍铄的老人。远处——快到天际线了，才有一两片白云，亮得现出异彩，像美丽的贝壳一般。白云下便是黑黑的一带轮廓；是一条随意画的不规则的曲线。这一段光景，和河中的风味大异了。但灯与月竟能并存着，交融着，使月成了缠绵的月，灯射着渺渺的灵辉；这正是天之所以厚秦淮河，也正是天之所以厚我们了。

这时却遇着了难解的纠纷。秦淮河上原有一种歌妓，是以歌为业的。从前都在茶舫上，唱些大曲之类。每日午后一时起，什么时候止，却忘记了。晚上照样也有一回，也在黄晕的灯光里。我从前过南京时，曾随着朋友去听过两次。因为茶舫里的人脸太多了，觉得不大适意，终于听不出所以然。前年听说歌妓被取缔了，不知怎的，颇涉想了几次——却想不出什么。这次到南京，先到茶舫上去看看，觉得颇是寂寥，令我无端地怅怅了。不料她们却仍在秦淮河里挣扎着，不料她们竟会纠缠到我们，我于是很张皇了。她们也乘着“七板子”，她们总是坐在舱前的。舱前点着石油汽灯，光亮眩人眼目：坐在下面的，自然是纤毫毕见了——引诱客人们的力量，也便在此了。舱里躲着乐工等人，映着汽灯的余辉蠕动着；他们是永远不被注意的。每船的歌妓大约都是二人；天色一黑，她们的船就在大中桥外往来不息地兜生意。无论行着的船，泊着的船，都要来兜揽的。这都是我后来推想出来的。那晚不知怎样，忽然轮着我们的船了。我们的船好好地停着，一只歌舫划向我们来了；渐渐和我们的船并着了。烁烁的灯光逼得我们皱起了眉头；我们的风尘色全给它托出来了，这使我踧踖不安了。那时一个伙计跨过船来，拿着摊开的歌折，就近塞向我的手里，说：“点几出吧！”他跨过来的时候，我们船上似乎有许多眼光跟着。同时相近的别的船上也似乎有许多眼睛炯炯地向我们船上看着。我真窘了！我也装出大方的样子，向歌妓们瞥了一眼，但究竟是不成的！我勉强将那歌折翻了一翻，却不曾看清了几个字，便赶紧递还那伙计，一面不好意思地说："不要。我们……不要。"他便塞给平伯，平伯掉转头去，摇手说："不要！"那人还腻着不走。平伯又回过脸来，摇着头道："不要！"于是那人重到我处。我窘着再拒绝了他。他这才有所不屑似的走了。我的心立刻放下，如释了重负一般。我们就开始自白了。

我说我受了道德律的压迫，拒绝了她们，心里似乎很抱歉的。这所谓抱歉，一面对于她们，一面对于我自己。她们于我们虽然没有很奢的希望；但总有些希望的。我们拒绝了她们，无论理由如何充足，却使她们的希望受了伤，这总有几分不做美了，这使我觉得很怅怅的。至于我自己，更有一种不足之感。我这时被四面的歌声诱惑了，降服了；但是远远的，远远的歌声总仿佛隔着重衣搔痒似的，越搔越搔不着痒处。我于是憧憬着贴耳的妙音了。在歌舫划来时，我的憧憬，变为盼望；我固执地盼望着，有如饥渴。虽然从浅薄的经验里，也能够推知，那贴耳的歌声，将剥去了一切的美妙；但一个平常的人像我的，谁愿凭了理性之力去丑化未来呢？我宁愿自己骗着了。不过我的社会感性是很敏锐的；我的思力能拆穿道德律的西洋镜，而我的感情却终于被它压服着，我于是有所顾忌了，尤其是在众目昭彰的时候。道德律的力，本来是民众赋予的；在民众的面前，自然更显出它的威严了。我这时一面盼望，一面却感到了两重的禁制：一，在通俗的意义上，接近妓者总算一种不正当的行为；二，妓是一种不健全的职业，我们对于她们，应有哀矜勿喜之心，不应赏玩地去听她们的歌。在众目睽睽之下，这两种思想在我心里最为旺盛。它们暂时压倒了我的听歌的盼望，这便成就了我的灰色的拒绝。那时的心实在异常状态中，觉得颇是昏乱。歌舫去了，暂时宁静之后，我的思绪又如潮涌了。两个相反的意思在我心头往复：卖歌和卖淫不同，听歌和狎妓不同，又干道德甚事？——但是，但是，她们既被逼得以歌为业，她们的歌必无艺术味的；况她们的身世，我们究竟该同情的。所以拒绝倒也是正办。但这些意思终于不曾撇开我的听歌的盼望。它力量异常坚强；它总想将别的思绪踏在脚下。从这重重的争斗里，我感到了浓厚的不足之感。这不足之感使我的心盘旋不安，起坐都不安宁了。唉！我承认我是一个自私的人！平伯呢，却与我不同。他引周启明先生的诗，"因为我有妻子，所以我爱一切的女人；因为我有子女，所以我爱一切的孩子。”他的意思可以见了。他因为推及的同情，爱着那些歌妓，并且尊重着她们，所以拒绝了她们。在这种情形下，他自然以为听歌是对于她们的一种侮辱。但他也是想听歌的，虽然不和我一样。所以在他的心中，当然也有一番小小的争斗；争斗的结果，是同情胜了。至于道德律，在他是没有什么的，因为他很有蔑视一切的倾向，民众的力量在他是不大觉着的。这时他的心意的活动比较简单，又比较松弱，故事后还怡然自若；我却不能了。这里平伯又比我高了。

在我们谈话中间，又来了两只歌舫。伙计照前一样的请我们点戏，我们照前一样地拒绝了。我受了三次窘，心里的不安更甚了。清艳的夜景也为之减色。船夫大约因为要赶第二趟生意，催着我们回去；我们无可无不可的答应了。我们渐渐和那些晕黄的灯光远了，只有些月色冷清清的随着我们的归舟。我们的船竟没个伴儿，秦淮河的夜正长哩！到大中桥近处，才遇着一只来船。这是一只载妓的板船，黑漆漆的没有一点光。船头上坐着一个妓女，暗里看出，白地小花的衫子，黑的下衣。她手里拉着胡琴，口里唱着青衫的调子。她唱得响亮而圆转；当她的船箭一般驶过去时，余音还袅袅的在我们耳际，使我们倾听而向往。想不到在弩末的游踪里，还能领略到这样的清歌！这时船过大中桥了，森森的水影，如黑暗张着巨口，要将我们的船吞了下去，我们回顾那渺渺的黄光，不胜依恋之情；我们感到了寂寞了！这一段地方夜色甚浓，又有两头的灯火招邀着；桥外的灯火不用说了，过了桥另有东关头疏疏的灯火。我们忽然仰头看见依人的素月，不觉深悔归来之早了！走过东关头，有一两只大船湾泊着，又有几只船向我们来着。嚣嚣的一阵歌声人语，仿佛笑我们无伴的孤舟哩。东关头转弯，河上的夜色更浓了；临水的妓楼上，时时从帘缝里射出一线一线的灯光，仿佛黑暗从酣睡里眨了一眨眼。我们默然地对着，静听那汩——汩的桨声，几乎要入睡了；朦胧里却温寻着适才的繁华的余味。我那不安的心在静里愈显活跃了！这时我们都有了不足之感，而我的更其浓厚。我们却只不愿回去，于是只能由懊悔而怅惘了。船里便满载着怅惘了。直到利涉桥下，微微嘈杂的人声，才使我豁然一惊；那光景却又不同。右岸的河房里，都大开了窗户，里面亮着晃晃的电灯，电灯的光射到水上，蜿蜒曲折，闪闪不息，正如跳舞着的仙女的臂膊。我们的船已在她的臂膊里了；如睡在摇篮里一样，倦了的我们便又入梦了。那电灯下的人物，只觉像蚂蚁一般，更不去萦念。这是最后的梦，可惜是最短的梦！黑暗重复落在我们面前，我们看见傍岸的空船上一星两星的，枯燥无力又摇摇不定的灯光。我们的梦醒了，我们知道就要上岸了；我们心里充满了幻灭的情思。

一九二三年十月十一日作完，于温州

◎文章品读

这篇关于秦淮河的散文写于 1923 年 10 月。当时，朱自清与好友俞平伯相携泛舟于江南秦淮河上。二人以此为题，将所闻所感共同付诸笔端。两篇秦淮河的文章著成，各有千秋，一时传为美谈。

朱自清的这篇散文无疑是非常出色的。其无论对于自然美景的描摹，还是抒写“充满了幻灭的情思”、竹影摇红的脂粉河，都涂抹上了浓重的个性色彩。自我烙印之浓，与大家王国维的“有我之境”不谋而合。泛舟秦淮河上，找寻着六朝繁华的遗迹，文人之性得到了很好的排遣与发挥。

在散文的前半部，秦淮河“绘声绘影”。夜幕下，大小船只燃起了一如我们城市的万家灯火。置身其中，听着桨声，水面也泛起了朦胧的烟霭。此等美景，让作者不禁沉浸梦中。然而，冷冷泛着绿意的水，还是不能让人完全进入幻境。

后半部，歌妓卖唱成了行文的重点。它将作者的拘谨、矛盾及主观的执著表现得尤为生动：面临四下靠近的船只、并不相识的红男绿女，他会红着脸做一番灰色的拒绝。然而内心对于“歌声诱惑”却又此起彼伏，于是有了心里“很是怅怅的”甚而是“不足之感”。对歌妓矜持、尊重，到头来成了作者的心结。带着这样的心绪，他们在河上泛游，直到月色渐远，对坐着“快要入睡了”。

朱自清的这篇散文，清新秀丽。不俗的文字，营造出了油画般的效果。词藻千锤百炼，即使洗净铅华，亦有着化不开的浓丽。

桨声灯影里的秦淮河

●俞平伯

我们消受得秦淮河上的灯影，当圆月犹皎的仲夏之夜。

在茶店里吃了一盘豆腐干丝，两个烧饼之后，以歪歪的脚步踅上夫子庙前停泊着的画舫，就懒洋洋躺到藤椅上去了。好郁蒸的江南，傍晚也还是热的。“快开船罢！”桨声响了。

小的灯舫初次在河中荡漾；于我，情景是颇朦胧，滋味是怪羞涩的。我要错认它作七里的山塘；可是，河房里明窗洞启，映着玲珑入画的曲栏干，顿然省得身在何处了。佩弦呢，他已是重来，很应当消释一些迷惘的。但看他太频繁地摇着我的黑纸扇。胖子是这个样怯热的吗？

又早是夕阳西下，河上妆成一抹胭脂的薄媚。是被青溪的姊妹们所熏染的吗？还是匀得她们脸上的残脂呢？寂寂的河水，随双桨打它，终是没言语。密匝匝的绮恨逐老去的年华，已都如蜜饧似的融在流波的心窝里，连呜咽也将嫌它多事，更哪里论到哀嘶。心头，宛转的凄怀；口内，徘徊的低唱；留在夜夜的秦淮河上。

在利涉桥边买了一匣烟，荡过东关头，渐荡出大中桥了。船儿悄悄地穿出连环着的三个壮阔的涵洞，青溪夏夜的韶华已如巨幅的画豁然而抖落。哦！凄厉而繁的弦索，颤岔而涩的歌喉，杂着吓哈的笑语声，劈拍的竹牌响，更能把诸楼船上的华灯彩绘，显出火样的鲜明，火样的温煦了。小船儿载着我们，在大船缝里挤着，挨着，抹着走。它忘了自己也是今宵河上的一星灯火。

既踏进所谓“六朝金粉气”的销金窟，谁不笑笑呢！今天的一晚，且默了滔滔的言说，且舒了恻恻的情怀，暂且学着，姑且学着我们平时认为在醉里梦里的他们的憨痴笑语。看！初上的灯儿们一点点掠剪柔腻的波心，梭织地往来，把河水都皴得微明了。纸薄的心旌，我的，尽无休息地跟着它们飘荡，以致于怦怦而内热。这还好说什么的！如此说，诱惑是诚然有的，且于我已留下不易磨灭的印记。至于对榻的那一位先生，自认曾经一度摆脱了纠缠的他，其辩解又在何处？这实在非我所知。

我们，醉不以涩味的酒，以微漾着，轻晕着的夜的风华。不是什么欣悦，不是什么慰藉，只感到一种怪陌生，怪异样的朦胧。朦胧之中似乎胎孕着一个如花的笑——这么淡，那么淡的倩笑。淡到已不可说，已不可拟，且已不可想；但我们终久是眩晕在它离合的神光之下的。我们没法使人信它是有，我们不信它是没有。勉强哲学地说，这或近于佛家的所谓“空”，既不当鲁莽说它是“无”，也不能径直说它是“有”。或者说“有”是有的，只因无可比拟形容那“有”的光景；故从表面看，与“没有”似不生分别。若定要我再说得具体些：譬如东风初劲时，直上高翔的纸鸢，牵线的那人儿自然远得很了，知她是哪一家呢？但凭那鸢尾一缕飘绵的彩线，便容易揣知下面的人寰中，必有微红的一双素手，卷起轻绡的广袖，牢担荷小纸鸢儿的命根的。飘翔岂不是东风的力，又岂不是纸鸢的含德；但其根株却将另有所寄。请问，这和纸鸢的省悟与否有何关系？故我们不能认笑是非有，也不能认朦胧即是笑。我们定应当如此说，朦胧里胎孕着一个如花的幻笑，和朦胧又互相混融着的；因它本来是淡极了，淡极了这么一个。

漫题那些纷烦的话，船儿已将泊在灯火的丛中去了。对岸有盏跳动的汽油灯，佩弦便硬说它远不如微黄的灯火。我简直没法和他分证那是非。

时有小小的艇子急忙忙打桨，向灯影的密流里横冲直撞。冷静孤独的油灯映见黯淡久的画船头上，秦淮河姑娘们的靓妆。茉莉的香，白兰花的香，脂粉的香，纱衣裳的香……微波泛滥出甜的暗香，随着她们那些船儿荡，随着我们这船儿荡，随着大大小小一切的船儿荡。有的互相笑语，有的默然不响，有的衬着胡琴亮着嗓子唱。一个，三两个，五六七个，比肩坐在船头的两旁，也无非多添些淡薄的影儿葬在我们的心上——太过火了，不至于罢，早消失在我们的眼皮上。谁都是这样急忙忙地打着桨，谁都是这样向灯影的密流里冲着撞；又何况久沉沦的她们，又何况飘泊惯的我们俩。当时浅浅的醉，今朝空空的惆怅；老实说，咱们萍泛的绮思不过如此而已，至多也不过如此而已。你且别讲，你且别想！这无非是梦中的电光，这无非是无明的幻相，这无非是以零星的火种微炎在大欲的根苗上。扮戏的咱们，散了场一个样，然而，上场锣，下场锣，天天忙，人人忙。看！吓！载送女郎的艇子才过去，货郎担的小船不是又来了？一盏小煤油灯，一舱的什物，他也忙得来像手里的摇铃，这样丁冬而郎当。

杨枝绿影下有条华灯璀璨的彩舫在那边停泊。我们那船不禁也依傍短柳的腰肢，欹侧地歇了。游客们的大船，歌女们的艇子，靠着。唱的拉着嗓子；听的歪着头，斜着眼，有的甚至于跳过她们的船头。如那时有严重些的声音，必然说："这哪里是什么旖旎风光！"咱们真是不知道，只模糊地觉着在秦淮河船上板起方正的脸是怪不好意思的。咱们本是在旅馆里，为什么不早早入睡，掂着牙儿，领略那"卧后清宵细细长"，而偏这样急急忙忙跑到河上来无聊浪荡？还说那时的话，从杨柳枝的乱鬓里所得的境界，照规矩，外带三分风华的。况且今宵此地，动荡着有灯火的明姿。况且今宵此地，又是圆月欲缺未缺，欲上未上的黄昏时候。叮当的小锣，伊轧的胡琴，沉填的大鼓……弦吹声腾沸遍了三里的秦淮河。喳喳嚷嚷的一片，分不出谁是谁，分不出哪儿是哪儿，只有整个的繁喧来把我们包填。仿佛都抢着说笑，这儿夜夜尽是如此的，不过初上城的乡下佬是第一次呢。真是乡下人，真是第一次。

穿花蝴蝶样的小艇子多倒不和我们相干。货郎担式的船，曾以一瓶汽水之故而拢近来，这是真的。至于她们呢，即使偶然灯影相偎而切掠过去，也无非瞧见我们微红的脸罢了，不见得有什么别的。可是，夸口早哩！——来了，竟向我们来了！不但是近，且拢着了。船头傍着，船尾也傍着；这不但是拢着，且并着了。厮并着倒还不很要紧，且有人扑冬地跨上我们的船头了。这岂不大吃一惊！幸而来的不是姑娘们，还好（她们正冷冰冰地在那船头上）。来人年纪并不大，神气倒怪狡猾，把一扣破烂的手折，摊在我们眼前，让细瞧那些戏目，好好儿点个唱。他说："先生，这是小意思。"诸君，读者，怎么办？

好，自命为超然派的来看榜样！两船挨着，灯光愈皎，见佩弦的脸又红起来了。那时的我是否也这样？这当转问他（我希望我的镜子不要过于给我下不去）。

老是红着脸终久不能打发人家走路的，所以想个法子在当时是很必要。说来也好笑，我的老调是一味的默，或干脆说个“不”，或者摇摇头，摆摆手表示“决不”。如今都已使尽了。佩弦便进了一步，他嫌我的方式太冷漠了，又未必中用，摆脱纠缠的正当道路唯有辩解。好吗！听他说：“你不知道？这事我们是不能做的。”这是诸辩解中最简洁，最漂亮的一个。可惜他所说的“不知道？”来人倒真有些“不知道！”辜负了这二十分聪明的反语。他想得有理由，你们为什么不能做这事呢？因这“为什么？”佩弦又有进一层的曲解。哪知道更坏事，竟只博得那些船上人的一哂而去。他们平常虽不以聪明名家，但今晚却又怪聪明，如洞彻我们的肺肝一样的。这故事即我情愿讲给诸君听，怕有人未必愿意哩。“算了罢，就是这样算了罢！”恕我不再写下了，以外的让他自己说。

叙述只是如此，其实那时连翩而来的，我记得至少也有三五次。我们把它们一个一个地打发走路。但走的是走了，来的还正来。我们可以使它们走，我们不能禁止它们来。我们虽不轻被摇撼，但已有一点杌陧了。况且小艇上总载去一半的失望和一半的轻蔑，在桨声里仿佛狠狠地说，“都是呆子，都是吝啬鬼！”还有我们的船家（姑娘们卖个唱，他可以赚几个子的佣金），眼看她们一个一个地去远了，呆呆地蹲踞着，怪无聊赖似的。碰着了这种外缘，无怒亦无哀，唯有一种情意的紧张，使我们从颓弛中体会出挣扎来。这味道倒许很真切的，只恐怕不易为倦鸦似的人们所喜。

曾游过秦淮河的到底乖些。佩弦告船家：“我们多给你酒钱，把船摇开，别让他们来啰嗦。”自此以后，桨声复响，还我以平静了，我们俩又渐渐无拘无束舒服起来，又滔滔不断地来谈谈方才的经过。今儿是算怎么一回事？我们齐声说，欲的胎动无可疑的。正如水见波痕轻婉已极，与未波时究不相类。微醉的我们，洪醉的他们，深浅虽不同，却同为一醉。接着来了第二问，既自认有欲的微炎，为什么艇子来时又羞涩地躲了呢？在这儿，答语参差着。佩弦说他的是一种暗昧的道德意味，我说是一种似较深沉的眷爱。我只背诵岂明君的几句诗给佩弦听，望他曲喻我的心胸。可恨他今天似乎有些发钝，反而追着问我。

前面已是复成桥。青溪之东，暗碧的树梢上面微耀着一桁的清光。我们的船就缚在枯柳桩边待月。其时河心里晃荡着的，河岸头歇泊着的各式灯船，望去，少说点也有十廿来只。唯不觉繁喧，只添我们以幽甜。虽同是灯船，虽同是秦淮，虽同是我们；却是灯影淡了，河水静了，我们倦了，——况且月儿将上了。灯影里的昏黄，和月下灯影里的昏黄原是不相似的，又何况入倦的眼中所见的昏黄呢。灯光所以映她的秾姿，月华所以洗她的秀骨，以蓬腾的心焰跳舞她的盛年，以饧涩的眼波供养她的迟暮。必如此，才会有满足的醉，圆足的恋，圆足的颓弛，成熟了我们的心田。

犹未下弦，一丸鹅蛋似的月，被纤柔的云丝们簇拥上了一碧的遥天。冉冉地行来，冷冷地照着秦淮。我们已打桨而徐归了。归途的感念，这一个黄昏里，心和境的交萦互染，其繁密殊超我们的言说。主心主物的哲思，依我外行人看，实在把事情说得太嫌简单，太嫌容易，太嫌分明了。实有的只是浑然之感。就论这一次秦淮夜泛罢，从来处来，从去处去，分析其间的成因自然亦是可能；不过求得圆满足尽的解析，使片段的因子们合拢来代替刹那间所体验的实有，这个我觉得有点不可能，至少于现在的我们是如此的。凡上所叙，请读者们只看作我归来后，回忆中所偶然留下的千百分之一二，微薄的残影。若所谓“当时之感”，我决不敢望诸君能在此中窥得。即我自己虽正在这儿执笔构思，实在也无从重新体验出那时的情景。说老实话，我所有的只是忆。我告诸君的只是忆中的秦淮夜泛。至于说到那“当时之感”，这应当去请教当时的我。而他久飞升了，无所存在。

……

凉月凉风之下，我们背着秦淮河走去，悄默是当然的事了。如回头，河中的繁灯想定是依然。我们却早已走得远，“灯火未阑人散”；佩弦，诸君，我记得这就是在南京四日的酣嬉，将分手时的前夜。

一九二三,八,二二，北京

◎文章品读

俞平伯《桨声灯影里的秦淮河》的完成早于朱自清。两人风格不同，却殊途同归：均泛舟河上，听流水桨声，看华灯彩绘，于悠然自得中，生发自己的一家言论。字里行间充斥着俏皮、感叹，也时而闪现超然物外的哲人之乐。

行文中，作者以纯熟的笔法描绘了秦淮河上的灯影、朦胧的河水。其间融入了不少古典诗词的意境，形成了颇具特色的俞氏白话风格。如“又早是夕阳西下，河上妆成一抹胭脂的薄媚。是被青溪的姊妹们所熏染的吗？还是匀得她们脸上的残脂呢？寂寂的河水，随双桨打它，终是没言语。密匝匝的绮恨逐老去的年华，已都如蜜饧似的融在流波的心窝里，连呜咽也将嫌它多事，更哪里论到哀嘶。心头，宛转的凄怀；口内，徘徊的低唱；留在夜夜的秦淮河上。”经此一写，六朝古河长久的哀怨、无语的泣诉被活脱脱地勾勒了出来。同样，在面对热闹非凡的场景时，作者也以相似的方式进行处理。如此这般，很好地保留了秦淮古河美的意境。

无论朱自清，还是俞平伯，成就一篇随笔散文，可谓信手拈来。意念所到，运斤成风。然而，即使倒进再多的铅华，繁华终成往事。两位文坛大家受大环境所限，亦只能点到为止。

·作者简介·

俞平伯（1900～1990），原名俞铭衡，俞樾之曾孙，祖籍浙江德清县。著名作家、诗人、昆曲研究家、红学家。1919 年毕业于北京大学。先后任浙江省视学、浙江师范国文教员，在上海大学、北大女子文理学院任教授，曾一度赴英、美，均不久即返。回国后，在燕京大学、清华大学、北京大学、中国学院等院校任教。曾加入北京大学的“新潮社”“文学研究会”“语丝社”等文学团体，是新文学运动初期的主要代表人物，提倡“诗的平民化”。1922 年 1 月，与朱自清、郑振铎、叶圣陶等人创办了“五四”以来最早出现的诗刊——《诗》月刊。1945 年加入九三学社。新中国成立后，任北京大学教授。1953 年调入中国社会科学院文学研究所的前身北京大学文学研究所，为一级研究员。主要作品有诗集《冬夜》《古槐书屋间》，散文集《燕知草》《杂拌儿》等。红学著作《红楼梦辨》（1923 年初版，后改名《红楼梦研究》）则是“新红学派”的代表作之一。

五月的青岛

●老舍

因为青岛的节气晚，所以樱花照例是在四月下旬才能盛开。樱花一开，青岛的风雾也挡不住草木的生长了。海棠，丁香，桃，梨，苹果，藤萝，杜鹃，都争着开放，墙角路边也都有了嫩绿的叶儿。五月的岛上，到处花香，一清早便听见卖花声。公园里自然无须说了，小蝴蝶花与桂竹香们都在绿草地上用它们的娇艳的颜色结成十字，或绣成团儿；那短短的绿树篱上也开着一层白花，似绿枝上挂了一层春雪。就是路上两旁的人家也少不得有些花草：围墙既矮，藤萝往往顺着墙把花穗儿悬在院外，散出一街的香气：那双樱，丁香，都能在墙外看到，双樱的明艳与丁香的素丽，真是足以使人眼明神爽。

山上有了绿色，嫩绿，所以把松柏们比得发黑了一些。谷中不但填满了绿色，而且颇有些野花，有一种似紫荆而色儿略略发蓝的，折来很好插瓶。

青岛的人怎能忘下海呢，不过，说也奇怪，五月的海就仿佛特别的绿，特别的可爱，也许是因为人们心里痛快吧？看一眼路旁的绿叶，再看一眼海，真的，这才明白了什么叫作“春深似海”。绿，鲜绿，浅绿，深绿，黄绿，灰绿，各种的绿色，连接着，交错着，变化着，波动着，一直绿到天边，绿到山脚，绿到渔帆的外边去。风不凉，浪不高，船缓缓地走，燕低低地飞，街上的花香与海上的咸味混到一处，荡漾在空中，水在面前，而绿意无限，可不是，春深似海！欢喜，要狂歌，要跳入水中去，可是只能默默无言，心好像飞到天边上那将将能看到的小岛上去，一闭眼仿佛还看见一些桃花。人面桃花相映红，必定是在那小岛上。

这时候，遇上风与雾便还须穿上棉衣，可是有一天忽然响晴，夹衣就正合适。但无论怎说吧，人们反正都放了心——不会大冷了，不会。妇女们最先知道这个，早早的就穿出利落的新装，而且决定不再脱下去。海岸上，微风吹动少女们的发与衣，何必再去到电影院中找那有画意的景儿呢！这里是初春浅夏的合响，风里带着春寒，而花草山水又似初夏，意在春而景如夏，姑娘们总先走一步，迎上前去，跟花们竞争一下，女性的伟大几乎不是颓废诗人所能明白的。

人似乎随着花草都复活了，学生们特别的忙：换制服，开运动会，到崂山丹山旅行，服劳役。本地的学生忙，别处的学生也来参观，几个，几十，几百，打着旗子来了，又成着队走开，男的，女的，先生，学生，都累得满头是汗，而仍不住地向那大海丢眼。学生以外，该数小孩最快活，笨重的衣服脱去，可以到公园跑跑了；一冬天不见猴子了，现在又带着花生去喂猴子，看鹿。拾花瓣，在草地上打滚；妈妈说了，过几天还有大红樱桃吃呢！

马车都新油饰过，马虽依然清瘦，而车辆体面了许多，好做一夏天的买卖呀。新油过的马车穿过街心，那专做夏天的生意的咖啡馆，酒馆，旅社，饮冰室，也找来油漆匠，扫去灰尘，油饰一新。油漆匠在交手上忙，路旁也增多了由各处来的舞女。预备呀，忙碌呀，都红着眼等着那避暑的外国战舰与各处的阔人。多咱浴场上有了人影与小艇，生意便比花草还茂盛呀。到那时候，青岛几乎不属于青岛的人了，谁的钱多谁更威风，汽车的眼是不会看山水的。

那么，且让我们自己尽量地欣赏五月的青岛吧！

◎文章品读

《五月的青岛》是现代散文作品中的上品。情景交融，充满了诗情画意。文中先写鲜花、绿叶、大海，宛如一幅风光图；随后落笔学生、少女、生意人，恰似一幅社会风俗画。写意、抒情两不误，犹如散落的珍珠，被拾起串成了串。带给看官的，是美好的视觉享受。

作为一位语言大家，老舍的文字炉火纯青。这一点，在《五月的青岛》中展现得生动、透彻。

写绿，大海的绿。文中说："五月的海就仿佛特别的绿……鲜绿，浅绿，深绿，黄绿，灰绿，各种的绿色，连接着，交错着，变化着，波动着，一直绿到天边，绿到山脚，绿到渔帆的外边去。”排比、夸张，动与静的结合，让人如临其境，不说盼着去一回青岛，也拟掬一把“绿”于掌心。此“绿”与朱自清笔下的梅雨潭之绿，可谓各有千秋。看过大海，老舍这样写花：“……围墙既矮，藤萝往往顺着墙把花穗儿悬在院外，散出一街的香气：那双樱，丁香，都能在墙外看到，双樱的明艳与丁香的素丽，真是足以使人眼明神爽。”“顺”“悬”“散”用字准确，将慵懒的藤萝开放的姿态，香气弥漫的情景，写得活灵活现。如此种种，不胜枚举。

写过青岛的风光如画，作者转笔，由风土人情说到了青岛的“归属”。“预备呀，忙碌呀，（生意人）都红着眼等着那避暑的外国战舰与各处的阔人。……到那时候，青岛几乎不属于青岛的人了。”诸多铺垫，旨在末端的抒怀。此文发表于 1937 年。正值抗战全面爆发的第一年。值此多事之秋，看山看景，心情自不会平静。于是有了青岛的美，青岛的五月美。只因过了这个时候，青岛也许未必是青岛了。

·作者简介·

老舍（1899 ~ 1966)，原名舒庆春，字舍予，另有笔名絜青、鸿来、非我等。满族，北京人。现、当代著名作家。老舍出生于一个贫民家庭，1918 年北京师范学校毕业后在小学任校长和中学教员。1924 年赴英国任伦敦大学东方学院汉语讲师，其间阅读了大量英文作品，并从事小说创作。1930 年回国后任济南齐鲁大学、青岛山东大学教授。抗日战争爆发后南下汉口和重庆。1938 年任中华全国文艺界抗敌协会理事兼总务部主任，主持文协日常工作。这一期间的创作，均以抗战救国为主题。1946 年应邀赴美讲学，后旅居美国从事创作。新中国成立后不久应召回国，曾任中国文联副主席、中国作家协会副主席、中国民间文艺研究会副主席等职。因创作出优秀话剧《龙须沟》而被授予“人民艺术家”的称号。“文革”开始后，因受迫害投湖自尽。主要作品有：长篇小说《骆驼祥子》《四世同堂》《二马》《猫城记》《离婚》，中篇小说《月牙儿》《我这一辈子》，剧本《龙须沟》《茶馆》，另有《老舍剧作全集》《老舍散文集》《老舍诗选》《老舍文艺评论集》和《老舍文集》等。

我的母亲

●老舍

母亲的娘家是北平德胜门外，土城儿外边，通大钟寺的大路上的一个小村里。村里一共有四五家人家，都姓马。大家都种点不十分肥美的地，但是与我同辈的兄弟们，也有当兵的，做木匠的，做泥水匠的和当巡察的。他们虽然是农家，却养不起牛马，人手不够的时候，妇女便也须下地做活。

对于姥姥家，我只知道上述的一点。外公外婆是什么样子，我就不知道了，因为他们早已去世。至于更远的族系与家史，就更不晓得了；穷人只能顾眼前的衣食，没有工夫谈论什么过去的光荣；"家谱"这字眼，我在幼年就根本没有听说过。

母亲生在农家，所以勤俭诚实，身体也好。这一点事实却极重要，因为假若我没有这样的一位母亲，我以为我恐怕也就要大大地打个折扣了。

母亲出嫁大概是很早，因为我的大姐现在已是六十多岁的老太婆，而我的大外甥女还长我一岁啊。我有三个哥哥，四个姐姐，但能长大成人的，只有大姐，二姐，三姐，三哥与我。我是"老"儿子。生我的时候，母亲已有四十一岁，大姐二姐已都出了阁了。

由大姐与二姐所嫁入的家庭来推断，在我生下之前，我的家里，大概还马马虎虎的过得去。那时候订婚讲究门当户对，而大姐丈是做小官的，二姐丈也开过一间酒馆，他们都是相当体面的人。

可是，我，我给家庭带来了不幸：我生下来，母亲晕过去半夜，才睁眼看见她的老儿子——感谢大姐，把我揣在怀中，致未冻死。

一岁半，我把父亲“克”死了。

兄不到十岁，三姐十二三岁，我才一岁半，全仗母亲独力抚养了。父亲的寡姐跟我们一块儿住，她吸鸦片，她喜摸纸牌，她的脾气极坏。为我们的衣食，母亲要给人家洗衣服，缝补或裁缝衣裳。在我的记忆中，她的手终年是鲜红微肿的。白天，她洗衣服，洗一两大绿瓦盆。她做事永远丝毫也不敷衍，就是屠户们送来的黑如铁的布袜，她也给洗得雪白。晚间，她与三姐抱着一盏油灯，还要缝补衣服，一直到半夜。她终年没有休息，可是在忙碌中她还把院子、屋中收拾得清清爽爽。桌椅都是旧的，柜门的铜活久已残缺不全，可是她的手老使破桌面上没有尘土，残破的铜活发着光。院中，父亲遗留下的几盆石榴与夹竹桃，永远会得到应有的浇灌与爱护，年年夏天开许多花。

哥哥似乎没有同我玩耍过。有时候，他去读书；有时候，他去学徒；有时候，他也去卖花生或樱桃之类的小东西。母亲含着泪把他送走，不到两天，又含着泪接他回来。我不明白这都是什么事，而只觉得与他很生疏。与母亲相依为命的是我与三姐。因此，她们做事，我老在后面跟着。她们浇花，我也张罗着取水；她们扫地，我就撮土……从这里，我学得了爱花，爱清洁，守秩序。这些习惯至今还被我保存着。

有客人来，无论手中怎么窘，母亲也要设法弄一点东西去款待。舅父与表哥们往往是自己掏钱买酒肉食，这使她脸上羞得飞红，可是殷勤地给他们温酒做面，又给她一些喜悦。遇上亲友家中有喜丧事，母亲必把大褂洗得干干净净，亲自去贺吊——份礼也许只是两吊小钱。到如今我的好客的习性，还未全改，尽管生活是这么清苦，因为自幼儿看惯了的事情是不易改掉的。

姑母常闹脾气。她单在鸡蛋里找骨头。她是我家中的阎王。直到我入了中学，她才死去，我可是没有看见母亲反抗过。“没受过婆婆的气，还不受大姑子的吗？命当如此！”母亲在非解释一下不足以平服别人的时候，才这样说。是的，命当如此。母亲活到老，穷到老，辛苦到老，全是命当如此。她最会吃亏。给亲友邻居帮忙，她总跑在前面：她会给婴儿洗三——穷朋友们可以因此少花一笔“请姥姥”钱，她会刮痧，她会给孩子们剃头，她会给少妇们绞脸……凡是她能做的，都有求必应。但是吵嘴打架，永远没有她。她宁吃亏，不斗气。当姑母死去的时候，母亲似乎把一世的委屈都哭了出来，一直哭到坟地。不知道哪里来的一位侄子，声称有承继权，母亲便一声不响，教他搬走那些破桌子烂板凳，而且把姑母养的一只肥母鸡也送给他。

可是，母亲并不软弱。父亲死在庚子闹“拳”的那一年。联军入城，挨家搜索财物鸡鸭，我们被搜两次。母亲拉着哥哥与三姐坐在墙根，等着“鬼子”进门，街门是开着的。“鬼子”进门，一刺刀先把老黄狗刺死，而后入室搜索。他们走后，母亲把破衣箱搬起，才发现了我。假若箱子不空，我早就被压死了。皇上跑了，丈夫死了，鬼子来了，满城是血光火焰，可是母亲不怕，她要在刺刀下，饥荒中，保护着儿女。北平有多少变乱啊，有时候兵变了，街市整条地烧起，火团落在我们院中。有时候内战了，城门紧闭，铺店关门，昼夜响着枪炮。这惊恐，这紧张，再加上一家饮食的筹划，儿女安全的顾虑，岂是一个软弱的老寡妇所能受得起的？可是，在这种时候，母亲的心横起来，她不慌不哭，要从无办法中想出办法来。她的泪会往心中落！这点软而硬的个性，也传给了我。我对一切人与事，都取和平的态度，把吃亏看作当然的。但是，在做人上，我有一定的宗旨与基本的法则，什么事都可将就，而不能超过自己划好的界限。我怕见生人，怕办杂事，怕出头露面；但是到了非我去不可的时候，我便不得不去，正像我的母亲。从私塾到小学，到中学，我经历过起码有二十位教师吧，其中有给我很大影响的，也有毫无影响的，但是我的真正的教师，把性格传给我的，是我的母亲。母亲并不识字，她给我的是生命的教育。

当我在小学毕了业的时候，亲友一致地愿意我去学手艺，好帮助母亲。我晓得我应当去找饭吃，以减轻母亲的勤劳困苦。可是，我也愿意升学。我偷偷地考入了师范学校——制服，饭食，书籍，宿处，都由学校供给。只有这样，我才敢对母亲提升学的话。入学，要交十元的保证金。这是一笔巨款！母亲作了半个月的难，把这巨款筹到，而后含泪把我送出门去。她不辞劳苦，只要儿子有出息。当我由师范毕业，而被派为小学校校长，母亲与我都一夜不曾合眼。我只说了句：“以后，您可以歇一歇了！”她的回答只有一串串的眼泪。我入学之后，三姐结了婚。母亲对儿女是都一样疼爱的，但是假若她也有点偏爱的话，她应当偏爱三姐，因为自父亲死后，家中一切的事情都是母亲和三姐共同撑持的。三姐是母亲的右手。但是母亲知道这右手必须割去，她不能为自己的便利而耽误了女儿的青春。当花轿来到我们的破门外的时候，母亲的手就和冰一样的凉，脸上没有血色——那是阴历四月，天气很暖。大家都怕她晕过去。可是，她挣扎着，咬着嘴唇，手扶着门框，看花轿徐徐地走去。不久，姑母死了。三姐已出嫁，哥哥不在家，我又住学校，家中只剩母亲自己。她还须自晓至晚地操作，可是终日没人和她说一句话。新年到了，正赶上政府倡用阳历，不许过旧年。除夕，我请了两小时的假，由拥挤不堪的街市回到清炉冷灶的家中。母亲笑了。及至听说我还须回校，她愣住了。半天，她才叹出一口气来。到我该走的时候，她递给我一些花生，“去吧，小子！”街上是那么热闹，我却什么也没看见，泪遮迷了我的眼。今天，泪又遮住了我的眼，又想起当日孤独地过那凄惨的除夕的慈母。可是慈母不会再候盼着我了，她已入了土！

儿女的生命是不依顺着父母所设下的轨道一直前进的，所以老人总免不了伤心。我二十三岁，母亲要我结了婚，我不要。我请来三姐给我说情，老母含泪点了头。我爱母亲，但是我给了她最大的打击。时代使我成为逆子。二十七岁，我上了英国。为了自己，我给六十多岁的老母以第二次打击。在她七十大寿的那一天，我还远在异域。那天，据姐姐们后来告诉我，老太太只喝了两口酒，很早地便睡了。她想念她的幼子，而不便说出来。

“七七”抗战后，我由济南逃出来。北平又像庚子那年似的被鬼子占据了，可是母亲日夜惦念的幼子却跑去了西南。母亲怎样想念我，我可以想象得到，可是我不能回去。每逢接到家信，我总不敢马上拆看，我怕，怕，怕，怕有那不祥的消息。人，即使活到八九十岁，有母亲便可以多少还有点孩子气。失了慈母便像花插在瓶子里，虽然还有色有香，却失去了根。有母亲的人，心里是安定的。我怕，怕，怕家信中带来不好的消息，告诉我已是失了根的花草。

去年一年，我在家信中找不到关于老母的起居情况。我疑虑，害怕。我想象得到，如有不幸，家中念我流亡孤苦，或不忍相告。母亲的生日是在九月，我在八月半写去祝寿的信，算计着会在寿日之前到达。信中嘱咐千万把寿日的详情写来，使我不再疑虑。十二月二十六日，由文化劳军的大会上回来，我接到家信。我不敢拆读。就寝前，我拆开信，母亲已去世一年了！

生命是母亲给我的。我之能长大成人，是母亲的血汗灌养的。我之能成为一个不十分坏的人，是母亲感化的。我的性格，习惯，是母亲传给的。她一世未曾享过一天福，临死还吃的是粗粮。唉！还说什么呢？心痛！心痛！

◎文章品读

老舍是一个含蓄、内敛的人，并不擅长直抒胸臆式的铺陈宣泄。然而，阅读老舍的《我的母亲》一文时，我们却可以分明地感受到作者于平淡、朴实的言语下汹涌澎湃着的情感潮水。这是为什么呢？

母爱如山，母爱如海。

作者的家境并不算好。老舍出生在老北京胡同中的一个贫困家庭。父亲是一名守卫皇城的护军，1900 年，在抗击八国联军入侵的巷战中阵亡。从此家庭的重担全部落在了母亲的肩上。母亲给人缝洗衣服和充当杂役，以微薄的收入养家糊口。家中儿女众多，在大杂院中相依为命。

散文运笔随意，从介绍母亲的出身起，步步讲述家境的艰辛，以点带面，人们看到的是旧时贫民区大杂院的一种生存状态：在驳杂的环境中，车夫、手工业者、小商贩、下等艺人等，都在挣扎度日，十分艰难。相比较而言，作者一家起初还过得去，两个姐夫也比较体面。然而作者的到来，仿佛成了一个转折，先是母亲昏厥了大半夜，大姐将其“揣在怀中，致未冻死”；作者一岁半时，又“克”死了父亲。作者其实并不迷信，在此处用“克”，所要传达的是一种难言的复杂情感，有无奈、辛酸，更多的是一种对生活艰辛的困惑与茫然。

讲家庭，娓娓道来，介绍家中众多兄弟姊妹的成长及“我”的所观所感，将母爱无形、生活的不易及自己的拳拳赤子之心，穿插融会，情感的抒发淋漓尽致。

述及母爱，作者感慨万端，一件件小事，无不平实，却处处见真情，“皇上跑了，丈夫死了，鬼子来了，满城是血光火焰”，危难当头，母亲毫不畏惧，在刺刀下，饥荒中，护着自己的儿女；“我偷偷地考入了师范学校”，母亲知道后不但没有责怪，还想方设法筹齐了保证金，“含泪把我送出门去”；三姐如母亲的右手，但是“她不能为自己的便利而耽误了女儿的青春”，“她挣扎着，咬着嘴唇，手扶着门框，看花轿徐徐地走去”。最让人潸然泪下的是，除夕之夜，母亲恋恋不舍却毅然送作者返校一幕——由于大姑子去世，儿女成人，老人青灯孤影，终日里没人陪伴。除夕夜，作者请了假回家，母亲看见作者归来的一刹那，笑了。一个“笑”字，将母亲见到儿子的那种喜出望外和抑制不住的激动之情表现得淋漓尽致。当听说“我还须回校”时，她先是“愣住了”，然后半天才“叹出一口气来”。她拿了花生，对作者说“去吧，小子”。平平淡淡中，藏着内心的波澜起伏：母亲是多么地渴望能和儿子一起热热闹闹地过个年，然而，当她知道儿子必须要走时，又故作平静地让其离去。这看似平静的反应下，包含着多少理解，掩藏着多少难言的深情啊！

母亲的性情坚强、隐忍，有“知其不可而为之”的勇气，有对儿女的拳拳深情，其善良美好的种种秉性，以言传身教的方式传递给子女，让下一代在未来的生活中受教无穷。母亲是作者生命中重要的良师，他说：“我经历过起码有二十位教师吧，其中有给我很大影响的，也有毫无影响的，但是我的真正的教师，把性格传给我的，是我的母亲。母亲并不识字，她给我的是生命的教育。”

母爱如山，母亲是师。然而，母亲一生付出，却“未曾享过一天福，临死还吃的是粗粮”，行文至此，作者痛彻肺腑，接连呼“心痛！心痛！”催人泪流。

母爱的力量，让作者的感情如滔滔江水，千里奔淌；母爱的无私与伟大，让作者的赤子之情，溢于言外，也让读者为之动容，感叹回味良久。

济南的冬天

●老舍

对于一个在北平住惯的人，像我，冬天要是不刮大风，便是奇迹；济南的冬天是没有风声的。对于一个刚由伦敦回来的，像我，冬天要能看得见日光，便是怪事；济南的冬天是响晴的。自然，在热带的地方，日光是永远那么毒，响亮的天气反有点叫人害怕。可是，在北中国的冬天，而能有温晴的天气，济南真得算个宝地。

设若单单是有阳光，那也算不了出奇。请闭上眼想：一个老城，有山有水，全在蓝天下很暖和安适地睡着；只等春风来把他们唤醒，这是不是个理想的境界？小山整把济南围了个圈儿，只有北边缺着点口儿，这一圈小山在冬天特别可爱，好像是把济南放在一个小摇篮里，它们全安静不动地低声地说：你们放心吧，这儿准保暖和。真的，济南的人们在冬天是面上含笑的。他们一看那些小山，心中便觉得有了着落，有了依靠。他们由天上看到山上，便不觉地想起：明天也许就是春天了吧？这样的温暖，今天夜里山草也许就绿起来了吧？就是这点幻想不能一时实现，他们也并不着急，因为有这样慈善的冬天，干啥还希望别的呢。

最妙的是下点小雪呀。看吧，山上的矮松越发地青黑，树尖上顶着一髻儿白花，像些小日本看护妇。山尖全白了，给蓝天镶上一道银边。山坡上有的地方雪厚点，有的地方草色还露着，这样，一道儿白，一道儿暗黄，给山们穿上一件带水纹的花衣；看着看着，这件花衣好像被风儿吹动，叫你希望看见一点更美的山的肌肤。等到快日落的时候，微黄的阳光斜射在山腰上，那点薄雪好像忽然害了羞，微微露出点粉色。就是下小雪吧，济南是受不住大雪的，那些小山太秀气。

古老的济南，城内那么狭窄，城外又那么宽敞，山坡上卧着些小村庄，小村庄的房顶上卧着点雪，对，这是张小水墨画，或者是唐代的名手画的吧。那水呢，不但不结冰，反倒在绿藻上冒着点热气。水藻真绿，把终年贮蓄的绿色全拿出来了。天儿越晴，水藻越绿，就凭这些绿的精神，水也不忍得冻上；况且那长枝的垂柳还要在水里照个影儿呢。看吧，由澄清的河水慢慢往上看吧，空中，半空中，天上，自上而下全是那么清亮，那么蓝汪汪的，整个的是块空灵的蓝水晶。这块水晶里，包着红屋顶，黄草山，像地毯上的小团花的小灰色树影；这就是冬天的济南。

◎文章品读

假设要你给一个从没到过济南的人讲讲济南的美，你会从哪里讲起呢？也许你会茫然，不知从何说起。那么，不妨来看看老舍描绘的济南。

老舍，北京人，1930 年前后到了山东。由于先后在济南齐鲁大学和青岛山东大学任教 7 年，对山东产生了深厚的感情，他亲切地称山东为“第二故乡”。据老舍的夫人回忆，老舍生前“常常怀念的是从婚后到抗战爆发，在山东度过的那几年”。有了这样的情感，运笔如诗如画，自然可以理解。

该文作于 1931 年春天，当时作者正在济南齐鲁大学任教。文章为节选，是描写济南风景名胜的长篇系列散文《一些印象》中的第五节（第一节《济南的马车》、第二节《济南的洋车》、第三节《济南的大葱》、第四节《济南的秋天》、第六节《齐大的校园》、第七节是全文的结语），该篇虽短，却可独立成篇，颇有精致之处。

散文的布局谋篇层次井然。开篇先写济南冬日的天气。作者以个人亲身感受，通过与北平、伦敦及热带进行对比，说明济南冬日里无风声、无重雾、无毒日的“奇迹”“怪事”，突出其气候的难得，是一处“宝地”。“温晴”“宝地”如同两枚珠子，串起一根线，整篇文章即被抖挂起来。

从行文第二段开始，作者以“单单是有阳光，那也算不了出奇”为过渡，转笔写济南冬天的山水。此处运用了丰富的修辞手法，如比喻、拟人等，如把济南比作

“摇篮”，把山坡上村庄的雪景比作“水墨画”，把澄清的河水比作一块儿“蓝水晶”，无不工巧秀丽，生动贴切，给人留下深刻印象。拟人手法的运用也很多，如合围的小山会“安静不动地低声地说：你们放心吧，这儿准保暖和”；山坡上草雪斑驳，则是为“山们穿上一件带水纹的花衣”；夕阳西下，薄雪莹润通透，被写作粉色“害羞的少女，情态可掬”。除此之外，绿有精神，水不忍冻上，垂柳照影，均被人格化，充满了脉脉的温情。对比手法的运用也是该文的一大特色，作者信手拈来，随处可见。如以北平的冬天跟济南的冬天相对比，以伦敦的多雾跟济南的响晴相对比，以热带的毒日跟济南的温晴相对比等，所要说明的就是济南冬日的可爱，与众不同。各种手法的灵活运用，为读者了解济南起到了画龙点睛的作用，呈现给读者的，是一座温情脉脉，山滋水润，宛如江南般通透的北方名城。

老舍是位语言大师，斟字炼句乐此不疲，很多遣词造句堪称精妙，如小山落雪，仿佛“给蓝天镶上一道银边”；树尖斑白，如“顶着一髻儿白花”，像日本看护妇等，每字每句，都值得人细细品味，咀嚼。济南是美的，老舍先生笔下的济南的冬天却更美。山光、水色、阳光、白雪，无不是美的享受，那浸透在如画的美景中的浓郁情致，更使作品具有了一种神韵，一种悠长的味道。

芭蕉花

●郭沫若

这是我五六岁时的事情了。我现在想起了我的母亲，突然记起了这段故事。

我的母亲六十六年前是生在贵州省黄平州的。我的外祖父杜琢章公是当时黄平州的州官。到任不久，便遇到苗民起事，致使城池失守，外祖父手刃了四岁的四姨，在公堂上自尽了。

外祖母和七岁的三姨跳进州署的池子里殉了节，所用的男工女婢也大都殉难了。我们的母亲那时才满一岁，刘奶妈把我们的母亲背着已经跳进了池子，但又逃了出来。在途中遇着过两次匪难，第一次被劫去了金银首饰，第二次被劫去了身上的衣服。忠义的刘奶妈在农人家里讨了些稻草来遮身，仍然背着母亲逃难。逃到后来遇着赴援的官军才得了解救。最初流到贵州省城，其次又流到云南省城，倚人庐下，受了种种的虐待，但是忠义的刘奶妈始终是保护着我们的母亲。直到母亲满了四岁，大舅赴黄平收尸，便道往云南，才把母亲和刘奶妈带回了四川。

母亲在幼年时分是遭受过这样不幸的人。

母亲在十五岁的时候到了我们家里来，我们现存的兄弟姊妹共有八人，听说还死了一兄三姐。那时候我们的家道寒微，一切炊洗洒扫要和妯娌分担，母亲又多子息，更受了不少的累赘。白日里家务奔忙，到晚来背着弟弟在菜油灯下洗尿布的光景，我在小时还亲眼见过，我至今也还记得。

母亲因为这样过于劳苦的原故，身子是异常衰弱的，每年交秋的时候总要晕倒一回，在旧时称为“晕病”，但在现在想来，这怕是在产褥中，因为摄养不良的关系所生出的子宫病吧。

晕病发了的时候，母亲倒睡在床上，终日只是呻吟呕吐，饭不消说是不能吃的，有时候连茶也几乎不能进口。像这样要经过两个礼拜的光景，又才渐渐回复起来，完全是害了一场大病一样。

芭蕉花的故事是和这晕病关连着的。

在我们四川的乡下，相传这芭蕉花是治晕病的良药。母亲发了病时，我们便要四处托人去购买芭蕉花。但这芭蕉花是不容易购买的。因为芭蕉在我们四川很不容易开花，开了花时乡里人都视为祥瑞，不肯轻易摘卖。好容易买得了一朵芭蕉花了，在我们小的时候，要管两只肥鸡的价钱呢。

芭蕉花买来了，但是花瓣是没有用的，可用的只是瓣里的蕉子。蕉子在已经形成了果实的时候也是没有用的，中用的只是蕉子几乎还是雌蕊的阶段。一朵花上实在是采不出许多的这样的蕉子来。

这样的蕉子是一点也不好吃的，我们吃过香蕉的人，如以为吃那蕉子怕会和吃香蕉一样，那是大错而特错了。有一回母亲吃蕉子的时候，在床边上挟过一箸给我，简直是涩得不能入口。

芭蕉花的故事便是和我母亲的晕病关连着的。

我们四川人大约是外省人居多，在张献忠剿了四川以后——四川人有句话说：“张献忠剿四川，杀得鸡犬不留”——在清初时期好像有过一个很大的移民运动。外省籍的四川人各有各的会馆，便是极小的乡镇也都是有的。

我们的祖宗原是福建的人，在汀州府的宁化县，听说还有我们的同族住在那里。我们的祖宗正是在清初时分入了四川的，卜居在峨眉山下一个小小的村里。我们福建人的会馆是天后宫，供的是一位女神叫作“天后圣母”。这天后宫在我们村里也有一座。

那是我五六岁时候的事了。我们的母亲又发了晕病。我同我的二哥，他比我要大四岁，同到天后宫去。那天后宫离我们家里不过半里路光景，里面有一座散馆，是福建人子弟读书的地方。我们去的时候散馆已经放了假，大概是中秋前后了。我们隔着窗看见散馆园内的一簇芭蕉，其中有一株刚好开着一朵大黄花，就像尖瓣的莲花一样。我们是欢喜极了。那时候我们家里正在找芭蕉花，但在四处都找不出。我们商量着便翻过窗去摘取那朵芭蕉花。窗子也不过三四尺高的光景，但我那时还不能翻过，是我二哥擎我过去的。我们两人好容易把花苞摘了下来，二哥怕人看见，让我把花藏在衣袂下同路回去。回到家里了，二哥叫我把花苞拿去献给母亲。我捧着花跑到母亲的床前，母亲问我是从甚么地方拿来的，我便直说是在天后宫掏来的。我母亲听了便大大地生气，她立地叫我们跪在床前，只是连连叹气地说："啊，娘生下了你们这样不争气的孩子，为娘的倒不如病死的好了！"我们都哭了，但我也不知为甚么事情要哭。不一会父亲晓得了，他又把我们拉去跪在大堂上的祖宗面前打了我们一阵。我挨掌心是这一回才开始的，我至今也还记得。

我们一面挨打，一面伤心。但我不知道为甚么该讨我父亲、母亲的气。母亲病了要吃芭蕉花。在别处园子里掏了一朵回来，为甚么就犯了这样大的过错呢？

芭蕉花没有用，抱去奉还了天后圣母，大约是在圣母的神座前干掉了吧？

这样的一段故事，我现在一想到母亲，无端地便涌上了心来。我现在离家已十二三年，值此新秋，又是风雨飘摇的深夜，天涯羁客不胜落寞的情怀，思念着母亲，我一阵阵鼻酸眼胀。

啊，母亲，我慈爱的母亲哟！你儿子已经到了中年，在海外已自娶妻生子了。幼年时摘取芭蕉花的故事，为甚么使我父亲、母亲那样的伤心，我现在是早已知道了。但是，我正因为知道了，竟失掉了我摘取芭蕉花的自信和勇气。这难道是进步吗？

◎文章品读

《芭蕉花》写于 1924 年 8 月，当时郭沫若旅居日本福冈。这是一篇感人至深的散文，表达了对母亲的感怀之情。

芭蕉花与作者母亲的病息息相关。因此，作者为了给母亲治病，偷偷到会馆去摘芭蕉花。这一件在作者看来很小的事，却让父母大发雷霆。母亲不但没用芭蕉花治病，反而勒令其送还。这件事让若干年后的作者懂得了母亲的良苦用心，那就是诚信。这是母亲对作者的教诲，也让其每每念及，便想起母亲，并"一阵阵鼻酸眼胀”。

作者怀念母亲，然而在感怀之余，也产生了心中的困惑：“……我正因为知道了，竟失掉了我摘取芭蕉花的自信和勇气。这难道是进步吗？”这句疑问，含意隽永。作为一位革命家，身负重担，然而彷徨、苦闷也如影随形。母亲的谆谆教导，让其懂得了做人的道理。然而在追逐理想的路上，患得患失自然不是进步。

文章托物言志，借芭蕉花抒发情怀。在怀想母亲的同时，含蓄地表达出自己对于理想、信念执著坚定的追求。

·作者简介·

郭沫若（1892～1978），现代著名文学家、历史学家、古文字学家、社会活动家。原名郭开贞，乳名文豹，号尚武。笔名沫若、鼎堂。生于四川乐山沙湾。幼年入家塾读书，深受中国古典诗词影响。1914年春赴日本学医，其间接触了泰戈尔、歌德、莎士比亚、惠特曼等外国作家的作品。“五四”运动爆发后，在日本福冈发起组织救国团体夏社，投身于新文化运动，写出了《凤凰涅槃》《地球，我的母亲》《炉中煤》等诗篇。1923年，毕业于东京帝国大学，同年回国。回国后先后参加了北伐、南昌起义，创作完成了《王昭君》《聂莹》《卓文君》等历史剧。1928年流亡日本。1930年加入中国左翼作家联盟。抗战爆发后，积极投身于抗日救亡运动。1938年任中华全国文艺界抗敌协会理事。这一时期创作了以《屈原》为代表的六部历史剧，完成《十批判书》《青铜时代》等史论和大量杂文、随笔、诗歌等。新中国成立后，曾任中央人民政府委员，国务院副总理兼文化教育委员会主任、中国科学院院长，全国文联一、二、三届主席，并任中国共产党第九、十、十一届中央委员，第一至第五届全国人大常务委员会副委员长，全国政协委员、常务委员、副主席等职，其间创作了《新华颂》《东风集》《蔡文姬》《武则天》《李白与杜甫》等。

波

●郭沫若

一

1938年10月23日，武汉准备撤退前的第二天，有好几艘疏散市民的轮船，都在这天的清早，先后离开了码头向上游驶去。

这一只在平时充作轮渡使用的老船拖着满身的难民和行李，喘息着在江面上匍匐，匍匐，好半天了，但离武汉还不很远。

二

尽管是怎样的没有秩序，船一离了岸，上船时那种不可名状的骚乱镇定了下来，人们在逼窄的隙地中找到了各自的定位。

爱说话的人把话匣子打开了。

本来是有相熟的同路人自不用说，便是陌生的人只要座位邻近便自然构成出一个个的社交环境。

话题是复杂多样的，抗战建国的前途，武汉三镇的命运，日寇的暴行，我军的勇敢，国际的同情，乃至油盐柴米，离合悲欢之类，就跟水里的波澜一样，这边平了，那边起来，一个接上一个，一个掩盖一个，为那轮船的机音，那单调的独唱，构成着一片复杂混茫的伴奏。

谈倦了，斜倚在行李上或靠着船壁上便打起盹来；谈饿了，船上是没有饮食的配备的，用意周到的人便把随身带着的干粮和水瓶取出来吃喝。这些是间歇音符的一部分。轮船的机音始终没有停止，其他的伴奏也始终没有停止。

时而有小儿的尖锐哭声，这金属性的洋唢呐，正从船尾甲板上的一角又高举起来了。

三

一对年轻的夫妇，坐在后甲板的一只角落上，那儿有一面小方格形的木阵，要比甲板高过一尺光景。

男的穿着一件日本式的学生装，是绀青哔叽的，连铜制的纽扣都还没有换掉，一眼看去便可以知道是才从日本回来的留学生。年纪不过二十五六，身材细长而脸色苍白。

女的要年轻些，人也矮小，没有化妆的素脸，小巧而带着暮黄色，两边的颊上隐隐呈着褐色的晕斑。剪得短短的头发，高齐领缘，也毫未加以修饰。

两人都很寡默而带着焦躁，和年龄不相应地。

女的抱着一个六、八个月的男孩，有一个营养不良的小猴儿一样的面孔，时时发出神经性的哭声。

两人太没经验了，也怕因为走得太仓猝吧，干粮和饮料丝毫也没有带。船已经走了大半天，两人都在为着饥渴而煎熬着。

更加不好的是婴儿要吃奶。

本是不足的母奶，因为饥渴，又加上心焦，很快地便被吸空了。一对橡皮嘴子一般的奶头，换来换去地把给婴儿咂，自无补于刻刻增进着的婴儿的饥饿。

婴儿不断地号哭。

年轻的父母只好换来换去地抱，抱也无济于事。哭得令人不耐烦了，便开始在心里互相埋怨，继而竟发出了声来，带着北边的口音。

——“早知道这样，留在汉口好了，反正是该饿死的！”男的埋怨着，这时候哭着的孩子是在他的手里。

女的埋着头没有理会。

——“明知道船上是不会开火的，干粮一点也没有带。买得听罐头牛奶也好啦。”男的在自言自语中，多少还含得有一些商量的口气。

——“你真有先见之明！”女的抬起了头来，愤愤地抗议着，又把哭着的孩子夺过手去，一面把奶头塞进他的嘴里，一面又继续着说：“你这小东西，你把我磨死就算事。”

——“谁个要磨死你啦？”男的也愤然起来了。

——“你天天在外边跑，怎么不买一点呢？”

——“钱是在你手里的，你要惜着用啦！”

——“不知道你究竟有多少钱哟！”

男的经这一反诘也就忍耐着沉默了。

——“我们那一千块钱呢？”停一下他故意用日本话来说了这一句。

——“缝在孩子的这斗篷里面了。”她很勉强地也用日本话来回答，并指着孩子身上穿的一件红色的小棉斗篷。

含着空奶头的婴儿，大约以为是受了欺骗吧，哭得可是更加火烈。

四

突然有飞机的拍音，隐隐从空中传来。

全船的人就像感了电一样，说话的也把话停了。

这时小儿的哭声便成为了众矢之的。坐在近旁的一位老婆婆念起佛号来，一面念着，一面也在戟指怒目地禁止小儿不要哭。

拍音愈来愈近，船上的空气愈见紧张，而啼饥的小儿的哭声也愈见火烈。

这可犯了众怒了，有好些激躁的人便向那对年轻的夫妇唬吓了起来。

——“你们老是干涉，小孩子哭有什么办法呢？其实飞机上哪里听得见！”留学生含着敌对的意思这样说。

——“造孽的！”旁边的那位念佛的婆婆发言了，“鬼子的飞机上是有听话筒的，下面的什么声音都听得见啦。南无观世音菩萨！南无观世音菩萨！”

另外有一位猛凶凶的男子闯上前去。“一定要那小杂种哭吗？我要给你丢下水去！”

说着，他出其不意地便从那女子手中夺了过去，那对年轻的父母连抢也抢不及，一个活生生的孩子便被那凶汉投进江里去了。

母亲惨叫了一声，立地想越过船栏跳下江去，却被她的丈夫死死地抱着。

——“不要抱着我，快打救孩子！快打救孩子！”

——“南无观世音菩萨，南无观世音菩萨……”

红斗篷在波面上浮起了一下，很快地又被卷下去了。

——“呵，孩子，孩子！我的孩子！”母亲发狂般地大呼而挣扎，可是她的丈夫仍死死地把她抱着。

——“嘘！”大部分的人都在嘘。

——“嘘！”

——“率性把这两个家伙一道掼下水去！”又有暴躁的声音这样说。

——“你们这些造孽的，没作声呀！”念佛的婆婆也在生气，“南无观世音菩萨，南无观世音菩萨，南无观世音菩萨……”

——“你为什么老是死死抱着我呢！”不断地挣扎着的母亲也渐渐衰弱下来了。

丈夫呈着一个极其悲惨的面容，始终没有作声。

五

紧张了好一会，飞机的拍音渐渐低了，远了，卒至听不见了。

大约是敌人的侦察机飞来侦察了之后又飞转去了，再不，便是转换了方向。

大家都抽了一口气。

念佛的婆婆又雄辩起来了：“还是观音大士有灵有验，我们的菩萨供得高。观音大士只要把眼睛一抬，敌机就要飞转去的。你们还不晓得哟，前一回日本鬼子炸长春观，下一个蛋来正对着观音菩萨的头，我亲眼看见观音菩萨伸出手去把炸弹接着，又扔回去，便把日本鬼子的飞机打下来了。”

年轻的母亲还在抽咽着。

——“这位女太太，”念佛的婆婆转向着她，“你不要伤心了，你的孩子虽然丢了，但他搭救了一船的人，搭救了你两口子，观音菩萨会保佑他的啦，一定要收他去做金山童子。你们还年轻，明年他就会转胎来的啦。”

年轻的母亲依然抽咽着。一两刻钟前还在发嘘的利己鬼们，现在好像都为孩子的母亲惘然起来了，连那位凶手大约是天良发现，或许也怕是害怕那父亲报复，在未经注意之间，也不知道躲到什么地方去了。

母亲抽咽了一会，突然又号啕痛哭。

拥抱着她的丈夫结局是打破了沉默：“不要哭了吧。我们也不怨恨谁，只怨恨日本鬼子残暴，只怨恨我们中国人没有教育。成千成万的儿童都被日本鬼子炸死了，我们的孩子也等于被日本鬼子炸死了的。不要紧，我们还年轻，我们要报仇！……”

——“你们不用说也是有钱的人啦。”念佛的婆婆插了一句。

经这一句的插入，母亲的痛哭突然止住了。

——“你说什么？”她漠然地发问。

——“你们是出过东洋的人啦，有的是钱，到了四川重庆总是有办法的。”

——“哈哈，有趣！哈哈，有趣！”年轻的母亲突然大笑了起来。“我们有的是钱，给娃娃一道带走了！给娃娃一道带走了！哈哈，有趣！有趣！给娃娃一道带走了！……”

差不多就和那念佛婆婆念“南无观世音菩萨”一样，这年轻的母亲从此便老是念着这几句：“哈哈，有趣！有趣！给娃娃一道带走了！”

六

这一对年轻的夫妇到了沙市便登了岸。

女的老是笑，老是念那两句单调的话。

男的呢？也老是扶着他的夫人，一直是沉默着，沉默着。

没有人知道他们的姓名，也没有人知道他们后来怎样了。

一九四二年七月十四日

◎文章品读

散文《波》描述了抗战时期，武汉作为“临时首都”的岌岌可危。背景是开始于1937年7月的武汉大会战。该战争持续到1938年的10月，中日双方均受重创，武汉沦陷。该文选取了1938年秋武汉军民陆续撤离一幕落笔。着眼点不是军队、前线，而是战火硝烟中的普通民众。

波，是汹涌的江水，也是此起彼伏的人心。在一艘救命逃亡的小船上，面对死亡的考验，真实的人性显露无遗。

篇章的主人公是一对年轻夫妇，他们带着不满一岁的孩子乘坐撤离船只。由于撤离匆忙，没有带任何吃食，孩子啼哭不止。这时日本的飞机在附近逡巡，人们为了自保，残忍地将孩子投入江中。“鬼子的飞机上是有听话筒的，下面的什么声音都听得见”，为了一船人不被“牵连”，小孩做了无辜的牺牲。

散文以通篇叙事的手法，完整地讲述了一个撤离的故事，无华丽的文风，无曲折的情节，只是以写实的手法，描述了一幕逃亡悲剧。文中的细节描绘分门别类，为不同的人绘了逼真的肖像——主人公是一对年轻夫妇，缺少生活经验，没有为自己和孩子做充分的跋涉准备，但是却将一千块钱缝在了孩子的衣服里；孩子很瘦，有着“小猴儿一样的面孔”；凶汉外强中干，暴躁强横；拿着佛珠念佛号的老婆婆愚昧退缩。芸芸众生的面孔，在灾难面前纷纷还原。

年轻夫妇的结局很悲惨，仅有的钱随着孩子的沉没而沉没。没了生的希望，女人发了疯，一遍遍念叨：“我们有的是钱，给娃娃一道带走了！给娃娃一道带走了！哈哈，有趣！有趣！”船只没有抵达重庆他们就下了船，前途渺茫。男主人公相对理性，然而非常懦弱，他可以认识到如此种种苦难都源于日寇的残暴，却不能为自己出头，他“一直是沉默着，沉默着”。

每个人都有每个人的定位，年富力强者赴陪都继续战斗，广大的民众不乏如散沙者，苟且偷生；自私钻营者更是大有人在。一艘救生小船，将人们的希望载往一个新的彼岸，然而路途之艰辛，遥远，又岂是神明所能够预料的。路在脚下，不在困境中爆发，就只有在沉默中死亡。

武汉会战爆发时，作者正在国民政府军事委员会政治部第三厅从事抗战宣传工作，其时政治势力复杂，暗潮汹涌。作者也只能在力所能及的范围内参加抗日救国运动。《波》是一幕悲剧，也正是作者内心无言的呐喊。

秋天的况味

●林语堂

秋天的黄昏，一人独坐在沙发上抽烟，看烟头白灰之下露出红光，微微透露出暖气，心头的情绪便跟着那蓝烟缭绕而上，一样的轻松，一样的自由。不转眼缭烟变成缕缕的细丝，慢慢不见了，而那时，心上的情绪也跟着消沉于大千世界，所以也不讲那时的情绪，而只讲那时的情绪的况味。待要再划一根洋火，再点起那已点过三四次的雪茄，却因白灰已积得太多，点不着，乃轻轻的一弹，烟灰静悄悄地落在铜炉上，其静寂如同我此时用毛笔写在宣纸上一样，一点的声息也没有。于是再点起来，一口一口地吞云吐雾，香气扑鼻，宛如偎红倚翠温香在抱的情调。于是想到烟，想到这烟一般温煦的热气，想到室中缭绕暗淡的烟霞，想到秋天的意味。这时才想起，向来诗文上秋的含义，并不是这样的，使人联想的是萧杀，是凄凉，是秋扇，是红叶，是荒林，是萋草。然而秋确有另一意味，没有春天的阳气勃勃，也没有夏天的炎烈迫人，也不像冬天之全入于枯槁凋零。我所爱的是秋林古气磅礴气象。有人以老气横秋骂人，可见是不懂得秋林古色之滋味。在四时中，我于秋是有偏爱的，所以不妨说说。秋是代表成熟，对于春天之明媚娇艳，夏日之茂密浓深，都是过来人，不足为奇了，所以其色淡，叶多黄，有古色苍茏之慨，不单以葱翠争荣了。这是我所谓秋的意味。大概我所爱的不是晚秋，是初秋，那时暄气初消，月正圆，蟹正肥，桂花皎洁，也未陷入凛冽萧瑟气态，这是最值得赏乐的。那时的温和，如我烟上的红灰，只是一股熏蒸的温香罢了。或如文人已排脱下笔惊人的格调，而渐趋纯熟练达，宏毅坚实，其文读来有深长意味。这就是庄子所谓“正得秋而万宝成”结实的意义。在人生上最享乐的就是这一类的事。比如酒以醇以老为佳。烟也有和烈之辨。雪茄之佳者，远胜于香烟，因其味较和。倘是烧得得法，慢慢地吸完一支，看那红光炙发，有无穷的意味。鸦片吾不知，然看见人在烟灯上烧，听那微微毕剥的声音，也觉得有一种诗意。大概凡是古老、纯熟、熏黄、熟练的事物，都使我得到同样的愉快。如一只熏黑的陶锅在烘炉上用慢火炖猪肉时所发出的锅中徐吟的声调，是使我感到同观人烧大烟一样的兴趣。或如一本用过二十年而尚未破烂的字典，或是一张用了半世的书桌，或如看见街上一块熏黑了老气横秋的招牌，或是看见书法大家苍劲雄深的笔迹，都令人有相同的快乐，人生世上如岁月之有四时，必须要经过这纯熟时期，如女人发育健全遭遇安顺的，亦必有一时徐娘半老的风韵，为二八佳人所绝不可及者。使我最佩服的是邓肯的佳句：“世人只会吟咏春天与恋爱，真无道理。须知秋天的景色，更华丽，更恢奇，而秋天的快乐有万倍的雄壮、惊奇、瑰丽。我真可怜那些妇女识见褊狭，使她们错过爱之秋天的宏大的赠赐。”若邓肯者，可谓识趣之人。

一九四一年一月

◎文章品读

林语堂对秋有着非常的偏爱，从这篇《秋天的况味》可见一斑。

历来文人墨客伤春悲秋，往往于黄昏落日时黯然神伤。而林语堂的行文，则描摹出了另一番宁静深远的秋天景致。

“秋天的黄昏，一人独坐在沙发上抽烟”，优雅的雪茄在手，人的思绪也如那缥缈的烟雾荡漾开来。由此，作者想到了“秋”。在对秋进行描写时，作者没有从自然景物着手，而是另辟蹊径，着重“况味”。他将秋比作“过来人”，比作“烟上的红灰”，比作醇酿的老酒，这还不够，雪茄、鸦片甚至是一只陶锅在烘炉上用慢火炖猪肉时发出的声调都有着浓浓的意味。这诸多的比喻，都是作者用来传递秋天“况味”的道具、媒介。当人们细品蕴含其中的丰厚与醇美时，就不由自主地进入了作者巧妙营造的秋的境界中了。

文中还引用了庄子的话："正得秋而万宝成。"这是作者所信奉的至理名言。在许多人的生命里，秋成了衰落、不堪重负的季节，步履苍凉。而一旦深悟其道，再去品读秋，人们体会到的将是一种人生之秋的壮美，是本该赋予生命的一份厚重底蕴。

·作者简介·

林语堂（1895～1976），原名和乐，后改玉堂，又改语堂。福建龙溪县人。现代著名散文家、小说家。1912年入上海圣约翰大学，毕业后在清华大学任教。1919年秋赴美哈佛大学攻读文学，1922年获文学硕士学位。同年转赴德国莱比锡大学，专攻语言学。1923年获博士学位后回国。历任北京大学教授、北京女子师范大学教务长和英文系主任。曾是鲁迅主持的《语丝》撰稿人。1926年任厦门大学文科主任，次年到国民党武汉政府外交部任外文秘书。1932年主编《论语》半月刊。1934年创办《人间世》，1935年创办《宇宙风》，提倡"以自我为中心，以闲适为格调"的小品文。1935年后，在美国用英文写《吾国与吾民》《京华烟云》《风声鹤唳》等文化著作和长篇小说。抗战开始后，曾一度回国到重庆讲学。1945年赴新加坡筹建南洋大学。1952年在美国与人创办《天风》杂志。1966年定居台湾。1967年受聘为香港中文大学研究教授。1975年被推举为国际笔会副会长。1976年在香港病故。

江南的冬景

●郁达夫

凡在北国过过冬天的人，总都道围炉煮茗，或吃涮羊肉，剥花生米，饮白干的滋味。而有地炉、暖炕等设备的人家，不管它门外面是雪深几尺，或风大若雷，而躲在屋里过活的两三个月的生活，却是一年之中最有劲的一段蛰居异境；老年人不必说，就是顶喜欢活动的小孩子们，总也是个个在怀恋的，因为当这中间，有的萝卜、鸭儿梨等水果的闲食，还有大年夜，正月初一元宵等热闹的节期。

但在江南，可又不同；冬至过后，大江以南的树叶，也不至于脱尽。寒风——西北风——间或吹来，至多也不过冷了一日两日。到得灰云扫尽，落叶满街，晨霜白得像黑女脸上的脂粉似的清早，太阳一上屋檐，鸟雀便又在吱叫，泥地里便又放出水蒸气来，老翁小孩就又可以上门前的隙地里去坐着曝背谈天，营屋外的生涯了；这一种江南的冬景，岂不也可爱得很么？

我生长江南，儿时所受的江南冬日的印象，铭刻特深；虽则渐入中年，又爱上了晚秋，以为秋天正是读读书，写写字的人的最惠节季，但对于江南的冬景，总觉得是可以抵得过北方夏夜的一种特殊情调，说得摩登些，便是一种明朗的情调。

我也曾到过闽粤，在那里过冬天，和暖原极和暖，有时候到了阴历的年边，说不定还不得不拿出纱衫来着；走过野人的篱落，更还看得见许多杂七杂八的秋花！一番阵雨雷鸣过后，凉冷一点，至多也只好换上一件夹衣，在闽粤之间，皮袍棉袄是绝对用不着的；这一种极南的气候异状，并不是我所说的江南的冬景，只能叫它作南国的长春，是春或秋的延长。

江南的地质丰腴而润泽，所以含得住热气，养得住植物；因而长江一带，芦花可以到冬至而不败，红叶也有时候会保持得三个月以上的生命。像钱塘江两岸的乌桕树，则红叶落后，还有雪白的桕子着在枝头，一点一丛，用照相机照将出来，可以乱梅花之真。草色顶多成了赭色，根边总带点绿意，非但野火烧不尽，就是寒风也吹不倒的。若遇到风和日暖的午后，你一个人肯上冬郊去走走，则青天碧落之下，你不但感不到岁时的肃杀，并且还可以饱觉着一种莫名其妙的含蓄在那里的生气；“若是冬天来了，春天也总马上会来”的诗人的名句，只有在江南的山野里，最容易体会得出。

说起了寒郊的散步，实在是江南的冬日，所给与江南居住者的一种特异的恩惠；在北方的冰天雪地里生长的人，是终他的一生，也决不会有享受这一种清福的机会的。我不知道德国的冬天，比起我们江浙来如何，但从许多作家的喜欢以 Spaziergang 一字来做他们的创造题目的一点看来，大约是德国南部地方，四季的变迁，总也和我们的江南差仿不多。譬如说十九世纪的那位乡土诗人洛在格（Peter Rosegger 1843~1918）罢，他用这一个“散步”做题目的文章尤其写得多，而所写的情形，却又是大半可以拿到中国江浙的山区地方来适用的。

江南河港交流，且又地滨大海，湖沼特多，故空气里时含水分；到得冬天，不时也会下着微雨，而这微雨寒村里的冬霖景象，又是一种说不出的悠闲境界。你试想想，秋收过后，河流边三五家人家会聚在一道的一个小村子里，门对长桥，窗临远阜，这中间又多是树枝槎丫的杂木树林；在这一幅冬日农村的图上，再洒上一层细得同粉也似的白雨，加上一层淡得几不成墨的背景，你说还够不够悠闲？若再要点景致进去，则门前可以泊一只乌篷小船，茅屋里可以添几个喧哗的酒客，天垂暮了，还可以加一味红黄，在茅屋窗中画上一圈暗示着灯光的月晕。人到了这一个境界，自然会得胸襟洒脱起来，终至于得失俱亡，死生不同了；我们总该还记得唐朝那位诗人做的“暮雨潇潇江上树”的一首绝句罢？诗人到此，连对绿林豪客都客气起来了，这不是江南冬景的迷人又是什么？

一提到雨，也就必然地要想到雪：“晚来天欲雪，能饮一杯无？”自然是江南日暮的雪景。“寒沙梅影路，微雪酒香村”，则雪月梅的冬宵三友，会合在一道，在调戏酒姑娘了。“柴门闻犬吠，风雪夜归人”，是江南雪夜，更深人静后的景况。“前村深雪里，昨夜一枝开”，又到了第二天的早晨，和狗一样喜欢弄雪的村童来报告村景了。诗人的诗句，也许不尽是在江南所写，而做这几句诗的诗人，也许不尽是江南人，但假了这几句诗来描写江南的雪景，岂不直截了当，比我这一支愚劣的笔所写的散文更美丽得多?

有几年，在江南，在江南也许会没有雨没有雪地过一个冬，到了春间阴历的正月底或二月初再冷一冷下一点春雪的；去年（一九三四年）的冬天是如此，今年的冬天恐怕也不得不然，以节气推算起来，大约太冷的日子，将在一九三六年的二月尽头，最多也总不过是七八天的样子。像这样的冬天，乡下人叫作旱冬，对于麦的收成或者好些，但是人口却要受到损伤；旱得久了，白喉、流行性感冒等疾病自然容易上身，可是想恣意享受江南的冬景的人，在这一种冬天，倒只会得到快活一点，因为晴和的日子多了，上郊外去闲步逍遥的机会自然也多；日本人叫作 Hiking，德国人叫作 Spaziergang 狂者，所最欢迎的也就是这样的冬天。

窗外的天气晴朗得像晚秋一样；晴空的高爽，日光的洋溢，引诱得使你在房间里坐不住，空言不如实践，这一种无聊的杂文，我也不再想写下去了，还是拿起手杖，搁下纸笔，上湖上散散步罢!

一九三五年十二月一日

◎文章品读

画家刘海粟曾说：“青年画家不精读郁达夫的游记，画不了浙皖的山水；不看钱塘、富阳、新安，也读不通达夫的妙文。”这是对郁达夫散文的高度评价。本篇《江南的冬景》正是这样一帧充满了美学意境的山水图。

文中的江南，不是严格意义上的江南，而是指江浙地区。这里的冬给郁达夫留下了深刻的印象。在他的眼中，江南的冬有一种明朗的情调。为了印证，他列举了几幅图：曝背谈天图、午后冬郊图、微雨寒村图、江南雪景图及旱冬闲步图。这些小景不经意地融入了红、赭、黄、白、黑等色彩。冬景愈发迷离、明艳。

既是入冬，自然离不开雪。而作者对雪的描述，相当出彩：“‘晚来天欲雪，能饮一杯无？’自然是江南日暮的雪景。”“‘寒沙梅影路，微雪酒香村’，则雪月梅的冬宵三友，会合在一道，在调戏酒姑娘了。”“‘柴门闻犬吠，风雪夜归人’是江南雪夜，更深人静后的景况。”行文看不到雪，巧妙化用诗句，避实就虚。这种取巧的手法，补充了散文没有道尽的意境，令篇章跌宕生姿。

郁达夫的散文往往具备这样的美学特点：行云流水，自然有致，笔随意转，舒卷自如；胸怀磊落，诚挚坦白，抒情性强。《江南的冬景》较好地体现了其惯有的美学特征。

·作者简介·

郁达夫（1896～1945），原名郁文，字达夫，浙江富阳人。1911 年起开始创作旧体诗，并向报刊投稿。1912 年考入之江大学预科，因参加学潮被校方开除。1913 年随长兄赴日本留学，读预科期间开始尝试小说创作，1919 年毕业于东京帝国大学经济学部。1921 年 6 月，与郭沫若、成仿吾、张资平等人成立了新文学团体创造社。7 月，第一部短篇小说集《沉沦》问世，在当时产生巨大的影响。1923 年至 1926 年间，郁达夫先后在北京大学、武昌师大、广东大学任教。1926 年底返沪后主编了《创造月刊》《洪水》半月刊。1928 年加入太阳社，在鲁迅的支持下，开始主编《大众文艺》。1930 年 3 月，中国左翼作家联盟成立，郁达夫为发起人之一。1933 年 4 月移居杭州。1936 年任福建省府参议。1938 年，赴武汉参加军委会政治部第三厅的抗日宣传工作，并在中华全国文艺界抗敌协会成立大会上当选为常务理事。1938 年底赴新加坡，主编《星洲日报》等报刊副刊，写了大量政论、短评和诗词。1942 年，日本入侵新加坡，郁达夫与胡愈之、王任叔等人撤退至苏门答腊。1945 年被日军宪兵杀害，终年 49 岁。1952 年被追认为革命烈士。

故都的秋

●郁达夫

秋天，无论在什么地方的秋天，总是好的；可是啊，北国的秋，却特别地来得清，来得静，来得悲凉。我的不远千里，要从杭州赶上青岛，更要从青岛赶上北平来的理由，也不过想饱尝一尝这“秋”，这故都的秋味。

江南，秋当然也是有的；但草木凋得慢，空气来得润，天的颜色显得淡，并且又时常多雨而少风；一个人夹在苏州上海杭州，或厦门香港广州的市民中间，浑浑沌沌地过去，只能感到一点点清凉，秋的味，秋的色，秋的意境与姿态，总看不饱，尝不透，赏玩不到十足。秋并不是名花，也并不是美酒，那一种半开、半醉的状态，在领略秋的过程上，是不合适的。

不逢北国之秋，已将近十余年了。在南方每年到了秋天，总要想起陶然亭的芦花，钓鱼台的柳影，西山的虫唱，玉泉的夜月，潭柘寺的钟声。在北平即使不出门去罢，就是在皇城人海之中，租人家一椽破屋来住着，早晨起来，泡一碗浓茶，向院子一坐，你也能看得到很高很高的碧绿的天色，听得到青天下驯鸽的飞声。从槐树叶底，朝东细数着一丝一丝漏下来的日光，或在破壁腰中，静对着像喇叭似的牵牛花（朝荣）的蓝朵，自然而然地也能够感觉到十分的秋意。说到了牵牛花，我以为以蓝色或白色者为佳，紫黑色次之，淡红色最下。最好，还要在牵牛花底，教长着几根疏疏落落的尖细且长的秋草，使作陪衬。

北国的槐树，也是一种能使人联想起秋来的点缀。像花而又不是花的那一种落蕊，早晨起来，会铺得满地。脚踏上去，声音也没有，气味也没有，只能感出一点点极微细极柔软的触觉。扫街的在树影下一阵扫后，灰土上留下来的一条条扫帚的丝纹，看起来既觉得细腻，又觉得清闲，潜意识下并且还觉得有点儿落寞，古人所说的梧桐一叶而天下知秋的遥想，大约也就在这些深沉的地方。

秋蝉的衰弱的残声，更是北国的特产；因为北平处处全长着树，屋子又低，所以无论在什么地方，都听得见它们的啼唱。在南方是非要上郊外或山上去才听得到的。这秋蝉的嘶叫，在北平可和蟋蟀耗子一样，简直像是家家户户都养在家里的家虫。

还有秋雨哩，北方的秋雨，也似乎比南方的下得奇，下得有味，下得更像样。

在灰沉沉的天底下，忽而来一阵凉风，便息列索落地下起雨来了。一层雨过，云渐渐地卷向了西去，天又青了，太阳又露出脸来了；著着很厚的青布单衣或夹袄的都市闲人，咬着烟管，在雨后的斜桥影里，上桥头树底下去一立，遇见熟人，便会用了缓慢悠闲的声调，微叹着互答着地说：

“唉，天可真凉了——”（这了字念得很高，拖得很长。）

“可不是么？一层秋雨一层凉了！”

北方人念阵字，总老像是层字，平平仄仄起来，这念错的歧韵，倒来得正好。

北方的果树，到秋来，也是一种奇景。第一是枣子树；屋角、墙头、茅房边上、灶房门口，它都会一株株地长大起来。像橄榄又像鸽蛋似的这枣子颗儿，在小椭圆形的细叶中间，显出淡绿微黄的颜色的时候，正是秋的全盛时期；等枣树叶落，枣子红完，西北风就要起来了，北方便是尘沙灰土的世界，只有这枣子、柿子、葡萄，成熟到八九分的七八月之交，是北国的清秋的佳日，是一年之中最好也没有的 Golden Days。

有些批评家说，中国的文人学士，尤其是诗人，都带着很浓厚的颓废色彩，所以中国的诗文里，颂赞秋的文字特别的多。但外国的诗人，又何尝不然？我虽则外国诗文念得不多，也不想开出账来，做一篇秋的诗歌散文钞，但你若去一翻英德法意等诗人的集子，或各国的诗文的 Anthology 来，总能够看到许多关于秋的歌颂与悲啼。各著名的大诗人的长篇田园诗或四季诗里，也总以关于秋的部分，写得最出色而最有味。足见有感觉的动物，有情趣的人类，对于秋，总是一样的能特别引起深沉，幽远，严厉，萧索的感触来的。不单是诗人，就是被关闭在牢狱里的囚犯，到了秋天，我想也一定会感到一种不能自已的深情；秋之于人，何尝有国别，更何尝有人种阶级的区别呢？不过在中国，文字里有一个“秋士”的成语，读本里又有着很普遍的欧阳子的《秋声》与苏东坡的《赤壁赋》等，就觉得中国的文人与秋的关系特别深了。可是这秋的深味，尤其是中国的秋的深味，非要在北方，才感受得到底。

南国之秋，当然是也有它的特异的地方的，比如廿四桥的明月，钱塘江的秋潮，普陀山的凉雾，荔枝湾的残荷等等，可是色彩不浓，回味不永。比起北国的秋来，正像是黄酒之与白干，稀饭之与馍馍，鲈鱼之与大蟹，黄犬之与骆驼。

秋天，这北国的秋天，若留得住的话，我愿把寿命的三分之二折去，换得一个三分之一的零头。

一九三四年八月，在北平

◎文章品读

《故都的秋》是郁达夫散文中的名篇，以构思新巧、意境优美而深受读者的推崇。

文章开篇即切入正题，寥寥数语点出了北国之秋的特色：“秋天，无论在什么地方的秋天，总是好的；可是啊，北国的秋，却特别地来得清，来得静，来得悲凉。”不多的言语，流露出了游子对故乡之秋的迷恋。

对故乡之秋的情感抒发，主要是通过与江南节气的对比、反衬自然地生发开来。何谓江南之秋？作者用了这样的词句：“只能感到一点点清凉”“秋的味，秋的色，秋的意境与姿态，总看不饱，尝不透，赏玩不到十足。”与之相对应，北国的秋则多了几分空旷、苍凉。“玉泉的夜月”“潭柘寺的钟声”“碧绿的天色”及“听得到青天下驯鸽的飞声”。这些描摹夹着北方的冷雨，令秋意扑面而来。行文用语凝练，以点带面，仅选取了点缀北国之秋的几处小景，却将故乡之秋的声、色、形描绘得真切自然，韵味盎然。

在文章末尾，作者不忘以南北对比的精彩语言呼应开篇。“比起北国的秋来，正像是黄酒之与白干，稀饭之与馍馍，鲈鱼之与大蟹，黄犬之与骆驼。”比喻、排比、对比修辞手法的综合运用贴切精练，给人留下深刻的印象。

在整篇文章中，作者声情并茂，炼字驾轻就熟，令行文情感步步升华。字里行间透露出的意境铺就了一曲旋律优美的秋之歌。

风雨中忆萧红

●丁玲

本来就没有什么地方可去，一下雨便更觉得闷在窑洞里的日子太长。要是有更大的风雨也好，要是有更汹涌的河水也好，可是仿佛要来一阵骇人的风雨似的那么一块肮脏的云成天盖在头上，水声也是那么不断地哗啦哗啦在耳旁响，微微地下着一点看不见的细雨，打湿了地面，那轻柔的柳絮和蒲公英都飘舞不起而沾在泥土上了。这会使人有遐想，想到随风而倒的桃李，在风雨中更迅速迸出的苞芽。即使是很小的风雨或浪潮，都更能显出百物的凋谢和生长，丑陋或美丽。

世界上什么是最可怕的呢，决不是艰难险阻，决不是洪水猛兽，也决不是荒凉寂寞。而难于忍耐的却是阴沉和絮聒；人的伟大也不是能乘风而起，青云直上，也不只是能抵抗横逆之来，而是能在阴霾的气压下，打开局面，指示光明。

时代已经非复少年时代了，谁还有悠闲的心情在闷人的风雨中煮酒烹茶与琴诗为侣呢？或者是温习着一些细腻的情致，重读着那些曾经被迷醉过被感动过的小说，或者低徊冥思那些天涯的故人？流着一点温柔的泪，那些天真、那些纯洁、那些无疵的赤子之心，那些轻微的感伤，那些精神上的享受都飞逝了，早已飞逝得找不到影子了。这个飞逝得很好，但现在是什么呢？是听着不断的水的絮聒，看着脏布也似的云块，痛感着阴霾，连寂寞的宁静也没有，然而却需要阿底拉斯的力背负着宇宙的时代所给予的创伤，毫不动摇地存在着，存在便是一种大声疾呼，便是一种骄傲，便是给絮聒以回答。

然而我决不会麻木的，我的头成天膨胀着要爆炸，它装得太多，需要呕吐。于是我写着，在白天，在夜晚，有关节炎的手臂因为放在桌子上太久而疼痛，患沙眼的眼睛因为在微小的灯光下而模糊。但幸好并没有激动，也没有感慨，我不缺乏冷静，而且很富有宽恕，我很愉快，因为我感到我身体内有东西在冲撞；它支持了我的疲倦，它使我会看到将来，它使我跨过现在，它会使我更冷静，它包括了真理和智慧，它是我生命中的力量，比少年时代的那种无愁的青春更可爱啊！

但我仍会想起天涯的故人的，那些死去的或是正受着难的。前天我想起了雪峰，在我的知友中他是最没有自己的了。他工作着，他一切为了党，他受埋怨过，然而他没有感伤，他对名誉和地位是那样地无睹，那样不会趋炎附势，培植党羽，装腔作势，投机取巧。昨天我又苦苦地想起秋白，在政治生活中过了那么久，却还不能彻底地变更自己，他那种二重的生活使他在临死时还不能免于有所申诉。我常常责怪他申诉的"多余"，然而当我去体味他内心的战斗历史时，却也不能不感动，哪怕那在整体中，是很渺小的。今天我想起了刚逝世不久的萧红，明天，我也许会想到更多的谁，人人都与这社会关系，因为这社会，我更不能忘怀于一切了。

萧红和我认识的时候，是在一九三八年春初。那时山西还很冷，很久生活在军旅之中，习惯于粗犷的我，骤睹着她的苍白的脸，紧紧闭着的嘴唇，敏捷的动作和神经质的笑声，使我觉得很特别，而唤起许多回忆，但她的说话是很自然而真率的。我很奇怪作为一个作家的她，为什么会那样少于世故，大概女人都容易保有纯洁和幻想，或者也就同时显得有些稚嫩和软弱的缘故吧。但我们都很亲切，彼此并不感觉到有什么孤僻的性格。我们尽情地在一块儿唱歌，每夜谈到很晚才睡觉。当然我们之中在思想上，在感情上，在性格上都不是没有差异，然而彼此都能理解，并不会因为不同意见或不同嗜好而争吵，而揶揄。接着是她随同我们一道去西安，我们在西安住完了一个春天。我们痛饮过，我们也同度过风雨之夕，我们也互相倾诉。然而现在想来，我们谈得是多么的少啊！我们似乎从没有一次谈到过自己，尤其是我。然而我却以为她从没有一句话是失去了自己的，因为我们实在都太真实，太爱在朋友的面前赤裸自己的精神，因为我们又实在觉得是很亲近的。但我仍会觉得我们是谈得太少的，因为，像这样的能无妨嫌、无拘束、不须警惕着谈话的对手是太少了啊！

那时候我很希望她能来延安，平静地住一时期之后而致全力于著作。抗战开始后，短时期的劳累奔波似乎使她感到不知在什么地方能安排生活。她或许比我适于幽美平静。延安虽不够作为一个写作的百年长计之处，然在抗战中，的确可以使一个人少顾虑于日常琐碎，而策划于较远大的。并且这里有一种朝气，或者会使她能更健康些。但萧红却南去了。至今我还很后悔那时我对于她生活方式所参预的意见是太少了，这或许由于我们相交太浅，和我的生活方式离她太远的缘故，但徒劳的热情虽然常常于事无补，然在个人仍可得到一种心安。

我们分手后，就没有通过一封信。端木曾来过几次信，在最后的一封信上（香港失陷约一星期前收到）告诉我，萧红因病始由皇后医院迁出。不知为什么我就有一种预感，觉得有种可怕的东西会来似的。有一次我同白朗说："萧红决不会长寿的。"当我说这话的时候，我是曾把眼睛扫遍了中国我所认识的或知道的女性朋友，而感到一种无言的寂寞。能够耐苦的，不依赖于别的力量，有才智、有气节而从事于写作的女友，是如此其寥寥啊！

不幸的是我的杞忧竟成了现实，当我昂头望着天的那边，或低头细数脚底的泥沙，我都不能压制我丧去一个真实的同伴的叹息。在这样的世界中生活下去，多一个真实的同伴，便多一分力量，我们的责任还不止于打开局面，指示光明，而还是创造光明和美丽；人的灵魂假如只能拘泥于个体的褊狭之中，便只能陶醉于自我的小小成就。我们要使所有的人都能有崇高的享受，和为这享受而做出伟大牺牲。

生在现在的这世界上，活着固然能给整个事业添一分力量，而死对于自己也是莫大的损失。因为这世界上有的是戮尸的遗法，从此你的话语和文学将更被歪曲，被侮辱；听说连未死的胡风都有人证明他是汉奸，那么对于已死的人，当然更不必贿买这种无耻的人证了。鲁迅先生的"阿 Q"曾被那批御用文人歪曲地诠释，那么《生死场》的命运也就难免于这种灾难。在活着的时候，你不能不被逼走到香港；死去，却还有各种污蔑在等着，而你还不会知道；那些与你一起的脱险回国的朋友们还将有被监视和被处分的前途。我完全不懂得到底要把这批人逼到什么地步才算够？猫在吃老鼠之前，必先玩弄它以娱乐自己的得意。这种残酷是比一切屠戮都更恶毒，更需要毁灭的。

只要我活着，朋友的死耗一定将陆续地压住我沉闷的呼吸。尤其是在这风雨的日子里，我会更感到我的重荷。我的工作已经够消磨我的一生，何况再加上你们的屈死，和你们未完的事业，但我一定可以支持下去的。我要借这风雨，寄语你们，死去的，未死的朋友们，我将压榨我生命所有的余剩，为着你们的安慰和光荣。哪怕就仅仅为着你们也好，因为你们是受苦难的劳动者，你们的理想就是真理。

风雨已停，朦朦的月亮浮在西边的山头上，明天将有一个晴天。我为着明天的胜利而微笑，为着永生而休息。我吹熄了灯，平静地躺到床上。

◎文章品读

在丁玲的创作中，有大量以写人为主的散文，这些散文以人物形象的真实生动而独具一格，有的已成为中国散文史上的经典佳作。

《风雨中忆萧红》写于1942年4月25日。同年6月，发表在延安期刊《谷雨》上。在这之前，丁玲完成了《我在霞村的时候》《在医院中》和《三八节有感》几篇文章，与《风》篇相辅相成，从不同的角度，表达了对那个时代女性命运的关注与审视。

这篇文章写在一个风雨交加的夜晚。在这样的夜晚，一如作者所说，很难煮酒烹茶与琴诗为侣，或者温习一些细腻的情致云云。而怀念旧友却再适合不过。

萧红是作者的挚友，1942年1月死于香港。萧红一生颠沛流离，生活颇为不幸。虽是耀眼的文坛奇才，却不可避免地过早凋零。对于好友的凄惨遭遇，作者从内心感到悲愤。有了这样的情感，行文中自然就流露出了一种愤懑、无奈。如文末一段："在活着的时候，你（萧红）不能不被逼走到香港；死去，却还有各种污蔑在等着，而你还不会知道；那些与你一起脱险回国的朋友们还将有被监视或被处分的前途。我完全不懂得到底要把这批人逼到什么地步才算够？……这种残酷是比一切屠戮都更恶毒、更需要毁灭的。"话语率性，甚至苛刻。

有人曾分析认为，作者之所以如此，除却悼念萧红，与其当时所处的后方环境也不无关系——作者死里逃生，去往延安。本来摩拳擦掌，意气风发，但结果却不是自己想要的——在几乎与"作家"绝缘的情况下，面对复杂的政治环境，内心的压抑可想而知，因而不顾禁忌，作文宣泄内心。如果此种分析成立，那么文章的内涵将更加值得咀嚼，推敲。

·作者简介·

丁玲（1904 ~ 1986），现、当代女作家。原名蒋冰之，笔名彬芷、从喧等。湖南临澧人。上中学时，受到“五四”思潮的影响。1923 年进入上海大学中文系学习。1927 年发表小说《莎菲女士的日记》等作品，引起文坛的热烈反响。1930 年参加中国左翼作家联盟，后出任左联机关刊物《北斗》主编及“左联”党团书记。这一时期创作的《水》《母亲》等作品，显示了左翼革命文学的生命力。1933 年被国民党特务绑架，后逃离南京转赴中共中央所在地陕北。在陕北历任西北战地服务团团长、《解放日报》文艺副刊主编等职，先后创作了《一颗未出膛的枪弹》《夜》《我在霞村的时候》《在医院中时》等优秀文学作品。1948 年完成著名长篇小说《太阳照在桑干河上》。1951 年获斯大林文学奖金。新中国成立后，担任文艺界多种重要领导职务。繁忙之余，笔耕不辍，发表了大量小说、散文和评论文章。1955 年，被当作“丁玲反党集团”主要成员遭到批判。1958 年再次遭到批判，并被下放到北大荒劳动改造。“文革”期间被投入北京秦城监狱。1979 年平反后重返文坛。丁玲一生著作丰富，有些作品被译成多种语言，在世界各国流传，产生了广泛的影响。

苏州拾梦记

●柯灵

已经将近两年了，我心里埋着这题目，像泥土里埋着草根，时时茁长着钻出地面的欲望。

因为避难，母亲在战争爆发的前夜，回到了滨海一角的家乡，独自度着她的暮年。只要一想着她，我就仿佛清楚地看见了她孤独的身影，彷徨在那遭过火灾的破楼上。可是我不能去看她，给她一点温暖。

苦难的时代普遍地将不幸散给人们，母亲所得到的似乎是最厚实的一份。她今年已经七十三岁，这一连串悠悠的岁月中，却有近五十年的生涯伴着绝望和哀痛。在地老天荒的世界里，维系着她一线生机的，除却对生命的执著，也就是后来由大伯过继给她的一个孩子——那就是我。正如小说里面所写的，她的命运悲惨得近乎离奇。二十几岁时，她作为年轻待嫁的姑娘，因为跟一个陌生男子的婚约，从江南的繁华城市，独自被送向风沙弥天的、辽远的西北，把一生的幸福交托给我的叔父。叔父原只是个穷书生，那时候在潼关幕府里做点什么事情，大约已经算是较为得意，所以遣人远远地迎娶新妇去了；但主要原因，却是为着他的重病，想接了新妇来给自己冲喜。当时据说就有许多人劝她剪断了这根不吉利的红绳，她不愿意，不幸也就这样由自己亲手造成。她赶到潼关，重病的新郎由人搀扶着跟她行了婚礼，不过一个多月，就把她孤单单地撇下了。我的冷峻的父亲要求她为死者守节，因为这样才不致因她减损门第的光辉。那几千年来被认作女性的光荣的行为，也不许她有向命运反叛的勇气。——这到后来她所获得的是一方题为“玉洁冰清”的宝蓝飞金匾额，几年前却跟着我家的旧厅堂一起火化了。——就是这样，她依靠着大伯生活了许多年，也就在那些悲苦的日子里，我由她抚养着成长起来。

哦，我忘却提了，她的故乡就在那水软山温的苏州城里。

时光使红颜少女头白，母亲出嫁后却从此不再有机会踏上她出生的乡土。悠悠五十年，她在人海中浮荡。从陕西到四川，又到南国的广州。驴背的夕阳，渡头的晓月，雨雨风风都不打理这未亡人的哀乐。满清的封建王朝覆亡了，父亲丢了官，全家都回到浙东故乡，她照旧过着世代相沿的未亡人的生活。家庭逐渐堕入了困境，家里的人逐渐死去，流散了，最后是四五年前的一把火，烧毁了残破的老家，才把这受尽风浪的老人赶到了上海。

老天怜悯！越过千山万水，迷路的倦鸟如今无意中飞近了旧枝，她应当去重温一次故园风物！

可是一天的风云已经过去，她疲倦得连一片归帆也懒得挂起，“算了吧，家里人都完了，亲戚故旧也没有音讯了，满城陌生人，有什么意思！”她笑，那是饱孕了人生的辛酸，像蓦然梦醒，回想起梦中险虐似的，庆幸平安的苦笑。接着吐出个轻轻的叹息：“嗳，苏州城里我只惦记着一个人，那是我的小姊妹，苦苦劝我退婚的是她，（我当时怎么肯！）出嫁时送我上船，泪汪汪望着我的是她！听说而今还在呢，可不知道什么样儿了？有机会让我见她一面才好！”蹉跎间这愿望却也延宕了两年。

一直到前年春天，我才陪着她完成了这伤感的旅行。

是阴天，到苏州车站时已经飘着沾衣欲湿的微雨。雇一辆马车进城，得得的蹄声在石子路上散落。当车子驶过一条旅馆林立的街道，她看看夹道相迎的西式建筑，恰像是乡下孩子闯进了城市，满眼是迷离好奇的光。我对着这地下的天堂祝告：苏州城！你五十年前嫁出去的姑娘，今天第一次归宁了。那是你不幸的女儿，为着乡土的旧谊，人类的同情，你应当张开双臂，给她个含笑的欢迎！

但时间是冷酷的家伙，一经阔别便不再为谁留下旧时痕迹，每过一条街，我告诉母亲那街道的名字，每一次，她都禁不住惊讶得忽地失笑：“哎哟，怎么！这是什么街？不认得了，一点也不认得了！”

在观前街找个旅馆，刚歇下脚，心头的愿望浮起。燕子归来照例是寻觅旧巢，她一踏上这城市，急着要见的是那少年的旧侣。可是我们向哪儿去找呢？这栉比的住房，这稠密的人海，白茫茫无边无岸，知是在谁家哪巷？纵使几十年风霜没有损伤了当年的佳人，也早该白发萧萧，见了面也不再相认了，但我哪有勇气回她个不字？

母亲在娘家时开得有一家烛铺，后来转让的主人就是那闺友的父亲，想着这些年来世事的兴替，皇室的江山也还给了百姓，一家烛铺的光景大约未必便别来无恙。但母亲忽然飞来的聪明记起了它。向旅馆的茶房打听得苏州还有着这个店号，我就陪着她向大海捞针。

烛铺子毕竟比人经得起风霜，虽然陈旧，却还在闹喧喧的街头兀立。母亲高兴地迎上去，便向那店伙问讯："对不起，从前这儿的店主人，姓金的，你知道他家小姐嫁在哪一家，如今住在哪里？"

我站在一旁怀着凭吊古迹似的心情，这老人天真的问话却几乎使我失笑。那店伙年轻呢，看年纪不过二十开外，懂得的历史未必多，"小姐"这名词在他心里岂不是一个娇媚的尤物？我只得替她补充：金小姐，那是几十年前的称呼，如今模样该像母亲似的一位老太太了。听着我的解释，那店伙禁不住笑了起来。

人生有时不缺乏意外的奇迹，这一问也居然问出了端倪。我们依着那烛铺的指点，又辗转访问了两处，薄暮时到了巷尾一家古旧的黑漆门前。

剥啄地叩了一阵，一位祥和的老太太把我们迎接了进去。可是她不认得这突兀的来客。

"找谁，你们是找房子的？"

"不，是找人，请问有一位金小姐可住在这里？"

主人呆了半天，仿佛没有听清意思。"哎哟！"母亲这一声却忽然惊破了小院黄昏的静寂，她惊喜地一把拖住了主人。

"哦，你是金妹！"

"哦，你是……三姐！"

夜已经无声地落在庭院里了，还是霏霏的雨。从一对老年人莹然欲涕的眼睛里，我看出比海还深的人世的欢喜与辛酸，体味着不能用语言表达的奥妙的意思。我的心沉重得很，也轻松得很。我像在一霎时间经历了半世纪。感谢幸运降临于我不幸的母亲！

把母亲安顿在她旧侣的家里，我自己仍然在旅舍里住着。

春快要阑珊了！天气正愁人，我在苏州城里连听了三天潺潺的春雨。冒着雨我爬过一次虎丘，到冷落的留园和狮子林徘徊了一阵。我爱这城市的苍茫景色，静的巷，河边的古树，冷街深闭的衰落的朱门。可是在这些雾似的情调里，有多少无辜的人们，在长久的岁月中度着悲剧生涯？

但我为母亲的奇遇高兴。五十年旧梦从头细数，说是愁苦也许是快乐。人类的聪明并不胜如春蚕，柔情的丝缕抽完了还愿意呕心沥血；一生的厄运积累得透气的空隙也没有，有时只要在一个——仅仅一个可以诉苦的人面前赢得一声同情和温慰，也可以把痛苦洗涤干净。我不能想象母亲的情怀，愿这次奇遇抖落她过去的一切……

第四天晚上离开苏州时，天却晴了，一钩新月挂在城头，天上鳞鳞的云片都镶着金边。——好会捉弄人的天！路畔一带婆娑的柳影显得幽深而宁静，却有蹄声得得，穿过柳荫，向那行色倥偬的车站上响去。别了，古旧的我的母乡苏州！明儿我们看得见的，是天上那终古不变的旧时明月！

别离的哀伤又在刺着衰老的心了。可是从母亲的脸上，我看见了一片从来没有的光辉。“嗳，总算看见她了！做梦也想不到。她约我秋天再来，到她家里多住一阵子。也好，大家都老了，多见一面是一面。”我知道，她在庆幸她还了多少年来的宿愿。

可是就在这一年的夏天，时局起了激变。

在上海暴风雨的前夜，母亲回到了残破的家乡，一年半来她就像被扔在一边似的生活着；而她的早已无家的母乡，落入魔掌也一年多了。在这风雪的冬天，破楼上摇曳着的煤油灯下，不会埋怨这年代的过于冷酷吗？我不禁时时想起我的母亲，和这场战争中一切母亲的命运。

可是母亲却惦记着苏州，惦记着苏州的旧侣，絮絮地从信里打听消息。可怜的母亲，我可以告诉您吗？您的母乡正遭着空前的浩劫。您的唯一的旧侣，我不敢想象她家里的光景。有一时我常常把一件事情引为自慰，那就是那一次苏州的旅行，我想如果把那机会放走了，怕也要永远无法挽回。但我如今倒有些失悔了，没有那一次坠梦的重拾，也许这不幸的消息给她的分量还要轻些？我又怀着一种隐忧：“树高千丈，落叶归根。”母亲说过她愿意长眠在祖茔所在的乡土，她会不会再在晚年沦入奴隶的厄运，像她的旧侣一样，风前的残烛再使她作异乡的飘泊？

◎文章品读

散文家柯灵在其七十余年的创作生涯中写下了许多为人称颂的名篇佳作，有着自己独特的艺术风格。

《苏州拾梦记》写于抗战时期，讲的是作者年过古稀的养母熬过了辛酸的大半生，半个世纪后才有机会回到故乡苏州。在苏州，她找到了儿时的姊妹，圆了一场梦。然而不久苏州就沦陷了。全文写苏州拾梦，洋溢着浓浓的爱国情。

在这篇哀伤的散文中，作者将大量的笔墨献给了饱经沧桑的母亲。这位老者初嫁丧夫，守着贞节牌坊过了大半生。“红颜少女头白”，“在人海中浮荡”，“过着世代相沿的未亡人的生活”，到了晚年，只盼“树高千丈，落叶归根”。然而母乡的沦陷她却并未知道。侵略者的铁蹄、老者毕生的不幸，在作者缓缓的陈述中，如黑云压顶滚滚袭来。

本文结构布局舒缓流畅，所有的内心独白都紧密围绕母亲展开。初读也许会稍感凌乱，仔细揣摩后则会发现其实并不如此。为了不让文章平铺直白，作者将母亲的出嫁，五十年间四处漂泊，与姊妹意外重逢等多个情节，细心安排剪裁，穿插文中。抒情感慨亦恰到好处。

《苏州拾梦记》不仅是缅怀故土的心声，同时也是一个时代的缩影。

·作者简介·

柯灵（1909～2006），原名高季琳，原籍浙江绍兴，生于广州。少年时家贫，靠勤奋自学走上文学道路。1926年在上海《妇女杂志》发表叙事诗《织布的妇人》，从此步入文坛。1941年与师陀合作根据高尔基的话剧《底层》改编成话剧剧本《夜店》（后改编成电影），产生了广泛影响。1948年到香港《文汇报》工作。1949年回到上海，次年加入中国共产党。历任《文汇报》副社长兼副总编、上海电影艺术研究所所长、上海电影剧本创作所所长、《大众电影》主编、上海作协书记处书记、上海影协常务副主席等职。

白杨礼赞

●茅盾

白杨树实在不是平凡的，我赞美白杨树！

当汽车在望不到边际的高原上奔驰，扑入你的视野的，是黄绿错综的一条大毯子；黄的，那是土，未开垦的处女土，几百万年前由伟大的自然力所堆积成的黄土高原的外壳；绿的呢，是人类劳力战胜自然的成果，是麦田，和风吹送，翻起了一轮一轮的绿波——这时你会真心佩服昔人所造的两个字“麦浪”，若不是妙手偶得，便确是经过锤炼的语言的精华。黄与绿主宰着，无边无垠，坦荡如砥，这时如果不是宛若并肩的远山的连峰提醒了你（这些山峰凭你的肉眼来判断，就知道是在你脚底下的），你会忘记了汽车是在高原上行驶，这时你涌起来的感想也许是“雄壮”，也许是“伟大”，诸如此类的形容词，然而同时你的眼睛也许觉得有点倦怠，你对当前的“雄壮”或“伟大”闭了眼，而另一种味儿在你心头潜滋暗长了——“单调”！可不是，单调，有一点儿罢？

然而刹那间，要是你猛抬眼看见了前面远远地有一排，——不，或者甚至只是三五株，一二株，傲然地耸立，像哨兵似的树木的话，那你的恹恹欲睡的情绪又将如何？我那时是惊奇地叫了一声的！

那就是白杨树，西北极普通的一种树，然而实在不是平凡的一种树！

那是力争上游的一种树，笔直的干，笔直的枝。它的干呢，通常是丈把高，像是加以人工似的，一丈以内，绝无旁枝；它所有的丫枝呢，一律向上，而且紧紧靠拢，也像是加以人工似的，成为一束，绝无横斜逸出；它的宽大的叶子也是片片向上，几乎没有斜生的，更不用说倒垂了；它的皮，光滑而有银色的晕圈，微微泛出淡青色。这是虽在北方的风雪的压迫下却保持着倔强挺立的一种树！哪怕只有碗来粗细罢，它却努力向上发展，高到丈许，两丈，参天耸立，不折不挠，对抗着西北风。

这就是白杨树，西北极普通的一种树，然而决不是平凡的树！

它没有婆娑的姿态，没有屈曲盘旋的虬枝，也许你要说它不美丽，——如果美是专指"婆娑"或"横斜逸出"之类而言，那么白杨树算不得树中的好女子；但是它却是伟岸，正直，朴质，严肃，也不缺乏温和，更不用提它的坚强不屈与挺拔，它是树中的伟丈夫！当你在积雪初融的高原上走过，看见平坦的大地上傲然挺立这么一株或一排白杨树，难道你觉得树只是树，难道你就不想到它的朴质，严肃，坚强不屈，至少也象征了北方的农民；难道你竟一点也不联想到，在敌后的广大土地上，到处有坚强不屈，就像这白杨树一样傲然挺立的守卫他们家乡的哨兵！难道你又不更远一点想到这样枝枝叶叶靠紧团结，力求上进的白杨树，宛然象征了今天在华北平原纵横决荡用血写出新中国历史的那种精神和意志。

白杨不是平凡的树。它在西北极普遍，不被人重视，就跟北方农民相似；它有极强的生命力，磨折不了，压迫不倒，也跟北方的农民相似。我赞美白杨树，就因为它不但象征了北方的农民，尤其象征了今天我们民族解放斗争中所不可缺的朴质、坚强，以及力求上进的精神。

让那些看不起民众，贱视民众，顽固的倒退的人们去赞美那贵族化的楠木（那也是直干秀颀的），去鄙视这极常见，极易生长的白杨罢，但是我要高声赞美白杨树！

◎文章品读

《白杨礼赞》写于 1941 年 3 月。当时，正处于抗日战争的相持阶段。作者在延安欣喜地看到广大的北方军民同心同德，团结一致地进行艰苦卓绝的斗争，非常受感染。回到重庆后，以饱满的激情写下了这篇散文。文中，作者以白杨为象征，深情讴歌了党领导下的根据地广大抗日军民。

全文大致分为五部分：第一部分直抒胸臆赞美白杨，其次写黄土高原的景色，点出白杨的生长环境。三是具体描绘白杨的形象、品格，以突出它的不凡。四则点明文章主题，揭示白杨的象征意义。最后以白杨和楠木作比，抒发爱憎之情。

行文中，作者综合运用了多种表达方式。如开篇的原野奔驰、黄土高原的外貌，夹杂着大量的抒情、议论，使文章一开篇即有了不俗的气势。在行文的第七段，作者采用了先抑后扬的手法，将白杨树和其他树种进行对比："如果美是专指'婆娑'或'横斜逸出'之类而言，那么白杨树算不得树中的好女子；但是它却是伟岸，正直，朴质，严肃……它是树中的伟丈夫！"不多的几句话，作者用了七个褒义词来赞扬白杨："伟岸""正直""朴质""严肃""温和""挺拔"及"坚强不屈"。这些词汇的运用，实际上已经不是在写树，而是由此及彼，借树咏人，将树与人有机地结合在了一起。

《白杨礼赞》成功地为读者勾画出了一幅高原上的白杨图。这幅图由高原风景图、白杨远视图、白杨特定图、敌后抗战图组成，幅幅都饱含了深意，品读之余，令人再三回味。

·作者简介·

茅盾（1896 ~ 1981），本名沈德鸿，字雁冰。生于浙江桐乡市乌镇。著名作家、政治活动家。1913 年考入北京大学预科。1916 年毕业后进上海商务印书馆编译所任职，从此开始文学生涯。1920 年任《小说月报》主编，并与郑振铎等发起成立文学研究会。大革命失败后，东渡日本。1930 年回国，加入中国左翼作家联盟。1937 年后，到武汉任中华全国文艺界抗敌协会理事，主编《文艺阵地》。1940 年到延安，之后辗转于重庆、桂林、香港等地。解放后，任中国文联副主席、中国作家协会主席、文化部长、第一至第五届全国人大代表、全国政协常务委员和第四、五届全国政协副主席等职。主要作品有：长篇小说《子夜》《蚀》《腐蚀》《虹》等。其中《子夜》是中国现实主义文学发展的里程碑。此外，还写就了大量文学评论、散文、杂文、历史故事等，均取得了很高的艺术成就。

翡冷翠山居闲话[1]

●徐志摩

这里出门散步去，上山或是下山，在一个晴好的五月的向晚，正像是去赴一个美的宴会，比如去一果子园，那边每株树上都是满挂着诗情最秀逸的果实，假如你单是站着看还不满意时，只要你一伸手就可以采取，可以恣尝鲜味，足够你性灵的迷醉。阳光正好暖和，决不过暖；风息是温驯的，而且往往因为他是从繁花的山林里吹度过来，他带来一股幽远的淡香，连着一息滋润的水气，摩挲着你的颜面，轻绕着你的肩腰，就这单纯的呼吸已是无穷的愉快；空气总是明净的，近谷内不生烟，远山上不起霭，那美秀风景的全部正像画片似的展露在你的眼前，供你闲暇的鉴赏。

作客山中的妙处，尤在你永不须踌躇你的服色与体态；你不妨摇曳着一头的蓬草，不妨纵容你满腮的苔藓；你爱穿什么就穿什么；扮一个牧童，扮一个渔翁，装一个农夫，装一个走江湖的桀卜闪[2]，装一个猎户；你再不必担心整理你的领结，你尽可以不用领结，给你的颈根与胸膛一半日的自由；你可以拿一条镶边艳色的长巾包在你的头上，学一个太平军的头目，或是拜伦那埃及装的姿态；但最要紧的是穿上你最旧的旧鞋，别管他模样不佳，他们是顶可爱的好友，他们承着你的体重却不叫你记起你还有一双脚在你的底下。

这样的玩顶好是不要约伴，我竟想严格的取缔，只许你独身；因为有了伴多少总得叫你分心，尤其是年轻的女伴，那是最危险最专制不过的旅伴，你应得躲避她像你躲避青草里一条美丽的花蛇！平常我们从自己家里走到朋友的家里，或是我们执事的地方，那无非是在同一个大牢里从一间狱室移到另一间狱室去，拘束永远跟着我们，自由永远寻不到我们；但在这春夏间美秀的山中或乡间你要是有机会独身闲逛时，那才是你福星高照的时候，那才是你实际领受，亲口尝味，自由与自在的时候，那才是你肉体与灵魂行动一致的时候；朋友们，我们多长一岁年纪往往只是加重我们头上的枷，加紧我们脚胫上的链，我们见小孩子在草里在沙堆里在浅水里打滚作乐，或是看见小猫追他自己的尾巴，何尝没有羡慕的时候，但我们的枷，我们的链永远是制定我们行动的上司！所以只有你单身奔赴大自然的怀抱时，像一个裸体的小孩扑入他母亲的怀抱时，你才知道灵魂的愉快是怎样的，单是活着的快乐是怎样的，单就呼吸单就走道单就张眼看耸耳听的幸福是怎样的。因此你得严格的为己，极端的自私，只许你，体魄与性灵，与自然同在一个脉搏里跳动，同在一个音波里起伏，同在一个神奇的宇宙里自得。我们浑朴的天真是像含羞草似的娇柔，一经同伴的抵触，他就卷了起来，但在澄静的日光下，和风中，他的姿态是自然的，他的生活是无阻碍的。

你一个人漫游的时候，你就会在青草里坐地仰卧，甚至有时打滚，因为草的和暖的颜色自然地唤起你童稚的活泼；在静僻的道上你就会不自主的狂舞，看着你自己的身影幻出种种诡异的变相，因为道旁树木的阴影在他们纡徐的婆娑里暗示你舞蹈的快乐；你也会得信口的歌唱，偶尔记起断片的音调，与你自己随口的小曲，因为树林中的莺燕告诉你春光是应得赞美的；更不必说你的胸襟自然会跟着漫长的山径开拓，你的心地会看着澄蓝的天空静定，你的思想和着山壑间的水声，山罅里的泉响，有时一澄到底的清澈，有时激起成章的波动，流，流，流入凉爽的橄榄林中，流入妩媚的阿诺河[3]去……

并且你不但不须应伴，每逢这样的游行，你也不必带书。书是理想的伴侣，但你应得带书，是在火车上，在你住处的客室里，不是在你独身漫步的时候。什么伟大的深沉的鼓舞的清明的优美的思想的根源不是可以在风籁中，云彩里，山势与地形的起伏里，花草的颜色与香息里寻得？自然是最伟大的一部书，葛德[4]说，在他每一页的字句里我们读得最深奥的消息。并且这书上的文字是人人懂得的；阿尔帕斯[5]与五老峰，雪西里[6]与普陀山，来因河[7]与扬子江，梨梦湖[8]与西子湖，建兰与琼花，杭州西溪的芦雪与威尼市[9]夕照的红潮，百灵与夜莺，更不提一般黄的黄麦，一般紫的紫藤，一般青的青草同在大地上生长，同在和风中波动——他们应用的符号是永远一致的，他们的意义是永远明显的，只要你自己心灵上不长疮瘢，眼不盲，耳不塞，这无形迹的最高等教育便永远是你的名分，这不取费的最珍贵的补剂便永远供你的受用；只要你认识了这一部书，你在这世界上寂寞时便不寂寞，穷困时不穷困，苦恼时有安慰，挫折时有鼓励，软弱时有督责，迷失时有南针[10]。

①翡冷翠，今译佛罗伦萨，意大利中部城市，是文艺复兴时期欧洲著名的艺术中心。

②桀卜闪，今译吉卜赛人，以过游荡生活为特点的一个民族。原居印度西北部，公元 10 世纪前后开始流浪，足迹遍布世界。

③阿诺河，流经佛罗伦萨的一条河流。

④葛德，今译歌德，德国诗人。

⑤阿尔帕斯，今译阿尔卑斯，欧洲南部的山脉，有多处景色宜人的山口，是著名的旅游胜地。

⑥雪西里，今译西西里，地中海最大的岛屿，属意大利。

⑦来因河，今译莱茵河，欧洲的一条河流，源出瑞士境内的阿尔卑斯山，流经列支敦士登、奥地利、法国、德国、荷兰等国，注入北海。

⑧梨梦湖，今译莱蒙湖，也即日内瓦湖，在瑞士西南与法国东部边境，是著名的风景区和疗养地。

⑨威尼市，今译威尼斯，在意大利东北部。

⑩南针，指南针。

◎文章品读

在徐志摩的散文中，萍踪浪迹、寄情山水是很重要的一部分内容。本篇《翡冷翠山居闲话》即是作者 1925 年在风景优美的意大利翡冷翠游玩时写下的。文风飘逸，自然纯真。

文章开篇对自然的纯美进行描摹：阳光是正好暖和的，风息是温驯的，带着一股幽远的淡香，连着滋润的水汽，摩挲着人的面庞，空气总是明净的。如此美景，让作者浮想联翩：仿佛“去赴一个美的宴会”，又仿佛“去一果子园”。对大自然的欣喜之情溢于言表。在接下来的行文中，作者更从不同的角度描述山居的美妙，仰卧、坐地、打滚、狂舞等等，让人感受到一种游者心中由衷的快意。

为了凸显翡冷翠山居的好，作者运用了丰富的写作手法。如在描绘山居时的服色、体态、穿着时所用的众多假设句式：“你不妨摇曳着一头的蓬草，不妨纵容你满腮的苔藓；……扮一个牧童，扮一个渔翁，装一个农夫，装一个走江湖的桀卜闪，装一个猎户。”除此之外，大量比喻手法的运用也为文章增色不少，如写生活的压抑、沉闷一节，有“在同一个大牢里从一间狱室移到另一间狱室”；写人们单独赴会大自然，则是像“一个裸体的小孩扑入他母亲的怀抱”，比喻用到了巧妙而耐人寻味的境界。各种手法的融合令一种返璞归真的山居之乐，渐次鲜活生动、趣味盎然。

与一般写风光的散文相比，《翡冷翠山居闲话》的独到之处在于，它将自然与人类灵魂的阐释升华到了一个哲理性的高度：大自然是一部书，人们只要认识了它，寂寞时便不再寂寞，穷困时不再穷困，苦恼时有安慰，迷失时有指南针。全部篇章都围绕它来写，挥洒心境，展现诗人自我。散文的独白是随意的，它的脉络少有修饰，读者徜徉其间，也颇为自在……一切任其自然，丢掉的是文明社会的枷锁、链条。纵观全文，诗一般的语言，诗一般的韵律，反复吟咏全文，诗人崇尚自由，挥洒本我的心声得到了很好的体现；读者感受到的则是大自然曲径通幽的绝佳美感。

·作者简介·

徐志摩（1897～1931），原名徐章垿，笔名南湖、云中鹤等。浙江海宁人。现代著名诗人、散文家。1915年毕业于杭州一中，先后就读于上海沪江大学、天津北洋大学和北京大学。1918年赴美国学习银行学。1921年赴英国留学，入伦敦剑桥大学当特别生，研究政治经济学。在英国期间，深受欧美浪漫主义及唯美派诗人的熏陶。1921年开始创作新诗。1922年回国后在报刊上大量发表诗篇。1923年，参与发起成立新月社，加入文学研究会。1924年，参与创办《现代评论》周刊，并任北京大学教授。1925年赴欧洲，游历苏、德、意、法等国。1931年初，与陈梦家、方玮德创办《诗刊》季刊，被推选为笔会中国分会理事。同年11月19日，在空难中丧生。其一生创作了大量的诗歌、散文，均自成一体，具有鲜明的艺术个性，如散文《想飞》《我所知道的康桥》《翡冷翠山居闲话》等。

伤双栝老人

●徐志摩

看来你的死是无可质疑的了，宗孟先生，虽则你的家人们到今天还没法寻回你的残骸。最初消息来时，我只是不信，那其实是太奇特，太荒唐，太不近情。我曾经几回梦见你生还，叙述你历险的始末，多活现的梦境！但如今在栝树凋尽了青枝的庭院，再不闻"老人"的謦欬；真的没了，四壁的白联仿佛在微风中叹息。这三四十天来，哭你有你的内眷、姊妹、亲戚，悼你的私交；惜你有你的政友与国内无数爱君才调的士夫。志摩是你的一个忘年的小友。我不来敷陈你的事功，不来历叙你的言行；我也不来再加一份涕泪吊你最后的惨变。魂兮归来！此时在一个风满天的深夜握笔，就只两件事闪闪地在我心头：一是你的谐趣天成的风怀，一是髫年失怙的诸弟妹，他们，你在时，哪一息不是你的关切，便如今，料想你彷徨的阴魂也常在他们的身畔飘逗。平时相见，我倾倒你的语妙，往往含笑静听，不叫我的笨涩羼杂你的莹澈，但此后，可恨这生死间无情的阻隔，我再没有那样的清福了！只当你是在我跟前，只当是消磨长夜的闲谈，我此时对你说些琐碎，想来你不至厌烦吧。

先说说你的弟妹。你知道我与小孩子们说得来，每回我到你家去，他们一群四五个，连着眼珠最黑的小五，浪一般地拥上我的身来，牵住我的手，攀住我的头，问这样，问那样；我要走时他们就着了忙，抢帽子，锁门的，嗄着声音苦求的——你也曾见过我的狼狈。自从你的噩耗到后，可怜的孩子们，从不满四岁到十一岁，哪懂得生死的意义，但看了大人们严肃的神情，他们也都发了呆，一个个木鸡似的在人前愣着。有一天听说他们私下在商量，想组织一队童子军，冲出山海关去替爸爸报仇！

“恬安”那虚报到的一个早上，我正在你家。忽然间一阵天翻似的闹声从外院陡起，一群孩子拥着一位手拿电纸的大声地欢呼着，冲锋似的陷进了上房。果然是大胜利，该得庆祝的：“爹爹没有事！”“爹爹好好的！”徽那里平安电马上发了去，省她急；福州电也发了去，省他们跋涉。但这欢喜的风景运定活不到三天，又叫接着来的消息给完全煞尽！

当初送你同去的诸君回来，证实了你的死信。那晚，你的骨肉一个个走进你的卧房，各自默恻恻地坐下，啊，那一阵子最难堪的静寂，千万种痛心的思潮在各个人的心头，在这沉默的暗惨中，激荡、汹涌起伏。可怜的孩子们也都泪滢滢地攒聚在一处，相互地偎着，半懂得情景的严重。霎时间，冲破这沉默，发动了决声的号啕，骨肉间至性的悲哀——你听着吗，宗孟先生，那晚有半轮黄月斜觇着北海白塔的凄凉？

我知道你不能忘情这一群童稚的弟妹。前晚我去你家时见小四小五在灵帏前翻着筋斗，正如你在时他们常在你的跟前献技。“你爹呢？”我拉住他们问。“爹死了”，他们嘻嘻地回答，小五搂住了小四，一和身又滚做一堆！他们将来的养育是你身后唯一的问题——说到这里，我不由得想起了你离京前最后几回的谈话。政治生活，你说你不但尝够而且厌烦了。这五十年算是一个结束，明年起你准备谢绝俗缘，亲自教课膝前的子女；这一清心你就可以用功你的书法，你自觉你腕下的精力，老来只是健进，你打算再花二十年工夫，打磨你艺术的天才；文章你本来不弱，但你想望的却不是什么等身的著述，你只求沥一生的心得，淘成三两篇不易衰朽的纯晶。这在你是一种觉悟；早年在国外初识面时，你每每自负你政治的异禀，即在年前避居津地时你还以为前途不少有为的希望，直至最近政态诡变，你才内省厌倦，认真想回复你书生逸士的生涯。我从最初惊讶你清奇的相貌，惊讶你更清奇的谈吐，我便不阿附你从政的热心，曾经有多少次我讽劝你趁早回航，领导这新时期的精神，共同发现文艺的新土。即如前半年泰戈尔来时，你那兴会正不让我们年轻人；你这半百翁登台演戏，不辞劳倦的精神正不知给了我们多少的鼓舞!

不，你不是“老人”；你至少是我们后生中间的一个。在你的精神里，我们看不见苍苍的鬓发，看不见五十年光阴的痕迹；你依旧是二三十年前“春痕”故事里的“逸”的风情——“万种风情无地着”，是你最得意的名句，谁料这下文竟命定是“辽原白雪葬华颠”！

谁说你不是君房[1]的后身？可惜当时不曾记下你摇曳多姿的吐属，蓓蕾似的满缀着警句与谐趣，在此时回忆，只如天海远处的点点航影，再也认不分明。你常常自称厌世人。果然，这世界，这人情，哪禁得起你锐利的理智的解剖与抉剔？你的锋芒，有人说，是你一生最吃亏的所在。但你厌恶的是虚伪，是矫情，是顽老，是乡愿的面目，那还不是该的？谁有你的豪爽，谁有你的倜傥，谁有你的幽默？你的锋芒，即使露，也决不是完全在他人身上应用，你何尝放过你自己来？对己一如对人，你丝毫不存姑息，不存隐讳。这就够难能，在这无往不是矫揉的日子。再没有第二人，除了你，能给我这样脆爽的清谈的愉快。再没有第二人在我的前辈中，除了你，能使我感受这样的无“执”无“我”精神。

最可怜是远在海外的徽徽，她，你曾经对我说，是你唯一的知己；你，她也曾对我说，是她唯一的知己。你们这父女不是寻常的父女。“做一个有天才的女儿的父亲”，你曾说，“不是容易享的福，你得放低你天伦的辈分先求做到友谊的了解。”徽，不用说，一生崇拜的就只你，她一生理想的计划中，哪件事离了聪明不让她自己的老父？但如今，说也可怜，一切都成了梦幻，隔着这万里途程，她那弱小的心灵如何载得起这奇重的哀惨！这终天的缺陷，叫她问谁补去？佑着她吧，你不昧的阴灵，宗孟先生，给她健康，给她幸福，尤其给她艺术的灵术——同时提携她的弟妹，共同增荣雪池双栝的清名！

①君房，指张君房，宋代官僚、学者。曾辑《云笈七签》一书。

◎文章品读

宗孟即林长民。其晚年门前栽植双栝，人称双栝庐主人。

林长民是民国初年著名的政客，同时也是位博学的书生逸士。曾留学日本就读于早稻田大学。归国后，一度力挺宪政。一战结束后，在外交委员会任职，对“五四”运动的爆发起过推波助澜的作用。1920 年，林长民偕女林徽因赴欧洲考察，在英国与徐志摩相遇，一见如故，成为忘年之交。1925 年，奉系军阀郭松龄反奉起兵，游说林长民出关。林搭乘郭松龄专车秘密离京，途中遇袭身亡。

林长民的遭遇令徐志摩惊诧、悲痛不已。文章中，他以忘年小友的身份与逝者共话，抒发了哀悼之情。

文中前半部用了较多笔墨写逝者的子女。对于小孩的幼年失怙，分外怜悯。书写以细节为主，如：孩子们看到大人们严肃的神情，“也都发了呆，一个个木鸡似的在人前愣着”；拿到“平安”电报后，“大声地欢呼着，冲锋似的陷进了上房”；当死讯证实后，各自默默走进逝者卧房，相互地偎着，随后爆发决声的号啕；由于年少懵懂，最小的孩子会在灵前翻筋斗，嬉戏一团。对孩子一系列的描写，旨在伤悼大人的离世，突然的变故，让孩子丧失了生活的依靠。

作者思绪如潮，辗转想起了老友生前对政治的种种情感，因“异禀”而从政，因厌倦而心生去念，然诸多心事均随伤逝凋零。

对于老友曾分外热衷的政治，作者没有多谈，转笔写其才思风情。运笔流畅，侃侃而谈：写其谈吐清奇，写其万种风情，写其“君房”般的才思，令人痛惜。点点滴滴的回忆、追缅，将逝者生前的风光无限，以点带面，层层展现出来。篇末，着重提及逝者的爱女“徽徽”。“徽徽”即林徽因，1924 年留学美国。其父逝世时，其正在海外。作者对林徽因的关怀、关注，从始至终。此次追悼，对于“徽徽”将遭遇的打击，作者情感复杂，关爱之心溢于言表。

在徐志摩诸多诗一般的散文中，本篇文笔厚重，少却华美的词藻与铺张的描绘，挥洒性情，畅吐情感。飘逸灵动中，底蕴氤氲缭绕。

我所知道的康桥

●徐志摩

一

我这一生的周折，大都寻得出感情的线索。不论别的，单说求学。我到英国是为要从卢梭。卢梭[1]来中国时，我已经在美国。他那不确的死耗传到的时候，我真的出眼泪不够，还做悼诗来了。他没有死，我自然高兴。我摆脱了哥伦比亚[2]大博士衔的引诱，买船漂过大西洋，想跟这位二十世纪的福禄泰尔[3]认真念一点书去。谁知一到英国才知道事情变样了：一为他在战时主张和平，二为他离婚，卢梭叫康桥给除名了，他原来是 Trinity college 的 fellow [4]，这一来他的 fellowship [5]也给取消了。他回英国后就在伦敦住下，夫妻两人卖文章过日子。因此我也不曾遂我从学的始愿。我在伦敦政治经济学院里混了半年，正感着闷想换路走的时候，我认识了狄更生[6]先生。狄更生——Goldsworthy Lowes Dickinson——是一个有名的作者，他的《一个中国人通信》(Letters form John Chinaman）与《一个现代聚餐谈话》(A Modern Symposium）两本小册子早得了我的景仰。我第一次会着他是在伦敦国际联盟协会席上，那天林宗孟[7]先生演说，他做主席；第二次是宗孟寓里吃茶，有他。以后我常到他家里去。他看出我的烦闷，劝我到康桥去，他自己是王家学院（King’s College）的 fellow。我就写信去问两个学院，回信都说学额早满了，随后还是狄更生先生替我去在他的学院里说好了，给我一个特别生的资格，随意选科听讲。从此黑方巾、黑披袍的风光也被我占着了。初起我在离康桥[8]六英里的乡下叫沙士顿地方租了几间小屋住下，同居的有我从前的夫人张幼仪女士与郭虞裳君。每天一早我坐街车（有时自行车）上学到晚回家。这样的生活过了一个春，但我在康桥还只是个陌生人谁都不认识，康桥的生活，可以说完全不曾尝着，我知道的只是一个图书馆，几个课室，和三两个吃便宜饭的茶食铺子。狄更生常在伦敦或是大陆上，所以也不常见他。那年的秋季我一个人回到康桥，整整有一学年，那时我才有机会接近真正的康桥生活，同时，我也慢慢地“发现”了康桥。我不曾知道过更大的愉快。

……

二

“单独”是一个耐寻味的现象。我有时想它是任何发见的第一个条件。你要发见你的朋友的“真”，你得有与他单独的机会。你要发见你自己的真，你得给你自己一个单独的机会。你要发见一个地方（地方一样有灵性），你也得有单独玩的机会。我们这一辈子，认真说，能认识几个人？能认识几个地方？我们都是太匆忙，太没有单独的机会。说实话，我连我的本乡都没有什么了解。康桥我要算是有相当交情的，再次许只有新认识的翡冷翠了。啊，那些清晨，那些黄昏，我一个人发痴似的在康桥！绝对的单独。

……

但一个人要写他最心爱的对象，不论是人是地，是多么使他为难的一个工作？你怕，你怕描坏了它，你怕说过分了恼了它，你怕说太谨慎了辜负了它。我现在想写康桥，也正是这样的心理，我不曾写，我就知道这回是写不好的——况且又是临时逼出来的事情。但我却不能不写，上期预告已经出去了。我想勉强分两节写：一是我所知道的康桥的天然景色；一是我所知道的康桥的学生生活。我今晚只能极简地写些，等以后有兴会时再补。

三

康桥的灵性全在一条河上；康河，我敢说是全世界最秀丽的一条水。河的名字是葛兰大（Granta），也有叫康河（River Cam）的，许有上下流的区别，我不甚清楚。河身多的是曲折，上游是有名的拜伦潭——“Byron’s Pool”——当年拜伦常在那里玩的；有一个老村子叫格兰骞斯德，有一个果子园，你可以躺在累累的桃李树荫下吃茶，花果会掉入你的茶杯，小雀子会到你桌上来啄食，那真是别有一番天地。这是上游；下游是从骞斯德顿下去，河面展开，那是春夏间竞舟的场所。上下河分界处有一个坝筑，水流急得很，在星光下听水声，听近村晚钟声，听河畔倦牛刍草声，是我康桥经验中最神秘的一种：大自然的优美，宁静，调谐在这星光与波光的默契中不期然地淹入了你的性灵。

但康河的精华是在它的中权，著名的“Backs”。这两岸是几个最蜚声的学院的建筑。从上面下来是Pembroke，St. Katharine’s，King’s，Clare，Trinity，St. John’s。最令人留连的一节是克莱亚与王家学院的毗连处，克莱亚的秀丽紧邻着王家教堂（King’s Chapel）的宏伟。别的地方尽有更美更庄严的建筑，例如巴黎赛因河的罗浮宫一带，威尼斯的利阿尔多大桥的两岸，翡冷翠维基乌大桥的周遭；但康桥的“Backs”自有它的特长，这不容易用一二个状词来概括，它那脱尽尘埃气的一种清澈秀逸的意境可说是超出了画图而化生了音乐的神味。再没有比这一群建筑更调谐更匀称的了！论画，可比的许只有柯罗（Corot）的田野；论音乐，可比的许只有肖班（Chopin）的夜曲。就这，也不能给你依稀的印象，它给你的美感简直是神灵性的一种。

……

假如你站在王家学院桥边的那棵大椈树荫下眺望，右侧面，隔着一大方浅草坪，是我们的校友居（Fellows Building），那年代并不早，但它的妩媚也是不可掩的，它那苍白的石壁上春夏间满缀着艳色的蔷薇在和风中摇头，更移左是那教堂，森林似的尖阁不可浼地永远直指着天空；更左是克莱亚，啊！那不可信的玲珑的方庭，谁说这不是圣克莱亚（St. Clare）的化身，哪一块石上不闪耀着她当年圣洁的精神？在克莱亚后背隐约可辨的是康桥最潢贵最骄纵的三清学院（Trinity），它那临河的图书楼上坐镇着拜伦神采惊人的雕像。

但这时你的注意早已叫克莱亚的三环洞桥魔术似的摄住。你见过西湖白堤上的西泠断桥不是?（可怜它们早已叫代表近代丑恶精神的汽车公司给铲平了，现在它们跟着苍凉的雷峰永远辞别了人间。）你忘不了那桥上斑驳的苍苔，木栅的古色，与那桥拱下泄露的湖光与山色不是? 克莱亚并没有那样体面的衬托，它也不比庐山栖贤寺旁的观音桥，上瞰五老的奇峰，下临深潭与飞瀑；它只是怯伶伶的一座三环洞的小桥，它那桥洞间也只掩映着细纹的波粼与婆娑的树影，它那桥上栉比的小穿兰与兰节顶上双双的白石球，也只是村姑子头上不夸张的香草与野花一类的装饰；但你凝神地看着，更凝神地看着，你再反省你的心境，看还有一丝屑的俗念沾滞不? 只要你审美的本能不曾汩灭时，这是你的机会实现纯粹美感的神奇!

但你还得选你赏鉴的时辰。英国的天时与气候是走极端的。冬天是荒谬的坏，逢着连绵的雾盲天你一定不迟疑地甘愿进地狱本身去试试；春天（英国是几乎没有夏天的）是更荒谬得可爱，尤其是它那四五月间最渐缓最艳丽的黄昏，那才真是寸寸黄金。在康河边上过一个黄昏是一服灵魂的补剂。啊! 我那时蜜甜的单独，那时蜜甜的闲暇。一晚又一晚的，只见我出神似的倚在桥阑上向西天凝望：——

看一回凝静的桥影，
数一数螺钿的波纹，
我倚暖了石阑的青苔，青苔凉透了我的心坎；……
还有几句更笨重的怎能仿佛那游丝似轻妙的情景：
难忘七月的黄昏，远树凝寂，
像墨泼的山形，衬出轻柔暝色，
密稠稠，七分鹅黄，三分桔绿，
那妙意只可去秋梦边缘捕捉；……

四

这河身的两岸都是四季常青最葱翠的草坪。从校友居的楼上望去，对岸草场上，不论早晚，永远有十数匹黄牛与白马，胫蹄没在恣蔓的草丛中，从容地在咬嚼，星星的黄花在风中动荡，应和着它们尾鬃的扫拂。桥的两端有斜倚的垂柳与椈荫护住。水是彻底的清澄，深不足四尺，匀匀地长着长条的水草。这岸边的草坪又是我的爱宠，在清朝，在傍晚，我常去这天然的织锦上坐地，有时读书，有时看水；有时仰卧着看天空的行云，有时反扑着搂抱大地的温软。

但河上的风流还不止两岸的秀丽。你得买船去玩。船不止一种：有普通的双桨划船，有轻快的薄皮舟（Canoe），有最别致的长形撑篙船（Punt）。最末的一种是别处不常有的：约莫有二丈长，三尺宽，你站直在船梢上用长竿撑着走的。这撑是一种技术。我手脚太蠢，始终不曾学会。你初起手尝试时，容易把船身横住在河中，东颠西撞地狼狈。英国人是不轻易开口笑人的，但是小心他们不出声地皱眉！也不知有多少次河中本来优闲的秩序叫我这莽撞的外行给捣乱了。我真的始终不曾学会；每回我不服输跑去租船再试的时候，有一个白胡子的船家往往带讥讽地对我说："先生，这撑船费劲，天热累人，还是拿个薄皮舟溜溜吧！"我哪里肯听话，长篙子一点就把船撑了开去，结果还是把河身一段段地腰斩了去。

你站在桥上去看人家撑，那多不费劲，多美！尤其在礼拜天有几个专家的女郎，穿一身缟素衣服，裙裾在风前悠悠地飘着，戴一顶宽边的薄纱帽，帽影在水草间颤动，你看她们出桥洞时的姿态，捻起一根竟像没有分量的长竿，只轻轻地，不经心地往波心里一点，身子微微地一蹲，这船身便波地转出了桥影，翠条鱼似的向前滑了去。她们那敏捷，那闲暇，那轻盈，真是值得歌咏的。

在初夏阳光渐暖时你去买一只小船，划去桥边荫下躺着念你的书或是做你的梦，槐花香在水面上飘浮，鱼群的唼喋声在你的耳边挑逗。或是在初秋的黄昏，近着新月的寒光，望上流僻静处远去。爱热闹的少年们携着他们的女友，在船沿上支着双双的东洋彩纸灯，带着话匣子，船心里用软垫铺着，也开向无人迹处去享他们的野福——谁不爱听那水底翻的音乐在静定的河上描写梦意与春光！

住惯城市的人不易知道季候的变迁。看见叶子掉知道是秋，看见叶子绿知道是春；天冷了装炉子，天热了拆炉子；脱下棉袍，换上夹袍，脱下夹袍，穿上单袍：不过如此罢了。天上星斗的消息，地下泥土里的消息，空中风吹的消息，都不关我们的事。忙着哪，这样那样事情多着，谁耐烦管星星的移转，花草的消长，风云的变幻？同时我们抱怨我们的生活、苦痛、烦闷、拘束、枯燥，谁肯承认做人是快乐？谁不多少间咒诅人生？

但不满意的生活大都是由于自取的。我是一个生命的信仰者，我信生活决不是我们大多数人仅仅从自身经验推得的那样暗惨。我们的病根是在“忘本”。人是自然的产儿，就比枝头的花与鸟是自然的产儿；但我们不幸是文明人，入世深似一天，离自然远似一天。离开了泥土的花草，离开了水的鱼，能快活吗？能生存吗？从大自然，我们取得我们的生命；从大自然，我们应分取得我们继续的资养。哪一株婆娑的大木没有盘错的根柢深入在无尽藏的地里？我们是永远不能独立的。有幸福是永远不离母亲抚育的孩子，有健康是永远接近自然的人们。不必一定与鹿豕游，不必一定回“洞府”去；为医治我们当前生活的枯窘，只要“不完全遗忘自然”，一张轻淡的药方我们的病象就有缓和的希望。在青草里打几个滚，到海水里洗几次浴，到高处去看几次朝霞与晚照——你肩背上的负担就会轻松了去的。

这是极肤浅的道理，当然。但我要没有过过康桥的日子，我就不会有这样的自信。我这一辈子就只那一春，说也真可怜，算是不曾虚度。就只那一春，我的生活是自然的，是真愉快的！（虽则碰巧那也是我最感受人生痛苦的时期）我那时有的是闲暇，有的是自由，有的是绝对单独的机会。说也奇怪，竟像是第一次，我辨认了星月的光明，草的青，花的香，流水的殷勤。我能忘记那初春的睥睨吗？曾经有多少个清晨我独自冒着冷去薄霜铺地的林子里闲步——为听鸟语，为盼朝阳，为寻泥土里渐次苏醒的花草，为体会最微细最神妙的春信。啊，那是新来的画眉在那边凋不尽的青枝上试它的新声！啊，这是第一朵小雪球花挣出了半冻的地面！啊，这不是新来的潮润沾上了寂寞的柳条？

静极了，这朝来水溶溶的大道，只远处牛奶车的铃声，点缀这周遭的沉默。顺着这大道走去，走到尽头，再转入林子里的小径，往烟雾浓密处走去，头顶是交枝的榆荫，透露着漠愣愣的曙色；再往前走去，走尽这林子，当前是平坦的原野，望见了村舍，初青的麦田，更远三两个馒形的小山掩住了一条通道。天边是雾茫茫的，尖尖的黑影是近村的教寺。听，那晓钟和缓的清音。这一带是此邦中部的平原，地形像是海里的轻波，默沉沉地起伏；山岭是望不见的，有的是常青的草原与沃腴的田壤。登那土阜上望去，康桥只是一带茂林，拥戴着几处娉婷的尖阁。

妩媚的康河也望不见踪迹，你只能循着那锦带似的林木想象那一流清浅。村舍与树林是这地盘上的棋子，有村舍处有佳荫，有佳荫处有村舍。这早起是看炊烟的时辰：朝雾渐渐地升起，揭开了这灰苍苍的天幕（最好是微霰后的光景），远近的炊烟，成丝的、成缕的、成卷的、轻快的、迟重的、浓灰的、淡青的、惨白的，在静定的朝气里渐渐地上腾，渐渐地不见，仿佛是朝来人们的祈祷，参差地翳入了天听。朝阳是难得见的，这初春的天气。但它来时是起早人莫大的愉快。顷刻间这田野添深了颜色，一层轻纱似的金粉糁上了这草，这树，这通道，这庄舍。顷刻间这周遭弥漫了清晨富丽的温柔。顷刻间你的心怀也分润了白天诞生的光荣。"春"！这胜利的晴空仿佛在你的耳边私语。"春！"你那快活的灵魂也仿佛在那里回响。

伺候着河上的风光，这春来一天有一天的消息。关心石上的苔痕，关心败草里的花鲜，关心这水流的缓急，关心水草的滋长，关心天上的云霞，关心新来的鸟语。怯伶伶的小雪球是探春信的小使。铃兰与香草是欢喜的初声。窈窕的莲馨，玲珑的石水仙，爱热闹的克罗克斯，耐辛苦的蒲公英与雏菊——这时候春光已是烂漫在人间，更不须殷勤问讯。

瑰丽的春放。这是你野游的时期。可爱的路政，这里不比中国，哪一处不是坦荡荡的大道？徒步是一个愉快，但骑自转车是一个更大的愉快，在康桥骑车是普遍的技术；妇人、稚子、老翁，一致享受这双轮舞的快乐（在康桥听说自转车是不怕人偷的，就为人人都自己有车，没人要偷）。任你选一个方向，任你上一条通道，顺着这带草味的和风，放轮远去，保管你这半天的逍遥是你性灵的补剂。这道上有的是清荫与美草，随地都可以供你休憩。你如爱花，这里多的是锦绣似的草原。你如爱鸟，这里多的是巧啭的鸣禽。你如爱儿童，这乡间到处是可亲的稚子。你如爱人情，这里多的是不嫌远客的乡人，你到处可以"挂单"借宿，有酪浆与嫩薯供你饱餐，有夺目的果鲜恣你尝新。你如爱酒，这乡间每"望"都为你储有上好的新酿，黑啤如太浓，苹果酒、姜酒都是供你解渴润肺的。……带一卷书，走十里路，选一块清静地，看天，听鸟，读书，倦了时，和身在草绵绵处寻梦去——你能想象更适情更适性的消遣吗？

陆放翁有一联诗句："传呼快马迎新月，却上轻舆趁晚凉。"这是做地方官的风流。我在康桥时虽没马骑，没轿子坐，却也有我的风流：我常常在夕阳西晒时骑了车迎着天边扁大的日头直追。日头是追不到的，我没有夸父的荒诞，但晚景的温存却被我这样偷尝了不少。有三两幅画图似的经验至今还是栩栩地留着。只说看夕阳，我们平常只知道登山或是临海，但实际只须辽阔的天际，平地上的晚霞有时也是一样地神奇。有一次我赶到一个地方，手把着一家村庄的篱笆，隔着一大田的麦浪，看西天的变幻。有一次是正冲着一条宽广的大道，过来一大群羊，放草归来的，偌大的太阳在它们后背放射着万缕的金辉，天上却是乌青青的，只剩这不可逼视的威光中的一条大路，一群生物，我心头顿时感着神异性的压迫，我真的跪下了，对着这冉冉渐翳的金光。再有一次是更不可忘的奇景，那是临着一大片望不到头的草原，满开着艳红的罂粟，在青草里亭亭像是万盏的金灯，阳光从褐色云斜着过来，幻成一种异样紫色，透明似的不可逼视，刹那间在我迷眩了的视觉中，这草田变成了……不说也罢，说来你们也是不信的！

一别二年多了，康桥，谁知我这思乡的隐忧？也不想别的，我只要那晚钟撼动的黄昏，没遮拦的田野，独自斜倚在软草里，看第一个大星在天边出现！

①卢梭，今译罗素，英国哲学家、逻辑学家，1921 年曾来中国讲学。

②哥伦比亚，这里指哥伦比亚大学，在美国纽约。

③福禄泰尔，今译伏尔泰，法国启蒙思想家、哲学家、作家。

④ Trinity College 的 fellow，即三一学院（属剑桥大学）的评议员。

⑤ fellowship 即评议员资格。

⑥狄更生，英国作家、学者。

⑦林宗孟，即林长民，晚清立宪派人士，辛亥革命后曾任司法总长。

⑧康桥，今译剑桥，在英国东南部，这里指剑桥大学。

◎文章品读

《我所知道的康桥》是一篇著名的写景散文。成于 1926 年。康桥之于徐志摩，有着剪不断的情结。从新诗《康桥再会罢》《再别康桥》到《我所知道的康桥》，作家的作品中有太多的地方吟咏康桥，而且均为上乘之作。

本篇中的自然景色颇为引人入胜。作者从最初与康桥结缘写起：因追寻卢梭（罗素），来到伦敦；因“心绪的烦闷”而听从狄更生的建议，来到了康桥；在康桥的几年中，从最初的“陌生人”，到懂得了“真正的康桥生活”。将康桥与生命中的不可或缺，以及自己的真性情表现得淋漓尽致。

本篇《康桥》有着一定的因缘与写作背景。

1921年初，作者在狄更生的引荐下，得以来到康桥王家学院学习。从伦敦到康桥，作者历经了感情的困惑——其时所倾慕的林徽因赴英格兰读书，自己与原配的婚姻则进退维谷——“感着闷想换路走”，因而听从狄更生的建议来到风景宜人的康桥，当了一名自由选学的特别生。在一个全新的天地间，作者以自然中的“美”来补偿生活中的失意与落差。在这样的背景下，行文中1921年初的康桥陌生人，到1921年秋的于单独中对康桥灵性的发现，再至翌年的感言“真愉快”，“最感受人生痛苦”，种种弦外之音，委婉曲折的抒情，即有了清晰的脉络，合理的解释。

四部分行文中，作者的思绪如野马脱缰，从开篇的“我这一生的周折，大都寻得出感情的线索”起，一路絮絮写来。发现“单独”的耐人寻味后，大谈独处的妙处。对于康桥的天然景色，笔墨酣畅——作家抒发诗人的敏感与灵性，极力将康桥胜景风光诗意化，如写康河：“康桥的灵性全在一条河上；康河，我敢说是全世界最秀丽的一条水。”写河水：“水是澈底的清澄，深不足四尺，匀匀地长着长条的水草。这岸边的草坪又是我的爱宠，在清朝，在傍晚，我常去这天然的织锦上坐地，有时读书，有时看水；有时仰卧着看天空的行云，有时反扑着搂抱大地的温软。”写感受：“在星光下听水声，听近村晚钟声，听河畔倦牛刍草声，是我康桥经验中最神秘的一种：大自然的优美，宁静，调谐在这星光与波光的默契中不期然地淹入了你的性灵。”写人情风物，写季节变迁，写徒步行进，写享受孤独，作家无不运笔如风。康桥，一处诗人精神上的避风港，在此处，也因爱的荣光而有了神秘和些许宿命的色彩。

整篇文字，热情活泼，无拘无束。在朗朗的节奏中，娴熟地嵌入快如闪电的意兴、浓丽的词藻、鲜明的色泽。不论结构是否谨严，不论收放是否得体，天马行空的文字，让读者眼前的画面不是逐帧清晰，而是愈发模糊，迷蒙。这正合了作家“跑野马”的创作个性，也特别应了开篇之“感情的线索”。

宴之趣

●郑振铎

虽然是冬天，天气却并不怎么冷，雨点淅淅沥沥地滴个不已，灰色云是弥漫着；火炉的火是熄下了，在这样的秋天似的天气中，生了火炉未免是过于燠暖了。家里一个人也没有，他们都出外"应酬"去了。独自在这样的房里坐着，读书的兴趣也引不起，偶然地把早晨的日报翻着，翻着，看看它的广告，忽然想起去看 Merry Widow 吧。于是独自地上了电车，到派克路跳下了。

在黑漆的影戏院中，乐队悠扬地奏着乐，白幕上的黑影，坐着，立着，追着，哭着，笑着，愁着，怒着，恋着，失望着，决斗着，那还不是那一套，他们写了又写，演了又演的那一套故事。但至少，我是把一句话记住在心上了：

"有多少次，我是饿着肚子从晚餐席上跑开了。"

这是一句隽妙无比的名句；借来形容我们宴会无虚日的交际社会，真是很确切的。

每一个商人、每一个官僚，每一个略略交际广了些的人，差不多他们的每一个黄昏，都是消磨在酒楼菜馆之中的。有的时候，一个黄昏要赶着去赴三四处的宴会；这些忙碌的交际者真是妓女一样，在这里坐一坐，就走开了。又赶到另一个地方去了，在那一个地方又只略坐一坐，又赶到再一个地方去了。他们的肚子定是不会饱的，我想。有几个这样的交际者，当酒阑灯灺，应酬完毕之后，定是回到家中，叫底下人烧了稀饭来填补空肠的。

我们在广漠繁华的上海，简直是一个村气十足的"乡下人"；我们住的是乡下，到“上海”去一趟是不容易的，我们过的是乡间的生活，一月中难得有几个黄昏是在“应酬”场中度过的。有许多人也许要说我们是“孤介”，那是很清高的一个名词。但我们实在不是如此，我们不过是不惯征逐于酒肉之场，始终保持着不大见世面的“乡下人”的色彩而已。

偶然地有几次，承一二个朋友的好意，邀请我们去赴宴。在座的至多只有三四个熟人，那一半生客，还要主人介绍或自己去请教尊姓大名，或交换名片，把应有的初见面的应酬的话讷讷地说完了之后，便默默地相对无言了。说的话都不是有着落，都不是从心里发出的；泛泛的，是几个音声，由喉咙头溜到口外的而已。过后自己想起那样的敷衍的对话，未免要为之失笑。如此的，说是一个黄昏在繁灯絮语之宴席上度过了，然而那是如何没有生趣的一个黄昏呀！

有几次，席上的生客太多了，除了主人之外，没有一个是认识的；请教了姓名之后，也随即忘记了。除了和主人说几句话之外，简直地无从和他们谈起。不晓得他们是什么行业，不晓得他们是什么性质的人，有话在口头也不敢随意地高谈起来。那一席宴，真是如坐针毡；精美的羹菜，一碗碗地捧上来，也不知是什么味儿。终于忍不住了，只好向主人撒一个谎，说身体不大好过，或说是还有应酬，一定要去的。——如果在谣言很多的这几天当然是更好托辞了，说我怕戒严提早，要被留在华界之外——虽然这是礼貌的，不大应该的，虽然主人是照例地殷勤地留着，然而我却不顾一切地不得不走了。这个黄昏实在是太难挨得过去了！回到家里以后，买了一碗稀饭，即使只有一小盏萝卜干下稀饭，反而觉得舒畅，有意味。

如果有什么友人做喜事，或寿事，在某某花园，某某旅社的大厅里，大张旗鼓地宴客，不幸我们是被邀请了，更不幸我们是太熟的友人，不能不到，也不能道完了喜或拜完了寿，立刻就托辞溜走的，于是这又是一个可怕的黄昏。常常地张大了两眼，在寻找熟人，好容易找到了，一定要紧紧地和他们挤在一起，不敢失散。到了坐席时，便至少有两三人在一块儿可以谈谈了，不至于一个人独自地局促在一群生面孔的人当中，惶恐而且空虚。当我们两三个人在津津地谈着自己的事时，偶然抬起眼来看着对面的一个坐客，他是凄然无侣地坐着；大家酒杯举了，他也举着；菜来了，一个人说：“请，请，”同时把牙箸伸到盘边，他也说：“请，请，”也同样地把牙箸伸出。除了吃菜之外，他没有目的，菜完了，他便局促地独坐着。我们见了他，总要代他难过，然而他终于能够终了席方才起身离座。

宴会之趣味如果仅是这样的，那末，我们将咒诅那第一个发明请客的人；喝酒的趣味如果仅是这样的，那末，我们也将打倒杜康与狄奥尼修士了。

然而又有的宴会却幸而并不是这样的；我们也还有别的可以引起喝酒的趣味的环境。

独酌，据说，那是很有意思的。我少时，常见祖父一个人执了一把锡的酒壶，把黄色的酒倒在白瓷小杯里，举了杯独酌着；喝了一小口，真正一小口，便放下了，又拿起筷子来夹菜。因此，他食得很慢，大家的饭碗和筷子都已放下了，且已离座了，而他却还在举着酒杯，不匆不忙地喝着。他的吃饭，尚在再一个半点钟之后呢。而他喝着酒，颜微酡着，常常叫道："孩子，来，"而我们便到了他的跟前。他夹了一块只有他独享着的菜蔬放在我们口中，问道"好吃么？"我们往往以点点头答之，在孙男与孙女中，他特别地喜欢我，叫我前去的时候尤多。常常的，他把有了短髭的嘴吻着我的面颊，微微有些刺痛，而他的酒气从他的口鼻中直喷出来。这是使我很难受的。

这样的，他消磨过了一个中午和一个黄昏。天天都是如此。我没有享受过这样的乐趣。然而回想起来，似乎他那时是非常的高兴，他是陶醉着，为快乐的雾所围着，似乎他的沉重的忧郁都从心上移开了，这里便是他的全个世界，而全个世界也便是他的。

别一个宴之趣，是我们近几年所常常领略到的，那就是集合了好几个无所不谈的朋友，全座没有一个生面孔，在随意地喝着酒，吃着菜，上天下地地谈着。有时说着很轻妙的话，说着很可发笑的话，有时是如火如剑的激动的话，有时是深切的论学谈艺的话，有时是随意地取笑着，有时是面红耳热地争辩着，有时是高妙的理想在我们的谈锋上触着，有时是恋爱的遇合与家庭的与个人的身世使我们谈个不休。每个人都把他的心胸赤裸裸地袒开了，每个人都把他的向来不肯给人看的面孔显露出来了；每个人都谈着，谈着，谈着，只有更兴奋地谈着，毫不觉得"疲倦"是怎么一个样子。酒是喝得干了，菜是已经没有了，而他们却还是谈着，谈着，谈着。那个地方，即使是很喧闹的，很湫狭的，向来所不愿意多坐的，而这时大家却都忘记了这些事，只是谈着，谈着，谈着，没有一个人愿意先说起告别的话。要不是为了戒严或家庭的命令，竟不会有人想走开的。虽然这些闲谈都是琐屑之至的，都是无意味的，而我们却已在其间得到宴之趣了；——其实在这些闲谈中，我们是时时可发现许多珠宝的；大家都互相地受着影响，大家都更进一步了解他的同伴，大家都可以从那里得到些教益与利益。

“再喝一杯，只要一杯，一杯。”

“不，不能喝了，实在的。”

不会喝酒的人每每这样地被强迫着而喝了过量的酒。面部红红的，映在灯光之下，是向来所未有的壮美的丰采。

“圣陶，干一杯，干一杯，”我往往地举起杯来对着他说，我是很喜欢一口一杯地喝酒的。

“慢慢的，不要这样快，喝酒的趣味，在于一小口一小口地喝，不在于‘干杯’。”圣陶反抗似的说，然而终于他是一口干了，一杯又是一杯。

连不会喝酒的愈之、雁冰，有时，竟也被我们强迫地干了一杯。于是大家哄然地大笑，是发出于心之绝底的笑。

再有，佳年好节，合家团团地坐在一桌上，放了十几双的红漆筷子，连不在家中的人也都放着一双筷子，都排着一个座位。小孩子笑滋滋地闹着吵着，母亲和祖母温和地笑着，妻子忙碌着，指挥着厨房中厅堂中仆人们的做菜，端菜，那也是特有一种融融泄泄的乐趣，为孤独者所妒羡不止的，虽然并没有和同伴们同在时那样的宴之趣。

还有，一对恋人独自在酒店的密室中晚餐；还有，从戏院中偕了妻子出来，同登酒楼喝一二杯酒；还有，伴着祖母或母亲在熊熊的炉火旁边，放了几盏小菜，闲吃着宵夜的酒，那都是使身临其境的人心醉神怡的。

宴之趣是如此的不同呀！

◎文章品读

郑振铎的散文别有韵味，佳作如《蝉与纺织娘》《猫》《海燕》等。这篇《宴之趣》写于 20 世纪 20 年代的上海。此时的上海，灯红酒绿，歌舞升平，存在着诸如英租界、法租界、日租界、华界等独具时代特色的分水岭。

《宴之趣》选取了颇具中国特色的一景——“吃”进行着笔。贯穿行文始终者，不折不扣，处处皆“吃”。由一句台词“有多少次，我是饿着肚子从晚餐席上跑开了”领起，作者酣畅淋漓地描摹了上海滩的宴生活。言语间，诙谐、幽默、嘲讽、对比运用自如，营造出了颇富情趣的行文效果。

作者不喜欢应酬，对于宴席中的人们的虚伪、做作、无奈，看得分外透彻。他这样写游走赴宴的人：“每一个商人、每一个官僚，每一个略略交际广了些的人，差不多他们的每一个黄昏，都是消磨在酒楼菜馆之中的。有的时候，一个黄昏要赶着去赴三四处的宴会；这些忙碌的交际者真是妓女一样。”他这样写无奈赴宴的人：“偶然抬起眼来看着对面的一个坐客，他是凄然无侣地坐着；大家酒杯举了，他也举着；菜来了，一个人说：‘请，请，’同时把牙箸伸到盘边，他也说：‘请，请，’也同样地把牙箸伸出。除了吃菜之外，他没有目的。”由于应酬因而有了名副其实的“应酬”，其间掺杂了不尽的虚伪、言不由衷。

文章行文辛辣老到，令人回味之余，由衷叹服其对生活的体察入微。篇章仅以“吃”入笔，好的“吃”，难受的“吃”，畅快的“吃”及返璞归真温馨的“吃”，不一而足，各自粉墨登场。纷繁的“吃”相，折射出了芸芸众生鲜活的生存形态，可谓妙笔生花，令人拍案叫绝。

·作者简介·

郑振铎（1898～1958），现代作家、文学评论家、文学史家、考古学家。笔名西谛、CT、郭源新等。生于浙江永嘉，祖籍福建长乐。1917年靠亲友帮助入北京铁路管理学校学习。“五四”运动爆发后，曾作为学生代表参加社会活动，并和瞿秋白等人创办《新社会》杂志。1920年11月，与茅盾、叶圣陶等人发起成立文学研究会，并主编文学研究会机关刊物《文学周刊》，编辑出版了《文学研究会丛书》。1923年，接替茅盾主编《小说月报》，倡导写实主义的“为人生”的文学。大革命失败后，旅居巴黎。1929 年回国。抗战胜利后，参与发起组织“中国民主促进会”，创办《民主周刊》，激励国民为争取民主、和平而斗争。新中国成立后，历任文物局局长、考古研究所所长、文学研究所所长、文化部副部长、中国民间研究会副主席等职。1958 年 10 月，在率中国文化代表团出国访问途中，因飞机失事遇难。主要著作有：短篇小说集《家庭的故事》《桂公塘》，散文集《山中杂记》，专著《文学大纲》《插图本中国文学史》《中国通俗文学史》《中国文学论集》《俄国文学史略》等。有《郑振铎文集》。

我的母亲

●胡适

我小时身体弱，不能跟着野蛮的孩子们一块儿玩。我母亲也不准我和他们乱跑乱跳。小时不曾养成活泼游戏的习惯，无论在什么地方，我总是文绉绉的。所以家乡老辈都说我“像个先生样子”，遂叫我做“穈先生”。这个绰号叫出去之后，人都知道三先生的小儿子叫作穈先生了。既有“先生”之名，我不能不装出点“先生”样子，更不能跟着顽童们“野”了。有一天，我在我家八字门口和一班孩子“掷铜钱”，一位老辈走过见了我，笑道：“穈先生也掷铜钱吗？”我听了羞愧得面红耳热，觉得大失了“先生”的身份！

大人们鼓励我装先生样子，我也没有嬉戏的能力和习惯，又因为我确是喜欢看书，所以我一生可算是不曾享过儿童游戏的生活。每年秋天，我的庶祖母同我到田里去“监割”（顶好的田，水旱无忧，收成最好，佃户每约田主来监割，打下谷子，两家平分），我总是坐在小树下看小说。

十一二岁时，我稍活泼一点，居然和一群同学组织了一个戏剧班，做了一些木刀竹枪，借得了几副假胡须，就在村田里做戏。我做的往往是诸葛亮、刘备一类的文角儿；只有一次我做史文恭，被花荣一箭从椅子上射倒下去，这算是我最活泼的玩意儿了。

我在这九年（1895~1904 年）之中，只学得了读书写字两件事。在文字和思想（看下章）的方面，不能不算是打了一点底子。但别的方面都没有发展的机会。有一次我们村里“当朋”（八都凡五村，称为“五朋”，每年一村轮着做太子会，名为“当朋”）。筹备太子会，有人提议要派我加入前村的昆腔队里学习吹笙或吹笛。族里长辈反对，说我年纪太小，不能跟着太子会走遍五朋。于是我失掉了这学习音乐的唯一机会。30年来，我不曾拿过乐器，也全不懂音乐；究竟我有没有一点学音乐的天资，我至今还不知道。至于学图画，更是不可能的事。我常常用竹纸蒙在小说书的石印绘像上，摹画书上的英雄美人。有一天，被先生看见了，挨了一顿大骂，抽屉里的图画都被搜出撕毁了。

于是我又失掉了学做画家的机会。

但这九年的生活，除了读书看书之外，究竟给了我一点做人的训练，在这一点上，我的恩师就是我的慈母。

每天天刚亮时，我母亲便把我喊醒，叫我披衣坐起。我从不知道她醒来坐了多久了。她看我清醒了，便对我说昨天我做错了什么事，说错了什么话，要我认错，要我用功读书。有时候她对我说父亲的种种好处。她说：“你总要踏上你老子的脚步。我一生只晓得这一个完全的人，你要学他，不要跌他的股（跌股便是丢脸出丑）。”她说到伤心处，往往掉下泪来。到天大明时，她才把我的衣服穿好，催我去上早学。学堂门上的锁匙放在先生家里；我先到学堂门口一望，便跑到先生家里去敲门。先生家里有人把锁匙从门缝里递出来，我拿了跑回去，开了门，坐下念生书。十天之中，总有八九天我是第一个去开学堂门的。等到先生来了，我背了生书，才回家吃早饭。

我母亲管束我最严，她是慈母兼任严父。但她从来不在别人面前骂我一句，打我一下。我做错了事，她只对我一望，我看见了她的严厉眼光，便吓住了。犯的事小，她等到第二天早晨我睡醒时才教训我。犯的事大，她等人静时，关了房门，先责备我，然后行罚，或罚跪，或拧我的肉，无论怎样重罚，总不许我哭出声音来，她教训儿子不是借此出气叫别人听的。

有一个初秋的傍晚，我吃了晚饭，在门口玩，身上只穿着一件单背心，这时候我母亲的妹子玉英姨母在我家住。她怕我冷了，拿了一件小衫出来叫我穿上。我不肯穿，她说：“穿上吧，凉了。”我随口回答：“娘（凉）什么！老子都不老子呀。”我刚说了这句话，一抬头，看见母亲从家里走出，我赶快把小衫穿上。但她已听见这句轻薄的话了。晚上人静后，她罚我跪下，重重地责罚了一顿。她说：“你没了老子，是多么得意的事！好用来说嘴！”她气得坐着发抖，也不许我上床去睡。我跪着哭，用手擦眼睛，不知道擦进了什么细菌，后来足足害了一年多的眼翳病。医来医去，总医不好。我母亲心里又悔又急，听说眼翳可以用舌头去，有一夜她把我叫醒，她真用舌头舔我的眼病。这是我的严师，我的慈母。

我母亲二十三岁做了寡妇，又是当家的后母。这种生活的痛苦，我的笨笔写不出一万分之一二。家中财政本不宽裕，全靠二哥在上海经营调度。大哥从小就是败子，吸鸦片烟，赌博，钱到手就光，光了就回家打主意，见了香炉就拿出去卖，捞着锡茶壶就拿出去押。我母亲几次邀了本家长辈来，给他定下每月用费的数目。但他总不够用，到处都欠下烟债赌债。每年除夕我家中总有一大群讨债的，每人一盏灯笼，坐在大厅上不肯去。大哥早已避出去了。大厅的两排椅子上满满的都是灯笼和债主。我母亲走进走出，料理年夜饭，谢灶神，压岁钱等事，只当作不曾看见这一群人。到了近半夜，快要“封门”了，我母亲才走后门出去，央一位邻舍本家到我家来，每一家债户开发一点钱。做好做歹的，这一群讨债的才一个一个提着灯笼走出去。一会儿，大哥敲门回来了。我母亲从不骂他一句。并且因为是新年，她脸上从不露出一点怒色。这样的过年，我过了六七次。

大嫂是个最无能而又最不懂事的人，二嫂是个很能干而气量很窄小的人。她们常常闹意见，只因为我母亲的和气榜样，她们还不曾有公然相骂相打的事。她们闹气时，只是不说话，不答话，把脸放下来，叫人难看；二嫂生气时，脸色变青，更是怕人。她们对我母亲闹气时，也是如此。我起初全不懂得这一套，后来也渐渐懂得看人的脸色了。我渐渐明白，世间最可厌恶的事莫如一张生气的脸；世间最下流的事莫如把生气的脸摆给旁人看。这比打骂还难受。

我母亲的气量大，性子好，又因为做了后母后婆，她更事事留心，事事格外容忍。大哥的女儿比我只小一岁，她的饮食衣料总是和我的一样。我和她有小争执，总是我吃亏，母亲总是责备我，要我事事让她。后来大嫂二嫂都生了儿子了，她们生气时便打骂孩子来出气，一面打，一面用尖刻有刺的话骂给旁人听。我母亲只装作不听见。有时候，她实在忍不住了，便悄悄走出门去，或到左邻立大嫂家去坐一会儿，或走后门到后邻度嫂家去闲谈。她从不和两个嫂子吵一句嘴。

每个嫂子一生气，往往十天半个月不歇，天天走进走出，板着脸，咬着嘴，打骂小孩子出气。我母亲只忍耐着，忍到实在不可再忍的一天，她也有她的法子。这一天的天明时，她就不起床，轻轻地哭一场。她不骂一个人，只哭她的丈夫，哭她自己苦命，留不住她丈夫来照管她。她先哭时，声音很低，渐渐哭出声来。我醒了起来劝她，她不肯住。这时候，我总听见前堂（二嫂住前堂东房）或后堂（大嫂住后堂西房）有一扇房门开了，一个嫂子走出房向厨房走去。不多一会儿，那位嫂子来敲我们的房门了。我开了房门，她走进来，捧着一碗热茶，送到我母亲床前，劝她止哭，请她喝口热茶。我母亲慢慢停住哭声，伸手接了茶碗。那位嫂子站着劝一会儿，才退出去。没有一句话提到什么人，也没有一个字提到这十天半个月来的气脸，然而各人心里明白，泡茶进来的嫂子总是那十天半个月来闹气的人。奇怪得很，这一哭之后，至少有一两个月的太平清静日子。

我母亲待人最仁慈，最温和，从来没有一句伤人感情的话；但她有时候也很有刚气，不受一点人格上的侮辱。我家五叔是个无正业的浪人，有一天在烟馆里发牢骚，说我母亲家中有事请某人帮忙，大概总有什么好处给他。这句话传到了我母亲耳朵里，她气得大哭，请了几位本家来，把五叔喊来，她当面质问他给了某人什么好处。直到五叔当众认错赔罪，她才罢休。

我在我母亲的教训之下住了九年，受了她的极大极深的影响。我十四岁（其实只有十二岁零二三个月）便离开她了，在这广漠的人海里闯荡了二十多年，没有一个人管束过我。如果我学得了一丝一毫的好脾气，如果我学得了一点点待人接物的和气，如果我能宽恕人，体谅人——我都得感谢我的母亲。

◎文章品读

本文选自《胡适自传》中的《四十自述》。讲述的是作者童年至少年时代在母亲的严格要求和深情关爱下成长的往事。

作者为了突显主题，在开篇只是简短地介绍了自己的童年生涯。这段日子可以用几个词汇来概括：“身子弱”“文绉绉”“喜欢看书”。从读书认字开始，作者的童年生涯渐行渐远。

在作者逐渐懂事的过程中，母亲的影响显而易见。行文中，作者选取了“严”与“爱”着重落笔。对于母亲的“严”，文中这样写：“每天天刚亮时，我母亲便把我喊醒，叫我披衣坐起。我从不知道她醒来坐了多久了。她看我清醒了，便对我说昨天我做错了什么事，说错了什么话，要我认错，要我用功读书。”“我母亲管束我最严，她是慈母兼任严父。但她从来不在别人面前骂我一句，打我一下。我做错了事，她只对我一望，我看见了她的严厉眼光，便吓住了。”“犯的事小，她等到第二天早晨我睡醒时才教训我。犯的事大，她等人静时，关了房门，先责备我，然后行罚，或罚跪，或拧我的肉，无论怎样重罚，总不许我哭出声音来……”这种“做人训练”，让作者无论在日后的工作还是生活中均受益匪浅。对于母爱，散文则透过大家庭的内部纠纷、矛盾来集中展现，如何对待吸鸦片的二哥、年关讨债的乡亲，如何与龃龉不断的嫂子共处等。架构清晰，抒怀厚积薄发。

母爱是一个永恒的话题。高尔基曾说：“没有母亲，既没有英雄，也没有诗人。”作者的母亲，是这样一个坚忍、自尊与豁达的女性。不但给作者，也给千千万万为人子者留下了思索、缅怀的空间。

·作者简介·

胡适（1891 ~ 1962），字适之，安徽绩溪人。现代著名学者、哲学家、文学史家、诗人，新红学的创始人之一。早年肄业于上海中国公学，1910 年赴美留学，师从实用主义哲学家杜威。1917 年回国任北大教授，投身新文化运动，是该运动早期领导者之一。曾历任北京大学教授、北京大学文学院院长、中华民国驻美利坚合众国特命全权大使、美国国会图书馆东方部名誉顾问、北京大学校长等职。1949 年再度赴美，1952 年去台湾，1958 年 4 月就任台湾“中央研究院”院长。胡适兴趣广泛，在文学、哲学、史学、考据学、教育学、伦理学、红学等诸多领域均有造诣。主要著作有《中国哲学史大纲》《胡适论学近著》《白话文学史》（上卷）及《胡适文存》等。

青岛

●闻一多

船快到胶州湾时，远远望见一点青，在万顷的巨涛中浮沉；在右边崂山无数柱奇挺的怪峰，会使你忽然想起多少神仙的故事。进湾，先看见小青岛，就是先前浮沉在巨浪中的青点，离它几里远就是山东半岛最东的半岛——青岛。簇新的，整齐的楼屋，一座一座立在小小山坡上，笔直的柏油路伸展在两行梧桐树的中间，起伏在山冈上如一条蛇。谁信这个现成的海市蜃楼，一百年前还是个荒岛?

当春天，街市上和山野间密集的树叶，遮蔽着岛上所有的住屋，向着大海碧绿的波浪，岛上起伏的青梢也是一片海浪，浪下有似海底下神人所住的仙宫。但是在榆树丛荫，还埋着十多年前德国人坚伟的炮台，深长的甬道里你还可以看见那些地下室，那些被毁的大炮飞机，和墙壁上血涂的手迹——欧战时这儿剩有五百德国兵丁和日本争夺我们的小岛，德国人败了，日本的太阳旗曾经一时招展全市，但不久又归还了我们。在青岛，有的是一片绿林下的仙宫和海水泱泱的高歌，不许人想到地下还藏着十多间可怕的暗窟，如今全毁了。

堤岸上种植无数株梧桐，那儿可以坐憩，在晚上凭栏望见海湾里千万只帆船的桅杆，远近一盏盏明灭的红绿灯飘在浮标上，那是海上的星辰。沿海岸处有许多伸长的山角，黄昏时潮水一卷一卷来，在沙滩上飞转，溅起白浪花，又退回去，不厌倦地呼啸。天空中海鸥逐向渔舟飞，有时在海水中的大岩石上，听那巨浪撞击着岩石激起一两丈高的水花。那儿再有伸出海面的站桥，去站着望天上的云，海天的云彩永远是清澄无比的，夕阳快下山，西边浮起几道鲜丽耀眼的光，在别处你永远看不见的。

过清明节以后，从长期的海雾中带回了春色，公园里先是迎春花和连翘，成篱的雪柳，还有好像白亮灯的玉兰，软风一吹来就憩了。四月中旬，奇丽的日本樱花开得像天河，十里长的两行樱花，蜿蜒在山道上，你在树下走，一举首只见樱花绣成的云天。樱花落了，地下铺好一条花蹊。接着海棠花又点亮了，还有踯躅在山坡下的“山踯躅”、丁香、红端木，天天在染织这一大张地毡；往山后深林里走去，每天你会寻见一条新路，每一条小路中不知是谁创制的天地。

到夏季来，青岛几乎是天堂了。双驾马车载人到汇泉浴场去，男的女的中国人和十方的异客，戴了阔边大帽，海边沙滩上，人像小鱼一般，曝露在日光下，怀抱中是薰人的咸风。沙滩边许多小小的木屋，屋外搭着伞篷，人全仰天躺在沙上，有的下海去游泳，踩水浪，孩子们光着身在海滨拾贝壳。街路上满是烂醉的外国水手，一路上胡唱。

但是等秋风吹起，满岛又回复了它的沉默，少有人行走，只在雾天里听见一种怪木牛的叫声，人说木牛躲在海角下，谁都不知道在哪儿。

◎文章品读

《青岛》是闻一多在国立青岛大学任职时的作品，也是闻一多一生中创作的唯一一篇即景抒情散文。

这篇文章不过千字余，然而青岛的眉目却已栩栩如生地展现在了读者面前。闻一多是诗人、学者，他“以美为艺术之核心”的诗论也成功地运用到了这篇写景散文中。在他的笔下，青岛犹如一幅美艳的画，令人再三回味。

写海，但见沙鸥飞向渔舟，巨浪撞击着岩石，激起丈余的水花。这里的海，较之老舍笔下青岛的海，多了几分雄峻的气概，又像硬朗的男儿。转到花间，文风倏忽变柔了许多。写清明过后的公园：“从长期的海雾中带回了春色，公园里先是迎春花和连翘，成篱的雪柳，还有好像白亮灯的玉兰，软风一吹来就憩了。”写四月里的樱花大道：“四月中旬，绮丽的日本樱花开得像天河，十里长的两行樱花，蜿蜒在山道上，你在树下走，一举首只见樱花绣成的云天。樱花落了，地下铺好一条花蹊。”笔触柔美，简简单单的三言两语便勾勒出了樱花纷飞的四月天。海，在诗人的笔下是美的；花，是锦绣成堆，摇曳多姿的——除却浪漫樱花，海棠、丁香、红端木也不输半分风情。

闻一多以笔锋犀利著称，一生写就大量的诗篇、杂文，洋溢着旺盛的斗志。谁能想到一位忧民爱国的诗人也会有如此细腻、浪漫的情怀，能将青岛描绘得充满诗情画意。——也许，只要看青岛的态度是平和的，悠然的，那么立于黄昏，目送海鸥，仰望云天，心胸也就自然开阔，油然而生的诗情，也就跃然纸上了。

·作者简介·

闻一多（1899～1946），本名家骅，字友三。湖北浠水人。著名诗人、学者、民主斗士。14岁即以优异的成绩考入北京清华学校。1920年4月，他写了第一篇白话杂文《旅客式的学生》批评清华师生的腐化气息，呼吁改良学校。9月发表第一首白话新诗《西岸》，署名闻一多。1922年7月，赴美国留学。1925年回国后赴北平任北京艺术专科学校教务长，并与友人创办艺专戏剧系。1926年辞去艺专职务后，先后任上海吴淞国立政治大学训导长、武汉国民革命军总政治部艺术股股长、南京国立第四中山大学（后改名中央大学）外文系主任、国立政治大学外文系教授等职，从事外国文学教学与研究，同时进行唐诗研究和诗歌创作。出有《红烛》《死水》诗集，均为现代诗坛的经典之作。1946年6月，反内战运动在全国形成热潮，闻一多和昆明进步人士组织了“争取和平联络会”，发起声势浩大的反内战签名运动，国民党当局为之震惊。同年7月15日，被国民党特务暗杀。主要著作有《闻一多全集》，1948年由上海天明书店出版。

画虎

●朱湘

“画虎不成反类狗，刻鹄不成终类鹜。”自从这两句话一说出口，中国人便一天没有出息似一天了。

谁想得到这两句话是南征交趾的马援说的。听他说这话的侄儿，如若明白道理，一定会反问：“伯伯，你老人家当初征交趾的时候，可曾这样想过：征交趾如若不成功，那就要送命，不如作一篇《南征赋》罢。因为《南征赋》作不成，终究留得有一条性命。”

这两句话为后人奉作至宝。单就文学方面来讲，一班胆小如鼠的老前辈便是这样警劝后生：学老杜罢，学老杜罢，千万不要学李太白。因为老杜学不成，你至少还有个架子；学不成李的时候，你简直一无所有了。这学的风气一盛，李杜便从此不再出现于中国诗坛之上了。所有的只是一些杜的架子，或一些李的架子。试问这些行尸走肉的架子，这些骷髅，它们有什么用？光天化日之下，与其让这些怪物来显形，倒不如一无所有反而好些。因为人真知道了无，才能创造有；拥着伪有的时候，决无创造真有之望。

狗，鹜。鹜真强似狗吗？试问它们两个当中，是谁怕谁？是狗怕鹜呢？还是鹜怕狗？是谁最聪明，能够永远警醒，无论小偷的脚步多么轻，它都能立刻扬起愤怒之呼声将鄙贱惊退？

画不成的老虎，真像狗；刻不成的鸿鹄，真像鹜吗？不然，不然。成功了便是虎同鹄，不成功时便都是怪物。

成功又分两种：一种是画匠的成功，一种是画家的成功。画匠只能模拟虎与鹄的形色，求到一个像罢了。画家他深探入创形的秘密，发见这形后面有一个什么神，发号施令，在陆地则赋形为劲悍的肢体、巨丽的皮革；在天空则赋形为剽疾的翮翼、润泽的羽毛：他然后以形与色为血肉毛骨，纳入那神，抟成他自己的虎鹄。

拿物质文明来比方：研究人类科学的人如若只能亦步亦趋，最多也不过贩进一些西洋的政治学、经济学，既不合时宜，又常多短缺。实用物质科学的人如若只知萧规曹随，最多也不过摹成一些欧式的工厂商店，重演出惨剧，肥寡不肥众。日本便是这样：它古代摹拟到一点中国的文化，有了它的文字、美术；近代摹拟到一点西方的文化，有了它的社会实业：它只是国家中的画匠。我们这有几千年特质文化的国家不该如此。我们应该贯进物质文化的内心，搜出各根柢原理，观察它们是怎样配合的，怎样变化的，再追求这些原理之中有哪些应当铲除，此外还有些什么原理应当加入，然后淘汰扩张，重新交配，重新演化，以造成东方的物质文化。

东方的画师呀！麒麟死了，狮子睡了，你还不应该拿起那支当时伏羲画八卦的笔来，在朝阳的丹凤声中，点了睛，让困在壁间的龙腾越上苍天吗？

◎文章品读

《画虎》选自作者的《中书集》，是作者最出色的散文作品之一。其辛辣、老练，与其名世的诗篇等量齐观，毫不逊色。作者由一句话联想开来，运笔如风，谈革新，谈创造，批驳之处不遗余力。

散文有着浓重的朱氏行文风格：大胆，激越，书生气浓甚而愤世嫉俗，并入了深邃的思想感情与厚重的爱国情思。也许恰恰是这些棱角分明的个性，令其作品独树一帜，也让其早逝成为一种必然——1933 年，年仅 29 岁的朱湘追随屈子自沉长江，令无数人扼腕叹息。

散文的中心明确：“人真知道了无，才能创造有；拥着伪有的时候，决无创造真有之望。”用作者通俗的解释是，画虎、刻鹄成功了便是虎同鹄，不成则都是怪物，不该崇奉“终类鹜”的阿Q式自慰心理。围绕着这个观点，作者语出犀利，戏说马援，嘲讽胆小如鼠的前辈对后生的谆谆警劝，批驳后辈的不学上进，宛如行尸走肉的骷髅架子……

嬉笑怒骂过后，作者亮出自己的观点——狗、鹜，不存在谁怕谁，也不存在谁最聪明，任谁去学习刻画，成了便是好，不成统统不名一文。对于成功，作者紧锣密鼓，更进行了一番透彻的分析，内文层层递进，喝令观念的转变，反对亦步亦趋，赞赏勇于创新，求变，融会贯通。“在陆地则赋形为劲悍的肢体、巨丽的皮革。在天空则赋形为剽疾的翮翼、润泽的羽毛。他然后以形与色为血肉毛骨，纳入那神，抟成他自己的虎鹄。”对创造精神复苏的无限向往、希冀，如泉涌般涤荡在字里行间。

先是对艺术、文化领域进行了一番指摘，作者马不停蹄，由精神领域延伸至物质文明和实用科学。所谓“拿物质文明来比方”，在这一部分中，作者仍旧目光敏锐，痛斥萧规曹随的作为。他列举日本的前车之鉴，对照身处的中国，心上无尽的焦虑、期盼。对于举例日本，有其缘由。作者曾留学国外，异地他乡的生活令其对中国的落后、病态饱含担忧，“政治经济物质方面如今已然病象极其显著了”，更担心“将来在学问艺术方面连日本都赶不上”……与邻国的一衣带水，彼此间剪不断的渊源，使作者关注与忧虑不无道理。

比拟物质文明，是为了进一步强化行文主题：连最推崇创造性发挥的艺术领域都踽踽不前，其他更不消多说。这是一种强调，也极似一种反讽。对希望的抱有也不遗余力：“东方的画师呀！麒麟死了，狮子睡了，你还不应该拿起那支当时伏羲画八卦的笔来，在朝阳的丹凤声中，点了睛，让困在壁间的龙腾越上苍天吗？”此声有如当头棒喝，伏羲、八卦、丹凤、腾龙，种种意象均源远流长，用在此处，意味深长，饱含张力。

整篇散文，短小精悍，写出了一名“五四”青年作家内心的敏感、激越、彷徨与种种期待。作者思维清晰，稍显激进。篇尾的结语尤为精彩绝伦，令半个多世纪后的人们读来仍然激动不已。

·作者简介·

朱湘（1904～1933），字子沅，原籍安徽，生于湖南沅陵，以诗作名世。1919年考入清华学校。1922年加入文学研究会，同年在《小说月报》第一次发表5首新诗。1925年出版第一本诗集《夏天》。1926年自办刊物《新文》，只刊载自创的诗文及翻译的诗歌，自己发行。因经济拮据，仅发行了两期。1937年第二本诗集《草莽》出版。1927～1929年间，留学美国。其为人孤傲、倔强，在美期间，两次愤然转学。回国后，生活动荡，曾任教于安徽大学外文系，因与校方不和，毅然辞职。此后生计无着，为谋生四处奔走，家庭矛盾也日渐激化。1933年12月，在从上海开往南京的客轮上，跳江自杀，年仅29岁。主要作品有诗集《石门集》，散文书信集《中书集》《海外寄霓君》等。

烟卷

●朱湘

我吸烟是近四年来的事——从前我所进的学校里，是禁止烟酒的，——不过我同烟卷发生关系，却是已经二十年了。那是说的烟卷盒中的画片，我在十岁左右的时候，便开始收集了。我到如今还记得我当时对于那些画片的搜罗是多么热情，正如我当时对于收集各色的手工纸，各国的邮票那样，有的是由家里的烟卷盒中取来的，恨不得大人一天能抽十盒烟才好；还有的是用制钱——当时还用制钱，——去，跑去，杂货铺里买来的。儿童时代也自有儿童时代的欢喜与失望：单就收集画片这一项来说，我还记得当时如其有一天那烟盒中的画片要是与从前的重复了，并不是一张新的，至少有半天，我的情感是要梗滞着，不舒服，徒然地在心中希冀着改变那既成的事实。收集全了一套画片的时候，心里又是多么欢喜！那便是一个成人与他所恋爱的女子结了婚，一个在政界上钻营的人一旦得了肥缺，当时所体验到的鼓舞，也不能在程度上超越过去。

便是烟卷盒中的画片这一种小件的东西，就中都能以窥得出社会上风气的转移，如今的画片，千篇一律的，是印着时装的女子，或是侠义小说中的情节；这一种的风气，在另一方面表现出来，便是肉欲小说与新侠义小说的风行，再在另一方面表现出来，便是跳舞馆像雨后春笋一般地竖立起来，未成年的幼者弃家弃业地去求侠客的记载不断地出现于报纸之上。在二十年前，也未尝没有西洋美女的照相画片，——性，那原是古今中外一律的一种强有力的引诱；在十年以前，我自已还拿十岁时候所收集的西洋美女的照相画片之内的一张剪出来，插在钱夹里。——也未尝没有水浒上一百零八人的画片，——水浒，它本来是一部文学的价值既高，深入民心的程度又深的书籍，可以算是古代的白话文学中唯一的能以将男性充分地发挥出来的长篇小说，（我当时的失望啊，为了再也搜罗不到玉麒麟卢俊义这张画片的缘故！）——不过在二十年前，也同时有军舰的照相画片，英国的各时代的名舰的画片，海陆军官的照相画片，世界上各地方的出产物的画片，……这二十年以来，外国对于我国的态度无可异议地是变了，期待改变成了藐视，理想上的希望改变了实际上的取利；由画片这一小项来看，都可以明显地看见了。

当时我所收集的各种画片之内，有一种是我所喜欢的，并不是为的它印刷精美，也不是为的它搜罗繁难。它是在每张之上画出来一句成语或一联的意义，而那些的绘画，或许是不自觉的，多少含有一些滑稽的意味。“若要工夫深，钝铁磨成针。”“爬得高，跌得重。”以及许多同类的成语，都寓庄于谐地在绘画中实体地演现了出来，映入了一个上“修身”课，读古文的高小学生的视觉……当时还没有《儿童世界》《小朋友》，这一种的画片便成为我的童年时代的《儿童世界》《小朋友》了。

画片，这不过是烟卷盒中的附属品，为了吸烟卷的家庭中那般儿童而预备的，在中国这个教育，尤其是儿童教育落伍的国家，一切含有教育意义的事物，当然都是应该欢迎、提倡的。——不过就一般为吸烟而吸烟的人说来，画片还可以说是视而不见的；所以在出售于外国的高低各种，出售于中国的一些烟盒、烟罐之内，画片这一项节目是蠲除去了。

烟卷的气味我是从小就闻惯了，嗅它的时候，我自然也是感觉到有一种香味，——还有些时候，我撮拢了双掌，将烟气向嗅官招了来闻。至于吸烟，少年时代的我也未尝没有尝试过，但是并没有尝出了什么好处来，像吃甜味的糖，咸味的菜那样，所以便弃置了不去继续，——并且在心里坚信着，大人的说话是不错的，他们不是说了，烟卷虽是嗅着烟气算香，吸起来都是没有什么甜头，并且晕脑的么？

我正式地第一次抽烟卷，是在26岁左右，在美国西部等船回国的时候；我正式地第一次所抽的烟卷，是美国国内最通行的一种烟卷，“幸中”（Lucky Strike）。

因为我在报纸、杂志之上时常看到这种烟卷的触目的广告，而我对于烟卷又完全是一个外行，当时为了等船期内的无聊，感觉到抽烟卷也算得一条便利的出路，于是我的“幸中”便落在这一种烟卷的身上。

船过日本的时候，也抽过日本的国产烟卷，小号的；用了日本的国产火柴，小匣的。

回国以后，服务于一个古旧狭窄的省会之内。那时正是“美丽牌”初兴的时候，我因为它含有一点甜味，或许烟叶是用甘草焙过的，我便抽它。也曾经断过烟，不过数日之后，发现口的内部的软骨肉上起了一些水泡，大概是因为初由水料清洁的外国回来，漱口时用不惯微菌充斥着的江水、井水的缘故，于是烟卷又照旧地吸了起来，数日之后，那些口内的水泡居然无形中消灭了；从此以后，抽烟卷便成为我的一种习惯了。医学所说的烟卷有毒这一类话，报纸上所登载的某医士主张烟卷有益于人体以及某人用烟卷支持了多日的生存的那一类消息，我同样地不介于怀……大家都抽烟卷，我为什么不？如其它是有毒的，那么茶叶也是有毒的，而茶叶在中国是一种民需，又是一种骚人墨客的清赏品，并且由中国销行到了全世界，——好像烟草由热带流传遍了全世界那样。有人说，古代的饮料，中国幸亏有茶，西方幸亏有啤酒，不然，都来喝冷水，恐怕人种早已绝迹于地面了，这或许是一种快意之言，不过，事物都是有正面与反面的。烟、酒，据医学而言，都是有毒的，但是鸦片与白兰地，医士也拿了来治病。一种物件，我们不能说是有毒或无毒，只能说，适当，不适当的程度，在施用的时候。

抽烟卷正式地成为我的一种习惯以后，我便由一天几支加到了一天几十支，并且，出于好奇心，迫于环境，各种的烟卷我都抽到了，江苏菜一般的“佛及尼”与四川菜一般的“埃及”，舶来品与国货，小号与“Grandeur”，“Navy cut”与“Straig ht cut”，橡皮头与非橡皮头，带纸嘴的与不带纸嘴的，“大炮台”与“大英牌”，纸包与“听”与方铁盒。我并非一个为吸烟而吸烟的人，——这一点自认，当然是我所自觉惭愧的，——我之所以吸烟，完全开端于无聊，继续于习惯，好像我之所以生存那样，吸烟卷的时候，我并不限定于哪一种；只是买得了不辣咽喉的烟卷的时候，我决不买辣咽喉的烟卷，这个如其算是我对于烟卷之选择上的一种限定，也未尝不可。吸烟上的我的立场，正像我在幼年搜罗画片，采集邮票时的立场，又像一班人狎妓的立场；道地的一句话，它便是一般人在生活的享受上的立场。

我咀嚼生活，并不曾咀嚼出多少的滋味来，那么，我之不知烟味而作了一个吸烟的人，也多少可以自宽自解了。我只知道，优好的烟卷浓而不辣，恶劣的烟卷辣而不浓；至于普通的烟卷，则是相近而相忘的，除非到了那一时没得抽或是那抽得太多了的时候。

橡皮头自然是方便的，不过我个人总嫌它是一种滑头，不能叼在唇齿之上，增加一种切肤的亲密的快感；即使有时要被那烟卷上的稻纸带下了一块唇皮，流出了少量的血来，个人的，我终究觉得那偶尔的牺牲还是值得的，我终究觉得“非橡皮头”还是比橡皮头好。

烟嘴这个问题，好像个人的生活这个问题，中国的出路这个问题一样，我也曾经慎重地考虑过。烟嘴与橡皮头，它们的创作是基于同一的理由，不过烟嘴在用了几天以后，气管中便会发生一种交通不便的现象，在这种关头上，烟油与烟气便并立于交战的地位，终于烟油越裹越多，烟气越来越少，烟嘴便失去了烟嘴的功效了。原来是图求清洁的，如今反而不洁了；吸烟原来是要吸入烟气到口中，喉内的，如今是双唇与双颊用了许大的力量，也不能吸到若干的烟气，一任那火神将烟卷无补于实际地燃烧成了白灰、黑灰。肃清烟嘴中的积滞，那是一种不讨喜欢的工作；虽说吸烟是为了有的是闲工夫，却很少有人愿意将他的闲工夫用在扫清烟嘴中的烟油的这种工作之上。我宁可去直接地吸一支畅快的烟，取得我所想要取得的满足，即使熏黄了食指与中指的指尖。

有时候，道学气一发作，我也曾经发过狠来戒烟，但是，早晨醒来的时候，喉咙里总免不了要发痒，吐痰……我又发一个狠，忍住；到了吃完午饭以后，这时候是一饱解百忧，对于百事都是怀抱着一种一任其所之，于我并无妨害的态度，于是便记忆了起来，自己发狠来戒吸的这桩事件，于是便拍着肚皮地自笑起来，戒烟不戒烟，这也算不了怎样一回大事，肚子饱了，不必去考虑罢……啊，那一夜半天以后的第一口深吸！这或者便是道学气的好处，消极的。

还有时候，当然是手头十分窘急的时候，“省检”这个布衣的，面貌清癯的神道教我不要抽烟，他又说，这一层如其是办不到，至少是要限定每天吸用的支数。于是我便用了一只空罐装好今天所要吸的支数；这样实行了几天，或是一天，又发生了一种阻折，大半是作诗，使得我悖叛了神旨，在晚间的空罐内五支五支地再加进去烟卷。我，以及一般人，真是愚蠢得不可救药，宁可将享受在一次之内疯狂地去吞咽了，在事后去受苦，自责，决不肯，决不能算术地将它分配开来，长久地去受用！

烟卷，我说过了，我是与它相近而相忘的；倒是与烟卷有连带关系的项目，有些我是觉得津津有味，时常来取出它们于“回忆”的池水，拿来仔细品尝的。这或许是幼时搜罗画片的那种童性的遗留罢。也许，在这个世界上，事物的本身原来是没有什么滋味，它们的滋味全在附带的枝节之上罢。

烟罐的装潢，据我个人的嗜好而言，是“加利克”最好。或许是因为我是一个有些好“发思古之幽情”的文人，所以那种以一个蜚声于英国古代的伶人作牌号的烟卷，烟罐上印有他的像，又引有一个英国古代的文人赞美烟草的话，最博得我的欢心。正如一朵花，由美人的手中递与了我们，拿着它的时候，我们在花的美丽上又增加了美丽的联想。

广告，烟卷业在这上面所耗去的金钱真正不少。实际地说来，将这笔巨大的广告费转用在烟卷的实质的增丰之上，岂不使得购买烟卷的人更受实惠么？像一些反对一切的广告的人那样，我从前对于烟卷的广告，也曾经这样地想过。如今知道了，不然。人类的感觉，思想是最囿于自我，最漠于外界的……所以自从天地开辟以来，自从创世以来，苹果尽管由树上落到地上，要到牛顿，他才悟出来此中的道理；没有一根拦头的棒，实体的或是抽象的，来击上他的肉体，人是不会在感觉、思想之上发生什么反应的。没有鲜明刺目的广告，人们便引不起对于一种货品的注意。广告并不仅仅只限于货品之上，求爱者的修饰，衣着便是求爱者的广告，政治家的宣言便是政治家的广告，甚至于每个人的言语，行为，它们也便是每个人的广告。广告既然是一种基于人性的需要，那么，充分地去发展它，即使消费去多量的金钱，那也是不能算作消费的。

广告还有一种功用，增加愉快的联想。“幸中”这种烟卷在广告方面采用了一种特殊的策略：在每期的杂志上，它的广告总是一帧名伶、名歌者的彩色的像，下面印有这最要保养咽喉的人的一封证明这种烟并不伤害咽喉的信件，页底印着，最重要的一层，这名伶、名歌者的亲笔签名。或许这个签字是公司方面用金钱买来的（这种烟也无异于他种的烟，受恳的人并不至于受良心上的责备），购买这种烟卷的人呢，我们也不能说他们是受了愚弄，因为这种烟卷的售价并没有因了这一场的广告而增高，——进一步说，宗教，爱国，如其益处撇开了不提，我们也未尝不能说它们是愚弄。这一场的广告，当然增加了这种烟卷的销路，同时也给予了购者以一种愉快的联想；本来是一种平凡的烟卷，而购吸者却能泛起来一种幻想，这个，那个名伶、名歌者也同时在吸用着它。又有一种广告，上面画着一个酷似那“它的女子”Clara Bow 的半身女像，撮拢了她的血红的双唇，唇显得很厚，口显得很圆，她又高昂起她的下巴，低垂着她的眼睑，一双瞳子向下地望着；这幅富于暗示与联想的广告，我们简直可以说是不亚于魏尔伦（Verlaine）的一首漂亮的小诗了。

抽烟卷也可以说是我命中注定了的，因为由十岁起，我便看惯了它的一种变相的广告——画片。

◎文章品读

《烟卷》是一篇论述丰富的散文，运笔开阖，颇有学人气息。爱极（烟卷），为文记之，洋洋洒洒；通篇均是理由，却又不乏亮点。

篇章运笔自如，看似心随意走，实则章法浑然：吸烟—追溯画片—回忆“我”和烟—述及烟罐、广告等连带事物—爱之深，仍旧吸烟。思维开阔，任性恣意。

在以上各“链条”中，追溯画片作为起点用了较多的笔墨，在这一节中，作者饱含丰沛的情感，写出了自己儿时与香烟的渊源。其中对画片的迷恋写得尤为生动。“如其有一天那烟盒中的画片要是与从前的重复了，并不是一张新的，至少有半天，我的情感是要梗滞着，不舒服，徒然地在心中希冀着改变那既成的事实。”“收集全了一套画片的时候，心里又是多么欢喜！那便是一个成人与他所恋爱的女子结了婚，一个在政界上钻营的人一旦得了肥缺，当时所体验到的鼓舞，也不能在程度上超越过去。”一处小小的对比，将儿时简单的快乐与单纯写得恰如其分。

在回忆“我”与香烟一节，仿佛可以品及作者心中的趣味盎然。对第一次吸烟，名称、产地、口感无不记忆犹新。可爱之处在为香烟的“辩解”，口生水泡，吸烟竟起到了不俗的疗效；某医生的烟卷有益论，医学的烟卷有毒说都不会引起作者的介怀。更举出茶叶与啤酒的历史，鸦片与白兰地的辨证施用，自吟自唱般表达了对烟的喜爱与不忍割舍。

对烟罐、广告、烟嘴的描写，爱屋及乌，作者自给了一个很好的理由："这或许是幼时好搜罗画片的那种童性的遗留罢……"这从其对烟罐的品评，对广告的大发议论和最终接纳来看，不无道理。一种情结，离不开后天的认识，但幼时的不经意却往往是最重要的渊源。行文中的议论，颇似看客的态度，很多实质性的问题，点到为止，有所触及，浅尝辄止，行文点滴均围绕烟卷，或远或近。文人心中对爱物的专注，于此刻挥洒写意。篇末，回归起点，"抽烟卷也可以说是我命中注定了的，因为由十岁起，我便看惯了它的一种变相的广告——画片。"平稳架构，呼应开篇。

南闽十年之梦影

●李叔同

我一到南普陀寺，就想来养正院和诸位法师讲谈讲谈，原定的题目是“余之忏悔”，说来话长，非十几小时不能讲完；近来因为讲律，须得把讲稿写好，总抽不出一个时间来，心里又怕负了自己的初愿，只好抽出很短的时间，来和诸位谈谈，谈我在南闽十年中的几件事情！

我第一回到南闽，在一九二八年的十一月，是从上海来的。起初还是在温州，我在温州住得很久，差不多有十年光景。

由温州到上海，是为着编辑护生画集的事，和朋友商量一切；到十一月底，才把护生画集编好。

那时我听人说：尤惜阴居士也在上海。他是我旧时很要好的朋友，我就想去看一看他。一天下午，我去看尤居士，居士说要到暹罗国去，第二天一早就要动身的。我听了觉得很喜欢，于是也想和他一道去。

我就在十几小时中，急急地预备着。第二天早晨，天还没大亮，就赶到轮船码头，和尤居士一起动身到暹罗国去了。从上海到暹罗，是要经过厦门的，料不到这就成了我来厦门的因缘。十二月初，到了厦门，承陈敬贤居士的招待，也在他们的楼上吃过午饭，后来陈居士就介绍我到南普陀寺来。那时的南普陀，和现在不同，马路还没有建筑，我是坐着轿子到寺里来的。

到了南普陀寺，就在方丈楼上住了几天。时常来谈天的，有性愿老法师、芝峰法师等。芝峰法师和我同在温州，虽不曾见过面，却是很相契的。现在突然在南普陀寺晤见了，真是说不出的高兴。

我本来是要到暹罗去的，因着诸位法师的挽留，就留滞在厦门，不想到暹罗国去了。

在厦门住了几天，又到小雪峰那边去过年。一直到正月半以后才回到厦门，住在闽南佛学院的小楼上，约莫住了三个月工夫。看到院里面的学僧虽然只有二十几位，他们的态度都很文雅，而且很有礼貌，和教职员的感情也很不差，我当时很赞美他们。

这时芝峰法师就谈起佛学院里的课程来。他说："门类分得很多，时间的分配却很少，这样下去，怕没有什么成绩吧？"

因此，我表示了一点意见，大约是说："把英文和算术等删掉，佛学却不可减少，而且还得增加，就把腾出来的时间教佛学吧！"

他们都很赞成。听说从此以后，学生们的成绩，确比以前好得多了！

我在佛学院的小楼上，一直住到四月间，怕将来的天气更会热起来，于是又回到温州去。

第二回到南闽，是在一九二九年十月。起初在南普陀寺住了几天，以后因为寺里要做水陆，又搬到太平岩去住。等到水陆圆满，又回到寺里，在前面的老功德楼住着。

当时闽南佛学院的学生，忽然增加了两倍多，约有六十多位，管理方面不免感到困难。虽然竭力地整顿，终不能恢复以前的样子。

不久，我又到小雪峰去过年，正月半才到承天寺来。

那时性愿老法师也在承天寺，在起草章程，说是想办什么研究社。

不久，研究社成立了，景象很好，真所谓"人才济济"，很有一种难以形容的盛况。现在妙释寺的善契师，南山寺的传证师，以及已故南普陀寺的广究师……都是那时候的学僧哩！

研究社初办的几个月间，常住的经忏很少，每天有工夫上课，所以成绩卓著，为别处所少有。

当时我也在那边教了两回写字的方法，遇有闲空，又拿寺里那些古版的藏经来整理整理，后来还编成目录，至今留在那边。这样在寺里约莫住了三个月，到四月，怕天气要热起来，又回到温州去。

一九三一年九月，广洽法师写信来，说很盼望我到厦门去。当时我就从温州动身到上海，预备再到厦门；但许多朋友都说：时局不大安定，远行颇不相宜，于是我只好仍回温州。直到转年（即一九三二年）十月，到了厦门，计算起来，已是第三回了！

到厦门之后，由性愿老法师介绍，到山边岩去住；但其间妙释寺也去住了几天。

那时我虽然没有到南普陀来住，但佛学院的学僧和教职员，却是常常来妙释寺谈天的。

一九三三年正月廿一日，我开始在妙释寺讲律。

这年五月，又移到开元寺去。

当时许多学律的僧众，都能勇猛精进，一天到晚地用功，从没有空过的工夫；就是秩序方面也很好，大家都啧啧地称赞着。

有一天，已是黄昏时候了，我在学僧们宿舍前面的大树下立着，各房灯火发出很亮的光；诵经之声，又复朗朗入耳，一时心中觉得有无限的欢慰！可是这种良好的景象，不能长久地继续下去，恍如昙花一现，不久就消失了。但是当时的景象，却很深地印在我的脑中，现在回想起来，还如在大树底下目睹一般。这是永远不会消灭，永远不会忘记的啊！

十一月，我搬到草庵来过年。

一九三四年二月，又回到南普陀。

当时旧友大半散了；佛学院中的教职员和学僧，也没有一位认识的！

我这一回到南普陀寺来，是准了常惺法师的约，来整顿僧教育的。后来我观察情形，觉得因缘还没有成熟，要想整顿，一时也无从着手，所以就作罢了。此后并没有到闽南佛学院去。

讲到这里，我顺便将我个人对于僧教育的意见，说明一下：

我平时对于佛教是不愿意去分别哪一宗、哪一派的，因为我觉得各宗各派，都各有各的长处。

但是有一点，我以为无论哪一宗哪一派的学僧，却非深信不可，那就是佛教的基本原则，就是深信善恶因果报应的道理。——善有善报，恶有恶报；同时还须深信佛菩萨的灵感！这不仅初级的学僧应该这样，就是升到佛教大学也要这样！

善恶因果报应和佛菩萨的灵感道理，虽然很容易懂，可是能彻底相信的却不多。这所谓信，不是口头说说的信，是要内心切切实实去信的呀！

咳！这很容易明白的道理，若要切切实实地去信，却不容易啊！

我以为无论如何，必须深信善恶因果报应和诸佛菩萨灵感的道理，才有做佛教徒的资格！

须知善有善报，恶有恶报，这种因果报应，是丝毫不爽的！又须知我们一个人所有的行为，一举一动，以至起心动念，诸佛菩萨都看得清清楚楚！

一个人若能这样十分坚决地信着，他的品行道德，自然会一天比一天地高起来！

要晓得我们出家人，就所谓"僧宝"，在俗家人之上，地位是很高的。所以品行道德，也要在俗家人之上才行！

倘若品行道德仅能和俗家人相等，那已经难为情了！何况不如？又何况十分不如呢？……咳！……这样他们看出家人就要十分地轻慢，十分地鄙视，种种讥笑的话，也接连地来了。

记得我将要出家的时候，有一位在北京的老朋友写信来劝告我，你知道他劝告的是什么，他说："听到你要不做人，要做僧去。……"

咳！……我们听到了这话，该是怎样地痛心啊！他以为做僧的，都不是人，简直把僧不当人看了！你想，这句话多么厉害呀！

出家人何以不是人？为什么被人轻慢到这地步？我们都得自己反省一下！我想：这原因都由于我们出家人做人太随便的缘故；种种太随便了，就闹出这样的话柄来了。

至于为什么会随便呢？那就是由于不能深信善恶因果报应和诸佛菩萨灵感的道理的缘故。倘若我们能够真正深信，十分坚决地信，我想就是把你的脑袋斫掉，也不肯随便的了！

以上所说，并不是单单养正院的学僧应该牢记，就是佛教大学的学僧也应该牢记，相信善恶因果报应和诸佛菩萨灵感不爽的道理！

就我个人而论，已经是将近六十的人了，出家已有二十年，但我依旧喜欢看这类的书！——记载善恶因果报应和佛菩萨灵感的书。

我近来省察自己，觉得自己越弄越不像了！所以我要常常研究这一类的书：希望我的品行道德，一天高尚一天；希望能够改过迁善，做一个好人；又因为我想做一个好人，同时我也希望诸位都做好人！

这一段话，虽然是我勉励我自己的，但我很希望诸位也能照样去实行！

关于善恶因果报应和佛菩萨灵感的书，印光老法师在苏州所办的弘化社那边印得很多，定价也很低廉，诸位若要看的话，可托广洽法师写信去购请，或者他们会赠送也未可知。

以上是我个人对于僧教育的一点意见。下面我再来说几样事情：

我于一九三五年到惠安净峰寺去住。到十一月，忽然生了一场大病，所以我就搬到草庵来养病。

这一回的大病，可以说是我一生的大纪念！

我于一九三六年的正月，扶病到南普陀寺来。在病床上有一只钟，比其他的钟总要慢两刻，别人看到了，总是说这个钟不准，我说："这是草庵钟。"

别人听了"草庵钟"三字还是不懂，难道天下的钟也有许多不同的么？现在就让我详详细细地来说个明白：

我那一回大病，在草庵住了一个多月。摆在病床上的钟，是以草庵的钟为标准的。而草庵的钟，总比一般的钟要慢半点。

我以后虽然移到南普陀，但我的钟还是那个样子，比平常的钟慢两刻，所以"草庵钟"就成了一个名词了。这件事由别人看来，也许以为是很好笑的吧！但我觉得很有意思！因为我看到这个钟，就想到我在草庵生大病的情形了，往往使我发大惭愧，惭愧我德薄业重。

我要自己时时发大惭愧，我总是故意地把钟改慢两刻，照草庵那钟的样子，不止当时如此，到现在还是如此，而且愿尽形寿，常常如此。

以后在南普陀住了几个月，于五月间才到鼓浪屿日光岩去。十二月仍回南普陀。

到今年一九三七年，我在闽南居住，算起来，首尾已是十年了。

回想我在这十年之中，在闽南所做的事情，成功的却是很少很少，残缺破碎的居其大半，所以我常常自己反省，觉得自己的德行，实在十分欠缺！

因此近来我自己起了一个名字，叫“二一老人”。什么叫“二一老人”呢？这有我自己的根据。

记得古人有句诗：

“一事无成人渐老。”

清初吴梅村（伟业）临终的绝命词有：

“一钱不值何消说。”

这两句诗的开头都是“一”字，所以我用来做自己的名字，叫作“二一老人”。

因此我十年来在闽南所做的事，虽然不完满，而我也不怎样地去求他完满了！

诸位要晓得：我的性情是很特别的，我只希望我的事情失败，因为事情失败、不完满，这才使我常常发大惭愧！能够晓得自己的德行欠缺，自己的修善不足，那我才可努力用功，努力改过迁善！

一个人如果事情做完满了，那么这个人就会心满意足，洋洋得意，反而增长他贡高我慢的念头，生出种种的过失来！所以还是不去希望完满的好！

不论什么事，总希望他失败，失败才会发大惭愧！倘若因成功而得意，那就不得了啦！

我近来每每想到“二一老人”这个名字，觉得很有意味！

这“二一老人”的名字，也可以算是我在闽南居住了十年的一个最好的纪念！

◎文章品读

弘一大师李叔同早年为一等一的翩翩佳公子，一变而为留学生，又变而为教师，三变而为道人，再变而为和尚。一生纵横开阖，风骨、才情、傲骨，样样兼具。其充满传奇色彩的一生，绚烂至极。

文中的南闽十年，从 1928 年算起，至 1937 年。其间作者的经历颇多。

文章运笔娴熟，没有烟火之气，早年的六朝文风消逝殆尽。作为一篇演讲稿，它从始至终，可用“浓缩人生经历，谆教后学晚生”来概括。脉络清晰，结构随意，笔随心走，内涵消融于字里行间。

文章可按三部分划分：1928 年初到南闽，此后，与南闽割舍不断。因种种情由，时常奔波于温州、上海及福建。弘法之际，所观所感，历历在心。另一部分，是穿插其间的，作者着重讲述了其对佛学教育一块的看法和观点。最末，以个人的病老衰微再次阐扬佛法。首尾连贯，松而不散。以无形的暗线——佛法贯穿始终。十年感悟，力求完满。

散文开篇的“养正院”建立于1934年3月，全名“佛教养正院”，是作者离开闽南佛学院后，另起炉灶倡导建立的。作者对之寄予厚望，希望可以培养出大量优秀的佛教人才。行文中的点滴，均包含了其良苦用意。在第一部分中，作者提到了闽南佛学院的逐渐没落，“这种良好的景象，不能长久地继续下去，恍如昙花一现，不久就消失了。”“后来我观察情形，觉得因缘还没有成熟，要想整顿，一时也无从着手，所以就作罢了。”作者演讲点到为止，实际上1934年2月，作者赴南普陀时，见僧纪涣散，因缘不具，遂萌生去意，而后倡导建立了佛教养正院。

演讲中，作者再三述及佛学的基本原则：相信因果，笃信佛菩萨的灵感。联想自己出家之时，朋友的好言劝慰：“听说你要不做人，要做僧去。”这一幕是作者出家十年来，颇为耿耿于怀的——世人对出家人的不解、误解，是佛教、佛法无法尽力弘扬的羁绊，而这一切，均源于出家人未能遵奉佛教的基本原则，从而让世人曲解。言及此处，作者未免心痛，仿佛二十年前朋友的劝慰仍在耳边。作者以个人的经历弘法，内心情感复杂，心下的期许、惋惜之意溢于言表。

最末，作者讲述了大病之后的感想，这亦是文章思想升华的部分。敬畏生命，感悟生命，消业惜福，自勉，与僧众共勉，是收束篇章的内涵；而十年梦影，十年求索，孜孜不倦，则是萦绕文章的基调与主题。

·作者简介·

李叔同（1880～1941），俗名李息霜、李岸、李哀等，法号弘一。祖籍浙江平湖县，客居天津。清光绪六年出生于天津。父亲在世时，家族为津门巨富。7岁时读《文选》《孝经》等，过目不忘。1895年考入天津文昌院辅仁书院，研习西学。1897年与天津茶商之女完婚。1901 年入南洋公学就读经济特科班，师从蔡元培。1905 年秋赴日本上野美术专科学校学习西洋画。留日期间与同学曾延年等组织“春柳社”，为中国第一个话剧团体。1911 年家道中落，偕日妻回国。先后在浙江省立第一师范学校、南京高等师范学校教授图画、音乐。1918 年 6 月出家。是中国近代文化的先驱者，在文学、音乐、书法、绘画、戏剧、宗教等诸多领域，均有着开创性的贡献。有诗歌、绘画、佛学著作等传世。

吃瓜子

●丰子恺

从前听人说，中国人人人具有三种博士的资格：拿筷子博士、吹煤头纸博士、吃瓜子博士。

拿筷子，吹煤头纸，吃瓜子，的确是中国人独得的技术。其纯熟深造，想起了可以使人吃惊。这里精通拿筷子法的人，有了一双筷，可抵刀锯叉瓢一切器具之用，爬罗剔抉，无所不精。这两根毛竹仿佛是身体上的一部分，手指的延长，或者一对取食的触手。用时好像变戏法者的一种演技，熟能生巧，巧极通神。不必说西洋了，就是我们自己看了，也可惊叹。至于精通吹煤头纸法的人，首推几位一天到晚捧水烟筒的老先生和老太太。他们的"要有火"比上帝还容易，只消向煤头纸上轻轻一吹，火便来了。他们不必出数元乃至数十元的代价去买打火机，只要有一张纸，便可临时在膝上卷起煤头纸来，向铜火炉盖的小孔内一插，拔出来一吹，火便来了。我小时候看见我们染坊店里的管账先生，有种种吹煤头纸的特技。我把煤头纸高举在他的额旁边了，他会把下唇伸出来，使风向上吹；我把煤头纸放在他的胸前了，他会把上唇伸出来，使风向下吹；我把煤头纸放在他的耳旁了，他会把嘴歪转来，使风向左右吹；我用手按住了他的嘴，他会用鼻孔吹，都是吹一两下就着火的。

中国人对于吹煤头纸技术造诣之深，于此可以窥见。所可惜者，自从卷烟和火柴输入中国而盛行之后，水烟这种"国烟"竟被冷落，吹煤头纸这种"国技"也很不发达了。生长在都会里的小孩子，有的竟不会吹，或者连煤头纸这东西也不曾见过。在努力保存国粹的人看来，这也是一种可虑的现象。近来国内有不少人努力于国粹保存。国医、国药、国术、国乐，都有人在那里提倡。也许水烟和煤头纸这种国粹，将来也有人起来提倡，使之复兴。

但我以为这三种技术中最进步最发达的，要算吃瓜子。近来瓜子大王的畅销，便是其老大的证据。据关心此事的人说，瓜子大王一类的装纸袋的瓜子，最近市上流行的有许多牌子。最初是某大药房“用科学方法”创制的，后来有什么“好吃来公司”“顶好吃公司”等种种出品陆续产出。到现在差不多无论哪个穷乡僻处的糖食摊上，都有纸袋装的瓜子陈列而倾销着了。现代中国人的精通吃瓜子术，由此盖可想见。我对于此道，一向非常短拙，说出来有伤于中国人的体面，但对自家人不妨谈谈。我从来不曾自动地找求或买瓜子来吃。但到人家做客，受人劝诱时；或者在酒席上、杭州的茶楼上，看见桌上现成放着瓜子盆时，也便拿起来咬。我必须注意选择，选那较大、较厚、而形状平整的瓜子，放进口里，用臼齿“格”地一咬；再吐出来，用手指去剥。幸而咬得恰好，两瓣瓜子壳各向两旁扩张而破裂，瓜仁没有咬碎，剥起来就较为省力。若用力不得其法，两瓣瓜子壳和瓜仁叠在一起而折断了，吐出来的时候我就担忧。那瓜子已纵断为两半，两半瓣的瓜仁紧紧地装塞在两半瓣的瓜子壳中，好像日本版的洋装书，套在很紧的厚纸函中，不容易取它出来。这种洋装书的取出法，现在都已从日本人那里学得，不要把指头塞进厚纸函中去力挖，只要使函口向下，两手扶着函，上下振动数次，洋装书自会脱壳而出。然而半瓣瓜子的形状太小了，不能应用这个方法，我只得用指爪细细地剥取。有时因为练习弹琴，两手的指爪都剪平，和尚头一般的手指对它简直毫无办法。我只得乘人不见把它抛弃了。

在痛感困难的时候，我本拟不再吃瓜子了。但抛弃了之后，觉得口中有一种非甜非咸的香味，会引逗我再吃。我便不由得伸起手来，另选一粒，再送交臼齿去咬。不幸而这瓜子太燥，我的用力又太猛，“格”地一响，玉石不分，咬成了无数的碎块，事体就更糟了。我只得把粘着唾液的碎块尽行吐出在手心里，用心挑选，剔去壳的碎块，然后用舌尖舐食瓜仁的碎块。然而这挑选颇不容易，因为壳的碎块的一面也是白色的，与瓜仁无异，我误认为全是瓜仁而舐进口中去嚼，其味虽非嚼蜡，却等于嚼砂。壳的碎片紧紧地嵌进牙齿缝里，找不到牙签就无法取出。碰到这种钉子的时候，我就下个决心，从此戒绝瓜子。戒绝之法，大抵是喝一口茶来漱一漱口，点起一支香烟，或者把瓜子盆推开些，把身体换个方向坐了，以示不再对它发生关系。然而过了几分钟，与别人谈了几句话，不知不觉之间，会跟了别人而伸手向盆中摸瓜子来咬。等到自己觉察破戒的时候，往往是已经咬过好几粒了。这样，吃了非戒不可，戒了非吃不可；吃而复戒，戒而复吃，我为它受尽苦痛。这使我现在想起了瓜子觉得害怕。

但我看别人，精通此技的很多。我以为中国人的三种博士才能中，咬瓜子的才能最可叹佩。常见闲散的少爷们，一只手指间夹着一支香烟，一只手握着一把瓜子，且吸且咬，且咬且吃，且吃且谈，且谈且笑。从容自由，真是“交关写意！”他们不须拣选瓜子，也不须用手指去剥。一粒瓜子塞进了口里，只消“格”地一咬，“呸”地一吐，早已把所有的壳吐出，而在那里嚼食瓜子的肉了。那嘴巴真像一具精巧灵敏的机器，不绝地塞进瓜子去，不绝地“格”，“呸”，“格”，“呸”，全不费力，可以永无罢休。女人们、小姐们的咬瓜子，态度尤加来得美妙：她们用兰花似的手指摘住瓜子的圆端，把瓜子垂直地塞在门牙中间，而用门牙去咬它的尖端。“的，的”两响，两瓣壳的尖头便向左右绽裂。然后那手敏捷地转个方向，同时头也帮着了微微地一侧，使瓜子水平地放在门牙口，用上下两门牙把两瓣壳分别拨开，咬住了瓜子肉的尖端而抽它出来吃。这吃法不但“的，的”的声音清脆可听，那手和头的转侧的姿势窈窕得很，有些妩媚动人，连丢去的瓜子壳也模样姣好，有如朵朵兰花。由此看来，咬瓜子是中国少爷们的专长，而尤其是中国小姐、太太们的拿手戏。

在酒席上、茶楼上，我看见过无数咬瓜子的圣手。近来瓜子大王畅销，我国的小孩子们也都学会了咬瓜子的绝技。我的技术，在国内不如小孩子们远甚，只能在外国人面前占胜。记得从前我在赴横滨的轮船中，与一个日本人同舱。偶检行箧，发见亲友所赠的一罐瓜子。旅途寂寥，我就打开来和日本人共吃。这是他平生没有吃过的东西，他觉得非常珍奇。在这时候，我便老实不客气地装出内行的模样，把吃法教导他，并且示范地吃给他看。托祖国的福，这示范没有失败。但看那日本人的练习，真是可怜得很！他如法将瓜子塞进口中，“格”地一咬，然而咬时不得其法，将唾液把瓜子的外壳全部浸湿，拿在手里剥的时候，滑来滑去，无从下手，终于滑落在地上，无处寻找了。他空咽一口唾液，再选一粒来咬。这回他剥时非常小心，把咬碎了的瓜子陈列在舱中的食桌上，俯伏了头，细细地剥，好像修理钟表的样子。约莫一二分钟之后，好容易剥得了些瓜仁的碎片，郑重地塞进口里去吃。我问他滋味如何，他点点头连称umai，umai！（好吃，好吃！）我不禁笑了出来。我看他那阔大的嘴里放进一些瓜仁的碎屑，犹如沧海中投以一粟，亏他辨出umai的滋味来。但我的笑不仅为这点滑稽，本由于骄矜自夸的心理。我想，这毕竟是中国人独得的技术，像我这样对于此道最拙劣的人，也能在外国人面前占胜，何况国内无数精通此道的少爷、小姐们呢？

发明吃瓜子的人，真是一个了不起的天才！这是一种最有效的"消闲"法。要"消磨岁月"，除了抽鸦片以外，没有比吃瓜子更好的方法了。其所以最有效者，为了它具备三个条件：一、吃不厌；二、吃不饱；三、要剥壳。

俗语形容瓜子吃不厌，叫作"勿完勿歇"。为了它有一种非甜非咸的香味，能引逗人不断地要吃。想再吃一粒不吃了，但是嚼完吞下之后，口中余香不绝，不由你不再伸手向盆中或纸包里去摸。我们吃东西，凡一味甜的，或一味咸的，往往易于吃厌。只有非甜非咸的，可以久吃不厌。瓜子的百吃不厌，便是为此。有一位老于应酬的朋友告诉我一段吃瓜子的趣话：说他已养成了见瓜子就吃的习惯。有一次同了朋友到戏馆里看戏，坐定之后，看见茶壶的旁边放着一包打开的瓜子，便随手向包里掏取几粒，一面咬着，一面看戏。咬完了再取，取了再咬。如是数次，发见邻席的不相识的观剧者也来掏取，方才想起了这包瓜子的所有权。低声问他的朋友："这包瓜子是你买来的么？"那朋友说："不，"他才知道刚才是擅吃了人家的东西，便向邻座的人道歉。邻座的人很漂亮，付之一笑，索性正式地把瓜子请客了。由此可知瓜子这样东西，对中国人有非常的吸引力，不管三七二十一，见了瓜子就吃。

俗语形容瓜子吃不饱，叫作"吃三日三夜，长个屎尖头"。因为这东西分量微小，无论如何也吃不饱，连吃三日三夜，也不过多排泄一粒屎尖头。为消闲计，这是很重要的一个条件。倘分量大了，一吃就饱，时间就无法消磨。这与赈饥的粮食目的完全相反。赈饥的粮食求其吃得饱，消闲的粮食求其吃不饱。最好只尝滋味而不吞物质。最好越吃越饿，像罗马亡国之前所流行的“吐剂”一样，则开筵大嚼，醉饱之后，咬一下瓜子可以再来开筵大嚼。一直把时间消磨下去。

要剥壳也是消闲食品的一个必要条件。倘没有壳，吃起来太便当，容易饱，时间就不能多多消磨了。一定要剥，而且剥的技术要有声有色，使它不像一种苦工，而像一种游戏，方才适合于有闲阶级的生活，可让他们愉快地把时间消磨下去。

具足以上三个利于消磨时间的条件的，在世间一切食物之中，想来想去，只有瓜子。所以我说发明吃瓜子的人是了不起的天才。而能尽量地享用瓜子的中国人，在消闲一道上，真是了不起的积极的实行家！试看粮食店、南货店里的瓜子的畅销，试看茶楼、酒店、家庭中满地的瓜子壳，便可想见中国人在“格，呸”“的，的”的声音中消磨去的时间，每年统计起来为数一定可惊。将来此道发展起来，恐怕是全中国也可消灭在“格，呸”“的，的”的声音中呢。

我本来见瓜子害怕，写到这里，觉得更加害怕了。

◎文章品读

丰子恺是著名的漫画家，其笔下的散文也如同漫画一般：有优美的情节，不乏辛辣的嘲讽。《吃瓜子》就是这样一篇文章，通过日常生活中的“小”，把笔触伸向人物的“大”。于轻松幽默之间，精准触及人物的内心世界，传达出一种忧患意识。

《吃瓜子》写于 20 世纪 30 年代。以三种“国粹”为视角——拿筷子，吹煤头纸，吃瓜子——展开论述。不以情节讨巧，而以描写生动、形象、优美取胜。在写拿筷子时，作者极为诙谐：“有了一双筷，可抵刀锯叉瓢一切器具之用，爬罗剔抉，无所不精。这两根毛竹仿佛是身体上的一部分，手指的延长，或者一对取食的触手。……熟能生巧，巧极通神。”有了如上“神通”，自然列为国粹之一。吹煤头纸是水烟人群的特长，作者为了验证民间高手的名不虚传，亲自将煤头纸举到各个角度，对方仍然能不费吹灰之力地将火点着，甚至“用鼻孔吹，都是吹一两下就着火的”，作者无限叹服，以“造诣之深”概括之。然而在拿筷子、煤头纸的介绍过后，最终隆重登场的，还属嗑瓜子。

对于嗑瓜子的描写，作者采用抛砖引玉的手法，先写自己在酒肆茶楼中对于瓜子的不舍而又笨拙，然后引出“精通此技”的闲散少爷、小姐们。文中对后者的技艺做了精彩描绘：“一只手指间夹着一支香烟，一只手握着一把瓜子，且吸且咬，且咬且吃，且吃且谈，且谈且笑。”“一粒瓜子塞进了口里，只消‘格’地一咬，‘呸’地一吐，早把所有的壳吐出，而在那里嚼食瓜子的肉了。那嘴巴真像一具精巧灵敏的机器，……全不费力，可以永无罢休。”小姐们则捏着兰花手，用门牙去咬，不但声音“的，的”好听，姿势也异常窈窕，“有如朵朵兰花”。少爷们的闲散，女士们的搔首弄姿，在精叼细啄几枚瓜子间，被描刻得活灵活现。

“一粒沙里见世界，半瓣花上说人情”，作者对于瓜子国粹的精雕细琢，自然不是为了展现人们生活中的逍遥自在。对于国人钟爱瓜子，明为赞美，实则是讽刺、挖苦：20 世纪 30 年代的中国，可谓山河破碎，风雨飘摇，而大量“有闲阶层”仍旧永日里游手好闲，充满闲情逸致。文末，作者不无忧虑地指出：“将来此道发展起来，恐怕是全中国也可消灭在‘格，呸’‘的，的’的声音中呢。”“我本来见瓜子害怕，写到这里，觉得更加害怕了。”轻松的言语间，一份厚重感扑面袭来，发人深思。

·作者简介·

丰子恺（1898 ~ 1975），原名丰润、丰仁。浙江桐乡人。自幼爱好美术。1914 年入浙江省第一师范学校，受业于名师李叔同，学习音乐、绘画。1921 年东渡日本学习绘画、音乐。回国后，历任上海开明书店编辑，上海大学、复旦大学、浙江大学美术教授等职，并与朱自清、朱光潜等人成为好友。1924 年，文艺刊物《我们的七月》4 月号首次发表其画作《人散后，一钩新月天如水》。此后作品陆续在《文学周报》上发表，并有了“漫画”的题头。“漫画”一词始入国人眼帘。1943 年起结束教学生涯，专门从事绘画和写作。新中国成立后，历任上海中国画院院长、中国美术家协会上海分会主席、上海文学艺术界联合会副主席等职。著有《音乐入门》《丰子恺书法》《缘缘堂随笔》等。

野外理发处

●丰子恺

我的船所泊的岸上，小杂货店旁边的草地上，停着一副剃头担。我躺在船榻上休息的时候，恰好从船窗中望见这副剃头担的全部。起初剃头司务独自坐在凳上吸烟，后来把凳让给另一个人坐了，就剃这个人的头。我手倦抛书，而昼梦不来，凝神纵目，眼前的船窗便化为画框，框中显出一幅现实的画图来。这图中的人物位置时时在变动，有时会变出极好的构图来，疏密匀称姿势集中，宛如一幅写实派的西洋画。有时微嫌左右两旁空地太多太少，我便自己变更枕头的放处，以适应他们的变动，而求船窗中的妥贴的构图。但妥贴的构图不可常得，剃头司务忽左忽右忽前忽后，行动变化不测，我的枕头刚刚放定，他们的位置已经移变了。唯有那个被剃头的人，身披白布，当模特儿一般地静坐着，大类画中的人物。

平日看到剃头，总以为被剃者为主人，剃者为附从。故被剃者出钱雇用剃头司务，而剃头司务受命做工；被剃者端坐中央，而剃头司务盘旋奔走。但从绘画来看，适得其反：剃头司务为画中主人，而被剃者为附从。因为在姿势上，剃头司务提起精神做工，好像雕刻家正在制作，又好像屠户正在杀猪。而被剃者不管是谁，都垂头丧气地坐着，忍气吞声地让他弄，好像病人正在求医，罪人正在受刑。听说今春杭州举行金刚法会时，班禅喇嘛叫某剃头司务来剃一个头，送他十块钱，剃头司务叩头道谢。若果有其事，这剃头司务剃“活佛”之头，受十元之赏，而以大礼答谢，可谓荣幸而恭敬了。但我想当他工作的时候，“活佛”也是默默地把头交付他，任他支配的。假如有人照一张“喇嘛剃头摄影”，挂起来当作画看，画中的主人必是剃头司务，而喇嘛为剃头司务的附从。纯粹用感觉来看，剃头这景象中，似觉只有剃头司务一个人；被剃的人暂时变成了一件东西。因为他无声无息，呆若木鸡；全身用白布包裹，只留出毛毛草草的一个头，而这头又被操纵在剃头司务之手，全无自主之权。请外科郎中开刀的人要叫“阿唷哇”，受刑罚的人要喊“青天大老爷”，独有被剃头的人一声不响，绝对服从地把头让给别人弄。因为我在船窗中眺望岸上剃头的景象，在感觉上但见一个人的活动，而不觉得其为两个人的勾当。我很同情于这被剃者：那剃头司务不管耳、目、口、鼻，处处给他抹上水，涂上肥皂，弄得他淋漓满头；拨他的下巴，他只得仰起头来；拉他的耳朵，他只得旋转头去。这种身体的不自由之苦，在照相馆的镜头前面只吃数秒钟，犹可忍也；但在剃头司务处要吃个把钟头，实在是人情所难堪的！我们岸上这位被剃头者，耐力格外强：他的身体常常为了适应剃头司务的工作而转侧倾斜，甚至身体的重心越出他所坐的凳子之外，还是勉力支撑。我躺在船里观看，代他感觉非常地吃力。人在被剃头的时候，暂时失却了人生的自由，而做了被人玩弄的傀儡。

我想把船窗中这幅图画移到纸上。起身取出速写簿，拿了铅笔等候着。等到妥贴的位置出现，便写了一幅，放在船中的小桌子上，自己批评且修改。这被剃头者全身蒙着白布，肢体不分，好似一个雪菩萨。幸而白布下端的左边露出凳子的脚，调剂了这一大块空白的寂寞。又全靠这凳脚与右边的剃头担子相对照，稳固了全图的基础。凳脚原来只露一只，为了它在图中具有上述的两大效用，我擅把两脚都画出了。我又在凳脚的旁边，白布的下端，擅自添上一朵墨，当作被剃头者的黑裤的露出部分。我以为有了这一朵墨，白布愈加显见其白；剃头司务的鞋子的黑在画的下端不致孤独。而为全图的主眼的一大块黑色——剃头司务的背心——亦得分布其同类色于画的左下角，可以增进全图的统调。为求这黑色的统调，我的签字须写得特别粗大些。

船主人于我下船时，给十个铜板与小杂货店，向他们屋后的地上采了一篮豌豆来，现在已经煮熟，送进一盘来给我吃。看见我正在热心地弄画，便放了盘子来看。“啊，画了一副剃头担！”他说，“像在那里挖耳朵呢。小杂货店后面的街上有许多花样：捉牙虫的、测字的、旋糖的，还有打拳头卖膏药的……我刚才去采豆时从篱笆间望见，花样很多，明天去画！”我未及回答，在我背后的小洞门中探头出来看画的船主妇接着说：“先生，我们明天开到南浔去，那里有许多花园，去描花园景致！”她这话使我想起船舱里挂着一张照相：那照相里所摄取的，是一株盘曲离奇的大树，树下的栏杆上靠着一个姿态闲雅而装束楚楚的女子，好像一位贵妇人；但从相貌上可以辨明她是我们的船主妇。大概这就是她所爱好的花园景致，所以她把自己盛妆了加入在里头，拍这一张照来挂在船舱里的。我很同情于她的一片苦心。这照片仿佛表示：她在物质生活上不幸而做了船娘，但在精神生活上十足地是一位贵妇人。世间颇有以为凡画必须优美华丽的人，以为只有风、花、雪、月、朱栏、长廊、美人、名士是画的题材的人。我们这船主妇可说是这种人的代表。我吃着豌豆和这船家夫妇俩谈了些闲话，他们就回船梢去做夜饭。

◎文章品读

《野外理发处》有着明显的“闲话”语境风格。以闲谈的形式与自己、与读者甚至画面对话，不存在高高在上的姿态，不属于怯懦者自言自语的封闭，有着独特的行文特质。如此风格，为作者所擅长，带给读者的是如沐春风般的洗礼。

《野》文，记录了作者行船途中的所观所感。结构非常简单，条理一目了然：在船停泊的时候，作者留意到了岸上的剃头担，受直觉所趋，开始在头脑中构图；找了一帧合适的画面，提笔速写。看与画之间，作者观察细致入微，如写剃头司务与被剃头者之间的关系一节，观察得分外仔细，两人的动与静，在作者看来，有了不同的从属关系，彼此或为依附或为主人，因时而异，因不同的情境而异。想象丰富，思维活跃。

绘画完成，作者反复端详，不断修改。由画境回归现实，岸上的“傀儡”顾客十分好脾性，配合了剃头司务，也配合着船中的“偷窥者”。对“傀儡”的调侃，作者童心未泯，写其“无声无息，呆若木鸡；全身用白布包裹，只留出毛毛草草的一个头”，写其脾气、耐性极好：他被涂上肥皂，不管是耳、目、口或鼻，淋漓满头；被拨弄下巴，即立即仰头；被拉耳朵，即旋转头去；他会配合司务或转侧倾斜，或重心大移，绝无异议，总是勉力支撑。配合如此之好，令作者忍俊不禁，竟替其吃力。此处描写，如勾勒漫画一般，细节最多，读来妙趣横生。

小画完成，船家夫妇送来了吃食：从岸上人家摘来的豌豆。夫妇二人看到了作者的画，十分惊奇，分外热情。此处嵌入了一个小插曲，写船家夫妇的不同：船家夫妇看到作者画画，很是热心，纷纷推荐自己的见闻，建议作者去画——男人看到了篱笆外街上的热闹非凡，“有捉牙虫的、测字的、旋糖的，打拳头卖膏药的”；女人则较为高雅，建议作者到南浔去画花园景致。二人的差异，让作者浮想联翩。船家主妇零碎有趣的言语，拉开了与船家艄公内里的不同，也让作者滋生了一番小小的感悟：物质与精神，船娘与贵妇，题材与现实竟有着如许多的滋味。感悟以绘画作结，与开篇船头取景遥相呼应，完整而生动。

文中的细节描绘、丰富斑驳的想象，很为散文加分，如枕头的配合应用，船娘小照的姿态、风情等，质朴无华，信手拈来，却十分得体，让人对二十世纪二三十年代的中国江南水乡多了几分新的感悟与认识。

给我的孩子们

●丰子恺

我的孩子们！我憧憬于你们的生活，每天不止一次！我想委曲地说出来，使你们自己晓得。可惜到你们懂得我的话的意思的时候，你们将不复是可以使我憧憬的人了。这是何等可悲哀的事啊！

瞻瞻！你尤其可佩服。你是身心全部公开的真人。你什么事体都像拼命地用全副精力去对付。小小的失意，像花生米翻落地了，自己嚼了舌头了，小猫不肯吃糕了，你都要哭得嘴唇翻白，昏去一两分钟。外婆普陀去烧香买回来给你的泥人，你何等鞠躬尽瘁地抱他，喂他；有一天，你自己失手把他打破了，你的号哭的悲哀，比大人们的破产、失恋、broken heart（心碎）、丧考妣、全军覆没的悲哀都要真切。两把芭蕉扇做的脚踏车，麻雀牌堆成的火车、汽车，你何等认真地看待，挺直了嗓子叫“汪——”“咕咕咕……”来代替汽笛。宝姊姊讲故事给你听，说到“月亮姊姊挂下一只篮来，宝姊姊坐在篮里吊了上去，瞻瞻在下面看”的时候，你何等激昂地同她争，说“瞻瞻要上去，宝姊姊在下面看！”甚至哭到漫姑面前去求审判。我每次剃了头，你真心地疑我变了和尚，好几时不要我抱。最是今年夏天，你坐在我膝上发见了我腋下的长毛，当作黄鼠狼的时候，你何等伤心，你立刻从我身上爬下去，起初眼瞪瞪地对我端相，继而大失所望地号哭，看看，哭哭，如同对被判定了死罪的亲友一样。你要我抱你到车站里去，多多益善地要买香蕉，满满地擒了两手回来，回到门口时你已经熟睡在我的肩上，手里的香蕉不知落在哪里去了。这是何等可佩服的真率、自然与热情！大人间的所谓“沉默”“含蓄”“深刻”的美德，比起你来，全是不自然的、病的、伪的！

你们每天做火车、做汽车、办酒、请菩萨、堆六面画、唱歌，全是自动的，创造创作的生活。大人们的呼号“归自然！”“生活的艺术化！”“劳动的艺术化！”在你们面前真是出丑得很了！依样画几笔画，写几篇文的人称为艺术家、创作家，对你们更要愧死！

你们的创作力，比大人真是强盛得多哩：瞻瞻！你的身体不及椅子的一半，却常常要搬动它，与它一同翻倒在地上；你又要把一杯茶横转来藏在抽斗里，要皮球停在壁上，要拉住火车的尾巴，要月亮出来，要天停止下雨。在这等小小的事件中，明明表示着你们的弱小的体力与智力不足以应付强盛的创作欲、表现欲的驱使，因而遭逢失败。然而你们是不受大自然的支配，不受人类社会的束缚的创造者，所以你的遭逢失败，例如火车尾巴拉不住，月亮呼不出来的时候，你们决不承认是事实的不可能，总以为是爹爹妈妈不肯帮你们办到，同不许你们弄自鸣钟同例，所以愤愤地哭了，你们的世界何等广大！

你们一定想：终天无聊地伏在案上弄笔的爸爸，终天闷闷地坐在窗下弄引线的妈妈，是何等无气性的奇怪的动物！你们所视为奇怪动物的我与你们的母亲，有时确实难为了你们，摧残了你们，回想起来，真是不安心得很！

阿宝！有一晚你拿软软的新鞋子，和自己脚上脱下来的鞋子，给凳子的脚穿了，刬袜立在地上，得意地叫“阿宝两只脚，凳子四只脚”的时候，你母亲喊着“龌龊了袜子！”立刻擒你到藤榻上，动手毁坏你的创作。当你蹲在榻上注视你母亲动手毁坏的时候，你的小心里一定感到“母亲这种人，何等杀风景而野蛮”罢！

瞻瞻！有一天开明书店送了几册新出版的毛边的《音乐入门》来。我用小刀把书页一张一张地裁开来，你侧着头，站在桌边默默地看。后来我从学校回来，你已经在我的书架上拿了一本连史纸印的中国装的《楚辞》，把它裁破了十几页，得意地对我说：“爸爸！瞻瞻也会裁了！”瞻瞻！这在你原是何等成功的欢喜，何等得意的作品！却被我一个惊骇的“哼！”字喊得你哭了。那时候你也一定抱怨“爸爸何等不明”罢！

软软！你常常要弄我的长锋羊毫，我看见了总是无情地夺脱你。现在你一定轻视我，想道:“你终于要我画你的画集的封面! ”

最不安心的，是有时我还要拉一个你们所最怕的陆露沙医生来，教他用他的大手来摸你们的肚子，甚至用刀来在你们臂上割几下，还要教妈妈和漫姑擒住了你们的手脚，捏住了你们的鼻子，把很苦的水灌到你们的嘴里去。这在你们一定认为是太无人道的野蛮举动罢!

孩子们! 你们果真抱怨我，我倒欢喜; 到你们的抱怨变为感激的时候，我的悲哀来了!

我在世间，永没有逢到像你们这样出肺肝相示的人。世间的人群结合，永没有像你们样的彻底的真实而纯洁。最是我到上海去干了无聊的所谓“事”回来，或者去同不相干的人们做了叫作“上课”的一种把戏回来，你们在门口或车站旁等我的时候，我心中何等惭愧又欢喜! 惭愧我为什么去做这等无聊的事，欢喜我又得暂时放怀一切地加入你们的真生活的团体。

但是，你们的黄金时代有限，现实终于要暴露的。这是我经验过来的情形，也是大人们谁也经验过的情形。我眼看见儿时的伴侣中的英雄、好汉，一个个退缩、顺从、妥协、屈服起来，到像绵羊的地步。我自己也是如此。“后之视今，亦犹今之视昔”，你们不久也要走这条路呢!

我的孩子们! 憧憬于你们的生活的我，痴心要为你们永远挽留这黄金时代在这册子里。然这真不过像“蜘蛛网落花”，略微保留一点春的痕迹而已。且到你们懂得我这片心情的时候，你们早已不是这样的人，我的画在世间已无可印证了! 这是何等可悲哀的事啊!

◎文章品读

《给我的孩子们》写于 1926 年底，是为开明书店即将出版的《子恺画集》所作的“代序”，文章亲切自然，虽为散文，实则如清幽传神的漫画，甚而胜于漫画，“人家只晓得他的漫画入神，殊不知他的散文，清幽玄妙，灵达处反远出他的画笔之上。”郁达夫的观点，可谓恰到好处地给出了丰氏散文与漫画间的微妙对比。

该篇文章以赞美童真、留恋童年为主要内容。所述及的均是生活中零星琐碎的小事，然涉笔成趣，点铁成金，专注挥洒的情感让读者也体验到了一种感同身受的生活亲和力。

文章开篇即讴歌了儿童美好的世界，直言憧憬向往孩子们的生活，“我的孩子们！我憧憬于你们的生活，每天不止一次！我想委曲地说出来，使你们自己晓得。”抒发过自己的情感，文中的小主人公一个个“粉墨登场”，先是瞻瞻，对于瞻瞻的描写，笔墨颇多：小小的失意，如花生翻落，自己嚼了舌头，小猫不乖，都会哭得昏天黑地；听说宝姊姊要坐上月亮篮，自己却在下面看时“甚至哭到漫姑面前去求审判”；看见父亲剃了头，以为父亲要变成和尚，不再让父亲抱；疑心父亲要变成黄鼠狼，从父亲身上爬下，“起初眼瞪瞪地对我端相，继而大失所望地号哭，看看，哭哭，如同对被判定了死罪的亲友一样”，瞻瞻的无数趣事，生动而可爱，让孩子的纯洁、天真无邪跃然纸上。

童趣、简单的生活是作者所向往憧憬的，然而行文的意旨却不仅在赞叹吟咏童趣。第二、第三段，每每写孩子的天真可爱都不忘触及现实：写瞻瞻可爱，对比大人间的所谓“沉默”“含蓄”“深刻”的美德，竟是那样病态、虚伪；写孩子们每天做火车、做汽车、办酒、唱歌，均是在自动地创造创作生活，而现实中叫嚣“归自然”“生活的艺术化”“劳动的艺术化”的依样画葫芦的所谓艺术家、创作家竟是那般做作、矫情，令人生厌。瞻瞻、阿宝、软软，每个人的趣事不胜枚举，作者一一为读者罗列讲述，通过用心刻绘的理想的儿童世界，为自己寻觅了一处可以逃脱混浊现实的净土。因为厌倦现实的庸俗、虚伪，因为看不惯俗世的倾轧与贪婪，他分外珍惜孩子们美好、清冽如水的童年时光，因而有了对比，感悟，乃至自责。

本篇散文构思精致，由表及里，以小见大，通过儿童质朴、光鲜的童年，折射现实成人世界的喧嚣、虚无，以平小的事件抒发深刻的人生哲理，寄意良苦，落笔不俗。作者曾在画集自序中说：“最喜小中能见大，还求弦外有余音。”正合本文结构。爱孩子，有不泯的童心，有对生活的拳拳挚爱，这一切成就了《给我的孩子们》这样的精品美文。

五月的北平

●张恨水

能够代表东方建筑美的城市，在世界上，除了北平，恐怕难找第二处了。描写北平的文字，由国文到外国文，由元代到今日，那是太多了，要把这些文字抄写下来，随便也可以出百万言的专书。现在要说北平，那真是一部二十四史，无从说起。若写北平的人物，就以目前而论，由文艺到科学，由最崇高的学者到雕虫小技的绝世能手，这个城圈子里，也俯拾即是，要一一介绍，也是不可能。北平这个城，特别能吸收有学问、有技巧的人才，宁可在北平为静止得到生活无告的程度，他们不肯离开。不要名，也不要钱，就是这样穷困着下去。这实在是件怪事。你又叫我写哪一位才让圈子里的人过瘾呢?

静的不好写，动的也不好写，现在是五月(旧的历法是四月)，我们还是写点五月的眼前景物吧。北平的五月，那是一年里的黄金时代。任何树木，都发生了嫩绿的叶子，处处是绿荫满地。卖芍药花的担子，天天摆在十字街头。洋槐树开着其白如雪的花，在绿叶上一球球地顶着。街，人家院落里，随处可见。柳絮飘着雪花，在冷静的胡同里飞。枣树也开花了;在人家的白粉墙头，送出兰花的香味。北平春季多风，但到五月，风季就过去了(今年春季无风)。市民开始穿起夹衣，在不暖的阳光里走。北平的公园，既多又大。只要你有工夫，花不成其为数目的票价，亦可以在锦天铺地、雕栏玉砌的地方消磨一半天。

照着上面所谈，这范围还是太广，像看《四库全书》一样。虽然只成个提要，也觉得应接不暇。让我来缩小范围，只谈一个中人之家吧。北平的房子，大概都是四合院。这个院子，就可以雄视全国建筑。洋楼带花园，这是最令人羡慕的新式住房。可是在北平人看来，那太不算一回事了。北平所谓大宅门，哪家不是七八上下十个院子？哪个院子里不是花果扶疏？这且不谈，就是中产之家，除了大院一个，总还有一两个小院相配合。这些院子里，除了石榴树、金鱼缸，到了春深，家家由屋里度过寒冬搬出来。而院子里的树木，如丁香、西府海棠、藤萝架、葡萄架、垂柳、洋槐、刺槐、枣树、榆树、山桃、珍珠梅、榆叶梅，也都成人家普通的栽植物，这时，都次第地开过花了。尤其槐树，不分大街小巷，不分何种人家，到处都栽着有。在五月里，你如登景山之巅，对北平作个鸟瞰，你就看到北平市房全参差在绿海里。这绿海大部分就是槐树造成的。

洋槐传到北平，似乎不出五十年，所以这类树，树木虽也有高到五六丈的，都是树干还不十分粗。刺槐却是北平的土产，树兜可以合抱，而树身高到十丈的，那也很是平常。洋槐是树叶子一绿就开花，正在五月，花是成球的开着，串子不长，远望有些像南方的白绣球。刺槐是七月开花，都是一串串有刺，像藤萝（南方叫紫藤），不过是白色的而已。洋槐香浓，刺槐不大香，所以五月里草绿油油的季节，洋槐开花，最是凑趣。

在一个中等人家，正院子里可能就有一两株槐树，或者是一两株枣树。尤其是城北，枣树逐家都有，这是“早子”的谐音，取一个吉利。在五月里，下过一回雨，槐叶已在院子里着上一片绿荫。白色的洋槐花在绿枝上堆着雪球，太阳照着，非常的好看。枣子花是看不见的，淡绿色，和小叶的颜色同样，而且它又极小，只比芝麻大些，所以随便看不见。可是它那种兰蕙之香，在风停日午的时候，在月明如昼的时候，把满院子都浸润在幽静淡雅的境界。假使这人家有些盆景（必然有），石榴花开着火星样的红点，夹竹桃开着粉红的桃花瓣，在上下皆绿的环境中，这几点红色，娇艳绝伦。北平人又爱随地种草本的花籽，这时大小花秧全都在院子里拔地而出，一寸到几寸长的不等，全表示了欣欣向荣的样子。北平的屋子，对院子的一方面，照例下层是土墙，高二三尺，中层是大玻璃窗，玻璃大得与百货店的货窗相等，上层才是花格活窗。桌子靠墙，总是在大玻璃窗下。主人翁若是读书伏案写字，一望玻璃窗外的绿色，映人眉宇，那实在是含有诗情画意的。而且这样的点缀，并不花费主人什么钱的。

北平这个地方，实在适宜于绿树的点缀，而绿树能亭亭如盖的，又莫过于槐树。在东西长安街，故宫的黄瓦红墙，配上那一碧千株的槐林，简直就是一幅彩画。在古老的胡同里，四五株高槐，映带着平正的土路，低矮的粉墙。行人很少，在白天就觉得其意幽深，更无论月下了。在宽平的马路上，如南、北池子，如南、北长街，两边槐树整齐划一，连续不断，有三四里之长，远远望去，简直是一条绿街。在古庙门口，红色的墙，半圆的门，几株大槐树在庙外拥立，把低矮的庙整个罩在绿荫下，那情调是肃穆典雅的。在伟大的公署门口，槐树分立在广场两边，好像排列着伟大的仪仗，又加重了几分雄壮之气。太多了，我不能把她一一介绍出来，有人说五月的北平是碧槐的城市，那却是一点没有夸张。

当承平之时，北平人所谓“好年头儿”。在这个日子，也正是故都人士最悠闲舒适的日子。在绿荫满街的当儿，卖芍药花的平头车子整车的花蕾推了过去。卖冷食的担子，在幽静的胡同里叮当作响，敲着冰盏儿，这很表示这里一切的安定与闲静。渤海来的海味，如黄花鱼、对虾，放在冰块上卖，已是别有风趣。又如乳油杨梅、蜜饯樱桃、藤萝饼、玫瑰糕，吃起来还带些诗意。公园里绿叶如盖，三海中水碧如油，随处都是令人享受的地方。但是这一些，我不能、也不愿往下写。现在，这里是邻近炮火边沿，对南方人来说这里是第一线了。北方人吃的面粉，三百多万元一袋；南方人吃的米，卖八万多元一斤。穷人固然是朝不保夕，中产之家虽改吃糙粉度日，也不知道这糙粮允许吃多久。街上的槐树虽然还是碧净如前，但已失去了一切悠闲的点缀。人家院子里，虽是不花钱的庭树，还依然送了绿荫来，这绿荫在人家不是幽丽，乃是凄凄惨惨的象征。谁实为之？孰令致之？我们也就无从问人。《阿房宫赋》前段写得那样富丽，后面接着是一叹：“秦人不自哀！”现在的北平人，倒不是不自哀，其如他们哀亦无益何！

好一座富于东方美的大城市呀，他整个儿在战栗！好一座千年文化的结晶呀，他不断地在枯萎！呼吁于上天，上天无言；呼吁于人类，人类摇头。其奈之何！

◎文章品读

这篇文章写于 1948 年，被认为是“二十世纪百年百篇优秀散文”之一。

《五月的北平》乍一看，没有出奇之处。行文流水，写景娓娓道来。甚至作为一篇散文，在开篇也缺少了些许诗意，多了不少平淡、琐碎。然而这些叙述皆有其用意，越是琐碎，越是对北平风物介绍得详尽，读者在其后也就越会伤感。一如老舍的名作《五月的青岛》，同是一年中最美好的季节，人与青岛却是无奈的。北平也是如此。

作者爱北平，在他看来，“能够代表东方建筑美的城市，在世界上，除了北平，恐怕难找第二处了。”北平好，风景如画如诗，绿树成荫：无论是家家户户栽种的观赏植物还是五十年前落户北平的洋槐，抑或四合院中普通的人家、繁华透彻的长安街，均被绿意包裹。作者还提醒喜爱北平的人们，“在五月里，你如登景山之巅，对北平作个鸟瞰，你就看到北平市房全参差在绿海里。”北平的美，洋溢着厚重的文化底蕴，这亦是作者反复提及的“东方美”。

在文末，笔者峰回路转，在对北平的好进行了精练的概括后，一句“但是这（即北平的好）一些，我不能、也不愿往下写”，引出了北平，乃至全中国所面临的前所未有的灾祸——战争。

在兵灾连天的岁月里，“北方人吃的面粉，三百多万元一袋；南方人吃的米，卖八万多元一斤。穷人固然是朝不保夕，中产之家虽改吃糙粉度日，也不知道这糙粮允许吃多久。”原本绿树成荫的古都，也不再是过去的“幽丽”，而成了“凄凄惨惨的象征”。对于这一切，作者痛心疾首，化用《阿房宫赋》中的“秦人不自哀”，道出了内心的痛苦、无奈：从前是秦人不自哀，而今天的北平人，即便自哀，又能如何呢？在强大的外力面前，人是这样的卑微、渺小。文章写北平，叹北平，为北平的前途未卜发出深深的叹息，让人在缅怀北平的和平岁月之时，对战争的罪恶生发由衷的痛恨、谴责。

·作者简介·

张恨水（1895～1967），原名张心远，笔名愁花恨水生、恨水。生于江西广信，祖籍安徽潜山。是由深受鸳鸯蝴蝶派影响的旧派小说向现代小说过渡的代表性作家。少年时代主要在江西读私塾。16岁回安徽潜山自学，考入蒙藏垦殖学校，后因学校解散而返乡。1918年任芜湖《皖江日报》编辑，开始写作生涯。1919年发表第一篇小说《南国相思谱》。同年赴北京，任上海《申报》驻京办事处编辑、北京世界通讯社编辑。1924年主编《世界晚报》副刊《夜光》，此后创作了大量社会言情小说。抗日战争爆发后到重庆，任《新民报》主笔，并主编副刊，被推选为中华全国文艺界抗敌协会理事。主要作品有：言情小说《春明外史》《金粉世家》《啼笑因缘》等，古典文学论集《水浒人物论赞》，散文集《山窗小品》以及大量杂文和诗词等。

鼓

●萧乾

在所有的乐器中，鼓同我这一生关系似乎更为密切。

倘若你闭上眼睛使劲回忆，总可以追想出自己孩提时代玩过的一两件玩具。

我曾经这么试过，浮现在我眼帘里的，总是一只拨浪鼓，鼓面大约只有铜钱那么大，是杏黄色的，两边各拴着一根红丝绳，绳端是颗透明或半透明的玻璃珠子，鼓槌是比筷子还细的竹棍，攥在手心里只要轻轻那么一摇撼，两颗珠子便甩动起来，拨浪拨浪地在鼓面上敲出细碎响声。拨浪鼓给我带来过无限快乐，它那清脆的声音曾冲破我儿时的孤寂。

四五岁上，在我开始懂事的时候，另一种鼓进入我的生活了。当时，北京有一种穿街走巷收购旧物的商贩。不同于一般的商贩，他们不是短打扮，往往身穿长褂，右肩上搭着条细长的钱口袋。那是他用以夺走穷人最后一点生活用品的资本。他一只手里握着个鼓槌，另一只拿的是比我幼时玩的那种大不了许多的小鼓，北京市民通称他们作"打鼓儿的"。

在我心坎上，"打鼓儿的"是一种文雅的强盗。每逢这种人进家门一趟，我们就少一件家具。"打鼓儿的"吆喝的是收买珍珠翡翠、玛瑙玉器，可我们那一带连见也没见过那种贵重物件。通常请"打鼓儿的"过目的，不是现由娃娃腕子上剥下的镯子，就是家里仅剩的一件木器——炕桌。"打鼓儿的"料到卖主都是些揭不开锅的，走进来脸上照例是那副不屑一顾的神情，然后撇嘴摇头说："值不得几个大，还是留着使吧。”经过卖主再三央求，他才丢下几吊钱，过不大多会儿，掸瓶呀，条案呀，就随着那清脆的鼓声永远地消失了。

（一九六六年“红八月”至一九六九年秋天下干校的那段日子里，“打鼓儿的”像又在生活中出现了，而且不是他来取，是卖主送上门去。一时卖主太多，又太急切了，站在委托商行柜台里的人把脸拉长，嘴撇了起来。见什么他都说声：“不要。”有个朋友好容易借到一辆平板三轮，把上百部祖祖辈辈传下来的珍本书拉到旧书店去了。柜台里的人说：“不要！”“可我怎么好再拉回去呢？五间房子只剩下一间啦。你随便给个价儿吧，给价儿就卖。”“你准卖？”“准卖。”“那好，我给你一毛钱。”一毛钱也卖了。因为那毕竟比再拉回去的沮丧还要好受些。）

我母亲“接三”的那个晚上，鼓声在我幼小的心灵里留下了更为可怕的阴影。大概是为了体面吧，家里请来一台由两三个和尚组成的“焰口”。我作为“孝子”，跪在灵旁。也不知道他们诵的是什么经，反正咚咚闹腾了一宵。我又哆哆嗦嗦地站在一条板凳上，扒着棺材沿儿同母亲告了别。然后，棺材上了盖，斧头就把它钉死了。

多年来，鼓声给我带来的是棺材、和尚和死亡的影子。

鼓声再度出现在生活中，是一九四九年十月一日。那一天腰鼓队走过天安门时，我才体会到鼓声的雄壮，鼓声的优美。多少世纪以来压在人民头上的三座大山搬掉了。还有什么乐器比鼓更能表达人们的喜悦，更能表现出一个重生的民族坚定而自信的步伐呢！成千的腰鼓队员排列着，整齐得像棋盘，个个头上用毛巾扎着麻花。咚——咚——咚咚咚。声音单调吗？一点也不觉得。因为每一声咚咚都敲出对旧事物的诅咒，敲出对新生的人民共和国美好的祝愿。

接着，一九五〇年的冬天，我在湖南岳阳县筻口乡又听见鼓声了，咚咚咚，大堆浸着世世代代农民鲜血的地契燃着了。除了鼓，还有什么乐器更能表达从奴隶变成主人的狂喜呢！

然而六十年代中期，鼓声突然变了，变成对自己人的威胁。

一九六七年吧，我住在——更确切地说，是我被赶到一条小胡同里。隔壁住了一位老寡妇，她身边只有个独子。他们仿佛也是经抄家被赶到那里一间小东屋的。听说学校的“文革小组”勒令那个独子到边远地区插队，老寡妇舍不得让他走。于是，每天中午就从居委会那边咚咚咚地敲起鼓来，越敲越近。敲到寡妇门前，鼓点更紧了，而且堵着寡妇门口一敲就是几十分钟。鼓声里充满了杀气，好像有千军万马在包围。老寡妇由于怕四邻每天都得陪着受罪，终于还是咬牙让孩子走了。

那阵子，什么单位大约都不乏一些年轻力壮的鼓手，手持双槌，嘣嘣嘣，真是耀武扬威。鼓越做越大。先是威风凛凛地站在平板三轮上敲，“九大”时就上了彩车。

那阵子，三天两头就得跟在鼓后面游行。有时是为了庆祝一些来路不明的“最高指示”，有时是为了“报喜”。那时鼓声起的是窒息大脑的作用，然而有时候脑子偏偏还喜欢动那么一下。“出版史上的奇迹：三天之内赶印出两本书来！”当整个民族文化都瘫痪了时，这报的算是什么“喜”呢！

然而生活在达摩克利斯的剑刃下，脑子的闸门可得拧紧呀！生命就靠那拧紧的功夫来维系。

这三四年，鼓声不那么频繁了。鼓还是要敲的。管弦乐队、铜管乐队都少不了它，重大庆典也还是要敲锣打鼓的。那属于鼓的正常使用。然而鼓声不再是杀气腾腾的了，它不再对自己人显示威风。这真是大好事。有时候我也暗自担心，那些年轻鼓手会不会不甘寂寞、会不会手痒呢？

今天，国家需要的不是轰轰烈烈的锣鼓喧天。一场旷日持久的动乱之后，它需要的是埋头苦干，踏踏实实地为社会主义修篱补墙，添砖添瓦。让马达和电子的声音压倒鼓声吧！恰当地、有节制地使用，鼓声可以振奋人心；滥用，响过了头，鼓声的作用照样也可以走向反面。

◎文章品读

萧乾的《鼓》真的犹如一面咚咚作响的鼓，敲出了不同时代的断层，敲响了尘封已久的人们的心田。

散文的层次明确，可以分为新中国成立前后两部分。在后一部分中，又可细划为“文革”前、“文革”中、“文革”后。各部分分类陈述，纷纭的人和事粉墨出场。篇章运笔娴熟，大巧若拙，有信手拈来的轻巧，蕴涵丰富。

对比、映衬是整篇文章具有代表性的写作手法。层层写来，不同的时期，不同的人的精神面貌，均在无形中有了对比。如在前一部分中，同是鼓声，有儿时单纯无邪的拨浪鼓；有走街串巷，让人家徒四壁的“古董商”的鼓。后一部分中，随着作者成长，时间由民国初年延伸至二十世纪六七十年代，这一时期，人们的生活水平普遍偏低，早前的“打鼓儿的”仍旧无处不在，而卖掉物品的穷苦百姓拿到的钱更是少得可怜。这一时期的鼓声也最是复杂的：五十年代，人民推翻了“三座大山”，人人喜气洋洋，鼓声喧天，自豪奔放；到了“文革”，歌声犹如“充满了杀气，好像有千军万马在包围”，听到者或异常亢奋，或心惊胆寒，天差地别；动乱过后，百废待兴，鼓声不再如过去频繁，人们在奔往理想的路上开始了回顾与反思。行文中，既有作者的感伤、彷徨，也充满了对未来前景的思索与企盼。

散文中各部分事件的描绘是支撑行文的架构。在事件的选取上，不乏生动鲜活者，如走街串巷收古董的，说是收珍珠翡翠，实际上搜刮的是穷苦百姓赖以生存的生活资料——由娃娃腕子上剥下的镯子、炕桌、掸瓶、条案，纷纷“随着那清脆的鼓声永远地消失了”。在六七十年代，上山下乡运动随着“最高指示”开展得风起云涌，而老寡妇家的悲伤气氛却与时代格格不入。为了能让她的独子顺利插队，“文革小组”天天“堵着寡妇门口一敲就是几十分钟”，鼓声肃杀，听得人心惊肉跳。耀武扬威的鼓手、威风八面的彩车、出版史上的“大跃进”，花团锦簇的表面，看上去鲜活生动，实则与历史进程往往背道而驰。几件小事的描绘，看似零散，但均以历史暗线穿插，各部分被有机地统筹在一起。

作者一生历经沧桑，笔触间的真实可见其为人为文的风格。对于作者，评论界一致认为，其作品真诚坦荡，深邃警醒，读来发人深省，耐人寻味。此评论对于一生都在用“心”写作的作者来说，也同样是平淡，却是饱含真诚的。

·作者简介·

萧乾（1910 ~ 1999），蒙古族作家、文学翻译家。1935 年毕业于燕京大学新闻系。1942~1944 年在英国剑桥大学专攻“英国心理派小说”。曾在《大公报》、复旦大学任职。采访过欧洲战场、联合国成立大会、波茨坦会议、纽伦堡战犯审判。1986 年获挪威王国政府授予的国家勋章。出版有著译作品 43 部。主要作品有：短篇小说集《篱下集》，长篇小说《梦之谷》，报告文学集《人生采访》，译著《好兵帅克》（捷），以及《八十自省》《未带地图的旅人——萧乾回忆录》等。

秋光中的西湖

●庐隐

我像是负重的骆驼般，终日不知所谓地向前奔走着。突然心血来潮，觉得这种不能喘气的生涯，不容再继续了，因此便决定到西湖去，略事休息。

在匆忙中上了沪杭甬的火车，同行的有朱、王二女士和建，我们相对默然地坐着。不久车身蠕蠕而动了，我不禁叹了一口气道："居然离开了上海。"

"这有什么奇怪，想去便去了！"建似乎不以我多感慨的态度为然。

查票的人来了，建从洋服的小袋里掏出了四张来回票，同时还带出一张小纸头来，我捡起来，看见上面写着："到杭州：第一大吃而特吃，大玩而特玩……"真滑稽，这种大计划也值得大书而特书，我这样说着递给朱、王二女士看，她们也不禁哈哈大笑了。

来到嘉兴时，天已大黑。我们肚子都有些饿了，但火车上的大菜既贵又不好吃，我便提议吃茶叶蛋，便想叫茶房去买，他好像觉得我们太吝啬，坐二等车至少应当吃一碗火腿炒饭，所以他冷笑道："要到三等车里才买得到。"说着他便一溜烟跑了。

"这家伙真可恶！"建愤怒地说着，最后他只得自己跑到三等车去买了来。吃茶叶蛋我是拿手，一口气吃了四个半，还觉得肚子里空无所在，不过当我伸手拿第五个蛋时，被建一把夺了去，一面埋怨道："你这个人真不懂事，吃那么许多，等些时又要闹胃痛了。"

这一来只好咽一口唾沫算了。王女士却向我笑道：“看你个子很瘦小，吃起东西来倒很凶！”其实我只能吃茶叶蛋，别的东西倒不可一概而论呢！——我很想这样辩护，但一转念，到底觉得无谓，所以也只有淡淡地一笑，算是我默认了。

车子进杭州城站时，已经十一点半了，街上的店铺多半都关了门，几盏黯淡的电灯，放出微弱的黄光，但从火车上下来的人，却吵成一片，挤成一堆，此外还有那些客栈的招揽生意的茶房，把我们围得水泄不通，不知花了多少力气，才打出重围叫了黄包车到湖滨去。

车子走过那石砌的马路时，一些熟悉的记忆浮上我的观念里来。一年前我同建曾在这幽秀的湖山中作过寓公，转眼之间早又是一年多了，人事只管不停地变化，而湖山呢，依然如故，清澈的湖波，和笼雾的峰峦似笑我奔波无谓吧！

我们本决意住清泰第二旅馆，但是到那里一问，已经没有房间了，只好到湖滨旅馆去。

深夜时我独自凭着望湖的碧栏，看夜幕沉沉中的西湖。天上堆叠着不少的雨云，星点像怕羞的女郎，踯躅于流云间，其光隐约可辨。十二点敲过许久了，我才回到房里睡下。

晨光从白色的窗幔中射进来，我连忙叫醒建，同时我披了大衣开了房门。一阵沁肌透骨的秋风，从桐叶梢头穿过，飒飒的响声中落下了几片枯叶，天空高旷清碧，昨夜的雨云早已躲得无影无踪了。秋光中的西湖，是那样冷静，幽默，湖上的青山，如同深纽的玉色，桂花的残香，充溢于清晨的气流中。这时我忘记我是一只骆驼，我身上负有人生的重担。我这时是一只紫燕，我翱翔在清隆的天空中，我听见神祇的赞美歌，我觉到灵魂的所在地……这样的，被释放不知多少时候，总之我觉得被释放的那一霎那，我是从灵宫的深处流出最惊喜的泪滴了。

建悄悄地走到我的身后，低声说道："快些洗了脸，去访我们的故居吧！"

多怅惘呵，他惊破了我的幻梦，但同时又被他引起了怀旧的情绪，连忙洗了脸，等不得吃早点便向湖滨路崇仁里的故居走去。到了弄堂门口，看见新建的一间白木的汽车房，这是我们走后唯一的新鲜东西。此外一切都不曾改变，墙上贴着一张招租的帖子，一看是四号吉房招租……“呀！这正是我们的故居，刚好又空起来了，喂，隐！我们再搬回来住吧！”

“事实办不到……除非我们发了一笔财……”我说。

这时我们已到那半开着的门前了，建轻轻推门进去。小小的院落，依然是石缝里长着几根青草，几扇红色的木门半掩着。我们在客厅里站了些时，便又到楼上去看了一遍，这虽然只是最后几间空房，但那里面的气氛，引起我们既往的种种情绪，最使我们觉到怅然的是陈君的死。那时他每星期六多半来找我们玩，有时也打小牌，他总是摸着光头懊恼地说道：“又打错了！”这一切影像仍逼真地现在目前，但是陈君已作了古人，我们在这空洞的房子里，沉默了约有三分钟，才怅然地离去。走到弄堂门的时候，正遇到一个面熟的娘姨——那正是我们邻居刘君的女仆，她很殷勤地要我们到刘家坐坐。我们难却她的盛意，随她进去。刘君才起床，他的夫人替小孩子穿衣服。我们这两个不速之客够使她们惊诧了。谈了一些别后的事情，抽过一支烟后，我们告辞出来。到了旅馆里，吃过鸡丝面，王、朱两位女士已在湖滨叫小划子，我们讲定今天一天玩水，所以和船夫讲定到夜给他一块钱，他居然很高兴地答应了。我们买了一些菱角和瓜子带到划子上去吃。船夫是一个五十多岁的忠厚老头子，他洒然地划着。温和的秋阳照着我——使全身的筋肉都变成松缓，懒洋洋地靠在长方形的藤椅背上。看着划桨所激起的波纹，好像万道银蛇蜿蜒不息。这时船已在三潭印月前面，白云庵那里停住了。我们上了岸，走进那座香烟阒然的古庙，一个老和尚坐在那里向阳。菩萨案前摆了一个签筒，我先抱起来摇了一阵，得了一个上上签，于是朱、王二女士同建也都每人摇出一根来。我们大家拿了签条嘻嘻哈哈笑了一阵，便拜别了那四个怒目咧嘴的大金刚，仍旧坐上船向前泛去。

船身微微地撼动，仿佛睡在儿时的摇篮里，而我们的同伴朱女士，她不住地叫头疼。建像是天真般地同情地道：“对了，我也最喜欢头疼，随便到哪里去，一吃力就头疼，尤其是昨夜太劳碌了不曾睡好。”

“就是这话了，”朱女士说，“并且，我会晕车！”

“晕车真难过……真的呢！”建故作正经地同情她，我同王女士禁不住大笑，建只低着头，强忍住他的笑容，这使我更要大笑。船泛到湖心亭，我们在那里站了些时，有些感到疲倦了，王女士提议去吃饭。建讲：“到了实行我‘大吃而特吃’的计划的时候了。”

我说："如要大吃特吃，就到'楼外楼'去吧，那是这西湖上有名的饭馆，去年我们曾在这里遇到宋美龄呢！"

"哦，原来如此，那我们就去吧！"王女士说。

果然名不虚传，门外停了不少辆的汽车，还有几个丘八先生点缀这永不带有战争气氛的湖边。幸喜我们运气好，仅有唯一的一张空桌，我们四个人各霸一方，但是我们为了大家吃得痛快，互不牵掣起见，各人叫各人的菜，同时也各人出各人的钱，结果我同建叫了五只湖蟹，一尾湖鱼，一碗鸭掌汤，一盘虾子冬笋；她们二位女士所叫的菜也和我们大同小异。但其中要推王女士是个吃喝能手，她吃起湖蟹来，起码四五只，而且吃得又快又干净。再衬着她那位最不会吃湖蟹的朋友朱女士，才吃到一个的时候，便叫起头疼来。

"那么你不要吃了，让我包办吧！"王女士笑嘻嘻地说。

"好吗！你就包办，……我想吃些辣椒，不然我简直吃不下饭去。"朱女士说。

"对了，我也这样，我们两人真是事事相同，可以说百分之九十九一样，只有一分不一样……"建一本正经地说。

"究竟不同是哪一分呢！"王女士问。

"你真笨，这点都不知道，一个是男人，一个是女人呵！"建说。

这时朱女士正捧着一碗饭待吃，听了这话笑得几乎把饭碗摔到地上去。

"简直是一群疯子，"我心里悄悄地想着，但是我很骄傲，我们到现在还有疯的兴趣。于是把我们久已抛置的童年心情，从坟墓里重新复活，这不能说不是奇迹罢！

黄昏的时候，我们的船荡到艺术学院的门口，我同建去找一个朋友，但是他已到上海去了。我们嗅了一阵桂花的香风后，依然上船。这时凉风阵阵地拂着我们的肌肤，朱女士最怕冷，裹紧大衣，仍然不觉得暖，同时东方的天边已变成灰黯的色彩，虽然西方还漾着几道火色的红霞，而落日已堕到山边，只在我们一眨眼的工夫，已经滚下山去了。远山被烟雾整个地掩蔽着，一望苍茫。小划子轻泛着平静的秋波，我们好像驾着云雾，冉冉地已来到湖滨。上岸时，湖滨已是灯火明耀，我们的灵魂跳出模糊的梦境。虽说这马路上依然是可以漫步无碍，但心情却已变了。回到旅馆吃了晚饭后，我们便商量玩山的计划：上山一定要坐山兜，所以叫了轿班的头老，说定游玩的地点和价目。这本是小问题，但是我们却充分讨论了很久：第一因为山兜的价钱太贵，我同朱女士有些犹疑；可是建同王女士坚持要坐，结果是我们失败了，只得让他们得意扬扬地吩咐轿班第二天早晨七点钟来。

今日是十月九日——正是阴历重九后一日，所以登高的人很多，我们上了山兜，出涌金门，先到净慈观去看浮木井——那是济颠和尚的灵迹。但是在我看来不过一口平凡的井而已，所闻木头浮在当中的话，始终是半信半疑。

出了净慈观又往前走，路渐荒芜，虽然满地不少黄色的野花、半红的枫叶，但那透骨的秋风，唱出飒飒瑟瑟的悲调，不禁使我又悲又喜。像我这样劳碌的生命，居然能够抽出空闲的时间来听秋蝉最后的哀调，看枫叶鲜艳的色彩，领略丹桂清绝的残香，——灵魂绝对的解放，这真是万千之喜。但是再一深念，国家危难，人生如寄，此景此色只是增加人们的哀痛，又不禁悲从中来了……我尽管思绪如麻，而那抬山兜的伕子，不断地向前进行，渐渐地已来到半山之中。这时我从兜子后面往下一看，但见层崖叠壁，山径崎岖，不敢胡思乱想了。捏着一把汗，好容易来到山顶，才吁了一口长气，在一座古庙里歇下了。

同时有一队小学生也兴致勃勃地奔上山来，他们每人手里拿了一包水果和一点吃的东西，都在庙堂前面院子里的雕栏上坐着边唱边吃。我们上了楼，坐在回廊上的藤椅上，和尚泡了上好的龙井茶来，又端了一碟瓜子。我们坐在藤椅上，东望西湖，漾着滟滟光波；南望钱塘，孤帆飞逝，激起白沫般的银浪。把四围无限的景色，都收罗眼底。我们正在默然出神的时候，忽听朱女士说道："适才上山我真吓死了，若果摔下去简直骨头都要碎的，等会儿我情愿走下去。"

"对了，我也是害怕，回头我们两人走下去罢，让她们俩坐轿！"建说。

"好的，"朱女士欣然地说。

我知道建又在使促狭，我不禁望着他好笑。他格外装得活像说道："真的，我越想越可怕，那样陡削的石级，而且又很滑，万一伕子脚一软那还了得……"建补充的话和他那种强装正经的神气，只惹得我同王女士笑得流泪。一个四十多岁的和尚，他悄然坐在大殿里，看见我们这一群疯子，不知他作何感想，但见他默默无言只光着眼睛望着前面的山景。也许他也正忍俊不禁，所以只好用他那眼观鼻，鼻观心的苦功罢！我们笑了一阵，喝了两遍茶才又乘山兜下山。朱女士果然实行她步行的计划，但是和她表同情的建，却趁朱女士回头看山景的一刹那，悄悄躲在轿子里去了。

“喂！你怎么又坐上去了？”朱女士说。

“呀！我这时忽然想开了，所以就不怕摔，……并且我还有一首诗奉劝朱女士不要怕，也坐上去罢！”

“到底是诗人，……快些念来我们听听罢！”我打趣他。

“当然，当然，”他说着便高声念道：“坐轿上高山，头后脚在先。请君莫要怕，不会成神仙。”

这首诗又使得我们哄然大笑。但是朱女士却因此一劝，她才不怕摔，又坐上山兜了。中午的时候我们在龙井的前面斋堂里吃了一顿素菜。那个和尚说得一口漂亮的北京话，我因问他是不是北方人。他说：“是的，才从北方游方驻扎此地。”这和尚似乎还文雅，他的庙堂里挂了不少名人的字画，同时他还问我在什么地方读书，我对他说家里蹲大学，他似解似不解地诺诺连声地应着，而建的一口茶已喷了一地。这简直是太大煞风景，我连忙给了他三块钱的香火资，跑下楼去。这时日影已经西斜了，不能再流连风景。不过黄昏的山色特别富丽，彩霞如垂幔般地垂在西方的天际，青翠的岗峦笼罩着一层干绡似的烟雾，新月已从东山冉冉上升，远远如弓形的白堤和明净的西湖都笼在沉沉暮霭中。我们的心灵浸醉于自然的美景里，永远不想回到热闹的城市去。但是轿夫们不懂得我们的心事，只顾奔他们的归程。“唷咿”一声山兜停了下来，我们翱翔着的灵魂，重新被摔到满是陷阱的人间。于是疲乏无聊，一切的情感围困了我们。

晚饭后草草收拾了行装，预备第二天回上海。这秋光中的西湖又成了灵魂上的一点印痕，生命的一页残史了。

可怜被解放的灵魂眼看着它垂头丧气地又进了牢囚。

◎文章品读

庐隐是一位成长于社会形态转变时期的女作家，受蓬勃兴起的“五四”运动影响，汲取了大量的进步元素。其作品大量涉足社会历史这一主题，颇具现实意义。

《秋光中的西湖》是庐隐的优秀散文作品之一，发表于1932年。当时作者正勾留在上海，已与清华学生李唯建结婚。文中的主人公"建"即李唯建。

虽是散文，又是结伴游览西湖风光，然而文中却总不见太多的欢快。相反，时而会有一些抑郁的情绪掺杂其中。开篇，作者写道："我像是负重的骆驼般，终日不知所谓地向前奔走着。突然心血来潮，觉得这种不能喘气的生涯，不容再继续了，因此便决定到西湖去，略事休息。"赴杭州伊始，主人公的心情就不是出游时所应有的快乐。随后在住地，游览故居，登山，每一处，作者都多多少少留下几丝伤感，甚至是难过。文末，作者这样总结："我们翱翔着的灵魂，重新被摔到满是陷阱的人间。于是疲乏无聊，一切的情感围困了我们。""……这秋光中的西湖又成了灵魂上的一点印痕，生命的一页残史了。""可怜被解放的灵魂眼看着它垂头丧气地又进了牢囚。"压抑、悲伤的心情随着要离开，愈发流露彰显。

作者的一生历经过很多不幸，先是母亲、哥哥、挚友陆续离世，自己的第一次婚姻也因丈夫病故告终。一系列的打击，令其长久以来抑郁不堪。作者自己曾说："……只要什么时候想写文章，什么时候我的心便被阴翳渐渐遮瞒，深深沉到悲伤的境地去。"《秋光中的西湖》创作于20世纪30年代，除却个人的因素，直指国家所遭受的不幸，也是行文的意义所在。文章末尾，内涵丰富。

庐隐是一世感伤的，然而拨开那层层忧郁的浓雾，我们看到的是她正用自己特有的方式，寻找着一条通向自由的出路——路上布满了荆棘。

·作者简介·

庐隐（1898～1934），原名黄淑仪，又名黄英，祖籍福建闽侯。1913年考入北京女子师范学校预科，1917年毕业后任教于北平公立女子中学、安徽安庆小学及河南女子师范学校，1919年考入北京高等女子师范国文系。1921年加入文学研究会，并为会刊《小说月报》撰稿，成为中国最早塑造系列女性形象的作家。1922年大学毕业后到安徽宣城中学任教，半年后回北平师范大学附属中学教国文。1925年出版第一本小说集《海滨故人》。1926年到上海大夏大学教书，1927年任北京市立女子第一中学校长半年，几年间，母亲、丈夫、哥哥和挚友石评梅先后辞世，悲哀情绪浸透在这个时期出版的作品集《灵海潮汐》和《曼丽》之中。1930年，庐隐与诗人李唯建结婚，不久即出版了二人的通信集《云鸥情书集》。婚后一度在东京郊外居住，其间完成《东京小品》11篇。1932年初，日军进犯上海，庐隐发表了长篇报告文学《火焰》《一个情妇的日记》等反映抗日主题的短篇小说。1933年7月，发表杂文《丁玲之死》《监守自盗》《代三百万灾民请愿》等针砭时弊的杂文近20篇，并自编《庐隐短篇小说选》。1934年5月，因难产死于上海大华医院。

更衣记

●张爱玲

如果当初世代相传的衣服没有大批卖给收旧货的，一年一度六月里晒衣裳，该是一件辉煌热闹的事罢。你在竹竿与竹竿之间走过，两边拦着绫罗绸缎的墙——那是埋在地底下的古代宫室里发掘出的甬道。你把额角贴在织金的花绣上。太阳在这边的时候，将金线晒得滚烫，然而现在已经冷了。

从前的人吃力地过了一辈子，所作所为，渐渐蒙上了灰尘；子孙晾衣裳的时候又把灰尘给抖了下来，在黄色的太阳里飞舞着。回忆这东西若是有气味的话，那就是樟脑的香，甜而稳妥，像记得分明的快乐，甜而怅惘，像忘却了的忧愁。

我们不大能够想象过去的世界，这么迂缓，安静，齐整——在满清三百年的统治下，女人竟没有什么时装可言！一代又一代的人穿着同样的衣服而不觉得厌烦。开国的时候，因为“男降女不降”，女子的服装还保留着显著的明代遗风。从十七世纪中叶直到十九世纪末，流行着极度宽大的衫裤，有一种四平八稳的沉着气象。领圈很低，有等于无。穿在外面的“大袄”，在并非正式的场合，宽了衣，便露出“中袄”。

“中袄”里面有紧窄合身的“小袄”，上床也不脱去，多半是娇媚的，桃红或水红。三件袄子之上又加着“云肩背心”，黑缎宽镶，盘着大云头。

削肩，细腰，平胸，薄而小的标准美女在这一层层衣衫的重压下失踪了。她的本身是不存在的，不过是一个衣架子罢了。中国人不赞成太触目的女人。历史上记载的耸人听闻的美德——譬如说，一只胳膊被陌生男子拉了一把，便将它砍掉——虽然博得普通的赞叹，知识阶级对之总隐隐地觉得有点遗憾，因为一个女人不该吸引过度的注意；任是铁铮铮的名字，挂在千万人的嘴唇上，也在呼吸的水蒸气里生了锈。

女人要想出众一点，连这样堂而皇之的途径都有人反对，何况奇装异服，自然那更是伤风败俗了。

出门时裤子上罩的裙子，其规律化更为彻底。通常都是黑色，逢着喜庆年节，太太穿红的，姨太太穿粉红。寡妇系黑裙，可是丈夫过世多年之后，如有公婆在堂，她可以穿湖色或雪青。裙上的细褶是女人的仪态最严格的试验。家教好的姑娘，莲步姗姗，百褶裙虽不至于纹丝不动，也只限于最轻微的摇颤。不惯穿裙的小家碧玉走起路来便予人以惊风骇浪的印象。更为苛刻的是新娘的红裙，裙腰垂下一条条半寸来宽的飘带，带端系着铃。行动时只许有一点隐约的叮当，像远山上宝塔上的风铃。晚至一九二〇年左右，比较潇洒自由的宽褶裙入时了，这一类的裙子方才完全废除。

穿皮子，更是禁不起一些出入，便被目为暴发户。皮衣有一定的季节，分门别类，至为详尽。十月里若是冷得出奇，穿三层皮是可以的，至于穿什么皮，那却要顾到季节而不能顾到天气了。初冬穿“小毛”，如青种羊，紫羔，珠羔；然后穿“中毛”，如银鼠，灰鼠，灰脊，狐腿，甘肩，倭刀；隆冬穿“大毛”，——白狐，青狐，西狐，玄狐，紫貂。“有功名”的人方能穿貂。中下等阶级的人以前比现在富裕得多，大都有一件金银嵌或羊皮袍子。

姑娘们的“昭君套”为阴森的冬月添上点色彩。根据历代的图画，昭君出塞所戴的风兜是爱斯基摩式的，简单大方，好莱坞明星仿制者颇多。中国十九世纪的“昭君套”却是颠狂冶艳的，——一顶瓜皮帽，帽檐围上一圈皮，帽顶缀着极大的红绒球，脑后垂着两根粉红缎带，带端缀着一对金印，动辄相击作声。

对于细节的过分的注意，为这一时期的服装的要点。现代西方的时装，不必要的点缀品未尝不花样多端，但是都有个目的——把眼睛的蓝色发扬光大起来，补助不发达的胸部，使人看上去高些或矮些，集中注意力在腰肢上，消灭臀部过度的曲线……古中国衣衫上的点缀品却是完全无意义的。若说它是纯粹装饰性质的罢，为什么连鞋底上也满布着繁缛的图案呢？鞋的本身就很少在人前露脸的机会，别说鞋底了，高底的边缘也充塞着密密的花纹。

袄子有“三镶三滚”，“五镶五滚”，“七镶七滚”之别，镶滚之外，下摆与大襟上还闪烁着水钻盘的梅花、菊花。袖上另钉着名唤“阑干”的丝质花边，宽约七寸，挖空镂出福寿字样。

这样聚集了无数小小的有趣之点。这样不停地另生枝节，放恣，不讲理，在不相干的事物上浪费了精力，正是中国有闲阶级一贯的态度。唯有世界上最清闲的国家里最闲的人，方才能够领略到这些细节的妙处。制造一百种相仿而不犯重的图案，固然需要艺术与时间；欣赏它，也同样地烦难。

古中国的时装设计家似乎不知道，一个女人到底不是大观园。太多的堆砌使兴趣不能集中。我们的时装的历史，一言以蔽之，就是这些点缀品的逐渐减去。

当然事情不是这么简单。还有腰身大小的交替盈蚀。第一个严重的变化发生在光绪三十二三年。铁路已经不那么稀罕了，火车开始在中国人的生活里占一重要位置。诸大商港的时新款式迅速地传入内地。衣裤渐渐缩小，“阑干”与阔滚条过了时，单剩下一条极窄的。扁的是“韭菜边”，圆的是“灯草边”，又称“线香滚”。在政治动乱与社会不靖的时期——譬如欧洲的文艺复兴时代——时髦的衣服永远是紧匝在身上，轻捷利落，容许剧烈的活动。在十五世纪的意大利，因为衣裤过于紧小，肘弯膝盖，筋骨接榫处非得开缝不可。中国衣服在革命酝酿期间差一点就胀裂开来了。“小皇帝”登基的时候，袄子套在人身上像刀鞘。中国女人的紧身背心的功用实在奇妙——衣服再紧些，衣服底下的肉体也还不是写实派的作风，看上去不大像个女人而像一缕诗魂。长袄的直线延至膝盖为止，下面虚飘飘垂下两条窄窄的裤管，似脚非脚的金莲抱歉地轻轻踏在地上。铅笔一般瘦的裤脚妙在给人一种伶仃无告的感觉。在中国诗里，“可怜”是“可爱”的代名词。男人向有保护异性的嗜好，而在青黄不接的过渡时代，颠连困苦的生活情形更激动了这种倾向。宽袍大袖的，端凝的妇女现在发现太福相了是不行的，做个薄命人反倒于她们有利。

那又是一个各趋极端的时代。政治与家庭制度的缺点突然被揭穿。年青的知识阶级仇视着传统的一切，甚至于中国的一切。保守性的方面也因为惊恐的缘故而增强了压力。神经质的论争无日不进行着，在家庭里，在报纸上，在娱乐场所。

连涂脂抹粉的文明戏演员，姨太太们的理想恋人，也在戏台上向他们的未婚妻借题发挥讨论时事，声泪俱下。

一向心平气和的古国从来没有如此骚动过。在那歇斯底里的气氛里，“元宝领”这东西产生了——高得与鼻尖平行的硬领，像缅甸的一层层叠至尺来高的金属项圈一般，逼迫女人们伸长了脖子。这吓人的衣领与下面的一捻柳腰完全不相称。头重脚轻，无均衡的性质正象征了那个时代。

民国初建立，有一时期似乎各方面都有浮面的清明气象。

大家都认真相信卢骚的理想化的人权主义。学生们热诚拥护投票制度，非孝，自由恋爱。甚至于纯粹的精神恋爱也有人实验过，但似乎不会成功。

时装上也显出空前的天真，轻快，愉悦。“喇叭管袖子”飘飘欲仙，露出一大截玉腕。短袄腰部极为紧小。上层阶级的女人出门系裙，在家里只穿一条齐膝的短裤，丝袜也只到膝为止，裤与袜的交界处偶然也大胆地暴露了膝盖，存心不良的女人往往从袄底垂下挑拨性的长而宽的淡色丝质裤带，带端飘着排穗。

民国初年的时装，大部分的灵感是得自西方的。衣领减低了不算，甚至被蠲免了的时候也有。领口挖成圆形、方形、鸡心形、金刚钻形。白色丝质围巾四季都能用。白丝袜脚跟上的黑绣花，像虫的行列，蠕蠕爬到腿肚子上。交际花与妓女常常有戴平光眼镜以为美的。舶来品不分皂白地被接受，可见一斑。

军阀来来去去，马蹄后飞沙走石，跟着他们自己的官员、政府、法律，跌跌绊绊赶上去的时装，也同样地千变万化。短袄的下摆忽而圆，忽而尖，忽而六角形。女人的衣服往常是和珠宝一般，没有年纪的，随时可以变卖，然而在民国的当铺里不复受欢迎了，因为过了时就一文不值。

时装的日新月异并不一定表现活泼的精神与新颖的思想。恰巧相反。它可以代表呆滞；由于其他活动范围内的失败，所有的创造力都流入衣服的区域里去。在政治混乱期间，人们没有能力改良他们的生活情形。他们只能够创造他们贴身的环境——那就是衣服。我们各人住在各人的衣服里。

一九二一年，女人穿上了长袍。发源于满洲的旗装自从旗人入关之后一直是与中土的服装并行着的，各不相犯。旗下的妇女嫌她们的旗袍缺乏女性美，也想改穿较妩媚的袄裤，然而皇帝下诏，严厉禁止了。五族共和之后，全国妇女突然一致采用旗袍，倒不是为了效忠于满清，提倡复辟运动，而是因为女子蓄意要模仿男子。在中国，自古以来女人的代名词是“三绺梳头，两截穿衣”。一截穿衣与两截穿衣是很细微的区别，似乎没有什么不公平之处，可是一九二〇年的女人很容易地就多了心。她们初受西方文化的熏陶，醉心于男女平权之说，可是四周的实际情形与理想相差太远了，羞愤之下，她们排斥女性化的一切，恨不得将女人的根性斩尽杀绝。

因此初兴的旗袍是严冷方正的，具有清教徒的风格。

政治上，对内对外陆续发生的不幸事件使民众灰了心。青年人的理想总有支持不了的一天。时装开始紧缩。喇叭管袖子收小了。一九三〇年，袖长及肘，衣领又高了起来。往年的元宝领的优点在它的适宜的角度，斜斜地切过两腮，不是瓜子脸也变了瓜子脸，这一次的高领却是圆筒式的，紧抵着下颔，肌肉尚未松弛的姑娘们也生了双下巴。这种衣领根本不可恕。可是它象征了十年前那种理智化的淫逸的空气——直挺挺的衣领远远隔开了女神似的头与下面的丰柔肉身。这儿有讽刺，有绝望后的狂笑。

当时欧美流行着的双排纽扣的军人式的外套正和中国人凄厉的心情一拍即合。然而恪守中庸之道的中国女人在那雄赳赳的大衣底下穿着拂地的丝绒长袍，袍叉开到大腿上，露出同样质料的长裤子，裤脚上闪着银色花边。衣服的主人翁也是这样的奇异的配搭，表面上无不激烈地唱高调，骨子里还是唯物主义者。

近年来最重要的变化是衣袖的废除（那似乎是极其艰难危险的工作，小心翼翼地，费了二十年的工夫方才完全剪去）。同时衣领矮了，袍身短了，装饰性质的镶滚也免了，改用盘花纽扣来代替，不久连纽扣也被捐弃了，改用揿纽。总之，这笔账完全是减法——所有的点缀品，无论有用没用，一概剔去。剩下的只有一件紧身背心，露出颈项，两臂与小腿。

现在要紧的是人，旗袍的作用不外乎烘云托月忠实地将人体轮廓曲曲勾出。革命前的装束却反之，人属次要，单只注重诗意的线条，于是女人的体格公式化，不脱衣服不知道她与她有什么不同。

我们的时装不是一种有计划有组织的实业，不比在巴黎，几个规模宏大的时装公司如Lelong’s，Schiaparelli’s，垄断一切，影响及整个白种人的世界。我们的裁缝却是没主张的。公众的幻想往往不谋而合，产生一种不可思议的洪流。裁缝只有追随的份儿。因为这缘故，中国的时装更可以作民意的代表。

究竟谁是时装的首创者，很难证明，因为中国人素不尊重版权，而且作者也不甚介意，既然抄袭是最隆重的赞美。最近入时的半长不短的袖子，又称“四分之三袖”，上海人便说是香港发起的，而香港人又说是由上海传来的，互相推诿，不敢负责。

一双袖子翩翩归来，预兆形式主义的复兴。最新的发展是向传统的一方面走，细节虽不能恢复，轮廓却可尽量引用，用得活泛，一样能够适应现代环境的需要。旗袍的大襟采取围裙式，就是个好例子，很有点“三日入厨下”的风情，耐人寻味。

男装的近代史较为平淡。只有一个极短的时期，民国四年至八九年，男人的衣服也讲究花哨，滚上多道的如意头，而且男女的衣料可以通用，然而生当其时的人都认为是天下大乱的怪现状之一。目前中国人的西装，固然是谨严而黯淡，遵守西洋绅士的成规，即使中装也长年地在灰色、咖啡色、深青里面打滚，质地与图案也极单调。男子的生活比女子自由得多，然而单凭这一件不自由，我就不愿意做一个男子。

衣服似乎是不足挂齿的小事。刘备说过这样的话：“兄弟如手足，妻子如衣服。”可是如果女人能够做到“丈夫如衣服”的地步，就很不容易。有个西方作家（是萧伯纳么？）曾经抱怨过，多数女人选择丈夫远不及选择帽子一般的聚精会神，慎重考虑。再没有心肝的女子说起她“去年那件织锦缎夹袍”的时候，也是一往情深的。

直到十八世纪为止，中外的男子尚有穿红着绿的权利。男子服色的限制是现代文明的特征。不论这在心理上有没有不健康的影响，至少这是不必要的压抑。文明社会的集团生活里，必要的压抑有许多种，似乎小节上应当放纵些，作为补偿。有这么一种议论，说男性如果对于衣着感到兴趣些，也许他们会安分一点，不至于千方百计争取社会的注意与赞美，为了造就一己的声望，不惜祸国殃民。若说只消将男人打扮得花红柳绿的，天下就太平了，那当然是笑话。大红蟒衣里面戴着绣花肚兜的官员，照样会淆乱朝纲。但是预言家威尔斯的合理化的乌托邦里面的男女公民一律穿着最鲜艳的薄膜质的衣裤、斗篷，这倒也值得做我们参考的资料。

因为习惯上的关系，男子打扮得略略不中程式，的确看着不顺眼，中装加大衣，就是一个例子，不如另加上一件棉袍或皮袍来得妥当，便臃肿些也不妨。有一次我在电车上看见一个年青人，也许是学生，也许是店伙，用米色绿方格的兔子呢制了太紧的袍，脚上穿着女式红绿条纹短袜，嘴里衔着别致的描花假象牙烟斗，烟斗里并没有烟。他吮了一会，拿下来把它一截截拆开了，又装上去，再送到嘴里去吮，面上颇有得色。乍看觉得可笑，然而为什么不呢，如果他喜欢！……

秋凉的薄暮，小菜场上收了摊子，满地的鱼腥和青白色的芦粟的皮与渣。一个小孩骑了自行车冲过来，卖弄本领，大叫一声，放松了扶手，摇摆着，轻倩地掠过。在这一刹那，满街的人都充满了不可理喻的景仰之心。人生最可爱的当儿便在那一撒手罢？

◎文章品读

在现代女作家中，张爱玲是最擅长描写衣饰并且身体力行的。这篇《更衣记》是张爱玲对衣饰理解的集大成之作，甚至可以说是发现了衣饰之间的文化，发现了衣饰的灵魂。它告诉人们，大家司空见惯的衣饰，是可以如此真切地折射出一个人，一个阶层，一个民族，一个社会的现状、动荡和发展。古人云："一叶落而知天下秋。"读《更衣记》，我们不由得出：一衣更，而知天下变。

《更衣记》首先折射出的，是作者曾经显贵而凄凉的身世。张爱玲是李鸿章的曾外孙女，末代的贵族。贵族般矜持的标志之一就是对迂缓、安静、齐整而烦琐的衣饰的体验，"初冬穿'小毛'，如青种羊，紫羔，珠羔；然后穿'中毛'，如银鼠，灰鼠，灰脊，狐腿，甘肩，倭刀；隆冬穿'大毛'，——白狐，青狐，西狐，玄狐，紫貂。'有功名'的人方能穿貂。中下等阶级的人以前比现在富裕得多，大都有一件金银嵌或羊皮袍子。"光是"穿皮子"就能穿出如许花样来。如此细致入微的观察和记忆，除非做皮子的裁缝，否则就只有大富之家的贵人了。那似乎是一种藏在门缝里饮泪偷窥时，含着一点怨毒的刻骨记忆。也许这也是没落贵族的一种炫耀，一种刻在骨子里的伤痕。在某种意义上，和曹雪芹细致入微地描写大观园的奢华生活，是一脉相承的。细细地整理这些记忆中的衣饰，能让作者找到徜徉在"古代宫室里发掘出的甬道"的感觉。

《更衣记》也是女性这个群体饱受压迫的集中体现。"女人要想出众一点，连这样堂而皇之的途径都有人反对，何况奇装异服，自然那更是伤风败俗了。”有压迫就会有反抗，如“一九二〇年的女人”就是用“严冷方正的，具有清教徒的风格”的旗袍，来表达“醉心于男女平权之说”的。

《更衣记》里更多的是衣饰与阶层、与民族、与社会变迁的千丝万缕的联系：“在政治动乱与社会不靖的时期——譬如欧洲的文艺复兴时代——时髦的衣服永远是紧匝在身上，轻捷利落，容许剧烈的活动。”衣饰也体现民族的不同，西方的时装是“计划有组织的实业”，而“中国的时装更可以作民意的代表”，“裁缝只有追随的份儿。”

《礼记·礼运》有云：“饮食男女，人之大欲存焉。”对衣饰如此集中、深刻的描述，可谓入木三分地刻画出中国传统文化的精髓。张爱玲在《自己的文章》中称：“我只求自己能够写得真实些。”从《更衣记》里，我们一样可以看到一个真实的张爱玲、一个真实的中华民族、一个真实的世界。

·作者简介·

张爱玲（1920 ~ 1995），原名张煐。1920 年（一说 1921 年）9 月生于上海，祖籍河北丰润。其家世显赫：祖母是晚清洋务派领袖、朝廷重臣李鸿章的女儿，祖父为清末名臣张佩纶。张爱玲童年在北京、天津度过，1929 年迁回上海。次年更名张爱玲。中学毕业后考取香港大学，香港沦陷，再次返回上海。这一时期开始为英国《泰晤士报》写剧评、影评，给德国人办的英文杂志《二十世纪》写生活、服装类的文章。1942 年应《西风》杂志《我的生活》征文写散文《我的天才梦》得名誉奖。此后不断创作，完成了《沉香屑》《倾城之恋》《金锁记》等代表小说。1949 年上海解放后用梁京笔名在上海《亦报》上发表文章。1952 年移居香港，在美国新闻处任职，这一期间发表了《赤地之恋》《秧歌》等小说。1955 年旅居美国，与美国剧作家赖雅结婚。旅美期间，在加州大学中文研究中心从事翻译和小说考证工作。1995 年 9 月 8 日，在洛杉矶公寓中逝世。

祖父死了的时候

●萧红

祖父总是有点变样子，他喜欢流起眼泪来，同时过去很重要的事情他也忘掉。比方过去那一些他常讲的故事，现在讲起来，讲了一半下一半他就说：“我记不得了。”

某夜，他又病了一次，经过这一次病，他竟说：“给你三姑写信，叫她来一趟，我不是四五年没看过她吗？”他叫我写信给我已经死去五年的姑母。

那次离家是很痛苦的。学校来了开学通知信，祖父又一天一天地变样起来。

祖父睡着的时候，我就躺在他的旁边哭，好像祖父已经离开我死去似的，一面哭着一面抬头看他凹陷的嘴唇。我若死掉祖父，就死掉我一生最重要的一个人，好像他死了就把人间一切“爱”和“温暖”带得空空虚虚。我的心被丝线扎住或被铁丝绞住了。

我联想到母亲死的时候。母亲死以后，父亲怎样打我，又娶一个新母亲来。这个母亲很客气，不打我，就是骂，也是指着桌子或椅子来骂我。客气是越客气了，但是冷淡了，疏远了，生人一样。

“到院子去玩玩吧！”祖父说了这话之后，在我的头上撞了一下，“喂！你看这是什么？”一个黄金色的橘子落到我的手中。

夜间不敢到茅厕去，我说：“妈妈同我到茅厕去趟吧。”

“我不去！”

“那我害怕呀！”

“怕什么？”

“怕什么？怕鬼怕神？”父亲也说话了，把眼睛从眼镜上面看着我。

冬天，祖父已经睡下，赤着脚，开着纽扣跟我到外面茅厕去。

学校开学，我迟到了四天。三月里，我又回家一次，正在外面叫门，里面小弟弟嚷着：“姐姐回来了！姐姐回来了！”大门开时，我就远远注意着祖父住着的那间房子。果然祖父的面孔和胡子闪现在玻璃窗里。我跳着笑着跑进屋去。但不是高兴，只是心酸，祖父的脸色更惨淡更白了。等屋子里一个人没有时，他流着泪，他慌慌忙忙地一边用袖口擦着眼泪，一边抖动着嘴唇说：“爷爷不行了，不知早晚……前些日子好险没跌……跌死。”

“怎么跌的？”

“就是在后屋，我想去解手，招呼人，也听不见，按电铃也没有人来，就得爬啦。还没到后门口，腿颤，心跳，眼前发花了一阵就倒下去。没跌断了腰……人老了，有什么用处！”

“爷爷是八十一岁呢。”

“爷爷是八十一岁。”

“没用了，活了八十一岁还是在地上爬呢！我想你看不着爷爷了，谁知没有跌死，我又慢慢爬到炕上。”

我走的那天也是和我回来那天一样，白色的脸的轮廓闪现在玻璃窗里。

在院心我回头看着祖父的面孔，走到大门口，在大门口我仍可看见，出了大门，就被门扇遮断。

从这一次祖父就与我永远隔绝了。虽然那次和祖父告别，并没说出一个永别的字。我回来看祖父，这回门前吹着喇叭，幡杆挑得比房头更高，马车离家很远的时候，我已看到高高的白色幡杆了，吹鼓手们的喇叭怆凉地在悲号。马车停在喇叭声中，大门前的白幡、白对联、院心的灵棚、闹嚷嚷许多人，吹鼓手们响起呜呜的哀号。

这回祖父不坐在玻璃窗里，是睡在堂屋的板床上，没有灵魂地躺在那里。我要看一看他白色的胡子，可是怎样看呢！拿开他脸上蒙着的纸吧，胡子、眼睛和嘴，都不会动了，他真的一点感觉也没有了？我从祖父的袖管里去摸他的手，手也没有感觉了。祖父这回真死去了啊!

祖父装进棺材去的那天早晨，正是后园里玫瑰花开放满树的时候。我扯着祖父的一张被角，抬向灵前去。吹鼓手在灵前吹着大喇叭。

我怕起来，我号叫起来。

“咣咣!”黑色的，半尺厚的灵柩盖子压上去。

吃饭的时候，我饮了酒，用祖父的酒杯饮的。饭后我跑到后园玫瑰树下去卧倒，园中飞着蜂子和蝴蝶，绿草的清凉的气味，这都和十年前一样。可是十年前死了妈妈。妈妈死后我仍是在园中扑蝴蝶；这回祖父死去，我却饮了酒。

过去的十年我是和父亲打斗着生活。在这期间我觉得人是残酷的东西。父亲对我是没有好面孔的，对于仆人也是没有好面孔的，他对于祖父也是没有好面孔的。因为仆人是穷人，祖父是老人，我是个小孩子，所以我们这些完全没有保障的人就落到他的手里。后来我看到新娶来的母亲也落到他的手里，他喜欢她的时候，便同她说笑，他恼怒时便骂她，母亲渐渐也怕起父亲来。

母亲也不是穷人，也不是老人，也不是孩子，怎么也怕起父亲来呢?我到邻家去看看，邻家的女人也是怕男人。我到舅家去，舅母也是怕舅父。

我懂得的尽是些偏僻的人生，我想世间死了祖父，就没有再同情我的人了，世间死了祖父，剩下的尽是些凶残的人了。

我饮了酒，回想，幻想……

以后我必须不要家，到广大的人群中去，但我在玫瑰树下颤怵了，人群中没有我的祖父。

所以我哭着，整个祖父死的时候我哭着。

◎文章品读

这篇散文写于作者停留在哈尔滨时期。落笔均为对家的感怀。

在作者的一生中，祖父是最值得缅怀的人。从母亲死后，给她最多关爱的只有祖父。父亲与自己是“站在两极端”，后母对自己是冰一样的冷漠。“很客气，不打我，就是骂，也是指着桌子或椅子来骂我。客气是越客气了，但是冷淡了，疏远了，生人一样。”在这种情况下，只有年迈的祖父让其体会到了家的温暖。因而一旦祖父离去，对于作者，家也就不值得留恋了。

行文中，作者多处用了对比、衬托等手法来言明祖父的爱。如与父母的对话，祖父冬夜披衣外出及对生母的念及等细节描绘，无处不体现了一个老人对晚辈无微不至的关怀。

对于父亲，作者也花费了一定的笔墨，将一个旧时代专横、暴躁的家长形象推向台前——“父亲对我是没有好面孔的，对于仆人也是没有好面孔的，他对于祖父也是没有好面孔的。”“……新娶来的母亲也落到他的手里，他喜欢她的时候，便同她说笑，他恼怒时便骂她，母亲渐渐也怕起父亲来。”所有人对父亲的怕，让作者开始了思考，“母亲也不是穷人，也不是老人，也不是孩子，怎么也怕起父亲来呢？”带着困惑，作者到周围人家去求证。结论是，“邻家的女人也是怕男人”，“舅母也是怕舅父”。对父亲的描写，让作者有了对人性的最初的理解，对人性的失望开始闪现。

有了众多人物的铺垫，祖父的离世，自然让作者悲痛不已。于是“我哭着，整个祖父死的时候我哭着”。全篇行文，渗透着至亲离去的悲伤，对家的重新理解与认识为日后作者的弃家出走设下了伏笔。

·作者简介·

萧红（1911～1942），原名张迺莹，笔名萧红、悄吟。出生于黑龙江省呼兰县一个地主家庭。11岁时，母亲病逝。16岁时，在祖父支持下考取了哈尔滨市一所女子中学。1930年，其祖父去世。父亲中断其学业，为其包办婚姻。为逃婚，萧红离家出走，几经颠沛，结识了萧军并从此走上文学道路。两人共同完成了散文集《商市街》。在鲁迅的帮助和支持下，1935年以萧红笔名发表成名作《生死场》，蜚声文坛。1936年，为了精神上的开脱，东渡日本。在日期间，写下散文《孤独的生活》、长篇组诗《砂粒》等。1940年，与端木蕻良同抵香港。著名的长篇小说《呼兰河传》即发表于这一时期。1942年1月，在香港病故，终年31岁。

饿

●萧红

“列巴圈”挂在过道别人的门上，过道好像还没有天明，可是电灯已经熄了。夜间遗留下来睡朦朦的气息充塞在过道，茶房气喘着，抹着地板。我不愿醒得太早，可是已经醒了，同时再不能睡去。

厕所房的电灯仍开着，和夜间一般昏黄，好像黎明还没有到来，可是“列巴圈”已经挂上别人家的门了！有的牛奶瓶也规规矩矩地等在别人的房间外。只要一醒来，就可以随便吃喝。但，这都只限于别人，是别人的事，与自己无关。

扭开了灯，郎华睡在床上，他睡得很恬静，连呼吸也不震动空气一下。听一听过道连一个人也没走动。全旅馆的三层楼都在睡中，越这样静越引诱我，我的那种想头越坚决。过道尚没有一点声息，过道越静越引诱我，我的那种想头越想越充胀我：去拿吧！正是时候，即使是偷，那就偷吧！

轻轻扭动钥匙，门一点响动也没有。探头看了看，“列巴圈”对门就挂着，东隔壁也挂着，西隔壁也挂着。天快亮了！牛奶瓶的乳白色看得真真切切，“列巴圈”比每天也大了些，结果什么也没有去拿，我心里发烧，耳朵也热了一阵，立刻想到这是“偷”。儿时的记忆再现出来，偷梨吃的孩子最羞耻。过了好久，我就贴在已关好的门扇上，大概我像一个没有灵魂的、纸剪成的人贴在门扇。大概这样吧：街车唤醒了我，马蹄嗒嗒、车轮吱吱地响过去。我抱紧胸膛，把头也挂到胸口，向我自己心说：我饿呀！不是“偷”呀！

第二次也打开门，这次我决心了！偷就偷，虽然是几个“列巴圈”，我也偷，为着我“饿”，为着他“饿”。

第二次失败，那么不去做第三次了。下了最后的决心，爬上床，关了灯，推一推郎华，他没有醒，我怕他醒。在“偷”这一刻，郎华也是我的敌人；假若我有母亲，母亲也是敌人。

天亮了！人们醒了。做家庭教师，无钱吃饭也要去上课，并且要练武术。他喝了一杯空茶走的，过道那些“列巴圈”早已不见，都让别人吃了。

从昨夜到中午，四肢软弱一点，肚子好像被踢打放了气的皮球。

窗子在墙壁中央，天窗似的，我从窗口升了出去，赤裸裸，完全和日光接近；市街临在我的脚下，直线的，错综着许多角度的楼房，大柱子一般工厂的烟囱，街道横顺交织着，秃光的街村。白云在天空作出各样的曲线，高空的风吹乱我的头发，飘荡我的衣襟。市街像一张繁繁杂杂颜色不清晰的地图，挂在我们眼前。楼顶和树梢都挂住一层稀薄的白霜，整个城市在阳光下闪闪烁烁撒了一层银片。我的衣襟被风拍着作响，我冷了，我孤孤独独地好像站在无人的山顶。每家楼顶的白霜，一刻不是银片了，而是些雪花、冰花，或是什么更严寒的东西在吸我，像全身浴在冰水里一般。

我披了棉被再出现到窗口，那不是全身，仅仅是头和胸突在窗口。一个女人站在一家药店门口讨钱，手下牵着孩子，衣襟裹着更小的孩子。药店没有人出来理她，过路人也不理她，都像说她有孩子不对，穷就不该有孩子，有也应该饿死。

我只能看到街路的半面，那女人大概向我的窗下走来，因为我听见那孩子的哭声很近。

“老爷，太太，可怜可怜……”可是看不见她在逐谁，虽然是三层楼，也听得这般清楚，她一定是跑得颠颠断断地呼喘：“老爷老爷……可怜吧！”

那女人一定正像我，一定早饭还没有吃，也许昨晚的也没有吃。她在楼下急迫地来回的呼声传染了我，肚子立刻响起来，肠子不住地呼叫……

郎华仍不回来，我拿什么来喂肚子呢？桌子可以吃吗？草褥子可以吃吗？

晒着阳光的行人道，来往的行人，小贩乞丐…这一些看得我疲倦了！打着呵欠，从窗口爬下来。

窗子一关起来，立刻生满了霜，过一刻，玻璃片就流着眼泪了！起初是一条条的，后来就大哭了！满脸是泪，好像在行人道上讨饭的母亲的脸。

我坐在小屋，像饿在笼中的鸡一般，只想合起眼睛来静着，默着，但又不是睡。

“咯，咯！”这是谁在打门！我快去开门，是三年前旧学校里的图画先生。

他和从前一样很喜欢说笑话，没有改变，只是胖了一点，眼睛又小了一点。他随便说，说得很多。他的女儿，那个穿红花旗袍的小姑娘，又加了一件黑绒上衣，她在藤椅上，怪美丽的。但她有点不耐烦的样子：“爸爸，我们走吧。”小姑娘哪里懂得人生！小姑娘只知道美，哪里懂得人生？

曹先生问：“你一个住在这里吗？”

“是——”我当时不晓得为什么答应“是”，明明是和郎华同住，怎么要说自己住呢？

好像这几年并没有别开，我仍在那个学校读书一样。他说：

“还是一个人好，可以把整个的心身献给艺术。你现在不喜欢画，你喜欢文学，就把全心身献给文学。只有忠心于艺术的心才不空虚，只有艺术才是美，才是真美情爱。这话很难说，若是为了性欲才爱，那么就不如临时解决，随便可以找到一个，只要是异性。爱是爱，爱很不容易，那么就不如爱艺术，比较不空虚……”

“爸爸，走吧！”小姑娘哪里懂得人生，只知道“美”，她看一看这屋子一点意思也没有，床上只铺一张草褥子。

“是，走——”曹先生又说，眼睛指着女儿：“你看我，十三岁就结了婚。这不是吗？曹云都十五岁啦！”

“爸爸，我们走吧！”

他和几年前一样，总爱说“十三岁”就结了婚。差不多全校同学都知道曹先生是十三岁结婚的。

“爸爸，我们走吧！”

他把一张票子丢在桌上就走了！那是我写信去要的。

郎华还没有回来，我应该立刻想到饿，但我完全被青春迷惑了，读书的时候，哪里懂得“饿”？只晓得青春最重要，虽然现在我也并没老，但总觉得青春是过去了！过去了！

我冥想了一个长时期，心浪和海水一般翻了一阵。

追逐实际吧！青春唯有自私的人才系念它，“只有饥寒，没有青春。”

几天没有去过的小饭馆，又坐在那里边吃喝了。“很累了吧！腿可疼？道外道里要有十五里路。”我问他。

只要有得吃，他也很满足，我也很满足。其余什么都忘了！

那个饭馆，我已经习惯，还不等他坐下，我就抢个地方先坐下，我也把菜的名字记得很熟，什么辣椒白菜啦，雪里红豆腐啦……什么酱鱼啦！怎么叫酱鱼呢？哪里有鱼！用鱼骨头炒一点酱，借一点腥味就是啦！我很有把握，我简直都不用算一算就知道这些菜也超不过一角钱。因此我用很大的声音招呼，我不怕，我一点也不怕花钱。

回来没有睡觉之前，我们一面喝着开水，一面说：

“这回又饿不着了，又够吃些日子。”

闭了灯，又满足又安适地睡了一夜。

◎文章品读

在中国现代文学史上，萧红是一位独具风格的作家：她的成名“得益”于她凄怆多舛的经历。20 世纪 30 年代初，历经磨难的她与萧军在哈尔滨开始了新的生活，租住在一间白俄开设的欧罗巴旅馆里。贫穷是生活的主题。

散文开篇入题，写作者看旅馆邻居的“列巴圈”时天昏地暗的饥饿。想去偷，一次不成，两次不成，于是不去动偷的念头。在这一系列举动中，有几次她都可以悄悄地把别人的面包拿回来，然而却没有——“在‘偷’这一刻，郎华也是我的敌人；假若我有母亲，母亲也是敌人”，心中的矛盾、自尊，对爱人的疼惜与无奈展现得十分充分。面对饥饿，丰富的心理活动比千言万语更加富于表现力。天亮后，作者又开始了日日相同的等待，期待，在这一天的等待中，所不同的是，她等来了一位老同人的来访，这位昔日学校里的图画教师带来了自己光鲜亮丽的女儿，同时也给作者送来了救命的“一张票子”。前后两部分，大致可以夜里的饥饿、天明后的小事划分。中间以观景作为衔接。

历来文章中不乏挨冻受饿的题材，从古诗到白话文，总能看到这些另类的音符。作者因生活的艰辛写了非常多的此类文章，散文、随笔、剧本乃至小说，无不如此。

《饿》文是作者与爱人在哈尔滨时期一段艰难生活的写照。这样流浪、饥荒的生活持续了几年，直到后来辗转逃亡上海，得到鲁迅的关照后才稍稍安顿。

文中对饿的描写很多，以写实的手法写饿，“从昨夜到中午，四肢软弱一点，肚子好像被踢打放了气的皮球。”对别人的面包偷拿无望时，“我抱紧胸膛，把头也挂到胸口，向我自己心说：我饿呀！不是‘偷’呀！”写自己的虚弱、狼狈：“我坐在小屋，像饿在笼中的鸡一般，只想合起眼睛来静着，默着……”

从始至终，难以驱除的饿萦绕全篇。就在昔日同事来访前，作者仍在发慌地逡巡，“我拿什么来喂肚子呢？桌子可以吃吗？草褥子可以吃吗？”读来令人心酸。入目的不是写作手法的讨巧，用词的新奇，而是对生活的感慨万端。

由于生活的一贯贫穷、捉襟见肘，作者对于描写饥饿十分熟悉，在另一篇散文《提篮者》中，写一个提篮卖面包的人对她产生的诱惑——她嗅到了“诱人的麦香”，但是“挤满面包的大篮子又等在过道，我始终没推开门”，“门外有别人在买，即使不开门我也好像嗅到麦香。对面包我害怕起来，不是我想吃面包，怕是面包要吞了我……”类似的场景，在同期的文章中比比皆是。

写景，给了文章一个背景图：冬季，寒冷，街上有如“我”一样讨饭的乞丐。过渡之余，映衬的是作者凄凉的窘境。对爱人描写，以侧面居多，饿着肚子仍然要去当家庭教师，入夜还是安稳地入睡，回来后一同去饕餮，穷和相依为命是作者与爱人的背景。

老同事的出现，为作者带来了一丝希望，然而他们之间的谈话又似乎是剥离的，她的眼睛会观察着衣着鲜艳的女孩，对朋友的关心答非所问，仿佛在透过一尊雕像关注着另外一个世界。最末，给出了老友来访的原因，“是我写信去要的（钱）”。朋友的生活应该是优裕的，起码并不寒酸，朋友比之先前还要有些发胖，朋友的女儿已经十五岁了，坐在藤椅中，不识生活愁滋味——“小姑娘只知道美，哪里懂得人生”，同样的话反复出现了两次，映衬的是境遇的凄楚。

《饿》文是一篇带有自传性质的抒情散文。作者从最初离家出走，到经历人生的种种起落，于此时可谓画上了一个人生的顿点。然而，那段刻骨铭心的流浪生涯，身处其间的孤独愤恨、饥寒交迫与无计可施仍如梦魇一般，挥之不去。作者精心组织、提炼，以女性特有的敏锐、细腻，还原给了读者一段真实、感伤的人生。

漱玉

●石评梅

永不能忘记那一夜。

黄昏时候，我们由嚣扰的城市，走进了公园，过白玉牌坊时，似乎听见你由心灵深处发出的叹息，你抬头望着青天闲云，低吟着："望云惭高鸟，临水愧游鱼……"

你挽着我的手靠在一棵盘蜷虬曲的松根上，夕阳的余辉，照临在脸上，觉着疲倦极了，我的心忽然搏跳起来！沉默了几分钟，你深呼了一口气说："波微！流水年华，春光又在含媚地微笑了，但是我只有新泪落在旧泪的帕上，新愁埋在旧愁的坟里。"我笑了笑，抬头忽见你淡红的眼圈内，流转着晶莹的清泪。我惊疑想要追问时，你已跑过松林，同一位梳着双髻的少女说话去了。

从此像微风吹皱了一池春水，似深涧潜伏的蛟龙蠕动，那纤细的网，又紧缚住我。不知何时我们已坐在红泥炉畔，我伏在桌上，想静静我的心。你忽然狂笑摇着我的肩说："你又要自找苦恼了！今夜的月色如斯凄清，这园内又如斯寂静，哪能让眼底的风景逝去不来享受呢？振起精神来，我们狂饮个醺醉，我不能骑长鲸，也想跨白云，由白云坠在人寰时，我想这活尸也可跌她个粉碎！"你又哈哈地笑起来了！

葡萄酒一口一口地啜着，冷月由交织的树纹里，偷觑着我们，暮鸦栖在树阴深处，闭上眼静听这凄楚的酸语。想来这静寂的园里，只有我们是明灯绿帏玛瑙杯映着葡萄酒，晶莹的泪映着桃红的腮。

沉寂中你忽然提高了玉琴般的声音，似乎要哭，但莫有哭；轻微地咽着悲酸说：“朋友！我有八年埋葬在心头的隐恨！”经你明白的叙述之后，我怎能不哭，怎能不哭？我欣慰由深邃死静的古塔下，掘出了遍觅天涯找不到的同情！我这几滴滴在你手上的热泪，今夜才找到承受的玉盂。真未料到红泥炉畔，这不灿烂，不热烈的微光，能照透了你严密的心幕，揭露了这八年未示人的隐痛！上帝呵！你知道吗？虚渺高清的天空里，飘放着两颗永无归宿的小心。

在那夜以前，莫有想到地球上还有同我一样的一颗心，同我共溺的一个海，爱慰抚藉我的你！去年我在古庙的厢房卧病时，你坐在我病榻前讲了许多幼小时的过去，提到母亲死时，你也告过我关乎醒的故事。但是我哪能想到，悲惨的命运，系着我同时又系着你呢？

漱玉！我在你面前流过不能在别人面前流的泪，叙述过不能在别人面前泄漏的事，因此，你成了比母亲有时还要亲切的朋友。母亲何曾知道她的女儿心头埋着紫兰的荒冢，母亲何曾知道她的女儿，怀抱着深沉在死湖的素心——唯有你是地球上握着我库门金钥的使者！我生时你知道我为了什么生，我死时你知道我是为了什么死；假如我一朝悄悄地曳着羽纱，踏着银浪在月光下舞蹈的时候，漱玉！唯有你了解，波微是只有海可以收容她的心。

那夜我们狂饮着醇醴，共流着酸泪，小小杯里盛着不知是酒，是泪？咽到心里去的，更不知是泪，是酒？

红泥炉中的火也熄了，杯中的酒也空了。月影娟娟地移到窗上；我推开门向外边看看，深暗的松林里，闪耀着星光似的小灯；我们紧紧依偎着，心里低唤着自己的名字，高一步，低一步地走到社稷坛上，一进了那圆形的宫门，顿觉心神清爽，明月吻着我焦炙的双腮，凉风吹乱了我额上的散发，我们都沉默地领略这刹那留在眼上的美景。

那时我想不管她是梦回，酒醒，总之，一个人来到世界的，还是一个人离开世界；在这来去的中间，我们都是陷溺在酿中沉醉着，奔波在梦境中的游历者。明知世界无可爱恋，但是我们不能不在这月明星灿的林下痛哭！这时偌大的园儿，大约只剩我俩人；谁能同情我们呢？我们何必向冷酷的人间招揽同情，只愿你的泪流到我的心里，我的泪流到你的心里。

那夜是悱恻哀婉的一首诗，那夜是幽静孤凄的一幅画，是写不出的诗，是画不出的画；只有心可以印着她，念着她！归途上月儿由树纹内，微笑地送我们；那时踏着春神唤醒的小草，死静卧在地上的斑驳花纹，冉冉地飘浮着一双瘦影，一片模糊中，辨不出什么是树影，什么是人影？

可怜我们都是在静寂的深夜，追逐着不能捉摸的黑影，而驰骋于荒冢古墓间的人！宛如风波统治了的心海，忽然因一点外物的诱惑，转换成几于死寂的沉静；又猛然为了不经意的遭逢，又变成汹涌山立的波涛，簸动了整个的心神。我们不了解，海涛为什么忽起忽灭；但我们可以这样想，只是因那里有个心，只是因那里有个海吧！

我是卷入这样波涛中的人，未曾想到你也悄悄地沉溺了！因为有心，而且心中有罗曼舞踏着，这心就难以了解了吗？因为有海，而且海中有巨涛起伏着，这海就难以深测了吗？明知道我们是错误了，但我们的心情，何曾受了理智的警告而节制呢！既无力自由处置自己的命运，更何力逃避系缠如毒蟒般的烦闷？它是用一双冷冰的手腕，紧握住生命的火焰。

纵然有天辛飞溅着血泪，由病榻上跃起，想拯救我沉溺的心魂；哪知我潜伏着的旧影，常常没有现在，忆到过去地苦痛着！不过这个心的汹涌，她不久是要平静；你是知道的，自我去年一月十八日坚决地藏裹起一切之后，我的愿望既如虹桥的消失，因之灵感也似乎麻木，现在的急掠如燕影般的烦闷，是最容易令她更归死寂的。

我现在恨我自己，为什么去年不死，如今苦了自己，又陷溺了别人，使我更在隐恨之上建了隐痛；坐看着忠诚的朋友，反遭了我的摧残，使他幸福的鲜花，植在枯寂的沙漠，时时受着狂风飞沙的撼击！

漱玉！今天我看见你时，我不敢抬起头来；你双眉的郁结，面目的黄瘦，似乎告诉我你正在苦闷着呢！我应该用什么心情安慰你，我应该用什么言语劝慰你？

什么是痛苦和幸福呢？都是一个心的趋避，但是地球上谁又能了解我们？我常说："在可能范围内赐给我们的，我们同情地承受着；在不可能而不可希望的，我们不必违犯心志去破坏他。"现在我很平静，正为了枯骨的生命鼓舞愉乐！同时又觉着可以骄傲！

这几天我的生活很孤清，去了学校时，更感着淡漠的凄楚：今天接到 Celia 的信，说她这次病，几次很危险地要被死神接引了去，现在躺在床上，尚不敢转动；割的时候误伤了血管，所以时时头晕发烧。她写的信很长，在这草草的字迹里，我抖颤地感到过去的恐怖！我这不幸的人，她肯用爱的柔荑，捡起这荒草野冢间遗失的碎心，盛入她温馨美丽的花篮内休养着，我该如何地感谢她呢？上帝！祝福她健康！祝福她健康如往日一样！

这几夜月光真爱人，昨夜我很早就睡了，窗上的花影树影，混成一片，静极了，虽然在这雕梁画栋的朱门里，但是景致宛如在三号一样；只缺少那古苍的茅亭，和盘蜷的老松树。我看着月光由窗上移到案上，案上移到地上，地上移到床上，洒满在我的身上。那时我静静地想到故乡锁闭的栖云阁，门前环抱的桃花潭，和高冈上姐姐的孤坟。母亲上了栖云阁，望见桃花潭后姐姐的坟墓，一定要想到漂泊异乡的女儿。

这时月儿是照了我，照了母亲，照着一切异地而怀念的人。

◎文章品读

石评梅的这篇散文，词藻华丽、抒情浓烈，将内心深微复杂的感情化作了美丽、空灵的具象。

石评梅的一生非常短暂，仅仅度过 26 个春秋，即匆匆离去。生前多愁善感，一直活在亲朋好友陆续离世的悲痛中。

文中出现的“天辛”是作者心中的爱人，曾被作者婉拒红叶题诗。1925 年 3 月，天辛劳累过度，不幸早逝。这让作者痛悔交加，几乎崩溃。在这段日子里，时时给予作者救助、慰藉的，即是漱玉、庐隐、陆晶清等一干挚友。她们陪伴着作者走完了人生最艰难的时日。

在《漱玉》中，作者屡屡抒怀，将知己之情谊刻写得感人至深。如开篇不久，深夜对饮时，作者写道：“经你（漱玉）明白的叙述之后，我怎能不哭，怎能不哭？我欣慰由深邃死静的古塔下，掘出了遍觅天涯找不到的同情！……真未料到红泥炉畔，这不灿烂，不热烈的微光，能照透了你严密的心幕，揭露了这八年未示人的隐痛！上帝呵！你知道吗？虚渺高清的天空里，飘放着两颗永无归宿的小心。”字里行间，拥有知己良朋的欣慰表露无遗。行文中，作者除了主笔写漱玉，还写到了其他或生或死的好友：如病中的Celia、孤坟中的姐姐、天辛等。在倾诉内心苦闷的同时，没有忘却同情、慰藉着他人的痛苦与不幸。

作为散文，作者于选材、组织方面也颇具匠心：为烘托情节，大量运用“古苍”“凄清”“幽静”等清冷的色调；在修辞手法上，多采用比喻、排比、设问等。这些辅助手法的运用，使作者的情感得到了深刻而又委婉的传达。全文亦随之或滔滔不绝，或如泣如诉，成就了一唱三叹的旋律。

·作者简介·

石评梅（1902～1928），原名石汝壁，乳名心珠。曾用笔名波微、漱雪、冰华等。山西平定人。自幼聪慧，先后就读于太原师范附小、太原女子师范。1919年在北京女子高等师范学校就读时，开始文学创作。1923年秋毕业，留任该校附中。1924年与挚友陆晶清编辑《京报副刊·妇女周刊》。1925年两人再度合编《世界日报副刊·蔷薇周刊》。1928年9月，因突发脑膜炎，死于协和医院。其一生创作了大量的诗歌、散文、剧本、游记及小说。其中诗歌为其赢得了“北京著名女诗人”之誉。其作品多以追求爱情、真理，渴望自由、光明为主题。小说以《红鬃马》《匹马嘶风录》为代表作。综合性文集《石评梅选集》于1983年出版。

小桔灯

●冰心

这是十几年以前的事了。

在一个春节前一天的下午，我到重庆郊外去看一位朋友。

她住在那个乡村的乡公所楼上。走上一段阴暗的仄仄的楼梯，进到一间有一张方桌和几张竹凳、墙上装着一架电话的屋子，再进去就是我的朋友的房间，和外间只隔一幅布帘。她不在家，窗前桌上留着一张条子，说是她临时有事出去，叫我等着她。

我在她桌前坐下，随手拿起一张报纸来看，忽然听见外屋板门“吱”的一声开了，过了一会，又听见有人在挪动那竹凳子。我掀开帘子，看见一个小姑娘，只有八九岁光景，瘦瘦的苍白的脸，冻得发紫的嘴唇，头发很短，穿一身很破旧的衣裤，光脚穿一双草鞋，正在登上竹凳想去摘墙上的听话器，看见我似乎吃了一惊，把手缩了回来。我问她：“你要打电话吗？”她一面爬下竹凳，一面点头说：“我要××医院，找胡大夫，我妈妈刚才吐了许多血！”我问：“你知道××医院的电话号码吗？”她摇了摇头说：“我正想问电话局……”我赶紧从机旁的电话本子里找到医院的号码，就又问她：“找到了大夫，我请他到谁家去呢？”她说：“你只要说王春林家里病了，他就会来的。”

我把电话打通了，她感激地谢了我，回头就走。我拉住她问：“你的家远吗？”她指着窗外说：“就在山窝那棵大黄果树下面，一下子就走到的。”说着就登、登、登地下楼去了。

我又回到里屋去，把报纸前前后后都看完了，又拿起一本《唐诗三百首》来，看了一半，天色越发阴沉了，我的朋友还不回来。我无聊地站了起来，望着窗外浓雾里迷茫的山景，看到那棵黄果树下面的小屋，忽然想去探望那个小姑娘和她生病的妈妈。我下楼在门口买了几个大红桔子，塞在手提袋里，顺着歪斜不平的石板路，走到那小屋的门口。

我轻轻地叩着板门，刚才那个小姑娘出来开了门，抬头看了我，先愣了一下，后来就微笑了，招手叫我进去。这屋子很小很黑，靠墙的板铺上，她的妈妈闭着眼平躺着，大约是睡着了，被头上有斑斑的血痕，她的脸向里侧着，只看见她脸上的乱发，和脑后的一个大髻。

门边一个小炭炉，上面放着一个小沙锅，微微地冒着热气。这小姑娘把炉前的小凳子让我坐了，她自己就蹲在我旁边，不住地打量我。我轻轻地问："大夫来过了吗？"她说："来过了，给妈妈打了一针……她现在很好。"她又像安慰我似的说："你放心，大夫明早还要来的。"我问："她吃过东西吗？这锅里是什么？"她笑说："红薯稀饭——我们的年夜饭。"我想起了我带来的桔子，就拿出来放在床边的小矮桌上。她没有作声，只伸手拿过一个最大的桔子来，用小刀削去上面的一段皮，又用两只手把底下的一大半轻轻地揉捏着。

我低声问："你家还有什么人？"她说："现在没有什么人，我爸爸到外面去了……"她没有说下去，只慢慢地从桔皮里掏出一瓤一瓤的桔瓣来，放在她妈妈的枕头边。

炉火的微光，渐渐地暗了下去，外面变黑了。我站起来要走，她拉住我，一面极其敏捷地拿过穿着麻线的大针，把那小桔碗四周相对地穿起来，像一个小筐似的，用一根小竹棍挑着，又从窗台上拿了一段短短的蜡头，放在里面点起来，递给我说："天黑了，路滑，这盏小桔灯照你上山吧！"

我赞赏地接过，谢了她，她送我出到门外，我不知道说什么好，她又像安慰我似的说："不久，我爸爸一定会回来的。那时我妈妈就会好了。"她用小手在面前画一个圆圈，最后按到我的手上："我们大家也都好了！"显然地，这"大家"也包括我在内。

我提着这灵巧的小桔灯，慢慢地在黑暗潮湿的山路上走着。这朦胧的桔红的光，实在照不了多远，但这小姑娘的镇定、勇敢、乐观的精神鼓舞了我，我似乎觉得眼前有无限光明！

我的朋友已经回来了，看见我提着小桔灯，便问我从哪里来。我说："从……从王春林家来。"她惊异地说："王春林，那个木匠，你怎么认得他？去年山下医学院里，有几个学生，被当作共产党抓走了，以后王春林也失踪了，据说他常替那些学生送信……"

当夜，我就离开那山村，再也没有听见那小姑娘和她母亲的消息。但是从那时起，每逢春节，我就想起那盏小桔灯。十二年过去了，那小姑娘的爸爸一定早回来了。她妈妈也一定好了吧？因为我们"大家"都"好"了！

◎文章品读

《小桔灯》是一篇脍炙人口的散文，曾获得全国第二届儿童文学创作奖。是冰心根据其20世纪40年代在重庆郊区与一位穷苦人家的小姑娘偶然相识的真实经历写成的。作品采用了第一人称"我"的口吻，实际出场的只有"我"的朋友、小姑娘和"我"三人，其余均通过言语带及。

文章暗含了政治斗争的残酷，但是没有像其他同类作品一样，将斗争推到台前，而是处理成一个淡淡的背景，三言两语带过。整篇文章以小姑娘在这种环境中所表现出的乐观、镇定为主要表现内容。

对小姑娘的描摹，作者分别用了"为母求医"，"接待'我'的来访"，"制作小桔灯"以及"送别"等情节。这些情节及彼此间的对话，让小姑娘的形象从清晰到逐渐生动、鲜活起来。作者特写的小姑娘用橘皮制作橘灯的场景，在诸多场景中尤为显眼，充满了感人的力量。

《小桔灯》的成功之处，在于对人物的塑造上。文章末尾，作者不忘添加点睛之笔，进一步强化行文的主旨：小主人公用手"在面前画一个圆圈，最后按到我的手上：'我们大家也都好了！'显然地，这'大家'也包括我在内"。

《小桔灯》似乎只是作者信手拈来的一篇述事抒怀之作，没有惊天动地的故事，也没有曲折离奇的情节，却寄深沉于浅淡，寄精奇于朴拙，细针密线，脉络清晰，层次分明，言语优美而又意味深长，很好地体现了作者散文的艺术风格。

·作者简介·

冰心（1900～1999），原名谢婉莹，笔名冰心女士、男士等。著名女作家、儿童文学作家。生于福州，祖籍福建长乐。1918年入协和女子大学预科，积极参加“五四”运动。1919年开始发表第一篇小说《两个家庭》。此后，相继发表了《去国》《斯人独憔悴》等探索人生的“问题小说”。1923年于燕京大学毕业后，赴美国威尔斯利女子大学学习英国文学。在旅途和留美期间，写有散文集《寄小读者》。1926年学成回国，在燕京大学和清华大学等高校任教。抗战期间，在昆明、重庆等地从事创作和文化救亡活动。1946年赴日本，1951年回国。先后任《人民文学》编委、中国作家协会理事、中国文联副主席等职。其作品主要有：小说集《超人》《去国》《冬儿姑娘》等，散文集《归来以后》《再寄小读者》《樱花赞》《我们把春天吵醒了》《三寄小读者》《拾穗小札》《晚晴集》《冰心著译选集》等。其作品被译成多种语言出版，有着广泛的影响。

一日的春光

●冰心

去年冬末，我给一位远方的朋友写信，曾说：“我要尽量地吞咽今年北平的春天。”

今年北平的春天来得特别的晚，而且在还不知春在哪里的时候，抬头忽见黄尘中绿叶成荫，柳絮乱飞，才晓得在厚厚的尘沙黄幕之后，春还未曾露面，已悄悄地远引了。

天下事都是如此——

去年冬天是特别的冷，也显得特别的长。每天夜里，灯下孤坐，听着扑窗怒号的朔风，小楼震动，觉得身上心里，都没有一丝暖气，一冬来，一切的快乐，活泼，力量，生命，似乎都冻得蜷伏在每一个细胞的深处。我无聊地慰安自己说，“等着罢，冬天来了，春天还能很远么？”

然而这狂风，大雪，冬天的行列，排得意外的长，似乎没有完尽的时候。有一天看见湖上冰软了，我的心顿然欢喜，说，“春天来了！”当天夜里，北风又卷起漫天匝地的黄沙，愤怒地扑着我的窗户，把我心中的春意，又吹得四散。有一天看见柳梢嫩黄了，那天的下午，又不住地下着不成雪的冷雨，黄昏时节，严冬的衣服，又披上了身。有一天看见院里的桃花开了，这天刚刚过午，从东南的天边，顷刻布满了惨暗的黄云，跟着干枝风动，这刚放蕊的春英，又都埋罩在漠漠的黄尘里……

九十天看看过尽——我不信了春天！

几位朋友说，“到大觉寺看杏花去罢。”虽然我的心中，始终未曾得到春的消息，却也跟着大家去了。到了管家岭，扑面的风尘里，几百棵杏树枝头，一望已尽是残花败蕊；转到大工，向阳的山谷之中，还有几株盛开的红杏，然而盛开中气力已尽，不是那满树浓红，花蕊相间的情态了。

我想，“春去了就去了罢！”归途中心里倒也坦然，这坦然中是三分悼惜，七分憎嫌，总之，我不信了春天。

四月三十日的下午，有位朋友约我到挂甲屯吴家花园去看海棠，“且喜天气晴明”——现在回想起来，那天是九十春光中唯一的春天——海棠花又是我所深爱的，就欣然地答应了。

东坡恨海棠无香，我却以为若是香得不妙，宁可无香。我的院里栽了几棵丁香和珍珠梅，夏天还有玉簪，秋天还有菊花，栽后都很后悔。因为这些花香，都使我头痛，不能折来养在屋里。所以有香的花中，我只爱兰花、桂花、香豆花和玫瑰，无香的花中，海棠要算我最喜欢的了。

海棠是浅浅的红，红得“乐而不淫”，淡淡的白，白得“哀而不伤”，又有满树的绿叶掩映着，秾纤适中，像一个天真、健美、欢悦的少女，同是造物者最得意的作品。

斜阳里，我正对着那几树繁花坐下。

春在眼前了！

这四棵海棠在怀馨堂前，北边的那两棵较大，高出堂檐约五六尺。花后是响晴蔚蓝的天，淡淡的半圆的月，遥俯树梢。这四棵树上，有千千万万玲珑娇艳的花朵，乱哄哄地在繁枝上挤着开……

看见过幼稚园放学没有？从小小的门里，挤着的跳出涌出使人眼花缭乱的一大群的快乐、活泼、力量和生命；这一大群跳着涌着的分散在极大的周围，在生的季候里做成了永远的春天！

那在海棠枝上卖力的春，使我当时有同样的感觉。

一春来对于春的憎嫌，这时都消失了，喜悦地仰首，眼前是烂漫的春，骄奢的春，光艳的春，——似乎春在九十日来无数的徘徊瞻顾，百就千拦，只为的是今日在此树枝头，快意恣情地一放！

看得恰到好处，便辞谢了主人回来。这春天吞咽得口有余香！过了三四天，又有友人来约同去，我却回绝了。今年到处寻春，总是太晚，我知道那时若去，已是“落红万点愁如海”，春来萧索如斯，大不必去惹那如海的愁绪。

虽然九十天中，只有一日的春光，而对于春天，似乎已得了报复，不再怨恨憎嫌了。只是满意之余，还觉得有些遗憾，如同小孩子打架后相寻，大家忍不住回嗔作喜，却又不肯即时言归于好，只背着脸，低着头，噘着嘴说：“早知道你又来哄我找我，当初又何必把我冰在那里呢？”

◎文章品读

《一日的春光》写于 1936 年。在写作此文之前大约两个月左右的时间里，冰心或是生病，或是杂事缠身。这样的思绪，不免使其渴盼春天早日到来。然而虽是苦苦守候，春却姗姗来迟。

对于春天的等候，作者运笔可谓一波三折、起伏跌宕。先是盼，盼着能“尽量地吞咽”一回。然后是漫长的等待。对于等待的刻画，作者不吝笔墨：“抬头忽见黄尘中绿叶成荫，柳絮乱飞，才晓得在厚厚的尘沙黄幕之后，春还未曾露面，已悄悄地远引了。”狂风、冰雪、黄云，稍露端倪即消失干净的春，凸现了作者心中的焦虑、无奈。接下大觉寺观杏花一节，承上启下，为下文造势，主角“春”呼之欲出。

在围绕着盼望、寻找、失望一条脉络写过后，“春”在挂甲屯吴家花园隆重登场。对于这千呼万唤始出来的春光，作者先用爱花做铺设，随即尽情挥毫泼墨，抒写心中之快慰。“蔚蓝的天”，“半圆的月”，放学的“幼稚园”均成了烂漫之春的衬托。历尽艰辛，一日中的所见，让作者饱览了春之美。虽然稍留遗憾，却为自己与观者留足了想象的空间。

这篇散文的成功之处在于，虽是写景状物，然情感真挚，哀而不伤，乐而不淫。欲扬先抑、对比、衬托等手法运用自如。不以技艺取巧，而以内在打动人心。

灯

●巴金

我半夜从噩梦中惊醒，感觉到窒闷，便起来到廊上去呼吸寒夜的空气。

夜是漆黑的一片，在我的脚下仿佛横着沉睡的大海，但是渐渐地像浪花似的浮起来灰白色的马路。然后夜的黑色逐渐减淡。哪里是山，哪里是房屋，哪里是菜园，我终于分辨出来了。

在右边，傍山建筑的几处平房里射出来几点灯光，它们给我扫淡了黑暗的颜色。

我望着这些灯，灯光带着昏黄色，似乎还在寒气的袭击中微微颤抖。有一两次我以为灯会灭了。但是一转眼昏黄色的光又在前面亮起来。这些深夜还燃着的灯，它们（似乎只有它们）默默地在散布一点点的光和热，不仅给我，而且还给那些寒夜里不能睡眠的人，和那些这时候还在黑暗中摸索的行路人。是的，那边不是起了一阵急促的脚步声吗？谁从城里走回乡下来了？过了一会儿，一个黑影在我眼前晃一下。影子走得极快，好像在跑，又像在溜，我了解这个人急忙赶回家去的心情。那么，我想，在这个人的眼里、心上，前面那些灯光会显得是更明亮、更温暖吧。

我自己也有过这样的经验。只有一点微弱的灯光，就是那一点仿佛随时都会被黑暗扑灭的灯光也可以鼓舞我多走一段长长的路。大片的飞雪飘打在我的脸上，我的皮鞋不时陷在泥泞的土路中，风几次要把我摔倒在污泥里。我似乎走进了一个迷阵，永远找不到出口，看不见路的尽头。但是我始终挺起身子向前迈步，因为我看见了一点豆大的灯光。灯光，不管是哪个人家的灯光，都可以给行人——甚至像我这样的一个异乡人——指路。

这已经是许多年前的事了。我的生活中有过了好些大的变化。现在我站在廊上望山脚的灯光，那灯光跟好些年前的灯光不是同样的么？我看不出一点分别！为什么？我现在不是安安静静地站在自己楼房前面的廊上么？我并没有在雨中摸夜路。但是看见灯光，我却忽然感到安慰，得到鼓舞。难道是我的心在黑夜里徘徊，它被噩梦引入了迷阵，到这时才找到归路？

我对自己的这个疑问不能够给一个确定的回答。但是我知道我的心渐渐地安定了，呼吸也畅快了许多。我应该感谢这些我不知道姓名的人家的灯光。

他们点灯不是为我，在他们的梦寐中也不会出现我的影子。但是我的心仍然得到了益处。我爱这样的灯光。几盏灯甚或一盏灯的微光固然不能照彻黑暗，可是它也会给寒夜里一些不眠的人带来一点勇气，一点温暖。

孤寂的海上的灯塔挽救了许多船只的沉没，任何航行的船只都可以得到那灯光的指引。哈里希岛上的姐姐为着弟弟点在窗前的长夜孤灯，虽然不曾唤回那个航海远去的弟弟，可是不少捕鱼归来的邻人都得到了它的帮助。

再回溯到远古的年代去。古希腊女教士希洛点燃的火炬照亮了每夜泅过海峡来的利安得尔的眼睛。有一个夜晚暴风雨把火炬弄灭了，让那个勇敢的情人溺死在海里。但是熊熊的火光至今还隐约地亮在我们的眼前，似乎那火炬并没有跟着殉情的古美人永沉海底。

这些光都不是为我燃着的，可是连我也分到了它们的一点恩泽——一点光，一点热。光驱散了我心灵里的黑暗，热促成它的发育。一个朋友说“我们不是单靠吃米活着”，我自然也是如此。我的心常常在黑暗的海上漂浮，要不是得着灯光的指引，它有一天也会永沉海底。

我想起了另一位友人的故事：他怀着满心难治的伤痛和必死之心，投到江南的一条河里。到了水中，他听见一声叫喊（“救人啊！”），看见一点灯光，模糊中他还听见一阵喧闹，以后便失去知觉。醒过来时他发觉自己躺在一个陌生人的家中，桌上一盏油灯，眼前几张诚恳、亲切的脸。“这人间毕竟还有温暖，”他感激地想着，从此他改变了生活态度。“绝望”没有了，“悲观”消失了，他成了一个热爱生命的积极的人。这已经是二三十年前的事了。我最近还见到这位朋友。那一点灯光居然鼓舞一个出门求死的人多活了这许多年，而且使他到现在还活得健壮。我没有跟他重谈起灯光的话。但是我想，那一点微光一定还在他的心灵中摇晃。

在这人间，灯光是不会灭的——我想着，想着，不觉对着山那边微笑了。

◎文章品读

散文《灯》写于1942年。当时抗战处于最为艰苦的阶段，抗日根据地遭到了残酷的清洗、扫荡；国统区也岌岌可危，朝不保夕。作者身处的桂林在接连遭遇轰炸后，城市成为一片火海。

有了以上的背景，《灯》的意义不言而喻——作者以象征的手法，通过对灯光热烈奔放的赞颂，抒发内心汹涌激荡的爱与恨，表达对光明的渴望，对抗战必胜的坚定信心。

文中，“灯光”“不能睡眠的人”“在黑暗中摸索的行路人”均有深刻的含义，可以理解为光明、希望和无穷的斗争力量。反之，“噩梦”“寒夜”“黑暗”则暗合了日寇铁蹄入侵及国民党反动统治下的严酷现实。行文中，穿插了对往昔的回忆、古典神话故事，勾勒出人类对“灯光”传承的源远流长的历史。其中作者援引的哈里希岛上的姐姐为弟弟点长明灯，希腊女神为情人引路而燃起火炬的故事及友人的投河被救经历，点明了灯光给危难中的人们所带来的希望。如此，经过层层的深挖，“灯”作为象征主体所蕴含的希望、信心、力量得到了进一步升华。

整篇散文以小见大，以微知著，从平凡的事物中挖掘出了不平凡的深刻意义。虚实结合，平实含蓄，于静态中产生了一种摄人心魄的艺术力量。

·作者简介·

巴金（1904～2005），原名李尧棠，字芾甘，笔名佩竿、余一、王文慧等。四川成都人。著名作家。1920 年考入成都外国语专门学校。求学期间积极参加反封建的进步活动。1927 年初赴法国留学，用“巴金”笔名开始文学创作。1929~1937 年间，创作完成《海的梦》《春天里的秋天》《砂丁》《萌芽》《新生》《爱情三部曲》《激流三部曲》等中、长篇小说，《复仇》《将军》《神·鬼·人》等短篇小说集和《海行集记》《忆》《短简》等散文集。抗战爆发后，巴金致力于抗日救亡运动，编辑《呐喊》《救亡日报》等报刊，并完成《抗战三部曲》《还魂草》《小人小事》等小说的创作。新中国成立后，历任全国文联副主席、中国作家协会主席、中国笔会中心主席、全国政协副主席等职。

寂静的园子

●巴金

没有听见房东家的狗的声音。现在园子里非常静。那棵不知名的五瓣的白色小花仍然寂寞地开着。阳光照在松枝和盆中的花树上，给那些绿叶涂上金黄色。天是晴朗的，我不用抬起眼睛就知道头上是晴空万里。

忽然我听见洋铁瓦沟上有铃子响声，抬起头，看见两只松鼠正从瓦上溜下来，这两只小生物在松枝上互相追逐取乐。它们的绒线球似的大尾巴，它们的可爱的小黑眼睛，它们颈项上的小铃子吸引了我的注意。我索性不转睛地望着窗外。但是它们跑了两三转，又从藤萝架回到屋瓦上，一瞬间就消失了，依旧把这个静寂的园子留给我。

我刚刚埋下头，又听见小鸟的叫声。我再看，桂树枝上立着一只青灰色的白头小鸟，昂起头得意地歌唱。屋顶的电灯线上，还有一对麻雀在吱吱喳喳地讲话。

我不了解这样的语言。但是我在鸟声里听出了一种安闲的快乐。它们要告诉我的一定是它们的喜悦的感情。可惜我不能回答它们。我把手一挥，它们就飞走了。我的话不能使它们留住，它们留给我一个园子的静寂。不过我知道它们过一阵又会回来的。

现在我觉得我是这个园子里唯一的生物了。我坐在书桌前俯下头写字，没有一点声音来打扰我。我正可以把整个心放在纸上。但是我渐渐地烦躁起来。这静寂像一只手慢慢地挨近我的咽喉。我感到呼吸不畅快了。这是不自然的静寂。这是一种灾祸的预兆，就像暴雨到来前那种沉闷静止的空气一样。

我似乎在等待什么东西。我有一种不安定的感觉，我不能够静下心来。我一定是在等待什么东西。我在等待空袭警报；或者我在等待房东家的狗吠声，这就是说，预行警报已经解除，不会有空袭警报响起来，我用不着准备听见凄厉的汽笛声（空袭警报）就锁门出去。近半月来晴天有警报差不多成了常例。

可是我的等待并没有结果。小鸟回来后又走了；松鼠们也来过一次，但又追逐地跑上屋顶，我不知道它们消失在什么地方。从我看不见的正面楼房屋顶上送过来一阵的乌鸦叫。这些小生物不知道人间的事情，它们不会带给我什么信息。

我写到上面的一段，空袭警报就响了。我的等待果然没有落空。这时我觉得空气在动了。我听见巷外大街上汽车的叫声。我又听见飞机的发动机声，这大概是民航机飞出去躲警报。有时我们的驱逐机也会在这种时候排队飞出，等着攻击敌机。我不能再写了，便拿了一本书锁上园门，匆匆地走到外面去。

在城门口经过一阵可怕的拥挤后，我终于到了郊外。在那里耽搁了两个多钟头，和几个朋友在一起，还在草地上吃了他们带出去的午餐。警报解除后，我回来，打开锁，推开园门，迎面扑来的仍然是一个园子的静寂。

我回到房间，回到书桌前面，打开玻璃窗，在继续执笔前还看看窗外。树上，地上，满个园子都是阳光。墙角一丛观音竹微微地在飘动它们的尖叶。一只大苍蝇带着嗡嗡声从开着的窗飞进房来，在我的头上盘旋。一两只乌鸦在我看不见的地方叫。一只黄色小蝴蝶在白色小花间飞舞。忽然一阵奇怪的声音在对面屋瓦上响起来，又是那两只松鼠从高墙沿着洋铁滴水管溜下来。它们跑到那个支持松树的木架上，又跑到架子脚边有假山的水池的石栏杆下，在那里追逐了一回，又沿着木架跑上松枝，隐在松叶后面了。松叶动起来，桂树的小枝也动了，一只绿色小鸟刚刚歇在那上面。

狗的声音还是听不见。我向右侧着身子去看那条没有阳光的窄小过道。房东家的小门紧紧地闭着。这些时候那里就没有一点声音。大概这家人大清早就到城外躲警报去了，现在还不曾回来。他们回来恐怕在太阳落坡的时候。那条肥壮的黄狗一定也跟着他们"疏散"了，否则会有狗抓门的声音送进我的耳里来。

我又坐在窗前写了这许多字。还是只有乌鸦和小鸟的叫声陪伴我。苍蝇的嗡嗡声早已寂灭了。现在在屋角又响起了老鼠啃东西的声音。都是响一回又静一回的，在这个受着轰炸威胁的城市里我感到了寂寞。

然而像一把刀要划破万里晴空似的，嘹亮的机声突然响起来。这是我们自己的飞机。声音多么雄壮，它扫除了这个园子的静寂。我要放下笔到庭院中去看天空，看那些背负着金色阳光在蓝空里闪耀的灰色大蜻蜓。那是多么美丽的景象。

◎文章品读

抗战爆发后，巴金一直辗转于广州、上海、桂林等地。1940 年 7 月，巴金到达昆明，在昆明勾留了三个月。其间，日军的飞机时常来轰炸。到了 10 月份，由于防空力量的薄弱，轰炸更加频繁。后方百姓苦不堪言。《寂静的园子》即写于这一时期，作者在晴日里“跑警报”，其他的时间都在屋中写作。

文章描绘了战争中的昆明一隅。园子是作者临时租住的地方，环境优美。行文中，作者以细致入微的观察，对周围的景象进行了生动的描绘，使得一个普通的家宅焕发出勃勃生机：“忽然我听见洋铁瓦沟上有铃子响声，抬起头，看见两只松鼠正从瓦上溜下来，这两只小生物在松枝上互相追逐取乐。”“我刚刚埋下头，又听见小鸟的叫声。我再看，桂树枝上立着一只青灰色的白头小鸟，昂起头得意地歌唱。屋顶的电灯线上，还有一对麻雀在吱吱喳喳地讲话。”这些小动物几乎终日里陪伴着作家，时而都走了，还给主人一丝宁静，甚至是寂寞。经过简短的过渡后，作者提笔写寂静中的心理变化：“没有一点声音来打扰我。我正可以把整个心放在纸上。但是我渐渐地烦躁起来。这静寂像一只手慢慢地挨近我的咽喉。……这是一种灾祸的预兆，就像暴雨到来前那种沉闷静止的空气一样。”这些变化，即是战时人们的普遍心态——宁静，并不意味着平静，反而是危险来临的信号。

随着警报响起，作者在可怕的静寂中得以解脱，“拿了一本书锁上园门，匆匆地走到外面去。”对于同是跑警报人的描写，作者着墨不多，但是通过“可怕的拥挤”“终于到了郊外”等词句的点缀，人们可以品味战争的残酷，旷日持久的轰炸给平民生活所带来的阴霾。篇末，黑暗渐渐散去：“嘹亮的机声突然响起来。这是我们自己的飞机。声音多么雄壮……”自己的飞机在战火中穿梭，意味着民众并没有投降、屈服，而且斗志还在愈发旺盛。

散文形散神聚，读巴金的文章会更有这样的体会。《寂》篇所承载的思想内容与社会意义在娓娓道来中被层层强化，一种无形的精神力量也被传递给了读者。

又是一年春草绿

●梁遇春

一年四季，我最怕的却是春天。夏的沉闷，秋的枯燥，冬的寂寞，我都能够忍受，有时还感到片刻的欣欢。灼热的阳光，憔悴的霜林，浓密的乌云，这些东西跟满目疮痍的人世是这么相称，真可算做这出永远演不完的悲剧的绝好背景。当个演员，同时又当个观客的我虽然心酸，看到这么美妙的艺术，有时也免不了陶然色喜，传出灵魂上的笑涡了。坐在炉边，听到呼呼的北风，一页一页翻阅一些畸零人的书信或日记，我的心境大概有点像人们所谓春的情调罢。可是一看到阶前草绿，窗外花红，我就感到宇宙的不调和，好像在弥留病人的塌旁听到少女的轻脆的笑声，不，简直好像参加婚礼时候听到凄楚的丧钟。这到底是恶魔的调侃呢，还是垂泪的慈母拿几件新奇的玩物来哄临终的孩子呢？每当大地春回的时候，我常想起《哈姆雷特》里面那位姑娘戴着鲜花圈子，唱着歌儿，沉到水里去了。这真是莫大的悲剧呀，比哈姆雷特的命运还来得可伤，叫人们啼笑皆非，只好朦胧地徜徉于迷途之上，在谜的空气里以度过鲜血染着鲜花的一生了。坟墓旁年年开遍了春花，宇宙永远是这样二元，两者错综起来，就构成了这个杂乱下劣的人世了。其实不单自然界是这样子安排颠倒遇颠连，人事也无非如此白莲与污泥相接，在卑鄙坏恶的人群里偏有些雪白晶清的魂，可是旷世的伟人又是三寸名心未死，落个白玉之玷了。天下有了伪君子，我们虽然亲眼看见美德，也不敢贸然去相信了；可是极无聊，极不堪的下流种子有时却磊落大方，一鸣惊人，情愿把自己牺牲了。席勒说："只有错误才是活的，真理只好算做个死东西罢了。"可见连抽象的境界里都不会有个称心如意的事情了。"可哀唯有人间世"，大概就是为着这个原因罢。

我是个常带笑脸的人，虽然心绪凄苦的时候居多。可是我的笑并不是百无聊赖时的苦笑，假使人生单使我们觉得无可奈何，"独闭空斋画大圈"，那么这个世界也不值得一笑了。我的笑也不是世故老人的冷笑，忙忙扰扰的哀乐虽然尝过了不少，鬼鬼祟祟的把戏虽然也窥破了一二，我却总不拿这类下流的伎俩放在眼里，以为不值得尊称为世故的对象，所以不管我多么焦头烂额，立在这片瓦砾场中，我向来不屑对于这些加之以冷笑。我的笑也不是哀莫大于心死以后的狞笑。我现在最感到苦痛的就是我的心太活跃了，不知怎的，无论到哪儿去，总有些触目伤心，凄然泪下的意思，大有失恋与伤逝冶于一炉的光景，怎么还会狞笑呢。我的辛酸心境并不是年青人常有的那种累带诗意的感伤情调，那是生命之杯盛满后溅出来的泡花，那是无上的快乐呀，释迦牟尼佛所以会那么陶然，也就是为着他具了那个清风朗月的慈悲境界罢。走入人生迷园而不能自拔的我怎么会有这种的闲情逸致呢！我的辛酸心境也不是像丁尼生所说的"天下最沉痛的事情莫过于回忆起欣欢的日子"。这位诗人自己却又说道："曾经亲爱过，后来永诀了，总比绝没有亲爱过好多了。"我是没有过这么一度的鸟语花香，我的生涯好比没有绿洲的空旷沙漠，好比没有棕榈的热带国土，简直是挂着蛛网，未曾听过管弦声的一所空屋。我的辛酸心境更不是像近代仕女们脸上故意贴上的"黑点"，朋友们看到我微笑着道出许多伤心话，总是不能见谅，以为这些娓娓酸语无非拿来点缀风光，更增生活的妩媚罢了。"知己从来不易知"，其实我们也用不着这样苛求，谁敢说真知道了自己呢，否则希腊人也不必在神庙里刻上"知道你自己"那句话了，可是我就没有走过芳花缤纷的蔷薇的路，我只看见枯树同落叶；狂欢的宴席上排了一个白森森的人头固然可以叫古代的波斯人感到人生的倏忽而更见沉醉，骷髅搂着如花的少女跳舞固然可以使荒山上月光里的撒旦摇着头上的两角哈哈大笑，但是八百里的荆棘岭总不能算做愉快的旅程罢；梅花落后，雪月空明，当然是个好境界，可是牛山濯濯的峭壁上一年到底只有一阵一阵的狂风瞎吹着，那就会叫人思之欲泣了。这些话虽然言之过甚，缩小来看，也可以映出我这个无可为欢处的心境了。

在这个无时无地都有哭声回响着的世界里年年偏有这么一个春天；在这个满天

澄蓝、泼地草绿的季节，毒蛇却也换了一套春装睡眼蒙眬地来跟人们做伴了，禁闭于层冰底下的秽气也随着春水的绿波传到情侣的身旁了。这些矛盾恐怕就是数千年来贤哲所追求的宇宙本质罢！蕞尔的我大概也分了一份上帝这笔礼物罢。笑涡里贮着泪珠儿的我活在这个乌云里夹着闪电，早上彩霞暮雨凄凄的宇宙里，天人合一，也可以说是无憾了，何必再去寻找那个无根的解释呢。“满眼春风百事非”，这般就是这般。

◎文章品读

梁遇春是个短命的文学天才。生于1906年，1932年即因疾病去世。在短暂的二十几年中，以聪明绝顶，才华横溢，语出惊人而闻名。其作品留下的不多，仅《春醪集》和《泪与笑》两本小品文集和一些译作。虽然如此，后世对其评价却很高。

本篇是梁遇春仅存的三十几篇散文之一。字里行间透露出的是思想的缜密，也传达出了一种阴沉的情调，少有其早年间风华正茂的青春气息。

在常人眼里，春天是个美好的季节，能够唤起人们对美好的憧憬和愉悦的心理感受，在本文中，这些积极向上的情绪都没有，有的只是一种对人生、人世、宇宙无常的悲观与感叹。读过此文，曾经《春醪集》中俯拾皆是的欢声笑语已经绝迹，人们看到的是一个满目疮痍却又无法逃避的人间。

为了抒发悲春的情怀，作者主打对比、排比及使用大量阴郁、暗淡的词汇，如北风、秽气、毒蛇、恶魔等。所念及的也是美丽与丑陋、理想与现实支配下的莫名的恐惧与伤感。如，“我只看见枯树同落叶；狂欢的宴席上排了一个白森森的人头固然可以叫古代的波斯人感到人生的倏忽而更见沉醉，骷髅搂着如花的少女跳舞……”这样的句子比比皆是，令人们在看到美的事物的同时，必定也要接受其后极不堪的影子。这种走向极端的不协调，刺激着人们的感官，让人们的心灵跟着震颤。

《又》文以梁氏小品文的风格，表达了一颗敏感的心对现实社会黑暗的憎恨，对醉生梦死生活的鄙夷，对知识界死气沉沉氛围的不满。结语“‘满眼春风百事非’，这般就是这般”，不再多言。纵观全篇，作者不啻在以一种怪诞的思维模式牵引着读者，从一个极端的视角来重新审视这个世界。石民曾说，将这篇文章同梁遇春三年前所写的比较，三年的间隔足以抵得上三十年，其阴冷苍凉可见一斑。

·作者简介·

梁遇春（1906～1932），福建闽侯人。1924年进入北京大学英文系学习。1928年毕业后，到上海暨南大学任教。次年返回北京大学图书馆工作。文学活动始于大学期间，主要是写作散文并翻译西方文学作品。1926年始，陆续在《语丝》《奔流》《新月》《骆驼草》《现代文学》等刊物上发表散文，其中大部分收在《春醪集》和《泪与笑》集中。26岁时患急性猩红热，猝然离世。

谈“流浪汉”

●梁遇春

当人生观论战已经闹个满城风雨，大家都谈厌烦了不想再去提起时候，我一天忽然写一篇短文，叫做《人死观》。这件事实在有些反动嫌疑，而且该挨思想落后的罪名，后来仔细一想，的确很追悔。前几年北平有许多人讨论 Gentleman 这字应该要怎么样子翻译才好，现在是几乎谁也不说这件事了，我却又来喋喋，谈那和“君子”Gentleman 正相反的“流浪汉”Vagabond，将来恐怕免不了自悔。但是想写文章时候，哪能够顾到那么多呢？

Gentleman 这字虽然难翻，可是还不及 Vagabond 这字那样古怪，简直找不出适当的中国字眼来。普通的英汉字典都把它翻做“走江湖者”“流氓”“无赖之徒”“游手好闲者”……但是我觉得都失丢了这个字的原意。Vagabond 既不像走江湖的卖艺为生，也不是流氓那种一味敲诈，“无赖之徒”“游手好闲者”都带有贬骂的意思，Vagabond 却是种可爱的人儿。在此无可奈何时候，我只好暂用“流浪汉”三字来翻，自然也不是十分合式的。我以为 Gentleman，Vagabond 这些字所以这么刁钻古怪，是因为它们被人们活用得太久了，原来的意义早已消失，于是每个人用这个字的时候都添些自己的意思，这字的涵义越大，更加好活用了。因此在中国寻不出一个能够引起那么多的联想的字来。本来 Gentleman，Vagabond 这二个字和财产都有关系的，一个是拥有财产，丰衣足食的公子，一个是毫无恒产，四处飘零的穷光蛋。因为有钱，自然能够受良好的教育，行动举止也温文尔雅，谈吐也就蕴藉不俗，更不至于跟人锱铢必较，言语冲撞了。Gentleman 这字的意义就由世家子弟一变变做斯文君子，所以现在我们不管一个人出身的贵贱，财产的有无，只要他的态度是温和的，做人很正直，我们都把他当做 Gentleman。一班穷酸的人们被人冤枉时节，也可以答辩道："我虽然穷，却是个 Gentleman。" Vagabond 这个字意义的演化也经过了同样的历程。本来只指那班什么财产也没有，天天随便混过去的人们。他们既没有一定的职业，有时或者也干些流氓的勾当。但是他们整天随遇而安，倒也无忧无虑，他们过惯了放松的生活，所以就是手边有些钱，也是糊里糊涂地用光，对人们当然是很慷慨的。他们没有身家之虑，做事也就痛痛快快，并不像富人那种畏首畏尾，瞻前顾后。酒是大杯地喝下去，话是随便地顺口开河，有时也胡诌些有趣味的谎语。他们万事不关怀，天天笑呵呵，规矩的人们背后说他们没有责任心。他们与世无忤，既不会桌上排着一斗黄豆，一斗黑豆，打算盘似的整天数自己的好心思和坏心思，也不会皱着眉头，弄出连环巧计来陷害人们。他们的行为是糊涂的，他们的心肠是好的。他们是大个顽皮小孩，可是也带了小孩的天真。他们脑里存了不少奇奇怪怪的幻想，满脸春风，老是笑眯眯的，一些机心也没有。……我们现在把凡是带有这种心情的人们都叫做 Vagabond，就是他们是王侯将相的子孙，生平没有离开家乡过也不碍事。他们和中国古代的侠客有些相像，可是他们又不像侠客那样朴刀横腰，给夸大狂迷住，一脸凶气，走遍天下专为打不平。他们对于伦理观念，没有那么死板地痴痴执著。我不得已只好翻做"流浪汉"，流浪是指流浪的心情，所以我所赞美的流浪汉或者同守深闺的小姐一样，终身未出乡里一步。

英国十九世纪末叶诗人和小品文作家斯密士 Alexander Smith 对于流浪汉是无限地颂扬。他有一段描写流浪汉的文章，说得很妙。他说："流浪汉对于许多事情的确有他的特别意见。比如他从小是同密尼表妹一起养大，心里很爱她，而她小孩时候对于他的感情也是跟着年龄热烈起来，他俩结合后大概也可以好好地过活，他一定把她娶来，并没有考虑到他们的收入将来能够不能够允许他请人们来家里吃饭或者时髦地招待朋友。这自然是太鲁莽了。可是对于流浪汉你是没法子说服他。他自己有他一套再古怪不过的逻辑（他自己却以为是很自然的推论），他以为他是为自己娶亲的，并不是为招待他的朋友的缘故；他把得到一个女人的真心同纯洁的胸怀比袋里多一两镑钱看得重得多。规矩的人们不爱流浪汉。那班膝下有还未出嫁姑娘的母亲特别怕他——并不是因他为子不孝，或者将来不能够做个善良的丈夫，或者对朋友不忠，但是他的手不像别人手，总不会把钱牢牢地握着。他对于外表丝毫也不讲究。他结交朋友，不因为他们有华屋美酒，却是爱他们的性情，他们的好心肠，他们讲笑话听笑话的本领，以及许多别人看不出的好处。因此他的朋友是不拘一类的，在富人的宴会里却反不常见到他的踪迹。我相信他这种流浪态度使他得到许多好处。他对于人生的稀奇古怪的地方都有接触过。他对于人性晓得便透彻，好像一个人走到乡下，有时舍开大路，去凭吊荒墟古冢，有时在小村逆旅休息，路上碰到人们也攀谈起来，这种人对于乡下自然比那坐在四轮马车里骄傲地跑过大道的知道得多。我们因为这无理的骄傲，失丢了不少见识。一点流浪汉的习气都没有的人是没有什么价值的。”斯密士说到流浪汉的成家立业的法子，可见现在所谓的流浪汉并不限于那无家可归，脚跟如蓬转的人们。斯密士所说的只是一面，让我再由另一个观察点——流浪汉和 Gentleman 的比较——来论流浪汉，这样子一些一些凑起来或者能够将流浪汉的性格描摹得很完全，而且流浪汉的性格复杂万分（汉既以流浪名，自不是安分守己，方正简单的人们），绝不能一气说清。

英国文学里分析 Gentleman 的性格最明晰深入的文章，公推是那位叛教分子纽门 J.H.Newman 的《大学教育的范围同性质》。纽门说：“说一个人他从来没有给别人以苦痛，这句话几乎可以做‘君子’的定义……‘君子’总是从事于除去许多障碍，使同他接近的人们能够自然地随意行动；‘君子’对于他人行动是取赞同合作态度，自己却不愿开首主动……真正的‘君子’极力避免使同他在一块的人们心里感到不快或者颤震，以及一切意见的冲突或者感情的碰撞，一切拘束，猜疑，沉闷，怨恨；他最关心的是使每个人都很随便安逸像在自己家里一样。”这样小心翼翼的君子我们当然很愿意和他们结交，但是若使天下人都是这么我让你，你体贴我，扭扭泥泥的，谁也都是捧着同情等着去附和别人的举动，可是谁也不好意思打头阵；你将就我，我将就你，大家天天只有个互相将就的目的，此外是毫无成见的，这种的世界和平固然很和平，可惜是死国的和平。迫得我们不得不去欢迎那豪爽英迈，勇往直前的流浪汉。他对于自己一时兴到想干的事趣味太浓厚了，只知道口里吹着调子，放手做去，既不去打算这事对人是有益是无益，会成功还是容易失败，自然也没有虑及别人的心灵会不会被他搅乱，而且“君子”们袖手旁观，本是无可无不可的，大概总会穿着白手套轻轻地鼓掌。流浪汉干的事情不一定对社会有益，造福于人群，可是他那股天不怕，地不怕，不计得失，不论是非的英气总可以使这麻木的世界呈现些须生气，给“君子”们以赞助的材料，免得“君子”们整天掩着手打呵欠（流浪汉才会痛快地打呵欠，“君子”们总是像林黛玉那样子抿着嘴儿）找不出话讲，我承认偷情的少女，再嫁的寡妇都是造福于社会的，因为没有她们，那班贞洁的小姐，守节的孀妇就失去了谈天的材料，也无从来赞美自己了。并且流浪汉整天瞎闹过去，不仅目中无人，简直把自己都忘却了。真正的流浪汉所以不会引起人们的厌恶，因为他已经做到无人无我的境地，那一刹那间的冲动是他唯一的指导，他自己爱笑，也喜欢看别人的笑容，别的他什么也不管了。“君子”们处处为他人着想，弄得不好，反使别人怪难受，倒不如流浪汉的有饭大家吃，有酒大家喝，有话大家说，先无彼此之分，人家自然会觉得很舒服，就是有冲撞地方，也可以原谅，而且由这种天真的冲撞更可以见流浪汉的毫无机心。真是像中国旧文人所爱说文章天成，妙手偶得之，流浪汉任性顺情，万事随缘，丝毫没有想到他人，人们却反觉得他是最好的伴侣，在他面前最能够失去世俗的拘束，自由地行动。许多人爱留连在乌烟瘴气的酒肆小茶店里，不愿意去高攀坐在王公大人们客厅的沙发上，一班公子哥儿喜欢跟马夫下流人整天打伙，不肯到他那客气温和的亲戚家里走走，都是这种道理。纽门又说：“君子知道得很清楚，人类理智的强处同弱处，范围同限制。若使他是个不信宗教的人，他是太精明太雅量了，绝不会去嘲笑或者反宗教；他太智慧了，不会武断地或者热狂地反教。他对于虔敬同信仰有相当的尊敬；有些制度他虽然不肯赞同，可是他还以为这些制度是可敬的良好的或者有用的；他礼遇牧师，自己仅仅是不谈宗教的神秘，没有去攻击否认。他是信教自由的赞助者，这并不只是因为他的哲学教他对于各种宗教一视同仁，一半也是由于他的性情温和近于女性，凡是有文化的人们都是这样。”这种人修养功夫的确很到家，可谓火候已到，丝毫没有火气，但是同时也失去活气，因为他所磨炼去的火是 Prometheus 由上天偷来做人们灵魂用的火。十八世纪第一画家 Reynolds 是位脾气顶好的人，他的密友约翰生（就是那位麻脸的胖子）一天对他说：“Reynolds 你对于谁也不恨，我却爱那善于恨人的人。”约翰生伟大的脑袋蕴蓄有许多对于人生微妙的观察，他通常冲口而出的牢骚都是入木三分的慧话。恨人恨得好（A good hater）真是一种艺术，而且是人人不可不讲究的。我相信不会热烈地恨人的人也是不知道怎地热烈地爱人。流浪汉是知道如何恨人，如何爱人。他对于宗教不是拼命地相信，就是尽力地嘲笑。Donne，Herrick，Cellini 都是流浪汉气味十足的人们，他们对于宗教都有狂热；Voltaire，Nietzsche 这班流浪汉就用尽俏皮的辞句，热嘲冷讽，掉尽枪花，来讥骂宗教。

在人生这幕悲剧的喜剧或者喜剧的悲剧里，我们实在应该旗帜分明地对于一切不是打倒，就是拥护，否则到处妥协，灰色地独自踯躅于战场之上，未免太单调了，太寂寞了。我们既然知道人类理智的能力是有限的，那么又何必自作聪明，僭居上帝的地位，盲目地对于一切主张都持个大人听小孩说梦话态度，保存一种白痴的无情脸孔，暗地里自夸自己的眼力不差，晓得可怜同原谅人们低弱的理智。真真对于人类理智力的薄弱有同情的人是自己也加入跟着人们胡闹，大家一起乱来，对人们自然会有无限同情。和人们结伙走上错路，大家当然能够不言而喻地互相了解。当浊酒三杯过后，大家拍桌高歌，莫名其妙地相视而笑，莫逆于心，那时人们才有真正的同情，对于人们的弱点有愿意的谅解，并不像“君子”们的同情后面常带有我佛如来怜悯众生的冷笑。我最怕那人生的旁观者，所以我对于厚厚的约翰生传会不倦地温读，听人提到 Addison 的旁观报就会皱眉，虽然我也承认他的文章是珠圆玉润，修短适中，但是我怕他那像死尸一般的冰冷。纽门自己说“君子”的性情温和近于女性（The gentleness and effeminacy of feeling），流浪汉虽然没有这类在台上走 S 式步伐的旖旎风光，他却具有男性的健全。他敢赤身露体地和生命肉搏，打个你死我活。不管流浪汉的结果如何，他的生活是有力的，充满趣味的，他没有白过一生，他尝尽人生的各种味道，然后再高兴地去死的国土里遨游。这样在人生中的趣味无穷翻身打滚的态度，已经值得我们羡慕，绝不是女性的“君子”所能晓得的。

耶稣说过：“凡想要保全生命的，必丧掉生命。凡丧掉生命的，必救活生命。”流浪汉无时不是只顾目前的痛快，早把生命的安全置之度外，可是他却无时不尽量地享受生之乐。守己安分的人们天天守着生命，战战兢兢，只怕失丢了生命，反把生命真正的快乐完全忽略，到了盖棺论定，自己才知道白宝贵了一生的生命，却毫无受到生命的好处，可惜太迟了，连追悔的时候都没有。他们对于生命好似守财奴的念念不忘于金钱，不过守财奴还有夜夜关起门来，低着头数血汗换来的钱财的快乐，爱惜生命的人们对于自己的生命，只有刻刻不忘的担心，连这种沾沾自喜的心情也没有，守财奴为了金钱缘故还肯牺牲了生命，比那什么想头也消失了，光会顾惜自己皮肤的人们到底是高一等，所以上帝也给他那份应得的快乐。用句罗素的老话，流浪汉对于自己生命不取占有冲动，是被创造冲动的势力鼓舞着。实在说起来，宇宙间万事万物流动不息，哪里真有常住的东西。只有灭亡才是永存不变的，凡是存在的天天总脱不了变更，这真是“法轮常转”。Walter-ater 在他的《文艺复兴研究》的结论曾将这个意思说得非常美妙，可惜写得太好了，不敢翻译。尤其生命是瞬刻之间，变幻万千的，不跳动的心是属于死人的。所以除非顺着生命的趋势，高兴地什么也不去管往前奔，人们绝不能够享受人生。近代小品文家 Jackson 在他那篇论“流浪汉”文里说：“流浪汉如入生命的波涛汹涌的狂潮里生活。”他不把生命紧紧地拿着（普通人将生命握得太紧，反把生命弄僵化死了），却做生命海中的弄潮儿，伸开他的柔软身体，跟着波儿上下，他感觉到处处触着生命，他身内的热血也起共鸣。最能够表现流浪汉这种的精神是美国放口高歌，不拘韵脚的惠提曼 Walt Whitman。他那本诗集《草之叶》Leaves of Grass 里句句诗都露出流浪汉的本色，真可说是流浪汉的圣经。流浪汉生活所以那么有味，一半也由于他们的生活是很危险的。踢足球，当兵，爬悬崖峭壁……所以会那么饶有趣味，危险性也是一个主因。在这个单调寡趣，平淡无奇的人生里凡有血性的人们常常觉到不耐烦，听到旷野的呼声，原人时代啸游山林，到处狩猎的自由化做我们的本能，潜伏在黑礼服的里面，因此我们时时想出外涉险，得个更充满的不羁生活。万顷波涛的大海谁也知道覆灭过无千无数的大船，可是年年都有许多盎格罗萨格逊的小孩恋着海上危险的生涯，宁愿抛弃家庭的安逸，违背父母的劝谕，跑去过碧海苍天中辛苦的水手生涯。海所以会有那么大的魔力就是因为它是世上最危险的地方，而身心健全的好汉哪个不爱冒险，爱慕海洋的生活，不仅是一“海上夫人”而已也。所以海洋能够有小说家们像 Marryat，Cooper，Loti，Conrad 等等去描写它，而他们的名著又能够博多数人的同情。蔼理斯曾把人生比做跳舞，若使世界真可说是个跳舞场，那么流浪汉是醉眼蒙眬，狂欢地跳二人旋转舞的人们。规矩的先生们却坐在小桌边无精打采地喝无聊的咖啡，空对着似水的流年惘怅。

流浪汉在无限量地享受当前生活之外，他还有丰富的幻想做他的伴侣。Dickens 的《块肉余生述》里面的 Micawber 在极穷困的环境中不断地说“我们快交好运了”，这确是流浪汉的本色。他总是乐观的，走的老是蔷薇的路。他相信前途一定会光明，他的将来果然会应了他的预测，因为他一生中是没有一天不是欣欣向荣的；就是悲哀时节，他还是肯定人生，痛痛快快地哭一阵后，他的泪珠已滋养大了希望的根苗。他信得过自己，所以他在事情还没有做出之前，就先口说莲花，说完了，另一个新的冲动又来了，他也忘却自己讲的话，那事情就始终没有干好。这种言行不能一致，孔夫子早已反对在前，可是这类英气勃勃的矛盾是多么可爱！蔼理斯在他名著《生命的跳舞》里说："我们天天变更，世界也是天天变更，这是顺着自然的路，所以我们表面的矛盾有时就全体来看却是个深一层的一致。"（他的话大概是这样，一时记不清楚。）流浪汉跟着自然一团豪兴。想到哪里就说到哪里，他的生活是多么有力。

行为不一定是天下一切主意的唯一归宿，有些微妙的主张只待说出已是值得赞美了，做出来或者反见累赘。神话同童话里的世界哪个不爱，虽然谁也知道这是不能实现的。

流浪汉的快语在惨淡的人生上布一层彩色的虹，这就很值得我们谢谢了。并且有许多事情起先自己以为不能胜任，若使说出话来，因此不得不努力去干，倒会出乎意料地成功；倘然开头先怕将来不好，连半句话也不敢露，一碰到障碍，就随它去，那么我们的做事能力不是一天天退化了？

一定要言先乎事，做我们努力的刺激，生活才有兴味，才有发展。就是有时失败，富有同情的人们定会原谅，尖酸刻薄人们的同情是得不到的，并且是不值一文的。我们的行为全借幻想来提高，所以 Masefield 说"缺乏幻想能力的人民是会灭亡的"。幻想同矛盾是良好生活的经纬，流浪汉心里想出七古八怪的主意，干出离奇矛盾的事情。什么传统正道也束缚他不住，他真可说是自由的骄子，在他的眼睛里，世界变做天国，因为他过的是天国里的生活。

若使我们翻开文学史来细看，许多大文学家全带有流浪汉气味。Shake — speare 偷过人家的鹿，Ben Jonson，Marlowe 等都是 Mermaid Tavern 这家酒店的老主顾，Goldsmith 吴市吹箫，靠着他的口笛遍游大陆，Steele 整天忙着躲债，Charles Lamb，Leigh Hunt 颠头颠脑，吃大烟的 Coleridge，De Quincey 更不用讲了，拜伦，雪莱，济茨那是谁也晓得的。就是 Wordsworth 那么道学先生神气，他在法国时候，也有过一个私生女，他有一首有名的十四行诗就是说这个女孩。目光如炬专说精神生活的塔果尔，小孩时候最爱的是逃学。Browning 带着人家的闺秀偷跑，Mrs.Browning 违着父亲淫奔，前数年不是有位好事先生考究出 Dickens 年轻时许多不轨的举动，其他如 Swinburne，Stevenson 以及《黄书》杂志那班唯美派作家那是更不用说了。为什么偏是流浪汉才会写出许多不朽的书，让后来"君子"式的大学生整天整夜按部就班地念呢? 头一下因为流浪汉敢做敢说，不晓得掩饰求媚，委曲求全，所以他的话真挚动人。有时加上些瞒天大谎，那谎却是那样子大胆子地杜撰的，一般拘谨人和假君子所绝对不敢说的，谎言因此有谎言的真实在，这真实是扯谎者的气魄所逼成的。而且文学是个性的结晶，个性越显明，越能够坦白地表现出来，那作品就更有价值。流浪汉是具有出类拔萃的个性的人物，他们的思想同行事全有他们的特别性格的色彩，他们豪爽直截的性情使他们能够把这种怪异的性格跃跃地呈现于纸上。斯密士说得不错，"天才是个流浪汉"，希腊哲学家讲过知道自己最难，所以在世界文学里写得好的自传很少，可是世界中所流传几本不朽的自传全是流浪汉写的。Cellini 杀人不眨眼，并且敢明明白白地记下，他那回忆录（Memoirs）过了几千年还没有失去光辉。Augustine 少年时放荡异常，他的忏悔录却同托尔斯泰（他在莫斯科纵欲的事迹也是不可告人的）的忏悔录、卢骚的忏悔录同垂不朽。富兰克林也是有名的流浪汉，不管他怎样假装做正人君子，他那浪子的骨头总常常露出，只要一念 Cobbett 攻击他的文章就知道他是个多么古怪一个人。De Quincey 的《英国一个吃鸦片人的忏悔录》，这个名字已经可以告诉我们那内容了。做《罗马衰亡史》的 Gibbon，他年轻时候爱同教授捣乱，他那本薄薄的自传也是个愉快的读物。Jeffries 一心全在自然的美上面，除开游荡山林外，什么也不注意，他那《心史》是本冰雪聪明，微妙无比的自白。记得从前美国一位有钱老太太希望她的儿子成个文学家，写信去请教一位文豪，这位文豪回信说:"每年给他几千镑，让他自己鬼混去罢。"这实在是培养创造精神的无上办法。我希望想写些有生气的文章的大学生不死滞在文科讲堂里，走出来当一当流浪汉罢。最近半年北大的停课对于中国将来文坛大有裨益，因为整天没有事只好逛市场跑前门的文科学生免不了染些流浪汉气息。这种千载一时的机会，希望我那些未毕业的同学们好好地利用，免贻后悔。

前几年才死去的一位英国小说家 Conrad 在他的散文集《人生与文学》内，谈到一位有流浪汉气的作家 Luffmann，说起有许多小女读他的书以后，写信去向他问好，不禁醋海生波，顾影自怜地（虽然他是老舟子出身）叹道：“我平生也写过几本故事（我不愿意无聊地假假自谦），既属纪实，又很有趣。可是没有女人用温柔的话写信给我。为什么呢？只是因为我没有他那种流浪汉气。家庭中可爱的专制魔王对于这班无法无天的人物偏动起怜惜的心肠。”

流浪汉确是个可爱的人儿，他具有完全男性，情怀潇洒，磊落大方，哪个怀春的女儿见他不会倾心。俗语说“痴心女子负心汉”。就是因为负心汉全是处处花草颠连的浪子，什么事情都不放在心头，他那痛快淋漓的气概自然会叫那老被人拘在深闺里的女孩儿一见心倾，后来无论他怎地负心总是痴心地等待着。中古的贵女爱骑士，中国从前的美人爱英雄总是如花少女对于风尘中飘荡人的一往情深的表现。红拂的夜奔李靖，乌江军帐里的虞姬，随着范蠡飘荡五湖的西施……这些例子也不知道有多少。清朝上海窑子爱姘马夫，现在电影明星姘汽车夫，姨太太跟马弁偷情也是同样的道理。总之流浪汉天生一种叫人看着不得不爱的情调，他那种古怪莫测的行径刚中女人爱慕热情的易感心灵。岂只女人的心见着流浪汉会熔，我们不是有许多瞎闹胡乱用钱行事乖张的朋友，常常向我们借钱捣乱，可是我们始终恋着他们率直的态度，对他们总是怜爱帮忙。天下最大的流浪汉是基督教里的魔鬼。可是哪个人心里不喜欢魔鬼。在莎士比亚以前英国神话剧盛行时候，丑角式的魔鬼一上场，大家都忙着拍手欢迎，魔鬼的一举一动看客必定跟着捧腹大笑。Robert Lynd 在他的小品文集《橘树》里《论魔鬼》那篇中说：“《失乐园》诗所说的撒旦在我们想象中简直等于儿童故事里面伟大英猛的海盗。”凡是儿童都爱海盗，许多人念了密尔敦史诗觉得诡谲的撒旦比板板的上帝来得有趣得多。魔鬼的堪爱地方太多了，不是随便说得完，留得将来为文细论。

清末有几位王公贝勒常在夏天下午换上叫花子的打扮，偷跑到什刹海路旁口唱莲花向路人求乞，黄昏时候才解下百衲衣回王府去。我在北京住了几年，心中很羡慕旗人知道享乐人生，这事也是一个证明。大热天气里躺在柳荫底下，顺口唱些歌儿，自在地饱看来往的男男女女；放下朝服，着半件轻轻的破衫，尝一尝暂时流浪汉生活的滋味，这是多么知道享受人生。戏子的生活也是很有流浪汉的色彩，粉墨登场，去博人们的笑和泪，自己仿佛也变做戏中人物，清末宗室有几位很常上台串演，这也是他们会寻乐的地方。白浪滔天半生奔走天下，最后入艺者之家，做一个门弟子，他自己不胜感慨，我却以为这真是浪人应得的涅槃。不管中外，戏子女优必定是人们所喜欢的人物，全靠着他们是社会中最显明的流浪汉。Dickens的小说所以会那么出名，每回出版新书的时候，要先通知警察到书店门口守卫，免得购书的人争先恐后打起架来，也是因为他书内大角色全是流浪汉，Pickwick俱乐部那四位会员和他们周游中所遇的人们，《双城记》中的Carton等等全是第一等的流浪汉。《儒林外史》的杜少卿，《水浒》的鲁智深，《红楼梦》的柳二郎，《老残游记》的补残老是深深地刻在读者的心上，变成模范的流浪汉。

流浪汉自己一生快活，并且凭空地布下快乐的空气，叫人们看到他们也会高兴起来，说不出地喜欢他们，难怪有人说“自然创造我们时候，我们个个都是流浪汉，是这俗世把我们弄成个讲究体面的规矩人”。在这点我要学着卢骚，高呼“返于自然”。无论如何，在这麻木不仁的中国，流浪汉精神是一服极好的兴奋剂，最需要的强心针。就是把什么国家，什么民族一笔勾销，我们也希望能够过个有趣味的一生，不像现在这样天天同不好不坏，不进不退的先生们敷衍。写到这里，忽然记起东坡一首《西江月》，觉得很能道出流浪汉的三昧，就抄出做个结论吧！

照野弥弥浅浪，横空隐隐层霄，障泥未解玉骢骄，我欲醉眠芳草。可惜一溪风月，莫教踏碎琼瑶，解鞍攲枕绿杨桥，杜宇一声春晓。

顷在黄州，春夜行蕲水中，过酒家，饮酒醉。乘月至一溪桥上，解鞍曲肱，醉卧少休。及觉已晓，乱山攒拥，流水锵锵，疑非尘世也。书此语桥柱上。

◎文章品读

《谈“流浪汉”》是梁遇春篇幅较长的小品文之一。内涵丰富，情绪高昂。一如其自己所说“溶入生命的狂潮里写作”，率真随兴、无拘无束。字里行间闪现着智慧的灵动与饱满的张力，也可看出一位年少老成的散文家之张扬、不羁的性情。

写流浪汉，由“Gentleman（绅士）”的翻译受到启发，对翻译“流浪汉”下注，并由此生发开来，由简入繁：从最初的以财产多寡论资排辈，到社会演变，重新有了一个定义。洋洋洒洒，畅所欲言。“流浪是指流浪的心情”“慷慨”“痛快”“顽皮”“幻想”“与世无忤”，这都是作者对心目中流浪汉的诠释。更多的赞誉与溢美之词拉开了与传统绅士的距离，二者的比较如影随形。

写流浪汉的人生观、幸福观。作者列举了其对友情、亲情的对待方式。行文间频频赞美、欣赏流浪汉习气。在文章的第四段，作者由英国作家斯密士的观点引入自己的观察点："流浪汉和 Gentleman 的比较"，以大篇幅的比较，详细刻画流浪汉这一特殊"生态群落"。运笔稍加铺垫即旁征博引，对一种人生态度的欣赏与肯定毫不掩饰。丰富、鲜明的观点令人耳目一新，应接不暇。

在所引的诸多材料中，英国文学中的 J.H.Newman 的"君子"定义，为作者提供了丰富的推理素材。行文厚此薄彼，一路酣畅写来。君子之形象在作者的意念中，似乎不名一文，更似仅为衬托流浪汉存在的点缀——他们"小心翼翼""袖手旁观""扭扭泥泥"；而流浪者虽然贫贱，却"万事随缘""毫无机心""无人无我"，简单而随意，穷并快乐着。这种人生态度对作者感染有加，令其心潮起伏，激动不已。运笔大胆、畅快，辛辣有余；批驳之处，不留情面。赞赏、鄙夷的态度分明。

与所谓的正人君子对比，与俗世中安分守己的人们对比，作者笔底意犹未尽。比喻、大量的成文引用俯拾皆是，《文艺复兴研究》《草之叶》《块肉余生述》《生命的跳舞》不一而足，显示了作者高超的行文驾驭技巧，其对西方文学尤其对英国小品文的熟谙令人大开眼界。

在不断的叙述、对比中，作者对流浪汉的赞美之情有增无减——他们懂得无限量享受当前生活，做事豪爽，言先乎事，富于幻想，似乎很懂得矛盾的概念，却又切切实实地是"自由的骄子"，任何"传统正道也束缚他不住"——这些快乐至极的剪影在作者的印记中挥之不去。除却自己的想象生发，文学史册中的文人"流浪汉"也被其延揽麾下，作为对行文观点有力的支撑。诸多文人大家的出场，光鲜亮丽：拜伦、雪莱、莎士比亚、本·杰克逊、富兰克林、狄更斯、清朝的王公贝勒……他们的出现仅为作者说明一个道理：流浪是一种心情，它的价值不言而喻。诸多大家作缀，流浪者的世界俨然成了一处天堂。

篇末以《西江月》作结，是作者对流浪汉一生快活的归纳，"就是把什么国家，什么民族一笔勾销，我们也希望能够过个有趣味的一生……"洋洋大观，由博返约，放眼现实世界，一种情绪化，一种游离于社会之外的寻觅、渴望昭然若揭。

KISSING THE FIRE（吻火）

●梁遇春

回想起志摩先生，我记得最清楚的是他那双银灰色的眸子，其实他的眸子当然不是银灰色的，可是我每次看见他那种惊奇的眼神，好像正在猜人生的谜，又好像正在一页一页揭开宇宙的神秘，我就觉得他的眼睛真带了一些银灰色。他的眼睛又有点像希腊雕像那两片光滑的，仿佛含有无穷情调的眼睛，我所说银灰色的感觉也就是这个意思罢。他好像时时刻刻都在惊奇着。人世的悲欢，自然的美景，以及日常的琐事，他都觉得是那么有兴致，就是说出悲哀的话时，也不是垂头丧气，厌倦于一切了，却是发现了一朵“恶习之花”，在那儿惊奇着。

三年前，在上海的时候，有一天晚上，他拿着一根纸烟向一位朋友点燃的纸烟取火，他说道：“kissing the fire.”这句话真可以代表他对于人生的态度。人世的经验好比是一团火，许多人都是敬鬼神而远之。隔江观火，拿出冷酷的心境去估量一切，不敢投身到轰轰烈烈的火焰里去，因此过个暗淡的生活，简直没有一点的光辉，数十年的光阴就在计算怎么样才会不上当里面消逝去了，结果上了个大当。他却肯亲自吻着这团生龙活虎般的烈火，火光一照，化腐臭为神奇，遍地开满了春花，难怪他天天惊异着，难怪他的眼睛跟希腊雕像的眼睛相似，希腊人的生活就是像他这样吻着人生的火，歌唱出人生的神奇。

这一回在半空中，他对于人世的火焰作最后的一吻了。

◎文章品读

《吻火》是徐志摩飞机失事后，梁遇春所写的悼文。

1931年11月18日，徐志摩乘火车由上海抵南京。翌日换乘中国航空公司“济南”号飞机由南京飞往北平。在飞抵党家庄一带时，遇大雾。飞机与山顶相撞坠毁。两名飞机师连同徐志摩均遇难。徐志摩的死在文艺界引起了极大震动。鲁迅、周作人、沈从文、胡适等均为文生发感慨。

梁遇春是同期文人中，和徐志摩有着最多共性、特质的一位（皆少年成名，文采飞扬；皆师从西学，受英国文学浸润良深；皆如同火的幻灭，先后早逝），所写悼文也最为精练，情感升华引人共鸣。

题目为“吻火”，取的是徐志摩生活中的寻常一幕：向人借火点燃纸烟，浪漫地带出一句“kissing the fire”。这句话在作者，代表了一种对人生的态度：热情地对待生活，歌唱人生的精彩。徐志摩在作者眼中，可谓将这一人生观淋漓尽致地展现了出来：惊奇的眼神总像猜测人生的谜；面对美景、琐事乃至悲哀，都会为之惊奇。“恶习之花”是作者戏谑的总说。言及徐诗人，生活总是美好，一种面对人生的豁达洋溢在字里行间。

对英文“kissing the fire”，作者感慨良多，由人世经验的类比，到不同种人面对生活火焰的迥异态度，对徐志摩的早逝心生无限的惋惜。“这一回在半空中他对于人世的火焰作最后的一吻。”逝者为浪漫画上了绚丽的结局，生者不胜唏嘘。

《吻火》是作者书写火焰的篇章之一。《观火》《救火夫》均不离火的意象。作者对火这一特殊物质的喜爱、痴迷，毫不掩藏。在悼念友人的散文中，它再次被捕捉，升华。有趣的是，作者并没有因悼念而倚马千言，甚至在有限的文字中亦两易其稿，削删数回。最终三千余字的文章被浓缩至五六百言，可谓精练。对此，废名评其“最为完美”，炉火纯青，而作者本人也颇为满意。

灯

●陆蠡

院子里的鸡缩头缩脑地踱进埘里去了，檐头嘁嘁喳喳的麻雀都钻进瓦缝里，从无人扫除的空楼的角落，飞出三三两两的蝙蝠，在院宇的天空中翻飞。蝙蝠可说是夜和黑暗的先驱，它的黑色带钩的肉翅，好像在牵开夜的帷幕，这样静悄悄的，神秘的。

这时候，这家里的年轻的媳妇，从积满尘垢的碗碟厨的顶上拿下一个长嘴的油壶，壶里面装着点灯的油。她一手拿壶，一手拿灯，跑到天井跟前——那里还有暗蒙的微光——把油注在灯瓢里面。她注了一点，停一停把灯举得和眼睛相平，向光亮处照一照，看看满了没有，拿下来再加一点油，复拿起照了照，又加上一点，等到灯里的油八分满的样子，等到油面和瓢缘相差二分的样子，才住了手。一边把油壶放还原处，一边顺手在一只破灯笼壳里抽了两条灯芯，把它浸在油里，让灯芯的一端露在瓢外二分长短，而另一端则像两道白色的尾巴翘着。

少妇把灯放在灶突上。这是灶间的中心点。不论从哪一方量来，前后也好，左右也好，上下也好，都是等距离。她从来没有想到这所在是室内的正中心，只觉得放在这里很好，便放在这里了。她每次这样做，月月如此，年年如此，毫不以为异。

少妇没有伸手点灯，只是在灶门口坐下。灶里还有余火，吐着并不逼人的暖气。锅里的饭菜熟了，满室散着饭香。她把孩子拖到身边来，脸偎着他，若有所待地等着。等着谁呢？不，她只是等天黑，伸手不见五指的天黑。她要等天黑尽时方才举火点灯。她知道就是一滴的灯油也是不能浪费的。

我先来介绍这灯罢。这是一盏古式的青油灯，和现在都市里所见的是大不相同了。我怀疑我的叙述在人们听来是否有点兴趣，我怀疑我的介绍是否不必要的多余，并且能否描写得相像。说到这里我便想到绘画的长处，简单的几笔勾撇，便能代表出一个完美的形廓，而我则是拙于画笔者。这灯在乡间仍被普遍地用着。“千闻不如一见”，假如你有机会到我们偏僻的地方来时，便会知道这是怎样的一个形状了。

灯的全体可以分成两部分：一部是灯瓢；那是铁铸的像掏子或勺子的东西，直径四寸左右。乡间叫作“灯碟”，因为形状如盏碟，而它的功用在于盛油，如同碟子盛油一样。碟的边缘上有一个短柄，这是拿手的地方。这碟子是铁铸的。我曾想过假如换上了海螺的壳，或是用透明的玻璃，岂不是更美丽吗？不，铁铸便有铁铸的理由：盛油的家伙是极易粘上灰尘的，每隔四天五天，碟缘上便结了一圈厚腻黝黑的东西了，那时你用纸去擦么？这当然是费手脚的事。所以当初灯的设计者，用生铁铸成灯碟，脏了，只要把油倾去，用铁钳把碟子钳住，放在灶火里去烧一阵，烧得通红，拿出来放在水钵里一浸，“嘶……”地冷却之后，便焕然一新，如同刚买来的一样。这样，一个灯碟可以用得很久——烧着浸着，生铁是烧得坏的么？你想——“旧的东西都经久耐用。”这便是简朴的乡民一切都欢喜旧的理由。

灯的另一部分是灯台、一个座子。在这儿，装饰的意味是有重于实用了。座台的华丽简朴随灯而异。普通的形式是上下两个盘，中间连接着一根圆柱。底盘重些大些，上盘便是承灯瓢的座垫，柱子则是握手的地方。灯座有瓷制的，也许有铜铸的，而我在这里所描写的则是锡的。在灰白的金属表面镶嵌着紫铜的花纹，图案非常古老。其中有束发梳髻宽衣博袖的老头，有鸟，也有花和草，好像汉代石室中壁画的人物。这工作倒是非凡精细的，大概是从前一个偏爱的母亲，在女儿出嫁的前几年，雇了大批的木匠漆匠铜匠锡匠，成年成月地做着打着，不计工资而务求制品之精巧，这灯擎便在许多的锡器中间被打成了。这些事在我们后辈当然无从知道。我只知道这座灯擎是这家的祖母随嫁带来的。是否这祖母的母亲替她的女儿打造的呢？那又不得而知。也许还是这祖母的母亲的嫁奁。在乡间，有多少的器皿都保留着非常古远的记忆。这儿，数百年间不曾经过刀兵，也没有奇荒奇旱，使居民转徙流亡，所以这儿留存着不少先民的手泽，甚至于极微小的祭器或日用的东西。有一次，一位远房的伯父随手翻起一支锡制的烛台，底面写着一行墨笔字，“雍正七年监制”，屈指一算！——历朝皇帝的年号和在位的久暂，他们都很熟悉的——该是二百年了。而仍是完好地被用着，被随便地放在随便的角落，永久不会遗失。话说得远了，刚才我说这灯擎是祖母随嫁带来这家里的。后来这祖母的女儿长大了，这灯擎复随嫁到另一姓。那里女儿又生了女儿，女儿长大之后，又嫁给祖母的孙孙，灯擎复随嫁回到这祖母的屋子里来。这样表姊妹的婚姻永远循环继续着，“亲上加亲又是亲上加亲的”，照着他们的说法。所以几件过时的衣服，古旧的器皿，便永远被穿了新衣服抬嫁妆吃喜酒的不同时代的姻亲叔伯，永远地在路上抬来抬去，仍旧抬回自己的老家。我真想说山乡的宇宙是只有时间而没有空间的。这看来很可笑么？我倒很少要笑的意思，除开某种的立场，我是赞成这种婚姻的。你想，一位甥女嫁到外婆的家，一切都熟识，了解，谐和，还有什么更好的么？

不用说，坐在灶前的媳妇，便是祖母女儿的女儿了。她来这家里很幸福，大家都爱她，丈夫在外埠做工，在一定的时候回来，从来没有爽约。膝前的孩子则已经四岁了。翁姑——她的舅父舅母——都还健在。

天黑了，伸手不见五指的黑。她推开孩子，拿一片木屑在尚未尽熄的灶火中点着，再拿到灯边点起来。蓦然一间室都光明了。“一粒谷，撒开满堂屋。我给你猜个谜儿，你猜不猜？”“灯，灯，”连说话未娴熟的四岁的孩子，都会猜谜儿了。且说灯点着了，这灯光是这样地安定，这样地白而带青，这样地有精神，使这媳妇微笑了。“太阳初上满山红，满油灯盏统间亮，”她在心头哼着儿时的山歌。她，正如初上的太阳，前面照着旭红的希望；她，正如满油的灯，光亮的，精神饱满的，坚定的，照着整个房间，照着她的孩子。所以她每次加油的时候，总要加得满满的，因为这满油的灯正是她的象征。

灯光微微地闪了。这家的舅父和舅母走进灶间来，在名分上他们是翁婆。可是她沿着习惯叫。这多亲热的名词。到了年岁大的时候要改口叫声“婆婆”，多么不好意思！而她避免了这一层了。她真想撒娇向他们要这要那呢！可惜已成了孩子的母亲。她看见他们进来了。她揭开锅盖，端出菜和饭。热喷喷的蒸气使灯光颤了几颤。她的舅父说："一起吃了便好。"而她总是回答，"你先吃，"她真是懂得如何尊敬长辈的。每逢别人看到这样体贴的招呼，总要说一声，"一团和气哪。"

饭吃半顿的样子。"剥剥剥，"有人敲门了。舅母坐在门边，顺手一开。头也不用回便说："二伯伯请坐。"二伯伯便在门槛坐下，开始从怀中掏出烟包，掏出一撮烟用两指搓成小球，放在烟管上。

"剥剥剥，"又敲门了，这是林伯伯。他们俩不用打招呼，便一个先一个后。从来不会有迟早。他们夜饭早吃过了。他们总在天未黑的时候吃的，吃过之后，站在门口望着天黑，然后到这家里来闲谈。有时这家里的媳妇招呼他们一声说"吃过么？"二伯伯便老爱开玩笑地说："老早，等到今天！"他的意思说，"我早就吃过了，我昨天便吃过了。"

二伯伯和林伯伯在一起，话便多了。他们各人把自己的烟管装满，拿到灯火上面燃点，"咝咝……"地抽着。

他们谈到村前，谈到屋后，谈到街头，谈到巷尾。真不知他们从哪里得到许多消息，好像是专在打听这人间琐事，像义务的新闻访员。

第一筒烟吸完了，又装上了第二筒。二伯伯口里衔着烟嘴，一边说话，一边把烟管放在灯花上点火，手一偏险些儿把灯火弄熄了。他的谈话便不知不觉地转到灯上来。

"我有一次到城里去。他们点的都是洋灯，青油灯简直看不到。他们点的是洋油，穿的是洋布，用的是洋货，叫人看得不服眼。"

"他们作兴点洋油，那有什么好处。洋油哪里比得上青油！——这屋子里点的是青油——洋油又臭，又生烟，价钱又贵，风一吹便熄，灯光也有点带黄。青油呢，灯花白没臭气，又不怕风，油渣还可以做肥料。洋油的油渣可以做肥料么？"

"是啊！我说城里人不懂得青油的好处。譬如说，我们一家有两三株乌柏树，每年你不用耕锄，不用施肥，可以采几石柏子，拿到油坊里去，白的外层剥下来制蜡烛，黑的芯子可以榨青油，柏子的壳烧火。这些都是天的安排，城里人哪里懂得。"

第二筒烟又完了。现在放到灯上是第三筒，林伯伯忽然指着浸在池里的灯芯，说：

"灯芯只要点上一根便够了。两根多花一倍油。"

“因为伯伯们在这儿，点得亮点，给伯伯点烟。”媳妇说。

“讨扰讨扰。”

谈话又移到灯芯上面。二伯伯和林伯伯谈着灯芯是怎模样的长在水边的一种草，便是编席子的草。灯芯还可以做药。又说有一种面，很脆很软，像灯芯大小，叫做灯芯面。

“蟹无血，灯芯无灰，这怎么讲？”媳妇插进一句。这时舅父们早已放下筷子。她在替孩子添菜，催他快吃。

“你看到蟹有血没有？你知道灯芯灰是怎样出典的么？”

二伯伯一面装烟一面讲：

“从前有一个少爷，父亲是做过大官的——什么官，六品官。（他以为品级越多，官越大。）做官的人家是有钱的，金子，银子，珍珠宝贝，数也数不清……却说这位少爷在十六七岁的年头病了，非常厉害的病症。你知道他生的是什么病，做官的人家还会缺少什么，有什么不如意的么？原来他只怀着一桩心事，就是愁着父亲留给他这许多钱怎样用得了，这时候他的父亲已经死了，只有这孩子的母亲。他是独养子，所以爱惜得是不消说的。真的倘使这孩子说要天边的月，他母亲便会毫不迟疑地雇工造个长梯子，派人去摘下来的。可是孩子并没有想摘月亮，他只愁着钱用不了。

“孩子病着愁着，脸孔黄起来。母亲的担忧也确实不少。她求神许愿，都没有效果，看看一天黄瘦似一天了。

“忽然，有一天，这位宝宝高兴起来，喊他的妈妈说，‘妈妈，我要吃一只鹌鹑。’

“他的妈妈欢喜得不得了，忙说，‘这容易办，这容易办，叫人立刻预备……’

“‘不过，’孩子说，‘妈妈，我的鹌鹑要放在石臼里炖，上面盖着石盖石臼，底下要用灯芯来烧，别种烧法我可不爱。’

“痴心的母亲吩咐照做了。她盼望会有奇迹似的石臼里的小鸟突然炖熟了，她便可以拿去给她的儿子，吃了之后，病便会好。

“于是大批的金子银子拿去购买灯芯，灯芯涨价了，连家用点灯的灯芯都被收买了去，整车整船的灯芯运到显宦的府邸，都烧在石臼底下，奇怪，烧了几许的灯芯竟没有一撮灰。……”

“这鹌鹑炖熟了吗？”媳妇问。

“你想烧得熟吗？”

“孩子后来怎么样？”

“你想他后来怎样？”

大家没有说话。这故事流传在乡间，也不知几十百年，不知经过多少的口，入了多少人的耳。所以这故事完后一点也不见得紧张。媳妇在这时正洗着锅子。不一会灶头抹净了，舀一盆热水洗手，又把快要睡去的孩子擦了一把脸，解下腰上的围裙，拿一根竹签剔一剔灯花。

伯伯们都告辞了。他们还要到别家去闲谈，把说过的话重说一遍。

媳妇一手提了灯，一手牵了孩子，施施然向自己的卧室走去。

◎文章品读

作为20世纪30年代的散文作家，陆蠡很难列入大家的行列，然而他的作品却散发着历久弥新的魅力。其作品同时具备了诸多名家的优势与长处：如同沈从文一样散发着乡野与泥土的气息；如同吴伯箫一样有着清丽、悠扬的文字；亦如师陀般擅长讲述一个优柔、动人的故事。

本文即是一篇优美细腻，充满了诗情画意的散文。年轻的主妇在夜晚来临时，为油灯注满油，天黑时分掌灯，在灯下备下了一家人的晚餐。天天如此，年年如此。一件乡间再平常不过的小事，静静散发着温暖从容的力量。

文章谋篇布局颇有可圈点之处。为避免叙事拖沓、繁冗，作者以一盏青油灯为切入点，辐射延展开来，从不同的视角、侧面来展现乡村、乡民的鲜活面貌。油灯古旧，自有它的来历。它的辗转流徙，带出了同样古旧的乡间习俗；一家人的亲上做亲，又引出了主人公一家；人物的出场，则有了老小乡邻的温馨聚餐，围炉夜话。行文如同一个“圆”，由灯盏写起，最末剔了灯花，夜深人去。各部分娓娓道来，乡间古朴的青油灯如同一件展品，被投入了极大的关注，穿插其间的，是民风的和谐、俭朴；浓浓的亲情、乡情萦绕不断。

散文的细节处理很到位，为篇章增色不少。如媳妇的注油、放灯，这样的细节年年岁岁如此，生活的平静、安闲可以想见；在写青油灯工艺制作一节，笔力尤为细腻：用生铁铸就的理由，清洗油污的碗碟——“‘嘶’地冷却之后，便焕然一新……”灯台上的花纹，手工的细致，均一一道来；对媳妇与家庭多层关系的讲解，伺候长者晚饭，为聊天的老伯加足灯芯等，也剪裁得当。

《灯》篇是作者乡土散文中比较有影响的作品，饱含着醉人的气息，清静、闲散，情味悠长。曾有很多人指出，陆蠡的散文视野较窄，涉及面有限。然而，陆蠡恰恰就在自己的“半亩方塘”中耕耘并收获了累累的硕果。作为一名江南人，他正合了一方的文化秉性，在自己的苑囿中苦心孤诣地把它打造得绘声绘色，别具风情。

·作者简介·

陆蠡（1908～1942），原名陆考源、陆圣泉，笔名陆敏、卢蠡、大角等。浙江天台平镇岩头下村人。1927年考入国立劳动大学工学院机械工程系，毕业后曾任福建泉州中学、上海南翔立达学院理化教员。1935年任上海文化生活出版社编辑。1940年创办了综合性半月刊《少年读物》，由于刊物旗帜鲜明，锋芒毕露，很快被迫停刊。刊物停办后，陆蠡开始主编《少年读物小丛书》和《少年科学小丛书》等书籍。1942年春，因书涉嫌抗日，陆蠡被逮捕并被秘密处决。陆蠡精通英、法、日、俄和世界语，先后翻译过马尔丁的《葛莱齐拉》，屠格涅夫的《罗亭》《烟》等著作。其散文华丽、沉郁，风靡一时。

囚绿记

●陆蠡

这是去年夏间的事情。

我住在北平的一家公寓里。我占据着高广不过一丈的小房间，砖铺的潮湿的地面，纸糊的墙壁和天花板，两扇木格子嵌玻璃的窗，窗上有很灵巧的纸卷帘，这在南方是少见的。

窗是朝东的。北方的夏季天亮得快，早晨五点钟左右太阳便照进我的小屋，把可畏的光线射个满室，直到十一点半才退出，令人感到炎热，这公寓里还有几间空房子，我原有选择的自由的，但我终于选定了这朝东房间，我怀着喜悦而满足的心情占有它，那是有一个小小理由。

这房间靠南的墙壁上，有一个小圆窗，直径一尺左右。窗是圆的，却嵌着一块六角形的玻璃，并且左下角是打碎了，留下一个大孔隙，手可以随意伸进伸出。圆窗外面长着常春藤。当太阳照过它繁密的枝叶，透到我房里来的时候，便有一片绿影。我便是欢喜这片绿影才选定这房间的。当公寓里的伙计替我提了随身小提箱，领我到这房间来的时候，我瞥见这绿影，感觉到一种喜悦，便毫不犹豫地决定下来，这样了截爽直使公寓里的伙计都惊奇了。

绿色是多宝贵的啊！它是生命，它是希望，它是慰安，它是快乐。我怀念着绿色把我的心等焦了。我欢喜看水白，我欢喜看草绿。我疲累于灰暗的都市的天空和黄漠的平原，我怀念着绿色，如同涸辙的鱼盼等着雨水！我急不暇择的心情即使一枝之绿也视同至宝。当我在这小房中安顿下来，我移徙小台子到圆窗下，让我的面朝墙壁和小窗。门虽是常开着，可没人来打扰我，因为在这古城中我是孤独而陌生的。但我并不感到孤独。我忘记了困倦的旅程和已往的许多不快的记忆。我望着这小圆洞，绿叶和我对语。我了解自然无声的语言，正如它了解我的语言一样。

我快活地坐在我的窗前。度过了一个月，两个月，我留恋于这片绿色。我开始了解度越沙漠者望见绿洲的欢喜，我开始了解航海的冒险家望见海面漂来花草的茎叶的欢喜。人是在自然中生长的，绿是自然的颜色。

我天天望着窗口常春藤的生长。看它怎样伸开柔软的卷须，攀住一根缘引它的绳索，或一茎枯枝；看它怎样舒开摺叠着的嫩叶，渐渐变青，渐渐变老，我细细观赏它纤细的脉络，嫩芽，我以揠苗助长的心情，巴不得它长得快，长得茂绿。下雨的时候，我爱它淅沥的声音，婆娑的摆舞。

忽然有一种自私的念头触动了我。我从破碎的窗口伸出手去，把两枝浆液丰富的柔条牵进我的屋子里来，教它伸长到我的书案上，让绿色和我更接近，更亲密。我拿绿色来装饰我这简陋的房间，装饰我过于抑郁的心情。我要借绿色来比喻葱茏的爱和幸福，我要借绿色来比喻猗郁的年华。我囚住这绿色如同幽囚一只小鸟，要它为我作无声的歌唱。

绿的枝条悬垂在我的案前了，它依旧伸长，依旧攀缘，依旧舒放，并且比在外边长得更快。我好像发现了一种“生的欢喜”，超过了任何种的喜悦。从前我有个时候，住在乡间的一所草屋里，地面是新铺的泥土，未除净的草根在我的床下茁出嫩绿的芽苗，蕈菌在地角上生长，我不忍加以剪除。后来一个友人一边说一边笑，替我拔去这些野草，我心里还引为可惜，倒怪他多事似的。

可是每天在早晨，我起来观看这被幽囚的“绿友”时，它的尖端总朝着窗外的方向。甚至于一枚细叶，一茎卷须，都朝原来的方向。植物是多固执啊！它不了解我对它的爱抚，我对它的善意。我为了这永远向着阳光生长的植物不快，因为它损害了我的自尊心。可是我囚系住它，仍旧让柔弱的枝叶垂在我的案前。

它渐渐失去了青苍的颜色，变成柔绿，变成嫩黄，枝条变成细瘦，变成娇弱，好像病了的孩子。我渐渐不能原谅我自己的过失，把天空底下的植物移锁到暗黑的室内；我渐渐为这病损的枝叶可怜，虽则我恼怒它的固执，无亲热，我仍旧不放走它。魔念在我心中生长了。

我原是打算七月尾就回南方去的。我计算着我的归期，计算这“绿囚”出牢的日子。在我离开的时候，便是它恢复自由的时候。

卢沟桥事件发生了。担心我的朋友电催我赶速南归。我不得不变更我的计划，在七月中旬，不能再留连于烽烟四逼中的旧都，火车已经断了数天，我每日须得留心开车的消息。终于在一天早晨候到了。临行时我珍重地开释了这永不屈服于黑暗的囚人。我把瘦黄的枝叶放在原来的位置上，向它致诚意的祝福，愿它繁茂苍绿。

离开北平一年了。我怀念着我的圆窗和绿友。有一天，得重和它们见面的时候，会和我面生么？

◎文章品读

《囚绿记》没有故事。讲的是作者旅居北平时居住公寓的几个细节。这些细节被无限放大，成就了这样一篇美文。

作者到北平后，在公寓选择了一间能够看到绿色的房间。这绿色，便是窗外的常春藤。由于屋子里有一扇玻璃窗碎掉，因此作者可以将这一抹绿色抓进屋子，“囚禁”起来，所谓“囚绿”。

散文以“绿”为感情线索，分别描写了赏绿、囚绿、放绿及经年的思绿。

在赏绿部分，作者对常春藤条进行了直接描写：“我移徙小台子到圆窗下，让我面朝墙壁和小窗”，“我望着这小圆洞，绿叶和我对语”，“我天天望着窗口常春藤的生长。”行文中，作者分别用了“伸开”“攀住”“舒开”来写藤条的生长。囚绿部分是行文的主体，由动起私念引绿入室，到日日观察，到绿条执意向外，观景非常仔细。在这一部分，作者进行了畅快的抒情，已然把常春藤当作了一个人，每天清晨都会起来观看幽囚的“绿友”。因为有了绿意，作者枯燥的生活焕发出了生机。

然而，“绿友”却并不认同作者对自己的关爱。每日，它只是尽其所能地寻回自由，“尖端总朝着窗外的方向。甚至于一枚细叶，一茎卷须，都朝原来的方向。”这部分描写可谓跌宕生姿。最后因囚在屋子里的枝条渐渐衰败，作者才由最初“囚绿”时的欢喜转而考虑“放绿”。虽然这样想了，然而还是固执，“魔念在我心中生长了”，——不到行期，决不放绿。

随着“卢沟桥事件”的发生，作者决计提前离开北平。“卢沟桥事件”是“放绿”的背景，也是整个行文的背景。在这样一个特殊时刻，绿意终于回归了属于自己的空间。临别，对绿意的留恋、赞叹，有着深沉的寓意。

整篇散文充满了感性的色彩。观、囚、放、怀，平淡中蕴含了深邃的意境和丰富的哲理，催人联想、感怀。

沅陵的人

●沈从文

由常德到沅陵，一个旅行者在车上的感触，可以想象得到，第一是公路上并无苗人，第二是公路上很少听说发现土匪。

公路在山上与山谷中盘旋转折虽多，路面却修理得异常良好，不问晴雨都无妨车行。公路上的行车安全的设计，可看出负责者的最大努力。旅行的很容易忘了车行的危险，乐于赞叹自然风物的美秀。在自然景致中见出宋院画的神采奕奕处，是太平铺过河时入目的光景。溪流萦回，水清而浅，在大石细沙间漱流。群峰竞秀，积翠凝蓝，在细雨中或阳光下看来，颜色真无可形容。山脚下一带树林，一些俨如有意为之布局恰到好处的小小房子，绕河洲树林边一湾溪水，一道长桥，一片烟。香草山花，随手可以掇拾。《楚辞》中的山鬼、云中君，仿佛如在眼前。上官庄的长山头时，一个山接一个山，转折频繁处，神经质的妇女与懦弱无能的男子，会不免觉得头目晕眩。一个常态的男子，便必然对于自然的雄伟表示赞叹，对于数年前裹粮负水来在这高山峻岭修路的壮丁表示敬仰和感谢。这是一群默默无闻沉默不语真正的战士！每一寸路都是他们流汗筑成的。他们有的从百里以外小乡村赶来，沉沉默默地在派定地方担土，打石头，三五十人弓着腰肩共同拉着个大石磙子碾压路面，淋雨，挨饿，忍受各式各样的虐待，完成了分派到头上的工作。把路修好了，眼看许多的各色各样稀奇古怪的物件吼着叫着走过了，这些可爱的乡下人，知道事情业已办完，笑笑的，各自又回转到那个想象不到的小乡村里过日子去了。中国几年来一点点建设基础，就是这种无名英雄做成的。他们什么都不知道，可是所完成的工作却十分伟大。

单从这条公路的坚实和危险工程看来，就可知道湘西的民众，是可以为国家完成任何伟大理想的。只要领导有人，交付他们更困难的工作，也可望办得很好。

看看沿路山坡桐茶树木那么多，桐茶山整理得那么完美，我们且会明白这个地方的人民，即或无人领导，关于求生技术，各凭经验在不断努力中，也可望把地面征服，使生产增加。

只要在上的不过分苛索他们，鱼肉他们，这种勤俭耐劳的人民，就不至于铤而走险发生问题。可是若到任何一个停车处，试同附近乡民谈谈，我们就知道那个“过去”是种什么情形了。任何捐税，乡下人都有一份，保甲在糟蹋乡下人这方面的努力，“成绩”真极可观！然而促成他们努力的动机，却是照习惯把所得缴一半，留一半。然而负责的注意到这个问题时，就说“这是保甲的罪过”，从不认为是“当政的耻辱”。负责者既不知如何负责，也因此使地方进步永远成为一种空洞的理想。

然而这一切都不妨说已经成为过去了。

车到了官庄交车处，一列等候过山的车辆，静静地停在那路旁空阔处，说明这公路行车秩序上的不苟。虽在军事状态中，军用车依然受公路规程辖制，不能占先通过，此来彼往，秩序井然。这条公路的修造与管理统由一个姓周的工程师负责。

车到了沅陵，引起我们注意处，是车站边挑的，抬的，负荷的，推挽的，全是女子。凡其他地方男子所能做的劳役，在这地方统由女子来做。公民劳动服务也还是这种女人。公路车站的修成，就有不少女子参加。工作既敏捷，又能干。女权运动者在中国二十年来的运动，到如今在社会上露面时，还是得用“夫人”名义来号召，并不以为可羞。而且大家都集中在大都市，过着一种腐败生活。比较起这种女劳动者把流汗和吃饭打成一片的情形，不由得我们不对这种人充满尊敬与同情。

这种人并不因为终日劳作就忘记自己是个妇女，女子爱美的天性依然还好好保存。胸口前的扣花装饰，裤脚边的扣花装饰，是劳动得闲在茶油灯光下做成的（围裙扣花工作之精和设计之巧，外来人一见无有不交口称赞）。这种妇女日常工作虽不轻松，衣衫却整齐清洁。有的年纪已过了四十岁，还与同伴竞争兜揽生意。两角钱就为客人把行李背到河边渡船上，跟随过渡，到达彼岸，再为背到落脚处。外来人到河码头渡船边时，不免十分惊讶，好一片水！好一座小小山城！尤其是那一排渡船，船上的水手，一眼看去，几乎又全是女子。

过了河，进得城门，向长街走走，就可见到卖菜的，卖米的，开铺子的，做银匠的，无一不是女子。再没有另一个地方女子对于参加各种事业各种生活，做得那么普遍那么自然了。看到这种情形时，真不免令人发生疑问：一切事几乎都由女子来办，如《镜花缘》一书上的女儿国现象了。本地的男子，是出去打仗，还是在家纳福看孩子？

不过一个旅行者自觉已经来到辰州时，兴味或不在这些平常问题上。辰州地方是以辰州符闻名的，辰州符的传说奇迹中又以赶尸著闻。公路在沅水南岸，过北岸城里去，自然盼望有机会弄明白一下这种老玩意儿。

可是旅行者这点好奇心会受打击。多数当地人对于辰州符都莫名其妙，且毫无兴趣，也不怎么相信。或许无意中会碰着一个“大”人物，体魄大，声音大，气派也好像很大。他不是姓张，就是姓李（他应当姓李！一个典型市侩，在商会任职，以善于吹拍混入行署任名誉参议），会告你，辰州符的灵迹，就是用刀把一只鸡颈脖割断，把它重新接上，含一口符水，向地下抛去，这只鸡即刻就会跑去，撒一把米到地上，这只鸡还居然赶回来吃米！你问他：“这事曾亲眼见过吗？”他一定说：“当真是眼见的事。”或许慢慢地想一想，你便也会觉得同样是在什么地方亲眼见过这件事了。原来五十年前的什么书上，就这么说过的。这个大人物是当地著名会说大话的。世界上事什么都好像知道得清清楚楚，只不大知道自己说话是假的还是真的，是书上有的还是自己造作的。多数本地人对于“辰州符”是个什么东西，照例都不大明白的。

对于赶尸传说呢，说来实在动人。凡受了点新教育，血里骨里还浸透原人迷信的外来新绅士，想满足自己的荒唐幻想，到这个地方来时，总有机会温习一下这种传说。绅士、学生、旅馆中人，俨然因为生在当地，便负了一种不可避免的义务，又如为一种天赋的幽默同情心所激发，总要把它的神奇处重述一番。或说朋友亲戚曾亲眼见过这种事情，或说曾有谁被赶回来。其实他依然和客人一样，并不明白，也不相信，客人不提起，他是从不注意这个问题的。客人想“研究”它（我们想象得出，有许多人最乐于研究它的），最好还是看《奇门遁甲》，这部书或者对他有一点帮助，本地人可不会给他多少帮助。本地人虽乐于答复这一类傻不可言的问题，却不能说明这事情的真实性。就中有个“有道之士”，姓阙，当地人统称之为阙五老，年纪将近六十岁，谈天时精神犹如一个小孩子。据说十五岁时就远走云贵，跟名师学习过这门法术。作法时口诀并不稀奇，不过是念文天祥的《正气歌》罢了。死人能走动便受这种歌词的影响。辰州符主要的工具是一碗水；这个有道之士家中神主前便陈列了那么一碗水，据说已经有了三十五年，碗里水减少时就加添一点。一切病痛统由这一碗水解决。一个死尸的行动，也得用水迎面地一洒。

这水且能由浑浊与沸腾表示预兆，有人需要帮忙或卜家事吉凶的预兆，登门造访者若是一个读书人，一个假洋人教授，他把这一碗水的妙用形容得将更惊心动魄。使他舌底翻莲的原因，或者是他自己十分寂寞，或者是对于客人具有天赋同情，所以常常把书上没有的也说到了。客人要老老实实发问："五老，那你看过这种事了？"他必装作很认真神气说："当然的。我还亲自赶过！那是我一个亲戚，在云南做官，死在任上，赶回湖南，每天为死者换新草鞋一双，到得湖南时，死人脚趾头全走脱了。只是功夫不练就不灵，早丢下了。"至于为什么把它丢下，可不说明。客人目的在"表演"，主人用意在"故神其说"，末后自然不免使客人失望。不过知道了这玩意儿是读《正气歌》作口诀，同儒家居然大有关系时，也不无所得。

关于赶尸的传说，这位有道之士可谓集其大成，所以值得找方便去拜访一次。他的住处在上西关，一问即可知道。可是一个读书人也许从那有道之士服尔泰风格的微笑，服尔泰风格的言谈，会看出另外一种无声音的调笑，"你外来的书呆子，世界上事你知道许多，可是书本不说，另外还有许多就不知道了。用《正气歌》赶走了死尸，你充满好奇的关心，你这个活人，是被什么邪气歌赶到我这里来？"那时他也许正坐在他的杂货铺里面（他是隐于医与商的），忽然用手指着街上一个长头发的男子说："看，疯子！"那真是个疯子，沅陵地方唯一的疯子，可是他的语气也许指的是你拜访者。你自己试想想看，为了一种流行多年的荒唐传说，充满了好奇心来拜访一个透熟人生的人，问他死了的人用什么方法赶上路，你用意说不定还想拜老师，学来好去外国赚钱出名，至少也弄得个哲学博士回国，再来用它骗中国学生，在他饱经世故的眼中，你和疯子的行径有多少不同！

这个人的言谈，倒真是一种杰作，三十年来当地的历史，在他记忆中保存得完完全全，说来时庄谐杂陈，实在值得一听。尤其是对于当地人事所下批评，尖锐透入，令人不由得不想起法国那个服尔泰。

至于辰砂的出处，出产于离辰州地还远得很，远在三百里外凤凰县的苗乡猴子坪。

凡到过沅陵的人，在好奇心失望后，依然可从自然风物的秀美上得到补偿。由沅陵南岸看北岸山城，房屋接瓦连椽，较高处露出雉堞，沿山围绕，丛树点缀其间，风光入眼，实不俗气。由北岸向南望，则河边小山间，竹园、树木、庙宇、高塔、民居，仿佛各个都位置在最适当处。山后较远处群峰罗列，如屏如障，烟云变幻，颜色积翠堆蓝。早晚相对，令人想象其中必有帝子天神，驾螭乘虬，驰骤其间。绕城长河，每年三四月春水发后，洪江油船颜色鲜明，在摇橹歌呼中连翩下驶。长方形大木筏，数十精壮汉子，各据筏上一角，举桡激水，乘流而下。就中最令人感动处，是小船半渡，游目四瞩，俨然四围是山，山外重山，一切如画。水深流速，弄船女子，腰腿劲健，胆大心平，危立船头，视若无事。同一渡船，大多数都是妇人，划船的是妇女，过渡的也是妇女较多。有些卖柴卖炭的，来回跑五六十里路，上城卖一担柴，换两斤盐，或带回一点红绿纸张同竹篾做成的简陋船只，小小香烛。问她时，就会笑笑地回答："拿回家去做土地会。"你或许不明白土地会的意义，事实上就是酬谢《楚辞》中提到的那种云中君——山鬼。这些女子一看都那么和善，那么朴素，年纪四十以下的，无一不在胸前土蓝布或葱绿布围裙上绣上一片花，且差不多每个人都是别出心裁，把它处置得十分美观，不拘写实或抽象的花朵，总那么妥帖而雅相。在轻烟细雨里，一个外来人眼见到这种情形，必不免在赞美中轻轻叹息。天时常是那么把山和水和人都笼罩在一种似雨似雾使人微感凄凉的情调里，然而却无处不可以见出"生命"在这个地方有光辉的那一面。

外来客自然会有个疑问发生：这地方一切事业女人都有份，而且像只有"两截穿衣"的女子有份，男子到哪里去了呢？

在长街上，我们固然时常可以见到一对少年夫妻，女的眉毛俊秀，鼻准完美，穿浅蓝布衣，用手指粗银链系扣花围裙，背小竹笼。男的身长而瘦，英武爽朗，肩上扛了各种野兽皮向商人兜卖，令人一见十分惊诧。可是这种男子是特殊的。是出了钱，得到免役的瑶族。

男子大部分都当兵去了。因兵役法的缺陷，和执行兵役法的中间层保甲制度人选不完善，逃避兵役的也多，这些壮丁抛下他的耕牛，向山中走，就去当匪。匪多的原因，外来官吏苛索实为主因。乡下人照例都愿意好好活下去，官吏的老式方法居多是不让他们那么好好活下去。乡下人照例一入兵营就成为一个好战士，可是办兵役的，却觉得如果人人都乐于应兵役，就毫无利益可图。土匪多时，当局另外派大部队伍来“维持治安”，守在几个城区，别的不再过问。分布乡下土匪得了相当武器后，在报复情绪下就是对公务员特别不客气，凡搜刮过多的外来人，一落到他们手里时，必然是先将所有的得到，再来取那个“命”。许多人对于湘西民或匪都留下一个特别蛮悍嗜杀的印象，就由这种教训而来。许多人说湘西有匪，许多人在湘西虽遇匪，却从不曾遭遇过一次抢劫，就是这个原因。

一个旅行者若想起公路就是这种蛮悍不驯的山民或土匪，在烈日和风雪中努力做成的，乘了新式公共汽车由这条公路经过，既感觉公路工程的伟大结实，到得沅陵时，更随处可见妇人如何认真称职，用劳力讨生活，而对于自然所给的印象，又如此秀美，不免感慨系之。这地方神秘处原来在此而不在彼。人民如此可用，景物如此美好，三十年来牧民者来来去去，新陈代谢，不知多少，除认为“蛮悍”外，竟别无发现。外来为官作宦的，回籍时至多也只有把当地久已消灭无余的各种画符捉鬼荒唐不经的传说，在茶余酒后向陌生者一谈。地方真正好处不会欣赏，坏处不能明白，这岂不是湘西的另一种神秘?

沅陵算是个湘西受外来影响较久较大的地方，城区教会的势力，造成一批吃教饭的人物，蛮悍性情因之消失无余，代替而来的或许是一点青年会办事人的习气。沅陵又是沅水几个支流货物转口处，商人势力较大，以利为归的习惯，也自然很影响到一些人的打算行为。沅陵位置在沅水流域中部，就地形言，自为内战时代必争之地。因此麻阳县的水手，一部分登陆以后，便成为当地有势力的小贩。凤凰县屯垦子弟兵官佐，留下住家的，便成为当地有产业的客居者。慷慨好义，负气任侠，楚人中这类古典的热诚，若从当地人寻觅无着时，还可从这两个地方的男子中发现。一个外来人，在那山城中石板做成的一道长街上，会为一个矮小，瘦弱，眼睛又不明，听觉又不聪，走路时匆匆忙忙，说话时结结巴巴，那么一个平常人引起好奇心。说不定他那时正在大街头为人排难解纷，说不定他的行为正需要旁人排难解纷！他那样子就古怪，神气也古怪。一切像个乡下人，像个官能为嗜好与毒物所毁坏，心灵又十分平凡的人。可是应当找机会去同他熟一点，谈谈天。应当想办法更熟一点，跟他向家里走（他的家在一个山上。那房子是沅陵住户地位最好，花木最多的）。如此一来，结果你会接触一点很新奇的东西，一种混合古典热诚与近代理性在一个特殊环境特殊生活里培养成的心灵。你自然会“同情”他，可是最好倒是“信托”他。他需要的不是同情，因为他成天在同情他人，为他人设想帮忙尽义务，来不及接受他人的同情。他需要人信托，因为他那种古典的做人的态度，值得信托。同时他的性情充满了一种天真的爱好，他需要信托，为的是他值得信托。他的视觉同听觉都毁坏了，心和脑可极健全。凤凰屯垦兵子弟中出壮士，体力胆气两方面都不弱于人。这个矮小瘦弱的人物，虽出身世代武人的家庭中，因无力量征服他人，失去了做军人的资格。可是那点有遗传性的军人气概，却征服了他自己，统治自己，改造自己，成为沅陵县一个顶可爱的人。他的名字叫作“大先生”，或“大大”，一个古怪到家的称呼。商人、妓女、屠户、教会中的牧师和医生，都这样称呼他。到沅陵去的人，应当认识认识这位大先生。

沅陵县沿河下游四里路远近，河中心有个洲岛，周围高山四合，名“合掌洲”，名目与情景相称。洲上有座庙宇，名“和尚洲”，也还说得去。但本地的传说却以为是“和涨洲”，因为水涨河面宽，淹不着，为的是洲随河水起落！合掌洲有个白塔，由顶到根雷劈了一小片，本地人以为奇，并不足奇。

河南岸村名黄草尾，人家多在橘柚林里，橘子树白华朱实，宜有小腰白齿出于其间。一个种菜园的周家，生了四个女儿，最小的一个四妹，人都呼为夭妹，年纪十七岁，许了个成衣店学徒，尚未圆亲。成衣店学徒积蓄了整年工钱，打了一副金耳环给夭妹，女孩子就戴了这副金耳环，每天挑菜进东门城卖菜。因为性格好繁华，人长得风流俊俏，一个东门大街的人都知道卖菜的周家夭妹。

因此县里的机关中办事员，保安司令部的小军佐，和商店中小开，下黄草尾玩耍的就多起来了。但不成，肥水不落外人田，有了主子。可是“人怕出名猪怕壮”，夭夭的名声传出去了，水上划船人全都知道周家夭夭。去年（1937年）冬天一个夜里，忽然来了四百武装喽啰攻打沅陵县城，在城边响了一夜枪，到天明以前，无从进城，这一伙人依然退走了。这些人本来目的也许就只是在城外打一夜枪。其中一个带队的称团长，却带了兄弟伙到夭妹家里去拍门。进屋后别的不要，只把这女孩子带走。

女孩子虽又惊又怕，还是从容地说：“你抢我，把我箱子也抢去，我才有衣服换！”

带到山里去时那团长问：“夭夭，你要死，要活？”

女孩子想了想，轻声地说：“要死。你不会让我死。”

团长笑了:“那你意思是要活了!要活就嫁我，跟我走。我把你当官太太，为你杀猪杀羊请客，我不负你。”

女孩子看看团长，人物实在英俊标致，比成衣店学徒强多了，就说:“人到什么地方都是吃饭，我跟你走。”

于是当天就杀了两个猪，十二只羊，一百对鸡鸭，大吃大喝大热闹，团长和夭妹结婚。女孩子问她的衣箱在什么地方，待把衣箱取来打开一看，原来全是预备陪嫁的!英雄美人，可谓美满姻缘。过三天后，那团长就派人送信给黄草尾种菜的周老夫妇，称岳父岳母，报告夭妹安好，不用挂念。信还是用红帖子写的，词句华而典，师爷的手笔。还同时送来一批礼物!老夫妇无话可说，只苦了成衣店那个学徒，坐在东门大街一家铺子里，一面裁布条子做纽襻，一面垂泪。

这也可说是沅陵县人物之一型。

至于住城中的几个年高有德的老绅士，那倒正像湘西许多县城里的正经绅士一样，在当地是很闻名的，庙宇里照例有这种名人写的屏条，名胜地方照例有他们题的诗词。儿女多受过良好教育，在外做事。家中种植花木，蓄养金鱼和雀鸟，门庭规矩也很好。与地方关系，却多如显克微支在他《炭画》那本书里所说的贵族，凡事取“不干涉主义”。因为名气大，许多不相干的捐款，不相干的公事，不相干的麻烦不会上门。乐得在家纳福，不求闻达，所以也不用有什么表现。对于生活劳苦认真，既不如车站边负重妇女生命活跃，也不如卖菜的周家夭妹，然而日子还是过得很好，这就够了。

由沅水下行百十里到沅陵属边境地名柳林岔——就是湘西出产金子，风景又极美丽的柳林岔。那地方过去一时也有个人，很有意思。这个人据说母亲貌美而守寡，住在柳林岔镇上。对河高山上有个庙，庙中住下一个青年和尚，诚心苦修。寡妇因爱慕和尚，每天必借烧香为名去看看和尚，二十年如一日。和尚诚心苦修，不作理会，也同样二十年如一日。儿子长大后，慢慢地知道了这件事。儿子知道后，不敢规劝母亲，也不能责怪和尚，唯恐母亲年老眼花，一不小心，就会堕入深水中淹死。又见庙宇在一个圆形峰顶，攀援实在不容易。因此特意雇定一百石工，在临河悬岩上开辟一条小路，仅可容足，更找一百铁工，制就一条粗而长的铁链索，固定在上面，作为援手工具。又在两山间造一拱石头桥，上山顶庙里时就可省一大半路。这些工作进行时自己还参加，直到完成。各事完成以后，这男子就出远门走了，一去再也不回来了。

这座庙，这个桥，濒河的黛色悬崖上这条人工凿就的古怪道路，路旁的粗大铁链，都好好地保存在那里，可以为过路人见到。凡上行船的纤手，还必须从这条路把船拉上滩。船上人都知道这个故事。故事虽还有另一种说法，以为一切是寡妇所修的，为的是这寡妇……总之，这是一个平常人为满足他的某种愿心而完成的伟大工程。这个人早已死了，却活在所有水上人的记忆里。传说和当地景色极和谐，美丽而微带忧郁。

沅水由沅陵下行三十里后即滩水连接，白溶、九溪、横石、青浪……就中以青浪滩最长，石头最多，水流最猛。顺流而下时，四十里水路不过二十分钟可完事，上行船有时得一整天。

青浪滩滩脚有个大庙，名伏波宫，敬奉的是汉老将马援。

行船人到此必在庙里烧纸献牲。庙宇无特点，不出奇。庙中屋角树梢栖息的红嘴红脚小小乌鸦，成千累万，遇下行船必飞往接船送船，船上人把饭食糕饼向空中抛去，这些小黑鸟就在空中接着，把它吃了。上行船可照例不光顾。虽上下船只极多，这小东西知道向什么船可发利市，什么船不打抽丰。

船夫说这是马援的神兵，为迎接船只的神兵，照老规矩，凡伤害的必赔一大小相等银乌鸦，因此从不会有人敢伤害它。

几件事都是人的事情。与人生活不可分，却又杂糅神性和魔性。湘西的传说与神话，无不古艳动人。同这样差不多的还很多。湘西的神秘，和民族性的特殊大有关系。历史上“楚”人的幻想情绪，必然孕育在这种环境中，方能滋长成为动人的诗歌。想保存它，同样需要这种环境。

◎文章品读

《沅陵的人》是沈从文1944年出版的《湘西》中的一篇。《湘西》是一本有关沅水流域的杂记，几乎包罗了湘西的民俗风物，如同一本地方志。

沈从文离乡十五年后再次踏上故土，对一路所见所感有着自己独特的见解。在这篇《沅陵的人》中，读者是能够体会出一些作家当时繁杂的心态的。

本篇散文内容丰富，从一个游者的角度，一路看来一路评说，如同将人引入一口大瓮，内中别有洞天。

作者从常德乘车到沅陵，由沅陵渡船进城。所写由风光及人，层层展开。过渡非常别致：经过山路时，由地势的险峻陡峭，联想到当年艰苦卓绝的乡民建设者；到沅陵后，由辰州符的传说写及智者的睿智洞明、世事练达；由卖兽皮的瑶族男子，联想到地方兵役法的缺陷，一方民风的形成。行文环环相扣，彼此呼应。

文中，湘西的山山水水、传说与神话交织呈现。笔头细腻，视角独特，写出了家乡的风物掌故、人民的勤俭耐劳，也不失时机地联系时代背景，写出了社会深层的残酷与冷漠。如文末二十年如一日守寡的母亲，从年轻貌美到老一直抱着不能实现的爱情美梦，读来令人心酸、感叹。

沈从文作为现代中国文学的大师，一生写就了无数的乡土人情。在他的笔下，湘西是那样独特，到处充满了神秘感。那里的山山水水、风俗人情，都是故事，都是诗歌，也都是图画。这些以乡土为题材的作品，在中国的“乡土文学”创作中，占有着重要地位。

·作者简介·

沈从文（1902～1988），原名沈岳焕，出生于湖南凤凰县，苗族。是著名的文学家、历史学家、文物专家，有“世界乡土文学之父”的美誉。小学毕业后入伍，随部队在川、湘、鄂、黔等边区生活。1923年到北京，从事文学创作，次年开始发表作品。1925年任教于中国公学。1930年起，在青岛大学、武汉大学任教。随着抗战爆发，转到昆明西南联大任教。抗战胜利后，任教于北京大学。新中国成立后，沈从文被安排到中国历史博物馆，从事文物、工艺美术及物质文化史等方面的研究。1978年调入中国社会科学院历史研究所任研究员，致力于中国古代服饰等领域的研究。《唐宋铜镜》《中国古代服饰研究》《龙凤艺术》等著作即是这一时期的研究成果。沈从文一生作品颇多，除了上述外，还有论文集《沫沫集》《废邮存底》《云南看云集》，批评专集《现代中国作家评论选》，以及多种沈从文的选集和多卷本《沈从文文集》等。其文学作品被翻译成英、美、日、法、瑞士等几十种语言，广为流传。

吃相

●梁实秋

一位外国朋友告诉我，他旅游西南某地的时候，偶于餐馆进食，忽闻壁板砰砰作响，其声清脆，密集如连珠炮，向人打听才知道是邻座食客正在大啖其糖醋排骨。这一道菜是这餐馆的拿手菜，顾客欣赏这个美味之余，顺嘴把骨头往旁边喷吐，你也吐，我也吐，所以把壁板打得叮叮当当响。不但顾客为之快意，店主人听了也觉得脸上光彩，认为这是大家为他捧场。这位外国朋友问我这是不是国内各地普遍的风俗，我告诉他我走过十几省还不曾遇见过这样的场面，而且当场若无壁板设备，或是顾客嘴部筋肉不够发达，此种盛况即不易发生。可是我心中暗想，天下之大，无奇不有，这样的事恐怕亦不无发生的可能。

《礼记》有“毋啮骨”之诫，大概包括啃骨头的举动在内。糖醋排骨的肉与骨是比较容易脱离的，大块的骨头上所连带着的肉若是用牙齿咬断下来，那龇牙咧嘴的样子便觉不大雅观。所以“割不正不食”“席不正不食”都是对于在桌面上进膳的人而言，啮骨应该是桌底下另外一种动物所做的事。不要以为我们一部分人把排骨吐得劈拍响便断定我们的吃相不佳。各地有各地的风俗习惯。世界上至今还有不少地方是用手抓食的。听说他们是用右手取食，左手则专供做另一种肮脏的事，不可混用，可见也还注重清洁。我不知道像咖喱鸡饭一类黏糊糊儿的东西如何用手指往嘴里送。用手取食，原是古已有之的老法。罗马皇帝尼禄大宴群臣，他从一只硕大无比的烤鹅身上扯下一条大腿，手举着鼓槌，歪着脖子啃而食之，那副贪婪无厌的饕餮相我们可于想象中得之。罗马的光荣不过尔尔，等而下之不必论了。欧洲中古时代，餐桌上的刀叉是奢侈品，从十一世纪到十五世纪不曾被普遍使用，有些人自备刀叉随身携带，这种作风一直延至十八世纪还偶尔可见，据说在酷嗜通心粉的国度里，市尘道旁随处都有贩卖通心粉（与不通心粉）的摊子，食客都是伸出右手像是五股钢叉一般把粉条一卷就送到口里，干净利落。

不要耻笑西方风俗鄙陋，我们泱泱大国自古以来也是双手万能。《礼记》："共饭不泽手。"吕氏注曰："不泽手者，古之饭者以手，与人共饭，摩手而有汗泽，人将恶之而难言。"饭前把手洗洗揩揩也就是了。把一块生猪肘子放在铁楯上拔剑而啖之，那是鸿门宴上的精彩节目，可是那个吃相也就很可观了。我们不愿意在餐桌上挥刀舞叉，我们的吃饭工具主要的是筷子，筷子即箸，古称饭頍。细细的两根竹筷，捆在手上，运动自如，能戳、能夹、能撮、能扒，神乎其技。不过我们至今也还有用手进食的地方，像从兰州到新疆，"抓饭""抓肉"都是很驰名的。我们即使运用筷子，也不能不有相当的约束，若是频频夹取如金鸡乱点头，或挑肥拣瘦地在盘碗里翻翻弄弄如拨草寻蛇，就不雅观。

餐桌礼仪，中西都有一套。外国的餐前祈祷，兰姆的描写可谓淋漓尽致。家长在那里低头闭眼口中念念有词，孩子们很少不在那里做鬼脸的。我们幸而极少宗教观念，小时候不敢在碗里留下饭粒，是怕长大了娶麻子媳妇，不敢把饭粒落在地上，是怕天打雷劈。喝汤而不准吮吸出声是外国规矩，我想这规矩不算太苛，因为外国的汤盆很浅，好像都是狐狸请鹭鸶吃饭时所使用的器皿，一盆汤端到桌上不可能是烫嘴热的，慢一点灌进嘴里去就可以不至于出声。若是喝一口我们的所谓"天下第一菜"口蘑锅巴汤而不出一点声音，岂不强人所难？从前我在北方家居，邻户是一个治安机关，隔着一堵墙，墙那边经常有几十口子在院子里进膳，我可以清晰地听到"呼噜，呼噜，呼——噜"的声响，然后是"咔嚓！"一声。他们是在吃炸酱面，于猛吸面条之后咬一口生蒜瓣。

餐桌的礼仪要重视，不要太重视。外国人吃饭不但要席正，而且挺直腰板，把食物送到嘴边。我们"食不厌精，脍不厌细"，要维持那种姿势便不容易。我见过一位女士，她的嘴并不比一般人小多少，但是她喝汤的时候真能把上下唇撮成一颗樱桃那样大，然后以匙尖触到口边徐徐吮饮之。这和把整个调羹送到嘴里面去的人比较起来，又近于矫枉过正了。人生贵适意，在环境许可的时候是不妨稍为放肆一点。吃饭而能充分享受，没有什么太多礼法的约束，细嚼烂咽，或风卷残云，均无不可，吃的时候怡然自得，吃完之后抹抹嘴鼓腹而游，像这样的乐事并不常见。我看见过两次真正痛快淋漓的吃，印象至今犹新。一次在北京的“灶温”，那是一爿道地的北京小吃馆。棉帘启处，进来了一位赶车的，即是赶轿车的车夫，辫子盘在额上，衣襟掀起塞在褡布底下，大摇大摆，手里托着菜叶裹着的生猪肉一块，提着一根马兰系着的一撮韭黄，把食物往柜台上一拍：“掌柜的，烙一斤饼！再来一碗炖肉！”等一下，肉丝炒韭黄端上来了，两张家常饼一碗炖肉也端上来了。他把菜肴分为两份，一份倒在一张饼上，把饼一卷，比拳头要粗，两手扶着矗立在盘子上，张开血盆巨口，左一口，右一口，中间一口！不大的工夫，一张饼下肚，又一张也不见了，直吃得他青筋暴露满脸大汗，挺起腰身连打两个大饱嗝。又一次，我在青岛寓所的后山坡上看见一群石匠在凿山造房，晌午歇工，有人送饭，打开笼屉热气腾腾，里面是半尺来长的酦面蒸饺，工人蜂拥而上，每人拍拍手掌便抓起饺子来咬，饺子里面露出绿韭菜馅。又有人挑来一桶开水，上面漂着一个瓢，一个个红光满面围着桶舀水吃。这时候又有挑着大葱的小贩赶来兜售那像甘蔗一般粗细的大葱，登时又人手一截，像是饭后进水果一般。上面这两个景象，我久久不能忘，他们都是自食其力的人，心里坦荡荡的，饿来吃饭，取其充腹，管什么吃相。

◎文章品读

吃，实在让人再熟悉不过。然而梁实秋的“吃”，却妙趣横生、洋洋大观，令人捧腹不止。虽是日常生活小节，然而作家扎实的文学积淀，对生活细致入微的观察，无不令人拍案叫绝。

文章开篇，以一位外国友人的所见所闻入笔。他所惊奇的国人吃相，是作者行文中的一个小插曲。作者由此生发开来，旁征博引，由《礼记》的“毋啮骨”之诫，到古今中外的纷纭吃相，逐一道来，口若悬河。或对比或论述，或感慨或赞叹，洋洋洒洒，不一而足。

虽是信马由缰，然而行文秩序井然，条理清晰。从古书的“毋啮骨”，引出了众生的吃相：国外罗马大帝的“饕餮相”，意大利人的“干净利落”，壮士食生彘肩的豪侠状，邻居治安机关、车夫、工人的风卷残云状……凡是人们能够想象到的，作者均延揽麾下，妙笔生花。在做过一番精彩描述后，作者不忘抒发自己精辟的见解：风俗礼仪，因地制宜，贵在适意，在环境许可的时候是不妨稍为放肆一点的。

散文取材平常至极，然而饶有趣味。这与作者睿智、轻松的表现形式有着密切的关系。文中比喻、排比、对比等修饰手法的运用随处可见；丰富的联想、精当的分析，均使文章有了漫画一般诙谐的效果，令人过目不忘。一位文学大家的斐然文采，在文中展现得淋漓尽致。

·作者简介·

梁实秋（1903～1987），原名梁治华，字实秋。北京人，祖籍浙江杭县。曾用秋郎、子佳等笔名。1915年秋考入清华学校，读书期间开始从事写作，其第一篇译作《药商的妻》即发表于这一时期。1923年毕业后赴美留学。1926年回国，任教于南京东南大学。次年赴上海，任《时事新报》副刊编辑，并与张禹九合编《苦茶》杂志。抗战爆发后，任国民参政会参政员，并到重庆编译馆任职。1949年赴台湾。40岁后，于散文和译作方面着力较多。其散文代表作有《雅舍小品》，译作有《莎士比亚全集》。晚年耗时7年，完成巨著《英国文学史》。

跑警报

●施蛰存

我已经足足两年没有真正地感觉到战事了，因为我已在昆明住了两年。唯一的使昆明人真感觉到战事正在进行的机会，乃是前年九月二十八日被空袭的惨状，然而那时候我恰巧不在昆明。近来，昆明人又紧张起来了。很抱歉，我似乎应当说是更紧张起来才好，哪一个昆明人不是从抗战开头就紧张着呢。好吧，让我说更紧张罢，因为最近又得天天跑警报了。

当然，我也跑警报，免得作无谓之牺牲。虽然我不很知道，像我这样一个渺小又微贱的躯体要怎样牺牲才够得上“有谓”，既然人们都认为在空袭时被炸死是“无谓”的，谁又甘愿断送了生命更被奚落呢？况且我住的地方，隔着一堵并不坚厚的城墙，就是九二八那天死伤狼藉的苗圃，人们说那是一个有鬼魂等候着机会讨替代的地方，警报发作时，我还不逃跑吗？

但是，跑警报，在我已经是两三年以前的事情了。即是在战事刚开始的时候，住在家乡，每天敌机飞往杭州方面去以及从那方面完毕了他们之所谓“任务”回来，总得从我们那小城上飞过。于是城里所有的钟都响起来了。女子中学里的钟，和尚庙里的钟，鼓楼上的钟，天主教堂里的钟，基督教堂里的钟，在钟的合奏中，人们开始乱逃乱跑。但谁也不知道该跑到哪儿去。警报解除后，谁也不知自己刚才到底逃跑在什么地方。第二次警报发出来了，人们再逃再跑，但没有一个人逃跑到他自己上一次所曾躲避过的地方去。人人都仿佛只有他自己这一次躲避的地方是最安全的。让我再说一遍，只有对于他自己，而且仅仅是这一次。

现在，差不多每天下午，我又得温习或操练两三年前的功课了。这会比从前从容得多了。那就是说，无论如何没有从前那副狼狈相了。因为现在我们可以先获得一个预报。每一个警察的派出所门口，挂出了白色的尖角旗，于是街上的人开始跨急步走了。他们多数是赶回家里去的，如果是一个没有家的流浪人，就慢慢地先踱出城，准备上西山或黑龙潭赏花去了。也有看见了预行警报立刻就认真逃跑起来的，这是除了妇人或老翁之外，恐怕尽是一些近乎神经病患者的懦夫罢。事实上，妇人或老翁倒是绝对不会逃跑的，即使他们终于听见了紧急警报。

固然也有发了预报而不听见警报的，但大多数是预报之后至多半小时，我们就可以听到早已期待着的警报汽笛。那些尖锐的狂吼，正如一群吃惊了的狼在奔窜着呼嗥。于是人们从各个就近的大城门，小城门，旧城门，或新城门中蜂拥而出，当然，我也一定是其中的一个。

在你的想象中，倘若以为人们一定是很惊慌了，那是错的。人们并不惊慌，我没有看见一个惊慌的脸。经过了种种艰苦而流亡到昆明来的人，他们都经验过非常可怕的，或许是根本没有警报的空袭，一向生长在昆明的人，或没有真正遭逢到轰炸的人，这警报声就替他们担保敌机此刻还没有飞到头顶上。可是我并不说这警报声中竟没有一个慌张的人。有的，是那些门口有小汽车等待着的人。从预行警报起，他们就开始吩咐仆人把一个个的小包裹装在汽车里，可是到现在还没有装完。没奈何，只得放弃了最后几个包裹或箱箧，携妻带子往车厢里一钻，叫车夫赶紧开。这才是慌张的跑警报，你也许要说这是我夸大的描写，他们难道真这样地不怕麻烦吗？他们不会赶早把他们的包裹及箱箧移到乡下的别墅里去吗？他们不会疏散到别墅里去住着吗？你不是一个有汽车的人，你就不会懂得一个有汽车的人的生活。反正有汽车在，何必急忙地先躲到乡下去呢？在都会里，可以赚钱，也可以花钱，而且当这国难的年头，赚钱的机会比花钱的多，不能离开都会的大人先生是该被谅解的。他们要是在都会里住一夜，就得有许多包裹和箱箧。他们的生活复杂，不比我们，一条毡子就完事。

话别扯开去，现在且留心一下，我该往哪儿跑。该往哪儿跑？虽则如此说，实在是傻话。现在不比从前，每个人都没有这个问题萦绕在他头脑里。第一次在什么地方歇脚，便永远在什么地方了。你说荒山上记不得路吗？可是谁也不会走错，连一株矮树一个坟头都不会找错。你自然而然地找到那留待你光临的地方，你会在那儿找到昨天你自己留下的一堆纸烟头或是一堆被拗折的草茎。

虽则有尽够深邃的防空壕，但紧急警报不响是没有人愿意先躲进去的。于是荒山上开了园游会。带着纸牌的会在坟前供桌上造桥，带着口琴的会靠着墓碑吹一阕救亡歌曲，女学生会一边结绒线衣，一边唱歌，小孩子会做开金锁银锁的游戏，有伴的人可以谈海天，讲说前年他在武汉怎么样几乎被炸死，或是在山西怎么样打游击，没有伴的就从口袋里掏出一本书来读。

你怕警报老不解除，肚子会饿吗？不用担忧，也不必像广西人那么样抬了饭锅风炉上山，这里有的是卖点心的。西点、核桃糖、山林果、白酒、米线或饵块，随你挑选。小贩子既然也得跑警报，为什么不可带便做买卖？

倘若闲着没有事做，我请你不妨注意一下每一个跑警报者所携带的东西。这些东西常常是一个布袋，一个包裹，或是一个小提箱。我想我们可以给它们题一个名字，叫作个警报行李。这是最尊贵的，最精选的行李。人既然不能赤手空拳在世界上活，每个人总得有一点不忍舍弃的家私。这种不忍舍弃的家私也许很多，但是在遭遇了像空袭那样危难的时候，允许你两只手携带着走的却有限得很。于是你得从这般不忍舍弃的家私中间挑选出一部分尤其不忍舍弃的东西来。这挑选出来在每次警报时带着走的一个布袋，一个包裹，或一个小提箱，是与你的生命共存亡的。所以我说这是世界上最尊贵最精选的行李。我常常坐在一个荒坟边呆想，倘若每一个人愿意把他或她的跑警报行李解开来给我看一看，我一定可以看到许多好东西：一束信札，一本日记，一册照片，几种契约，几本书，几种很平凡很廉价的纪念物，甚至是一些庸俗的首饰及钱币。我从每一个人所携带的东西中间，可以了解这个人的生命。倘若我的呆想能够实现，不是一个奇迹吗？然而我知道没有一个人肯的，正如我自己一样。谁愿意在未死之前先将生命的秘密显示给旁人呢？

跑警报的时候是唯恐敌机来得快，既跑到了目的地之后，却又唯恐它们老是不来。而事实却真是侥幸地老是不来。始终是谁也没有躲进防空壕去，便听见解除警报的汽笛了。那是一个得到了安慰的病人的叹息。于是荒山上的人们也随着舒松地长叹着，提起他或她的宝贵的行李回城了——没有逃跑的人都站出在大门口，用嘲讽似的眼色看着这些徒劳往返的男女，仿佛在说："早知不来，何必跑！"于是过路的人回看他们一眼，仿佛说："万一竟来了呢？"但立即扭过头来对同伴说："明天可不跑了。"同伴也不会有什么意见，反正知道他明天还得跑。

◎文章品读

跑警报这一二十世纪三四十年代所特有的词汇，已成为当时国内汇聚昆明的文化大家们心底最深刻的记忆。

何谓跑警报？就是空袭要来了，人们得准备逃跑，不能做"无谓的牺牲"。

当时施蛰存、沈从文等先期从沦陷区撤往昆明，在西南联大任教。到了昆明后，空袭总要来，于是跑警报便成了耳熟能详的词汇和再熟悉不过的举动。

全篇以"天天跑警报"为行文线索，写出了警报拉响后，不同的人不同的态度及表现。文章中有不少令人回味的细节，有的回想起甚至会忍俊不禁。然而，这确实又是对一种灾难的描写。作者行文虽显轻松，笔底却怀着满腔的愤慨与对侵略者的蔑视。

在跑的过程中，作者悉心描绘了各色人的举动，对于理解战争中人们的心理很有裨益："如果是一个没有家的流浪人，就慢慢地先踱出城，准备上西山或黑龙潭赏花去了。""没有一个人逃跑到他自己上一次所曾躲避过的地方去。人人都仿佛只有他自己这一次躲避的地方是最安全的。""在你的想象中，倘若以为人们一定是很惊慌了，那是错的。人们并不惊慌，我没有看见一个惊慌的脸。"事实上，在逃跑中惊慌失措的人亦大有人在，那就是家业颇丰的富人。他们开着小轿车，各种财物都舍不得丢下。对于他们的诸多表现，作者辛辣地指出："反正有汽车在，何必急忙地先躲到乡下去呢？在都会里，可以赚钱，也可以花钱，而且当这国难的年头，赚钱的机会比花钱的多。"对于发国难财者的丑恶嘴脸，作者给予了毫不留情面的批驳。逃跑中的芸芸众生相，在作者的笔下渐次鲜活起来，给人留下深刻印象。

在施蛰存后，汪曾祺也写了一篇《跑警报》。二人风格不同，然而都是对这一特殊时期非常状况的描绘。汪氏运笔更加诙谐、幽默：逃跑的人中有学哲学的，推理自己能够捡到金戒指，便真的捡到了；逃到深沟中百无聊赖，便开始打牌，谈恋爱，有的静坐在石洞中如同高窟中的佛；不屑逃跑的便在轰炸声中“不动声色”地煮冰糖莲子……与汪氏版本不同，施蛰存的《跑警报》多了更多的个人感受，从“我”出发。虽运笔有异，主旨却殊途同归。于情感上，也都有着一种看破世事后的辛酸与沧桑。

跑警报是一种无奈之举。对于当时的国人而言，只能在忍受煎熬的同时，设法去寻求另一种能够维持下去的生活方式和状态。在这种适应中，可贵的是人们依旧积极乐观：学生依旧要上课，商人们也依旧要做买卖。乱世中，一切都在有条不紊地进行着——包括跑警报。精神上的不服输，为任何外力也难以征服、摧垮的。

·作者简介·

施蛰存（1905～2003），著名文学家、翻译家、教育家。出生于杭州。20世纪30年代在上海文坛崭露头角，成为知名小说家。《上元灯》《将军的头》《梅雨之夕》《小珍集》等均是这一时期的主要著作。抗战爆发后，先后任教于云南大学、厦门大学、暨南大学和光华大学。1952年后，长期在华东师范大学中文系执教。在长达80余年的学术生涯中，致力于中国现代文学史和学术史的研究，博古通今，学贯中西。他的《唐诗百话》《词学论稿》《宋元词话》《历代词籍序跋萃编》《北山集古录》和《水经注碑录》等著作，在学术界广有盛誉。其创办并长期担任主编的《词学》也是海内外学术界公认的权威学术专刊。

两种虫类

●唐弢

夏秋的时候，街头巷尾常有叫卖鸣虫的。最普遍的两种，是叫哥哥和知了。

叫哥哥属于螽斯一类，色绿，混迹于豆棚瓜架，择肥而噬，吃饱了肚子没有事做，放开声音高唱一番；虽说唱的并不是嘴，而是嘴以外的另一种器官，但充溢在他们声音里的，据说都是天经地义般的大道理。

就因为是大道理，所以那么玄妙，那么不可理解，我们全听不懂。生在同一世界上，同为万物之一，但他们是他们，我们是我们，他们所唱的是本身利益，和我们没半点关系。

他们唱着，从早晨到夜晚，又从夜晚到早晨，所唱的终是这一套!

似乎天之所以生叫哥哥，就在使他们唱，使他们无裨于大众地高声地唱。

他们另外还有一种本领，便是跳。从这枝上跳到那枝上，又从那枝上跳回来，或者跳到别的甚么地方；他们的目的在使肚子饱，享乐和舒服，以及尽量发挥他们唱的天才。

至于知了，却另有不同的地方。他们鄙夷叫哥哥的行为，而以清高自命；虽然肚子也一样吃得饱饱，据说只是些“于世无亏，于人无损”的露水。

知了喜欢把赭灰色的身体隐在树干里，放出“正人君子”般雍容的架子，冷笑别人昏愦贪吝，只有他们才是聪明的，“知了！知了！”什么都知道。可是他们却是时代的旁观者。

为着妒忌叫哥哥的得据肥枝，他们也常高声叫唱。那是另一种声音，另一个调子，唱来像是更为动听似的。

然也只是唱唱而已。

◎文章品读

《两种虫类》是一篇短小的抒情散文。文章不长，却充满了内在之美。

文章以类比的形式写了夏秋的两种虫：叫哥哥和知了。叫哥哥肥壮，每日混迹于“豆棚瓜架”，“择肥而噬”；吃饱了没事，便放声歌唱。其高亢的唱腔并没有引起作者的共鸣。虽说人们认为其隐含着“天经地义般的大道理”，作者却不以为然。然而大家泾渭分明，利益各不相干。于是它们终日唱着，“从早晨到夜晚，又从夜晚到早晨，所唱的终是这一套！”一种厌烦之情溢于言表。看过叫哥哥，知了也好不了哪去，所不同的是，知了自视甚高，甚至看不起叫哥哥。它们吃着“于人无损”的露水，永日里将“赭灰色的身体隐在树干里，放出‘正人君子’般雍容的架子”，笑着别人的“昏愦贪吝”。知了也让作者心生厌恶：这种“时代的旁观者”，在现实社会中还是越少越好。两种虫类在各自的世界里，享受、陶醉，为了让自己成为王国里的唯一，竞相鼓噪，唱得也愈发嘹亮起来。

类比的虫儿，借代的手法。作者的用意不言自明。篇幅短小精悍，令人读完哑然失笑。

·作者简介·

唐弢（1913～1992），原名端毅，浙江镇海人。曾在上海邮局做过邮政工人。20世纪30年代开始从事业余创作，以散文和杂文为主，风格接近鲁迅，并因此与鲁迅结识。40年代，唐弢与友人合力创办《周报》，后又主编过《文汇报》副刊《笔会》。新中国成立后，历任复旦大学教授、上海市文化局副局长、《文艺月报》副主编等职。1959 年调入中国科学院社会科学学部文学研究所任研究员。1978 年兼任中国社会科学院研究生院教授、硕士和博士生导师。唐弢是鲁迅研究学科的奠基人之一和海内外公认的权威学者，曾参与 1938 年版《鲁迅全集》的编辑工作，并编辑出版了《鲁迅全集补遗》《鲁迅全集补遗续编》等作品。唐弢一生写了大量的散文、杂文、时评，在史料、史论的研究方面颇有造诣，其主编的《中国现代文学史》《中国现代文学史简编》是学习现代文学的重要著作，被列为高等院校文科通用教材。

三笑记

●金克木

人生下来就大哭，过些天又会开口笑。婴儿自己不知道，这是哭，这是笑，是从大人的反应中知道效果的。于是哭笑不仅是发自内心，而且是有求于外，是含有预期得到效应的有意识的生理行为了。

开怀大笑，不知道为什么，两人同时开口，无因无由无求无欲，这才难得。我有过这样的笑，值得庆幸。

那是一九六六年夏天之交，大学里如同开锅，热闹非凡。不知怎么冷清的时候，有的地方会忽然平静无事，人都不知集中到什么地方去了。有一天，我正在和一些“牛鬼蛇神”搬运石头，从屋边拣起大小石块放在筐内抬过一片开阔地，卸在当年洋人修的燕京大学围墙下面。和我同抬一筐的是化学系的傅鹰教授。两人不发一言，全心全意劳动。来回抬了几趟，不知怎么，突然寂无人声。在墙下卸完石头，抬头一看，只剩我们两个人。其他人不知哪里去了。竟没人给我们打招呼。我们也没有抬头看过周围的人，只低头劳动，入于人我两忘的高级禅境。这时猛然发现如在荒原，只有两个老头，对着一堆石头，一只筐，一根扁担，一堵墙，一片空地。

不约而同，两人迸发出一阵哈哈大笑。笑得极其开心，不知为什么，也想不到会笑出什么来。笑过了，谁也没说话，拾起扁担，抬起筐，照旧去搬运石头。不过，这一阵笑后，轻松多了。不慌不忙，不紧不慢，石头也不大不小，抬起来也不轻不重，缓步当车，自觉劳动，自然自在，自得其乐，什么化学公式佛教哲理全忘到九霄云外去了。这真是一生难得的一笑。开口大笑，不必说话，不用思想，超出了一切。是不是彼此别有会心？不一定。

傅鹰教授是从美国回来的。在“大跃进”中，科学研究也上马大干。要他发表对千军万马协同作战研究科学的体会时，他背诵两句唐诗：“一春梦雨常飘瓦，尽日灵风不满旗。”因此挨了一顿批判。可是好像批与被批双方都不知批的是什么，为什么批。有人问我。我说，古诗和大事同样难懂。以不懂为妙。何必不懂装懂？他的夫人也是化学教授。两人都已故去了。既已安息，就不必多说话打扰他们了。

又一次大笑是在这以后不到一年。我一直坚持劳动，但是同劳动的人却常常更换。有一天，留在空空一座大楼里劳动的只有三个人。我，教日文的刘振瀛和一位嫁给中国丈夫的日本女人，她取的中国的姓是李。我们的任务是擦窗户。我初见李时，她好像是二十岁上下的美丽活泼的小姑娘，此时她已经是两个孩子的母亲了。不知何时她当了职员，也不知为什么陪我们一起劳动。这个女的，据说当学生时在战后日本做过各种劳动，继承战时的“奉仕”（服务），不过是为自己生活不是为“圣战”了。她会操持家务，所以比两位老教授都“懂行”。她教我们怎么先用旧报纸，再用干布，然后用湿布，又重复用干布，从点到面擦玻璃。两个老学生随着她的示范倒也学得不慢。后来要站上窗台去清除上层积垢，两个老头都面有难色。虽是二楼，摔下去也不是玩的。还是她，自告奋勇，一跳便站上去。我给她递工具。窗子是开着的。她站得很坚定。我还是担心不稳。不一会儿，任务完成，她一回身便往下跳。我出于本能，不自量力，伸手去保护。哪知她心里也不踏实，跳下时怕往外倒，竟向内侧着，一见我伸手，转身一躲，反而维持不住平衡，一下子靠在我的手臂上。我本是无心举臂，并未用力，也跟着一歪。幸而她不到三十岁，我也不过五十岁，脚跟还站得稳，都没跌倒。旁边的刘出于意外吓了一跳。三人定过神来，不由自主同声哈哈一笑。我笑得最响。她也失去少女风度，张开大嘴。刘反笑得庄严，不失留学日本时受的“喜怒不形于色”的磨炼。这一阵笑声在空荡荡的大楼里和着回声仿佛突如其来的音乐，像有的交响乐的“曲终奏雅”，轰然巨响，真是难得。当然，这事除我们自己以外，谁也不知道。他们两位大约随后便忘了。只有我记到现在，因为这是我的第二次老来开心大笑。

现在刘已称为古人，李也回日本去了。三人余一，忽然想起这次三人大笑，接着又想起那次二人大笑，不由得又想笑，可是笑不出来。强迫哭比强迫笑容易。我老而不死也有好处，比别人多些时间回忆。记得笑比记得哭好。我的记忆中几乎都是一些可笑的事，都是我自己做下的。记不得生下来的哭。大约十岁以后就不哭了。二十岁时，哥哥突然去世。我艰难困苦回到家，见到老母忍不住伏在她膝上哭了一场。此外再也想不起什么时候哭过。那次哭后不久，我又离家外出，举目无亲，飘零各地，无论遇见什么事都不会哭，要哭也没有眼泪。我的女朋友告诉我，她好像不会脸红。我告诉她，我不会流泪。于是两人相对开心笑起来，觉得真够做朋友。

还有第三次的笑，那一定是在我登上八宝山“火遁”“尸解”的时候。但不会有人看见，自己也不知道了。所以预先在这里记下一笔。是为“三笑记”。记于一九九三年四月，癸酉闰三月前夕。

◎文章品读

在日常生活中，我们经常会想笑而不得不抑住不笑，或不想笑而不得不笑，也有心无外物的哈哈大笑。看过金克木的“三笑”，人们会仔细回想，原来笑也可以笑得如此不同，如此各有千秋。学者金克木，以大手笔写小品文，给人们留下了一个静心思索的空间。

文中写笑，没有繁缛的铺垫、精美的架构。简单地以婴孩哭、自己认定的“无欲无求”为引线，将自己的记忆引回三十余年前。前两笑，都有着相似的背景，即“文革”刚刚开始的 1966 年。大部分知识分子、学者专家均受到了史无前例的冲击，或下放劳动，或举家批斗，学校骚乱频仍。“牛鬼蛇神”“反动学术权威”“走资派”等称号都是其时的特定产物。金克木、傅鹰等学者在冲击中均未能幸免。

从主人公的第一笑中，我们可以品出，此笑虽然“无欲无求”，实则是包含了太久淤积的沉闷——每日频繁、机械的劳动，小心翼翼地说话做事，外界日益动荡，这些都是不能忽视的原因。大笑，在其时是一种自然而然的流露，更是一种畅快的宣泄。第二笑，与头一笑相差近一年，然而时势没有好转，更是愈演愈烈。劳动中，嫁了中国丈夫的日本女子教两位学者擦玻璃，并“以身犯险”跃上高台擦除污垢。她在日本战后从事过各种劳动，到了中国，改头换面的局势让其并不能轻松。这一笑和头一笑，都蕴含了一种乐观、无奈却又难得解脱的快感。笑意中，蕴含的是一种境界。

最后一笑，与前两笑已相隔几十年，并且在当时还没有发生。但作者却断定会在“火遁”“尸解”之时，笑逐颜开。“火遁”“尸解”是道教中的两种法术：火遁意为利用火的能量来穿越不同的空间；尸解是指得道后可遗弃肉体而仙去，或不留遗体，只假托一物（如衣、杖、剑）遗世而升天。这都是分外乐观、通达的说法。老人的心态已经随着时代的变迁而不复往矣。逝者为大，存者对生活已有了更加透彻的感悟。

笑的含义，确实是各有千秋。从笑意引申开来，其背后都隐含着一种心态与境界折射出的现实，令人深省。

·作者简介·

金克木（1912～2000），字止默，笔名辛竹。生于江西，祖籍安徽寿县。著名学者。1930年任香港《立报》国际新闻编辑。1935年到北京大学图书馆做图书管理員，自学多国语言，开始翻译和创作。1938年任香港《立报》国际新闻编辑，次年任教于湖南省立桃源女子中学和湖南大学。1941年任印度加尔各答中文版报纸《印度日报》编辑。1943年赴印度佛教圣地研究佛学，回国后任武汉大学哲学系教授。1948年出任北京大学东方语言文学系教授。金克木的主要作品有：《印度文化论集》《比较文化论集》《文化猎疑》《无文探隐》《旧学新知集》《末班车》《孔乙己还乡》《风烛灰》等30余种，译著有《古代印度文艺理论文选》《伐致呵利三百咏》《摩诃婆罗多插话选》等。

饿

●刘半农

他饿了；他静悄悄地立在门口；他也不想什么，只是没精没采，把一个指头放在口中咬。

他看见门对面的荒场上，正聚集着许多小孩，唱歌的唱歌，捉迷藏的捉迷藏。

他想：我也何妨去？但是，我总觉得没有气力，我便坐在门槛上看看罢。

他眼看着地上的人影，渐渐地变长；他眼看着太阳的光，渐渐地变暗。"妈妈说的，这是太阳要回去睡觉了。"

他看见许多人家的烟囱，都在那里出烟；他看见天上一群群的黑鸦，咿咿呀呀地叫着，向远远的一座破塔上飞去。他说："你们都回去睡觉了么？你们都吃饱了晚饭了么？"

他远望着夕阳中的那座破塔，尖头上生长着几株小树，许多枯草。他想着人家告诉他：那座破塔里，有一条"斗大的头的蛇！"他说："哦！怕啊！"

他回进门去，看见他妈妈，正在屋后小园中洗衣服——是洗人家的衣服——一只脚摇着摇篮；摇篮里的小弟弟，却还不住地啼哭。他又恐怕他妈妈，向他垂着眼泪说："大郎！你又来了！"他就一响也不响，重新跑了出来！

他爸爸是出去的了，他却不敢在空屋子里坐；他觉得黑沉沉的屋角里，闪动着一双睁圆的眼睛——不是别人的，恰恰是他爸爸的眼睛！

他一响也不响，重新跑了出来，——仍旧是没精没采的，咬着一个小指头；仍旧是没精没采，在门槛上坐着。

他真饿了！——饿得他的呼吸，也不平均了；饿得他全身的筋肉，竦竦地发抖！可是他并不啼哭，只在他直光的大眼眶里，微微有些泪痕！因为他是有过经验的了！——他啼哭过好多次，却还总得要等，要等他爸爸买米回来！

他想爸爸真好啊！他天天买米给我们吃。但是一转身，他又想着了——他想着他爸爸，有一双睁圆的眼睛！

他想到每吃饭时，他吃了一半碗，想再添些，他爸爸便睁圆了眼睛说："小孩子不知道'饱足'，还要多吃！留些明天吃罢！"他妈妈总是垂着眼泪说："你便少喝一'开'酒，让他多吃一口罢！再不然，便譬如是我——我多吃了一口！"他爸爸不说什么，却睁圆着一双眼睛！

他也不懂得爸爸的眼睛，为什么要睁圆着，他也不懂得妈妈的眼泪，为什么要垂下。但是，他就此不再吃，他就悄悄地走开了！

他还常常想着他姑母——"啊！——好久了！妈妈说，是三年了！"三年前，他姑母来时，带来两条咸鱼，一方咸肉。他姑母不久就去了，他却天天想着她。他还记得有一条咸鱼，挂在窗口，直挂到过年！

他常常问他的妈妈："姑母呢？我的好姑母，为什么不来？"他妈妈说："她住得远咧！——有五十里路，走要走一天！"

是呀，他天天是同样地想，——他想着他妈妈，想着他爸爸，想着他摇篮里的弟弟，想着他姑母。他还想着那破塔中的一条蛇，他说："它的头有斗一样大，不知道它两只眼睛，有多少大？"

他咬着指头，想着想着，直想到天黑。他心中想的，是天天一样，他眼中看见的，也是天天一样。

他又听见一声听惯的"哇……乌……"他又看见那卖豆腐花的，把担子歇在对面的荒场上。孩子们都不游戏了，都围起那担子来，捧着小碗吃。

他也问过妈妈："我们为什么不吃豆腐花？"妈妈说："他们是吃了就不再吃晚饭的了！"他想，他们真可怜啊！只吃那一小碗东西，不饿的么？但是他很奇怪，他们为什么不饿？同时担子上的小火炉，煎着酱油，把香风一阵阵送来，叫他分外的饿了！

天渐渐地暗了，他又看见五个看惯的木匠，依旧是背着斧头锯子，抽着黄烟走过。那个年纪最大的——他知道他名叫“老娘舅”——依旧是喝得满面通红，一跛一跛地走；一只手里，还提着半瓶黄酒。

他看着看着，直看到远远的破塔，已渐渐地看不见了；那荒场上的豆腐花担子，也挑着走了。他于是和天天一样，看见那边街头上，来了四个兵，都穿着红边马褂：两个拿着军棍，两个打着灯。后面是一个骑马的兵官，戴着圆圆的眼镜。

荒场上的小孩，远远地看见兵来，都说“夜了！”一下子就不见了！街头躺着一只黑狗，却跳了起来，紧跟着兵官的马脚，汪汪地嗥！

他也说：“夜了夜了！爸爸还不回来，我可要进去了！”他正要掩门，又看见一个女人，手里提着几条鱼，从他面前走过。他掩上了门，在微光中摸索着说：“这是什么人家的小孩的姑母啊！”

1920年6月20日，伦敦

◎文章品读

《饿》是一篇书写传神的散文。

文章内容并不深奥。写一个小孩在饥饿的状况下的举止。他的一切行为，均围绕着一个“饿”字来体现。孩子的心理被刻画得栩栩如生，一个时代的悲哀也随之清晰地呈现出来。

文中，小孩从黄昏便“悄悄站立在门口”，望着别的孩子在玩。他也想去，但是“总觉得没有气力”，因为饿。他就在门口，观察着所能看到的一切。就这样挨到日落天黑，爸爸也没有回来——爸爸不回来，家里就没有米吃，仍旧是这样饿着。文章以一种儿童的幼稚、单纯的心理活动开篇，给人留下深刻的印象。

由于饿，孩子百无聊赖，举动也愈发显出一个孩子的天真、无助。他问乌鸦：“你们都回去睡觉了么？你们都吃饱了晚饭了么？”由于自己饿得发慌，开始猜测乌鸦的晚饭在哪里；他回家，看到妈妈仍旧在给别人洗衣服，立刻跑了出来，因为怕妈妈垂着眼泪问话。在孩子的心中，妈妈总是垂着眼泪，爸爸也总是圆瞪着眼睛，令人生畏。对这一切他都不知道为什么。孩子的懂事只是体现在为了不看到妈妈的眼睛，就“一响也不响，重新跑出来”；为了不看到爸爸的眼睛，就此不再吃，“悄悄地走开”。他不知道，他饿，大人也在饿。所有的变故只是因为生逢乱世。孩子、父母以及父母忧伤的表情指摘的是其时的社会现状。

对于饿的描写，文章用了很多生动、含蓄的词句，“他的呼吸，也不平均了；饿得他全身的筋肉，竦竦地发抖！”孩子一次次地“把一个指头放在口中咬”，并想起多年前的姑母，因为姑母带来过“两条咸鱼，一方咸肉”。其中一条咸鱼，还挂在窗口，直到过年。对美食的怀想，更加衬托出孩子的饥饿。行文中，作者重复了三次孩子咬手指的动作，两次从屋中跑出的情节，对于烘托孩子饥饿的状态、心理变化起到了强化的效果。细节描绘的出色、到位，也为理解散文的主题起到了很好的推动作用。

·作者简介·

刘半农（1891～1934），著名的文学家、语言学家、教育家。“五四”新文化运动的先驱之一。1917 年，刘半农在《新青年》上发表了许多震惊文坛的进步文章，成为新文化运动中的“斗士”和“闯将”。他是白话诗歌的开拓者、现代民歌研究的领路人、具有开拓精神的杂文家。他也是中国语言学及摄影理论的奠基人，是中国第一个获“康士坦丁语言学专奖”的语言学家。

北大河

●刘半农

唯中华民国十有八年十有二月，北京大学三十一周年纪念刊将出版，同学们要我做篇文章凑凑趣，可巧这几天我的文章正是闹着“挤兑”（平时答应人家的文章，现在不约而同地来催交卷），实在有些对付不过来。但事关北大，而又值三十一周年大庆，即使做不出文章，榨油也该榨出一些来才是，因此不假思索，随口答应了。

我想：这纪念刊上的文章，大概有两种做法。第一种是说好话，犹如人家办喜事，总得找个口齿伶俐的伴娘来，大吉大利说上一大套，从“红绿双双”起，直说到“将来养个状元郎”为止。这一工我有点做不来，而且地位也不配：必须是校长、教务长等来说，才能说得冠冕堂皇，雍容大雅，而区区则非其人也。第二种说老话，犹如白发宫人，说开元遗事，从当初管学大臣戴着红顶花翎一摆一摇走进四公主府说起，说到今天二十九号汽车在景山东街啵啵啵；从当初同学中的宽袍大袖，摇头抖腿，抽长烟管的冬烘先生说起，说到今天同学中的油头粉脸，穿西装，拖长裤的“春烘先生”（注曰：春烘者，春情内烘也）。这一工，我又有点不敢做，因为我在学校里，虽然也可以窃附于老饭桶之列，但究竟不甚老：老于我者大有人在。不老而卖老，决不能说得“像煞有介事”；要是说错了给人挑眼，岂非大糟而特糟。

好话既不能说，老话又不敢说，故而真有点尴尬哉！

哈！有啦！说说三院面前的那条河罢！

我不知道这条河叫什么名字。就河沿说，三院面前叫作北河沿，对岸却叫作东河沿。东与北相对，不知是何种逻辑。到一过东安门桥，就不分此岸彼岸，都叫作南河沿；剩下的一个西河沿，却丢在远远的前门外。这又不知是何种逻辑。

真要考定这条河的名字，亦许拿几本旧书翻翻，可以翻得出。但考据这玩艺儿，最好让给胡适之、顾颉刚两先生"卖独份"，我们要"玩票"，总不免吃力不讨好。

亦许这条河从来就没有过名字，其唯一的名字就是秃头的"河"，犹如古代黄河就叫作河。

我是个生长南方的人，所谓"网鱼漉鳖，在河之洲；咀嚼菱藕，捃拾鸡头；蛙羹蚌臛，以为膳羞；布袍芒履，倒骑水牛"，正是我小时候最有趣的生活，虽然在杨元慎看来，这是吴中"寒门之鬼"的生活。

在八九岁时，我父亲因为我喜欢瞎涂，买了两部小画谱，给我学习。我学了不久，居然就知道一小点加一大点，是个鸭，倒写"人"字是个雁；一重画之上交一轻撇是个船，把"且"字写歪了不写中心二笔是个帆船。我父亲看了很喜欢，时时找几个懂画的朋友到家里来赏鉴我的杰作。记得有一天，一位老伯向我说："画山水，最重要的是要有水。有水无山，也可以凑成一幅。有山无水，无论怎样画，总是死板板的，令人透气不得。因为水是表显聪明和秀媚的。画中一有水，就可以使人神意悠扬远了。"他这话，就现在看来，也未必是画学中的金科玉律；但在当时，却飞也似的向我幼小的心窝眼儿里一钻，钻进去了再也不肯跑出来；因而养成了我的爱水的观念，直到"此刻现在"，还是根深蒂固。

民国六年，我初到北京，因为未带家眷，一个人打光棍，就借住在三院教员休息室后面的一间屋子里。初到时，真不把门口的那条小河放在眼里，因为在南方，这种河算得了什么，不是遍地皆是么？到过了几个月，观念渐渐地改变了。因为走遍了北京城，竟找不出同样的一条河来。那时北海尚未开放，只能在走过金鳌玉蝀桥时，老远地望望。桥南隔绝中海的那道墙，是直到去年夏季才拆去的。围绕皇城的那条河，虽然也是河，却因附近的居民太多了，一边又有高高的皇城矗立着，看上去总不大入眼。归根结底说一句，你若要在北京城里，找到一点带有民间色彩的，带有江南风趣的水，就只有三院前面的那条河。什刹海虽然很好，可已在后门外面了。

自此以后，我对于这条河的感情一天好过一天；不但对于河，便对于岸上的一草一木，也都有特别的趣味。那时我同胡适之，正起劲做白话诗。在这一条河上，彼此都吟过了好几首。虽然后来因为吟得不好，全都将稿子揉去了，而当时摇头摆脑之酸态，固至今犹恍然在目也。

不料我正是宝贵着这条河，这条河却死不争气！十多年来，河面日见其窄，河身日见其高，水量日见其少，有水的部分日见其短。这并不是我空口撒谎：此间不乏十年以上的老人，一问便知端的。

在十年前，只隆冬河水结冰时，有点乌烟瘴气，其余春夏秋三季，河水永远满满的，亮晶晶的，反映着岸上的人物草木房屋，觉得分外玲珑，分外明净。靠东安门桥的石岸，也不像今日的东歪西欹，只偷剩了三块半的石头。两岸的杨柳，别说是春天的青青的嫩芽，夏天的浓条密缕，便是秋天的枯枝，也总饱含着诗意，能使我们感到课余之暇，在河岸上走上半点钟是很值得的。

现在呢，春天还你个没有水，河底正对着老天；秋天又还你个没有水，老天正对着河底！夏天有了一些水了，可是臭气冲天，做了附近一带的蚊蚋的大本营。

只是十多年的工夫，我就亲眼看着这条河起了这样的一个大变化。所以人生虽然是朝露，在北平地方，却也大可以略阅沧桑！

再过十多年，这条河一定可以没有，一定可以化为平地。到那时，现在在蒙藏院前面一带河底里练习掷手榴弹的丘八太爷们，一定可以移到我们三院面前来练习了！

诸公不信么？试看西河沿。当初是漕运的最终停泊点：据清朝中叶人所做的笔记，在当时还是樯桅林立的。现在呢，可已是涓滴不遗了！

基于以上的"瞎闹"（据师范大学高材先生们的教育理论，做教员的不"瞎闹"就是"瞎不闹"，其失维均，故区区亦乐得而瞎闹），谨以一片至诚，将下列建议提出诸位同事及诸位同学之前——

第一，那条河的最大部分（几乎可以说是全体），都在我们北大区域之内（我们北大虽然没有划定区域，但南至东安门，北达三道桥，西迄景山，谁也不能不承认这是我们北大的势力范围矩——谓之为"矩"而不言"圈"者，因其形似矩也——而那条河，就是矩的外直边），我们不管它有无旧名，应即赐以嘉名曰"北大河"。

第二，即称北大河，此河应即为北大所有。但所谓为北大所有，并不是我们要把它拿起来包在纸里，藏在铁箱里，只是说：我们对于此河，应当尽力保护；它虽然在校舍外面，应当看得同校舍里的东西一样宝贵。譬如目今最重要的问题，是将河中积土设法挑去，使它回复河的形状，别老是这么像害着第三期的肺病似的。这件事，一到明年开春解冻，就可以着手办理。至于钱，据何海秋先生说——今年上半年我同他谈过——也不过数百元就够；那么，老老实实由学校里掏腰包就是，不必向市政府去磕头，因为市政府连小一点的马路都认为支路不肯修，哪有闲情逸致来挑河？（但若经费过多，自当设法请驻平的军队来帮帮忙）此外，学校里可以专雇一两个，或拨一两个听差，常在河岸上走走。要是有谁家的小少爷，走到河边拉开屁股就拉屎，就向他说："小弟弟，请你走远一步罢，这不是你府上的茅厕啊！"或有谁家的老太太，要把秽土向河里倒，就向她说："你老可怜可怜我们的北大河罢！这大的北平城，哪一处不可以倒秽土呢？劳驾啊，我给您请安！"诸如此类，神而明之，会而通之，是在哲者。

河岸上的树，现在虽然不少，但空缺处还很多。我的意思，最好此后每年每班毕业时，便在河旁种一株纪念树，树下竖石碑，勒全班姓名。这样，每年虽然只种十多株，时间积久了，可就是洋洋大观了。假如到了北大开一百周年纪念会时，有一个学生指着某一株树说："瞧，这还是我曾祖父毕业那年种的树呢。"他的朋友说："对啊！那一株，不是我曾祖母老太太密斯某毕业的一年种的么？"诸位试闭目想想，这还值不得说声"懿欤休哉"么？

总而言之言而总之，我虽然不相信风水，我总觉得水之为物，用腐旧的话来说，可以启发灵思；用时髦的话来说，可以滋润心田。要是我们真能把现在的一条臭水沟，造成一条绿水涟漪，垂杨飘拂的北大河，它一定能于无形中使北大的文学，美术，及全校同人的精神修养上，得到不少的帮助。

我人话已说完，诸位赞成的请高举贵手；不赞成就拉倒，算我白费，请大家安心在臭水沟旁过活！

◎文章品读

1929 年，北大 31 周年校庆。在诸多的校庆感言中，刘半农的《北大河》别具一格。一如作者之为人本色——滑稽生动，亦庄亦谐。其年轻时闯荡上海，参加剧团，发表作品，翻译小说；“五四”中成为文化运动冲锋陷阵的闯将，天天忙碌不停；被保送英国留学，因家眷太多，生活苦闷，却不忘写打油诗调侃——在文坛时时兴风作浪，弄出点有趣的逸事。作为一位文坛大家，刘半农的一生可谓多姿多彩。

本篇立意很是有趣，不写颂歌，不写怀旧，而是大笔挥来，批判一回。对于如此初衷，作者调侃得风生水起：说好话，自己地位不配，不如校长、教务长等说来冠冕堂皇，雍容大雅；说老话，犹如老调重弹的宫女，可偏偏自己不够老，不老而卖老，决不能说得“像煞有介事”。讽刺意味之浓厚，令人忍俊不禁。一个“不敢说”，意味深长。

作者一生爱水，自幼长于水边。到北京后，本不屑身边的小河，然而本性爱水，最终由不喜欢到喜欢。其中的情由，不外乎北京干旱，——北海尚未开放；绕皇城的河附近居民太多；什刹海虽好，离得又远。对河流的关爱日渐深厚，让作者滋生了情感。然而，正自宝贵着这条河，却不料河水日渐消瘦、枯竭，“十多年来，河面日见其窄，河身日见其高，水量日见其少，有水的部分日见其短”，这份变化令作者惊诧，为之叹息不已，联想及十年前的河水晶莹、丰沛，即使“春天的青青的嫩芽，夏天的浓条密缕，便是秋天的枯枝，也总饱含着诗意”。两相对比，十年间，变化巨大。

因是为校庆纪念刊投稿，作者用语风趣，率真，充满了丰富的想象力。在接下的文中，各色建议接踵而至，情真意切。不乏庆生的乐趣，也皮里阳秋，捎带着针砭一回实际，然浅尝辄止，再回调侃、戏谑。笔端收放自如，举重若轻。

作者行文始终围绕着爱水、护水来写。提建议斟酌细致，在河岸边种纪念树一节，更是倾注了文人的满腔热情和丰沛的浪漫情怀。几点建议轻松、入理，言及最末，爱水的本性又一次彰显。“我总觉得水之为物，用腐旧的话来说，可以启发灵思；用时髦的话来说，可以滋润心田。要是我们真能把现在的一条臭水沟，造成一条绿水涟漪，垂杨飘拂的北大河……”“诸位试闭目想想，这还值不得说声‘懿欤休哉’么？”跟随作者的意念、行文，人们仿佛能够看见一位学者正在河畔摇头吟哦，志得意满……

“北大河”是作者一时兴起，赋予河流的一个名姓。然而它的发生、病态乃至消亡，实际上寄托着一代人滚滚而逝的情感。

鬼赞

●许地山

你们曾否在凄凉的月夜听过鬼赞？有一次，我独自在空山里走，除远处寒潭的鱼跃出水声略可听见以外，其余种种，都被月下的冷露幽闭住。我的衣服极其润湿，我两腿也走乏了。正要转回家中，不晓得怎样就经过一区死人的聚落。我因疲极，才坐在一个祭坛上少息。在那里，看见一群幽魂高矮不齐，从各坟墓里出来。他们仿佛没有看见我，都向着我所坐的地方走来。

他们从这墓走过那墓，一排排地走着，前头唱一句，后面应一句，和举行什么巡礼一样。我也不觉得害怕，但静静地坐在一旁，听他们的唱和。

第一排唱："最有福的是谁？"

往下各排挨着次序应。

"是那曾用过视官，而今不能辨明暗的。"

"是那曾用过听官，而今不能辨声音的。"

"是那曾用过嗅官，而今不能辨香味的。"

"是那曾用过味官，而今不能辨苦甘的。"

"是那曾用过触官，而今不能辨粗细、冷暖的。"

各排应完，全体都唱："那弃绝一切感官的有福了！我们的骷髅有福了！"

第一排的幽魂又唱："我们的骷髅是该赞美的。我们要赞美我们的骷髅。"

领首的唱完，还是挨着次序一排排地应下去。

“我们赞美你，因为你哭的时候，再不流眼泪。”

“我们赞美你，因为你发怒的时候，再不发出紧急的气息。”

“我们赞美你，因为你悲哀的时候再不皱眉。”

“我们赞美你，因为你微笑的时候，再没有嘴唇遮住你的牙齿。”

“我们赞美你，因为你听见赞美的时候再没有血液在你的脉里颤动。”

“我们赞美你，因为你不肯受时间的播弄。”

全体又唱:“那弃绝一切感官的有福了! 我们的骷髅有福了! ”

他们把手举起来一同唱:

“人哪，你在当生、来生的时候，有泪就得尽量流；有声就得尽量唱；有苦就得尽量尝；有情就得尽量施；有欲就得尽量取；有事就得尽量成就。等到你疲劳、等到你歇息的时候，你就有福了! ”

他们诵完这段，就各自分散。一时，山中睡不熟的云直往下压，远地的丘陵都给埋没了。我险些儿也迷了路途，幸而有断断续续的鱼跃出水声从寒潭那边传来，使我稍微认得归路。

◎文章品读

许地山生长在一个爱国、崇佛的家庭里。其出生的第二年，即赶上中日甲午战争。父亲随军参战，母亲则信仰佛教，经常企盼着佛光可以普度众生。

生长在这样的家庭环境，许地山自小便受着“一切皆苦”“人生无常”的佛教熏陶，加之在少年时就接触社会底层，目睹国家所遭受的深重灾难，因而怜贫悲苦的人道主义精神贯穿其成长的始终，并影响到了其日后的文学创作。

散文《鬼赞》选自作者的《空山灵雨》集——一本作者早期的小品散文集，饱含着人生哲理，兼具浓郁的宗教色彩。

散文写了月夜出没的幽灵，在坟头聚众高唱。取材十分另类，加上凄清的景观描写，使得文章充满了玄妙诡异的气氛。然而作者不是为了营造冥界的生活气息，在浓厚的宗教色彩背后，作者所要生发的是一种“生本不乐”的观点。

透过一具具行尸般骷髅的对话、吟唱，文章指出，生在世上有着各种感官，就是一种不幸；反之，“那弃绝一切感官的有福了”，倒是一种超脱与幸福。后文的轮番演唱，又对这种幸福观做了进一步阐释：“因为你哭的时候，再不流眼泪”，“因为你发怒的时候，再不发出紧急的气息”，“因为你悲哀的时候再不皱眉”……“因为你不肯受时间的播弄”等等。这些都是与“生本不乐”的对照。“生”的不快与多种苦难，暗含了对社会状况的失望与不满，对新生的寻求与探索。

文章萦绕着浓郁的宗教氛围，保留了作者散文创作中短小、精巧的特点。然而寻求解决的方式，也不可避免地具有了一定的消极、虚无的成分。这与散文集中其他的作品风格多少有异，如朴实淳厚的《落花生》，富于生机的《春的林野》，多写两性情谊的《美的牢狱》《花香雾气中的梦》等。无怪乎后人将许地山的这本散文集称作“走在尘世的两极”，有着佛教之精深而别具韵味。

·作者简介·

许地山（1893～1941），现代著名作家、学者。出生于台湾，祖籍广东。曾用笔名落花生。1917年考入燕京大学。“五四”运动爆发后，积极投身其中。1921年参与发起成立文学研究会。1923年，赴英美留学，研究宗教史、哲学、民俗学等。1926年，回国途中短期逗留印度，研究梵文及佛学。1927年起任燕京大学教授、《燕京学报》编委，并在北京大学、清华大学兼课。1935年，因与校长司徒雷登不和，远赴香港大学任教。许地山早期的文学作品取材独特，有着浪漫气息及浓郁的南国风味、异域情调。20年代末，逐渐转向对群众切实的描写和对黑暗现实的批判，作品苍劲有力，代表作有《春桃》和《铁鱼的鳃》等。许地山的作品不多，却都独树一帜，如散文集《空山灵雨》，短篇小说集《缀网劳蛛》《危巢坠简》，小说、剧本集《解放者》《杂感集》，论著《印度文学》《道教史》（上）以及《许地山选集》《许地山文集》等。

落花生

●许地山

我们屋后有半亩隙地。母亲说:“让它荒芜着怪可惜,既然你们那么爱吃落花生,就辟来做花生园罢。”我们几姐弟和几个小丫头都很喜欢——买种的买种,动土的动土,灌园的灌园;过不了几个月,居然有收获了!

妈妈说:“今晚我们可以做一个收获节,也请你们爹爹来尝尝我们的新花生,如何?”我们都答应了。母亲把花生做成好几样的食品,还吩咐这节期要在园里的茅亭举行。

那晚上的天色不太好,可是爹爹也到来,实在很难得!爹爹说:“你们爱吃花生么?”

我们都争着答应:“爱!”

“谁能把花生的好处说出来?”

姐姐说:“花生的气味很美。”

哥哥说:“花生可以制油。”

我说:“无论何等人都可以用贱价买它来吃;都喜欢吃它。这就是它的好处。”

爹爹说:“花生的用处固然很多;但有一样是很可贵的。这小小的豆不像那好看的苹果、桃子、石榴,把它们的果实悬在枝上,鲜红嫩绿的颜色,令人一望而发生羡慕之心。它只把果子埋在地底,等到成熟,才容人把它挖出来。你们偶然看见一棵花生瑟缩地长在地上,不能立刻辨出它有没有果实,非得等到你接触它才能知道。”

我们都说：“是的。”母亲也点点头。爹爹接下去说：“所以你们要像花生，因为它是有用的，不是伟大、好看的东西。”我说：“那么，人要做有用的人，不要做伟大、体面的人了。”爹爹说：“这是我对于你们的希望。”

我们谈到夜阑才散，所有花生食品虽然没有了，然而父亲的话现在还印在我心版上。

◎文章品读

《落花生》是一篇久为流传的散文。短小、精美，有着作者一贯的行文风格。

散文内容并不高深，讲的是作者童年时代的一帧生活片段。行文朴实无华，清新自然的笔调，从花生的平凡而有用，谈到做人的道理，富于哲理。

《落花生》在写作上的主要特点是以物喻人。如父亲用花生的生长情况与桃子、石榴、苹果等果实做对比，说明花生“虽然不好看，可是很有用”的特点。接着引申、阐明做人的道理，“你们要像花生，因为它是有用的，不是伟大、好看的东西。”长者的谆谆教导温馨，耐人咀嚼。

文字接着往下写，写“我”对父亲一席话的思考与理解，由花生想及他人，联想自己，不做“伟大、体面的人”，而做“有用的人”。父子几人的简短对话，正如落花生一样，朴实、真切。

值得一提的是，作者父亲的身份。文中有“爹爹也到来，实在很难得”。在平常看来，一家人团聚再普通不过，然而在作者看来，却是难得。作者的父亲是位爱国官员，甲午战争中，曾率台湾民众孤守一隅。台湾被侵占后，携家眷迁至福建龙溪。在作者15岁时，其赴广东任职，公务异常繁忙，很少有时间与家人共处。作者一家此时居住的宅院有半亩空地，于是种了落花生。这即是作者所回忆的往事。

忆卢沟桥

●许地山

记得离北平以前，最后到卢沟桥，是在二十二年的春天。我与同事刘兆蕙先生在一个清早由广安门顺着大道步行，经过大井村，已是十点多钟。参拜了义井庵的千手观音，就在大悲阁外少憩。那菩萨像有三丈多高，是金铜铸成的，体相还好，不过屋宇倾颓，香烟零落，也许是因为求愿的人们发生了求财赔本求子丧妻的事情罢。这次的出游本是为访求另一尊铜佛而来的。我听见从宛平城来的人告诉我那城附近有所古庙塌了，其中许多金铜佛像，年代都是很古的。为知识上的兴趣，不得不去采访一下。大井村的千手观音是有著录的，所以也顺便去看看。

出大井村，在官道上，巍然立着一座牌坊，是乾隆四十年建的。坊东面额书“经环同轨”，西面是“荡平归极”。建坊的原意不得而知，将来能够用来做凯旋门那就最合宜不过了。

春天的燕郊，若没有大风，就很可以使人流连。树干上或土墙边蜗牛在画着银色的涎路。它们慢慢移动，像不知道它们的小介壳以外还有什么宇宙似的。柳塘边的雏鸭披着淡黄色的氄毛，映着嫩绿的新叶；游泳时，微波随蹼翻起，泛成一弯一弯动着的曲纹，这都是生趣的示现。走乏了，且在路边的墓园少住一回。刘先生站在一座很美丽的窣堵波上，要我给他拍照。在榆树荫覆之下，我们没感到路上太阳的酷烈。寂静的墓园里，虽没有什么名花，野卉倒也长得顶得意的。忙碌的蜜蜂，两只小腿粘着些少花粉，还在采集着。蚂蚁力争一条烂残的蚱蜢腿，在枯藤的根本上争斗着。落网的小蝶，一片翅膀已失掉效用，还在挣扎着。这也是生趣的示现，不过意味有点不同罢了。

闲谈着，已见日丽中天，前面宛平城也在域之内了。宛平城在卢沟桥北，建于明崇祯十年，名叫“拱北城”，周围不及二里，只有两个城门，北门是顺治门，南门外便是永昌门。清改拱北为拱极，永昌门为威严门。南门外便是卢沟桥。拱北城本来不是县城，前几年因为北平改市，县衙才移到那里去，所以规模极其简陋。从前它是个卫城，有武官常驻镇守着，一直到现在，还是一个很重要的军事地点。我们随着骆驼队进了顺治门，在前面不远，便见了永昌门。大街一条，两边多是荒地。我们到预定的地点去探访，果见一个庞大的铜佛像头和些铜像残体横陈在县立学校里的地上。拱北城内原有观音庵与兴隆寺，兴隆寺内还有许多已无可考的广慈寺的遗物，那些铜究竟是属于哪寺的也无从知道。我们摩挲了一回，才到卢沟桥头的一家饭店午膳。

自从宛平县署移到拱北城，卢沟桥便成为县城的繁要街市。桥北的商店民居很多，还保存着从前中原数省入京孔道的规模。桥上的碑亭虽然朽坏，还矗立着。自从历年的内战，卢沟桥更成为戎马往来的要冲，加上长辛店战役的印象，使附近的居民都知道近代战争的大概情形，连小孩也知道飞机，大炮，机关枪都是做什么用的。到处墙上虽然有标语贴着的痕迹，而在色与量上可不能与卖药的广告相比。推开窗户，看着永定河的浊水穿过疏林，向东南流去，想起陈高的诗：“卢沟桥西车马多，山头白日照清波。毡卢亦有江南妇，愁听金人出塞歌。”清波不见，浑水成潮，是记述与事实的相差，抑昔日与今时的不同，就不得而知了。但想象当日桥下雅集亭的风景，以及金人所掠江南妇女，经过此地的情形，感慨便不能不触发了。

从卢沟桥上经过的可悲可恨可歌可泣的事迹，岂止被金人所掠的江南妇女一件？可惜桥栏上蹲着的石狮子个个只会张牙咧眦结舌无言，以致许多可以稍留印迹的史实，若不随蹄尘飞散，也教轮辐压碎了。我又想着天下最有功德的是桥梁。它把天然的阻隔连络起来，它从这岸度引人们到那岸。在桥上走过的是好是歹，于它本来无关，何况在上面走的不过是长途中的一小段，它哪能知道何者是可悲可恨可泣呢？它不必记历史，反而是历史记着它。卢沟桥本名广利桥，是金大定二十七年始建，至明昌二年（公元一一八九至一一九二）修成的。它拥有世界的声名是因为曾入马哥博罗的记述。马哥博罗记作“曾利桑乾”，而欧洲人都称它作“马哥博罗桥”，倒失掉记者赞叹桑乾河上一道大桥的原意了。中国人是擅于修造石桥的，在建筑上只有桥与塔可以保留得较为长久。中国的大石桥每能使人叹为鬼役神工，卢沟桥的伟大与那有名的泉州洛阳桥和漳州虎渡桥有点不同。论工程，它没有这两道桥的宏伟，然而在史迹上，它是多次系着民族安危。纵使你把桥拆掉，卢沟桥的神影是永不会被中国人忘记的。这个在“七七”事件发生以后，更使人觉得是如此。当时我只想着日军许会从古北口入北平，由北平越过这道名桥侵入中原，决想不到火头就会在我那时所站的地方发出来。

在饭店里，随便吃些烧饼，就出来，在桥上张望。铁路桥在远处平行地架着。驮煤的骆驼队随着铃铛的音节整齐地在桥上迈步。小商人与农民在雕栏下作交易上很礼貌地计较。妇女们在桥下浣衣，乐融融地交谈。人们虽不理会国势的严重，可是从军队里宣传员口里也知道强敌已在门口。我们本不为做间谍去的，因为在桥上向路人多问了些话，便教警官注意起来，我们也自好笑。我是为当事官吏的注意而高兴，觉得他们时刻在提防着，警备着。过了桥，便望见实柘山，苍翠的山色，指示着日斜多了几度，在砾原上流连片时，暂觉晚风拂衣，若不回转，就得住店了。“卢沟晓月”是有名的。为领略这美景，到店里住一宿，本来也值得，不过我对于晓风残月一类的景物素来不大喜爱。我爱月在黑夜里所显的光明。晓月只有垂死的光，想来是很凄凉的。还是回家罢。

我们不从原路去，就在拱北城外分道。刘先生沿着旧河床，向北回海甸去。我捡了几块石头，向着八里庄那条路走。进到阜成门，望见北海的白塔已经成为一个剪影贴在洒银的暗蓝纸上。

◎文章品读

本文由大井村庙宇的败落写起，一路走来一路记录，星星点点，信手拈来。

游览的路上与到达卢沟桥是行文的两大部分。在前一部分中，作者以游人的心态处处赏玩，抵达卢沟桥后，作者一扫看客的轻松、调侃，语义愈发凝重，情感由最初的放松渐次收紧，看似平常的叙述与议论中，厚积薄发，对时局，对疆土命运的关怀、焦虑之情溢于言外。

《忆卢沟桥》是这样一篇散文，需要反复去读，去体味。它看似一篇游记，实则不然。作者处处景语皆有其深意，没有大胆言白，然思考、剖析乃至情感的表露均蕴藏其间。

行文宽泛随意，夹叙夹议是本文的一大特点。到大井村看千手观音，到宛平城寻访坍塌的古庙，与其说作者看的是风景，不如说是在刻意找寻历史遗留的诸多沧桑与变迁。官道上牌坊的额书“荡平归极”，让作者思绪稍稍停顿，随即联想到如果“将来能做凯旋门那就最合宜不过了”，一种心底的窃喜与对希望的渴盼灵光一闪。游览的途中，郊外春光明媚，蜗牛的自恋，雏鸭的可爱，同伴的兴致高涨，亦让作者感叹大自然的勃勃生机。然而在寂静的墓园，昌盛的野花，忙碌的蜜蜂，争尸体的蚂蚁，落网的残蝶，不禁又让作者心潮起伏，“这也是生趣的示现，不过意味有点不同罢了。”郊外一隅的所见，看似平常，然则用了一回象征比拟手法，对世情进行了不动声色的指摘。

抵达卢沟桥已经是正午。在这一部分中，作者由卢沟桥的渊源写起（名称的变更，地域的更替），仿佛带着游客的导游唯恐观者不清楚这桥的历史般尽力地介绍，然而，和历来的介绍不同，该文从头至尾没有对著名的狮子、卢沟晓月进行渲染。读者能够看到的只是与来历相关的残破、苍凉，甚至儿童的早熟认知。“桥上的碑亭虽然朽坏，还矗立着。自从历年的内战，卢沟桥更成为戎马往来的要冲，加上长辛店战役的印象，使附近的居民都知道近代战争的大概情形，连小孩也知道飞机，大炮，机关枪都是做什么用的。”这是对战争的侧面描述，人们看不到战火纷飞，然而残破的景象正是历史饱经沧桑的写照。“到处墙上虽然有标语贴着的痕迹，而在色与量上可不能与卖药的广告相比。”不经意的一句穿插，刻画的是投机分子的钻营无处不在。战争离不开人，人在战争中或受益或身死殒命，于此处只是一个小小的缩影。

整篇散文两千余字，然而穿插了大量的信息，1933 年前后的时局的更迭，战争的洗礼，即将遭受的更大的、未知的灾难均在文中涉及。然而作者语言的温和，心态的沉静，引用典故的优雅，让人难以想象在运笔如飞的背后是黑云压顶、危如累卵的凶险。这是“忆”往昔的从容，留给观者的是对动荡时局的反省与回味。

篇末，作者仍回游人身份，吃过饭店的烧饼，与友人分道扬镳。没有留下看著名的“卢沟晓月”，“我爱月在黑夜里所显的光明。晓月只有垂死的光，想来是很凄凉的。还是回家罢。”借月抒怀，传达的是内心潜藏的感伤与忧虑。

散文由景入情，情景交融，渐次进入的主题低调、柔和，没有大起大落，没有跌宕顾盼。然而情感的起落、爱恨情由全在其中；大量的运笔留白则给读者留下了充分思索、探究的空间。

在一个边境的车站上

●戴望舒

夜间十二点半从鲍尔陀开出的急行列车，在侵晨六点钟到了法兰西和西班牙的边境伊隆。在朦胧的意识中，我感到急骤的速率宽弛下来，终于静止了。有人在用法西两国语言报告着:“伊隆，大家下车！”

睁开睡眼向车窗外一看，呈在我眼前的只是一个像法国一切小车站一样的小车站而已。冷清清的月台，两三个似乎还未睡醒的搬运夫，几个态度很舒闲地下车去的旅客。我真不相信我已到了西班牙的边境了，但是一个声音却在更响亮地叫过来:“伊隆，大家下车！”

匆匆下了车，我第一个感到的就是有点寒冷。是侵晓的气冷呢，是新秋的薄寒呢，还是从比雷奈山间夹着雾吹过来的山风？我翻起了大氅的领，提着行囊就往出口走。

走出这小门就是一间大敞间，里面设着一圈行李检查台和几道低木栅，此外就没有什么别的东西。这是法兰西和西班牙的交界点，走过了这个敞间，那便是西班牙了。我把行李照别的旅客一样地放在行李检查台上，便有一个检查员来翻看了一阵，问我有什么报税的东西，接着在我的提箱上用粉笔划了一个字，便打发我走了。再走上去是护照查验处。那是一个像车站上卖票处一样的小窗洞。电灯下面坐着一个留着胡子的中年人。单看他的炯炯有光的眼睛和他手头的那本厚厚的大册子，你就会感到不安了。我把护照递给了他。他翻开来看了看里昂西班牙领事的签字，把护照上的照片看了一下，向我好奇地看了一眼，问了我一声到西班牙的目的，把我的姓名录到那本大册子中去，在护照上捺了印；接着，和我最初的印象相反地，他露出微笑来，把护照交还了我，依然微笑着对我说：“西班牙是一个可爱的地方，到了那里你会不想回去呢。”

真的，西班牙是一个可爱的地方，连这个护照查验员也有他的固有的可爱的风味。

这样地，经过了一重木栅，我踏上了西班牙的土地。过了这一重木栅，便好像一切都改变了：招纸，揭示牌，都用西班牙文写着，那是不用说的，就是刚才在行李检查处和搬运夫用沉浊的法国南部语音开着玩笑的工人型的男子，这时也用清朗的加斯谛略语和一个老妇人交谈起来。天气是显然地起了变化，暗沉沉的天空已澄碧起来，而在云里透出来的太阳，也驱散了刚才的薄寒，而带来了温煦。然而最明显的改变却是在时间上。在下火车的时候，我曾经向站上的时钟望过一眼：六点零一分。检查行李，验护照等事，大概要花去我半小时，那么现在至少是要六点半了吧。并不如此。在西班牙的伊隆站的时钟上，时针明明地标记着五点半。事实是西班牙的时间和法兰西的时间因为经纬度的不同而相差一小时，而当时在我的印象中，却觉得西班牙是永远比法兰西年轻一点。

因为是五点半，所以除了搬运夫和洒扫工役已开始活动外，车站上还是冷清清的。卖票处，行李房，兑换处，书报摊，烟店等等都没有开，旅客也疏朗朗地没有几个。这时，除了枯坐在月台的长椅上或在站上往来蹀躞以外，你是没有办法消磨时间的。到浦尔哥斯的快车要在八点二十分才开。到伊隆镇上去走一圈呢，带着行李究竟不大方便，而且说不定要走多少路。再说，这样大清早就是跑到镇上也是没有什么多大意思的。因此，把行囊散在长椅上，我便在这个边境的车站上踱起来了。

如果你以为这个国境的城市是一个险要的地方，扼守着重兵，活动着国际间谍，压着国家的、军事的大秘密，那么你就错误了。这只是一个消失在比雷奈山边的西班牙的小镇而已。

提着筐子，筐子里盛着鸡鸭，或是肩着箱笼，三三两两地来乘第一班火车的，是头上裹着包头布的山村的老妇人，面色黝黑的农民，白了头发的老匠人，像是学徒的孩子。整个西班牙小镇的灵魂都可以在这些小小的人物身上找到。而这个小小的车站，它也何尝不是十足西班牙的呢？灰色的砖石，黯黑的木柱子，已经有点腐蚀了的洋船遮檐，贴在墙上在风中飘着的斑驳的招纸，停在车站尽头处的铁轨上的破旧的货车：这一切都向你说着西班牙的式微，安命，坚忍。西德（Cid）的西班牙，侗黄（DonJuon）的西班牙，吉诃德（Quixote）的西班牙，大仲马或梅里美心目中的西班牙，现在都已过去了，或者竟可以说本来就没有存在过。

的确，西班牙的存在是多方面的。第一是一切旅行指南和游记中的西班牙，那就是说历史上的和艺术上的西班牙。这个西班牙浓厚地渲染着釉彩，充满了典型人物。在音乐上、绘画上、舞蹈上、文学上，西班牙都在这个面目之下出现于全世界，而做着它的正式代表。一般人对于西班牙的观念，也是由这个代表者而引起的。当人们提起了西班牙的时候，你立刻会想到蒲尔哥斯的大伽蓝，格腊拿达的大食故宫，斗牛，当歌舞（Tango），侗黄式的浪子，吉诃德式的梦想者，塞赖丝谛拿（La Celestina）式的老虔婆，珈尔曼式的吉普赛女子，扇子，披肩巾，罩在高冠上的遮面纱等等，而勉强西班牙人做了你的想象的受难者；而当你到了西班牙而见不到那些开着悠久的岁月的绣花的陈迹，传说中的人物，以及你心目中的西班牙固有产物的时候，你会感到失望而作“去年白雪今安在”之喟叹。然而你要知道这是最表面的西班牙，它的实际的存在是已经在一片迷茫的烟雾之中，而行将只在书史和艺术作品中赓续它的生命了。西班牙的第二个存在是更卑微一点，更穆静一点。那便是风景的西班牙。的确，在整个欧罗巴洲之中，西班牙是风景最胜最多变化的国家。恬静而笼着雾和阴影的伐斯各尼亚，典雅而充溢着光辉的加斯谤拉，雄警而壮阔的昂达鲁西亚，煦和而明朗的伐朗西亚，会使人“感到心被窃获了”的清澄的喀达鲁涅。在西班牙，我们几乎可以看到欧洲每一个国家的典型。或则草木葱茏，山川明媚；或则大山岁崱，峭壁幽深；或则古堡荒寒，困焦幽独；或则千园澄碧，百里花香，……这都是能使你目不暇给，而至于留连忘返的。这是更有实际的生命，具有易解性（除非是村夫俗子）而容易取好于人的西班牙。因为它开拓了你对于自然之美的爱好之心，而使你衷心地生出一种舒徐的、悠长的、寂寥的默想来。然而最真实的，最深沉的，因而最难以受人了解的却是西班牙的第三个存在。这个存在是西班牙的底蕴，它蕴藏着整个西班牙，用一种静默的语言向你说着整个西班牙，代表着它的每日的生活，象征着它的永恒的灵魂。这个西班牙的存在是卑微至于闪避你的注意，静默至于好像绝灭。可是如果你能够留意观察，用你的小心去理解，那么你就可以把握住这个卑微而静默的存在，特别是在那些小城中。这是一个式微的、悲剧的、现实的存在，没有光荣，没有梦想。现在，你在清晨或是午后走进任何一个小城去吧。你在狭窄的小路上，在深深的平静中徘徊着。阳光从静静的闭着门的阳台上坠下来，落着一个砌着碎石的小方场。什么也不来搅扰这寂静；街坊上的叫卖声在远处寂灭了，寺院的钟声已消沉下去了。你穿过小方场，经过一个作坊，一切任何作坊，铁匠的、木匠的或羊毛匠的。你伫立一会儿，看着他们带着那一种的热心，坚忍和爱操作着；你来到一所大屋子前面：半开着的门已朽腐了，门环上满是铁锈，涂着石灰的白墙已经斑驳或生满黑霉了，从门间，你望见了里面被野草和草苔所侵占了的院子。你当然不推门进去，但是在这墙后面，在这门里面，你会感到有苦痛、沉哀或不遂的愿望静静地躺着。你再走上去，街路上依然是沉静的，一个喷泉淙淙地响着，三两只鸽子振羽作声。一个老妇扶着一个女孩伛偻着走过。寺院的钟迟迟地响起来了，又迟迟地消歇了。……这就是最深沉的西班牙，它过着一个寒伧、静默、坚忍而安命的生活，但是它却具有怎样的使人充塞了深深的爱的魅力啊。而这个小小的车站呢，它可不是也将这奥秘的西班牙呈显给我们看了吗?

当我在车站上来往蹀躞着的时候，我心中这样地思想着。在不知不觉之中，车站中已渐渐地有生气起来了。卖票处，兑换处，烟摊，报摊，都已陆续地开了门，从镇上来的旅客们，也开始用他们的嘈杂的语音充满了这个小小的车站了。

我从我的沉思中走了出来，去换了些西班牙钱，到卖票处去买了里程车票，出来买了一份昨天的《太阳报》(EI Sol)，一包烟，然后回到安放着我的手提箱的长椅上去。

长椅上已有人坐着了，一个老妇人和几个孩子。一个，两个，三个，四个……一共是四个孩子。而且最大的一个十二岁的孩子，已经在开始一张一张地撕去那贴在我箱上的各地旅馆的贴纸了。我移开箱子坐了下来。这时候，便有两个在我看来很别致的人物出现了。

那是邮差，军人，和京戏上所见的文官这三种人物的混合体。他们穿着绿色的制服，佩着剑，头面上却戴着像乌纱帽一般的黑色漆布做的帽子。这制服的色彩和灰暗而笼罩着阴阴的伐斯各尼亚的土地以及这个寒伧的小车站显着一种异样的不调和，那是不用说的；而就是在一身之上，在这制服，佩剑，和帽子之间，也表现着绝端的不一致。“这是西班牙固有的驳杂的一部分吧。”我这样想。

七点钟了。开到了一列火车，然而这是到桑当德尔（Santanter）去的。火车开了，车站一时又清冷起来，要等到八点二十分呢。

我静穆地望着铁轨，目光随着那在初阳之下闪着光的两条铁路的线伸展过去，一直到了迷茫的天际；在那里，我的神思便飘举起来了。

◎文章品读

戴望舒以诗作闻名，为中国 20 世纪 30 年代“现代派”的代表诗人。其散文写作也同样弥漫着浓浓的诗的意蕴。

《在一个边境的车站上》是戴望舒的西班牙旅行记之一。1932 年，戴望舒留学法国，此后三年一直过着游学生活。文中的边境车站是其 1934 年 8 月由法国入境西班牙时的中途小站——伊隆。之所以会路过伊隆，在其先几篇游记中有提及：“从法国入西班牙境，海道除外，通常总取两条道路：一条是经东北的蒲港，一条是经西北的伊隆。”经东北的路较近，作者为了能够饱览路途风光——可以途经法国第四大城鲍尔陀，可以穿过伐斯各尼亚，可以到浦尔哥斯（瞻览大伽蓝）等——因而舍近求远，取从伊隆入境。

作者在鲍尔陀逗留一日后，来到伊隆。本文即从清晨到站伊隆写起。行文线索可用“印象西班牙”来概括。印象之初是边境站的法、西两语报站；随后到过境处办理出境手续；经过简单的检查，作者来到西班牙；因为还未到浦尔哥斯，于是在月台候车；在候车的几个小时里，作者神思飘忽，对异域的情感此起彼伏。

行文的几部分中，作者选取了几个细节着重描绘，述说西班牙的可爱及心中不尽的向往之情。如到达过境处时，和工作人员的简单交流。作者细细道来，虽只是检查行李、护照，然而写来颇有生气。这一过程中，查验护照的中年人给作者留下了十分美好的印象，“他露出微笑来，把护照交还了我，依然微笑着对我说：‘西班牙是一个可爱的地方，到了那里你会不想回去呢。'”虽然只是过境的简短交谈，然而一种扑面而至的淳朴、可爱，已经让作者不胜神往了。

作者的观察十分细致，虽然在候车，然而思绪一刻不停，传递给读者丰富的信息。在作者的眼中，边境字眼虽然敏感，然而人们却是安居乐业，没有丝毫紧张的气氛。小镇的人们提着鸡鸭，扛着箱笼，三三两两地赶乘早班火车。生活再平常不过。对人物的描写，正面落笔不多，稍多笔墨的是两位穿着特别的人物。作者将其穿戴从头到脚细细看过一遍，结论是“邮差、军人，和京戏上所见的文官的混合体”。人物少有情节，然而在众生中的特别、驳杂，恰好调剂了行文的氛围。

旅程中，作者所观所感步步比照西班牙，从入境，时差，从国境线的敏感到浓烈的西班牙印象，作者总是不失时机地将对西班牙的了解穿插其间，或详或略，笔墨酣畅。旅行者的优游、热情、从容被描写得淋漓尽致。

·作者简介·

戴望舒（1905～1950），曾用笔名梦鸥、江恩、艾昂甫等。浙江杭县人。早年曾留学法国、西班牙。是20世纪30年代“现代派”（因《现代》杂志而得名）的代表诗人。诗集有《我的记忆》《望舒草》《灾难的岁月》等。早期诗作多抒写个人情感，情调比较低沉。抗日战争开始后，在香港一家报社任副刊主编，开始宣传抗日。1941年，日军占领香港，戴望舒曾被捕入狱。此后，其诗风发生很大变化，在《狱中题壁》《偶成》等诗篇中，洋溢着强烈的爱国热情，积极呼唤光明的到来。新中国成立后，曾在中央人民政府新闻总署任职。1950年2月病逝于北京。有《戴望舒诗选》。

白马湖之冬

●夏丏尊

在我过去四十余年的生涯中，冬的情味尝得最深刻的要算十年前初移居的时候了。十年以来，白马湖已成了一个小村落，当我移居的时候，还是一片荒野，春晖中学的新建筑巍然矗立于湖的那一面，湖的这一面的山脚下是小小几间新平屋，住着我和刘君心如两家。此外两三里内没有人烟。一家人于阴历十一月下旬从热闹的杭州移居于这荒凉的山野，宛如投身于极带中。

那里的风，差不多日日有的，呼呼作响，好像虎吼，屋宇虽系新建，构造却极粗率，风从门窗隙缝中来，分外尖削，把门缝窗隙厚厚地用纸糊了，椽缝中却仍有透入。风刮得厉害的时候，天未夜就把大门关上，全家吃毕夜饭即睡入被窝里，静听寒风的怒号，湖水的澎湃。靠山的小后轩，算是我的书斋，在全屋子中是风最少的一间，我常把头上的罗宋帽拉得低低的在洋灯下工作至深夜。松涛如吼，霜月当窗，饥鼠吱吱在承尘上奔窜，我于这种时候，深感到萧瑟的诗趣，常独自拨划着炉灰，不肯就睡，把自己拟诸山水画中的人物，作种种幽邈的遐想。

现在白马湖到处都是树木了，当时尚一株树木都未种。月亮与太阳都是整个儿的，从上山起直要照到下山为止。在太阳好的时候，只要不刮风，那真和暖得不像冬天。一家人都坐在庭间曝日，甚至于吃午饭也在屋外，像夏天的晚饭一样，日光晒到哪里就把椅凳移到哪里，忽然寒风来了，只好逃难似的各自带了椅凳逃入室中，急急把门关上。在平常的日子，风来大概在下午快要傍晚的时候，半夜即息，至于大风寒，那是整日夜狂吼，要二三日才止的。最严寒的几天，泥地看去惨白如水门汀，山色冻得发紫而黯，湖波泛深蓝色。

下雪原是我所不憎厌的，下雪的日子，室内分外明亮，晚上差不多不用燃灯。远山积雪，足供我半个月的观看，举头即可从窗中望见。可是究竟是南方，每冬下雪不过一二次，我在那里所日常领略的冬的情味，几乎都从风来。白马湖的所以多风，可以说是有着地理上的原因的，那里环湖原都是山，而北首却有一个半里阔的空隙，好像故意张了袋口欢迎风来的样子。白马湖的山水，和普通的风景地相差不远，唯有风却与别的地方不同。风的多和大，凡是到过那里的人都知道的。风在冬季的感觉中，自古占着重要的因素，而白马湖的风尤其特别。

现在，一家僦居上海多日了，偶然于夜深人静时听到风声的时候，大家就要提起白马湖来，说:“白马湖不知今夜又刮得怎样厉害哩！”

◎文章品读

《白马湖之冬》选自《平屋杂文》，是一篇写景抒情的散文。

作者运用白描的手法生动描绘了白马湖冬天萧瑟的场景以及当时的生活状态，有着平实的生活气息，流露出一种达观泰然的人生态度。

在白马湖冬天众多的可写素材中，风是一种独特的视角，来无影，去无踪。行文从风入手，便已有了一种独辟蹊径的况味。对于这种无形景观的描绘，作者运笔也可谓风般的气势横绝，给读者以深刻的印象。

写风声大作，文中有“呼呼作响，好像虎吼，……风从门窗隙缝中来，分外尖削，把门缝窗隙厚厚地用纸糊了，椽缝中却仍有透入”，“至于大风寒，那是整日夜狂吼，要二三日才止的”。语言简洁利落，无丝毫拖泥带水。寥寥之笔，传神地写出了冬日之风的凛冽、寒冷。白马湖之冬的萧瑟、冷峻跃然纸上。

在间接描写风的语句中，人们也能够轻易捕捉到作者的生活状态，“刮得厉害的时候，天未夜就把大门关上，全家吃毕夜饭即睡入被窝里，……松涛如吼，霜月当窗，饥鼠吱吱在承尘上奔窜。”“忽然寒风来了，只好逃难似的各自带了椅凳逃入室中。”写风之景，也不留痕迹地展现了生活之情。

《白马湖之冬》没有长篇大论，没有浓烈的感慨抒怀，唯朴实真切地表述出一种对白马湖的思念之情。所谓“醲肥辛甘非真味，真味只是淡；神奇卓异非至人，至人只是常”，这篇小文清新、秀雅，即有此味。

·作者简介·

夏丏尊（1886 ~ 1946），原名铸，字勉旃，浙江上虞人。现代作家、文学家、教育家、编辑出版家。早年留学日本。1908~1920年在浙江两级师范和浙江第一师范学校任通译助教、国文教员兼舍监。曾参与木瓜之役和“五四”新文化运动。1927年任开明书店总编，创办《中学生》杂志。1936年当选中国文艺家协会理事、主席。抗战爆发后，参与创办《救亡日报》；上海沦陷后，坚持“孤岛”文化斗争。著有《现代世界文学大纲》《文章作法》及《平屋随笔》《人间爱晚情》等。

幽默的叫卖声

●夏丏尊

住在都市里，从早到晚，从晚到早，不知要听到多少种类多少次数的叫卖声。深巷的卖花声是曾经入过诗的，当然富于诗趣，可惜我们现在实际上已不大听到。寒夜的“茶叶蛋”“细沙粽子”“莲心粥”等等，声音发沙，十之七八似乎是“老枪”的喉咙，困在床上听去颇有些凄清。每种叫卖声，差不多都有着特殊的情调。

我在这许多叫卖者中，发现了两种幽默家。

一种是卖臭豆腐干的。每日下午五六点钟，弄堂口常有臭豆腐干担歇着或是走着叫卖，担子的一头是油锅，油锅里现炸着臭豆腐干，气味臭得难闻。卖的人大叫“臭豆腐干！”“臭豆腐干！”态度自若。

我以为这很有意思。“说真方，卖假药”“挂羊头，卖狗肉”，是世间一般的毛病，以香相号召的东西，实际往往是臭的。卖臭豆腐干的居然不欺骗大众，自叫“臭豆腐干”，把“臭”作为口号标语，实际的货色真是臭的。言行一致，名副其实，如此不欺骗别人的事情，怕世间再也找不出来了吧！我想。

“臭豆腐干！”这呼声在欺诈横行的现世，俨然是一种愤世嫉俗的激越的讽刺！

还有一种是五云日升楼卖报者的叫卖声，那里的卖报的和别处不同，没有十多岁的孩子，都是些三四十岁的老枪瘪三，身子瘦得像腊鸭，深深的乱头发，青屑屑的烟脸，看去活像个鬼。早晨是看不见他们的，他们卖的总是夜报。傍晚坐电车打那儿经过，就会听到一片发沙的卖报声。

他们所卖的似乎都是两个铜板的东西，如《新夜报》《时报》《号外》之类。叫卖的方法很特别，他们不叫“刚刚出版？菖？菖报”，却把价目和重要新闻标题连在一起，叫起来的时候，老是用“两个铜板”打头，下面接着“要看到”三个字，再下去是当日的重要的国家大事的题目，再下去是一个“哪”字。“两个铜板要看到十九路军反抗中央哪！”在福建事变起来的时候，他们就这样叫。“两个铜板要看到日本副领事在南京失踪哪！”藏本事件开始的时候，他们就这样叫。

在他们的叫声里任何国家大事都只要花两个铜板就可以看到，似乎任何国家大事都只值两个铜板的样子。我每次听到，总深深地感到冷酷的滑稽情味。

“臭豆腐干！”“两个铜板要看到？菖？菖？菖？菖哪！”这两种叫卖者颇有幽默家的风格。前者似乎富于热情，像个矫世的君子；后者似乎鄙夷一切，像个玩世的隐士。

◎文章品读

散文的取材历来广泛。街头巷陌、感情抒怀，无不可入文。大的篇章驾驭宏阔的思想内涵，小巧的行文阐发个人感悟，可谓各有所长。然而，以小的题材抒写大的哲理，却更显示作者行文的实力与独具匠心。

《幽》篇的艺术特色，正在于从生活的小事物中提炼深刻的世理，令人品读后，悠然回味。

文章通过类比的方式，选取了日常生活中常见的两种叫卖声，“卖臭豆腐干”和“两个铜板要看到？菖？菖？菖？菖哪”。两种吆喝声，迥然不同，作者却敏锐地感悟到了其中共性的地方。在阐发的过程中，作者语言诙谐、生动，令人过目难忘。如，作者认为生活中多的是“说真方，卖假药”“挂羊头，卖狗肉”，而卖臭豆腐干的，虽大声吆喝，却童叟无欺，说是臭的，货色即真是臭的，言行一致，名副其实。这种对卖家吆喝的别样理论，令人在捧腹的同时，也不得不要质疑生活中种种堂而皇之的所谓高尚事物。

另一种吆喝，是卖报纸的。这些卖报者从出场就不是人们所熟知的报童，而是一些瘦如“腊鸭”，看起来“像是个鬼”的“老枪瘪三”，这一连串的描摹，如同画家笔下的漫画，充满了戏剧色彩。然而，令作者每每回味不已的不是他们的外貌，而是那“发沙的卖报声”。他们这样喊：“两个铜板要看到？莒？莒？莒哪！”“？莒？莒？莒”往往是“十九路军反抗中央”“剿匪胜利”“日本副领事失踪”等快讯时事。将这些新闻和吆喝中的话连起来读，一句充满了调侃意味的话便诞生了。读者从中可以读出的是，所谓的国家大事，一律只值两个铜板，与花边新闻等价。局势真实状况如何，大家心照不宣，笑过之后，独自品味。

文章最后，作者意犹未尽，补上了一句，“‘臭豆腐干！’‘两个铜板要看到？莒？莒？莒？莒哪’这两种叫卖者颇有幽默家的风格。前者似乎富于热情，像个矫世的君子；后者似乎鄙夷一切，像个玩世的隐士。”“君子”被用在了卖臭豆腐干的人身上，“隐士”用在了“腊鸭”一样的卖报者的身上。定位的有意错位，更是让人忍俊不禁。

一种云

●瞿秋白

天总是皱着眉头。太阳光如果还射得到地面上，也总是稀微的淡薄的。至于月亮，那更不必说，只是偶然露出半面，用他那惨淡的眼光看一看罪孽的人间，这是孤儿寡妇的眼光，眼睛里含着总算还没有流完的眼泪。受过不止一次封禅大典的山岳，至少有大半截是上了天，只留一点山脚给人看。黄河、长江……据说是中国文明的父母，也不知道怎么变了心，对于他们的亲生骨肉，都摆出一副冷酷的面孔。从春天到夏天，从秋天到冬天，这样一年年地过去，淫虐的雨，凄厉的风和肃杀的霜雪更番地来去，一点儿光明也没有。这样的漫漫长夜，已经二十年了。这都是一种云在作祟。那云为什么这样屡次三番地摧残光明？那云是从什么地方来的？这是太平洋上的大风暴吹过来的，这是大西洋上的狂飓吹过来的。还有那些模糊的血肉——榨床底下淌着的模糊的血肉蒸发出来的。那些会画符的人——会写借据，会写当票的人，就用这些符箓在呼召。那些吃泥土的土蜘蛛，——虽然死了也不过只要六尺土地葬他的贵体，可是活着总要吃住这么一二百亩三四百亩地，——这些土蜘蛛就用屁股在吐着。那些肚里装着铁心肝铁肚肠的怪物，又竖起了一根根的烟囱在喷着。狂飓风暴吹过来的，血肉蒸发出来的，符箓呼召来的，屁股吐出来的，烟囱喷出来的，都是这种云。这是战云。

难怪总是漫漫的长夜了！

什么时候才黎明呢？

看那刚刚发现的虹。祈祷是没有用的了。只有自己去做雷公公电闪娘娘。那虹发现的地方，已经有了小小的雷电，打开了层层的乌云，让太阳重新照到紫铜色的脸。如果是惊天动地的霹雳——这可只有你自己做了雷公公电闪娘娘才办得到，如果那小小的雷电变成惊天动地的霹雳，那才拨得开满天的愁云惨雾。

◎文章品读

《一种云》是一篇综合了各种艺术手法的杂文。文中蕴含着对反动势力的痛恨与揭露，对人民觉醒的期待以及对革命高潮到来的殷切呼唤。

文章看起来颇似写景，实则是以艺术手段来写当时中国的现状，以景物传达内心的情感，将一名革命者的战斗情怀、必胜的信念抒发得畅快淋漓。

文中，“太阳”“月亮”“黄河”“长江”，不再是单纯的自然景观，而是成了一种意象，象征了中华大地正在遭受欺辱、压迫的惨状。整个国土被阴霾所笼罩。接下来的“太平洋上的大风暴”“大西洋上的狂飙”“模糊的血肉”“吃泥土的蜘蛛”等意象，也都蕴含了特殊的意义：对帝国列强、国内反动势力丑恶嘴脸的形象描画。末尾的“虹”“雷公公”“电闪娘娘”“雷电”“霹雳”则是一种希望，象征了人民力量的强大。通篇运用得最多的是象征，其间夹杂了大量的移情及拟人。这些手法的灵活运用，让作者的情感得到了充分的抒发，也让文章的内涵具有了强大的精神力量。

·作者简介·

瞿秋白（1899～1935）出生在江苏常州，是中国共产党早期领导人之一。伟大的马克思主义者，杰出的无产阶级革命家、理论家和宣传家，是中国革命文学事业的奠基人之一。1935 年 2 月在福建长汀转移途中被捕，同年 6 月英勇就义。

北平漫笔

●林海音

秋的气味

秋天来了，很自然地想起那条街——西单牌楼。

无论从哪个方向来，到了西单牌楼，秋天，黄昏，先闻见的是街上的气味。炒栗子的香味弥漫在繁盛的行人群中，赶快朝向那熟悉的地方看去，和兰号的伙计正在门前炒栗子。和兰号是卖西点的，炒栗子也并不出名，但是因为它在街的转角上，首当其冲，就不由得就近去买。

来一斤吧！热栗子刚炒出来，要等一等，倒在箩中筛去裹糖汁的砂子。在等待秤包的时候，另有一种清香的味儿从身边飘过，原来眼前街角摆的几个水果摊子上，啊！枣、葡萄、海棠、柿子、梨、石榴……全都上市了。香味多半是梨和葡萄散发出来的。沙营的葡萄，黄而透明，一出两截，水都不流，所以有“冰糖包”的外号。京白梨，细而嫩，一点儿渣儿都没有。“鸭儿广”柔软得赛豆腐。枣是最普通的水果，郎家园是最出名的产地，于是无枣不成郎家园了。老虎眼、葫芦枣、酸枣，各有各的形状和味道。“喝了蜜的柿子”要等到冬季，秋天上市的是青皮的脆柿子，脆柿子要高桩儿的才更甜。海棠红着半个脸，石榴笑得露出一排粉红色的牙齿。这些都是秋之果。

抱着一包热栗子和一些水果，从西单向宣武门走去，想着回到家里在窗前的方桌上，就着暮色中的一点光亮，家人围坐着剥食这些好吃的东西的快乐，脚步不由得加快了。身后响起了当当的电车声，五路车快到宣武门的终点了。过了绒线胡同，空气中又传来了烤肉的香味，是安儿胡同口儿上，那间低矮窄狭的烤肉苑上人了。

门前挂着清真的记号，他们是北平许多著名的回教馆中的一个，秋天开始，北平就是回教馆子的天下了。矮而胖的老五，在案子上切牛羊肉，他的哥哥老大，在门口招呼座儿，他的两个身体健康、眼睛明亮、充分表现出回教青年精神的儿子，在一旁帮着和学习着剔肉和切肉的技术。炙子上烟雾弥漫，使原来就不明的灯更暗了些，但是在这间低矮、烟雾的小屋里，却另有一股温暖而亲切的感觉，使人很想进去，站在炙子边举起那两根大筷子。

老五是公平的，所以给人格外亲切的感觉。它原来只是一间包子铺，供卖附近居民和路过的劳动者一些羊肉包子。渐渐地，烤肉出了名，但它并不因此改变对主顾的态度。比如说，他们只有两个炙子，总共也不过能围上一二十人，但是一到黄昏，一批批的客人来了，坐也没地方坐，一时也轮不上吃，老五会告诉客人，再等二十几位，或者三十几位，那么客人就会到西单牌楼去绕个弯儿，再回来就差不多了。没有登记簿，他们却是丝毫不差地记住了前来后到的次序。没有争先，不可能插队，一切听凭老大的安排，他并没有因为来客是坐汽车的或是拉洋车的，而有什么区别，这就是他的公平和亲切。

一边手里切肉一边嘴里算账，是老五的本事，也是艺术。一碗肉，一碟葱，一条黄瓜，他都一一唱着钱数加上去，没有虚报，价钱公道。在那里，房子虽然狭小，却吃得舒服。老五的笑容并不多，但他给你的是诚朴的感觉，在那儿不会有吃得惹气这种事发生。

秋天在北方的故都，足以代表季节变换的气味的，就是牛羊肉的膻和炒栗子的香了！

1961年10月30日

男人之禁地

很少——简直没有——看见有男人到那种店铺去买东西的。做的是妇女的生意，可是店里的伙计全是男人。小孩的时候，随着母亲去的是前门外煤市街的那家，离六必居不远，冲天的招牌，写着大大的“花汉冲”的字样，名是香粉店，卖的除了妇女化妆品以外，还有全部女红所需用品。

母亲去了，无非是买这些东西：玻璃盖方金的月中桂香粉，天蓝色瓶子广生行双妹嘿的雪花膏（我一直记着这个不明字义的一“嘿”字，后来才知道它是译英文商标 mark 的广东造字），猪胰子（通常是买给宋妈用的）。到了冬天，就会买几个瓯子油（以蛤蜊壳为容器的油膏），分给孩子们每人一个，有着玩具和化妆品两重意义。此外，母亲还要买一些女红用的东西：十字绣线、绒鞋面、钩针等等，这些东西男人怎么会去买呢？

母亲不会用两根竹针织毛线，但是她很会用钩针织。她织得最多的是毛线鞋，冬天给我们织墨盒套。绣十字布也是她的拿手，照着那复杂而美丽的十字花样本，数着细小的格子，一针针，一排排地绣下去。有一阵子，家里的枕头套，妈妈的钱袋，妹妹的围嘴儿，全是用十字布绣花的。

随母亲到香粉店的时期过去了，紧接着是自己也去了。女孩子总是离不开绣花线吧！小学三年级，就有缝纫课了。记得当时男生是在一间工作室里上手工课，耍的不是锯子就是锉子；女生是到后面图书室里上缝纫课，第一次用绣线学“拉锁”，红绣线把一块白布拉得抽抽皱皱的，后来我们学做婴儿的蒲包鞋，钉上亮片，滚上细绦子，这些都要到像花汉冲这类的店去买。

花汉冲在女学生的眼里，是嫌老派了些，我们是到绒线胡同的瑞玉兴去买。瑞玉兴是西南城出名的绒线店，三间门面的楼，它的东西摩登些。

我一直是女红的喜爱者，这也许和母亲有关系，她那些书本夹了各色丝线。端午节用丝线缠的粽子，毛线钩的各种鞋帽，使得我浸湎于精巧、色彩，种种缝纫之美里，所以养成了家事中偏爱女红甚于其他的习惯。

在瑞玉兴选择绣线是一种快乐。粗粗的日本绣线最惹人喜爱，不一定要用它，但喜欢买两支带回去。也喜欢选购一些花样儿，用替写纸拓在白府绸上，满心要绣一对枕头给自己用，但是五屉柜的抽屉里，总有半途而废的未完成的杰作。手工的制品，不是一朝一夕可以完成的，从一堆碎布，一卷纠缠不清的绣线里，也可以看出一个女孩子有没有恒心和耐性吧！我就是那种没有恒心和耐性的。每一件女红做出来，总是有缺点，比如毛衣的肩头织肥了，枕头的四角缝斜了，手套一大一小，十字布的格子数错了行，对不上花，抽纱的手绢只完成了三面，等等。

但是瑞玉兴却是个难忘的店铺，想到为了配某种颜色的丝线，伙计耐心地从楼上搬来了许多小竹帘卷的丝线，以供挑选，虽然只花两角钱买一小支，他们也会把客人送到门口，那才是没处找的耐心哪！

1961年11月2日

换洋取灯儿的

“换洋取灯儿啊！”

“换榧子儿呀！”

很多年来，就是个熟悉的叫唤声，它不一定是出自某一个人，叫唤声也各有不同，每天清晨在胡同里，可以看见一个穿着褴褛的老妇，背着一个筐子，举步蹒跚。冬天的情景，尤其记得清楚，她头上戴着一顶不合体的、哪儿捡来的毛线帽子，手上戴着露出手指头的手套，寒风吹得她流出了一些清鼻涕。生活看来是很艰苦的。

是的，她们原是不必工作就可以食廪粟的人，今天清室没有了，一切荣华优渥的日子都像梦一样永远永远地去了，留下来的是面对着现实的生活！

像换洋取灯的老妇，可以说还是勇于以自己的劳力换取生活的人，她不必费很大的力气和本钱，只要每天早晨背着一个空筐子以及一些火柴、榧子儿、刨花就够了，然后她沿着小胡同这样地叫唤着。

家里的废物：烂纸、破布条、旧鞋……一切可以扔到垃圾堆里的东西，都归宋妈收起来，所以从“换洋取灯儿的”换来的东西也都归宋妈。

一堆烂纸破布，就是宋妈和换洋取灯儿的老妇争执的焦点，甚至连一盒火柴、十颗榧子的生意都讲不成也说不定呢！

丹凤牌的火柴，红头儿，盒外贴着砂纸，一擦就迸出火星，一盘也就值一个铜子儿。榧子儿是像桂圆核儿一样的一种植物的实，砸碎它，泡在水里，浸出黏液，凝滞如胶。刨花是薄木片，作用和榧子儿一样，都是旧式妇女梳头时用的，等于今天妇女做发后的“喷胶水”。

这是一笔小而又小的生意，换人家里的最破最烂的小东西，来取得自己最低的生活，王孙没落，可以想见。

而归宋妈的那几颗榧子儿呢，她也当宝贝一样，家里的烂纸如果多了，她也就会攒了更多的洋火和榧子儿，洋火让人捎回乡下她的家里。榧子儿装在一只妹妹的洋袜子里（另一只一定是破得不能再缝了，换了榧子儿）。

宋妈是个干净利落的人，她每天早晨起来把头梳得又光又亮，抹上了泡好的刨花或榧子儿，胶住了，做一天事也不会散落下来。

火柴的名字，那古老的城里，很多很多年来，都是被称作“洋取灯儿”，好像到了今天，我都没有改过口来。

“换洋取灯儿的”老妇人，大概只有一个命运最好的，很小就听说，四大名旦尚小云的母亲是“换洋取灯儿的”。有一年，尚小云的母亲死了，出殡时沿途许多人围观，我们住在附近，得见这位老妇人的死后哀荣。在舞台上婀娜多姿的尚小云，丧服上是一个连片胡子的脸，街上的人都指点着说，那是一个怎样的孝子，并且说那死者是一个怎样出身的有福的老太太。

在小说里，也读过唯有的一篇描写一个这样女人的恋爱故事，记得是许地山写的《春桃》，希望我没有记错。

1961年11月4日

看华表

不知为什么，每次经过天安门前的华表时，从来不肯放过它，总要看一看。如果正挤在电车（记得吧，三路和五路都打这里经过）里经过，也要从人缝里向车窗外追着看；坐着洋车经过，更要仰起头来，转着脖子，远看，近看，回头看，一直到看不见为止。

假使是在华表前的石板路上散步（多么平坦、宽大、洁净的石板！），到了华表前，一定会放慢了步子，流连鉴赏。从华表的下面向上望去，便体会到“一柱擎天”的伟观。啊！无云的碧空，衬着雕琢细致、比例匀称的白玉石的华表，正是自然美和人工美的伟大的结合。她的背后衬的是朱红色的天安门的墙，这一幅图，布局的美丽，颜色的鲜明，印在脑中，是不会消失的。

有趣的是，夏天的黄昏，华表下面的石座上，成为纳凉人的最理想的地方。石座光滑洁净，坐上去，想必是凉森森的十分舒服。地方高敞，赏鉴过往漂亮的男女（许多是去游附近的中山公园），像在体育场的贵宾席上一样。华表旁，有一排马樱花，它的甜香随着清风扑鼻而来，更是一种享受。

我爱看华表，和它的所在地也很有关系，因为天安门不但是北平（北京）的市中心，而且正是通往东西南城的要衢。往返东西城时，到了天安门就会感觉到离目的地不远了。往南去前门，正好从华表左面不远转向公安街去。庄严美丽的华表站在这里，正像是一座里程碑，它告诉你，无论到什么地方，都不远了。

说它是里程碑，也许不算错，古时的华表，原是木制的，它又名表木，是以表王者纳谏，亦以表识衢路，正是一个有意义的象征啊！

1961 年 11 月 5 日

蓝布褂儿

竹布褂儿，黑裙子，北平的女学生。

一位在南方生长的画家，有一年初次到北平。住了几天之后，他说，在上海住了这许多年，画了这许多年，他不喜欢一切蓝颜色的布。但是这次到了北平，竟一下子改变了他的看法，蓝色的布是那么可爱，北平满街骑车的女学生，穿了各种蓝色的制服，是那么可爱！

刚一上中学时，最高兴的是换上了中学女生的制服，夏天的竹布褂，是月白色——极浅极浅的蓝，烫得平平整整；下面是一条短齐膝盖头的印度绸的黑裙子，长统麻纱袜子，配上一双刷得一干二净的篮球鞋。用的不是手提的书包，而是把一叠书用一条捆书带捆起来。短头发，斜分，少的一边撩在耳朵后，多的一边让它半垂在鬓边，快盖住半只眼睛了。三五成群，或骑车或走路。哪条街上有个女子中学，哪条街就显得活泼和快乐，那是女学生的青春气息烘托出来的。

北平女学生冬天穿长棉袍，外面要罩一件蓝布大褂，这回是深蓝色。谁穿新大褂每人要过来打三下，这是规矩。但是那洗得起了白碴儿的旧衣服也很好，因为它们是老伙伴，穿着也合身。记得要上体育课的日子吗？棉袍下面露出半截白色剔绒的长运动裤来，实在是很难看，但是因为人人这么穿，也就不觉得丑了。

阴丹士林布出世以后，女学生更是如狂地喜爱它。阴丹士林本是人造染料的一种名称，原有各种颜色，但是人们嘴里常常说的“阴丹士林色”多是指的青蓝色。它的颜色比其他布，更为鲜亮，穿一件阴丹士林大褂，令人觉得特别干净，平整。比深蓝浅些的“毛蓝”色，我最喜欢，夏秋或春夏之交，总是穿这个颜色的。

事实上，蓝布是淳朴的北方服装特色。在北平住的人，不分年龄、性别、职业、阶级，一年四季每人都有几件蓝布服装。爷爷穿着缎面的灰鼠皮袍，外面罩着蓝布大褂；妈妈的绸里绸面的丝棉袍外面，罩的是蓝布大褂；店铺柜台里的掌柜的，穿的布棉袍外面，罩的也是蓝布大褂，头上还扣着瓜皮小帽；教授穿的蓝布大褂的大襟上，多插了一支自来水笔，头上是藏青色法国小帽，学术气氛！

阴丹士林布做成的衣服，洗几次之后，缝线就变成很明显的白色了，那是因为阴丹士林布不褪色而线褪色的缘故。这可以证明衣料确是阴丹士林布，但却不知为什么一直没有阴丹士林线，忽然想起守着窗前方桌上缝衣服的大姑娘来了。一次订婚失败而终身未嫁的大姑娘，给人缝衣服，靠微薄的收入，养活自己和母亲。我们家姊妹多，到了秋深添置衣服的时候，妈妈总是买来大量的阴丹士林布，宋妈和妈妈两人做不来，总要叫我去把大姑娘找来。到了大姑娘家，大姑娘正守着窗儿缝衣服，她的老妈妈驼着背，咳嗽着，在屋里的小煤球炉上烙饼呢！

大姑娘到了我家里，总要呆一下午，妈妈和她商量裁剪，因为孩子们是一年年地长高了。然后她抱着一大包裁好了的衣服回去赶做。

那年离开北平经过上海，住在婀的家里等船。有一天上街买东西，我习惯地穿着蓝布大褂，但是她却教我换一件呢旗袍，因为穿了蓝布大褂上街买东西，会受店员歧视。在只认衣裳不认人的“洋场”，“自取其辱”是没人同情的啊！

1961年11月8日

排队的小演员

听复兴剧校叶复润的戏，身旁有人告诉我，当年富连成科班里也找不出一个像叶复润这样小年纪，便有这样成就的小老生。听说叶复润只有十四足岁，但无论是唱工还是做派，都超越了一般“小孩戏剧家”的成绩。但是在那一群孩子里，他却特别显得瘦弱，娇小。固然唱老生的外形要“清瘦”才有味道，但是对于一个正在发育期的小孩子，毕竟是不健康的。剧校当局是不是注意到每一个发育期的孩子的健康呢？

这使我不由得想起当年家住在虎坊桥大街上的情景。

虎坊桥大街是南城一条重要的大街，尤其在迁都南京前的北京，它更是通往许多繁荣地区的必经之路。幼年幸运地曾在这条街上住了几年，也是家里最热闹的时期。这条大街上有小学、会馆、理发馆、药铺、棺材铺、印书馆，还有一个造就了无数评剧人才的富连成科班。

富连成只在我家对面再往西几步的一个大门里。每天晚饭前后的时候，他们要到前门外的广和楼去唱戏。坐科的孩子按矮高排队，领头儿的是位最高的大师兄，他是个唱花脸的，头上剃着月亮门儿。夏天，他们都穿着月白竹布大褂儿，老肥老肥的，袖子大概要比手长出半尺多。天冷加上件黑马褂儿，仍然是老肥老肥的，袖子比手长出半尺多！

他们出了大门向东走几步，就该穿过马路，而正好就经过我家门前。看起来，一个个是呆板的、迟钝的、麻木的，谁又想到他们到了台上就能演出那样灵活、美丽、勇武的角色呢！

那时的富连成在广和楼演出，这是一家女性不能进去的戏院，而我那时跟着大人们听戏的区域是城南游艺园，或者开明戏院，第一舞台。很早就对于富连成有印象，实在是看他们每天由我家门前经过的关系。等到后来富连成风靡了北平的男女学生，我也不免想到，在那一队我幼年所见到的可怜的孩子群里，不就有李盛藻吗？刘盛莲吗？杨盛春吗？

富连成是以严厉出名的，但是等到以新式学校制度的戏曲学校出现以后，富连成虽仍以旧式教育出名，但是有些地方也不能不改进了。戏曲学校用大汽车接送学生到戏院以后，富连成的排队步行也就不复再见。否则的话，学生戏迷们岂不要每天跟着他们的队伍到戏院去？

而我们那时也搬离开虎坊桥，城南游艺园成了屠宰场，我们听戏的区域也转移到哈尔飞、吉祥，以及长安和新新等戏院了。

1961年11月9日

陈谷子、烂芝麻

如姐来了电话，她笑说："怎么，又写北平哪！陈谷子、烂芝麻全掏出来啦！连换洋取灯儿的都写呀！除了我，别人看吗？"

我漫写北平，是因为多么想念她，写一写我对那地方的情感，情感发泄在格子稿纸上，苦思的心情就会好些。它不是写要负责的考据或掌故，因此我敢"大胆地假设"。比如我说花汉冲在煤市街，就有细心的读者给了我"小心的求证"，他画了一张地图，红蓝分明地指示给我说，花汉冲是在煤市街隔一条街的珠宝市，并且画了花汉冲的左邻谦祥益布店，右邻九华金店。如姐，谁说没有读者呢？不过读者并不是欣赏我的小文，而是借此也勾起他们的乡思罢了！

很巧的，我向一位老先生请教一些北平的事情时，他回信来说："……早知道这些陈谷子、烂芝麻是有用的话，那咱们多带几本这一类的图书，该是多么好呢？"

原来我所写的，数来数去，全是陈谷子、烂芝麻呀！但是我是多么喜欢这些呢！

陈谷子、烂芝麻，是北平人说话的形容语汇，比如闲话家常，提起早年旧事，最后总不免要说："唉！左不是陈谷子、烂芝麻！"言其陈旧和琐碎。

真正北平味道的谈话，加入一些现成的形容语汇，非常合适和俏皮，这是北平话除了发音正确以外的一个特点，我最喜欢听。想象那形容的巧妙，真是可爱，这种形容语汇，很多是用"歇后语"说出来，但是像"陈谷子、烂芝麻"便是直接的形容语，不用歇后语的。

做事故意拖延迟滞，北平人用"蹭棱子"来形容，蹭是磨擦，棱是物之棱角。

比如妈妈嘱咐孩子去做一件事，孩子不愿意去，却不明说，只是拖延，妈妈看出来了，就可以责备说："你倒是去不去？别在这儿尽跟我蹭棱子！"

或者做事痛快的某甲对某乙说："要去咱们就痛痛快快儿地去，我可不喜欢蹭棱子！"

听一个说话没有条理的人述说一件事的时候，他反复地说来说去时，便想起这句北平话：

"车轱辘话——来回地说。"

轱辘是车轮。那车轮压来压去，地上显出重复的痕迹，一个人说话翻来覆去，不正是那个样子吗？但是它也运用在形容一个人在某甲和某乙间说一件事，口气反复不明。如："您瞧，他跟您那么说，跟我可这么说！反正车轱辘话，来回说吧！"

负债很多的人，北平人喜欢这样形容："我该了一屁股两肋的债呀！"

我每逢听到这样形容时，便想象那人债务缠身的痛苦和他焦急的样子。一屁股两肋，不知会说俏皮话儿的北平人是怎么琢磨出来的，而为什么这样形容时，就会使人想到债务之多呢？

1961年11月14日

文津街

常自夸说，在北平，我闭着眼都能走回家，其实，手边没有一张北平市区图，有些原来熟悉的街道和胡同，竟也连不起来了。只是走过那些街道所引起的情绪，却是不容易忘记的。就说，冬日雪后初晴，路过架在北海和中海的金鳌玉蝀桥吧，看雪盖满在桥两边的冰面上，一片白，闪着太阳的微微的金光，漪澜堂到五龙亭的冰面上，正有人穿着冰鞋滑过去，飘逸优美的姿态，年轻同伴的朝气和快乐，觉得虽在冬日，也因这幅雪漫冰面的风景，不由得引发起我活跃的心情，赶快回家去，取了冰鞋也来滑一会儿！

在北平的市街里，很喜欢傍着旧紫禁城一带的地方，蔚蓝晴朗的天空下，看朱红的墙：因为唯有在这一带才看得见。家住在南长街的几年，出门时无论是要到东、西、南、北城去，都会看见这样朱红的墙。要到东北的方向去，洋车就会经过北长街转向东去，到了文津街了，故宫的后门，对着景山的前门，是一条皇宫的街，总是静静的，没有车马喧哗，引发起的是思古之幽情。

景山俗称煤山，是在神武门外旧宫城的背面，很少人到这里来逛，人们都涌到附近的北海去了。就像在中山公园隔壁的太庙一样，黄昏时，人们都挤进中山公园乘凉，太庙冷清清的；只有几个不嫌寂寞的人，才到太庙的参天古松下品茗，或者静默地观看那几只灰鹤（人们都挤在中山公园里看孔雀开屏了）。

景山也实在没有什么可“逛”的，山有五峰，峰各有亭，站在中峰上，可以看故宫平面图，倒是有趣的，古建筑很整齐庄严，四个角楼，静静地站在暮霭中，皇帝没有了，他的卧室，他的书房，他的一切，凭块儿八毛的门票就可以一览无遗了。

做小学生的时候，高年级的旅行，可以远到西山八大处，低年级的就在城里转，景山是目标之一，很小很小的时候，就年年一次排队到景山去，站在刚上山坡的那棵不算高大的树下，听老师讲解：一个明朝末年的皇帝——思宗，他殉国死在这棵树上。怎么死的？上吊。啊！一个皇帝上吊了！小学生把这件事紧紧地记在心中。后来每逢过文津街，便兴起那思古的幽情，恐怕和幼小心灵中所刻印下来的那几次历史凭吊，很有关系吧！

1961 年 11 月 20 日

挤老米

读了朱介凡先生的“晒暖”，说到北方话的“晒老爷儿”“挤老米”，又使我回了一次冬日北方的童年。

冬天在北方，并不一定是冷得让人就想在屋里烤火炉。天晴，早上的太阳光晒到墙边，再普照大地，不由得就想离开火炉，还是去接受大自然所给予的温暖吧！

通常是墙角边摆着几个小板凳，坐着弟弟妹妹们，穿着外罩蓝布大褂的棉袍，打着皮包头的毛窝，宋妈在哄他们玩儿。她手里不闲着，不是搓麻绳纳鞋底（想起她那针锥子要扎进鞋底子以前，先在头发里划两下的姿态来了），就是缝骆驼鞍儿的鞋帮子。不知怎么，在北方，妇女有做不完的针线活儿，无分冬夏。

离开了北平，无论到什么地方，都莫辨东西，因为我习惯的是古老方正的北平城，她的方向正确，老爷儿（就是太阳）早上是正正地从每家的西墙照起，玻璃窗四边，还有一圈窗户格，糊的是东昌纸，太阳的光线和暖意都可以透进屋里来。在满窗朝日的方桌前，看着妈妈照镜子梳头，把刨花的胶液用小刷子抿到她的光洁的头发上。小几上的水仙花也被太阳照到了。它就要在年前年后开放的。长方形的水仙花盆里，水中透出雨花台的各色晶莹的彩石来。或者，喜欢摆弄植物的爸爸，他在冬日，用一只清洁的浅瓷盆，铺上一层棉花和水，撒上一些麦粒，每天在阳光照射下，看它渐渐发芽茁长，生出翠绿秀丽的青苗来，也是冬日屋中玩赏的乐趣。

孩子们的生活当然大部分是在学校。小学生很少烤火炉（中学女学生最爱烤火炉），下课休息十分钟都跑到教室外、操场上。男孩子便成群地涌到有太阳照着的墙边去挤老米，他们挤来挤去，嘴里大声喊着：

挤呀！挤呀！

挤老米呀！

挤出屎来喂喂你呀！

这样又粗又脏的话，女孩子是不肯随便乱喊的。

直到上课铃响了，大家才从墙边撤退，他们已经是浑身暖和，不但一点寒意没有了，摘下来毛线帽子，光头上也许还冒着白色的热气儿呢！

1961年12月8日

卖冻儿

如果说北平样样我都喜欢，并不尽然。在这冬寒天气，不由得想起了很早便进入我的记忆中的一种人物，因为这种人物并非偶然见到的，而是很久以来就有的，便是北平的一些乞丐。

回忆应当是些美好的事情，乞丐未免令人扫兴，然而它毕竟是在我生活中所常见到的人物，也因为那些人物，曾给了我某些想法。

记得有一篇西洋小说，描写一个贫苦的小孩子，因为母亲害病不能工作，他便出来乞讨，当他向过路人讲出原委的时候，路人不信，他便带着人到他家里去看看，路人一见果然母病在床，便慷慨解囊了。小孩子的母亲从此便“弄真成假”，天天假病在床，叫小孩子到路上去带人回来“参观”。这是以小孩和病来骗取人类同情心的故事。这种事情什么时候，什么地方都可以发生的，像在台北街头，妇人教小孩缠住路人买奖券，便是类似的作风。这些使我想起北平一种名为“卖冻儿”的乞丐。

冬寒腊月，天气冷得泼水成冰，“卖冻儿”的（都是男乞丐）出世了，蓬着头发，一脸一身的滋泥儿，光着两条腿，在膝盖的地方，捆上一圈戏报子纸。身上也一样，光着脊梁，裹着一层戏报子纸，外面再披上一两块破麻包。然后，缩着脖子，哆哩哆嗦的，牙打着战儿，逢人伸出手来乞讨，以寒冷无衣来博取人的同情与施舍。然而在记忆中，我从小便害怕看那样子，不但不能引起我的同情，反而是憎恶。这种乞丐便名为“卖冻儿”。

最讨厌的是宋妈，我如果爱美不肯多穿衣服，她便要讽刺我：

“你这是干吗？卖冻儿呀？还不穿衣服去！”

“卖冻儿”由一种乞丐的类型，而成了一句北平通用的俏皮话儿了。

卖冻儿的身上裹的戏报子纸，都是从公共广告牌上揭下来的，各戏院子的戏报子，通常都是用白纸红绿墨写成的，每天贴上一张，过些日子，也相当厚了，揭下来，裹在腿上身上，据说也有保温作用。

至于拿着一把破布掸子在人身上乱掸一阵的乞妇，名“掸孙儿”；以砖击胸行乞的，名为“擂砖”，这等等类型乞丐，我记忆虽清晰，可也是属于陈谷子烂芝麻，说多了未免令人扫兴，还是不去回忆他们吧！

1961年12月9日

台上、台下

礼拜六的下午，我常常被大人带到城南游艺园去。门票只要两毛（我是挤在大人的腋下进去的，不要票）。进去就可以有无数的玩处，唱京戏的大戏场，当然是最主要的，可是那里的文明戏，也一样地使我发生兴趣，小鸣钟，张笑影的“锯碗丁”“春阿氏”，都是我喜爱看的戏。

文明戏场的对面，仿佛就是魔术场，看着穿燕尾服的变戏法儿的，随着音乐的旋律走着一颠一跳前进后退的特殊台步，一面从空空的大礼帽中掏出那么多的东西：花手绢、万国旗、包、兔子，这时乐声大奏，掌声四起，在我小小心灵中，只感到无限的愉悦！觉得世界真可爱，无中生有的东西这么多！

我从小就是一个喜欢找新鲜刺激的孩子，喜欢在平凡的事物中给自己找一些思想的娱乐，所以，在那样大的一个城南游艺园里，不光是听听戏，社会众生相，也都可以在这天地里看到：美丽、享受、欺骗、势利、罪恶……但是在一个无忧无虑的小女孩的观感中，她又能体会到什么呢？

有些事物，在我的记忆中，是清晰得如在目前一样。在大戏场的木板屏风后面的角落里，茶房正从一大盆滚烫的开水里，拧起一大把毛巾，送到客座上来。当戏台上是不重要的过场时，茶房便要表演"扔手巾把儿"的绝技了。楼下的茶房，站在观众群中惹人注目的地位，把一大捆热手巾，"忽"下子，扔给楼上的茶房，或者是由后座扔到前座去，客人擦过脸收集了再扔下来，扔回去。这样扔来接去，万无一失，也能博得满堂喝彩，观众中会冒出一嗓子："好手巾把儿！"

但是观众与茶房之间的纠纷，恐怕每天每场都不可免，而且也真乱哄。当那位女茶房硬把果碟摆上来，而我们硬不要的时候，真是一场无味的争执。茶房看见客人带了小孩子，更不肯把果碟拿走了。可不是，我轻轻地，偷偷地，把一颗糖花生放进嘴吃，再来一颗，再来一颗，再来一颗，等到大人发现时，去了大半碟儿了，这时不买也得买了。

茶，在这种场合里也很要紧。要了一壶茶的大老爷，可神气了，总得发发威风，茶壶盖儿敲得呱呱山响，为的是茶房来迟了，大爷没热茶喝，回头怎么捧角儿喊好儿呢！包厢里的老爷们发起脾气来更有劲儿，他们把茶壶扔飞出去，茶房还得过来赔不是。那时的社会，卑贱与尊贵，是强烈地对比着。

在那样的环境里，台上锣鼓喧天，上场门和下场门都站满了不相干的人，检场的，打煤气灯的，换广告的，在演员中穿来穿去。台下则是烟雾弥漫，扔手巾把儿的，要茶钱的，卖玉兰花的，飞茶壶的，怪声叫好的，呼儿唤女的，乱成一片。我却在这乱哄哄的场面下，悠然自得。我觉得在我的周围，是这么热闹，这么自由自在。

1961年12月15日

一张地图

瑞君、亦穆夫妇老远地跑来了，一进门瑞君就快乐而兴奋地说：

“猜，给你带什么来了？”

一边说着，她打开了手提包。

我无从猜起，她已经把一叠纸拿出来了：

“喏！”她递给了我。

打开来，啊！一张崭新的北平全图！

“希望你看了图，能把文津街、景山前街连起来，把东西南北方向也弄清楚。”

“已经有细心的读者告诉我了，”我惭愧（但这个惭愧是快乐的）地说，“并且使我在回忆中去了一次北平图书馆和北海前面的团城。”

在灯下，我们几个头便挤在这张地图上，指着，说着。熟悉的地方，无边的回忆。

“喏，”瑞妹说，“曾在黄化门住很多年，北城的地理我才熟。”

于是她说起黄化门离帘子库很近，她每天上学坐洋车，都是坐停在帘子库的老尹的洋车。老尹当初是前清帘子库的总管，现在可在帘子库门口拉洋车。她们坐他的车，总喜欢问他哪一个门是当初的帘子库，皇宫里每年要用多少帘子？怎么个收藏法？他也得意地说给她们听，温习着他那些一去不回的老日子。

在北平，残留下来的这样的人物和故事，不知有多少。我也想起在我曾工作过的大学里的一个人物。校园后的花房里，住着一个“花儿把式”（新名词：园丁。说俗点儿：花儿匠），他镇日与花为伍，花是他的生命。据说他原是清皇室的一位公子哥儿，生平就爱养花，不想民国后，面对现实生活，他落魄得没办法，最后在大学里找到一个园丁的工作，总算是花儿给了他求生的路子，虽说惨，却也有些诗意。

整个晚上，我们凭着一张地图都在说北平。客人走后，家人睡了，我又独自展开了地图，细细地看着每条街，每条胡同。回忆是无法记出详细年月的，常常会由一条小胡同，一个不相干的感触，把思路牵回到自己的童年，想起我的住室，我的小床，我的玩具和伴侣……一环跟着一环，故事既无关系，年月也不衔接，思想就是这么个奇妙的东西。

第二天晏起了，原来就容易发疼的眼睛，因为看太久那细小的地图上的字，就更疼了！

1961 年 12 月 25 日

◎文章品读

林海音是台湾老一代著名作家。她出生在日本，祖籍是台湾，而少年至青年时期却是在北京度过。从 20 世纪 20 年代到 40 年代末，差不多整整 30 年的时间都留在北京。1948 年，林海音一家返回台湾。然而对于生长了几十年的老北京，她无时无刻不充满着感怀与思念。这份剪不断的故土情结，让林海音的文学作品总是充盈着浓浓的乡情。

林海音所描绘的老北京（北平），就像色彩鲜明的图画：瓜果满街的秋，穿蓝布褂儿的女学生，戏园子里的茶房，天安门的华表，太庙的松林，故宫的角楼，景山的五峰……不胜枚举，观者目不暇接。景中处处皆情，字里行间都满溢着对昔日生活的无限缅怀与热爱。对老北京这种挥之不去的爱，作家曾满怀深情地说：“北平是我住了四分之一世纪的地方，读书、做事、结婚都在那儿，度过的金色年代，可以和故宫的琉璃瓦互映，因此我的文章自然离不开北平。我是多么想念童年住在城南的那些景色和人物啊……”

品读台湾这位“祖母级人物”的散文，人总需要静下心来，一杯清茶在手，于时空的穿梭中，找寻历史的点点滴滴。

·作者简介·

林海音（1918~2001），原名林含英，乳名英子。祖籍台湾省苗栗县。父母曾东渡日本经商。林海音生于日本大阪，不久即返回台湾。由于台湾已被日本占领，林家迁往北京。林海音先后就读于北京城南厂甸小学、北京新闻专科学校。毕业后在《世界日报》任记者，不久与报社同事夏承楹结婚。1948年8月，举家回到故乡台湾。回台后，在《国语日报》任编辑。1953年主编《联合报》副刊，开始文艺创作，并兼任《文星》杂志编辑及世界新闻学校教员。1967年创办《纯文学月刊》，以后又经营纯文学出版社。林海音一生笔耕不辍，创作了大量的优秀作品：散文集《窗》《两地》《作客美国》《剪影话文坛》《一家之主》《家住书坊边》，短篇小说集《烛心》《婚姻的故事》《绿藻与咸蛋》，长篇小说《城南旧事》《春风》《晓云》《孟珠的旅程》等。

罗迦诺的乡村

●冯至

乘车穿过了郭塔尔得山洞，便走入瑞士东南的特精省，这是意大利人种的瑞士，一切风物也是南欧的了。最惹人注意的，房屋在山北都是灰色，忽然变为耀目的粉白色——但白色里处处透露着衰老腐旧，反不及北方的灰色那样新鲜。

特精省的南端是罗迦诺城，临着一座爪形的湖，这座湖由意大利和瑞士两国分领。若是坐在汽船上，绕湖一周，左边一站是意大利的，右边一站是瑞士的，虽然居民都说着意大利话，可是一边热衷于法西斯主义，一边是自由和平，百余年不知干戈，对比起来，煞是有趣。

我在湖边的一个小村落里住过一个晚夏的八月。

脚刚踏上轻松的土地，举目一望两旁的浓绿，便深深嗅到浓郁的故乡气味。不只是气候和北平夏季的乡间很相似，就是几种违阔许久的生物，也在这里重逢了：中午是无边无际的蝉声，夜晚窗外时常有窸窸窣窣的声音，那是蝎子在墙缝里出没，更有成群成队的壁虎，灰色的，绿色的，在壁上和草间爬来爬去，有时清早起来，露水未晞，草地上常有大的壁虎，身长逾尺，绿得透明，像是碧玉一般．湖山寂静，它一动也不动，你可以轻轻地在它身旁赏玩许久，不提防有一个大的蝗虫跳出，它也飞箭般跟着蹿入草的深处。

植物方面呢，也多是故乡所有的。西瓜、蜜桃，这些暑中的鲜品，都非常肥美；更有那大芭蕉叶子，成荫地伸出矮矮的墙头。只是暗绿色，瘦而火焰形的扁柏，三三两两地被移种在别墅里，或是白色的圣母堂旁，给我们一些异乡之感。这可以说是在故乡一样的乡间。我们背山临水，租下一所小楼。房东是这村里唯一的富户，唯一的“世界人”。据说祖父曾经到非洲去经商，赚下了一些财宝，死后供给儿孙们享用，所以家人也无所事事，天冷了到巴黎去过冬，只有夏天才回到家乡；但在家乡也忘不了都市的繁华，晚饭后每每放开收音机，收听都市的音乐，搅得四邻不得清静。

除此以外，远远近近却是异常清静。不但听不到瑞士以外的国家是怎样摩掌擦拳，勾心斗角；就是瑞士以内的事，也好像与他们无干。你若问一个本地人，“你是意大利人吗？”他自然回答你一个“不是”。——再往下问，“你是瑞士人吗？”——那么他便瞪着惊愕的大眼望着你，也不说是，也不说不是，只说“我是特精省人”。不必和他们谈什么罗马、伦敦，就是本国内的日内瓦、瞿里许，在他们看来也是极辽远的地方，虽说乘车几小时便到。

可是我们在那些严肃的大都市里过过生活的人，骤然来到这里，对于这些疏散无事的“特精省人”，总有一些缺乏信任。——我们在外边漂流无定，无论到什么地方，第一个去处便是邮局，看看有没有转来的信件，或是把新的通信处留在邮局里。但当我行装甫卸，在当地邮局办了一番交涉后，走出来，真是倒吸了一口凉气！

走进邮局，空旷旷的屋里，坐着一个十五六岁的少女。她问我话，我不懂；我用几句临时速成的意大利话向她说，她不懂。后来似乎彼此会意，我在一个纸条上写好了通信处，交给她，她接过来，点头笑一笑，放在抽屉里，便无事了。一瞥间我望见那抽屉里乱七八糟，甚至还放着一些针线。我很不放心，但事情已经办完了最后一阶段，紧接着只有推门出去。

后来我才知道，那邮局里的局长，邮务员，信差，是三位一体的，这集中的“一体”，正是那女孩的哥哥。这位哥哥本来就事务繁重，午饭后又要午睡，睡醒了还要在酒店里喝红酒，所以把邮务员和信差的职务都交给他的妹妹，他自己则悠悠自得，处在局长的地位。

两天后，那少女果然背着一个大信袋，在我们门前出现了，递给我几封初次转来的信。我接到这些信，真是高兴！这是前日交涉并没有误会的证明，但是她笑着不肯走，殷勤地问我：“Francobollo？”我知道这字是邮票的意思，但我不明白她为什么这样问我。正犹疑间，她从信袋里取出一个硬纸夹子，里边都是邮票，我才恍然大悟，原来邮票是在她身边带着，问我买邮票不买。我想，这真是方便：邮票既可送上门来，那么新写完的信也可以直接交给她了，落得不出门。但我对于她还是不大信任，邮票固然可以在门前买，可是待发的信还是不肯直接交给她。

我们时常乘公共汽车到罗迦诺城去，沿站都有大小邮包送上来，一次，车子在一个站上停住了，石上坐着一位年老的邮差（这恐怕也是这站上邮局里“三位”集中的“一体”吧），把刚从邮筒里取出的信件一封封地在太阳底下盖邮戳。车到了，他也不慌，下车的人下完了，他也不慌，上车的人上完了，他仍然不慌，开车的人耐着性儿等他，一直等到他不慌不忙，把邮戳盖完，把信件包好，放在车上，——才将喇叭一按，加速驶去；回头看，那老邮夫却坐在那块路石上，我望着他，他望着我们的车，直到车拐了弯，两不相见。

像这样的松缓随便，在我们过惯都市生活的人看来，有些看不下去，但同时又觉得也实在亲切可爱。每个大都市的人口动辄号称几百万，可比起全人类来，究竟是极少的少数。至于过着像这里的生活的人们，无论什么地方，还是占人类的大多数。我们到底怎样才对呢，是要使那大多数的人跟我们一样紧张起来才对，还是叫我们这极少的少数去学一学他们的松缓？

那少女几乎天天送我们的邮件来，一封也没有遗失，日子久了我再想起我刚来到时对于信件的那种疑神疑鬼的心，未免太小家气了。——在大都市住久了的人，会一天比一天地变得小家子气。——有一天，她的哥哥送信来了。我真是惊异！穿着制服，戴着制帽，皮靴橐橐，我从来没有看见他这样严肃整齐过。我把信握在手里，不由自主地问：“令妹呢？”他的回答是，家里生了一个小牛。

不久，小牛的诞生传遍了左邻右舍，我们都被邀请去参观小牛。我们在牛棚外看见一畦硕大的番茄，于是我们摘了一篮，付了一些代价，带回家来。从此这一家不但供我们番茄，还时常送来其他的菜蔬和做果酱的苹果。

瑞士的肉类是出名贵的，我们一日三餐，只以菜蔬为主。可是面包常起恐慌。附近没有面包房，每天早晨由一个少年骑着车挨户送，有时却得不到。我们一向是现钱交易，怎么也想不出不送的理由。有一次我们在湖边候船，看见那少年正在码头上放跳板，同他谈起来，才知道清早送面包是他的“兼差”，他的正常职业是在船码头上放跳板。我问他，为什么时常忘记给我们送面包呢？他仿佛在叙说与他无干的旁人的事，所举出的理由也似乎很正当，那是因为我们住房的台阶太高。我听着有些忿忿，同住的某夫人到底乖巧，示意给他，往后不会让他白登高台阶的。——经过这番谈话后，彼此的交情似乎深了一些。第二天，面包按时送到了，某夫人也不失信，送他一支香烟作为登台阶的报酬。他满意地接受了。果然，此后每日一支香烟，面包也天天送到。

想不到，住房的台阶高也会这样影响到吃饭问题。然而并不止于送面包一件事。我们的厨房是用煤油炉子烧饭，零买不如整购，到邻村唯一的杂货店里订下一桶煤油，说妥立刻就送来，我们回来后，却空等了一个下午。第二天又去催问，说是昨天店里没有闲人，今天下午一定送到，于是我们回去等着，又等到了黄昏，仍然不见送来。气忿有什么用呢，只好在次日清晨再忍着气去问，店里老板的回答是：

“已经送去了。”

“我们却没有见到。”

于是大家把昨日送煤油的小厮唤来。他理直气壮地说：

“他们的台阶太高，我把煤油交给他们的邻居了。”

回去到邻家一盘问，那桶油放在苹果树下，等它的主人，已经等了一夜。

在这些人们中间住不上几天，大家便熟识了，自己也不知不觉把皮鞋脱去，换上家乡的布鞋，把领带抛开，换上反领的衬衫，时表也用不着，锁在箱子里，自有那日出日落给我们正确的时间——人、动物、植物，好像站在一个行列上，人人守着自己的既不能减损，也不能扩张的范围：各自有他的勤勉，他的懒惰，但是没有欺骗。这样，湖山才露出它们的雄壮。一片湖水，四围是默默无语的青山，山间的云，层出不穷地变幻。有时远远驶来一只汽船，转个圈子，不久又不见了，与这里的世界好像不发生一点关系。

◎**文章品读**

《罗迦诺的乡村》写于 1937 年。当时国内抗战如火如荼，人民生活在水深火热之中。这篇散文是作者对自己留学欧洲时的一段美好回忆，也表达了一种对宁静，远离战火生活的向往与思考。

行文娓娓道来，如清泉流水，美丽的景观、自然可爱的人，共同构成了一个画卷般的世外桃源。

作者的构思颇费了一些心思。在介绍特精省的一处湖时，他这样写：“湖由意大利和瑞士分领。……左边一站是意大利的，右边一站是瑞士的，虽然居民都说着意大利话，可是一边热衷于法西斯主义，一边是自由和平，百余年不知干戈。”此处运用了一个巧妙的对比，很是耐人寻味。之后作者从落脚的小村落写起，语言平实，细节风物于静谧之中彰显趣味盎然。

在写过异国所见的昆虫、植物等景观后，作者花费了大量的时间来写人。

对于人物的描绘，作者由点带面。分别写了邻居、邮局的少女、送面包的少年及送煤油的小厮等。不同的人都有着独特的共性：特精省人的共性——自足自乐，不问世事，与世无争，可谓异域版的桃花源。

作者对人物的刻写是非常成功的。邮局少女的热情、殷勤，罗迦诺城沿站的老邮差的慢条斯理，兼职少年的憨厚、质朴，都被写得活灵活现。人物刻画的细致到位，是本篇的一大特色。自然和谐的生活，正因有了这些人而变得充满生趣。

散文抒发了一种对和平生活的渴望，对战争的莫名痛恨。同时讴歌了一种自然自为的生命形式，令人对现实社会生发由衷的慨叹与反思。

·作者简介·

冯至（1905～1993），原名冯承植，字君培。河北涿县人。现代作家、诗人、文学翻译家。1921年考入北京大学预科，开始从事新诗创作。1927年毕业于北京大学德文系，出版了第一部诗集《昨日之歌》。1929年出版第二部诗集《北游及其他》。冯至的抒情诗含蓄深沉，幽婉动人，被鲁迅称为“中国最为杰出的抒情诗人”。1930年赴德国留学，研究文学和哲学。回国后，在上海同济大学附属高中教书。抗战爆发后，任昆明西南联合大学外文系教授。新中国成立后，冯至致力于翻译、教学和外国文学的研究工作，并一直坚持创作，曾多次出国访问，从事对外友好和文化交流活动。出版有散文集《东欧杂记》、传记《杜甫传》、诗集《十年诗抄》、论文集《诗与遗产》、译作《海涅诗选》和海涅长诗《德国，一个冬天的童话》等。由于他在研究歌德、译介海涅作品方面取得的杰出成就，1983年获德意志联邦共和国慕尼黑歌德剧院颁发的歌德奖章。1987年再次获得该国国际交流中心授予的国际交流中心艺术奖。

多年父子成兄弟

●汪曾祺

这是我父亲的一句名言。

父亲是个绝顶聪明的人。他是画家，会刻图章，画写意花卉。图章初宗浙派，中年后治汉印。他会摆弄各种乐器，弹琵琶，拉胡琴，笙箫管笛，无一不通。他认为乐器中最难的其实是胡琴，看起来简单，只有两根弦，但是变化很多，两手都要有功夫。他拉的是老派胡琴，弓子硬，松香滴得很厚——现在拉胡琴的松香都只滴了薄薄的一层。他的胡琴音色刚亮。胡琴码子都是他自己刻的，他认为买来的不中使。他养蟋蟀，养金铃子。他养过花，他养的一盆素心兰在我母亲病故那年死了，从此他就不再养花。我母亲死后，他亲手给她做了几箱子冥衣——我们那里有烧冥衣的风俗。按照母亲生前的喜好，选购了各种花素色纸做衣料，单夹皮棉，四时不缺。他做的皮衣能分得出小麦穗、羊羔、灰鼠、狐肷。

父亲是个很随和的人，我很少见他发过脾气，对待子女，从无疾言厉色。他爱孩子，喜欢孩子，爱跟孩子玩，带着孩子玩。我的姑妈称他为“孩子头”。春天，不到清明，他领一群孩子到麦田里放风筝。放的是他自己糊的蜈蚣（我们那里叫“百脚”），是用染了色的绢糊的。放风筝的线是胡琴的老弦。老弦结实而轻，这样风筝可笔直地飞上去，没有“肚儿”。用胡琴弦放风筝，我还未见过第二人。清明节前，小麦还没有“起身”，是不怕践踏的，而且越踏会越长得旺。孩子们在屋里闷了一冬天，在春天的田野里奔跑跳跃，身心都极其畅快。他用钻石刀把玻璃裁成不同形状的小块，再一块一块斗拢，接缝处用胶水粘牢，做成小桥、小亭子、八角玲珑水晶球。桥、亭、球是中空的，里面养了金铃子。从外面可以看到金铃子在里面自在爬行，振翅鸣叫。他会做各种灯。用浅绿透明的“鱼鳞纸”扎了一只纺织娘，栩栩如生。用西洋红染了色，上深下浅的通草做花瓣，做了一个重瓣荷花灯，真是美极了。用小西瓜（这是拉秧的小瓜，因其小，不中吃，叫作“打瓜”或“骂瓜”）上开小口挖净瓜瓤，在瓜皮上雕镂出极细的花纹，做成西瓜灯。我们在这些灯里点了蜡烛，穿街过巷，邻居的孩子都跟过来看，非常羡慕。

父亲对我的学业是关心的，但不强求。我小时了了，国文成绩一直是全班第一。我的作文，时得佳评，他就拿出去到处给人看。我的数学不好，他也不责怪，只要能及格，就行了。他画画，我少时也喜欢画画，但他从不指点我。他画画时，我在旁边看，其余时间由我自己乱翻画谱，瞎抹。我对写意花卉那时还不太会欣赏，只是画一些鲜艳的大桃子，或者我从来没有见过的瀑布。我小时字写得不错，他倒是给我出过一点主意。在我写过一阵“圭峰碑”和“多宝塔”以后，他建议我写写“张猛龙”。这建议是很好的，到现在我写的字还有“张猛龙”的影响，我初中时爱唱戏，唱青衣，我的嗓子很好，高亮甜润。在家里，他拉胡琴，我唱，我的同学有几个能唱戏的。学校开同乐会，他应我的邀请，到学校去伴奏。几个同学都只是清唱。有一个姓费的同学借到一顶纱帽，一件蓝官衣，扮起来唱“朱砂井”，但是没有配角，没有衙役，没有犯人，只是一个赵廉，摇着马鞭在台上走了两圈，唱了一段“郿坞县在马上心神不定”便完事下场。父亲那么大的人陪着几个孩子玩了一下午，还挺高兴。我十七岁初恋，暑假里，在家写情书，他在一旁瞎出主意。我十几岁就学会了抽烟喝酒。他喝酒，给我也倒一杯。抽烟，一次抽出两根他一根我一根。他还总是先给我点上火。我们的这种关系，他人或以为怪，父亲说：“我们是多年父子成兄弟。”

我和儿子的关系也是不错的。我戴了“右派分子”的帽子下放张家口农村劳动，他那时还从幼儿园刚毕业，刚刚学会汉语拼音，用汉语拼音给我写了第一封信，我也只好赶紧学会汉语拼音，好给他写回信。“文化大革命”期间，我被打成“黑帮”，送进“牛棚”。偶尔回家，孩子们对我还是很亲热。我的老伴告诫他们：“你们要和爸爸‘划清界限’。”儿子反问母亲：“那你怎么还给他打酒？”只有一件事，两代之间，曾有分歧。他下放山西忻县“插队落户”。按规定，春节可以回京探亲。我们等着他回来。不料他同时带回了一个同学。他这个同学的父亲是一位正受林彪迫害，被搞得人囚家破的空军将领。这个同学在北京已经没有家，按照大队的规定是不能回北京的，但是这孩子很想回北京，在一伙同学的秘密帮助下，我的儿子就偷偷地把他带回来了，他连“临时户口”也不能上，是个“黑人”，我们留他在家住，等于“窝藏”了他。公安局随时可以来查户口，街道办事处的大妈也可能举报。当时人人自危，自顾不暇，儿子惹了这么一个麻烦，使我们非常为难。我和老伴把他叫到我们的卧室，对他的冒失行为表示很不满，我责备他：“怎么事前也不和我们商量一下！”我的儿子哭了，哭得很委屈，很伤心。我们当时立刻明白了：他是对的，我们是错的。我们这种怕担干系的思想是庸俗的。我们对儿子和同学之间义气缺乏理解，对他的感情不够尊重。他的同学在我们家一直住了四十多天，才离去。

对儿子的几次恋爱，我采取的态度是“闻而不问”。了解，但不干涉。我们相信他自己的选择，他的决定。最后，他悄悄和一个小学时期的女同学好上了，结了婚。有了一个女儿，已近七岁。

我的孩子有时叫我“爸”，有时叫我“老头子”！连我的孙女也跟着叫。我的亲家母说这孩子“没大没小”。我觉得一个现代化的，充满人情味的家庭，首先必须做到“没大没小”。父母叫人敬畏，儿女“笔管条直”，最没有意思。

儿女是属于他们自己的。他们的现在和他们的未来，都应由他们自己来设计。一个想用自己理想的模式塑造自己的孩子的父亲是愚蠢的，而且，可恶！另外，作为一个父亲，应该尽量保持一点童心。

◎文章品读

读汪曾祺的散文，总像是在欣赏一幅清新淡雅的素描，简约、流畅。没有华美的辞藻，如信手拈来，但又不泛泛而谈。言辞间有如一杯清茶，饮完后齿颊生香。《多年父子成兄弟》就是这样一篇散文，从头至尾写父亲，写人伦之情，文章荡漾着剪不断的温馨，令人回味。

作者的父亲是一个多才多艺、情感丰富的人。他会刻图章，画写意花卉，会摆弄各种乐器，养花、养蟋蟀，为亡妻做各式的冥衣……心灵手巧不一而足。儿子对于父亲的爱，溢于言表，却也正应了开篇之语“多年父子成兄弟”。父亲的好脾性，使得家里温馨，其乐融融。父子的沟通非常畅快。无论从学业、吸烟、恋爱等方面，都显示出了一个家庭长者所应有的慈爱、随和与宽容。

对于父亲的随和，作者尤其用了较多的篇幅来描绘，如文中第三自然段，大面积的议论不但升华了“父子兄弟”的主题，也令散文的中心愈加明确。

在写这篇文章时，作者是一个父亲的儿子，同时也是儿子的父亲。两个身份、两个家庭有机地结合在了一起，为现代社会提供了一个建立平等、民主、和谐家庭关系的绝好范本。行文朴实、连贯，感人至深。

在现代文坛上，能同时在小说和散文两块田地里经营，且自成一家的人并不多，汪曾祺是其中一个。他不仅能写一手优秀的小说，更能写一手漂亮的散文。其散文可以称得上真正的文人散文：没有空泛的好为人师的大道理，也少有宏大题材，字里行间流淌的都是文人的雅趣、爱好与情调。如果说读他的小说人们感受到的是诗意，那么读他的散文享受的则是闲情逸致。

·作者简介·

汪曾祺（1920～1997），江苏高邮人。1939年考入西南联大中国文学系。1940年开始写小说，受到当时为中文系教授的沈从文的指导。1943年肄业后在昆明、上海等中学执教。1947年出版小说集《邂逅集》。1963年出版《羊舍的夜晚》。“文革”后出版《汪曾祺小说选》《晚饭花集》，论文集《晚翠文谈》等。所作《大淖纪事》被视为“文化寻根文学”的一部分，荣获1981年全国优秀短篇小说奖。汪曾祺的创作以散文、小说居多。文风淡泊，注重审美，有着浓浓的乡土情结。

故乡的食物

●汪曾祺

咸菜慈姑汤

一到下雪天，我们家就喝咸菜汤，不知是什么道理。是因为雪天买不到青菜？那也不见得。除非大雪三日，卖菜的出不了门，否则他们总还会上市卖菜的。这大概只是一种习惯。一早起来，看见飘雪花了，我就知道：今天中午是咸菜汤！

咸菜是青菜腌的。我们那里过去不种白菜，偶有卖的，叫作“黄芽菜”，是外地运去的，很名贵。一般黄芽菜炒肉丝，是上等菜。平常吃的，都是青菜，青菜似油菜，但高大得多。入秋，腌菜，这时青菜正肥。把青菜成担地买来，洗净，晾去水汽，下缸。一层菜，一层盐，码实，即成。随吃随取，可以一直吃到第二年春天。

腌了四五天的新咸菜很好吃，不咸，细、嫩、脆、甜，难可比拟。

咸菜汤是咸菜切碎了煮成的。到了下雪的天气，咸菜已经腌得很咸了，而且已经发酸，咸菜汤的颜色是暗绿的。没有吃惯的人，是不容易引起食欲的。

咸菜汤里有时加了慈姑片，那就是咸菜慈姑汤。或者叫慈姑咸菜汤，都可以。

我小时候对慈姑实在没有好感。这东西有一种苦味。民国二十年，我们家乡闹大水，各种作物减产，只有慈姑却丰收。那一年我吃了很多慈姑，而且是不去慈姑的嘴子的，真难吃。

我十九岁离乡，辗转漂流，三四十年没有吃到慈姑，并不想。

前好几年，春节后数日，我到沈从文老师家去拜年，他留我吃饭，师母张兆和炒了一盘慈姑肉片。沈先生吃了两片慈姑，说："这个好！格比土豆高。"我承认他这话。吃菜讲究"格"的高低，这种语言正是沈老师的语言。他是对什么事物都讲"格"的，包括对于慈姑、土豆。

因为久违，我对慈姑有了感情。前几年，北京的菜市场在春节前后有卖慈姑的。我见到，必要买一点回来加肉炒了。家里人都不怎么爱吃。所有的慈姑，都由我一个人"包圆儿"了。

北方人不识慈姑。我买慈姑，总要有人问我："这是什么？""慈姑。""慈姑是什么？"这可不好回答。北京的慈姑卖得很贵，价钱和"洞子货"（温室所产）的西红柿、野鸡脖韭菜差不多。

我很想喝一碗咸菜慈姑汤。

我想念家乡的雪。

炒米和焦屑

小时读《板桥家书》："天寒冰冻时暮，穷亲戚朋友到门，先泡一大碗炒米送手中，佐以酱姜一小碟，最是暖老温贫之具"，觉得很亲切。郑板桥是兴化人，我的家乡是高邮，风气相似。这样的感情，是外地人们不易领会的。炒米是各地都有的。但是很多地方都做成了炒米糖。这是很便宜的食品。孩子买了，咯咯地嚼着。四川有"炒米糖开水"，车站码头都有得卖，那是泡着吃的。但四川的炒米糖似也是专业的作坊做的，不像我们那里。我们那里也有炒米糖，像别处一样，切成长方形的一块一块。也有搓成圆球的，叫作"欢喜团"。那也是作坊里做的。但通常所说的炒米，是不加糖黏结的，是"散装"的；而且不是作坊里做出来，是自己家里炒的。

说是自己家里炒，其实是请了人来炒的。炒炒米也要点手艺，并不是人人都会的。入了冬，大概是过了冬至吧，有人背了一面大筛子，手执长柄的铁铲，大街小巷地走，这就是炒炒米的。有时带一个助手，多半是个半大孩子，是帮他烧火的。请到家里来，管一顿饭，给几个钱，炒一天。或二斗，或半石；像我们家人口多，一次得炒一石糯米。炒炒米都是把一年所需一次炒齐，没有零零碎碎炒的。过了这个季节，再找炒炒米的也找不着。一炒炒米，就让人觉得，快要过年了。

装炒米的坛子是固定的，这个坛子就叫“炒米坛子”，不作别的用途。舀炒米的东西也是固定的，一般人家大都是用一个香烟罐头。我的祖母用的是一个“柚子壳”。柚子——我们那里柚子不多见，从顶上开一个洞，把里面的瓤掏出来，再塞上米糠，风干，就成了一个硬壳的钵状的东西。她用这个柚子壳用了一辈子。

我父亲有一个很怪的朋友，叫张仲陶。他很有学问，曾教我读过《项羽本纪》。他薄有田产，不治生业，整天在家研究易经，算卦。他算卦用蓍草。全城只有他一个人用蓍草算卦。据说他有几卦算得极灵。有一家，丢了一只金戒指，怀疑是女用人偷了。这女用人蒙了冤枉，来求张先生算一卦。张先生算了，说戒指没有丢，在你们家炒米坛盖子上。一找，果然。我小时就不大相信，算卦怎么能算得这样准，怎么能算得出在炒米坛盖子上呢？不过他的这一卦说明了一件事，即我们那里炒米坛子是几乎家家都有的。

炒米这东西实在说不上有什么好吃。家常预备，不过取其方便。用开水一泡，马上就可以吃。在没有什么东西好吃的时候，泡一碗，可代早晚茶。来了平常的客人，泡一碗，也算是点心。郑板桥说“穷亲戚朋友到门，先泡一大碗炒米送手中”，也是说其省事，比下一碗挂面还要简单。炒米是吃不饱人的。一大碗，其实没有多少东西。我们那里吃泡炒米，一般是抓上一把白糖，如板桥所说“佐以酱姜一小碟”，也有，少。我现在岁数大了，如有人请我吃泡炒米，我倒宁愿来一小碟酱生姜——最好滴几滴香油，那倒是还有点意思的。另外还有一种吃法，用猪油煎两个嫩荷包蛋——我们那里叫作“蛋瘪子”，抓一把炒米和在一起吃。这种食品是只有“惯宝宝”才能吃得到的。谁家要是老给孩子吃这种东西，街坊就会有议论的。

我们那里还有一种可以急就的食品，叫作“焦屑”。煳锅巴磨成碎末，就是焦屑。我们那里，餐餐吃米饭，顿顿有锅巴。把饭铲出来，锅巴用小火烘焦，起出来，卷成一卷，存着。锅巴是不会坏的，不发馊，不长霉。攒够一定的数量，就用一具小石磨磨碎，放起来。焦屑也像炒米一样，用开水冲冲，就能吃了。焦屑调匀后成糊状，有点像北方的炒面，但比炒面爽口。

我们那里的人家预备炒米和焦屑，除了方便，原来还有一层意思，是应急。在不能正常煮饭时，可以用来充饥。这很有点像古代行军用的“糒”。有一年，记不得是哪一年，总之是我还小，还在上小学，党军（国民革命军）和联军（孙传芳的军队）在我们县境内开了仗，很多人都躲进了红十字会。不知道出于一种什么信念，大家都以为红十字会是哪一方的军队都不能打进去的，进了红十字会就安全了。红十字会设在炼阳观，这是一个道士观。我们一家带了一点行李进了炼阳观。祖母指挥着，特别关照，把一坛炒米和一坛焦屑带了去。我对这种打破常规的生活极感兴趣。晚上，爬到吕祖楼上去，看双方军队枪炮的火光在东北面不知什么地方一阵一阵地亮着，觉得有点紧张，也觉得好玩。很多人家住在一起，不能煮饭，这一晚上，我们是冲炒米、泡焦屑度过的。没有床铺，我把几个道士诵经用的蒲团拼起来，在上面睡了一夜。这实在是我小时候度过的一个浪漫主义的夜晚。

第二天，没事了，大家就都回家了。

炒米和焦屑和我家乡的贫穷和长期的动荡是有关系的。

◎文章品读

汪曾祺的文章优美、淡雅，少有世俗之气。在其笔下，无论小说，散文，莫不如此。写生活中的小事，尤其值得回味，如本篇关于故乡食物的随笔。

在汪曾祺的文化视野中，民间的饮食、民间的人物、民间的风俗、民间的服饰等都给了他无限的创作灵感，这一系列题材均可成为创作的审美对象。凡是经过汪氏的妙笔浸润，展现在读者面前的就是一幅幅丰富多彩的百姓生活图。无论怎么写，文中所呈现的民间性都是其创作的核心，他用这样的尺子，取材删繁就简，丈量着不同人物迥异的人生与命运。

论民间性，汪曾祺作品中不能不谈的就是对饮食的描绘。民以食为天，对于普通的百姓而言，没有什么比日常的一日三餐更来得实惠。汪曾祺写了很多关于饮食的文章，如鸭蛋、螺蛳、蚬子、蒌蒿、枸杞、荠菜、萝卜及野鸭、鹌鹑、斑鸠等，无不可入文。本文选取了“咸菜慈姑汤”“炒米和焦屑”两篇。

腌咸菜做汤，是作者在家乡时的常菜，每当下雪，天气不好的时候，作者就会知道，“今天中午是咸菜汤”，似乎没什么道理，但十几年如一日地吃，让作者记忆深刻。慈姑可以一起加入咸菜做汤。提起慈姑，作者敞开心扉。慈姑是一种多年生草本植物，长在水田中，人们食其球茎。慈姑略带苦味，作者不忘慈姑，离不开旧时不断的天灾人祸，“民国二十年，我们家乡闹大水，各种作物减产，只有慈姑却丰收。那一年我吃了很多慈姑，而且是不去慈姑的嘴子的，真难吃。”不喜欢慈姑，却忘不掉慈姑的点点滴滴，感情的积淀在记忆中越沉越厚。

与咸菜、慈姑同样让作者记忆深刻的还有炒米与焦屑。此二者，作者异常熟悉，家家有，家家备，甚至某家算卦找回的金戒指就搁在炒米坛子上。算卦是否灵验不议，二物的丰富与特色让人过目不忘。在介绍的过程中，作者总是力所能及地强调每物的别致，如炒米专用的坛子，专用盛舀的瓢；介绍焦屑时强调“餐餐吃米饭，顿顿有锅巴”等，带有着浓厚的一方风情。同写咸菜、慈姑一样，作者没有挥毫泼墨细究吃食，点染之笔在于，寻常的粗食与一方百姓的命运有着剪不断的联系，在曾经的特殊时期，水灾、战争、贫穷纷至沓来，正是这些不起眼的杂粮菜蔬与人们共同历经了一段不平常的岁月。

汪曾祺曾坦诚地说，他是一个平和的人，安于平常，并将自己定位于一位平民作家，将自己的散文定格在写凡人小事的小品上。这种自觉的平民意识，诉诸文字，展示的即是丰富而驳杂的民生面貌与抹不去的乡土情结。这是特色，也恰恰构成了汪氏散文独特的魅力，为广大读者所喜爱。

教授与烟斗

●吴小如

教授叼着烟斗，给我印象最深的是闻一多先生的遗照。抗战期间我生活在沦陷区，没有到过昆明，因此无缘与闻先生接触。在我的师辈中，如朱自清、俞平伯、游国恩、沈从文诸先生，有的根本不吸烟，像废名先生更是反对吸烟，连学生吸烟都不敢当着他的面。只有朱光潜先生是吸烟叶、叼烟斗的，但我不是学外文和美学的，同朱先生接触不多，不敢妄自攀附，也不了解朱老平时吸烟的习惯，这里就不谈了。

一九五二年全国各大学进行院系调整，清华大学中文系的师生合并到北大来，教师队伍中有三位先生是经常叼烟斗的，按照年龄排列，则是吴组缃先生、王瑶先生和朱德熙先生。这三位先生同我共事都在四十年以上。今天他们都已成了古人，回忆一下他们吸烟叶、叼烟斗的神情形态，也算是对他们的悼念吧。

组缃先生长我十四岁，是我出了五服的同宗，但辈分比我大得多。院系调整之初，包括课堂上听课的学生，望见组缃先生威仪棣棣的庄严神态，都存有敬畏之心，连我这年轻教师也不例外。久而久之，才发现他是一位貌似严肃、心实慈祥的长者，只是疾恶如仇，不说假话，待人不虚与委蛇，才使人由敬生畏。组缃先生从不轻易赞许别人，直到晚年，有的学生写了书请他作序或题词，他仍不随便动笔。而对于我这同族晚辈，感情却日益深厚。每逢家乡托人带来茶叶，他知我也是嗜茶者，总让学生顺路送一部分给我。我有时买一点小礼物或补品去看望他，他并不推辞，却总说所买的东西太昂贵了，破费太多。我写了书送他，求他指教，他总是认真阅览，然后指出优缺点，不过往往有溢美之词。在学生面前，他总是为比他年轻的同行们代树威信，为他们说恰如其分的好话，对我更不例外。别人我不清楚，只就对我的揄扬或批评，褒或贬而论，有学生把话传到我耳中，我感到句句是由衷之言，不虚夸，不苛责。几十年来，敬他的心与日俱增，畏惧心理却早为亲切交谈和推心置腹所取代了。

组缃先生晚年已不吸烟，但在十年浩劫以前，烟斗是不离“手”的。每次在同他一起开会或谈话时，尤其是在他书房里做客，总看到他手上拿着烟斗，不停地在做吸烟前的准备工作。那就是，用细细的纸捻儿慢条斯理地向烟斗的小孔中缓缓插入，经过转动，再一点点拉了出来，为的是把里面的烟油擦净。事实上，抽一次烟叶不过几分钟的事，而擦烟油的工作几乎要用一整天。组缃先生的烟斗花样繁多，都在书桌上陈列着，吸烟时轮番取用。因此搓纸捻擦烟油的工作仿佛永远做不完。他吸用的烟叶皆属上品，味道芳香，在座的人遇到组缃先生吸烟时，总会嗅到各种各样的烟叶香味，而不觉得烟雾呛人。所以王瑶先生常说：“我吸烟是自己过瘾，而吴组缃吸烟上供别人品尝的。”

如果组缃先生的烟斗是常不离“手”，则王昭琛先生（王瑶字昭琛）的烟斗则是永不离口的。一九七一年北大中文系不少师生住到密云县郊农村“开门办学”，老教授们均与学生“三同”。跟昭琛住一室的学生们是这样形容他的：“王瑶老师在擦左边面颊时，把烟斗歪向右唇角叼着；等到擦右边时，再把烟斗推到左唇角。宁可有的地方毛巾揩不到，也不肯拿开烟斗。”在我同昭琛先生几十年的交往中（住“牛棚”期间除外），确是无时无刻都会见到他叼着烟斗在吞云吐雾。

组缃先生和昭琛先生还有一个共通之处，即除吸烟叶外都嗜饮茶。不过组缃先生总是饮他从家乡皖南寄来的绿茶（我亦如此），而且都属佳品名茶（他往往把几种茶叶混合在一起沏了品尝，我戏呼之为“鸡尾茶”）；昭琛则只喝茉莉花茶。昭琛有糖尿病，一天要饮十几磅茶水。每天从下午到午夜，无论有客与否，他总在沙发前的长条案上陈列着若干碗茶水，一碗一碗不停地灌下去。总之，他一面用力吸着烟斗，一面不停举杯饮茶，已成为他几十年来的惯例。所以很多熟人都听过他常说的一句笑话：“我一年到头都在水深火热之中。”

朱德熙先生也是一直用烟斗吸烟叶的。他吸烟时比较注意风度和姿态，很带洋绅士气派。如果说，组缃先生是以纸捻通烟斗为习惯动作，昭琛是以烟斗不离口为特殊风貌，那么，德熙最习惯的动作则是不停地划火柴，不停地点烟斗，一口口不停地吸烟。不过他爱一面聊天一面吸烟，不等谈话画句号时烟叶就熄灭了，于是便继续划火柴，继续点燃烟叶，继续一口口地吸。如此周而复始，直到客去为止。

如今，这三位名教授都已作古，他们的逝世，不仅是北大的损失，不仅是学术界的损失，不仅是青年学子的损失，主要的更是我们国家民族的损失。至于我本人失去了良师益友，反倒是区区小焉者也。值得警惕的是：昭琛和组缃先生都是从患肺炎始，继以肺心病夺去了他们的生命。德熙则病逝于肺癌。如果他们大半生不以烟斗叶为伴，或者会延长他们的年寿，至少在病危时不致受那么多的痛苦。这样看来，教授还是不与烟斗相伴的为好。

◎文章品读

这是一篇怀念逝者的文章。选取的是生活中的一件趣事：吸烟。文中的三位主人公都与烟斗有着不解之缘。介入正题之初，作者用语斟酌，遣词造句都十分谦恭，如：“我不是学外文和美学的，同朱先生接触不多，不敢妄自攀附。”“教师队伍中有三位先生是经常叼烟斗的，按照年龄排列，则是吴组缃先生、王瑶先生和朱德熙先生。”一种对逝者的尊崇于字面上可以读出。

在介绍三位“烟斗先生”时，作者以前文提及的顺序，渐次道来。

吴组缃先生是作者五服之外的同宗。“五服”是中国古代的一种服饰礼仪，具体指丧服，以五种不同的服饰来甄别亲属关系的尊卑远近。“出了五服的同宗”，关系稍远，仅为同宗族人。介绍吴组缃时，作者选取了几件小事：从不随便动笔，不轻易赞许别人，或褒或贬无不为由衷之言。为了突出吴先生吸烟的特色，作者着意选取了捻纸擦烟斗的细节：“他手上拿着烟斗，不停地在做吸烟前的准备工作。那就是，用细细的纸捻儿慢条斯理地向小孔中缓缓插入，经过转动，再一点点拉了出来，为的是把里面的烟油擦净。”清洁烟斗的耐心、细致，突显了吴氏吸烟风貌，给人留下深刻的印象。在介绍王瑶先生吸烟时，作者抓住其“烟不离口”的特征来写，并结合二人的共同嗜好——饮茶大做文章。行文风趣、诙谐，人物个性鲜明。在描绘朱德熙先生时，各种风格、做派又不同于前二者。三人虽都嗜好烟斗，但各具特色，鲜有雷同。观察之仔细，使得下笔准确、到位。

既是对逝者的追缅，收束必定会照应全篇。作者在逐一介绍过主人公后，悄然转笔，由几位学者过世带来的损失想及命运之无常。三位学者同是嗜烟，又同是因肺病纷纷离去。离别的感伤没有层层弥漫，却挥之不去。末尾饱含追悼、感慨，与开篇呼应完好。

·作者简介·

吴小如（1922 ~ 2014），原名吴同宝，安徽泾县人。10 岁时随父迁居北平，1936 年秋转入天津南开中学。抗战开始后，全家迁入天津租界。1945 年考入燕京大学文学院，翌年转清华大学中文系，1947 年再转北京大学中文系。1951 年任燕京大学中文系助教，1952 年起任北京大学中文系讲师、教授。1983 年后转任该校中古史研究中心教授。1991 年退休后，被聘任为中央文史研究馆馆员。同时担任北京大学历史系教授、《燕京学报》常务编委等职。发表小说、戏剧及诗词研究等著作十余部。

夹竹桃

●季羡林

夹竹桃不是名贵的花，也不是最美丽的花；但是，对我说来，它却是最值得留恋最值得回忆的花。

不知道由于什么缘故，也不知道从什么时候起，在我故乡的那个城市里，几乎家家都种上几盆夹竹桃，而且都摆在大门内影壁墙下，正对着大门口。客人一走进大门，扑鼻的是一阵幽香，入目的是绿蜡似的叶子和红霞或白雪似的花朵，立刻就感觉到仿佛走进自己的家门口，大有宾至如归之感了。

我们家的大门内也有两盆，一盆红色的，一盆白色的。我小的时候，天天都要从这下面走出走进。红色的花朵让我想到火，白色的花朵让我想到雪。火与雪是不相容的，但是这两盆花却融洽地开在一起，宛如火上有雪，或雪上有火。我故而乐之，小小的心灵里觉得十分奇妙，十分有趣。

只有一墙之隔，转过影壁，就是院子。我们家里一向是喜欢花的；虽然没有什么非常名贵的花，但是常见的花却是应有尽有。每年春天，迎春花首先开出黄色的小花，报告春的消息。以后接着来的是桃花、杏花、海棠、榆叶梅、丁香等等，院子里开得花团锦簇。到了夏天，更是满院葳蕤。凤仙花、石竹花、鸡冠花、四色梅、江西腊等等，五彩缤纷，美不胜收。夜来香的香气熏透了整个的夏夜的庭院，是我什么时候也不会忘记的。一到秋天，玉簪花带来凄清的寒意，菊花报告花事的结束。总之，一年三季，花开花落，没有间歇；情景虽美，变化亦多。

然而，在一墙之隔的大门内，夹竹桃却在那里悄悄地一声不响，一朵花败了，又开出一朵，一嘟噜花黄了，又长出一嘟噜；在和煦的春风里，在盛夏的暴雨里，在深秋的清冷里，看不出什么特别茂盛的时候，也看不出什么特别衰败的时候，无日不迎风弄姿，从春天一直到秋天，从迎春花一直到玉簪花和菊花，无不奉陪。这一点韧性，同院子里那些花比起来，不是形成一个强烈的对照吗？

但是夹竹桃的妙处还不止于此。我特别喜欢月光下的夹竹桃。你站在它下面，花朵是一团模糊；但是香气却毫不含糊，浓浓烈烈地从花枝上袭了下来。它把影子投到墙上，叶影参差，花影迷离，可以引起我许多幻想。我幻想它是地图，它居然就是地图了。这一堆影子是亚洲，那一堆影子是非洲，中间空白的地方是大海。碰巧有几只小虫子爬过，这就是远渡重洋的海轮。我幻想它是水中的荇藻，我眼前就真的展现出一个小池塘。夜蛾飞过映在墙上的影子就是游鱼。我幻想它是一幅墨竹，我就真看到一幅画。微风乍起，叶影吹动，这一幅画竟变成活画了。

有这样的韧性，能这样引起我的幻想，我爱上了夹竹桃。

好多好多年，我就在这样的夹竹桃下面走出走进。最初我的个儿矮，必须仰头才能看到花朵。后来，我逐渐长高了，夹竹桃在我眼中也就逐渐矮了起来。等到我眼睛平视就可以看到花的时候，我离开了家。

我离开了家，过了许多年，走过许多地方。我曾在不同的地方看到过夹竹桃，但是都没有留下深刻的印象。

两年前，我访问了缅甸，在仰光开过几天会以后，缅甸的许多朋友热情地陪我们到缅甸北部古都蒲甘去游览。这地方以佛塔著名，有“万塔之城”的称号。据说，当年确有万塔。到了今天，数目虽然没有那样多了，但是，纵目四望，嶙嶙峋峋，群塔簇天，一个个从地里涌出，宛如阳朔群山，又像是云南的石林。用“雨后春笋”这一句老话，差堪比拟。虽然花草树木都还是绿的，但是时令究竟是冬天了，一片萧瑟荒寒气象。

然而就在这地方，在我们住的大楼前，我却意外地发现了老朋友夹竹桃。一株株都跟一层楼差不多高，以至我最初竟没有认出它们来。花色比国内的要多，除了红色的和白色的以外，记得还有黄色的。叶子比我以前看到的更绿得像绿蜡，花朵开在高高的枝头，更像片片的红霞、团团的白雪、朵朵的黄云。苍郁繁茂，浓翠逼人，同荒寒的古城形成了强烈的对比。

我每天就在这样的夹竹桃下走出走进。晚上同缅甸朋友们在楼上凭栏闲眺，畅谈各种各样的问题，谈蒲甘的历史，谈中缅文化交流，谈中缅两国人民同胞般的友谊。在这时候远处的古塔逐渐隐入暮霭中，近处的几个古塔上却给电灯照得通明，望之如灵山幻境。我伸手到栏外，就可以抓到夹竹桃的顶枝。花香也一阵一阵地从下面飘上楼来，仿佛把中缅友谊熏得更加芬芳。

就这样，在对于夹竹桃的婉美动人的回忆里，又涂上了一层绚烂夺目的中缅人民友谊的色彩。我从此更爱夹竹桃。

◎文章品读

《夹竹桃》是作者写于1962年的一篇散文。文中，作者视夹竹桃如老友，在回忆和玩味中，徐徐道来。向以叶似竹、花如桃而颇有艳名的夹竹桃在作者的笔下，洗尽铅华，亲切动人。

“红色的花朵让我想到火，白色的花朵让我想到雪……小小的心灵里觉得十分奇妙，十分有趣。”这是童年的作者眼中的夹竹桃，“在一墙之隔的大门内，夹竹桃却在那里悄悄地一声不响，一朵花败了，又开出一朵，一嘟噜花黄了，又长出一嘟噜；在和煦的春风里，在盛夏的暴雨里，在深秋的清冷里……无日不迎风弄姿，从春天一直到秋天，从迎春花一直到玉簪花和菊花，无不奉陪。”这是夹竹桃的“韧”；“它把影子投到墙上，叶影参差，花影迷离，可以引起我许多幻想。我幻想它是地图，它居然就是地图了。这堆影子是亚洲，那一堆影子是非洲，中间空白的地方是大海。碰巧有几只小虫子爬过，这就是远渡重洋的海轮。”这是少年时期的作者对月光下夹竹桃的想象；“我伸手到栏外，就可以抓到夹竹桃的顶枝。花香也一阵一阵地从下面飘上楼来，仿佛把中缅友谊熏得更加芬芳。”这是作者在异国他乡感受到夹竹桃别样的亲切、温馨。字里行间，夹竹桃的一枝一叶，均书写和寄托着作者的独特生活经历及对它的体味、思考。

文章的结构可圈可点：“开篇设悬念，结尾显其志”，起承转合，颇具时代特色。行文以淳朴为本，在口语般的叙述中，适当地穿插文言、四字格的语词，体现了语言的起伏变化，令散文有了音乐般的韵律感。作者卓绝的汉语言功力、谨严缜密的文章架构，以及蕴含着的独特生活经验，均在潜移默化中感染着读者。

·作者简介·

季羡林（1911～2009），著名文学家、语言学家、文学翻译家及梵文、巴利文专家。山东清平人。1930年考入清华大学西洋文学系，学习英、德、法语言及文学。1934年毕业，在山东省立济南高中任国文教师。1935年秋进入德国哥廷根大学学习梵文、巴利文、吐火罗文等印度古代语言。1941年获哲学博士学位，并应聘留校任教。1946年回国，任北京大学东方语言文学系教授兼系主任。历任北京大学副校长、南亚研究所所长等职。长期致力于梵文文学的研究，翻译了《沙恭达罗》《五卷书》、《优哩婆湿》及著名史诗《罗摩衍那》。此外还创作了许多散文作品，如《天竺心影》《朗润集》《留德十年》《牛棚杂忆》等。

当代部分

歌声

●吴伯箫

感人的歌声留给人的记忆是长远的。无论哪一首激动人心的歌，最初在哪里听过，哪里的情景就会深深地留在记忆里。环境，天气，人物，色彩，甚至连听歌时的感触，都会烙印在记忆的深处，像在记忆里摄下了声音的影片一样。那影片纯粹是用声音绘制的，声音绘制色彩，声音绘制形象，声音绘制感情。只要在什么时候再听到那种歌声，那声音的影片便一幕幕放映起来。“云霞灿烂如堆锦，桃李兼红杏”，《春之花》那样一首并不高明的歌，带来一整套辛亥革命以后启蒙学堂的生活。“我们是开路先锋”，反映出一个暴风雨来临的时代。“我的家在东北松花江上”，描绘出抗日战争初期一幅动乱的景象……

我以无限恋念的心情，想起延安的歌声来了。

延安的歌声，是革命的歌声，战斗的歌声，劳动的歌声，极为广泛的群众的歌声。列宁在纪念《国际歌》的作者欧仁·鲍狄埃的文章里说：“一个有觉悟的工人，不管他来到哪个国家，不管命运把他抛到哪里，不管他怎样感到自己是异邦人，言语不通，举目无亲，远离祖国，——他都可以凭《国际歌》的熟悉的曲调，给自己找到同志和朋友。”我们可以这样理解：《国际歌》是全世界无产阶级的共同的声音，共同的语言。我们也可以这样看延安的歌。在延安，《国际歌》就是被最庄严最普遍地歌唱的。

回想从冼星海同志指挥的《生产大合唱》开始吧。那是一九三九年夏初一个晚上，在延安城北门外西山脚下的坪坝上。煤气灯照得通亮。以煤气灯为中心，聚集了上万的人。印象中仿佛都是青年人。少数中年以上的人，也是青年人的心情，青年人的襟怀和气魄。记得那时候我刚刚从前方回到延安，虽然只出去四五个月，也像久别回家那样，心里热乎乎的，见到每个人都感到亲热。不管认识不认识，见到谁都打招呼。会场上那些男的、女的，都一律穿着灰布军装，朴素整洁，打扮得都那样漂亮。大家说说笑笑，熙熙攘攘，像欢度快乐的节日一样。是的，正是欢乐的节日，是第一个五四青年节。就是在那天晚上，我们听了伟大的领袖毛泽东同志那篇有名的报告:《青年运动的方向》。

说的这时候，是报告完了，热烈的鼓掌、欢呼以后，大家正极兴奋的时候。那真是“意气风发，斗志昂扬”；只是大家酣醉的幸福里，哪里还想不出这样恰当的形容文字。每个人都咀嚼、回味报告里的深刻意义和警辟的语句：“革命的或不革命的或反革命的知识分子的最后的分界，看其是否愿意并且实行和工农民众相结合。”“今天到会的人，大多数来自千里万里之外，不论姓张姓李，是男是女，做工务农，大家都是一条心。”咀嚼着，回味着这些语句，同时等候大合唱开始。

露天会场。西边是黑黝黝的群山，东边是流水汤汤的延河，隔河是清凉山。南边是隐隐约约的古城和城上的女墙。北边是一条路，沿了延河，蜿蜒过蓝家坪，狄青牢，直通去三边的阳关大道。合唱开始，大概已经是夜里十一点了。

就在那样不平凡的时刻，在那个可纪念的地方，我第一次听见唱：

二月里来，好风光，
家家户户种田忙……

冼星海同志指挥得那样有气派，姿势优美，大方；动作有节奏，有感情。随着指挥棍的移动，上百人，不，上千人，还不，仿佛全部到会的，上万人，都一齐歌唱。歌声悠扬，淳朴，像谆谆的教诲，又像娓娓的谈话，一直唱到人们的心里，又从心里唱出来，弥漫整个广场。声浪碰到群山，群山发出回响；声浪越过延河，河水演出伴奏；几番回荡往复，一直辐散到遥远的地方。抗日战争的前线后方，有谁没有听过，没有唱过那种从延安唱出来的歌呢？

延安唱歌，成为一种风气。部队里唱歌，学校里唱歌，工厂、农村、机关里也唱歌。每逢开会，各路队伍都是踏着歌走来，踏着歌回去。往往开会以前唱歌，休息的时候还是唱歌。没有歌声的集会几乎是没有的。列宁记十九世纪七十年代德国工人歌咏团，说他们是“在法兰克福一家小酒馆的一间黑暗的、充满了油烟的里屋集会，房子里是用脂油做的蜡烛照明的”。在黑暗的时代里，唱唱歌该是多么困难啊。在延安，大家是在解放了的自由的土地上，为什么不随时随地集体地、大声地歌唱呢？每次唱歌，都有唱有和，互相鼓舞着唱，互相竞赛着唱。有时简直形成歌的河流，歌的海洋，歌声一波未平，一波又起，接唱，联唱，轮唱，使你辨不清头尾，摸不到边际。那才叫尽情的歌唱哩！

唱歌的时候，一队有一个指挥，指挥多半是多才多艺的，既能使自己的队伍唱得整齐有力，唱得精彩，又有办法激励别的队伍唱了再唱，唱得尽兴。最喜欢千人、万人的大会上，一个指挥用伸出的右手向前一指，唱一首歌的头一个音节定定调，全场就可以用同一种声音唱起来。一首歌唱完，指挥用两臂有力地一收，歌声便戛然停止。这样简直把唱歌变成了一种思想、一种语言，甚至一种号令。千人万人能被歌声团结起来，组织起来，踏着统一的步伐前进，听着统一号令战斗。

延安歌声，也有传统，那就是陕北民歌。

“信天游”唱起来高亢、悠远，“兰花花”唱起来缠绵、哀怨。那多半是歌唱爱情，诉说别离，控诉旧社会剥削压迫的。过去陕北地广人稀，走路走很远才能碰到一个村子，村子也往往只有几户人家散落在山峁沟畔。下地劳动，或者吆了牲口驮脚，两三个人一伙，同不会说话的牲口嘀嘀冬冬地走着，够寂寞，诉说不得不诉说的心事，于是就唱民歌。歌声拖得很长很长，因此能听得很远很远。人还没看见，已经先听见歌声了；或者人已经转过山头望不见了，歌声还余音袅袅，不绝如缕。

时代变了，延安的歌就增加了新的曲调，换上了新的内容。二十年前那个时候，主要是歌唱革命，歌唱领袖，歌唱抗战，歌唱生产。延安唱的歌很快传到各抗日根据地，后来又传到一个接一个的解放了的地区。日本投降以后，哪里听到延安的歌声，哪里就快要解放了。延安的歌声直接变成了解放的先声，譬如《三大纪律，八项注意》那首歌吧，从苏区唱起，一直就是红军、八路军、新四军和人民解放军的先遣部队。哪个地方的人民最痛苦，哪个战场上的战斗最艰巨，这首歌就先到哪里。听见这首歌，连小孩子都知道人民的救星来了，毛主席的队伍来了。它是黑夜的火把，雪天的煤炭，大旱的甘霖。人们含着笑又含着喜欢的眼泪听这首歌。我甚至养成了这样一种习惯，听别人唱这首歌，仿佛也是自己在唱。听见声音，仿佛同时看见了队伍，看见队伍两旁拥挤着欢迎队伍的人群。人群里，年长的是大娘，大爷，同年的是大哥，大嫂，兄弟，姊妹，都是亲人。又仿佛队伍同时是群众，群众又同时是队伍，根本分不清。这首歌，唱一千遍，听一万遍，我都喜欢。

这里就不说我喜欢那首唱遍世界的歌——《东方红》了。那是标志着全国人民对伟大领袖衷心爱戴的歌，又是人民群众自己创作的歌。谁不喜欢呢？从心里，从灵魂的深处。

◎文章品读

吴伯箫的散文以质朴淳厚著称。他总是能够将普通平凡的事物搁置于历史、现实交汇的背景下，再从中捕捉潜藏的诗情画意。他的作品基调单纯、明快，展示给读者的是一幅幅具有鲜明时代特色的画卷。

在吴伯箫众多的散文中，《记一辆纺车》《菜园小记》《歌声》等，都是以抗战时期延安生活为题材。对于《歌声》的创作构思，作者曾这样说："歌声只是一条线，用它串起来的大致是三项内容：共产主义的远大理想，毛主席教导的青年的奋斗方向，为实现理想、达到方向应当遵守的纪律和注意事项。"从吴老的话中可见，写延安的歌声，抒发的是解放区大无畏的革命传统与精神。

《歌声》作为一篇散文，在结构上十分严谨。既有着整体的层次美感，又不缺乏跌宕起伏的波澜。文章开篇不久关于《国际歌》旋律的畅想，奠定了全文激越高亢的基调；紧接着作者挥毫泼墨，尽情渲染冼星海指挥《生产大合唱》时群情激昂的场景。在音乐家的指挥下，旋律变成了语言、思想，"甚至一种号令"，千万人都被歌声"团结起来，组织起来"，"踏着统一的步伐前进，听着统一号令战斗"。歌声随着音符的飞扬，已经成了解放劳苦大众的标志。

"延安歌声，也有传统，那就是陕北民歌"是文章的过渡句，巧妙地把文章分作两部分，引出了作者对《三大纪律，八项注意》一歌的畅想。这不仅仅是一首主旋律的歌，它的出现暗示了理想与纪律间的辩证关系，进一步升华了文章的意境。末尾，以颂歌《东方红》收束，烘托出了毛主席作为党的领袖，是延安大合唱总指挥这一文章主题。篇末的奇峰突起，为散文的跌宕布局画上了句号。

全文感情充沛，运笔波澜不惊，对四首歌的描摹既删繁得体，又保有变化。虽是抒情议论交融一体，然而毫无矫饰之态。加之朴实含蓄的语言，散文具有了极强的表现力与可读性。

·作者简介·

吴伯箫（1906～1982），原名吴熙成，山东莱芜人。著名散文家、教育家。1925年考入北京师范大学英语系，同年开始文学创作。1931年毕业。相继在青岛大学、山东教育厅等地工作。1938年赴延安，在抗大学习。曾任陕甘宁边区文化协会秘书长、教育厅长。抗战胜利后，历任联大中文系副主任、东北教育学院副院长和人民教育出版社副社长、副总编辑，中国社会科学院文学研究所副所长等职。主要作品有：散文集《羽书》《黑红点》《出发集》《烟尘集》《北极星》《忘年》《吴伯箫散文选》，报告文学《潞安风物》，诗集《波罗的海》等。

花潮

●李广田

昆明有个圆通寺。寺后就是圆通山。从前是一座荒山，现在是一个公园，就叫圆通公园。

公园在山上。有亭，有台，有池，有榭，有花，有树，有鸟，有兽。

后山沿路，有一大片海棠，平时枯枝瘦叶，并不惹人注意。一到三四月间，正是花团锦簇，变成一个花世界。

这几天天气特别好，花开得也正好，看花的人也就最多。“紫陌红尘拂面来，无人不道看花回”，办公室里，餐厅里，晚会上，道路上，经常听到有人问答：“你去看海棠没有？”“我去过了。”或者说：“我正想去。”到了星期天，道路相逢，多争说圆通山海棠消息。一时之间，几乎形成一种空气，甚至是一种压力，一种诱惑，如果谁没有到圆通山看花，就好像是一大憾事，不得不挤点时间，去凑个热闹。

星期天，我们也去看花。不错，一路同去看花的人可多着哩。进了公园门，步步登山，接踵摩肩，人就更多了。向高处看，隔着密密层层的绿荫，只见一片红云，望不到边际，真是“寺门尚远花光来，漫天锦绣连云开”。这时候，什么苍松啊，翠柏啊，碧梧啊，修竹啊……都挽不住游人。大家都一口气攀到最高峰，淹没在海棠花的红海里。后山一条大路，两旁，四周，都是海棠。人们坐在花下，走在路上，既望不见花外的青天，也看不见花外还有别的世界。花开得正盛，来早了，还未开好，来晚了已经开败，“千朵万朵压枝低”，每棵树都炫耀自己的鼎盛时代，每一朵花都在微风中枝头上颤抖着说出自己的喜悦。“喷云吹雾花无数，一条锦绣游人路”，是的，是一条花巷，一条花街，上天下地都是花，可谓花天花地。可是，这些说法都不行，都不足以说出花的动态。“四厢花影怒于潮”“四山花影下如潮”，还是“花潮”好。古人写诗真有他的，善于说出要害，说出花的气势。你不要乱跑，你静下来，你看那一望无际的花，“如钱塘潮夜澎湃”，有风，花在动，无风，花也潮水一般地动，在阳光照射下，每一个花瓣都有它自己的阴影，就仿佛多少波浪在大海上翻腾，你越看得出神，你就越感到这一片花潮正在向天空向四面八方伸张，好像有一种生命力在不断扩展。而且，你可以听到潮水的声音，谁知道呢，也许是花下的人语声，也许是花丛中蜜蜂嗡嗡声，也许什么地方有黄莺的歌声，还有什么地方送来看花人的琴声，歌声，笑声……这一切交织在一起，再加上风声，天籁人籁，就如同海上午夜的潮声。大家都是来看花的，可是，这个花到底怎么看法?有人走累了，拣个最好的地方坐下来看，不一会儿，又感到这里不够好，也许别个地方更好吧，于是站起来，既依依不舍，又满怀向往，慢步移向别处去。多数人都在花下走来走去，这棵树下看看，好，那棵树下看看，也好，伫立在另一棵树下仔细端详一番，更好，看看，想想，再看看，再想想。有人很大方，只是驻足观赏，有人贪心重，伸手牵过一枝花来摇摇，或者干脆翘起鼻子一嗅，再嗅，甚至三嗅。“天公斗巧乃如此，令人一步千徘徊”。人们面对这绮丽的风光，真是徒唤奈何了。

老头儿们看花，一面看，一面自言自语，或者嘴里低吟着什么。老妈妈看花，扶着拐杖，牵着孙孙，很珍惜地折下一朵，簪在自己的发髻上。青年们穿得整整齐齐，干干净净，好像参加什么盛会，不少人已经穿上雪白的衬衫，有的甚至是绸衬衫，有的甚至已是短袖衬衫，好像夏天已经来到他们身上，东张张，西望望，既看花，又看人，神气得很。青年妇女们，也都打扮得利利落落，很多人都穿着花衣花裙，好像要与花争妍，也有人擦了点胭脂，抹了点口红，显得很突出，可是，在这花世界里，又叫人感到无所谓了。很自然地想起了龚自珍《西郊落花歌》中说的，“如八万四千天女洗脸罢，齐向此地倾胭脂”，真也有点形容过分，反而没有真实感了。小学生们，系着漂亮的红领巾，带着弹弓来了，可是他们并没有射击，即便有鸟，也不射了，被这一片没头没脑的花惊呆了。画家们正调好了颜色对花写生，看花的人又围住了画花的，出神地看画家画花。喜欢照相的人，抱着相机跑来跑去，不知是照花，还是照人，是怕人遮了花，还是怕花遮了人，还是要选一个最好的镜头，使如花的人永远伴着最美的花。有人在花下喝茶，有人在花下弹琴，有人在花下下象棋，有人在花下打桥牌。昆明四季如春，四季有花，可是不管山茶也罢，报春也罢，梅花也罢，杜鹃也罢，都没有海棠这样幸运，有这么多人，这样热热闹闹地来访它，来赏它，这样兴致勃勃地来赶这个开花的季节。还有桃花什么的，目前也还开着，在这附近，就有几树碧桃正开，“猩红鹦绿天人姿，回首天桃惝失色”，显得冷冷落落地呆在一旁，并没有谁去理睬。在这圆通山头，可以看西山和滇池，可以看平林和原野，可是这时候，大家都在看花，什么也顾不得了。

看着看着，实在也有点疲乏，找个地方坐下来休息一下吧，哪里没有人？都是人。坐在一群看花人旁边，无意中听人家谈论，猜想他们大概是哪个学校的文学教师。他们正在吟诗谈诗：

一个吟道：“泪眼问花花不语，乱红飞过秋千去。”

一个说：“这个不好，哪来的这么些眼泪！”

另一个吟道：“一片花飞减却春，风飘万点正愁人。”

又一个说：“还是不好，虽然是诗圣的佳句，也不好。”

一个青年人抢过去说：“‘繁枝容易纷纷落，嫩蕊商量细细开’，也是杜诗，好不好？”

一个人回答：“好的，好的，思想健康，说的是新陈代谢。”

一个人不等他说完就接上去：“好是好，还不如龚定庵的‘落红不是无情物，化作春泥更护花’，有辩证观点，乐观精神。”

有一个人一直不说话，人家问他，他说：“天何言哉，四时兴焉，万物生焉；天何言哉，桃李无言，下自成蹊。你们看，海棠并没有说话，可是大家都被吸引来了。”

我也没有说话。想起泰山高处有人在悬崖上刻了四个大字“予欲无言”，其实也甚是多事。

回家的路上，还是听到很多人纷纷议论。

有人说：“今年的花，比去年好，去年，比前年好。”

有人说：“今天看花好，今夜睡梦好，明天工作好。”

有人说:“明天作文课，给学生出题目，有了办法。”

有人说:“最好早晨来看花，迎风带露的花，会更娇更美。”

有人说:“雨天来看花更好，海棠着雨胭脂透，当然不是大雨滂沱，而是斜风细雨。”

有人说:“也许月下来看花更好，将是花气氤氲。”

有人说:“下星期再来看花，再不来就完了。”

有人说:“不怕花落去，明年花更好。”

好一个“明年花更好”。我一面走着，一面听人家说着，自己也默念着这样两句话:

春光似海，

盛世如花。

◎文章品读

《花潮》是一篇优秀的散文，有着特定的写作背景——中国刚刚从三年经济困难时期中解脱出来；对于作者个人，则是刚刚得到政治上的平反。心态的明快、乐观让其不禁追随时令前去看花，并由此生发了诸多感慨。

文章脉络并不复杂，先是众人去看，自己深受影响也去看。看的过程中，由对海棠花全景特写，到对人的观摩，再到抒发情感。写作路线中规中矩，效果举重若轻，体现了运笔行文的驾轻就熟。

文章写海棠花非常精彩，是全文的亮色，作者从不同的角度观察：由低到高，由高到低，由内向外，不一而足。无论怎么看，是隔着密密匝匝的绿叶，还是大道、四周，抑或不见青天，无论怎样观察，海棠花都是出类拔萃的。美到“四厢花影怒于潮”“四山花影下如潮”，都离不开一个“潮”字。海棠盛放的壮观之景尽收其间。

花潮描绘得有声有色、情趣盎然，重在观者心情。如果观者黯然神伤，不免顾影自怜，愈发憔悴；如果心潮起伏，汹涌澎湃，那么即使走马观花，也会察觉花朵的风情万种。下笔有神，不在话下。作者的心境在文中表露无遗，多次使用的映衬手法：以人物、风景、其他花卉穿插描写，凸显海棠花的王者之气；再由花朵映衬自己的心情，环环相扣，步步递进，主题笔落“石”出，水到渠成。

篇末，“春光似海，盛世如花”是全文的点睛之笔，也是作者最终要写及的主题：歌颂盛世，憧憬未来。末段在回家的路上，赏花人议论纷纷，所言均为作者行文主旨造势，文即是题，话即是题。“今年的花，比去年好，去年，比前年好”，“不怕花落去，明年花更好”。人、花、景交相呼应，相得益彰，为全文落下了一个华丽的大幕。

作者一生命运多舛，刚过花甲之年即离世，没能看到所憧憬的美好未来。在其短暂的一生中，先是一身傲骨，颠沛流离；再遭遇动荡十年，批判，平反，再批判，直到被迫害致死。一生为数不多的华丽，伴着接踵而来的凄然。《花潮》《山色》《或人日记抄》是作家人生中的最后三篇散文。数量不多，然而方向明确，爱憎分明。今天读来，仍唏嘘不已。

·作者简介·

李广田（1906～1968），山东邹平人。1923年考入济南第一师范后，开始接触“五四”以来的新思潮、新文学。1929年入北大外语系预科，先后在《华北日报》副刊和《现代》杂志上发表诗歌、散文，并结识卞之琳与何其芳。后出版三人诗合集《汉园集》，被人称为“汉园三诗人”。1935年北大毕业，回济南教书，陆续写了不少散文，结集为《画廊集》《银狐集》。1941年秋至昆明，在西南联大任教。抗战胜利后，先后在南开大学、清华大学任教。1948年加入中国共产党。新中国成立后陆续担任清华大学中文系主任、全国第一次文代会文联委员、文协理事等。1951年任清华大学副教务长。次年调任云南大学副校长、校长。之后历任中国科学院云南分院文学研究所所长、作协云南分会副主席、中国作协理事等职。是中国现代优秀的散文作家之一。著有长篇小说《引力》，文集《雀蓑集》《圈外》《回声》《日边随笔》等。

山之子

●李广田

住在“中天门”的“泰山旅馆”里，我们每天得有方便，在“快活三里”目送来往的香客。

自“岱宗坊”至“中天门”，恰好是登绝顶的山路之一半。“斗母宫”以下尚近于平坦，久于登山的人说那一段就是平川大道。自“斗母宫”以上至“中天门”，则步步向上，逐渐陡险，尤其是“峰回路转”以上，初次登山的人就以为已经陡险到无以复加了。尤其妙处，则在于“南天门”和“绝顶”均为“中天门”的山头所遮蔽，在“中天门”下边的人往往误认“中天门”为“南天门”，于是心里想道这可好了，已经登峰造极了，及至费了很大的力气攀到“中天门”时，猛然抬头，才知道从此上去却仍有一半更陡险的盘路待登，登山人不能不仰面兴叹了。然而紧接着就是“快活三里”，于是登山人就说这是神的意思，不能不坐下来休息，且向神明致最诚的敬意。

由“中天门”北折而下行，曰“倒三盘”，以下就是二三里的平路。那条山路不但很平，而且完全不见什么石块在脚下磕磕绊绊，使上山人有难言的轻快之感。且随处是小桥流水，破屋丛花，鸡鸣犬吠，人语相闻。山家妇女多做着针织在松柏树下打坐，孩子们常赤着结实的身子在草丛里睡眠，这哪里是登山呢，简直是回到自己的村落中了。虽然这里也有几家卖酒食的，然而那只是做另一些有钱人的买卖，至于乡下香客，他们的办法却更饶有佳趣。他们三个一帮，五个一团，他们用一只大柳条篮子携着他们的盛宴：有白酒，有茶叶，有煎饼，有咸菜，有已经劈得很细的干木柴，一把红铜的烧心壶，而“快活三里”又为他们备一个“快活泉”。这泉子就在“快活三里”的中间，在几树松柏荫下，由一处石崖下流出，注入一个小小的石潭，水极清冽，味亦颇甘，周有磐石，恰好做了他们的几筵。黎明出发，到此正是早饭时辰，于是他们就在这儿用过早饭，休息掉一身辛苦，收拾柳筐，呼喝着重望“南天门”攀登而上了。我们则乐得看这些乡下人朴实的面孔，听他们以土音说乡下事情，讲山中故事，更羡慕从他们柳篮内送出来的好酒香。自然，我们还得看山，看山岭把我们绕了一周，好像把我们放在盆底，而头上又有青翠的天空做盖。看东面山崖上的流泉，听湉湉泉声，看北面绝顶上的人影，又有白云从山后飞过，叫我们疑心山雨欲来。更看西面的一道深谷，看银雾从谷中升起，又把诸山缠绕。我们是为看山而来的，我们看山然而我们却忘记了是在看山。等到下午两三点钟左右，是香客们下山的时候了。他们已把他们的心事告诉给神明，他们已把一年来的罪过在神前取得了宽恕，于是他们像修完了一桩胜业，他们的脸上带着微笑，他们的心里更非常轻松。而他们的身上也是轻松的，柳篮里空了，酒瓶里也空了，他们把应用的东西都打发在山顶上，把余下的煎饼屑，和临出发时带在身上的小洋针、棉花线、小铜元和青色的制钱，也都施舍给了残废的讨乞人。他们从山上带下平安与快乐在他们心里，他们又带来许多好看的百合花在空着的篮里，在头巾里，在用山草结成的包裹里。我们不明白这些百合花是从哪里得来的，而且那么多，叫我们觉得非常稀奇。

我们前后在这里住过十余日，一共接纳了两个小朋友，一名刘兴，一名高立山。我几时遇到高立山总是同他开一次玩笑：“高立山，你本来就姓高，你立在山上就更高了。”这样喊着，我们大家一齐笑。

忽然听到两声尖锐的招呼，闻声不见人，使我觉得更好玩。原来那呼声是来自雾中，不过十分钟就看见我那两个小朋友从雾中走来了：刘兴和高立山。高立山这名字使我喜欢。我爱设想，玩游人孑然一身，笔立泰山绝顶被天风吹着，图画好看，而画中人却另有一番怆恨。刘兴那孩子使我想起我的弟弟，不但相貌相似，精神也相似，是一个朴实敦厚的孩子。我不见我的弟弟已经很久了。我简直想抱吻面前的刘兴，然而那孩子看见我总是有些畏缩，使我无可如何。

“呀！独个儿在这里不害怕吗？”我正想同他们打招呼，他们已同声这样喊了。我很懂得他们这点惊讶。他们总以为我是城市人，而且来自远方，不懂得山里的事情，在这样大雾天里孑然独立，他们就替我担心了。说是担心倒也很亲切，而其中却也有些玩弄我的意味吧，这个就更使我觉得好玩。我在他们面前时常显得很傻，老是问东问西，我向他们打听山花的名字，向他们访问四叶参或何首乌是什么样子，生在什么地方，问石头，问泉水，问风候云雨，问故事传说。他们都能给我一些有趣的回答。于是他们非常骄傲，他们又笑话我少见多怪。

“害怕？有什么可怕呢？”我接着问。

“怕山鬼，怕毒蛇。怕雾染了你的眼睛，怕雾湿了你的头发。”

他们都哈哈大笑了。笑一阵，又告诉我山鬼和毒蛇的事情。他们说山上深草中藏伏毒蛇，此山毒蛇也并不怎么长大，颜色也并不怎么凶恶，只仿佛是石头颜色，然而它们却极其可怕，因为它们最喜欢追逐行人，而它们又爬得非常迅速，简直如同在草上飞驰，人可以听到沙沙的声音。有人不幸被毒蛇缠住，它至死也不会放松，除非你立刻用镰刀把它割裂，而为毒蛇所啮破的伤痕是永难痊好的，那伤痕将继续糜烂，以至把人烂死为止。这类事情时常为割草人或牧羊人所遭遇。

“毒蛇既到处皆是，为什么我还不曾见过？”

“你不曾见过，不错，你当然不会见到，因为山里的毒蛇白天是不出来的，你早晨起来不看见草叶上的白沫吗？”说这话的是刘兴。这件证明颇使我信服，因为我曾见过绿草上许多白沫，我还以为那是牛羊反刍所流的口涎呢。而且尤以一种叶似竹叶的小草上最常见到白沫，我又曾经误认那就是薇一类植物，于是很自然地想起饿死首阳山的两个古人。

高立山却以为刘兴的说明尚不足奇，他更以惊讶的声色告诉道：“晴天白日固然不出来，像这样大雾天却很容易碰见毒蛇。”刘兴又仿佛害怕的样子加说道：“不光毒蛇呀，就连山鬼也常常在大雾天出现呢。”

他们说山鬼的样子总看不清，大概就像团团的一个人影儿。山鬼的居处是巉岩之下的深洞里。那些地方当然很少有人敢去，尤其当夜晚或者雾天。原来山鬼也同毒蛇一样，有时候误认大雾为黑夜。打柴的，采药的，有时碰见山鬼，十个有八个就不能逃生，因为山鬼也像水鬼一样，喜欢换替死鬼，遇见生人便推下巉岩或拉入石窟。他们又说常听见山鬼的哭声和呼号声，那声音就好像雾里刮大风。

“你不信吗？”高立山很严肃地想说服我，“我告诉你，哑巴的爹爹和哥哥都是碰到了山鬼，摔死在后山的山涧里。”

他们的声音变得很低，脸色也有些沉郁，他们又向远方的浓雾中送一个眼色，仿佛那看不见的地方就有山鬼。

这话颇引起我的好奇，我向他们打听那个哑巴是什么人物。他们说那哑巴就住在上边“升仙坊”一旁的小庙里，他遇见任何人总爱比手划脚地说他的哑巴话。于是我急忙说道：“我知道，我知道，我见过他，我见过他。”这回忆使我喜悦，也使我怅惘。一日清晨，我们欲攀登山之绝顶，爬到“升仙坊”时正看到许多人停下来休息，而那也正是应当休息的地方，因为从此以上，便是最难走的“紧十八盘”了。我们坐下来以后，才知道那些登山人并非只为了休息，同时，他们是正在听一个哑子讲话。一个高大结实的汉子，山之子，正站在“升仙坊”前面峭壁的顶上，以洪朗的声音，以只有他自己能了解的语言，说着一个别人所不能懂的故事，虽然他用了种种动作来作为说明，然而却依然没有人能够懂他。我当然也不懂他，然而我却懂得了另一个故事：泰山的精灵在宣说泰山的伟大，正如石头不能说话，我们却自以为懂得石头的灵心。

只要一想起“升仙坊”那个地方，便是一幅绝好的图画了：向上去是“南天门”，“南天门”之上自然是青天一碧，两旁壁立千仞，松柏森森，中间夹一线登天的玉梯，再向下看呢，“浮云连海岱，平野入青徐”，俯视一气，天下就在眼底了，而我们的山之子就笔立在这儿，今天我才知道他是永远住在这里的。我急忙止住两个孩子：“你且慢讲，你且慢讲，我告诉你，我告诉你。”但是我将告诉他们什么呢？我将说那个哑巴在山上说一大篇话却没有人懂他，他好不寂寞呀，他站在峭岩上好不壮观啊，风之晨，雨之夕，“升仙坊”的小庙将是怎样的飘摇呢？至若星月在天，举手可摘，谷风不动，露凝天阶，山之子该有怎样的一山沉默呀！然而我却不能不怀一个闷葫芦，到底那哑巴是说了些什么呢？

“高立山，告诉我，他到底是说了些什么呢？”我不能不这样问了。“说些什么，反正是那一套啦，说他爸爸是因为到山涧采山花摔死的，他的哥哥也一样地摔死在山涧里了。”高立山翻着白眼说。“就是啦，他们就是被山鬼讨了替代啊，为了采山花。”刘兴又提醒我。

“山花？什么山花？”两个孩子告诉我：百合花。

两个小孩子就继续告诉我哑巴的故事。泰山后面有一个古涸涧，两面是峭壁，中间是深谷，而在那峭壁上就生满了百合花。自然，那个地方是很少有人攀登的，然而那些自生的红百合实在好看。百合花生得那么繁盛，花开得那么鲜艳，那就是一个百合涧。哑巴的爸爸是一个顶结实勇敢的山汉，他最先发现这个百合涧，他攀到百合涧来采取百合，卖给从乡下来的香客。这是一件非常艰险的工作，攀着乱石，拉着荆棘，悬在陡崖上掘一株百合必须费很大工夫，因此一株百合也卖得一个好价钱。这事情渐渐成为风尚，凡进香人都乐意带百合花下山，于是哑巴的哥哥也随着爸爸做这件事业。然而父子两个都遭了同样的命运：爸爸四十岁时在一个浓雾天里坠入百合涧，做哥哥的到三十岁上又为一阵山风吹下了悬崖。从此这采百合的事业更不敢为别人所尝试，然而我们的山之子，这个哑巴，却已到了可以承继父业的成年，两条人命取得一种特权，如今又轮到了哑巴来占领这百合涧。他也是勇敢而大胆，他也不曾忘记爸爸和哥哥的殉难，然而就正为了爸爸和哥哥的命运，他不得不拾起这以生命为孤注的生涯。他住在“升仙坊”的小庙里，趁香客最多时他去采取百合，他用这方法来奉养他的老母和他的寡嫂。

我很感激两个小孩子告诉我这些故事。刘兴那孩子说完后还显得有些忧郁，那种木讷的样子就更像我的弟弟。雾渐渐收起。却又吹来了山风，我们都觉得有些冷意，我说了“再见”，向他们告辞。

天气渐渐冷起来了。山下人还可以穿单衣，住在山上就非有棉衣不行了。又加上多雨多雾，使精神上感到极不舒服。因为我们不曾携带御寒的衣服，就连“快活三里”也不常去了。选一个比较晴朗的日子，我们决定下山。早晨起来就打好了行李，早饭之后就来了轿子。两个抬轿子的并非别人，乃是刘兴的爸爸和高立山的爸爸，这使我们觉得格外放心。跟在轿子后面的是刘兴和高立山，他们是特来给我们送行的。此刻的我简直是在惜别了，我不愿离开这个地方，我不愿离开两个小朋友，尤其是刘兴——我的弟弟。他们的沉默我很懂得，他们也知道，此刻一别就很难有机会相遇了。而且，真巧，为什么一切事情安排得这样巧呢，我们的行李已经搬到轿子上了，我们就要走了，忽然两个孩子招呼道：“哑巴，哑巴，哑巴来了！”不错，正是那个哑巴，我们在“升仙坊”见过他。他已经穿上了小棉袄，他手上携一个大柳筐。我特为看看他的筐里是什么东西，很简单：一把挖土的大铲子，一把刀，一把大剪子。我们都沉默着，哑巴却同别人打开了招呼。两个孩子哑哑地学他说话，旅馆中人大声问他是否下山，他不但哑，而且也聋，同他说话就非大声不行。于是他也就大声哑哑地回答着，并指点着，指点着山下，指点着他的棉袄，又指点着他的筐子，又指点着“南天门”。我们明白他昨天曾下山去，今天早晨刚上来。我同昭都想从这个人身上有所发现，但也不知道要发现些什么。在一阵喧嚷声中，我们的轿子已经抬起来了。两个小朋友送了我们颇长的一段路，等听不见他俩的话声时，我还同他们招手，摇帽子，而我的耳朵里却还仿佛听见那个哑巴的咿咿呀呀。

◎文章品读

《山之子》是一篇客观写实的散文，作于 1936 年。

作者登泰山，小住在“中天门”的“泰山旅馆”里，日日所见的都是泰山风光，来来往往的香客、居民。作者在开篇较长的篇幅里，写了不少泰山景致，如攀登“南天门”，驻足“快活三里”，行进逐渐陡险的“峰回路转”等，五岳之首泰山的峻峭、雄奇映入读者的视野。然而这些仅仅是烘托、映衬，泰山愈奇、泰山愈险，即将出场的主人公“山之子”所历经的种种即愈加扣人心弦，令人难忘。

“山之子”是在泰山上住着的一位普通山民，一个哑巴。他的父亲和哥哥均以采摘泰山悬崖上的百合花为生，后来接连坠崖身亡。“山之子”为了奉养老母、寡嫂，承继了父亲和哥哥的“事业”——以生命为孤注继续挖峭壁上的百合花。

散文由远及近，以次提主，以“我”的见闻为线索分全文为三个部分：第一部分写游人登临盛况；第二部分由山写人，将泰山美景与现实合一，引主人公出场；最后为尾声。其中，第二部分为行文重点，为表述行文主旨进行了层层铺垫、展开。

知道“山之子”，是借助两个孩子之口。两个小孩是作者的好朋友，与作者一起登山，给作者讲述各种风俗奇闻，讲到险，讲到峻，毒蛇、浓雾、山鬼陆续出现，有山鬼索命，于是有了主人公一家的登场。写主人公出场一节，作者笔墨酣畅：一个高大结实的汉子，站在“升仙坊”前的峭壁顶上，以洪朗的声音和别人听不懂的话，“说”着一个别人所不能懂的故事。他用了种种动作来说明，却“依然没有人能够懂他”。他所说的正是他的父亲和哥哥，讲述的也正是那段危险可怖的经历。文字不多，然而浓墨重彩地点出了“山之子”对自身悲壮惊险的身世和职业的无比骄傲。

“山之子”的形象，以点及面。作者前后行文铺排洋洋洒洒，借助自然，讲述个人的生活及命运，最终所要传达的是一种精神：一种坚韧、伟大、生生不息的民族精神。它们如同泰山一样，磅礴亲和，高大而又不失平凡。作者称呼哑巴为“山之子”，大概正是认为只有泰山才会孕育出他这样的性格。

《山》文，从游人的目光始，从游人的归去结。其间仿佛不经意地安插了一个带有凄苦味道的故事。其内在如茶一样慢慢蒸腾、缭绕，带着一种别样的味道。在行文技巧上，作者落笔泰山风光之秀丽，写香客，写百合，写两个孩子，写关于泰山的种种传说、故事，表面看来，关于主人公“山之子”的介绍所占比例不多，但作者恰恰又通过运用大量的渲染、对照等手法，取得了处处言他，却又无处不在烘托、补充“山之子”的效果。主人公的形象在诸多的铺垫下，丰满，立体，呼之欲出。主题得到了步步深化。总的来看，该文的结构曲折跌宕，运笔的分外娴熟，令文章有了耐人咀嚼的况味。

井冈翠竹

●袁鹰

井冈山五百里林海里，最使人难忘的是毛竹。

从远处看，郁郁苍苍，重重叠叠，望不到头；到近处看，有的修直挺拔，好似当年山头的岗哨。有的密密麻麻，好似埋伏在深坳里的奇兵；有的看来出世还不久，却也亭亭玉立，别有一番神采。

“井冈山的竹子，是革命的竹子！”井冈山人爱这么自豪地说。

有道是：天下竹子数不清，井冈山竹子头一名。

是的，当年用自己的血和汗保卫过第一个红色政权的战士们，谁不记得井冈山上的翠竹呢？用它搭过帐篷，用它做过帐篷，用它做过梭镖，用它当罐盛过水，当碗蒸过饭，用它做过扁担和吹火筒。在黄洋界和八面山上，还用它摆过三十里竹钉阵，使多少白匪魂飞魄散，鬼哭狼嚎，如今，早就不再用竹钉当武器了，然而谁又能把它们忘怀呢？

你看，那边山路上走来了两位老表，一人提着一只竹筒。这是什么？这不是红军的硝盐罐吗？要不，是给山头的红军送饭来了吧？这两只小小的竹筒，能引起老表们多少回忆！看见它，就想起了竹筒饭的清香，想起了老表们冲过白匪封锁线冒着生命危险送上山来的粮食，想起了山上缺粮的年月，红军每天每顿只能用南瓜充饥，但是同志们仍然意气风发地唱：“天天吃南瓜，革命打天下！”

你看那毛竹做的扁担，多么坚韧，多么结实，再重的担子也能挑得起，当年毛委员和朱军长带领队伍下山去挑粮食，不就是用这样的扁担么？井冈山革命博物馆里，还陈列着一根写着“朱德的”三个字的扁担，他们肩上挑的，哪里只是粮食？挑的是中国的无产阶级革命！我们的老一辈无产阶级革命家们，正是用井冈山毛竹做的扁担，把这一副关系全中国人民命运的重担，从井冈山出发，走过漫漫长途，一直挑到北京城。

毛委员和朱军长下山去了，红军下山去了，井冈山的毛竹，同井冈山人民一样，坚贞不屈。血雨腥风里，毛竹青了又黄，黄了又青，不向残暴低头，不向敌人弯腰，竹叶烧了，还有竹枝；竹枝断了，还有竹鞭；竹鞭砍了，还有深埋地下的竹根。“野火烧不尽，春风吹又生。”一到春天，漫山遍野，向大地显露着无限生机的，依然是那一望无际的翠竹。

毛竹年年长，为的是向敌人示威：井冈山是压不倒、烧不光的。毛竹年年绿，为的是等待亲人，等待当年用竹筒盛水蒸饭、用竹钉竹枪打白匪的红军，等待自己的英雄子弟。朝也等，暮也等，等了漫长的二十年，二十年过去了，毛竹依旧是那么青翠，那么稠密，井冈山终于换了人间！

为了叫井冈山变得更快，党派来了两千好儿女，同井冈山人民一起来开发这座万宝山，他们上得山来，头一件事就是来竹林里，依靠这青青毛竹盖房落脚。他们踩着当年老红军的脚印，攀山过岭，用竹筒盛水蒸饭。可是，看着那一眼望不到边的毛竹，成年累月地藏在深坳里，不能赶快送到那些需要它们的地方去，怎不叫人心焦！一阵风吹过，毛竹呼啦啦地响，好像也在焦急地叫喊：“快些送我们下山吧，莫要让我们等老了，祖国社会主义建设多么需要我们啊！”井冈山上的毛竹据说有一千多万根，轮流砍伐，是永远也砍不完的。可是，怎样叫这一千多万根毛竹顺顺当当地下山去，是井冈山建设者们曾经绞尽脑汁的大事。

如今，你若是在井冈山许多山坳走过，便能看到一条条修长的竹滑道。它们几乎是笔直地从山顶上穿过竹林挂下山来。这便是英雄的井冈山人的业绩。他们在竹林里送走了几百个白天和黑夜，用竹滑道，用水滑道，送出了一百多万根毛竹。这一百多万根毛竹，流去了井冈山人多少汗水，是无法计算的。为了搭起滑道，他们翻越了多少陡峭的悬岩绝壁；为了找寻水路，他们踏遍了多少曲折的幽谷荒滩。冒着大风雪，二百多青年男女来到离茨坪六十多里的深山，要在那周围二十多里没有人烟的林海深处，完成砍伐三十多万根毛竹的任务。漫天风雪，封住山、阻住路，却摇撼不了人们的意志，扑灭不了人们的心头的熊熊烈火。风雪一天比一天大，人们的干劲一天比一天猛，砍下的毛竹一天比一天堆得高，为竹滑道修的架在两座高山之间的竹桥，也在一天比一天往上长。杜鹃花开满山头的时候，英雄们终于唱着凯歌，欢送着亲手砍下的那三十万根毛竹，让它们沿着满山旋绕的滑道，一路欢唱着飞下山去了。

你看，你看，这不是又一批新砍的毛竹滑下山来了吗？这些青翠的竹子，沿着细长的滑道，穿云钻雾，呼啸而来。它们滑下溪水，转入大河，流进赣江，挤上火车，走上迢迢的征途。井冈山的翠竹啊！去吧，去吧，快快地去吧！多少工地，多少工厂矿山，多少高楼大厦，多少城市和农村，都在殷切地等待着你们！快快地去吧，带去井冈山人民的心愿，带去井冈山人民的干劲，也带去井冈山人民的风格吧！

井冈山的翠竹啊，你是革命的竹子，你不仅曾经为革命建立功勋，而且现在和将来仍然为社会主义、共产主义大厦继续献出一切。你永远那么青翠，永远那么挺拔，风吹雨打，从不改色；刀砍火烧，永不低头——这正是英雄的井冈山人，也是亿万中国人民的革命气节和革命精神！

◎文章品读

“未出土时先有节，到凌云处总虚心。”在文学艺术中，竹子总是高雅和清幽的象征。在作家袁鹰的笔下，一望无际的青青翠竹则被赋予了更多火一般炽烈的情感，成了被礼赞的“井冈之魂”。

作为一篇优秀的叙事散文，《井冈翠竹》充分运用了“借物思人”与“以物喻人”的手法，通过讴歌毛竹来颂扬井冈山人民不屈的革命斗争精神。篇章文采飞扬，情感激越，笔笔写竹，处处见人，将远处看得的葱郁苍茫写得层层叠叠，生机盎然。

落笔井冈翠竹，背景是革命抗战。散文开篇借井冈山人的自豪点明行文的主题：“井冈山的竹子，是革命的竹子！”追忆往昔，作者对这句话进行了详尽的阐释——当年的红军战士用它“搭过帐篷”，“用它做过梭镖”，“当罐盛过水，当碗蒸过饭”，更用它“做过扁担和吹火筒”，“在黄洋界和八面山上，还用它摆过三十里竹钉阵”令敌人闻风丧胆，魂飞魄散。这些回忆饱含了作者对井冈翠竹的深情，对过往岁月的致敬与回首。

下文抒情，对井冈山人民和顽强不屈的翠竹进行了热情的讴歌。

两位老表乡民的出场，以点带面述及了艰苦岁月中军民情深的感人场景；在结构上过渡至对毛竹的回忆。竹，是文章的主题。作者写竹，述竹，赞竹，侃侃而谈。大量运用象征、拟人的手法，人与竹，竹与人，情景交融。翠竹坚强，面临“血雨腥风，它们青了又黄，黄了又青，不向残暴低头，不向敌人弯腰，竹叶烧了，还有竹枝；竹枝断了，还有竹鞭；竹鞭砍了，还有深埋地下的竹根。”竹的精神就是坚强不屈的革命精神；竹的不屈，就是革命者对希望的向往，对敌人的无畏与蔑视。“野火烧不尽，春风吹又生”，散文化用古人诗句收束，承上启下。无论过去、现在还是将来，井冈精神不绝。

随着革命胜利，井冈山人民也加入了建设者的行列。翠竹是曾经制敌的利器，而今成了建设的栋梁。在这一部分中，作者着重选取毛竹下山一节落笔，写山冈竹资源的丰富，写建设者们的辛苦付出，写浩浩荡荡的毛竹下山，字里行间歌颂的是旧日换新天，新时期人民当家做主的自豪与喜悦；井冈翠竹下山，穿越云雾，辗转江河，其承担的不仅是井冈山人民的心愿，井冈山人民的干劲，更是艰苦岁月中井冈山人民的不屈的傲然风骨。

散文中语义双关之处随处可见。如老一辈革命家挑着毛竹扁担，走过漫漫长途，一直挑到北京城；野火烧不尽，春风吹又生；毛竹年年绿，为的是等待亲人……这些蕴含丰富的语句，反映的是革命的苦难历程，人民的坚贞不屈，更有对未来事业的期待与憧憬。文末，作者直抒胸臆，以对翠竹的深情礼赞作结，呼应全篇。

·作者简介·

袁鹰（1924～），原名田钟洛，江苏淮安人。在上海读完中学、大学，曾任中学教员，长期从事新闻工作。1945 年底进入上海《世界晨报》。1947 年任上海《联合晚报》副刊编辑，年底任上海《新民报》特约记者。其间写有大量杂文、散文、诗歌、小说。新中国成立初期任《解放日报》记者、编辑。1952 年调入北京人民日报社，任文艺部编辑、主任等职，并任中国作协第三届理事，第四届主席团委员。现为中国作家协会理事和书记处书记。其散文集、儿童文学作品多次获奖。

西湖漫笔

●宗璞

平生最喜欢游山逛水。这几年来，很改了不少闲情逸致，只在这山水上头，却还依旧。那五百里滇池粼粼的水波，那兴安岭上起伏不断的绿沉沉的林海，那开满了各色无名的花儿的广阔的呼伦贝尔草原，以及那举手可以接天的险峻的华山……曾给人多少有趣的思想，曾激发起多少变幻的感情。一到这些名山大川异地胜景，总会有一种奇怪的力量震荡着我，几乎忍不住要呼喊起来："这是我的伟大的、亲爱的祖国——"

然而在足迹所到的地方，也有经过很长久的时间，我才能理解，欣赏的。正像看达文西的名画《永远的微笑》，我曾看过多少遍，看不出她美在哪里，在看过多少遍之后，一次又拿来把玩，忽然发现那温柔的微笑，那嘴角的线条，那手的表情，是这样无以名状的美，只觉得眼泪直涌上来。山水，也是这样的，去上一次两次，可能不会了解它的性情，直到去过三次四次，才恍然有所悟。

我要说的地方，是多少人说过写过的杭州。六月间，我第四次去到西子湖畔，距第一次来，已经有九年了。这九年间，我竟没有说过西湖一句好话。发议论说，论秀媚，西湖比不上长湖天真自然，楚楚有致；论宏伟，比不上太湖，烟霞万顷，气象万千——好在到过的名湖不多，不然，不知还有多少谬论。

奇怪得很，这次却有着迥乎不同的印象。六月，并不是好时候，没有花，没有雪，没有春光，也没有秋意。那几天，有的是满湖烟雨，山光水色，俱是一片迷蒙。西湖，仿佛在半醒半睡。空气中，弥漫着经了雨的栀子花的甜香。记起东坡诗句："水光潋滟晴方好，山色空濛雨亦奇。"便想东坡自是最了解西湖的人，实在应该仔细观赏，领略才是。

正像每次一样，匆匆地来又匆匆地去。几天中我领略了两个字，一个是"绿"，只凭这一点，已使我流连忘返。雨中去访灵隐，一下车，只觉得绿意扑眼而来。道旁古木参天，苍翠欲滴，似乎飘着的雨丝儿也都是绿的，飞来峰上层层叠叠的树木，有的绿得发黑，深极了，浓极了；有的绿得发蓝，浅极了，亮极了。峰下蜿蜒的小径，布满青苔，直绿到了石头缝里。在冷泉亭上小坐，直觉得遍体生凉，心旷神怡。亭旁溪水淙净，说是溪水，其实表达不出那奔流的气势，平稳处也是碧澄澄的，流得急了，水花飞溅，如飞珠滚玉一般，在这一片绿色的影中显得分外好看。

西湖胜景很多，各处有不同的好处，即便一个绿色，也各有不同。黄龙洞绿得幽，屏风山绿得野，九溪十八涧绿得闲。不能一一去说。漫步苏堤，两边都是湖水，远水如烟，近水着了微雨，也泛起一层银灰的颜色。走着走着，忽见路旁的树十分古怪，一棵棵树身虽然离得较远，却给人一种莽莽苍苍的感觉，似乎是从树梢一直绿到了地下。走近看时，原来是树身上布满了绿茸茸的青苔，那样鲜嫩，那样可爱，使得绿荫荫的苏堤，更加绿了几分。有的青苔，形状也很有趣，如耕牛，如牧人，如树木，如云霞，有的整片看来，布局宛然，如同一幅青绿山水。这种绿苔，给我的印象是坚忍不拔，不知当初苏公对它们印象怎样。

在花港观鱼，看到了又一种绿。那是满地的新荷，圆圆的绿叶，或亭亭立于水上，或婉转靠在水面，只觉得一种蓬勃的生机，跳跃满池。绿色，本来是生命的颜色，我最爱看初春的杨柳嫩枝，那样鲜，那样亮，柳枝儿一摆，似乎蹬着脚告诉你，春天来了。荷叶，则要持重一些，初夏，则更成熟一些，但那透过活泼的绿色表现出来的茁壮的生命力，是一样的。再加上叶面上的水珠儿滴溜溜滚着，简直好像满池荷叶都要裙袂飞扬，翩然起舞了。

从花港乘船而回，雨已停了。远山青中带紫，如同凝住了一段云霞。波平如镜，船儿在水面上滑行，只有桨声欸乃，愈增加了一湖幽静。一会儿摇船的姑娘歇了桨，喝了杯茶，靠在船舷，只见她向水中一摸，顺手便带上一条欢蹦乱跳的大鲤鱼。她自己只微笑着，一声不出，把鱼甩在船板上，同船的朋友看得入迷，连连说，这怎么可能？上岸时，又回头看那在浓重暮色中变得无边无际的白茫茫的湖水，惊叹道：“真是个神奇的湖！”

我们整个的国家，不是也可以说是神奇的么？我这次来领略到的另一个字，就是“变”。和全国任何地方一样，隔些时候去，总会看到变化，变得快，变得好，变得神奇。都锦生织锦厂在我印象中，是一个狭窄的旧式的厂子。这次去，走进一个花木葱茏的大院子，我还以为找错了地方。技术上、管理上的改进和发展，就不用说了。我看到织就的西湖风景，当然羡慕其织工精细，但却想，怎么可能把祖国的锦绣河山织出来呢？不可能的。因为河山在变，在飞跃！最初到花港时，印象中只是个小巧曲折的园子，四周是一片荒芜。这次却见变得开展了，加上好几处绿草坪，种了许多叫不上名字来的花和树，顿觉天地广阔了许多，丰富了许多。那在新鲜的活水中游来游去的金鱼们，一定会知道得更清楚吧。据说，这一处观赏地带原来只有三亩，现在已有二百一十亩。我和数字是没有缘分的，可是这次深深地记住了。这种修葺，是建设中极其次要的一部分，从它可以看出更多的东西……

更何况西湖连性情也变得活泼热闹了，星期天，游人泛舟湖上，真是满湖的笑，满湖的歌！西湖的度量，原也是容得了活泼热闹的。两三人寻幽访韵固然好，许多人畅谈畅游也极佳。见公共汽车往来运载游人，忽又想起东坡的一首江城子：“老夫聊发少年狂，左牵黄，右擎苍，锦帽貂裘，千骑卷平冈。”形容他在密州出猎时的景象。想来他在杭州兴修水利，吟诗问禅之余，当有更盛的情景吧。那时是“倾城随太守”，这时是每个人在公余之暇，来休息身心，享山水之乐。这热闹，不更千百倍地有意思么？

希腊画家亚拍尔曾把自己的画放在街上，自己躲在画后，听取意见。有个鞋匠说人物的鞋子画得不对，他马上改了。这鞋匠又批评别的部分，他忍不住从画后跑出来说，你还是只谈鞋子好了。因为对西湖的印象究竟只是浮光掠影，这篇小文，很可能是鞋匠的议论，然而心到神知，想西湖不会怪我唐突吧？

◎文章品读

写西湖的人历来很多。西子湖畔不知催生了多少文人墨客，留下来多少汗牛充栋的诗章。宗璞的这篇游记却写得别有风情，与众多文人前辈相较，毫不逊色。

宗璞以写小说驰名文坛。《红豆》让她被广大读者认同。然而她的散文《西湖漫笔》一经发表，便立即如小说《红豆》一样，成为广泛流传的名篇。这篇小文不但让作家第一次在散文界得到了认同，而且作品在大浪淘沙的时代洗礼中，也依然完好地保留了艺术的青春。从《西湖漫笔》起，人们谈宗璞，必不可不谈她的散文。其内涵与心思之细腻可见一斑。

《西湖漫笔》起笔不写西湖，而写作家足迹所至的名山大川。从林海到草原再到天下险的华山，信手拈来，侃侃而谈。平生喜好游历的个性彰显无遗。作者曾经去过西湖，然而却像历来赏画一般——曾看过多少遍，也看不出究竟美在哪里。到此次下笔，作者已经是第六次前去探望西子湖。这一回，颇有感悟。

六月里的西湖，无花，无雪，缺少春光，也没有秋意。除了满湖的烟雨，西湖“只仿佛在半醒半睡”中。然而作者仍旧发现了西湖最美的地方。那就是六月烟雨中西湖的“绿”。

对于西湖的绿，作者写来，极为精彩，与老舍、朱自清笔下的绿可以分庭抗礼。她这样写：“雨中去访灵隐，一下车，只觉得绿意扑眼而来。道旁古木参天，苍翠欲滴，似乎飘着的雨丝儿也都是绿的，飞来峰上层层叠叠的树木，有的绿得发黑，深极了，浓极了；有的绿得发蓝，浅极了，亮极了。峰下蜿蜒的小径，布满青苔，直绿到了石头缝里。在冷泉亭上小坐，直觉得遍体生凉，心旷神怡。”没有避实就虚，却让你可视可触。这般直接的描写，直接体现了作者驾控语言的非凡实力。

没有前辈一连串的比喻，抽象的质感，却一样把读者带进了一片铺天盖地的绿色视野中。层次丰富立体，氛围浓郁。又如：“黄龙洞绿得幽，屏风山绿得野，九曲十八涧绿得闲。”文字是何其简约、传神，炼字也是相当精准。

宗璞散文写得好，可是我们能够看到的文字并不多。散文的不多产，从侧面反映了作家创作态度的严谨、庄重，甚而是矜持。事实上，从《西湖漫笔》始，作家也开始有了更高层次的追求。或立意，或风格，均在力求新意，孜孜不倦。

·作者简介·

宗璞（1928～），原名冯钟璞，笔名绿蘩、任小哲等。著名哲学家冯友兰之女。生于北京，祖籍河南。少年时在西南联大附中就读。1951年毕业于清华大学外文系。长期在中国社会科学院外国文学研究所工作。1957年发表小说《红豆》，引起文坛关注。在反右斗争中遭到批判，被下放河北农村。1978年后，笔耕不辍，发表各种文学作品数十万字。其中，《丁香结》获全国优秀散文（集）奖。《弦上的梦》《三生石》分别获全国优秀短、中篇小说奖。其作品多写知识阶层，文笔优雅，含蓄蕴藉，拥有广大的读者群。现为中国作家协会名誉副主席。

老哥哥

●臧克家

秋是怀人的季候。深宵里，床头上叫着蟋蟀，凉风吹一缕明光穿过纸窗来。在我没法合紧双眼的当儿，一个意态龙钟的老人的影像便朦胧在我眼前了。

可以说，我的心无论什么时候都给老哥哥牵着的，在青岛住过了五年，可是除了友情没有什么使我在回忆里怅惘，有那便是老哥哥了。青岛离家很近，起早也不过天把的路程呢。记得在中山路左角一家破旧的低级的交易场中常常可以得到老哥哥的消息。前来的乡人多半是贩卖鸡子回头带一点洋货，老哥哥的孙子，也每年无定时地来跑几趟，他来我总能够知道，临走，我提一个小包亲自跑到嘈杂的交易所里从人丛中从忙乱中唤他出来交到他的手里。

“这是带给老哥哥的一点礼物。”

“这还使得呢！”口在推让着小包却早已接过去了。我知道这点礼物不比鸿毛有分量，然而一想老哥哥用残破的牙齿咀嚼着饼干时的微笑，自己的心又是酸又是甜的。

老哥哥离开我家，算来已经足足十年了。在这个漫长的期间里，我是一只乱飞的鸟，也偶尔地投奔一下故乡的园林。照例，在未到家以前，心先来一阵怕，怕人家说我变了，更怕有些人我已不认识有些人已见不到了。到了家一定还没坐好，就开始问短问长了。心急急想探一下老哥哥的存亡，可是话头却有些不敢往外吐，早晚用话头的偏锋敲出了老哥哥健在的消息心这才放下了。

前年旧年是在家里过的。正月的日子是无底悠闲，便把老哥哥约到我家来了。见了面我还没来得及看清楚他，他却大声喊着说："你瘦了！小时候那样的又胖又白！"从他刚劲的声音里我听出了他的康健了。

"老哥哥，你拖在背上的小辫也秃尖了。"他没有听见，便在我的扶持下爬到我的炕头上了。

我们开始了短短长长的谈话，话头随意乱摆是没有一定的方向的。他的耳朵重听，说话的声音很高，好似他觉得别人的听觉也和他一样似的。用手势，用高腔，不容易把一句话递进他的耳朵里去，他说，他常常挂念着我，他的身子虽然在家里，可是心还在我的家呢。

语丝还缠在嘴角上，可是他已经虎虎地打起鼾声来了，我心里悲伤地说："老哥哥老了！"

呼吸像拉风箱，一霎又咳嗽醒了，愣挣起来吐一口黄痰。他自己仿佛有点不好意思，要我扶他到耳房里去，在那儿也许他觉得舒心一点。五十个年头身下的土炕会印上个血的影子吧？于今用了一把残骨他又重温别过十年的旧梦去了。

傍晚了。来留他住一宿，他一面摇头一面高声说："老了，夜里还得人服侍！日后再见吧！"我用眼泪留他，他像没有看见，起来紧了紧腰踉跄着向外面移步了。我扶着他，走下了西坡，老哥哥的村庄已在炊烟中显出影子来了。

我回步的时候晚霞正灼在西天，回头望望老哥哥，已经有些模糊了，在冷风里只一个黑影在闪。

"日后再见吧！"我一边走着一边回味着老哥哥这句话。但是一个熟透了的果子谁料定它刹那会落呢？

回到家来更念念着老哥哥了。老哥哥真是老哥哥，他来到我家时曾祖父还不过十几岁呢。祖父是在他背上长大，父亲是在他背上长大的，我呢，还是。他是曾祖父的老哥哥，他是祖父和父亲的老哥哥，他是我的老哥哥。

听老人们讲，他到我家来那年不过才二十岁呢。身子铜帮铁底的，一个人可以单拱八百斤重的小车，可是在我记事的时候他已是六十多岁的暮气人了。那时他的活是赶集，喂牲口，农忙了担着饭往坡里送。晒场的时节有时拿一张木叉翻一翻。扬场，他也拾起张锨来扬它几下，别人一面扬一面称赞他说："好手艺，扬出个花来，果真老将出马一个赶俩。”

从我记事以来，祖父没曾叫过他一声老哥哥，都是直呼他老李。曾祖父也是一样。

曾祖父的脾气很暴，好骂人“王八蛋”。他老人家一生起气来，老哥哥就变成“王八蛋”了。

祖父虽然不大骂人，然而那张不大说话的脸子一望见就得叫人害怕。老哥哥赶集少买了一样东西，或是祖父说话他耳聋听不见，那一张冷脸，半天一句的冷话他便伸着头吃上了。我在一边替老哥哥心跳，替老哥哥不平。心里想：“祖父不也是在老哥哥手下长大了的吗？”

老哥哥对我没有那么好的。我都是牵着他的小辫玩。他说故事给我听。他说他才到我家来，我家正是旺时：六曾祖父做大京官，门前那迎风要倒的两对旗杆是他亲手加入竖起来的，那时候人口也多，真是热闹。语气间流露着“繁华歇”的感叹。我小时候最是迷赌，到了输得老鼠洞里也挖不出一个铜钱来的困窘时，我便想到老哥哥的那个小破钱袋来了。钱袋放在他枕头底下，顺手就可以偷到的，早晚他用钱时去摸钱袋，才发现里面已经空空了。他知道这个地道的贼，他一点也不生气。我后来向他自首时是这样说的：“老哥哥，这时我还小呢，等我大了做了官，一定给你银子养老。”

他听了当真地高兴。然而这话曾祖父小时曾说过，祖父小时也曾说过了！

在黄昏，在雨夜，在月明的树下，他的老话便开始了。我侧着耳朵听他说长毛作反，听他说天下掉下彗星来。然而给我印象最深的要数这一次了。那年我八岁，母亲躺在床上，脸上蒙一张白纸，我放声哭了，老哥哥对我说母亲有病，他到吕标去取药吃上就好了。后来给母亲上坟也老是他担着菜盒我跟在后头，一路上他不住地说母亲是叫父亲气死的。“当年大相公，剪了发当革命党，还在外面和别的女人好，你小时穿一件时样的衣裳，姑们问一声‘又是外边那个娘做来的’，这话叫你娘听见，你想心里是什么味？而后，皇帝又一劲儿地杀革命党，你爷戴上假发到处亡命。这两桩事便把你娘致死了。”

老哥哥一天一天地没用了。日夜蜷缩在他那一角炕头上，像吐尽了丝的蚕一样，疲惫抓住了他的心。背屈得像张弓。小辫越显得细了。他的身子简直成了个季候表，一到秋风起来便咯咯地咳嗽起来。

“老李老了！老李老了！”

大家都一齐这么说。年老的人最不易叫人喜欢。于是老哥哥的坏话塞满了祖父的耳朵。大家都讨厌他。讨厌他耳聋，讨厌他咯咯闹得人睡不好觉，讨厌他冬天把炕烧得太热，他一身都是讨厌骨头，好似从来就没有过不讨厌的时候！祖父最会打算，日子太累，废物是得铲除的，于是寻了一点小事便把五十年来的跑里跑外的老哥哥赶走了。我当时的心比老哥哥的还不好过，真想给老哥哥讲讲情，可是望一下祖父的脸，心又冷了。

老哥哥临走泪零零的，口里半诅咒半咕噜着说：“不行了，老了。”每年十二吊钱的工价算清了账，肩一个小包（五十年来劳力的代价）走出了我家的大门。我牵着他的衣角，不放松地跟在后面。

老哥哥儿花女花是没有一点的。他要去找的是一个嗣子。说家是对自己的一个可怜的安慰罢了。但是，不是自己养的儿子，又没有许多东西带去，人家能好好养他的老吗？我在替他担心着呢！

十年过去了，可喜老哥哥还在人间。暑假在家住了一天，没能够见到他。但从三机匠口里听到了老哥哥的消息，他说在西河树行子里碰到老哥哥在背着手看夕照，见了他还亲亲热热地问这问那，他还说老哥哥一心挂念我庄里的人，还待要鼓鼓劲来耍一趟，因为不过二里地的远近，老哥哥自己说脚力还能来得及呢。

又是秋天了。秋风最能吹倒老年人！我已经能赚银子了，老哥哥可还能等得及接受吗？

◎文章品读

臧克家曾经在 20 世纪 30 年代后，陆续以老哥哥为题材写作过诗歌、散文、回忆录等，与老哥哥的感情非常深厚。那么老哥哥是谁呢？作家为什么会对他念念不忘呢？原来，老哥哥曾经是臧家的一名长工。他在壮年时就到了臧家，劳作了半个多世纪。论年纪，比作者的曾祖还要略长。“他是曾祖父的老哥哥，他是祖父和父亲的老哥哥，他是我的老哥哥。”

老哥哥对人非常和善，从小给作者留下了深刻而美好的印象。老人陪他玩，给他讲故事，甚至自己的钱袋被作者偷空也毫不在意。在作者的心里，老哥哥就如同家里的长者，甚至比爷爷都要亲。随着老哥哥日渐年老，身体大不如前，耳聋眼花，记忆力也很差，曾祖父便常常训斥，“(曾祖)一生起气来，老哥哥就变成‘王八蛋’了。”终于在又一次做错事时，老哥哥被辞退了。原因是老哥哥在烧炕时，把臧家少爷的一只鞋烧了，祖父大发雷霆，也借着这个“引子”把老哥哥扫地出门。老哥哥的离开，让作者的心灵受到了极大的震撼。他开始痛恨祖父，并对世态冷暖有了自己的认识。

文中，作者从秋季怀人写起，通过回忆，将老哥哥年迈龙钟的形象勾画了出来。老哥哥晚景孤凄，身患重病。作者每每想及，都辗转反侧，心如刀绞。对老哥哥的思念也愈发强烈。写这篇散文时，老哥哥还健在。1932年旧年过后，老哥哥离去，为一生的悲戚、孤独画上了句号。

散文风格简约清淡，不着丝毫修饰的笔墨。千余字便将作者与老哥哥之间那种依恋的情感展现了出来。作者所刻画出的，不仅是风烛残年的老哥哥的形象，更是一种人类精神世界里原始的牵挂与眷恋。这种情感，这些过往的人和事，是人们成长岁月中不可缺失的一部分。

·作者简介·

臧克家(1905～2004)，山东诸城人。1923年入济南省立第一师范学校学习。受“五四”运动影响，学习写诗。1925年在《语丝》杂志上发表处女作《别十与天罡》。1926年考入中央军事政治学校。大革命失败后，流亡东北。1929年后，继续学习新诗，并得到闻一多、王统照的指点与鼓励。1933年出版第一部诗集《烙印》，该作品以真挚淳朴的风格展现了中国农村的破败，农民的苦难、坚忍与民族的忧患。此后，又陆续出版《罪恶的黑手》《自己的写照》《泥土的歌》《宝贝儿》《生命的零度》等十多部诗作。1936年加入中国文艺家协会。1949年后，历任华北大学文艺学院研究员、中国作协书记处书记、《诗刊》主编等职。粉碎“四人帮”后，开始倾向散文写作。除两次增订《臧克家诗选》外，出版了《怀人集》《诗与生活》及《臧克家抒情散文选》等散文集。

早该说的一些话——祭先父

●苏叔阳

我对先父的感情并不特别深厚，甚而至于可以说，相当淡漠。我们同住在一个城市四十余年，却极少往来。亲情的交流和天伦的欢愉似乎都属于别的父子，我们则是两杯从不同的水管里流出的自来水。

我很少揣测他对我们兄弟的情感，我单知道我自己多少年来对他抱有歧见。我的作品里很少有我自己的经历，更少写到父爱，因为在我自己做父亲之前，我几乎不知道父爱。然而，我常常动情地呼唤普遍的爱心，这也许正是对我所不曾得到的东西的渴求。

我父母的婚姻是典型的"父母之命，媒妁之言"。正准备入护士学校的母亲，辍了学嫁给正在读大学的父亲。他们之间，似乎不能说毫无感情，因为母亲偶尔回忆起当年，说她婚后的日子是快乐而满足的。接着，我们兄弟来到了这个世界。我行三，在我前面有两位哥哥，各比我年长两岁和四岁。我的降生或者是父母间感情恶化的象征。从我记事时起，就极少见到父亲。他同另一位女士结了婚。他的这次结婚究竟如何，我不得而知，记述他的这段往事是我异母妹妹们的任务。我只记得我很小的时候母亲带着我风尘仆仆地追索父亲的足迹，在他的新家门口，鹄立寒风中被羞辱的情景。我六岁的时候，父亲回过一次家，从此杳如黄鹤。只留下一个比我小六岁的妹妹，算是父母感情生活的一个实在的句号。

我的母亲是刚强、能干的女性。我如今的一切都是她无私的赠予。一个失落了爱情和断绝了财源的女人，靠她的十指和汗水，养大了我们兄妹，那恩德与功劳是我永远也无法报偿的。我仅守着对她的挚爱这份宝贵的财富，打算在难以述说别人的故事的时候，再来细细地讲述她的奉献。她从三十岁左右守活寡，直到今日，每一根白发都是她辛苦和奋斗的记录。

在我读大学以前，我几乎不知道父亲的踪迹，一个时时寄托着怨怅和憎恶的影子常在我眼前飘盈，当我知道他就在同一个城市的一所高等学校教书时，我不愿也不敢去见他。

然而，我得感激他。因为靠母亲的力量是无法让我读大学的。记得好像是经过我的母校（中国人民大学）与他所在学校组织上的协助，达成了由父亲供给我与上师范学校的二哥生活费用的协议。不管怎么说，他供养我大学毕业。

从那时起，我开始逐步了解他。而我为他做的第一件事，就是说服我母亲，做她的代理人，同意在法律上结束这早已名存实亡的婚姻。因为一夫两妻的尴尬处境，像一条绳子捆住父亲的手足，使双方家庭都极不愉快，而且影响他政治上的前途。记得受理这案件的法院极其有趣而充满温情，审判员竟然同意我的要求，由我代为起草判决书主文的初稿，以便在判决离婚时，谴责父亲道德上的不当，使母亲的心理上获得平衡。那一张薄纸可以使母亲几十年的悲苦得到宣泄。

这张离婚判决书似乎也使我们本来似有若无的父子关系更趋向于消亡。从1960年至八十年代，悠悠几十载，我们便这样寡淡到连朋友也不如地度过了，度过了。

也许，毕竟血浓于水，亲情谁也不能割断。我们父子间真个是“不思量，自难忘”。每当我有新作问世，哪怕只是一篇短短的千字文，他都格外欣喜，剪下来，藏起来，逢年过节约我们见面时，喜形于色地述说他对我的作品的见解。我呢，从不讳言我有这样一位父亲，每逢到石油部门去采访，都坦率地承认我是石油战线职工的家属，并且“为亲者讳”，从不提起我们之间的龃龉，仿佛我们从来恩爱无比，是一对令人羡慕的父子。

父亲生前是北京石油学院的教授，曾经是中国第一支地球物理勘探队的创建人和领导者，也曾经为石油学院地球物理勘探系的创建付出了心血。他退休后依旧孜孜于事业的探求和对新人的培养，据他的同事和学生说，他是一个诲人不倦，亲切和蔼和事业心极强的好教师。他死后，《光明日报》发表了一篇不短的文章，纪念和表彰他一生的业绩。

他的一生是坎坷的。在旧中国，他所用非学，奔波于许多地方，干一些与他的所长全不相干的事，以求糊口。只有新中国成立后，他才获得了活力，主动地要求到大西北去做石油勘探工作，为祖国的石油工业竭尽自己的力量。他的一生或许是中国知识分子的一个写照。他毕竟死于自己心爱的岗位上，这应当是他最大的安慰。

人生是个充满矛盾的路程。在爱情与婚姻上，他有过于人，给两位不应得到不幸的女人以不幸，但他自己也未必从这不幸中得到幸福。他的家庭生活始终徘徊在巨大的阴影中。这阴影是他造成的，却也有他主宰不了的力量使他蹀躞于痛苦而不能自拔。他在生活上是懦弱的。他的多踌躇而少决断，使他终生在怪圈中爬行，唯有工作，科学，使他的心冲破了自造的樊篱，他的才智也才放出了光彩。

当他的第二位妻子，我从未见过面的另一位“母亲”悄然而逝的时候，不知道什么原因，我对他的一切憎恶、歧见，一下子消失得净尽。对于一个失去了伴侣、老境凄凉的他，油然生出了揪心扯肺般的同情和牵挂。我第一次主动给他写信，要他节哀，要他注意身体，要他放宽心胸，我会侍奉他的天年，还希望他搬来同我一起住。为什么会如此，我至今也说不清。而且，我从此同两位异母妹妹建立了联系，虽然关系不比同母兄妹更密切，但我在感情上已经认定，除了我同母的妹妹之外，我还有两位妹妹。从那时起，我们父子间感情的坚冰融化了。我把过去的一切交给了遗忘，而他，也尽力给我们以关怀，似乎要追回和补偿他应给而没有给我们的感情。

我大约同他一样在感情上是脆弱的。当我第一次接到他的电话，嘱咐我不要太累的时候，我竟然掉下了热泪。这是我生平第一次为父亲流泪，我终于有了一位实实在在的，看得见摸得着，可以像别人的父亲那样来往的父亲。在我年届半百的时候，上天给了我一个父亲，或者说生活把早已失去的父亲还给了我。我从我的已长大成人的儿子们的眼光中看到了惊诧，他们同我一样感到突然，他们的爷爷从模糊的传说的迷雾中走出来清晰地站到了面前。他们甚至有些羞涩和不知所措。不知道该怎样面对一个真实的祖父。对我来说，父亲曾经是个迢遥而朦胧的记忆，除了憎恶便是我不幸的童年的象征，是我母亲那点点热泪的源泉，是她大半生悲苦的制造者。她那开花的青春和一生的愿望都被父亲断送。而今，另一副心肠的父亲，孤单地站在我面前，他希求谅解，他渴望补偿，却再难补偿。我，做为母亲的儿子，一下子“忘了本”，扔掉了所有的忌恨，孩子一样地投到了老爸的怀抱。这或许是我太渴望父爱，太希求父爱的缘故吧。

此后，他不断给我电话和书信，给我送药，约我们见面，纵论家国大事，也关心我的儿子，表现出一个父亲应有的爱心。

我衷心地感激上苍，在我施父爱于儿子的时候，终于尝到了父爱的金苹果。虽然太迟、太少，总算填补了一生的空白。

上苍又是严酷的。这经过半个世纪才拣回来的父爱，又被无情地夺走了。

去年五月，半夜里被电话惊醒，知道父亲突然病危住院，病因不明。我急急地跑到医院，发现他已经处在濒死状态，常常陷入昏迷。他突然莫名其妙地全身失血，缺血性黄疸遍布全身。但他不相信自己会这么快走向坟墓，依旧顽强地遵从医嘱：喝水，量尿，直到他预感自己再也无法抵抗死神时，才开始断断续续述说自己的一生。在我同他不多的交往中，我第一次发现他有如此的勇气和冷静。面对死神，他没有丁点儿的恐惧，他平静地对我和我的异母妹妹述说自己的一生。他说他的父母，他的故乡；说他怎样在穷苦中努力读书，一心要上学；说他的坎坷，说他的愿望；他喟然感叹：“我这一生真不容易……”他还要求为他拿来录音机，不知是要把自己最后的话留给我们，还是再听一遍他关于1990年自己该做些什么工作的设想（他死后我翻拣他的笔记本，见扉页上赫然写着：1990年要在科研上做出新的成绩，写出几篇文章）。听着他断续的话，我再也忍不住，跑到走廊里，让热泪滚滚流下。

他去世的那天凌晨，我跑到他的病房，妹妹一下子抱住我大哭。我伏在他还温热的胸脯上一声声叫着“爸爸”，想把他唤回，他的灵魂应当知道，那一刻，我喊出了过去几十年也没喊过那么多的“爸爸”；我失声痛哭，我不知是哭他还是哭那刚刚得到又遽然而逝的父爱……

他走了。从他告别人生的谈话中，发现他虽有遗憾，但没有惆怅地离开这个世界，只是留给我和我的兄妹们无法述说的隐痛。从小和他生活在一起的两位妹妹，因为失去了他而陷入孤寂；我们则把刚刚得到的又还给了空冥；我们兄妹都突然被抛向了失落。而这失落是我生平第一次体味到的。

他的丧仪可谓隆重，所有的人都称赞他的品格和学识。只有我们才知道他怎样从一个孩子们心目中的坏父亲成为一个为他衷心潸然的好父亲。这是几十年岁月的磨难才换来的。

他把糖尿病遗留给我，让我总也忘不掉他。然而我不恨他，反而爱上了他，并且从他身上看见了良知的光辉。当一个人抛弃了他的过失并且竭力追回正直的时候，就能无愧地勇敢地面对死亡。何况，他生前还那么努力地工作，正如《光明日报》的文章所说的那样，是一支“不灭的红烛”。

我早就应当写这篇文章，然而我不知道怎样分清对他和对母亲的感情。忘记他的过去，似乎有悖于母亲的恩德，然而只记得他的过去，似乎又对不住他后来的爱心。噢，妈妈，我是最最爱您的，相信您会懂得儿子的心，这也正是您教诲我的，应当始终记住别人的好处。况乎，他是我的父亲。

我曾经不爱而今十分爱恋的父亲，您的灵魂或许还在云头徘徊。您可以放心，我们爱您，爱一个过而能改，勤勤恳恳为民族为祖国工作的知识分子，爱一个用余生补偿父爱的父亲。愿您安息！

◎文章品读

这是一篇感人至深的怀念父亲的散文。苏叔阳在作品中鲜有提到父亲，“更少写到父爱，因为在我自己做父亲之前，我几乎不知道父爱。”文章从对父亲的最初印象写起，再写及母亲，从母亲再过渡到父亲，感情也在逐渐转变。由最初的漠然，甚而敌视，到后来的“血浓于水”，直至父亲离世时的“热泪滚滚流下”，感情的脉络清晰、自然，层次分明。

写父爱，作者欲扬先抑，先从母亲的一生写起，让人了解母亲因父亲的作为而遭受了一生的不幸。母亲的每一根白发，都是“她辛苦和奋斗的记录”。在对父亲有了最初的印象后，作者转笔，由自己上学，提及父亲对“我”学业上的资助，父亲的形象由初始的冷漠到有了与亲情第一次接触后的蜕变。而后，一路层层写来，父亲的形象逐渐清晰、立体，我对父亲的看法与认识也得到了转变、升华。

全篇行文朴拙流畅，贯穿始终的是情感的脉络。没有高深的理论，没有华丽的铺垫，有的只是一个儿子对于父亲的情感的点滴记录，感人至深。刘勰曾在《文心雕龙》中说：“人禀七情，应物斯感，感物吟志，莫非自然。”用来评价苏叔阳的散文作品，恰如其分。

·作者简介·

苏叔阳（1938～），河北保定人。曾用笔名舒扬、余平夫。著名作家。1960 年毕业于中国人民大学中共党史系。先后在中国人民大学、河北北京师范学院、北京中医学院等高校任教。1978 年后历任北京电影制片厂编剧、中国电影家协会理事、中国作协理事、中国作协名誉委员。著有话剧《丹心谱》《大院》（又名《左邻右舍》）、《夕照街》，剧本集《苏叔阳剧本选》，小说《婚礼集》《故土》，诗集《关于爱》等。

最初的晚餐

●陈忠实

想到这件难忘的事，忽然联想到“最后的晚餐”这幅名画的名字，不过对我来说，那一次难忘的晚餐不是最后的，而是最初的一次，这就是我平生第一次陪外国人共进的晚餐。

那时候我三十出头，在公社（即现今的乡政府）学大寨正学得忙活。有一天接到省文艺创作研究室（即省作协）的电话，通知我去参加接待一个日本文化访华团。接到电话的最初一瞬就愣住了，我的第一反应是我穿什么衣服呀？我便毫不犹豫地推辞，说我在乡村学大寨的工作多么多么忙。回答说接待人名单是省革委会定的，这是“政治任务”必须完成。这就意味着不许推辞，更不许含糊。

我能进入那个接待作陪的名单，是因为我在《陕西文艺》（即《延河》）上刚刚发表过两个短篇小说，都是注释演绎“阶级斗争”这个“纲”的，而且是被认为演绎注释得不错的。接待作陪的人员组成考虑到方方面面，大学革委会主任、革命演员、革命工程师等，我也算革命的工农兵业余作者。陕西最具影响的几位作家几棵大树都被整垮了，我怎么也清楚我是猴子称王地被列入……

最紧迫的事便是衣服问题。我身上穿的和包袱里包的外衣和衬衣，几乎找不到一件不打补丁的，连袜子也不例外。我那时工资 39 元，连我在内养活着一个五口之家，添一件新衣服大约两年才能做到。为接待外宾而添一件新衣造成家庭经济的失衡，太划不来了。我很快拿定主意，借。

借衣服的对象第一个便瞄中了李旭升。他和我同龄，个头高低身材粗细也都差不多。他的人样俊气且不论，平时穿戴比较讲究，我几乎没见过他衣帽邋遢的时候。他的衣服质料也总是高一档，应该说他的衣着代表着70年代中期我们那个公社地区的最高水平。“四清”运动时，工作组对他在经济问题上的怀疑首先是由他的穿着诱发的，不贪污公款怎么能穿这么阔气的衣服？我借了一件半新的上装和裤子，虽然有点褪色却很平整，大约是哔叽料吧，我已记不清了。衬衣没有借，我的衬衣上的补丁是看不见的。

我带着这一套行头回到驻队的村子。我的三个组员（工作组）经过一番认真的审查，还是觉得太旧了点，而且再三点示我这不是个人问题，是一个“政治影响”问题，影响国家声誉的问题……其中一位老大姐第二天从家里带来了她丈夫的一套黄呢军装，硬要我穿上试试。结果连她自己也失望地摇头了，因为那套属于将军或校官的黄呢军装整个把我装饰得面目全非了，或者是我的老百姓的涣散气性把这套军装搞得不伦不类了。我最后只选用了她丈夫的一双皮鞋，稍微小了点但可以凑合。

第二天中午搭郊区公共车进西安，先到作家协会等候指令。《陕西文艺》副主编贺抒玉见了，又是从头到脚地一番审视，和我的那三位工作组员英雄所见一致：太旧。我没有好意思说透，就这旧衣服还是借来的。她也点示我不能马虎穿戴，这不是个人问题而是“国家影响政治影响”的大事。我从那时候直到现在都为这一点感动，大家都首先考虑国家面子。老贺随即从家里取来李若冰的蓝呢上衣，我换上以后倒很合身。老贺说很好，其他几位编辑都说好，说我整个儿都气派了。

接待作陪的事已经淡忘模糊了，外宾是些什么人也早已忘记，只记得有一位女作家，中年人，大约长我10岁。我第一眼瞧见她首先看见的是那红嘴唇。她挨我坐着，我总是由不得看她的红嘴唇，那么红啊！我竟然暗暗替她操心，如果她单个走在街上，会不会被红卫兵逮住像剪烫发砍高跟鞋一样把她的红嘴唇给割了削了？

那顿晚餐散席之后我累极了，比学大寨拉车挑担还累。

现在，因为工作的关系我常常接待外宾并作陪吃饭，自然不再为一件衣服而惶慌奔走告借了；再说，国家的面子也不需要一个公民靠借来的衣服去撑持了；还有，我也不会为那位日本女作家的红嘴被割削而操心担忧了，因为中国城市女人的红嘴唇已经灿若云霞红如海洋了。

◎文章品读

这篇《最初的晚餐》有着特定的时代背景，即20世纪70年代中期，“文革”还在进行中。文中提及的“学大寨”与上山下乡、红卫兵等词汇都是那个时代的特定产物。本文选取了这样一个政治背景来写作，有着特定的含义。

文中的内容并不复杂。作者刚刚三十出头，正在“公社”率领一干后生、妇女专心学大寨。这时，上级突然让他参加接待一个日本文化访华团的活动。同事们立刻纷纷忙活起来，像装扮新郎一样，给作者打扮了一番。直到人们认为他可以挺起社会主义的伟大形象后，才宣布化妆竣工。席间，作者与一位浓妆艳抹，有着鲜艳的红唇的日本女作家同坐，心中很不平静。之所以有这样的内心波动，与其时的中国现状密不可分。作者在文后说：“我总是由不得看她的红嘴唇，那么红啊！我竟然暗暗替她操心，如果她单个走在街上，会不会被红卫兵逮住像剪烫发砍高跟鞋一样把她的红嘴唇给割了削了？”“那么红啊”是特别的强调，与当时国人的素面朝天、灰暗的着装形成了极大的反差，折射出了一个时代的精神面貌。

在中国的六七十年代，动辄谈政治斗争，一个不经意的生活细节即可能上纲上线，遭遇灭顶之灾。如文中特写的李旭升：“（李旭升）他的衣着代表着70年代中期我们那个公社地区的最高水平。‘四清’运动时，工作组对他在经济问题上的怀疑首先是由他的穿着诱发的，不贪污公款怎么能穿这么阔气的衣服？”正因为身处这样的环境，作者的穿着打扮乃至对外宾的观察都敏感入微，实在是一个时代的症结。末尾从回忆中走出，现实的世界缤纷多彩、日新月异，与昔日情形有了鲜明的对照。

文章用语不多，却足够机警，让人得从管中窥全豹。

·作者简介·

陈忠实（1942～2016），陕西西安人。主要从事小说创作，兼写散文。1965年初开始发表文学作品。1993 年以长篇小说《白鹿原》一举成名，荣获第四届茅盾文学奖。1979 年加入中国作家协会，1982 年进陕西作协分会从事专业创作。曾任陕西省作家协会主席、中国作家协会副主席。出版的作品有：长篇小说集《初夏》《四妹子》《夭折》，短篇小说集《乡村》《到老白杨树背后去》，文论集《创作感受谈》等。

小鸟，你飞向何方

●赵丽宏

在黄昏的微光里，有那清晨的鸟儿来到了我的沉默的鸟巢里。

我喜欢泰戈尔的诗。还在读中学的时候，泰戈尔就把我迷住了，一本薄薄的《飞鸟集》，竟被我纤嫩的手指翻得稀烂。好些充满着光彩和幻想的诗句，曾多少次拨动我少年的心弦……

《飞鸟集》破损了，我渴望再得到一本。然而，"文化革命"一开始，这个小小的愿望，竟成了梦想。我的那本破烂的《飞鸟集》，也被人拿去投入街头烧书的熊熊烈火中。暗红色的灰烬在火光里飞舞，飘飘洒洒，纷纷扬扬。我仿佛看见老态龙钟的泰戈尔在火光里站着，烈火烧红了他的白发，烧红了他的银须，也烧红了他的朴素的白袍。他用他那冷峻而又安详的目光注视着这一切，看着，看着，他的神色变了，似有几许惊恐，几许不安，也有几许愤怒，几许嘲讽……

我还是喜欢泰戈尔。在动乱的岁月里，我默默地背诵着他的诗，以求得几分心灵的安宁。"诗人的风，正出经海洋和森林，求它自己的歌声。"我陶醉在他所描绘的大自然中了——那宁静而又浮躁的海洋，那广袤而又多变的天空，那温暖而又清澈的湖泊，那葱郁而又古老的森林……

有一天，我忽然异想天开了：到旧书店去走走，看能不能找到几本好书。结果，当然叫人失望。但，我发现，有时还会有几本"罪当火烧"的书出现在书架上，或许，这是出于店员的粗心吧。于是，我抱着几分侥幸，三天两头往旧书店跑。一个星期天的早晨，我又走进冷冷清清的旧书店。我的目光，久久地在一排排大红的书脊中扫动，突然，我的眼睛发亮了：一条翠绿色的书脊，赫然跻身在一片红色之间，啊，竟是《飞鸟集》！

该不会有另一种《飞鸟集》吧？我不相信自己的眼睛，仔细一看，果真有泰戈尔的名字。随即，我又紧张了，是的，这年头，得而复失的太多了。挤压着《飞鸟集》的一片绿色，又使我想起街头那一堆堆焚书的烈火，那漫天飞扬的纸灰……我赶紧向书架伸出手去。

几乎是同时，旁边也伸出一只手来，两只手，都紧紧地捏住了《飞鸟集》。这是一只瘦小白皙的手，一只小姑娘的手。我转过脸来，正迎上两道清亮的目光——一个中学生模样的小姑娘站在我身旁，抬起脸看着我，白圆的脸上，一双清秀的眼睛眨巴眨巴地闪动着，像一潭清澈见底的泉水，微波起伏，平静中略带点惊讶。

我愣住了，手捏着书脊，不知如何是好。还是她开了口："你也要它吗？那就给你吧。"声音清脆得像小鸟在唱歌。

我的脑海里忽然旋起个念头：在这样的时候，她还会喜欢泰戈尔？莫非，她根本不知道这是怎样一本书？于是，我轻轻问道："你知道，这是谁的书？"

"谁的书？"小姑娘抬起头来，颇有些惊奇地看着我，秀美的眼睛睁得滚圆，转而开心地笑起来，一边笑，一边做了个鬼脸："这是一个老爷爷的书，一个满脸白胡子的印度老爷爷。我喜欢他。"说罢，用手做着捋胡子的样子，又格格地笑了。如同平静的池塘里投进一颗石子，笑声，在静静的店堂里荡漾……

啊，还真是个熟悉泰戈尔的！我多么想和她谈谈泰戈尔，谈谈我所喜欢的那些作家，谈谈几乎已被人们遗忘了的世界啊！然而，这样的年头，这样的场合，这样的谈话肯定是不合时宜的，即使年轻，我还是懂得这一点。小姑娘见我呆呆地不吭声，唰地一下把《飞鸟集》从书架上抽下来，塞到我手中："给你吧，我家里还藏着一本呢！"没等我做出任何反应，她已经转身去了。我只看见她的背影：一件浅紫色的衬衫，上面开满了白色的小花；两根垂到腰间的长辫，随着她轻快的脚步摆动……

她走了，像一缕轻盈的风，像一阵清凉的雨，像一曲优美的歌……

夏天的飞鸟，飞到我窗前唱歌，又飞去了。

旧书店里的那次邂逅，留给我的印象竟是那么强烈。真的，生活中有些偶然发生的事情，有时会深深地刻进记忆中，永远也忘记不了。我不知道那个小姑娘的名字，甚至没有看仔细她的容貌，但，她从此却常常地闯到我的记忆中来了。当我看着那些在街头吸烟，无聊，踯躅的青年，心头忧郁发闷的时候，当我读着那些大吹“知识越多越反动”的奇文，两眼茫然迷离的时候，她，就会悄悄地站到我的面前，眨着一对明亮的眼睛，莞尔一笑，把一本《飞鸟集》塞到我手中，然后，是那唱歌一般悦耳的声音:“这是一个老爷爷的书，给你吧，我家里还藏着一本呢！”……

她使我惶乱的思想得到一丝欣慰，她使我空虚的心灵得到几分充实。她使我相信: 并不是所有的青年人都忘记了世界，抛弃了前人创造的文化，抛弃了那些属于全体人类的美的事物!

有时，我真想再见到这位小姑娘，可是，偌大个城市，哪里找得到她呢? 有时，我却又怕见到她。因为，在这些岁月里，有多少纯真的青年人变了，变得世故，变得粗俗，就像炎夏久旱之后的秧苗，失去了水灵灵的翠绿，萎缩了，枯黄了。我怕再见到她以后，便会永远丢失那段美好的回忆。

一次，我在街上走着，迎面过来几个时髦的姑娘，飘拂潇洒的波浪长发，色调深艳的喇叭裤子，高跟鞋踏得笃笃作响，香脂味随着轻风飘漾。她们指手画脚大声谈笑着，毫无顾忌，似乎故意招摇过市，引得路人纷纷投去惊奇的目光，目光中不无鄙视。对那些衣着打扮，我倒并没有多少反感，只是她们的神态……

我忽然发现，这中间有一张似曾相识的脸——啊，难道是她? 是那个在书店遇见的姑娘! 真有点像呀! 我的心不禁一阵抽搐。我迎上去，想打招呼，她却根本不认识我，连看都不看一眼，勾着女伴的颈脖，嘻笑着从我身边走过去。哦，不是她，但愿不是她! 我默默地安慰着自己，呆立在路边，闭上了眼睛……

是的，这决不会是她。然而，这件小事却给我心头重重一击。工作之余，我又打开泰戈尔的诗集。泰戈尔，这位异国的诗人，毕竟离我们遥远了，他怎么能回答我们这一代青年人的疑虑和苦恼呢! 他的一些含着神秘色彩的诗句，竟使我增添许多莫名的忧愁和烦闷。“有些看不见的手指，如懒懒的微风似的，正在我的心上，奏着潺湲的乐声。”啊，“我知道我的忧伤会伸展开它的红玫瑰叶子，把心开向太阳！”

冬天的小鸟啁啾着，要飞向何方?

历尽了一场肃杀的寒冬，春天来了。经过冰雪的煎熬，经过风暴的洗礼，多少年轻的心灵复苏了，他们告别了愚昧，告别了忧郁，告别了轻狂，向光明的未来迈开了脚步。就像泥土里的种子，悄悄地萌发出水灵灵的嫩芽，使劲顶出地面，在春风春雨里舒展开青翠的枝叶……

恍若梦境，我竟考上了大学，去报到之前，我清理着我的小小的书库，找几本心爱的书随身带着，第一本，就想到了《飞鸟集》。啊，她在哪里呢？那个许多年前在书店里遇见的小姑娘！此刻，即使她站到我面前，我大概也不会认识她了，可是，我多么想知道，她在哪里……

人流，长长不断的人流，浩浩荡荡涌向校门。我随着报到的人群，慢慢地向前走着。不知怎的，我仿佛有一种预感——在这重进校门的队伍中，会遇见她。于是，我频频四顾，在人群中寻找着。

一次又一次，我似乎见到了她——她背着书包走过来了，脚步，已不似当年轻盈，却稳重了，坚定了；身上，还是那一件淡紫色的衬衫，上面开满了白色的小花；两根垂到腰间的长辫，轻轻地晃动着……

这不过是幻觉而已，我找不到她。在这支源源不绝的人流里，有那么多的小伙，那么多的姑娘，哪有这样巧的事情呢。可是，我的心头还是涌起了几分惆怅，眼前，仿佛又掠过几年前在街头见到的那一幕……

有人撞到我的脚跟上，我一下子从沉思中惊醒。身边，是笑声，是歌声，是脚步声。我不禁哑然失笑，脑海中，突然跳出几行不知是谁写的诗句来：

你呀，你呀，何必那么傻，
经过一场风寒，就以为万物肃杀……
闻一闻风儿中春的芳馨呢，
生活，总要向美好转化！

我抬起头来，幽蓝的天空，辽远而又纯净——这是春天的晴空啊！一群又一群鸟儿从远方来了，它们欢叫着，抖动着翅膀，划过透明的青天，飞啊，飞啊，飞……

◎文章品读

本篇散文创作于20世纪80年代。当时“文革”刚刚结束，中国社会百废待兴，万物萌苏。作者的视角正处在这一过渡时期。

文章中，作者三次化用了泰戈尔《飞鸟集》中有关小鸟的诗句。在结构上，既起到了领起下文的作用，又将鸟儿的意象同作者身处的社会环境紧密地联系起来，成功地发挥了深化篇章主题的作用。如文章开篇，“在黄昏的微光里，有那清晨的鸟儿来到了我的沉默的鸟巢里。”黄昏、清晨的鸟儿、沉默均指代不同的事物：“文革”中沉闷的社会、心灵的萌芽及空间。当写一名因《飞鸟集》出现而又迅速消失的小女孩时，作者又引用诗句“夏天的飞鸟，飞到我窗前唱歌，又飞去了”，有着明显的象征意味。当泰戈尔的诗句第三次出现，文章所要表达的主旨也清晰起来。“冬天的小鸟啁啾着，要飞向何方？”是一种疑问，也是一种困惑——“肃杀的寒冬”过后，自由、理想、追求，又将走向何方呢？这其中既有一个时代结束后的焦虑、懵懂，也充满了新青年对知识、理想的向往与渴求。整篇散文，看似无意的鸟儿问答、铺展，实则描绘了作者对美好事物的追逐过程中艰难的心路历程。

·作者简介·

赵丽宏（1951～），上海市崇明县人。1968年高中毕业后，回乡插队。做过教师、木匠、乡邮员等多种工作。1978年考入华东师范大学中文系，开始创作诗歌和散文。1982年大学毕业，在《萌芽》杂志社任职。曾任上海市青年联合会副主席、全国政协委员。现为上海作协副主席。著有《珊瑚》《生命草》《心画》等几十部诗集、散文集、报告文学集。其中，散文集《诗魂》获中国新时期优秀散文集奖，《日晷之影》获首届“冰心散文奖”。

我与地坛

●史铁生

一

我在好几篇小说中都提到过一座废弃的古园，实际就是地坛。

许多年前旅游业还没有开展，园子荒芜冷落得如同一片野地，很少被人记起。

地坛离我家很近。或者说我家离地坛很近。总之，只好认为这是缘分。地坛在我出生前四百多年就坐落在那儿了，而自从我的祖母年轻时带着我父亲来到北京，就一直住在离它不远的地方——五十多年间搬过几次家，可搬来搬去总是在它周围，而且是越搬离它越近了。我常觉得这中间有着宿命的味道：仿佛这古园就是为了等我，而历尽沧桑在那儿等待了四百多年。

它等待我出生，然后又等待我活到最狂妄的年龄上忽地残废了双腿。四百多年里，它一面剥蚀了古殿檐头浮夸的琉璃，淡褪了门壁上炫耀的朱红，坍塌了一段段高墙又散落了玉砌雕栏，祭坛四周的老柏树愈见苍幽，到处的野草荒藤也都茂盛得自在坦荡。

这时候想必我是该来了。十五年前的一个下午，我摇着轮椅进入园中，它为一个失魂落魄的人把一切都准备好了。那时，太阳循着亘古不变的路途正越来越大，也越红。在满园弥漫的沉静光芒中，一个人更容易看到时间，并看见自己的身影。

自从那个下午我无意中进了这园子，就再没长久地离开过它。

我一下子就理解了它的意图。正如我在一篇小说中所说的："在人口密聚的城市里，有这样一个宁静的去处，像是上帝的苦心安排。"

两条腿残废后的最初几年，我找不到工作，找不到去路，忽然间几乎什么都找不到了，我就摇了轮椅总是到它那儿去，仅为着那儿是可以逃避一个世界的另一个世界。我在那篇小说中写道："没处可去我便一天到晚耗在这园子里。跟上班下班一样，别人去上班我就摇了轮椅到这儿来。园子无人看管，上下班时间有些抄近路的人们从园中穿过，园子里活跃一阵，过后便沉寂下来。"

"园墙在金晃晃的空气中斜切下一溜荫凉，我把轮椅开进去，把椅背放倒，坐着或是躺着，看书或者想事，撅一杈树枝左右拍打，驱赶那些和我一样不明白为什么要来这世上的小昆虫。""蜂儿如一朵小雾稳稳地停在半空；蚂蚁摇头晃脑捋着触须，猛然间想透了什么，转身疾行而去；瓢虫爬得不耐烦了，累了祈祷一回便支开翅膀，忽悠一下升空了；树干上留着一只蝉蜕，寂寞如一间空屋；露水在草叶上滚动，聚集，压弯了草叶轰然坠地摔开万道金光。"

"满园子都是草木竞相生长弄出的响动，窸窸窣窣片刻不息。"这都是真实的记录。园子荒芜但并不衰败。

除去几座殿堂我无法进去，除去那座祭坛我不能上去而只能从各个角度张望它，地坛的每一棵树下我都去过，差不多它的每一米草地上都有过我的车轮印。无论是什么季节，什么天气，什么时间，我都在这园子里待过。有时候待一会儿就回家，有时候就待到满地上都亮起月光。记不清都是在它的哪些角落里了。我一连几小时专心致志地想关于死的事，也以同样的耐心和方式想过我为什么要出生。这样想了好几年，最后事情终于弄明白了：一个人，出生了，这就不再是一个可以辩论的问题，而只是上帝交给他的一个事实；上帝在交给我们这件事实的时候，已经顺便保证了它的结果，所以死是一件不必急于求成的事，死是一个必然会降临的节日。这样想过之后我安心多了，眼前的一切不再那么可怕。比如你起早熬夜准备考试的时候，忽然想起有一个长长的假期在前面等待你，你会不会觉得轻松一点？并且庆幸并且感激这样的安排？剩下的就是怎样活的问题了，这却不是在某一个瞬间就能完全想透的、不是一次性能够解决的事，怕是活多久就要想它多久了，就像是伴你终生的魔鬼或恋人。所以，十五年了，我还是总得到那古园里去，去它的老树下或荒草边或颓墙旁，去默坐，去呆想，去推开耳边的嘈杂理一理纷乱的思绪，去窥看自己的心魂。

十五年中，这古园的形体被不能理解它的人肆意雕琢，幸好有些东西是任谁也不能改变它的。譬如祭坛石门中的落日，寂静的光辉平铺的一刻，地上的每一个坎坷都被映照得灿烂；譬如在园中最为落寞的时间，一群雨燕便出来高歌，把天地都叫喊得苍凉；譬如冬天雪地上孩子的脚印，总让人猜想他们是谁，曾在哪儿做过些什么、然后又都到哪儿去了；譬如那些苍黑的古柏，你忧郁的时候它们镇静地站在那儿，你欣喜的时候它们依然镇静地站在那儿，它们没日没夜地站在那儿，从你没有出生一直站到这个世界上又没了你的时候；譬如暴雨骤临园中，激起一阵阵灼烈而清纯的草木和泥土的气味，让人想起无数个夏天的事件；譬如秋风忽至，再有一场早霜，落叶或飘摇歌舞或坦然安卧，满园中播散着熨帖而微苦的味道。味道是最说不清楚的。味道不能写只能闻，要你身临其境去闻才能明了。味道甚至是难于记忆的，只有你又闻到它你才能记起它的全部情感和意蕴。所以我常常要到那园子里去。

二

现在我才想到，当年我总是独自跑到地坛去，曾经给母亲出了一个怎样的难题。

她不是那种光会疼爱儿子而不懂得理解儿子的母亲。她知道我心里的苦闷，知道不该阻止我出去走走，知道我要是老待在家里结果会更糟，但她又担心我一个人在那荒僻的园子里整天都想些什么。我那时脾气坏到极点，经常是发了疯一样地离开家，从那园子里回来又中了魔似的什么话都不说。母亲知道有些事不宜问，便犹犹豫豫地想问而终于不敢问，因为她自己心里也没有答案。她料想我不会愿意她跟我一同去，所以她从未这样要求过，她知道得给我一点独处的时间，得有这样一段过程。她只是不知道这过程得要多久，和这过程的尽头究竟是什么。每次我要动身时，她便无言地帮我准备，帮助我上了轮椅车，看着我摇车拐出小院；这以后她会怎样，当年我不曾想过。

有一回我摇车出了小院，想起一件什么事又反身回来，看见母亲仍站在原地，还是送我走时的姿势，望着我拐出小院去的那处墙角，对我的回来竟一时没有反应。待她再次送我出门的时候，她说："出去活动活动，去地坛看看书，我说这挺好。"许多年以后我才渐渐听出，母亲这话实际上是自我安慰，是暗自的祷告，是给我的提示，是恳求与嘱咐。只是在她猝然去世之后，我才有余暇设想。当我不在家里的那些漫长的时间，她是怎样心神不定坐卧难宁，兼着痛苦与惊恐与一个母亲最低限度的祈求。现在我可以断定，以她的聪慧和坚忍，在那些空落的白天后的黑夜，在那不眠的黑夜后的白天，她思来想去最后准是对自己说："反正我不能不让他出去，未来的日子是他自己的，如果他真的要在那园子里出了什么事，这苦难也只好我来承担。"在那段日子里——那是好几年长的一段日子，我想我一定使母亲做过了最坏的准备了，但她从来没有对我说过："你为我想想。"事实上我也真的没为她想过。那时她的儿子，还太年轻，还来不及为母亲想，他被命运击昏了头，一心以为自己是世上最不幸的一个，不知道儿子的不幸在母亲那儿总是要加倍的。她有一个长到二十岁上忽然截瘫了的儿子，这是她唯一的儿子；她情愿截瘫的是自己而不是儿子，可这事无法代替；她想，只要儿子能活下去哪怕自己去死呢也行，可她又确信一个人不能仅仅是活着，儿子得有一条路走向自己的幸福；而这条路呢，没有谁能保证她的儿子终于能找到。——这样一个母亲，注定是活得最苦的母亲。

有一次与一个作家朋友聊天，我问他学写作的最初动机是什么？他想了一会儿说："为我母亲。为了让她骄傲。"我心里一惊，良久无言。回想自己最初写小说的动机，虽不似这位朋友的那般单纯，但如他一样的愿望我也有，且一经细想，发现这愿望也在全部动机中占了很大比重。这位朋友说："我的动机太低俗了吧？"我光是摇头，心想低俗并不见得低俗，只怕是这愿望过于天真了。他又说："我那时真就是想出名，出了名让别人羡慕我母亲。"我想，他比我坦率。我想，他又比我幸福，因为他的母亲还活着。而且我想，他的母亲也比我的母亲运气好，他的母亲没有一个双腿残废的儿子，否则事情就不这么简单。

在我的头一篇小说发表的时候，在我的小说第一次获奖的那些日子里，我真是多么希望我的母亲还活着。我便又不能在家里待了，又整天整天独自跑到地坛去，心里是没头没尾的沉郁和哀怨，走遍整个园子却怎么也想不通：母亲为什么就不能再多活两年？为什么在她儿子就快要碰撞开一条路的时候，她却忽然熬不住了？莫非她来此世上只是为了替儿子担忧，却不该分享我的一点点快乐？她匆匆离我去时才只有四十九呀！有那么一会儿，我甚至对世界对上帝充满了仇恨和厌恶。后来我在一篇题为“合欢树”的文章中写道：“我坐在小公园安静的树林里，闭上眼睛，想，上帝为什么早早地召母亲回去呢？很久很久，迷迷糊糊的我听见了回答：‘她心里太苦了，上帝看她受不住了，就召她回去。’我似乎得了一点安慰，睁开眼睛，看见风正从树林里穿过。”小公园，指的也是地坛。

只是到了这时候，纷纭的往事才在我眼前幻现得清晰，母亲的苦难与伟大才在我心中渗透得深彻。上帝的考虑，也许是对的。

摇着轮椅在园中慢慢走，又是雾罩的清晨，又是骄阳高悬的白昼，我只想着一件事：母亲已经不在了。在老柏树旁停下，在草地上在颓墙边停下，又是处处虫鸣的午后，又是鸟儿归巢的傍晚，我心里只默念着一句话：可是母亲已经不在了。把椅背放倒，躺下，似睡非睡挨到日没，坐起来，心神恍惚，呆呆地直坐到古祭坛上落满黑暗然后再渐渐浮起月光，心里才有点明白，母亲不能再来这园中找我了。

曾有过好多回，我在这园子里待得太久了，母亲就来找我。她来找我又不想让我发觉，只要见我还好好地在这园子里，她就悄悄转身回去，我看见过几次她的背影。我也看见过几回她四处张望的情景，她视力不好，端着眼镜像在寻找海上的一条船，她没看见我时我已经看见她了，待我看见她也看见我了我就不去看她，过一会儿我再抬头看她就又看见她缓缓离去的背影。我单是无法知道有多少回她没有找到我。有一回我坐在矮树丛中，树丛很密，我看见她没有找到我；她一个人在园子里走，走过我的身旁，走过我经常待的一些地方，步履茫然又急迫。我不知道她已经找了多久还要找多久，我不知道为什么我决意不喊她——但这绝不是小时候的捉迷藏，这也许是出于长大了的男孩子的倔强或羞涩？但这倔只留给我痛悔，丝毫也没有骄傲。我真想告诫所有长大了的男孩子，千万不要跟母亲来这套倔强，羞涩就更不必，我已经懂了可我已经来不及了。

儿子想使母亲骄傲，这心情毕竟是太真实了，以致使“想出名”这一声名狼藉的念头也多少改变了一点形象。这是个复杂的问题，且不去管它了罢。随着小说获奖的激动逐日暗淡，我开始相信，至少有一点我是想错了：我用纸笔在报刊上碰撞开的一条路，并不就是母亲盼望我找到的那条路。年年月月我都到这园子里来，年年月月我都要想，母亲盼望我找到的那条路到底是什么。

母亲生前没给我留下过什么隽永的哲言，或要我恪守的教诲，只是在她去世之后，她艰难的命运，坚忍的意志和毫不张扬的爱，随光阴流转，在我的印象中愈加鲜明深刻。

有一年，十月的风又翻动起安详的落叶，我在园中读书，听见两个散步的老人说："没想到这园子有这么大。"我放下书，想，这么大一座园子，要在其中找到她的儿子，母亲走过了多少焦灼的路。多年来我头一次意识到，这园中不单是处处都有过我的车辙，有过我的车辙的地方也都有过母亲的脚印。

三

如果以一天中的时间来对应四季，当然春天是早晨，夏天是中午，秋天是黄昏，冬天是夜晚。如果以乐器来对应四季，我想春天应该是小号，夏天是定音鼓，秋天是大提琴，冬天是圆号和长笛。要是以这园子里的声响来对应四季呢？那么，春天是祭坛上空飘拂着的鸽子的哨音，夏天是冗长的蝉歌和杨树叶子哗啦啦地对蝉歌的取笑，秋天是古殿檐头的风铃响，冬天是啄木鸟随意而空旷的啄木声。以园中的景物对应四季，春天是一径时而苍白时而黑润的小路，时而明朗时而阴晦的天上摇荡着的串串杨花；夏天是一条条耀眼而灼人的石凳，或阴凉而爬满了青苔的石阶，阶下有果皮，阶上有半张被坐皱的报纸；秋天是一座青铜的大钟。在园子的西北角上曾丢弃着一座很大的铜钟，铜钟与这园子一般年纪，浑身挂满绿锈，文字已不清晰；冬天，是林中空地上几只羽毛蓬松的老麻雀。以心绪对应四季呢？春天是卧病的季节，否则人们不易发觉春天的残忍与渴望；夏天，情人们应该在这个季节里失恋，不然就似乎对不起爱情；秋天是从外面买一棵盆花，回家的时候，把花搁在阔别了的家中，并且打开窗户把阳光也放进屋里，慢慢回忆慢慢整理一些发过霉的东西；冬天是伴着火炉和书，一遍遍坚定不死的决心，写一些并不发出的信。还可以用艺术形式对应四季，这样春天就是一幅画，夏天是一部长篇小说，秋天是一首短歌或诗，冬天是一群雕塑。以梦呢？以梦对应四季呢？春天是树尖上的呼喊，夏天是呼喊中的细雨，秋天是细雨中的土地，冬天是干净的土地上的一只孤零的烟斗。

因为这园子，我常感恩于自己的命运。

我甚至现在就能清楚地看见，一旦有一天我不得不长久地离开它，我会怎样想念它，我会怎样想念它并且梦见它，我会怎样因为不敢想念它而梦也梦不到它。

四

现在让我想想，十五年中坚持到这园子来的人都是谁呢？好像只剩了我和一对老人。

十五年前，这对老人还只能算是中年夫妇，我则货真价实还是个青年。他们总是在薄暮时分来园中散步，我不大弄得清他们是从哪边的园门进来，一般来说他们是逆时针绕这园子走。男人个子很高，肩宽腿长，走起路来目不斜视，胯以上直至脖颈挺直不动；他的妻子攀了他一条胳膊走，也不能使他的上身稍有松懈。

女人个子却矮，也不算漂亮，我无端地相信她必出身于家道中衰的名门富族；她攀在丈夫胳膊上像个娇弱的孩子，她向四周观望似总含着恐惧，她轻声与丈夫谈话，见有人走近就立刻怯怯地收住话头。我有时因为他们而想起冉阿让与柯赛特，但这想法并不巩固，他们一望即知是老夫老妻。两个人的穿着都算得上考究，但由于时代的演进，他们的服饰又可以称为古朴了。他们和我一样，到这园子里来几乎是风雨无阻，不过他们比我守时。我什么时间都可能来，他们则一定是在暮色初临的时候。刮风时他们穿了米色风衣，下雨时他们打了黑色的雨伞。夏天他们的衬衫是白色的，裤子是黑色的或米色的，冬天他们的呢子大衣又都是黑色的，想必他们只喜欢这三种颜色。他们逆时针绕这园子一周，然后离去。

他们走过我身旁时只有男人的脚步响，女人像是贴在高大的丈夫身上跟着漂移。我相信他们一定对我有印象，但是我们没有说过话，我们互相都没有想要接近的表示。十五年中，他们或许注意到一个小伙子进入了中年，我则看着一对令人羡慕的中年情侣不觉中成了两个老人。

曾有过一个热爱唱歌的小伙子，他也是每天都到这园中来，来唱歌，唱了好多年，后来不见了。他的年纪与我相仿，他多半是早晨来，唱半小时或整整唱一个上午，估计在另外的时间里他还得上班。我们经常在祭坛东侧的小路上相遇，我知道他是到东南角的高墙下去唱歌，他一定猜想我去东北角的树林里做什么。我找到我的地方，抽几口烟，便听见他谨慎地整理歌喉了。他反反复复唱那么几首歌。"文化革命"没过去的时候，他唱"蓝蓝的天上白云飘，白云下面马儿跑……"我老也记不住这歌的名字。"文革"后，他唱《货郎与小姐》中那首最为流传的咏叹调。"卖布——卖布嘞，卖布——卖布嘞！"我记得这开头的一句他唱得很有声势，在早晨清澈的空气中，货郎跑遍园中的每一个角落去恭维小姐。

"我交了好运气，我交了好运气，我为幸福唱歌曲……"然后他就一遍一遍地唱，不让货郎的激情稍减。依我听来，他的技术不算精到，在关键的地方常出差错，但他的嗓子是相当不坏的，而且唱一个上午也听不出一点疲惫。太阳也不疲惫，把大树的影子缩小成一团，把疏忽大意的蚯蚓晒干在小路上，将近中午，我们又在祭坛东侧相遇，他看一看我，我看一看他，他往北去，我往南去。日子久了，我感到我们都有结识的愿望，但似乎都不知如何开口，于是互相注视一下终又都移开目光擦身而过；这样的次数一多，便更不知如何开口了。终于有一天——一个丝毫没有特点的日子，我们互相点了一下头。他说："你好。"我说："你好。"他说："回去啦？"我说："是，你呢？"他说："我也该回去了。"我们都放慢脚步（其实我是放慢车速），想再多说几句，但仍然是不知从何说起，这样我们就都走过了对方，又都扭转身子面向对方。

他说："那就再见吧。"我说："好，再见。"便互相笑笑各走各的路了。但是我们没有再见，那以后，园中再没了他的歌声，我才想到，那天他或许是有意与我道别的，也许他考上了哪家专业文工团或歌舞团了吧？真希望他如他歌里所唱的那样，交了好运气。

还有一些人，我还能想起一些常到这园子里来的人。有一个老头，算得一个真正的饮者；他在腰间挂一个扁瓷瓶，瓶里当然装满了酒，常来这园中消磨午后的时光。他在园中四处游逛，如果你不注意你会以为园中有好几个这样的老头，等你看过了他卓尔不群的饮酒情状，你就会相信这是个独一无二的老头。他的衣着过分随便，走路的姿态也不慎重，走上五六十米路便选定一处地方，一只脚踏在石凳上或土埂上或树墩上，解下腰间的酒瓶，解酒瓶的当儿眯起眼睛把一百八十度视角内的景物细细看一遭，然后以迅雷不及掩耳之势倒一大口酒入肚，把酒瓶摇一摇再挂向腰间，平心静气地想一会儿什么，便走下一个五六十米去。还有一个捕鸟的汉子，那岁月园中人少，鸟却多，他在西北角的树丛中拉一张网，鸟撞在上面，羽毛戗在网眼里便不能自拔。他单等一种过去很多但现在非常罕见的鸟，其他的鸟撞在网上他就把它们摘下来放掉，他说已经有好多年没等到那种罕见的鸟，他说他再等一年看看到底还有没有那种鸟，结果他又等了好多年。早晨和傍晚，在这园子里可以看见一个中年女工程师，早晨她从北向南穿过这园子去上班，傍晚她从南向北穿过这园子回家。事实上我并不了解她的职业或者学历，但我以为她必是学理工的知识分子，别样的人很难有她那般的素朴并优雅。当她在园子穿行的时刻，四周的树林也仿佛更加幽静，清淡的日光中竟似有悠远的琴声，比如说是那曲《献给艾丽丝》才好。我没有见过她的丈夫，没有见过那个幸运的男人是什么样子，我想象过却想象不出，后来忽然懂了想象不出才好，那个男人最好不要出现。她走出北门回家去。

我竟有点担心，担心她会落入厨房，不过，也许她在厨房里劳作的情景更有另外的美吧，当然不能再是《献给艾丽丝》，是个什么曲子呢？还有一个人，是我的朋友，他是个最有天赋的长跑家，但他被埋没了。他因为在“文革”中出言不慎而坐了几年牢，出来后好不容易找了个拉板车的工作，样样待遇都不能与别人平等，苦闷极了便练习长跑。那时他总来这园子里跑，我用手表为他计时。他每跑一圈向我招下手，我就记下一个时间。每次他要环绕这园子跑二十圈，大约两万米。他盼望以他的长跑成绩来获得政治上真正的解放，他以为记者的镜头和文字可以帮他做到这一点。第一年他在春节环城赛上跑了第十五名，他看见前十名的照片都挂在了长安街的新闻橱窗里，于是有了信心。第二年他跑了第四名，可是新闻橱窗里只挂了前三名的照片，他没灰心。第三年他跑了第七名，橱窗里挂前六名的照片，他有点怨自己。第四年他跑了第三名，橱窗里却只挂了第一名的照片。第五年他跑了第一名——他几乎绝望了，橱窗里只有一幅环城赛群众场面的照片。那些年我们俩常一起在这园子里待到天黑，开怀痛骂，骂完沉默着回家，分手时再互相叮嘱：先别去死，再试着活一活看。现在他已经不跑了，年岁太大了，跑不了那么快了。

最后一次参加环城赛，他以三十八岁之龄又得了第一名并破了纪录，有一位专业队的教练对他说："我要是十年前发现你就好了。"他苦笑一下什么也没说，只在傍晚又来这园中找到我，把这事平静地向我叙说一遍。不见他已有好几年了，现在他和妻子和儿子住在很远的地方。

这些人现在都不到园子里来了，园子里差不多完全换了一批新人。十五年前的旧人，现在就剩我和那对老夫老妻了。有那么一段时间，这老夫老妻中的一个也忽然不来，薄暮时分唯男人独自来散步，步态也明显迟缓了许多，我心悬了很久，怕是那女人出了什么事。幸好过了一个冬天那女人又来了，两个人仍是逆时针绕着园子走，一长一短两个身影恰似钟表的两支指针；女人的头发白了许多，但依旧攀着丈夫的胳膊走得像个孩子。"攀"这个字用得不恰当了，或许可以用"搀"吧，不知有没有兼具这两个意思的字。

五

我也没有忘记一个孩子——一个漂亮而不幸的小姑娘。十五年前的那个下午，我第一次到这园子里来就看见了她，那时她大约三岁，蹲在斋宫西边的小路上捡树上掉落的"小灯笼"。那儿有几棵大栾树，春天开一簇簇细小而稠密的黄花，花落了便结出无数如同三片叶子合抱的小灯笼，小灯笼先是绿色，继而转白，再变黄，成熟了掉落得满地都是。小灯笼精巧得令人爱惜，成年人也不免捡了一个还要捡一个。小姑娘咿咿呀呀地跟自己说着话，一边捡小灯笼；她的嗓音很好，不是她那个年龄所常有的那般尖细，而是很圆润甚或是厚重，也许是因为那个下午园子里太安静了。我奇怪这么小的孩子怎么一个人跑来这园子里？我问她住在哪儿？她随便指一下，就喊她的哥哥，沿墙根一带的茂草之中便站起一个七八岁的男孩，朝我望望，看我不像坏人便对他的妹妹说"我在这儿呢"，又伏下身去，他在捉什么虫子。他捉到螳螂、蚂蚱、知了和蜻蜓，来取悦他的妹妹。有那么两三年，我经常在那几棵大栾树下见到他们，兄妹俩总是在一起玩，玩得和睦融洽，都渐渐长大了些。之后有很多年没见到他们。我想他们都在学校里吧，小姑娘也到了上学的年龄，必是告别了孩提时光，没有很多机会来这儿玩了。这事很正常，没理由太搁在心上，若不是有一年我又在园中见到他们，肯定就会慢慢把他们忘记。

那是个礼拜日的上午。那是个晴朗而令人心碎的上午，时隔多年，我竟发现那个漂亮的小姑娘原来是个弱智的孩子。我摇着车到那几棵大栾树下去，恰又是遍地落满了小灯笼的季节；当时我正为一篇小说的结尾所苦，既不知为什么要给它那样一个结尾，又不知何以忽然不想让它有那样一个结尾，于是从家里跑出来，想依靠着园中的镇静，看看是否应该把那篇小说放弃。我刚刚把车停下，就见前面不远处有几个人在戏耍一个少女，做出怪样子来吓她，又喊又笑地追逐她拦截她，少女在几棵大树间惊惶地东跑西躲，手却不松揪卷在怀里的裙裾，两条腿袒露着也似毫无察觉。

我看出少女的智力是有些缺陷，却还没看出她是谁。我正要驱车上前为少女解围，就见远处飞快地骑车来了个小伙子，于是那几个戏耍少女的家伙望风而逃。小伙子把自行车支在少女近旁，怒目望着那几个四散逃窜的家伙，一声不吭喘着粗气。脸色如暴雨前的天空一样，一会儿比一会儿苍白。这时我认出了他们，小伙子和少女就是当年那对小兄妹。我几乎是在心里惊叫了一声，或者是哀号。世上的事常常使上帝的居心变得可疑。小伙子向他的妹妹走去。少女松开了手，裙裾随之垂落了下来，很多很多她捡的小灯笼便洒落了一地，铺散在她脚下。她仍然算得漂亮，但双眸迟滞没有光彩。她呆呆地望那群跑散的家伙，望着极目之处的空寂，凭她的智力绝不可能把这个世界想明白吧？大树下，破碎的阳光星星点点，风把遍地的小灯笼吹得滚动，仿佛喑哑地响着的无数小铃铛。哥哥把妹妹扶上自行车后座，带着她无言地回家去了。

无言是对的。要是上帝把漂亮和弱智这两样东西都给了这个小姑娘，就只有无言和回家去是对的。

谁又能把这世界想个明白呢？世上的很多事是不堪说的。你可以抱怨上帝何以要降许多苦难给这人间，你也可以为消灭种种苦难而奋斗，并为此享有崇高与骄傲，但只要你再多想一步你就会坠入深深的迷茫了：假如世界上没有了苦难，世界还能够存在么？要是没有愚钝，机智还有什么光荣呢？要是没了丑陋，漂亮又怎么维系自己的幸运？要是没有了恶劣和卑下，善良与高尚又将如何界定自己又如何成为美德呢？要是没有了残疾，健全会否因其司空见惯而变得腻烦和乏味呢？我常梦想着在人间彻底消灭残疾，但可以相信，那时将由患病者代替残疾人去承担同样的苦难。如果能够把疾病也全数消灭，那么这份苦难又将由（比如说）相貌丑陋的人去承担了。就算我们连丑陋，连愚昧和卑鄙和一切我们所不喜欢的事物和行为，也都可以统统消灭掉，所有的人都一样健康、漂亮、聪慧、高尚，结果会怎样呢？怕是人间的剧目就全要收场了，一个失去差别的世界将是一条死水，是一块没有感觉没有肥力的沙漠。

看来差别永远是要有的。看来就只好接受苦难——人类的全部剧目需要它，存在的本身需要它。看来上帝又一次对了。

于是就有一个最令人绝望的结论等在这里：由谁去充任那些苦难的角色？又由谁去体现这世间的幸福、骄傲和快乐？只好听凭偶然，是没有道理好讲的。

就命运而言，休论公道。

那么，一切不幸命运的救赎之路在哪里呢？设若智慧的悟性可以引领我们去找到救赎之路，难道所有的人都能够获得这样的智慧和悟性吗？我常以为是丑女造就了美人。我常以为是愚氓举出了智者。我常以为是懦夫衬照了英雄。我常以为是众生度化了佛祖。

六

设若有一位园神，他一定早已注意到了，这么多年我在这园里坐着，有时候是轻松快乐的，有时候是沉郁苦闷的，有时候优哉游哉，有时候凄惶落寞，有时候平静而且自信，有时候又软弱，又迷茫。其实总共只有三个问题交替着来骚扰我，来陪伴我。第一个是要不要去死？第二个是为什么活？第三个，我干吗要写作？现在让我看看，它们迄今都是怎样编织在一起的吧。

你说，你看穿了死是一件无须乎着急去做的事，是一件无论怎样耽搁也不会错过的事，便决定活下去试试？是的，至少这是很关键的因素。为什么要活下去试试呢？好像仅仅是因为不甘心，机会难得，不试白不试，腿反正是完了，一切仿佛都要完了，但死神很守信用，试一试不会额外再有什么损失。说不定倒有额外的好处呢是不是？我说过，这一来我轻松多了，自由多了。为什么要写作呢？作家是两个被人看重的字，这谁都知道。为了让那个躲在园子深处坐轮椅的人，有朝一日在别人眼里也稍微有点光彩，在众人眼里也能有个位置，哪怕那时再去死呢，也就多少说得过去了，开始的时候就是这样想，这不用保密，这些现在不用保密了。

我带着本子和笔，到园中找一个最不为人打扰的角落，偷偷地写。那个爱唱歌的小伙子在不远的地方一直唱。要是有人走过来，我就把本子合上把笔叼在嘴里。我怕写不成反落得尴尬。我很要面子。可是你写成了，而且发表了。人家说我写得还不坏，他们甚至说：真没想到你写得这么好。我心说你们没想到的事还多着呢。我确实有整整一宿高兴得没合眼。我很想让那个唱歌的小伙子知道，因为他的歌也毕竟是唱得不错。我告诉我的长跑家朋友的时候，那个中年女工程师正优雅地在园中穿行；长跑家很激动，他说好吧，我玩命跑，你玩命写。这一来你中了魔了，整天都在想哪一件事可以写，哪一个人可以让你写成小说。是中了魔了，我走到哪儿想到哪儿，在人山人海里只寻找小说，要是有一种小说试剂就好了，见人就滴两滴看他是不是一篇小说，要是有一种小说显影液就好了，把它泼满全世界看看都是哪儿有小说，中了魔了，那时我完全是为了写作活着。结果你又发表了几篇，并且出了一点小名，可这时你越来越感到恐慌。我忽然觉得自己活得像个人质，刚刚有点像个人了却又过了头，像个人质，被一个什么阴谋抓了来当人质，不定哪天被处决，不定哪天就完蛋。你担心要不了多久你就会文思枯竭，那样你就又完了。凭什么我总能写出小说来呢？凭什么那些适合作小说的生活素材就总能送到一个截瘫者跟前来呢？人家满世界跑都有枯竭的危险，而我坐在这园子里凭什么可以一篇接一篇地写呢？你又想到死了。我想见好就收吧。当一名人质实在是太累了太紧张了，太朝不保夕了。我为写作而活下来，要是写作到底不是我应该干的事，我想我再活下去是不是太冒傻气了？你这么想着你却还在绞尽脑汁地想写。我好歹又拧出点水来，从一条快要晒干的毛巾上。恐慌日甚一日，随时可能完蛋的感觉比完蛋本身可怕多了，所谓不怕贼偷就怕贼惦记，我想人不如死了好，不如不出生的好，不如压根儿没有这个世界的好。可你并没有去死。我又想到那是一件不必着急的事。可是不必着急的事并不证明是一件必要拖延的事呀？你总是决定活下来，这说明什么？是的，我还是想活。人为什么活着？因为人想活着，说到底是这么回事，人真正的名字叫作：欲望。可我不怕死，有时候我真的不怕死。有时候，——

说对了，不怕死和想去死是两回事，有时候不怕死的人是有的，一生下来就不怕死的人是没有的。我有时候倒是怕活。可是怕活不等于不想活呀？可我为什么还想活呢？因为你还想得到点什么，你觉得你还是可以得到点什么的，比如说爱情，比如说，价值之类，人真正的名字叫欲望。这不对吗？我不该得到点什么吗？没说不该。可我为什么活得恐慌，就像个人质？后来你明白了，你明白你错了，活着不是为了写作，而写作是为了活着。你明白了这一点是在一个挺滑稽的时刻。那天你又说你不如死了好，你的一个朋友劝你：你不能死，你还得写呢，还有好多好作品等着你去写呢。这时候你忽然明白了，你说：只是因为我活着，我才不得不写作。或者说只是因为你还想活下去，你才不得不写作。是的，这样说过之后我竟然不那么恐慌了。就像你看穿了死之后所得的那份轻松？一个人质报复一场阴谋的最有效的办法是把自己杀死。我看出我得先把我杀死在市场上，那样我就不用参加抢购题材的风潮了。你还写吗？还写。你真的不得不写吗？人都忍不住要为生存找一些牢靠的理由。你不担心你会枯竭了？我不知道，不过我想，活着的问题在死前是完不了的。

这下好了，您不再恐慌了不再是个人质了，您自由了。算了吧你，我怎么可能自由呢？别忘了人真正的名字是：欲望。所以您得知道，消灭恐慌的最有效的办法就是消灭欲望。可是我还知道，消灭人性的最有效的办法也是消灭欲望。那么，是消灭欲望的同时也消灭恐慌呢？还是保留欲望的同时也保留人生？我在这园子里坐着，我听见园神告诉我，每一个有激情的演员都难免是一个人质。每一个懂得欣赏的观众都巧妙地粉碎了一场阴谋。

每一个乏味的演员都是因为他老以为这戏剧与自己无关。每一个倒霉的观众都是因为他总是坐得离舞台太近了。

我在这园子里坐着，园神成年累月地对我说：孩子，这不是别的，这是你的罪孽和福祉。

七

要是有些事我没说，地坛，你别以为是我忘了，我什么也没忘，但是有些事只适合收藏。不能说，也不能想，却又不能忘。它们不能变成语言，它们无法变成语言，一旦变成语言就不再是它们了。它们是一片朦胧的温馨与寂寥，是一片成熟的希望与绝望，它们的领地只有两处：心与坟墓。比如说邮票，有些是用于寄信的，有些仅仅是为了收藏。

如今我摇着车在这园子里慢慢走，常常有一种感觉，觉得我一个人跑出来已经玩得太久了。有一天我整理我的旧相册，一张十几年前我在这园子里照的照片——那个年轻人坐在轮椅上，背后是一棵老柏树，再远处就是那座古祭坛。我便到园子里去找那棵树。我按着照片上的背景找很快就找到了它，按着照片上它枝干的形状找，肯定那就是它。但是它已经死了，而且在它身上缠绕着一条碗口粗的藤萝。有一天我在这园子碰见一个老太太，她说："哟，你还在这儿哪？"她问我："你母亲还好吗？"

"您是谁？""你不记得我，我可记得你。有一回你母亲来这儿找你，她问我您看没看见一个摇轮椅的孩子？……"我忽然觉得，我一个人跑到这世界上来真是玩得太久了。有一天夜晚，我独自坐在祭坛边的路灯下看书，忽然从那漆黑的祭坛里传出一阵阵唢呐声；四周都是参天古树，方形祭坛占地几百平米空旷坦荡独对苍天，我看不见那个吹唢呐的人，唯唢呐声在星光寥寥的夜空里低吟高唱，时而悲怆时而欢快，时而缠绵时而苍凉，或许这几个词都不足以形容它，我清清醒醒地听出它响在过去，响在现在，响在未来，回旋飘转亘古不散。

必有一天，我会听见喊我回去。

那时您可以想象一个孩子，他玩累了可他还没玩够呢。心里好些新奇的念头甚至等不及到明天。也可以想象是一个老人，无可置疑地走向他的安息地，走得任劳任怨。还可以想象一对热恋中的情人，互相一次次说"我一刻也不想离开你"，又互相一次次说"时间已经不早了"，时间不早了可我一刻也不想离开你，一刻也不想离开你可时间毕竟是不早了。

我说不好我想不想回去。我说不好是想还是不想，还是无所谓。我说不好我是像那个孩子，还是像那个老人，还是像一个热恋中的情人。很可能是这样：我同时是他们三个。我来的时候是个孩子，他有那么多孩子气的念头所以才哭着喊着闹着要来，他一来一见到这个世界便立刻成了不要命的情人，而对一个情人来说，不管多么漫长的时光也是稍纵即逝，那时他便明白，每一步每一步，其实一步步都是走在回去的路上。当牵牛花初开的时节，葬礼的号角就已吹响。

但是太阳，他每时每刻都是夕阳也都是旭日。当他熄灭着走下山去收尽苍凉残照之际，正是他在另一面燃烧着爬上山巅布散烈烈朝辉之时。那一天，我也将沉静着走下山去，扶着我的拐杖。

有一天，在某一处山洼里，势必会跑上来一个欢蹦的孩子，抱着他的玩具。

当然，那不是我。

但是，那不是我吗？宇宙以其不息的欲望将一个歌舞炼为永恒。这欲望有怎样一个人间的姓名，大可忽略不计。

◎文章品读

史铁生是一个非常特殊的作家，他过早地经历了人生的绝望与痛苦，早早地学着参悟人生。所幸的是，他能从最初的痛楚、迷茫中走出，并有了逐渐的勇敢、坚强、顿悟。在这个漫长的过程里，史铁生与灵魂对话，与心中的神祇对话，将自己一分为二化作了两个人：一个消极，一个积极；一个颓废，一个向上。最终，后者战胜了前者。然而，参悟人生，继续在“生”与“死”的矛盾中寻求平衡点的过程没有止歇。

“地坛”是作者的精神家园，里面奔跑停歇的点点滴滴都是其思维的灵动，“我已不在地坛，地坛在我”，这一处荒废日久的园子，成就了作者对生命的守望。物我相融，留给今人的是宝贵的哲学思考。

《我》文篇幅较长，按节划分，脉络清晰。七个部分各有侧重点，内里联系紧密：第一节讲述了“我”与地坛最初的渊源，“我”的年少残疾，“我”与地坛宿命般的接近；二节讲述“我”的苦难、任性及母亲对“我”的隐忍、牵挂；三节以不同的时间、不同的景色、不同的乐器及不同的艺术形式来对应心中的季节，言谈间对地坛的深情表露无遗；四、五小节由景及人，回忆十五年间“我”在地坛中所遇到的人：有从年轻走到白发苍苍的情侣，有歌唱咏叹调的小伙子，有性情不羁的饮者，有抑郁不得志的好友，有优雅知性的女工程师，也有童稚无忧无虑的女孩等等。十几年来，作者驾轮椅阅人无数，看岁月风驰电掣，心境逐渐平复、温暖，灵魂愈益充盈、饱满，对生的认识开始通透、明朗；六节在生与死之间分析、调侃，解读人生。在这一节与末节中，作者积极的念头胜过消极的心境，字里行间透露着——于这人世欲望间徜徉，其实很好。各章节详略分明，文字干净、柔和，透露着生的气息与哲学思辨的灵光。详细品读，一种对生之矛盾，对亲情、友情甚至爱情间平衡的思索引人深思。

我活故我在。生命可谓人之存在的最佳体验。而这充满生机的对立面恰恰却是人所讳忌的死亡。在死亡面前，生命彰显着它的宝贵和存在的价值。也正因为这样，不少伟大的作家愿意写人物的死亡，愿意在生与死的选择间，揭示作品的主题。人物的死亡越是挣扎，越有不舍，而生之意义就越被放大……无形中，二者的对立成就了文学中最重要的命题。我们在史铁生的作品中能够深深感受到的，是一种形而上的哲学思考，一种顿悟，一种禅。

·作者简介·

史铁生（1951~2010），北京人。著名作家。1967年毕业于清华附中。1969年赴延安插队。1972年因病致残，回北京工作，七年后因病情加重回家疗养。1979年发表第一篇小说《法学教授及其夫人》。1997年当选北京作协副主席。主要作品有：中短篇小说集《我的遥远的清平湾》《命若琴弦》《老屋小记》《往事》，长篇小说《务虚笔记》《我的丁一之旅》，散文、随笔集《我与地坛》《病隙碎笔》。其作品多次获奖，在海外出版。2002年，荣获华语文学传媒大奖年度杰出成就奖。

一只特立独行的猪

●王小波

插队的时候，我喂过猪，也放过牛。假如没有人来管，这两种动物也完全知道该怎样生活。它们会自由自在地闲逛，饥则食渴则饮，春天来临时还要谈谈爱情；这样一来，它们的生活层次很低，完全乏善可陈。人来了以后，给它们的生活做出了安排：每一头牛和每一口猪的生活都有了主题。就它们中的大多数而言，这种生活主题是很悲惨的：前者的主题是干活，后者的主题是长肉。我不认为这有什么可抱怨的，因为我当时的生活也不见得丰富了多少，除了八个样板戏，也没有什么消遣。有极少数的猪和牛，它们的生活另有安排。以猪为例，种猪和母猪除了吃，还有别的事可干。就我所见，它们对这些安排也不大喜欢。种猪的任务是交配，换言之，我们的政策准许它当个花花公子。但是疲惫的种猪往往摆出一种肉猪（肉猪是阉过的）才有的正人君子架势，死活不肯跳到母猪背上去。母猪的任务是生崽儿，但有些母猪却要把猪崽儿吃掉。总的来说，人的安排使猪痛苦不堪。但它们还是接受了：猪总是猪啊。

对生活做种种设置是人特有的品性。不光是设置动物，也设置自己。我们知道，在古希腊有个斯巴达，那里的生活被设置得了无生趣，其目的就是要使男人成为亡命战士，使女人成为生育机器，前者像些斗鸡，后者像些母猪。这两类动物是很特别的，但我以为，它们肯定不喜欢自己的生活。但不喜欢又能怎么样？人也好，动物也罢，都很难改变自己的命运。

以下谈到的一只猪有些与众不同。我喂猪时，它已经有四五岁了，从名分上说，它是肉猪，但长得又黑又瘦，两眼炯炯有光。这家伙像山羊一样敏捷，一米高的猪栏一跳就过；它还能跳上猪圈的房顶，这一点又像是猫——所以它总是到处游逛，根本就不在圈里待着。所有喂过猪的知青都把它当宠儿来对待，它也是我的宠儿——因为它只对知青好，容许他们走到三米之内，要是别的人，它早就跑了。它是公的，原本该劁掉。不过你去试试看，哪怕你把劁猪刀藏在身后，它也能嗅出来，朝你瞪大眼睛，噢噢地吼起来。我总是用细米糠熬的粥喂它，等它吃够了以后，才把糠兑到野草里喂别的猪。其他猪看了嫉妒，一起嚷起来。这时候整个猪场一片鬼哭狼嚎，但我和它都不在乎。吃饱了以后，它就跳上房顶去晒太阳，或者模仿各种声音。它会学汽车响、拖拉机响，学得都很像；有时整天不见踪影，我估计它到附近的村寨里找母猪去了。我们这里也有母猪，都关在圈里，被过度的生育搞得走了形，又脏又臭，它对它们不感兴趣；村寨里的母猪好看一些。它有很多精彩的事迹，但我喂猪的时间短，知道得有限，索性就不写了。总而言之，所有喂过猪的知青都喜欢它，喜欢它特立独行的派头儿，还说它活得潇洒。但老乡们就不这么浪漫，他们说，这猪不正经。领导则痛恨它，这一点以后还要谈到。我对它则不只是喜欢——我尊敬它，常常不顾自己虚长十几岁这一现实，把它叫作“猪兄”。如前所述，这位猪兄会模仿各种声音。我想它也学过人说话，但没有学会——假如学会了，我们就可以做倾心之谈。但这不能怪它。人和猪的音色差得太远了。

后来，猪兄学会了汽笛叫，这个本领给它招来了麻烦。我们那里有座糖厂，中午要鸣一次汽笛，让工人换班。我们队下地干活时，听见这次汽笛响就收工回来。我的猪兄每天上午十点钟总要跳到房上学汽笛，地里的人听见它叫就回来——这可比糖厂鸣笛早了一个半小时。坦白地说，这不能全怪猪兄，它毕竟不是锅炉，叫起来和汽笛还有些区别，但老乡们却硬说听不出来。领导上因此开了一个会，把它定成了破坏春耕的坏分子，要对它采取专政手段——会议的精神我已经知道了，但我不为它担忧——因为假如专政是指绳索和杀猪刀的话，那是一点门都没有的。以前的领导也不是没试过，一百人也制不住它。狗也没用：猪兄跑起来像颗鱼雷，能把狗撞出一丈开外。谁知这回是动了真格的，指导员带了二十几个人，手拿五四式手枪；副指导员带了十几人，手持看青的火枪，分两路在猪场外的空地上兜捕它。这就使我陷入了内心的矛盾：按我和它的交情，我该舞起两把杀猪刀冲出去，和它并肩战斗，但我又觉得这样做太过惊世骇俗——它毕竟是只猪啊；还有一个理由，我不敢对抗领导，我怀疑这才是问题之所在。总之，我在一边看着。猪兄的镇定使我佩服之极：它很冷静地躲在手枪和火枪的连线之内，任凭人喊狗咬，不离那条线。这样，拿手枪的人开火就会把拿火枪的打死，反之亦然；两头同时开火，两头都会被打死。至于它，因为目标小，多半没事。就这样连兜了几个圈子，它找到了一个空子，一头撞出去了；跑得潇洒之极。以后我在甘蔗地里还见过它一次，它长出了獠牙，还认识我，但已不容我走近了。这种冷淡使我痛心，但我也赞成它对心怀叵测的人保持距离。

我已经四十岁了，除了这只猪，还没见过谁敢于如此无视对生活的设置。相反，我倒见过很多想要设置别人生活的人，还有对被设置的生活安之若素的人。因为这个缘故，我一直怀念这只特立独行的猪。

◎文章品读

这篇散文对于人类喜欢设置、安排，表达了自己的观点，而且用的是非常的手法，主角是猪。一只特立独行的猪，一只成功突破人类设置的藩篱的猪。

作家运笔如飞，笔底犀利、诙谐，洋溢着睿智的光芒。作家写猪，写它的超凡脱俗，毫无顾忌——它大胆地跳出了猪圈，潇洒随意地游走；它喜欢自主婚姻，于是跑到村寨去寻找好看的母猪；它有模仿的天赋，便乐意跳上房学汽笛的声音。它能用猪所有的智慧去抗争人类为它安排的死亡征程，而且还胜利了。结尾，作者喟叹："我已经四十岁了，除了这只猪，还没见过谁敢于如此无视对生活的设置。"此语一出，世俗蝇营狗苟者，无不汗颜。

明文写猪，实则猪已成了人类的化身。众多的人在同类设置的框架下，或畏缩，或顺从，或苟且偷生。为了种种身外的利益、关系、人情，龟缩在一个干瘪的躯壳里，犹自津津有味地残喘。于是，作者让猪胜利了，并让它重返大自然，长回了失去的獠牙。猪的胜利意味深长，一如《庄子·逍遥游》中扶摇直上、击水三千里的鹏，都象征了弥足珍贵的自由精神。然而这只特立独行的猪无疑更具有现实的讽刺意味。——它已不仅仅是只猪，而是图腾一般地在人们的心底生根、发芽。

·作者简介·

王小波（1952～1997），北京人。著名作家。1968年后，在云南、山东下乡插队。做过工人及民办教师。1978年考入中国人民大学贸易经济系，1984年毕业后留分校任教。同年赴美国匹兹堡大学留学，获硕士学位。回国后，历任北京大学社会学系讲师、中国人民大学会计系讲师等职。1992年后，为自由撰稿人。1997年4月，因心脏病突发，死于北京。去世后，作品几乎全部出版。相关的评论、纪念文章大量涌现，引发“王小波热”。主要作品有：评论集《浪漫骑士》《不再沉默》《王小波画传》，小说《黄金时代》《白银时代》《青铜时代》等。王小波是唯一两次获得台湾联合报系文学奖中篇小说大奖的大陆作家，同时也是在国际电影节上为中国赢得最佳编剧奖的第一人。

土地

●秦牧

我们生活在一个开辟人类新历史的光辉时代。在这样的时代，人们对许许多多的自然景物也都产生了新的联想、新的感情。不是有无数人在讴歌那光芒四射的朝阳、四季常青的松柏、庄严屹立的山峰、澎湃翻腾的海洋吗？不是有好些人在赞美挺拔的白杨、明亮的灯火、奔驰的列车、崭新的日历吗？睹物思人，这些东西引起人们多少丰富和充满感情的想象！

这里我想来谈谈大地，谈谈泥土。

当你坐在飞机上，看着我们无边无际的像覆盖上一张绿色地毯的大地的时候；当你坐在汽车上，倚着车窗看万里平畴的时候；或者，在农村里，看到一个老农捏起一把泥土，仔细端详，想鉴定它究竟适宜于种植什么谷物和蔬菜的时候；或者，当你自己随着大伙在田里插秧，黑油油的泥土吱吱地冒出脚缝的时候，不知道你曾否为土地涌现过许许多多的遐想？想起它的过去，它的未来，想起世世代代的劳动人民为要成为土地的主人，怎样斗争和流血，想起在绵长的历史中，我们每一块土地上面曾经出现过的人物和事迹，他们的苦难、愤恨、希望、期待的心情。

有时，望着莽莽苍苍的大地，我骑着思想的野马奔驰到很远很远的地方，然后，才又收住缰绳，缓步回到眼前灿烂的现实中来。

我想起了二千六百多年前北方平原上的一幕情景。

一队亡命贵族，在黄土平原上仆仆奔驰。他们虽然仗剑驾车，然而看得出来，他们疲倦极了，饥饿极了。他们用搜索的眼光望着田野，然而骄阳在上，田垄间麦苗稀疏，哪里有什么可吃的东西！一个农民正在田里除草。那流亡队伍中一个王子模样的人物，走下车子来，尽量客气地向农民请求着："求你给我们弄点吃的东西吧！你总得要帮忙才好，我们已经好几天没有吃的了。"衣不蔽体，家里正在愁吃愁穿的农民望了这群不知稼穑艰难的人们一眼，一句话也没说，从田地里捧起一大块泥土，送到王子模样的人物面前，压抑着悲愤说："这个给你吧！"王子模样的人显然被激怒了，他转身到车上取下马鞭，怒气冲冲地想逞一下威风，鞭打那个胆敢冒犯他的尊严的农民。但是一个上了年纪的、大臣模样的人物上前去劝阻住了："这是土地，上天赐给我们的，可不正是我们的好征兆么！"于是，一幕怪剧出现了，那王子模样的人突然跪下地来，叩头谢过上苍，然后郑重地捧起土块，放到车上，一行人又策马前进了。辘辘大车过处卷起了漫天尘土……

这是《左传》记载下来的，春秋时代晋国公子重耳在亡命途中发生的故事。

为什么会发生这样奇怪的事情？除了因为这群贵族是在亡命途中，不得不压抑着威风外，还有一个原因是：在他们心目中，土地代表着上天不可思议的赏赐，代表了财富和权力！他们知道，只要掌握了土地的所有权，就可以永不休止地榨取农民的血汗。

古代中国皇帝把疆土封赠给公侯时，就有这么一个仪式：皇帝站在地坛上，取起一块泥土来，用茅草包了，递给被封的人。上一个世纪，当殖民主义强盗还处在壮年时期，他们大肆杀戮太平洋各个岛屿上的土人，强迫他们投降，有一种被规定的投降仪式，就是要土人们跪在地上，用沙土撒到头顶。许许多多地方的部落，为了不愿跪着把神圣的泥土撒上天灵盖，就成批成批地被杀戮了。

呵！这宝贵的土地！不事稼穑的剥削阶级只知道想方设法地掠夺它，把它作为榨取劳动者血汗的工具；亲自在上面播种五谷的劳动者，才真正对它具有强烈的感情，把它当作命根子，把它比喻成哺育自己的母亲。谈到这里，我想起了好些令人掀动感情波澜的事情。几个世纪以来，那些当年被迫得走投无路的破产的中国农民，漂流到海外去谋生的当儿，身上就常常怀着一撮家乡的泥土。那时，闽粤沿海港口上，一艘艘用白粉髹腹，用朱砂油头，头部两旁画上两个鱼眼睛似的小圈的红头船，乘着信风，把一批批失掉了土地的农民送到海外各地。当时离乡别井的人们，都习惯在远行之前，从井里取出一撮泥土，珍重地包藏在身边。他们把这撮泥土叫作“乡井土”。直到现在，海外华侨的床头箱里，还有人藏着这样的乡井土！试想想，在一撮撮看似平凡的泥土里，寄托了人们多少丰富深厚的感情！

过去，多少劳动者为了土地而进行了连绵不断的悲壮斗争！当外国侵略者犯境的时候，又有多少英雄义士为保卫它而英勇地献出了生命！在我国福建沿海地方，历史上就流传着许多可歌可泣的保卫土地的抗敌爱国故事。在明末御倭和抗清的浪潮中，那里曾经进行过保卫每一寸土地的激烈斗争。有的地方，妇女的发髻上流行着插上三支短剑似的装饰品，那是明代妇女准备星夜和突然来袭的倭寇搏斗的装束的遗迹。有的地方，从前曾经流行过成人死后入殓时在面部盖上白布的风俗，那是明朝遗民羞见先人于地下、一种激励后代的葬仪。这些风俗，多么沉痛，多么壮烈！在我国的湛江地方，有一座桥梁被命名为“寸金桥”，就寓有“一寸土地一寸金”的意思，这是用来纪念当年抵抗帝国主义侵略的民族英雄们的。土地的长度和面积计算单位可以用丈，用公里，用亩，用公顷，然而在含有国土的意义的时候，它的计算单位应该用一寸、一撮来衡量。因为它代表一个国家的主权，一寸土都决不容侵犯，一撮土都是珍宝。这里，我想到了我们中国的整个版图，在我们这一代人的手里，一定要使它真真正正地完整无缺。台、澎等地还被一小撮反动派所盘踞，我们必须把它解放。从福建前线，我们听到了多少动人的故事啊！不仅我们英勇而强大的海军和空军，给予美蒋反动派以沉重的打击，就是民兵队伍，也巧妙地打击了敌人。就是好些少年儿童，在大炮轰击中也自动奔跑接驳电线，传信送物。他们体现了全体中国人民保卫每一寸国土的坚强意志。

今天，在世界范围内，许许多多被殖民者奴役着的地方，也正在进行着驱逐侵略者、保卫国土的斗争。呵！一寸土，一撮土，在这种场合意义是多么神圣！

提到了一寸土这几个字，我又禁不住想到一些岛屿上的人民战士。登上那些岛屿，你会更深地认识到“一寸土”的严肃意义。我到过一个小岛，那岛屿很小。然而，岛上的生活却是多么沸腾呵！这里的海滩、天空、海面，决不容许任何侵略者窥探和侵入一步，人民的子弟兵日夜守着大炮阵地，从望远镜里、从炮镜里观测着海洋上的任何动静。这些岛屿像大陆的眼睛，这些战士又像是岛屿的眼睛。不论是在月白风清还是在九级风浪的夜里，他们都全神贯注地盯着宽阔的海域。

不仅这样，他们还把小岛建成花园一样美丽。本来是蛇虫蜿蜒、荆榛遍地的荒凉小岛，经过他们付出艰苦劳动，在上面建起了坚固的营房，辟出了林荫大道，又从祖国各地要来了花种，广植着笑脸迎人的各种花卉和鲜嫩的蔬菜；还建起畜牧栏，竖起鸽棚；又从海里摸出了石花，堆成小岛的美术图案。看到这些，令人不禁想到，我们所有的土地，一个个的岛屿，一寸寸的土壤，都在英雄们的守卫和汗水灌溉之下，迅速地在改变面貌了。

在我们看来很平凡的一块块的田野，实际上都有过极不平凡的经历。在几十万年之间，人类在这上面追逐着野兽，放牧着牛羊，捡拾着野果，播种着五谷，那时候人们匍匐在大自然的威力之下，风雨雷霆，电光野火，都曾经使他们畏惧战栗。几十万年过去了，人类进入了阶级社会，一片片的土地像被戴上了镣铐似的，多少世代的农民，在大地上流尽了血汗，却挣不上温饱，有多少人在这一片片土地上面仰天叹息，椎心痛恨！又有多少人揭竿起义，画着眉毛，扎着头巾参加战斗，把压迫他们的贵族豪强杀死在这些土地上面。到了近代，又有多少人民的军队为了从封建地主阶级手里把土地夺回来，和帝国主义的军队，剥削者的军队在这上面鏖战过。二十年代以来，中国共产党领导全国人民进行了革命斗争，打垮了反动统治者，推翻了剥削制度，进行了土地改革，土地的镣铐才被彻底打碎，劳动人民才真正成了土地的主人。我们热爱土地，我们正在豪迈地改造着土地，使它变成一片锦绣。当你这么思索的时候，大地上的红土黑土，黄土白土，仿佛都变成感情丰富的东西了，它们仿佛就像古代神话中的“息壤”似的，正在不断变化，不断成长，就像具有生命一样。

几千年来披枷戴锁的土地，一旦回到人民手里，变化是多么神速呵！你试着展开一幅地图，思索一下各地的变化，该有多么惊人。沙漠开始出现了绿洲，不毛之地长出了庄稼，濯濯童山披上了锦裳，水库和运河像闪亮的镜子和一条条衣带一样缀满山谷和原野。有一次我从凌空直上的飞机的舷窗里俯瞰珠江三角洲，当时苍穹明净，我望了下去，真禁不住喝彩，珠江三角洲壮观秀丽得几乎难以形容。水网和湖泊熠熠发光，大地竟像是一幅碧绿的天鹅绒，公路好似刀切一样的笔直，一丘丘的田野又赛似棋盘般整齐。嘿！千百年前的人们，以为天上有什么神仙奇迹，其实真正的奇迹却在今天的大地上。劳动者的力量把大地改变得多美！一个巧手姑娘所绣的只是一小幅花巾，广大劳动者却以大地为巾，把本来丑陋难看的地面变得像苏绣广绣般美丽了。

你也许在火车的瞭望车上看过迅速掠过的美丽的大地；也许参加过几万人挑灯修筑水电站大坝的工程，在那种场合，千千万万人仿佛变成了一个挥动着巨臂的巨人，正在做着开天辟地的工作。在华南，有些隔离大陆的岛屿给筑起了一条堤坝，和大陆连起来了；有些小山被填到海里，大海涌出陆地来了；干旱的雷州半岛被开出了一条比苏伊士运河还要长的运河；潮汕平原上的土地被整理成棋格一样齐整。我们时代的人既以一寸寸的土地为单位在精细工作着，又以一千里，一万里，更确切来说，又以全部已解放的九百多万平方公里土地作为一个整体来规划和工作着。这十几年来，同是千万年世代相传的大地上，长出了多少崭新的植物品种呵！每逢看到了欣欣向荣的庄稼，看到刚犁好的涌着泥浪的肥沃的土地，我的心头就涌起像《红旗歌谣》中的民歌所描写的——“沙果笑得红了脸，西瓜笑得如蜜甜，花儿笑得分了瓣，豌豆笑得鼓鼓圆。”这一类带着泥土、露水、草叶、鲜花香味的大地的情景。让我们对土地激发起更强烈的感情吧！因为大地母亲的镣铐解除了，现在就看我们怎样为哺育我们的大地母亲好好工作了。

事实上，无数的人也正在一天天地发展着这样的感情。你可以从细小或者巨大的场面中觉察到这一切。你看过公社干部率领着一群老农在巡田的情景吗？他们拿着一根软尺，到处量着，计算着一块块土地的水稻穗数；不管是不是自己管理的，看到任何一丘田里面的一根稗草都要涉水下去把它拔掉。你看到农村中的青年技术员在改变土壤的场面吗？有时他们把几千年未曾见过天日的沃土底下的砾土都翻动了，或者深夜焚起篝火烧土，要使一处处的土地都变得膏腴起来。

几万人围在一片土地上建筑堤坝，几千人举着红旗浩浩荡荡上山的情景尤其动人心魄。那呐喊，那笑声，尤其是那一对对灼热的眼睛！虽然在紧张的劳动中大家都少说话了，但是那眼光仿佛在诉说着一切：“干呵干呵，向土地夺宝，把我们所有的土地都利用起来。一定要用我们这一代人的双手，搬掉落后和穷困这两座大山！”有时这些声音寄托于劳动号子，寄托于车队奔驰之中，仿佛令人感到战鼓和进军号的撼人的气魄……

让我们捧起一把泥土来仔细端详吧！这是我们的土地呵！怎样保卫每一寸的土

地呢？怎样使每一寸土地都发挥它的巨大的潜力，一天天更加美好起来呢？党正在领导和率领着我们前进。青春的大地也好像发出巨大的声音，要求每一个中国人都做出回答。

◎文章品读

《土地》是一篇取材广泛、联想丰富的散文。文章以“土地”为线索，按照珍爱、保卫、建设、赞美土地的顺序安排组织材料。全篇信息量极大，然而井然有序，形成了一个有机整体。最后在赞美土地一节中，点明主题。

纵观秦牧的散文，无论《花城》也好，《土地》也罢，无不旁征博引，谈古论今，显示出作者浑厚的生活底蕴和知识根基。在《土地》中，作者又一次显示了非凡的写作功力，以日常生活常见的泥土为写作对象，时而追述惨痛的历史，时而展现新时代的风貌，时而颂扬新社会的建设者和保卫者……谈古论今，从禽兽草木、人情世态，再到史料传说、现代科技，洋洋洒洒，纵横捭阖，令读者如同在看一部信息量极大的教材。

行文中，作者不仅词汇丰富，而且尤为注重遣词造句。炼字、斟酌十分严谨。如文中写流亡贵族重耳的一段，“他们用搜索的眼光望着田野，然而骄阳在上，田垄间麦苗稀疏，哪里有什么可吃的东西。”“搜索”一词用得十分精准，将贵族们饥馋、贪婪、凶暴的本质摹写得活灵活现，给人留下深刻印象。又如，“沙漠开始出现了绿洲，不毛之地长出了庄稼，濯濯童山披上了锦裳，水库和运河像闪亮的镜子和一条条衣带一样缀满山谷和原野。”几个看似信手拈来的词汇，将大地的变化描绘得很是传神。像这样的词句比比皆是。读之，一种真实、浓郁的生活气息扑面而来，也能够感受到作者思绪的驰骋、飞扬，无处不在。

秦牧乐于歌颂劳动人民创造的历史文明、伟大业绩，鞭挞丑恶的社会现象，为新时代擂鼓、助威、呐喊。这几乎已成为其创作的一根主线。作家曾说：“文学作品应当宣传真、善、美，反对假、恶、丑。所谓‘真’，就是要阐明生活的本质，要本着现实主义的态度写作，反对诓诓骗骗。所谓‘善’就是宣传共产主义道德品质，反对剥削阶级的腐朽事物。”秦牧是这样说，也正是这样做的。

·作者简介·

秦牧（1919～1992），原名林阿书、林觉夫。生于香港，祖籍广东。著名散文家。青少年时代在新加坡度过。13岁回国。先后在澄海、汕头、香港等地就学。抗战爆发后，辗转于广州、桂林、重庆各地，从事过演员、教师、编辑等行业。1938年开始在广州报刊上发表作品。1945年加入中国民主同盟。次年移居香港。新中国成立后，回广州工作。历任《羊城晚报》副总编、广东省文联副主席、中国作协广东分会副主席等职。文学创作涉及散文、小说、诗歌、儿童文学和文学理论等多个领域。其中散文享有盛誉，有“散文一绝”的美名。主要作品有《花城》《潮汐和船》《艺海拾贝》《长河浪花集》及《秦牧全集》（10卷）等。

走过冬天，走过你自己——致一名轻生女青年的信

●张抗抗

小苗同志：

收到你的来信，心里一直难以平静。我知道你不需要空洞的劝说和安慰，那么怎样给你回信才能对你有哪怕一点点的用处呢？我犹豫了很久。

你初中毕业才 17 岁就当了兵，6 年后退伍回乡，又在镇上获得了固定的工作，应该说，你的经历在你周围的同伴们中间还是比较顺利的。为什么你竟然会陷于如此深切的绝望之中？即使由于某些原因你失去了工作，家庭婚姻关系也逐渐恶化，可你才 29 岁，究竟是什么原因，使你这样一颗年轻的心滋生了死的念头？

当然，我相信，生命的魅力就在于它只有一次。那种种不同的元素、细胞、基因组合成为一个独立的生命，它消失了便再也不能复原。无论对于它自己还是对于别人都不可替代。大自然最终赋予了理性和智慧的人类，对于死亡更有一种超于动物本能之上的恐惧，因为只有他们真正懂得死亡意味着什么。从古到今，“存在便是一切”的信条支持着人和人类度过了最危难的时刻，生的渴望创造了无数的奇迹。

也许你会以为我是知青中的一个幸运儿，一个佼佼者，一个获得了许多同代人羡慕与企望的荣誉、名利和幸福的人。其实不然，我的父亲在我两岁时就因所谓的政治问题被开除党籍，之后调离工作。我自幼在一种家庭出身不好的沉重精神压抑下长大，初中毕业“文化大革命”开始，1969 年远别秀丽的江南家乡到北大

荒一个农场劳动，在农场一待就是8年，其间当过农工，制过砖瓦，上山住帐篷伐树清林，下水田施肥除草，什么都干。曾经有过一个家，很快又破裂，1972年就离了婚……后来十几年也一直再没有调回杭州父母身边去，一人漂泊在外，客居异乡。这中间还经历过失恋，经历过一个单身女人开拓事业的种种艰难。包括流言蜚语、诬陷诽谤，还经历过对自身价值的怀疑和绝望，经历过瘦弱的身体几次意外手术以及至今还在折磨我的颈椎骨质增生。尽管以这一切巨大代价换来的自尊自强和事业上微小的成绩给予我慰藉，尽管我现在有了一个真正理解我、关心我的丈夫和安逸的家庭，但面对莫测的人生，我不能说那些痛苦和遭遇已经永远地结束了。但我能感觉到，在自己孱弱的生命中，时有一种肉体的生命与精神的生命较量的激情。我总不甘心只有人才能拥有的自我意识会被那个肉体凡胎的痛苦所吞噬，我不甘心。在我看来，人生恰是这两种生命构成反复搏击的过程。我要在痛苦中成为我自己。

是一粒草籽还是一棵树种，在它出生到这个世界之前，它却不能为自己做出选择。我并不相信命运和这一切都是“命定”之说。但我承认这是一种先天无法选择的客观存在。从人存在之日起这一切都已经被决定了，这是一个无可更改的自然法则，尽管它并不合理……可有谁规定过世界诞生时就应该公平地对待每一种生物呢？于是作为小草，便有无法成为大树的苦恼，作为大树，偶尔也会羡慕小草与土地如此亲密，但它们仍然要尽自己的力量去生长，在后天一切可能的条件下努力改变自己。它生命的新价值不能由割草人、伐木人来裁决；芦苇不会因为牧羊人不喜欢它而变成废物。真正的上帝是自己。当我们步入社会之后，我们常常会感到人与人之间的隔绝与孤独，在被不断破坏和摧残的大自然中，我们看到人的邪恶与贪婪。生命中充满了利己的本能和原始的冲动。它渺小、卑琐、丑陋不堪，我们甚至会失声叫出：人原来是这样的！中国文化历来回避人的灵魂交锋，每当人生陷入良心的骚动不安时，那种几千年遗传下来的自我调适功能便将心里底层的愤懑、幽怨一一消除清扫，表现出非凡的忍耐和平静，中国知识分子从来少有在极度痛苦的精神崩溃后获得自我的超越。当我们身上洒满落日的余晖在雾霭中欣赏群山的瑰丽，当我们在皎洁的月光下倾听大海深沉的呼吸时，我们心头会对人生涌上一种怎样复杂的情感——难道不正是由于对生命一般意义的否定，才使我们更强烈地感觉到自己心中对于一切生命更深刻、更博大的爱和依恋？难道不正是因为爱它，我们才会如此勇敢地直面生命的消亡，寻求自我的净化和人格的升华？

生命诚然渺小，但它确也可以伟大；人诚然卑劣，但许多人确也向往崇高。生命在人心中是不可能被否定的，否定的只是故我，人固然在任何时候都有权利否定自己，选择结束生命的方法，但这种否定证明是你的抗争、你的自救，还是你的怯懦、你的逃遁？我想说的是，这两种否定绝不是一回事，前一种否定会使你获得新生，后一种呢？也许就将从此使你堕入永久的黑暗之中。我是多么希望，你能活得“真实”。这种“真实”不再是自欺欺人的自我谅解和苟且偷安，而是对人生和现实的真实认识与把握。那时候痛苦不再是生命的消极的反证，而是生命的存在方式和强大的动力。

好了，写得太多了。但愿我的理解没有同你的想法南辕北辙。

祝你顺利！

张抗抗

◎文章品读

这是一封写给轻生女青年的信。文章没有激越、澎湃的言语，没有枯燥的说教，而是以一种历经人生风雨的平和、豁达来传递对对方的关注与理解。

散文中对自身剖析的部分是全文的亮点。作者将对自身的了解、无奈、同情以及最终不向命运低头书写得真挚感人。自身的经历是对轻生者绝好的提示与参照，也为下文的辩证分析做足了铺垫。在阐述枯燥的道理时，作者用了丰富的对比、举例：小草与大地，芦苇与牧羊人，伐木人与割草人等。形象、贴切，将抽象的观点具体化，让人在潜移默化中多了对生命的理解、感悟。

由于是写给轻生者的信，开导、劝慰是必要涉及的。作者心思细腻，揣摩读者心理，尽力让文章放松、亲切，其良苦用心贯穿字里行间。

收束篇章，言语凝练。“当我们在皎洁的月光下倾听大海深沉的呼吸时，我们心头会对人生涌上一种怎样复杂的情感——难道不正是由于对生命一般意义的否定，才使我们更强烈地感觉到自己心中对于一切生命更深刻、更博大的爱和依恋？

难道不正是因为爱它，我们才会如此勇敢地直面生命的消亡，寻求自我的净化和人格的升华？”“我是多么希望：你能活得‘真实’。这种‘真实’不再是自欺欺人的自我谅解和苟且偷安，而是对人生和现实的真实认识与把握。那时候痛苦不再是生命的消极的反证，而是生命的存在方式和强大的动力。”朴实的话语，感同身受。内含了对命运的定义、认知，也抒发了个人朴素却充满哲理的人生观、价值观。文后对生命认识的辩证分析，浅显入理，具有强大的精神力量。

这篇书信体散文，如话家常，从对生命的理解，到自己所遭受的种种磨难，再到升华人生的概念，一路娓娓道来，简约、精练，点滴间充满了对轻生者的关怀；一种阅尽世事浮华后的沧桑、沉稳与练达也给人不断的激励、启迪。

·作者简介·

张抗抗（1950～），著名女作家。生于浙江杭州，祖籍广东新会。1963年考入杭州一中。1969年中学毕业后，随“上山下乡”运动赴黑龙江鹤立河农场插队。做过农工、砖厂工人、通讯员、报道员及创作员等。1972年开始发表作品，同年第一篇短篇小说《灯》问世。1975年出版长篇小说《分界线》。1977年考入黑龙江省艺术学校编剧专业，毕业后调入黑龙江省作家协会从事专业创作至今。现任黑龙江省作家协会副主席、中国作家协会副主席。已发表各种小说、散文共计400余万字，各类专集40余种。

北京人速写

●梁晓声

这一个北京人，是北影人。青年时期就进北影厂了，现在快六十了。究竟多大年龄了，其实我不清楚。因为在我与他交谈中，他曾说过他是穿长衫上完小学的。我想解放以后的小学生不作兴穿长衫了，便断他起码比我大五六岁。那可不就快六十了么。

他在北影也算是名人。不认识他的人很少。尽管他非什么“大腕”，只不过是“老灯光”或“老剧务”。嗨，我连他具体是干哪一行的都不知道。

但我们的关系竟特别的好。

是土城的小树林使我们的关系亲密了。近年中国电影业处于低谷，我每天早晨散步就常遇见他了。我倒是希望不常遇见他，那也许证明他又上戏了。那我将多么为他高兴。

他是那类看去不太容易猜出年龄的男人。中等偏高的身材，一张国字脸棱角分明，脸有豪侠之气。证明他骨子里有与众不同的男人血性。如今神貌中有此特征的中国男人不多了。肯定和他少年时练过摔跤，习过拳脚功夫有关。如今的他肩宽胸阔的，从哪个角度看都仍是个强壮汉子……

起先我们遇见，只不过客气地彼此点点头。后来就一块儿散步。再后来稔熟了，每是我挽着他臂。因为他步子大，那样可使他走慢点儿。

关于他，有些事儿特好玩儿。

比如有次，他和另一个北影人在早市上被卖狐皮的吸引了。自然是假狐皮，假得比真的还让人动心。要将以假乱真的东西卖出手，“托儿”是少不了的。我也每被吸引，不是准备上当，而是看“托儿”们的“表演”。他们有时“表演”得相当投入，都是“演技派”，像拍街头戏。我想他之被吸引，也肯定是出于对表演的职业兴趣。

那另一个北影人则不同。真的被骗迷糊了。不但要买，且要买两条。身上没带钱，竟邀卖假狐皮的跟随家里去取钱……

于是他就不能袖手旁观了。将对方扯到一旁劝阻：“哎，你不能买啊，那明明是假的呀！”

人家说：“我看是真的。”

他说：“我有看皮的经验，那是碎狗皮角拼对成的。”

人家说：“你别管！”

而卖的人，包括“托儿”们，皆不拿好眼色瞪他。分明地恨极了。

倘我，该说的说了，必会转身而去的。他则不。他不是我啊。他显然是个不能眼看着别人上当的人。他的北影同仁“率领”一干人等往北影自己的家走；他则抄近道一路跑回北影，跑至那位的家里，那位的夫人不在。在班上。又一路跑去车间，找到了相告：“快回家，你那口子要买两条假狐皮，正将些个骗子往家领。多不安全！”

于是为妻的匆匆赶回家，在家门口将丈夫和些个骗子们堵个正着——那丈夫挨了夫人一顿狠训，一桩买卖眼瞅着成了，因他而没成。

为妻的女人自然特感激他；为夫的男人却老大不悦，几天不理他。

他呢，很欣慰。仿佛，使骗子们的骗局没有得逞，使就要上当的人没有上当，是他的第二职业，有成就感似的。

多可爱的“大老爷们儿”！

还有一次，两个正当年的扒手，发现了他兜里揣着的手机，遂将他当成伺机下手的目标。暗暗跟踪他到一菜摊前，一左一右挤住他，开始作案。

他呢，早有察觉。实际上是他不动声色地将两个扒手引到了菜摊前。

扒手之手刚入他兜儿，他忽然伸展双臂两厢里紧紧搂住了两个扒手的肩。也是仗着自身的强壮，他一点儿都不怕两个正当年的扒手。

两个扒手难免心虚，其中一个说："大哥，这是干什么呀？"

他冷冷地说："不干什么。喜欢你俩。"

又对摆菜摊的外地小姑娘说："买菜。十斤黄瓜、十斤柿子、十斤蒜苗、十斤荷兰豆……"

专拣时令贵菜，各要十斤。

摆菜摊儿的外地小姑娘看着他那"严肃"的样子，呆，怯。

他催促："别发愣，称啊！"

两个扒手挣扭了几次身子，又哪里能摆脱他"亲爱"的臂膀！并从他的搂势中领教到了他这个男人的强壮，乖乖不敢造次。

菜一一称好了。

他命令两个扒手："掏钱。"

一个扒手说："大哥，别开我们玩笑。"

另一个扒手说："大哥您看，兜里钱都掏出来了，不够一样菜买十斤啊！"

他说："钱放摊儿上。"

又对小姑娘说："点点。可着这些钱买！"

小姑娘被搞蒙了，几乎要哭。

他笑了："你怕的什么劲儿啊？没听他俩都叫我大哥么？这个主我能做。"

于是菜被重新称过，装了满满的两大塑料袋儿，加起来至少也有十五六斤。而两个扒手兜里，是一个钢镚儿也没有了……

望着两个扒手各拎一袋儿菜走远的背影，他笑了。他一笑，就变成另一类男人了，特随和的那一类。

他最后说："这么冷的天，也卖出了不少，收摊吧！再不收摊，一会儿捆摊儿的人来了，你该赔了。"

望着小姑娘也收摊儿走远，他才从容踱开，悠然散步，似乎什么异常之事也没发生……

某天我看到他在与人聊天，就站在不远处等他。我几乎已习惯了与他结伴散步。

不料他虽也看到了我，却说起来没完。

我就冲他喊："嗨，汇报工作哪？！"

他朝我望一眼，仍不走来。

我只好自己识趣儿地离开。

片刻他赶上了我，我问："什么人？"

他说："咱们北影的。"

一副心事凝重的样子，还长叹。

我说："什么要紧的话，聊个没完？"

他说："那人好哇。"

久未听过这种话了——如今仿佛是个流行说"那人很坏"的时代。仿佛通过说一切的人都很坏，才能间接地证明唯自己好。而且，对于某些人，几乎是只剩下了这么一种能证明自己好的方法。

我不由问："怎么个好法儿？"

他说："他年轻时妻子就瘫痪了。他服侍了妻子三十余年，无怨无悔。他为此上戏很少，业务成就也没什么积累……前几天他妻子去世了，我在安慰他……"

我真没想到他那么样的一个"大老爷们儿"竟会安慰别人。可惜我一句也没听到他是怎么安慰的。连想象也想象不出。

我不由又问："你们是朋友？"

他回答："谈不上是朋友。同一茬的北影人而已。"

分明的，他对自己的回答不满意。沉默片刻，又说："他是好人。像他这样的丈夫不多。我愿意安慰一个好人。"

我站住了，凝视他。

轮到他问我了："你这么看着我干什么？"

我当时很想对他说："你也是一个好人。"

但却没说。

……

看到被晨练的人们攀压断了的树，他心疼；看到早市管理人员粗暴地对待摆摊人，他说情；他竟兜里装了小米，撒在林间喂麻雀，怕新出生的"一代"小麻雀营养不良……

今天早晨，我们又一起散步。

我说："我出新书了，想送你一本。"

他从未开口向我要过书。但我知道他是个喜欢看书的人。

他说："不用。我去买。我买过你不少书。"

我说："不许买。以后出一本送你一本。"

我之对人有好感，也只有送书表达而已。

我想，我该背地里打听一下他姓甚名谁了，好写在书上。

……

现实生活中因有了一些大人物，名人，而热闹，而喧嚣，而忽风忽雨的；也因有了他这样一些普普通通，个性可爱的人，而有不矫饰的真情，而暖意，甚至，而有意思……

◎文章品读

这是一篇记人散文。描写的是作者身边的一位北影老人。

行文以"我"与北影人的相识、交往为线索，对生活中发生的一些小事进行展开论述。北影人没有令人瞩目的业绩，不是大腕，也不是明星，只是一个"老灯光""老剧务"，一生都在兢兢业业地工作。

为了突出人物特性，作者选取了"揭露卖假者""智斗扒手""安慰丧偶的老同事"等几件小事来写。这些小事，反映了一个普通人内心情感的真挚与淳朴。行文中，作者还不时穿插一些细节描绘，如抓住扒手后，叮嘱卖菜的外地女孩尽早收摊；遇到了老同事后，即使听到"我"在催他，却只是"朝我望一眼"，并不过来。这些细节的刻画，烘托出北影人粗中有细的性格及内心的善良：对于鸡鸣狗盗之辈，他疾恨如仇；对于弱者，他绝不吝惜自己的同情，甚至对被压弯的小树、刚出生的麻雀也一样充满爱心。

文章没有澎湃激昂的旋律，也没有惊心动魄的故事，只是在淡淡的追忆中，刻画了生活中的一位普通人。他很平凡，然而却代表了生活中一群这样默默存在的群体。他们很平凡，内心却自有他们的伟大之处。

·作者简介·

梁晓声（1949～），著名作家。出生在哈尔滨的一个工人家庭。1966年初中毕业。1968年赴北大荒插队。当过农工、小学教师及报道员。1974年被推荐上大学，得以进入复旦大学中文专业学习。1977年毕业后，任北京电影制片厂编辑。次年调入中国儿童电影制片厂任编剧。现为中国作家协会会员、中国电影家协会会员。其创作以小说为主。主要作品有：小说集《天若有情》，短篇小说《父亲》，中篇小说《今夜有暴风雪》《这是一片神奇的土地》《人间烟火》《白桦树皮灯罩》《黑纽扣》，长篇小说《雪城》《年轮》等。其中多数作品被译成英、日、法、俄等多种语言出版。

信客

●余秋雨

一

我国广大山区的邮电网络是什么年代健全起来的，我没有查过，记得早年在乡间，对外的通信往来主要依靠一种特殊职业的人：信客。

信客是一种私人职业，不受任何机构管理。这个地方外出谋生的人多了，少不了要带几封平安家信，带一点衣物食品的，方圆几十里又没有邮局，那就用得着信客了。信客要有一点文化，知道各大码头的情形，还要有一副强健的筋骨，背得动重重的行李。

细想起来，做信客实在是一件苦差事。乡间外出的人数量并不太多，他们又不集中在一个城市，因此信客的生意不大，却很费脚力。如果交通方便也就用不着信客了，信客常走的路大多七转八拐，换车调船，听他们说说都要头昏。信客如果把行李交付托运也就赚不了什么钱，他们一概是肩挑、背驮、手提、腰缠，咬着牙齿走完坎坷长途。所带的各家各户信件货物，品种繁多，又绝对不能有任何散失和损坏，一路上只得反复数点，小心翼翼。当时大家都穷，托运费十分低廉，有时还抵不回来去盘缠，信客只得买最差的票，住最便宜的舱位，随身带点冷馒头、炒米粉充饥。

信客为远行者们效力，自己却是最困苦的远行者。一身破衣旧衫，满脸风尘，状如乞丐。

没有信客，好多乡人就不会出远门了。在很长的时期中，信客沉重的脚步，是乡村和城市的纽带。

二

我家邻村，有一个信客，年纪不小了，已经长途跋涉了二三十年。

他读过私塾，年长后外出闯码头，碰了几次壁，穷愁潦倒，无以为生，回来做了信客。他做信客还有一段来由。

本来村里还有一个老信客。一次，村里一户人家的姑娘要出嫁，姑娘的父亲在上海谋生，托老信客带来两匹红绸。老信客正好要给远亲送一份礼，就裁下窄窄的一条红绸扎礼品，图个好看。没想到上海那位又托另一个人给家里带来口信，说收到红绸后看看两头有没有画着小圆圈，以防信客做手脚。这一下老信客就栽了跟头，四乡立即传开他的丑闻，以前叫他带过东西的各家都在回忆疑点，好像他家的一切都来自克扣。但他的家，破烂灰暗，值钱的东西一无所有。

老信客声辩不清，满脸凄伤，拿起那把剪红绸的剪刀直扎自己的手。第二天，他揣着那只伤痕累累的手找到了同村刚从上海落魄回来的年轻人，进门便说："我名誉糟践了，可这乡间不能没有信客。"

整整两天，老信客细声慢气地告诉他附近四乡有哪些人在外面，乡下各家的门怎么找，城里各人的谋生处该怎么走。说到几个城市里的路线时十分艰难，不断在纸上画出图样。这位年轻人连外出谋生的人也大半不认识，老信客说了又说，比了又比，连他们各人的脾气习惯也作了介绍。

把这一切都说完了，老信客又告诉他沿途可住哪几家小旅馆，旅馆里哪个茶房可以信托。还有各处吃食，哪一个摊子的大饼最厚实，哪一家小店可以光买米饭不买菜。

从头至尾，年轻人都没有答应过接班。可是听老人讲了这么多，讲得这么细，他也不再回绝。老人最后的嘱咐是扬了扬这只扎伤了的手，说："信客信客就在一个信字，千万别学我。"

年轻人想到老人今后的生活，说自己赚了钱要接济他。老人说：“不。我去看坟场，能糊口。我臭了，你挨着我也会把你惹臭。”

老信客本来就单身一人，从此再也没有回村。

年轻信客上路后，一路上都遇到对老信客的问询。大半辈子的风尘苦旅，整整一条路都认识他。流落在外的游子，年年月月都等着他的脚步声。现在，他正躲在山间坟场边的破草房里，夜夜失眠，在黑暗中睁着眼，迷迷乱乱地回想着一个个码头，一条条船只，一个个面影。

刮风下雨时，他会起身，手扶门框站一会儿，暗暗嘱咐年轻的信客一路小心。

三

年轻的信客也渐渐变老。他老犯胃病和风湿病，一犯就想到老信客，老人什么都说了，怎么没提起这两宗病？顺便，关照家人抽空带点吃食到坟场去。他自己也去过几次，老人逼着他讲各个码头的变化和新闻。历来是坏事多于好事，他们便一起感叹唏嘘。他们的谈话，若能记录下来，一定是历史学家极感兴趣的中国近代城乡的变迁史料，可惜这儿是山间，就他们两人，刚刚说出就立即飘散，茅屋外只有劲厉的山风。

信客不能常去看老人。他实在太忙，路上花费的时间太多，一回家就忙着发散信、物，还要接收下次带出的东西。这一切都要他亲自在场，亲手查点，一去看老人，会叫别人苦等。

只要信客一回村，他家里总是人头济济。多数都不是来收发信、物的，只是来看个热闹，看看各家的出门人出息如何，带来了什么稀罕物品。农民的眼光里，有羡慕，有嫉妒；比较得多了，也有轻蔑，有嘲笑。这些眼神，是中国农村对自己的冒险家们的打分。这些眼神，是千年故土对城市的探询。

终于有妇女来给信客说悄悄话：“关照他，往后带东西几次并一次，不要鸡零狗碎的”；“你给他说说，那些货色不能在上海存存？我一个女人家，来强盗来贼怎么办”……信客沉稳地点点头，他看得太多，对这一切全能理解。都市里的升沉荣辱，震颤着长期迟钝的农村神经系统，他是最敏感的神经末梢。

闯荡都市的某个谋生者突然得了一场急病死了，这样的事在那样的年月经常发生。信客在都市同乡那里听到这个消息，就会匆匆赶去，代表家属乡亲料理后事、收拾遗物。回到乡间，他就挟上一把黑伞，伞柄朝前，朝死者家里走去。乡间报死讯的人都以倒挟黑伞为标记，乡人一看就知道，又有一个人客死他乡。来到死者家里，信客满脸戚容，用一路上想了很久的委婉语气把噩耗通报。可怜的家属会号啕大哭，会猝然昏厥，他都不能离开，帮着安慰张罗。更会有一些农妇听了死讯一时性起，咬牙切齿地憎恨都市，憎恨外出，连带也憎恨信客，把他当作了死神冤鬼，大声呵斥，他也只能低眉顺眼、听之忍之、连声诺诺。

下午，他又要把死者遗物送去，这件事情更有危难。农村妇女会把这堆简陋的遗物当作丈夫生命的代价，几乎没有一个相信只有这点点。红红的眼圈里射出疑惑的利剑，信客浑身不自在，真像做错了什么事一般。他只好柔声地汇报在上海处置后事的情况，农村妇女完全不知道上海社会，提出的诘问每每使他无从回答。

直到他流了几身汗，赔了许多罪，才满脸晦气地走出死者的家。他能不干这档子事吗？不能。说什么我也是同乡，能不尽一点乡情乡谊？老信客说过，这乡间不能没有信客。做信客的，就得挑着一副生死祸福的重担，来回奔忙。四乡的外出谋生者，都把自己的血汗和眼泪，堆在他的肩上。

四

信客识文断字，还要经常代读、代写书信。没有要紧事带个口信就是了，要写信总是有了不祥的事。妇女们一把眼泪、一把鼻涕在信客家里诉说，信客铺纸磨墨，琢磨着句子。他总是把无穷的幽怨和紧迫的告急调理成文绉绉的语句，郑重地装进信封，然后，把一颗颗破碎和焦灼的心亲自带向远方。

一次，他带着一封满纸幽怨的信走进了都市的一间房子，看见发了财的收信人已与另一个女人同居。他进退两难，犹豫再三，看要不要把那封书信拿出来。发了财的同乡知道他一来就会坏事，故意装作不认识，厉声质问他是什么人。这一下把他惹火了，立即举信大叫：“这是你老婆的信！”

信是那位时髦女郎拆看的，看完便大哭大嚷。那位同乡下不了台，硬说他是私闯民宅的小偷，拿出一封信来只是脱身伎俩。为了平息那个女人的哭闹，同乡狠狠打了他两个耳光，并把他扭送到了巡捕房。

他向警官解释了自己的身份，还拿出其他许多同乡的地址作为证明。传唤来的同乡集资把他保了出来，问他事由，他只说自己一时糊涂，走错了人家。他不想让颠沛在外的同乡蒙受阴影。

这次回到家，他当即到老信客的坟头烧了香，这位老人已死去多年。他跪在坟头请老人原谅：从此不再做信客。他说："这条路越来越凶险，我已经支持不住了。"

他向乡亲们推说自己腿脚有病，不能再出远门。有人在外的家属一时陷入恐慌，四处物色新信客，怎么也找不到。

只有这时，人们才想起他的全部好处，常常给失去了生活来源的他端来几碗食物点心，再请他费心想想通信的办法。

也算这些乡村劫数未尽，那位在都市里打了信客耳光的同乡突然发了善心。此公后来更发了一笔大财，那位时髦女郎读信后立即离他而去，他又在其他同乡处得知信客没有说他任何坏话，还听说从此信客已赋闲在家，如此种种，使他深受感动。他回乡来了一次，先到县城邮局塞钱说项，请他们在此乡小南货店里附设一个代办处，并提议由信客承担此事。

办妥了这一切，他回到家里慰问邻里，还亲自到信客家里悄悄道歉，请他接受代办邮政的事务。信客对他非常恭敬，请他不必把过去了的事情记在心上。至于代办邮政，小南货店有人可干，自己身体不济，恕难从命。同乡送给他的钱，他也没拿，只把一些礼物收下。

此后，小南货店门口挂出了一只绿色的邮箱，也办包裹邮寄，这些乡村又与城市接通了血脉。

信客开始以代写书信为生，央他写信的实在不少，他的生活在乡村中属于中等。

五

两年后，几家私塾合并成一个小学，采用新式教材。正缺一位地理教师，大家都想到了信客。

信客教地理绘声绘色，效果奇佳。他本来识字不多，但几十年游历各处，又代写了无数封书信，实际文化程度在几位教师中显得拔尖，教起国文来也从容不迫。他眼界开阔，对各种新知识都能容纳。更难能可贵的是，他深察世故人情，很能体谅人，很快成了这所小学的主心骨。不久，他担任了小学校长。

在他当校长期间，这所小学的教学质量，在全县属于上乘。毕业生考上城市中学的比例，也很高。

他死时，前来吊唁的人非常多，有不少还是从外地特地赶来的。根据他的遗愿，他的墓就筑在老信客的墓旁。此时的乡人已大多不知老信客是何人，与这位校长有什么关系。为了看着顺心，也把那个不成样子的坟修了一修。

◎文章品读

《信客》是一篇感人至深的文章。它在艺术上最大的成就即是成功塑造了两位信客的形象。信客是存在于山区的特殊行业。由于交通、通信的不发达，信息的传递只能靠信客来做。他们收入微薄，一生奔走，冒着各样的风险。信客的原则很简单，也很特殊，那就是一个“信”字。为了守信用，信客付出了常人无法想象的辛劳，如文中写，“信客常走的路大多七转八拐，换车调船，听他们说说都要头昏。信客如果把行李交付托运也就赚不了什么钱，他们一概是肩挑、背驮、手提、腰缠，咬着牙齿走完坎坷长途。所带的各家各户信件货物，品种繁多，又绝对不能有任何散失和损坏，一路上只得反复数点，小心翼翼。”“当时大家都穷，托运费十分低廉，有时还抵不回来去盘缠，信客只得买最差的票，住最便宜的舱位，随身带点冷馒头、炒米粉充饥。”信客是一个苦差，正如文中所概括的，他们为远行者充当桥梁，自己却是最穷苦的远行者。破衣烂衫，风尘仆仆，“状如乞丐”。

经济的不发达，催生了信客这一特殊的行业。在很长的一段时期，这一职业成了乡村与城市连接的纽带。

在塑造信客形象上，作者也围绕着“信”字展开。老的信客，一生谨小慎微，却因私剪一匹红绸坏了名声，半生清誉付诸东流，晚景凄凉。年轻的信客在接班前，他谆谆叮嘱：“信客信客就在一个信字，千万别学我。”信客精神的淳朴、可贵通过对两辈信客的描画，展现得淋漓尽致，也让人感慨万千。这样的付出，绝不是微薄的报酬所能够补偿的，它搭建了人们心灵与心灵沟通的桥梁。

作家对信客的描写，在某种意义上也触及了当今社会的现实——信客恪守信用，品格像金子般可贵——他们竭尽所能地处理传递信息中发生的各种状况，充满了情意与良知，然而他们的结局却往往是油尽灯枯，颓唐与不尽的凄伤。文章中的两辈信客，一辈半生看坟，死后坟墓破得无人修葺；一辈因偶然的际遇，总算稍有着落。人情冷暖令人回味、感叹。

余秋雨的散文，质朴而典雅，精辟而练达。知识素养的厚积薄发，令文章潇洒、淡定、从容。散文《信客》正是这样一篇书卷气浓而又令人回味的美文。从中人们能够感受到的，是一种文化的深厚内涵。

·作者简介·

余秋雨（1946～），浙江余姚人。著名学者、散文家。毕业于上海戏剧学院，留校任教至今。在海内外出版过多部史论专著，学术成就斐然。1983年出版的专著《戏剧理论史稿》及1985年创作的戏剧美学著作《戏剧审美心理学》均获得国家级奖项。曾被授予“国家级突出贡献专家”“上海市十大高教精英”等荣誉称号。现为中国作家协会会员。代表作有《笛声何处》《一个王朝的背影》《行者无疆》《千年一叹》《山居笔记》《文化苦旅》《文明的碎片》《霜冷长河》《出走十五年》等。其中，散文集《文化苦旅》一经问世即震动文坛，赢得了“文化散文”的美誉。

垂钓

●余秋雨

去年夏天我与妻子买票参加了一个民间旅行团，从牡丹江出发，到俄罗斯的海参崴游玩。海参崴的主要魅力在于海，我们下榻的旅馆面对海，每天除了在阳台上看海，还要一次次下到海岸的最外沿，静静地看。

海参崴的海与别处不同，深灰色的迷蒙中透露出巨大的恐怖。我们眯缝着眼睛，把脖子缩进衣领，立即成了大自然凛冽威仪下的可怜小虫。其实岂止是我们，连海鸥也只在岸边盘旋，不敢远翔，四五条猎犬在沙滩上对着海浪狂吠，但才吠几声又缩脚逃回。逃回后又回头吠叫，呜呜的风声中永远夹带着这种凄惶的吠叫声，直到深更半夜。只有几艘兵舰在海雾中隐约，海雾浓了它们就淡，海雾淡了它们就浓，有时以为它们驶走了，定睛一看还在，看了几天都没有移动的迹象，就像一座座千古冰山。我们在海边说话，尽量压低了声音，怕惊动了冥冥中的什么。

在一个小小的弯角上，我们发现，端坐着一胖一瘦两个垂钓的老人。

胖老人听见脚步声朝我们眨了眨眼算是打了招呼，他回身举起钓竿把他的成果朝我们扬了一扬，原来他的钓绳上挂了六个小小的钓钩，每个钓钩上都是一条小鱼。他把六条小鱼摘下来放进身边的水桶里，然后再次下钩，半分钟不到他又起竿，又是六条挂在上面。就这样，他忙忙碌碌地下钩起钩，我妻子走近前去一看，水桶里已有半桶小鱼。

奇怪的是，只离他两米之远的瘦老人却纹丝不动。为什么一条鱼也不上他的钩呢？正纳闷，水波轻轻一动，他缓缓起竿，没有鱼，但一看钓钩却硕大无比，原来只想钓大鱼。在他眼中，胖老人忙忙碌碌地钓起那一大堆鱼，根本是在糟践钓鱼者的取舍标准和堂皇形象。伟大的钓鱼者是安坐着与大海进行谈判的人类代表，而不是在等待对方琐碎的施舍。

胖老人每次起竿摘鱼都要用眼角瞟一下瘦老人，好像在说："你就这么熬下去吧，伟大的谈判者！"而瘦老人只以泥塑木雕般的安静来回答。

两人都在嘲讽对方，两人谁也不服谁。

过了不久，胖老人起身，提起满满的鱼桶走了，快乐地朝我们扮了一个鬼脸，却连笑声也没有发出，脚步如胜利者凯旋。瘦老人仍然端坐着，夕阳照着他倔强的身躯，他用背影来鄙视同伴的浅薄。暮色苍茫了，我们必须回去，走了一段路回身，看到瘦小的身影还在与大海对峙。此时的海，已经更加狰狞昏暗。狗吠声越来越响，夜晚开始了。

妻子说："我已经明白，为什么一个这么胖，一个这么瘦了。一个更加物质，一个更加精神。人世间的精神总是固执而瘦削的，对吗？"

我说："说得好。但也可以说，一个是喜剧美，一个是悲剧美。他们天天在互相批判，但加在一起才是完整的人类。"

确实，他们谁也离不开谁。没有瘦老人，胖老人的丰收何以证明？没有胖老人，瘦老人固守有何意义？大海中多的是鱼，谁的丰收都不足挂齿；大海有漫长的历史，谁的固守都是一瞬间。因此，他们的价值都得由对手来证明。可以设想，哪一天，胖老人见不到瘦老人，或瘦老人见不到胖老人，将会是何等惶恐。在这个意义上，最大的对手也就是最大的朋友，很难分开。

两位老人身体都很好，我想此时此刻，他们一定还坐在海边，像两座恒久的雕塑，组成我们心中的海参崴。

◎文章品读

《垂钓》选自余秋雨著名的散文集《霜冷长河》，这部书收录了大量关于友情、善良、名誉、谣言、嫉妒的文章。篇篇信手拈来，然而无不体现作家的博学、睿智与厚重的文化底蕴。在当今纷纭的文化类产品中，独树一帜。

《垂钓》文很短小，讲述了一件简单而又充满哲理的小事。作者和家人参加民间旅行团赴俄罗斯海参崴游玩，在住处不远的海边看海时，无意中发现了两名垂钓者，两人胖瘦明显，垂钓成果也大相径庭。作者与妻子通过观察得出了自己的结论，并由作者进一步总结，将单纯的垂钓升华，令小文熠熠生辉。整篇散文，如话家常，娓娓道来，平白晓畅，无丝毫做作，更无晦涩、艰深。

对比中出形象，是本篇最大的特色。主人公从一出场，即一胖一瘦，首先吸引了人的注意力；在垂钓中，胖老人小钩小鱼，收获满满；瘦老人大钩无鱼，干枯落寞，而神态凛然。文中极少写到两人的言语，形象、外观几乎没有，多心理活动、揣测、想象，这令人物稍显剥离，却仍很生动。

叙事、说理，是本文无法略过的又一亮点。文章表面看似叙事，实质句句说理。看海、言海，猎犬、海鸥，风光的迷蒙、恐怖，皆为情语，为旅行扣上了一顶另类的帽子。这样的环境、氛围，容易令人退缩，然而此时出现的主人公却没有。他们安闲地钓鱼，“泥塑木雕般”“纹丝不动”（瘦老人）。猎狗与海鸟、作者的情态也从侧面烘托了自然力量的深邃与伟大。

对两位老人的心理描绘，贯穿正文始终。作者的观点——人与自然，对立统一，相互排斥又相互依存的抽象理论均由两名垂钓者给出，充满了闲情逸致而又不乏深度。

《垂钓》文曾被认为是作者整部文集中的精华、代表作。亦有人并不看好，甚至有人认为其人称运用、心理描写等有瑕疵，然而终归不能否认，作家以微见著的能力、独特的思维方式与角度，是非常出色的。

为你自己高兴

●刘心武

朋友小凌自幼双腿萎瘫，在一家印制包装纸的福利工厂工作，业余爱看文学书，常到我家来借。我有一天就对他说：“你怎么不立个大志向，发愤写作，也成个作家？”我自然举出了中外古今一些例子，又借给他《三月风》，激励他登上“维纳斯星座”。当时他没说什么，过些天来还书，他告诉我：“我没有写作的天分，我就这样当个读者挺好。”临告别时更笑着说：“我活得挺自在。我为自己高兴。”

上个星期天我在大街上看见了他，他骑着电动三轮车，后座上是也有残疾的妻子，搂着他们完全健康的小女儿，三个人脸颊都红喷喷的，说是刚从北京游乐园玩完回来。真的，他们全家都为自己高兴，那是人生中最扎实最醇厚的快乐！

为自己高兴吧！我为什么不完美？——别钻那牛角尖。要是别人问：你为什么不如何如何，那么，让我们都像小凌那样，坦然无愧地看待自己，珍爱、享受平凡而实在的人生！

一个作家朋友得了个奖，却很不高兴。为什么？因为有人问：为什么只是个地区奖，而不是全国奖？如果他得了全国奖，那么又可以问：为什么不是最高奖？如果是最高奖，那么又可以问：为什么国际上没得奖？如果国际上得了奖，那么还可以问：为什么不是诺贝尔文学奖呢？倘真得了诺贝尔文学奖，也仍然可以极为好心地、激励他向上地、不问白不问地问他：怎么你得奖后反倒写得不那么多，而且，怎么写出的作品倒不如以前的好，怎么就没有新的突破了呢？……这样一路问下去，会有什么样的结果呢？也许会有正面的例子，但我举不出来，我只知道美国海明威和日本川端康成都是在获得诺贝尔文学奖不久后自杀身亡，也许那自杀的心理因素非常复杂，但一些评论家讥讽海明威的“江郎才尽”，社会舆论对川端康成达到至美至丰境界的高于富士山的期盼压力，很可能是那诸多因素中相当重要的一种。

不要为自己树立高不可及的标杆，更不要被别人往往确实是出于好心好意的刺激而陷入自卑自怨自责自苦的泥潭！

开电梯的小倪有一天刚从发廊理完发来上班，楼里乘电梯的人们都说她这下更像电视里出现过的某位歌星了。说一次也罢，后来有的人确实出于好心，出于善意，往往也是出于无聊，出于没话找话，更有出于起哄的，便不断地用这类话来激小倪，比如你为什么就不去试试，也当个歌星，也上上电视呀。你为什么就甘心窝在这小笼子里呀，你这么好的相貌这么活泼的性格，为什么不起码去当个广告模特儿呀……有一天，众人正在电梯里哄着，小倪就高声宣布说：“你们说的那位，顶多算个三流歌星，我可是个一流的电梯工！不是我像她，是她长得像我！”说完哈哈大笑起来。小倪在为自己高兴。她高兴自己的工作，自己的平凡，自己的不必上电视，自己的适得其所，自己的不为他人左右……

是的，要为你自己高兴，你的个子最适合于你，你的相貌为你所独有，你的身体状况即使不佳，即使有残那也无碍你内心的自尊与自爱，因为你在诚实地生活，在认真地工作，在挣得你应得的一份，在享受社会应为你提供的那一份快乐。在每天晚上问心无愧地安睡，你每天清晨兴致勃勃地迎接又一个平凡而充实的日子……是的，你不一定要成为维纳斯，不一定升为星座，但你可以尽情欣赏“维纳斯星座”；你不一定要出现在电视上，但你在生活中完全可以拥有比那更多的乐趣……

争取不凡诚然可敬可佩，然而甘于结结实实的平凡，如小凌，如小倪，则更可爱可羡……这个世界很大，机会确实很多，然而这个世界也很小，机遇又极为难得。我们应在奋力进取与适可而止之间取得一种平衡。我们要懂得这个世界不单是为不平凡的人而存在的，恰恰相反，这个世界主要是为平凡的人而存活。

为你自己高兴，因为你的努力奋进已取得了一些成果；为你自己高兴，因为你能够如现在这样也真是挺不错；为你自己高兴，因为你不为自己设置徒添烦恼的标杆，更不受他人那出于好意而设置的缥缈标杆而蛊惑；为你自己高兴，为你那平凡而充实的、问心无愧的存在而高兴！

◎**文章品读**

在《为你自己高兴》这篇散文中，作者通过身边发生的几件小事阐发了一段发人深省的哲理。那就是人要为自己平凡、充实并问心无愧的存在而感到高兴，正确看待自己，找到属于自己的人生坐标。

文中的两个事例均发生在作者身边：一个是双腿残疾的小凌，在一家三口的天伦之乐中，活得自在、快乐，坦荡地看待自己，珍惜自己平凡而实在的人生；另一位是电梯工小倪，她没有因为人们消磨时光的闲话碎语，而刻意去改变生活，在所谓的明星和普通人之间，她选择了做一个快乐的电梯工。用她的话来说："你们说的那位，顶多算个三流歌星，我可是个一流的电梯工！不是我像她，是她长得像我！"她为自己的平凡、适得其所感到高兴，没有好高骛远，没有迷失自己。作者尤其还拿凡人与伟人相比，指出海明威与川端康成的死，实际与无法摆脱的巨大压力有关，进一步说明，人不能为自己设置高不可及的标杆，更不能因此而陷入"自卑自怨自责自苦的泥潭"。人应该为自己的存在而感到欣慰，并适时地"在进取与适可而止之间取得一种平衡"。

整篇文章平实自然，由小事架构，于抒情中发表议论，将事件与深刻的哲理阐述有机地融合在一起，水到渠成，令人叹服。

·作者简介·

刘心武（1942～），四川成都人。曾用笔名刘浏、赵壮汉等。著名作家。1950年随父迁居北京。1961年毕业于北京师范专科学校中文系。之后一直在中学任教。1976年起任北京出版社编辑。参与创刊《十月》杂志。国际笔会中国中心成员。历任中国作协理事、《人民文学》主编等职。成名作是发表于1977年的短篇小说《班主任》，该作品荣获首届全国优秀短篇小说奖。此后，佳作不断，陆续发表了《爱情的位置》《醒来吧，弟弟》《我爱每一片绿叶》等小说，均引起强烈的社会反响。现任中国作家协会第七届全国委员会委员。主要作品有：短篇小说集《班主任》《母校留念》《刘心武短篇小说选》，中篇小说集《如意》《王府井万花筒》《木变石戒指》《一窗灯火》《蓝夜叉》，中短篇小说集《绿叶与黄金》《大眼猫》《都会咏叹调》《立体交叉桥》《5·19长镜头》等。另有散文集、理论集、儿童文学作品及《刘心武文集》等出版。

海市

●杨朔

我的故乡蓬莱是个偎山抱海的古城，城不大，风景却别致。特别是城北丹崖山峭壁上那座凌空欲飞的蓬莱阁，更有气势。你倚在阁上，一望那海天茫茫、空明澄碧的景色，真可以把你的五脏六腑都洗得干干净净。这还不足为奇，最奇的是海上偶然间出现的幻景，叫海市。小时候，我也曾见过一回。记得是春季，雾蒙天，我正在蓬莱阁后拾一种被潮水冲得溜光滚圆的玑珠，听见有人喊：“出海市了。”只见海天相连处，原先的岛屿一时不知都藏到哪儿去了，海上劈面立起一片从来没见过的山峦，黑苍苍的，像水墨画一样。满山都是古松古柏；松柏稀疏的地方，隐隐露出一带渔村。山峦时时变化着，一会儿山头上幻出一座宝塔，一会儿山洼里又现出一座城市，市上游动着许多黑点，影影绰绰的，极像是来来往往的人马车辆。又过一会儿，山峦城市慢慢消下去，越来越淡，转眼间，天青海碧，什么都不见了，原先的岛屿又在海上重现出来。

这种奇景，古时候的文人墨客看到了，往往忍不住要高声咏叹。且看蓬莱阁上那许多前人刻石的诗词，多半都是题的海市蜃楼，认为那就是古神话里流传的海上仙山。最著名的莫过于苏东坡的海市诗，开首几句写着：“东方云海空复空，群仙出没空明中。摇荡浮世生万象，岂有贝阙藏珠宫……”可见海市是怎样的迷人了。只可惜这种幻景轻易看不见。我在故乡长到十几岁，也只见过那么一回。故乡一别，雨雪风霜，转眼就是二十多年。今年夏天重新踏上那块滚烫烫的热土，爬到蓬莱阁上，真盼望海上能再出现那种缥缥缈缈的奇景。偏我来得不是时候。一般得春景天，雨后，刮东风，才有海市。于今正当盛夏，岂不是空想。可是啊，海市不出来，难道我们不能到海市经常出现的地方去寻寻看么？也许能寻得见呢。

于是我便坐上船，一直往海天深处开去。好一片镜儿海。海水碧蓝碧蓝的，蓝得人心醉，我真想变成条鱼，钻进波浪里去。鱼也确实惬意。瞧那海面上露出一条大鱼的脊梁，像座小山，那鱼该有十几丈长吧？我正看得出神，眼前刺溜一声，水里飞出另一条鱼，展开翅膀，贴着水皮飞出去老远，又落下去。

我又惊又喜问道："鱼还会飞么？"

船上掌舵的说："燕儿鱼呢，你看像不像燕子？烟雾天，有时会飞到船上来。"那人长得高大健壮，一看就知道是个航海的老手，什么风浪都经历过。他问我道："是到海上去看捕鱼的么？"

我说："不是，是去寻海市。"

那舵手瞟我一眼说："海市还能寻得见么？"

我笑着说："寻得见——你瞧，前面那不就是？"就朝远处一指，那儿透过淡淡的云雾，隐隐约约现出一带岛屿。

那舵手稳稳重重一笑说："可真是海市，你该上去逛逛才是呢。"

赶到船一靠近岛屿，我便跨上岸，走进海市里去。

果然不愧是"海上仙山"。这一带岛屿烟笼雾绕，一个衔着一个，简直是条锁链子，横在渤海湾里。渤海湾素来号称北京的门户，有这条长链子挂在门上，门就锁得又紧又牢。别以为海岛总是冷落荒凉的，这儿山上山下，高坡低洼，满眼葱绿苍翠，遍是柞树、槐树、杨树、松树，还有无数冬青、葡萄以及桃、杏、梨、苹果等多种果木花树。树叶透缝的地方，时常露出一带渔村，青堂瓦舍，就和我小时候在海市里望见的一模一样。先前海市里的景物只能远望，不能接近，现在你却可以走进渔民家去，跟渔民谈谈心。岛子上四通八达，到处是浓荫夹道的大路。顺着路慢慢走，你可以望见海一般碧绿的庄稼地里闪动着鲜艳的衣角。那是喜欢穿红挂绿的渔家妇女正在锄草。有一个青年妇女却不动手，鬓角上插着枝野花，立在槐树凉影里，倚着锄，在做什么呢？哦！原来是在听公社扩音器里播出的全国麦收的消息。

说起野花，也是海岛上的特色。春天有野迎春；夏天太阳一西斜，漫山漫坡是一片黄花，散发着一股清爽的香味。黄花丛里，有时会挺起一枝火焰般的野百合花。凉风一起，蟋蟀叫了，你就该闻见野菊花那股极浓极浓的药香。到冬天，草黄了，花也完了，天上却散下花来，于是满山就铺上一层耀眼的雪花。

立冬小雪，正是渔民拉干贝的季节。渔船都扬起白帆，往来拉网，仿佛是成群结队翩翩飞舞的白蝴蝶。干贝、鲍鱼、海参一类东西，本来是极珍贵的海味。你到渔业生产队去，人家留你吃饭，除了鲐鱼子、燕儿鱼丸子而外，如果端出雪白鲜嫩的新干贝，或者是刚出海的鲍鱼，你一点不用大惊小怪，以为是大摆筵席，其实平常。

捕捞这些海产却是很费力气的。哪儿有悬崖陡壁，海水又深，哪儿才盛产干贝鲍鱼等。我去参观过一次“碰”鲍鱼的。干这行的渔民都是中年人，水性好，经验多，每人带一把小铲，一个葫芦，葫芦下面系着一张小网。趁落潮的时候，水比较浅，渔民戴好水镜，先在水里四处游着，透过水镜望着海底。一发现鲍鱼，便丢下葫芦钻进水底下去。鲍鱼也是个怪玩意儿，只有半面壳，附在礁石上，要是你一铲子铲不下来，砸烂它的壳，再也休想拿得下来。渔民拿到鲍鱼，便浮上水面，把鲍鱼丢进网里，扶着葫芦喘几口气，又钻下去。他们都像年轻小伙子一样嬉笑欢闹，往我们艇子上扔壳里闪着珍珠色的鲍鱼，扔一尺左右长的活海参，扔贝壳像蒲扇一样的干贝，还扔一种叫“刺锅”的怪东西，学名叫海胆，圆圆的，周身满是挺长的黑刺，跟刺猬差不多，还会爬呢。

最旺的渔季自然是春三月。岛子上有一处好景致，叫花沟，遍地桃树，年年桃花开时，就像那千万朵朝霞落到海岛上来。桃花时节，也是万物繁生的时节。雪团也似的海鸥会坐在岩石上自己的窝里，一心一意孵卵，调皮的孩子爬上岩石，伸手去取鸥蛋，那母鸥也只转转眼珠，动都懒得动。黄花鱼起了群，都从海底浮到海面上，大鲨鱼追着吃，追得黄花鱼嘓嘓直叫。听见鱼叫，渔民就知道是大鱼群来了，一网最多的能捕二十多万条，倒在舱里，一跳一尺多高。俗话说得好：“过了谷雨，百鱼上岸。”大对虾也像一阵乌云似的涌到近海，密密层层。你挤我撞，挤得在海面上乱蹦乱跳。这叫桃花虾，肚子里满是子儿，最肥。渔民便用一种网上绑着坛子做浮标的“坛子网”拉虾，一网一网往船上倒，一网一网往海滩上运，海滩上的虾便堆成垛，垛成山。渔民不叫它是虾山，却叫作金山银山。这是最旺的渔季，也是最热闹的海市。

现在不妨让我们走进海市的人家里去看看。老宋是个结实精干的壮年人，眉毛漆黑，眼睛好像瞌睡无神，人却是像当地人说的：机灵得像海马一样。半辈子在山风海浪里滚，斗船主，闹革命，现时是一个生产大队的总支书记。他领我去串了几家门子，家家都是石墙瓦房，十分整洁。屋里那个摆设，更考究：炕上铺的是又软又厚的褥子毯子；地上立的是金漆桌子、大衣柜；迎面墙上挂着穿衣镜；桌子上摆着座钟、盖碗、大花瓶一类陈设。起初我还以为是谁家新婚的洞房，其实家家如此，毫不足奇。

我不禁赞叹着说："你们的生活真像神仙啊，富足得很。"

老宋含着笑，也不回答，指着远处一带山坡问："你看那是什么？"

那是一片坟墓，高高低低，坟头上长满蒿草。

老宋说："那不是真坟，是假坟。坟里埋的是一堆衣服，一块砖，砖上刻着死人的名字。死人呢，早埋到汪洋大海里去了。渔民常说：情愿南山当驴，不愿下海捕鱼——你想这捕鱼的人，一年到头漂在海上，说声变天，大风大浪，有一百个命也得送进去。顶可怕的是龙卷风，打着旋儿转，能把人都卷上天去。一刮大风，妇女孩子都上了山头，烧香磕头，各人都望着自己亲人的船，哭啊叫的，凄惨极啦——别说还有船主那把杀人不见血的刀逼在你的后脖颈子上。"

说到这儿，老宋低着瞌睡眼，显然在回想旧事，一面继续讲："都知道蝎子毒，不知道船主比蝎子更毒。我家里贫，十二岁就给船主做零活。三月，开桃花，小脚冻得赤红，淋着雨给船主从舱里往外舀潮水，舀得一慢，船主就拿铅鱼浮子往你头上磕。赶我长得大一点，抗日战争爆发了，蓬莱一带有共产党领导的游击队，需要往大连买钢，大约是做武器用。当时船主常到大连去装棒子面，来往做生意，我在船上替人家做饭。大连有个姓鲍的，先把钢从日本厂子里偷出来，藏到一家商店里。船主只是为财，想做这趟买卖，叫我去把钢拿回船来。你想日本特务满街转，一抓住你，还用想活命么？仗着我小，又有个小妹妹，当时住在大连我姐姐家里，我们兄妹俩拐进那家商店，妹妹把钢绑到腿上，我用手提着，上头包着点心纸，一路往回走，总觉得背后有狗腿子跟着，吓得提心吊胆。赶装回蓬莱，交给游击队，人家给两船麦子当酬劳。不想船主把麦子都扣下，一粒也不分给我。我家里净吃苦橡子面，等着粮食下锅，父亲气得去找船主，船主倒提着嗓门骂起来：‘麦子是俺花钱买的，你想讹诈不成。你儿子吃饭不干活，还欠我们的呢，不找你算账就算便宜你。’这一口气，我窝着多年没法出，直到日本投降，共产党来了，我当上民兵排长，斗船主，闹减租减息，轰轰烈烈干起来啦。我母亲胆小，劝我说：‘儿啊，人家腿上的肉，割下来好使么？闹不好，怕不连命都赔上。’到后来，果真差一点赔上命去。”

我插嘴问：“恐怕那是解放战争的事吧？”

老宋说：“可不是！解放战争一打响，我转移出去，经常在海上给解放军运粮食、木料和硫黄。我是小组长。船总是黑夜跑。有一天傍亮，我照料一宿船，有点累，进舱才打个盹儿，一位同志对着我的耳朵悄悄喊：‘快起来看看吧，怎么今天的渔船特别多？’我揉着眼跑出舱去，一看，围着我们里里外外全是小渔船。忽然间，小渔船一齐都张起篷来。渔船怎么会这样齐心呢？我觉得不妙，叫船赶紧靠岸。晚了，四面的船早靠上来，打了几枪，一个大麻子脸一步跨上我们的船，两手攥着两支枪，堵住我的胸口。原来这是个国民党大队长。他先把我绑起来，吊到后舱就打，一面打一面审问。吊打了半天，看看问不出什么口供，只得又解开我的绑，用匣子枪点着我的后脑袋，丢进舱里去。舱里还关着别的同志。过了一会儿，只听见上面有条哑嗓子悄悄说：‘记着，可千万别承认是解放军啊。’这分明是来套我们，谁上你的圈套？舱上蒙着帆，压着些杠子，蒙得漆黑，一点不透气。我听见站岗的还是那个哑嗓子的人，仰着脸说：‘你能不能露点缝，让我们透口气？”那个人一听见我的话，就蹑手蹑脚挪挪舱板，露出个大口子。想不到是个朋友。我往外一望，天黑了；辨一辨星星，知道船是往天津开。我不觉起了死的念头。既然被捕，逃是逃不出去的，不如死了好。一死，我是负责人，同志们把责任都推到我身上，什么也别承认，兴许能保住性命。说死容易，当真去死，可实在不容易啊。我想起党，想起战友，想起家里的老人，也想起孤苦伶仃的妻子儿女，眼泪再也忍不住，吧嗒吧嗒直往下滴。我思前想后了一阵，又再三再四嘱咐同志们几句话，然后忍着泪小声说：‘同志们啊，我想出去解个手。’一位同志说：‘你解在舱里吧。’我说：‘不行，我打的满身是火，也想出去凉快凉快。’就从舱缝里探出头去，四下望了望，轻轻爬上来，一头钻进

海里去，耳朵边上还听见船上的敌人说：‘大鱼跳呢。’

“那时候已经秋凉，海水冷得刺骨头，我身上又有伤，海水一泡，火辣辣地痛。拼死命挣扎着游了半夜，力气完了，人也昏了，随着涨潮的大流漂流下去。不知漂了多长时候，忽然间醒过来，一睁眼，发觉自己躺在一条大船上，眼前围着一群穿黄军装的人，还有机关枪。以为是又落到敌人网里了！问我话，只说是打鱼翻了船。船上给熬好米汤，一个兵扶着我的后脖颈子，亲自喂我米汤，我这才看清他戴的是八一帽徽，心里一阵酸，就像见到最亲最亲的父母，一时忍不住放声大哭起来。

“我就这样得了救，船上的同志果然把责任都推到我身上，挨了阵打，死不招认，敌人也只得放了他们。这件事直到许久才探听清楚：原来就是那船主怀恨在心，不知怎么摸到了我们活动的航线，向敌人告了密，才把我们半路截住。你看可恶不可恶！”

讲到末尾，老宋才含着笑，回答我最初的话说：“你不是说我们的生活像神仙么？你看这哪点像神仙？要不闹革命，就是真正神仙住的地方，也会变成活地狱。”

我问道：“一闹革命呢？”

老宋说：“一闹革命，就是活地狱也能变成像我们岛子一样的海上仙山。”

我不禁连连点着头笑道：“对，对。只有一点我不明白：我们现在革了船主的命，可不能革大海的命。大海一变脸，岂不是照样兴风作浪，伤害人命么？”

老宋又是微微一笑，笑得十分自信。他说：“明天你顶好亲自到渔船上去看看。现在渔船都组织起来，有指导船，随时随地广播渔情风情。大船都有收音机，一般的船也有无线报话机，不等风来，消息先来了，船能及时避到渔港里去，大海还能逞什么威风？——不过有时意料不到，也会出事。有一回好险，几乎出大事。那回气象预报没有风，渔民早起看看太阳，通红通红的，云彩丝儿不见，也不像有风的样子，就有几只渔船出了海。不想过午忽然刮起一种阵风，浪头卷起来比小山都高，急得渔民把桅杆横绑在船上，压着风浪。这又有什么用？浪头一个接着一个打到船上来，船帮子都打坏了，眼看着要翻。正在危急的当儿，前边冷丁出现一只军舰。你知道，这里离南朝鲜不太远，不巧会碰上敌人的船。渔民发了慌。那条军舰一步一步逼上来，逼到跟前，有些人脱巴脱巴衣裳跳下海，冲着渔船游过来。渔民一看，乐得喊：是来救我们的呀！不一会儿，渔民都救上军舰，渔船也拖回去。渔民都说：‘要不是毛主席派大兵舰来，这回完了。’”

原来这是守卫着这个京都门户的人民海军专门赶来援救的。

看到这里，有人也许会变得不耐烦：你这算什么海市？海市原本是虚幻的，正像清朝一个无名诗人的诗句所说的：“欲从海上觅仙迹，令人可望不可攀。”你怎么倒能走进海市里去？岂不是笑话！原谅我，朋友，我现在记的并不是那渺渺茫茫的海市，而是一种真实的海市。如果你到我的故乡蓬莱去看海市蜃楼，时令不巧，看不见也不必失望，我倒劝你去看看这真实的海市，比起那缥缈的幻景还要新奇，还要有意思得多呢。

这真实的海市并非别处，就是长山列岛。

◎文章品读

杨朔是著名的作家、散文家。其散文题材广泛，内容丰富，常常蕴含着深刻的社会意义。其一生写就了大量的散文名篇，像《荔枝蜜》《香山红叶》《茶花赋》《画山绣水》等，入选教材的散文篇数众多。

《海市》是杨朔众多的佳作中的一篇，秉承了作家一贯善用的托物寄情、物我交融的写法，以沿海现象“海市蜃楼”为引子，层层递进，由景观的壮美、神奇，传递了现实生活中的诸多信息。主旨亦暗合作家惯有的基调：歌颂新时代、新生活。

海市蜃楼是作者沿海家乡的“风物特产”。阔别乡土二十载的作者一踏上故土，便开始寻觅海市的踪迹。他搭乘渔船，一路寻觅。然而他到达的海市，却不是虚无缥缈的仙境，而是实实在在的一片土地——一座海中的岛屿。行文由虚而实，从幻象中走出，带给大家的是一个真正的仙境、人间的海市。

海中小岛酷似仙山琼阁，“满眼葱绿苍翠”，到处是草木果实、鸟语花香。林荫深处，则是居住在岛上的渔民。随着行文的深入，人们从追寻海市，到开始重新审视一个全新的生活环境：小岛四通八达，浓荫夹道。或从事稼穑，或到海上捕鱼，人民过得怡然自乐。然而，作者要写的不是与世无争的世外桃源。小岛虽地处海中，渔民却没有与世隔绝。他们从公社的扩音器里收听全国麦收的消息，为了生计不停地在山风海浪里作业，追溯往昔，更是斗地主，闹革命，轰轰烈烈。岛民的生活充实而忙碌，有条不紊。对岛屿的诸多描绘，旨在说明渔民今日生活水平的显著提高。

写过风光美好，物产丰饶，作者转笔写人。对人物老宋的刻画，将一代人的辛酸坎坷浓缩于方寸间。他从小为船主做工，受尽剥削。解放战争开始后，因斗地主土豪，九死一生。老宋一生的际遇，衬托的是今日新生活的分外美好。

《海市》散文结构精巧，乍看有云遮雾罩的困惑。然而峰回路转过后，即曲径通幽，豁然呈现一片新的天地。篇末以抒情点题，再次亮明主旨，歌颂了社会主义新时代、新生活。

·作者简介·

杨朔（1913～1968），山东蓬莱人。著名小说家、散文家。青年时期受到良好的教育，英文及古典诗词都有一定的造诣。抗战爆发后，加入作家战地访问团赴前线从事抗日文化宣传写作。1942年赴延安学习。解放战争时期，在晋察冀野战部队任新华社特派记者，参加了清风店、石家庄及平津战役。1949年在中华全国铁路总工会文艺部任部长。次年参加抗美援朝战争。1956年起，主要从事外事及作协工作。“文革”中受到残酷迫害。1968年8月3日服安眠药自杀。主要作品有：中篇小说《红石山》，长篇小说《三千里江山》，散文集《亚洲日出》《生命泉》《海市》《东风第一枝》等。其散文《香山红叶》《海市》《泰山极顶》《荔枝蜜》《茶花赋》《秋风萧瑟》《雪浪花》《画山绣水》等均为传世名篇，广为流传。

土地的寻觅

●路遥

我和谷溪最初相识在“文化革命”这幕戏剧的尾声部分。而在这幕社会戏剧中，我所扮演的角色原来是属于两个相互敌视的“营垒”。漫长而无谓的争斗，耗尽了所有人的热情，带来的是精神上的死一般的寂寥。“文化革命”作为没有胜利者的战争结束了，但可悲的是，失败者之间的对立情绪仍然十分强烈，意外的是，我和谷溪却在这个时候成了朋友。把我们联系起来的是文学（这是一个久违了的字眼）。在那时之前，谷溪已经是省内有些名气的青年诗人，早在一九六五年就出席过全国青年业余文学创作积极分子代表大会。共同的爱好使我抛弃了派别的偏见，一起热心地投入到一个清风习习的新天地里，忘却了那场多年做不完的噩梦。尽管那时候的作品甚至连一篇也不能编入现在的结集里，但它在人生的篇章中永远占有不可磨灭的一面——那是在干枯的精神土地上长出的几棵稀有的绿草，至今仍然在记忆中保持着鲜活。在此期间，谷溪和朋友们编辑出版了诗集《延安山花》。当时在国内外行销几十万册，可以说这是“文化革命”后期中国大陆上第一本有泥土气息和文学意识的诗歌集子，不能不引起社会广泛的注意。后来，谷溪又和大家奔波着出了一张文艺小报《山花》（一九九二年将庆祝它诞生二十周年）。今天国内许多有影响的作家和诗人当年都在这张小报上发表过他们最初的作品，有的甚至是处女作。一时间，我们所在的陕北延川县文艺创作为全国所瞩目，几乎成了个“典型”。所有这一切，都和谷溪分不开，他热情组织了这些有意义的活动。以后，我感到诗歌这碗诱人的汤水不适合我的脾胃，就改行涂抹起了小说，但谷溪一直痴心不改，始终热恋着他的缪斯，以至今天有了这本凝聚着他几十年心血的诗集。

诗人谷溪最初的职业是位伙夫。那时他刚刚告别了少年。

贫困的家境使他勉强读完高中后，便开始自谋生路，和油盐酱醋打起了交道，无论在此之前还是之后，他都饱尝了生活的酸甜苦辣。作为陕北农民的儿子，他继承了劳动者那种顽强不息和百折不挠的精神品质，几十年里，一边应付着生存的窘迫与尴尬，同时以童稚般的执拗在他心爱的黄土地上寻觅和采摘诗歌的花朵。

谷溪前期诗歌创作的风格，几乎完全是在学习陕北民歌（主要是信天游）的基础上形成的。他对陕北民歌的迷恋甚至到了有意或无意排斥其他诗歌形式的程度。他是吸吮着陕北民歌丰富的奶汁长大的。在运用这一形式方面，谷溪达到了很不一般的境界，有些诗作给人留下了强烈的印象，只是在内容方面受到了当时社会生活的某些局限，影响了作品的深度，因此编入这本集子中的寥寥无几，不能不使人感到一种历史性的缺憾。

读谷溪最初的诗作，你常常感到，那些诗不是用笔在纸上写出来的，而是用老镢头从地下挖出来的。有人就称他的诗是“老镢头诗”。当然，如果硬要把绣花针在绸缎上绣出来的诗和这种老镢头诗作比较，这种诗可能认为粗俗了一些，似难登大雅之堂。但我认为，面包和窝窝头各有各的味道，正如一句陕北乡谚所说：清油调苦菜，各取心里爱。

一副知识分子派头的谷溪，血管里流的是农民的血液，即使西装革履加上宽边眼镜也掩饰不住这种本质。他的劳动状态首先就像个陕北的庄稼汉，而且每有收获，第一个大受感动的常常是诗人自己。每逢有新作出笼，总要醉心地不厌其烦地给亲朋好友朗诵。在外人看来，他甚至有点过分地珍视自己的劳动果实，知情的当然是理解他的，因为他的每首得意之作，都几乎是洒尽汗水以至绞尽脑汁的产物。这个人没有上过大学，写作不可能凭深厚的学识功底，他也不属于那种脑瓜灵得不弹也响的才子，诗情经常能像自来水一样流个没完，谷溪在很大程度上不是靠天赋写诗，有时甚至要等到诗神明白无误地暗示后，似乎才“恍然大悟”，而且农民式的拙朴常常造成逮一只蜻蜓，也用了捕捉飞鹰的大网，其艰难困苦，就不是雅兴之人们所能知晓的了，即使如此费尽心机，他也不是每次都能逮住那只美丽的蜻蜓。从诗人几十年的作品来看，他收获的数量并不是很多。但毋容置疑，在他所有的这些收获中，的确有许多掷地有声的货色，足以使我们对诗人的劳动产生敬意，我们可以猜想他在两次收获之间，常常面对的是大片的空白。他又是一个天性不安生的人，没有守株待兔的耐心，一旦失去诗的灵性，就忙乱而狂热地将自己投身于各种社会性的文学活动之中，指导初学写作者的创作直至其他的琐碎事务，即使出力不讨好也从不回心转意，这种热忱的付出也影响了他自己的创作。当然，他从未中断过对诗的执著追求，有时甚至毫无收获的指望，他也在辛勤耕种。这一点上，再一次体现出了他的农民本色，对一个农民来说，即使面对一个纯粹没有收获的秋天，他也绝不会为春播夏耘所付出的艰辛而生出丝毫的悔意来。

由此而论，我们觉得，谷溪在人生奋斗方面的收获可能要大于他在诗歌创作方面的收获。我们又很难评判其间的哪一种收获于人更为宝贵，也许人生奋斗过程中所得到的欢乐，要远比所得到的那个具体结果更为美好。这不仅对谷溪而言，大概对我们所有的人都是如此。

谷溪后期的诗作变化很大，进步也很大，他显然不满足于初期的山歌野调，试图用自己宽阔的歌喉唱出对生活更丰富的感受，溪水奔涌出狭小的山谷，开始在较为宽阔的河床上流淌。我们甚至有一种河流突然改道的感觉，听见某种宏大的声势在他诗歌的河流中喧响，尽管某些地方显出了一种生硬或勉强，就总体而言，他后期的诗作表露出明显成熟的人生态度。对谷溪来说，这是一个飞跃，尽管这飞跃带着实验和探索的性质，这本诗集主要收编的是诗人这一时期的作品。可以看出，他显然在刻意追求一种深度，追求一种哲理意识，在展示现实生活的多棱镜面时，他尽量用冷静的手指拨亮历史的烛光给予其旷远的观照。而笼罩在这一切之上的，是诗人对陕北这块厚土的深深挚爱和杜鹃啼血般的眷恋，并以此唤起我们所共有的那种乡恋之情。这些都在很大程度上弥补了诗人在技巧方面的缺陷。另外，我们还觉得，在追求一种新形式、新表现的时候，并不意味着一定要以牺牲和抛弃原有的东西作为代价。谷溪深厚的民歌素养应该在创作追求中得到体现——当然应该是一种升华的体现。

◎文章品读

《土地的寻觅》成功刻画了一个勤劳、朴拙的陕北诗人形象。通过对诗人的描写，人们可以看出时代的变迁，也能感受到在黄土高原这块贫瘠的土地上绽放一朵理想之花的艰难、不易。

作者与谷溪的相识，源于对文学的热爱。背景是“文革”末期。作者写谷溪，首先从他在诗坛上的成就、影响写起。相对辉煌的成就，让人们可以更深切地感受到诗人在求索之路上所遭遇的坎坷、艰辛。

谷溪自小家穷，早早辍学，自谋生路。然而“作为陕北农民的儿子”，他骨子里有一种“顽强不息和百折不挠的精神”。几十年的奔波劳苦，也没能阻碍他对诗歌创作的追求。在为理想奔忙的路上，他的艰难付出作者一一看在眼里。

“这个人没有上过大学，写作不可能凭深厚的学识功底，他也不属于那种脑瓜灵得不弹也响的才子……谷溪在很大程度上不是靠天赋写诗，有时甚至要等到诗神明白无误的暗示后，似乎才‘恍然大悟’，而且农民式的拙朴常常造成逮一只蜻蜓，也用了捕捉飞鹰的大网。”“其艰难困苦，就不是雅兴之人们所能知晓的了，即使如此费尽心机，他也不是每次都能逮住那只美丽的蜻蜓。”辛勤的付出，诗人得到了回报。在不多产的诗篇中，不乏“掷地有声的货色”。对于谷溪取得的成绩，作者毫不掩饰敬佩之情，由衷抒发了源自内心的认可与赞叹。

作家命题“土地的寻觅”，并刻画了这样一位执著、艰难、苦行僧般的理想追求者，其情结源于与黄土地的血脉相通。写人、记事，均不离浓浓的陕北风情。作者对家乡水土的无限热爱、关注，荡漾在字里行间，挥之不去。

·作者简介·

路遥（1949～1993），陕西清涧县人。著名作家。幼年时因家境贫寒被过继给伯父。“文革”开始后返乡务农。1973 年进入延安大学中文系学习，开始文学创作。1976 年毕业后，先后在陕西文艺创作研究室、陕西文艺编辑部工作。1980 年发表《惊心动魄的一幕》，获第一届全国优秀中篇小说奖。次年发表小说《人生》，获第二届全国优秀中篇小说奖。1991 年以长篇小说《平凡的世界》获第三届茅盾文学奖。1982 年调入中国作协陕西分会。1993 年因积劳成疾去世。

葡萄美酒夜光杯

●冯骥才

一千二百年前，葡萄刚刚传入中国时，它鲜亮如珠的果实及其甘甜美酒，曾使唐人欣喜若狂。一时女人们梳妆用的铜镜上，也出现了美丽的“海兽葡萄”图案；而王翰《凉州词》中那千古名句“葡萄美酒夜光杯”，更是对葡萄酒的激情赞美。

在卡伦堡山脚下，维也纳森林边缘，一条弯曲幽静的小路两边，一家家小酒店，看似山间别墅，门前却挂着式样古老的酒店招牌。倘若这些酒店门首悬挂起青翠的松枝，当年的新酒就拿出来卖了。这便是奥地利人人喜爱的“当年酒家”。

新果新酿，鲜美芬芳，很像西湖的龙井村，新茶新采，沏了便喝，带着茶田里的清香。家家酒店各有酿造绝招，味道又是千差万别。

这之中，最著名的要数“哥灵精酒店”。相传它曾是一座修道院，但已无迹可寻。因为歌灵精酒店本身已有三百年历史了。它气息十分古老，格局又很有趣。

进门小小的院落，布置成一个微型的古代造酒业博物馆。一间地下室展出一架历经数百年的榨酒机和各种造酒器具，院内摆着的大橡木酒桶，都是那些过往不复的岁月的遗物；几个大橱窗陈列着上千种开酒瓶的“起子”，样子千奇百怪，显示了不同时代的风韵，颇令人玩味。这一来，便把人们带入悠远深厚的酒文化中去。

穿过食品间，后院是个依山开辟的葡萄园。饮酒的桌椅就设在园中，酿酒用的葡萄也是在这园中摘采的。四周串串绿珠，化为杯中琼汁，这感觉美妙之极。

酒都是大杯斟满的，可以干喝，也可以买些炸鸡烤肉、煎肠腌蒜，边吃边喝，地道的农家风味。只要开口饮，便有琴手到身边来演奏。这些琴手曾经都是著名乐团的乐师，年岁大了，到酒店来拉琴。别以为他们仅仅赚钱糊口。你给他们钱，他们顺手把钱折成小方块，很优雅地别在琴柄上端。他们只想把音乐融入你饮酒的乐趣里，维也纳称这种音乐为“施拉梅林音乐”。这个音乐之国退休乐师的演奏水平，决不亚于一般国家大乐团中的领衔高手。他们说，到这儿来拉琴，主要是为了享受。他们这样说，是不是因为这家酒店曾是施特劳斯经常光顾的地方？施特劳斯坐过哪个座位？留下哪些轶事？无人能说。但这位圆舞曲之王写过一支优美动听的歌，居然叫作《在哥灵精如同在家一样》。哥灵精究竟什么样呢？

黄昏后，你穿过重重叠叠的树影，踏着铺石板小径，进入这家老店。在后院的葡萄架下，寻一个好座位。长条的木板桌椅都漆成淡绿色，带着此地农舍由来已久的风格。挂在葡萄藤上的旧式风灯，将密密实实的巴掌似的葡萄叶照得深深浅浅，饶有画意。你刚坐定，殷勤的酒家便送上一杯当日新酿的葡萄酒；这芬芳、透亮，似有魔法的液体尚未使你入醉，琴手在身边拉出的美妙的华尔兹旋律就叫你心醉了。在《两颗心的四分之三》《最后盛开的玫瑰》《维也纳的春天》那些撩动人心的乐曲声中，酒杯在你激动的手中一晃，杯中酒液宝石般晶莹闪光，这不正是“葡萄美酒夜光杯”那瑰丽光华的诗意么？

一九八八年春天，我和一群朋友去奥地利的葡萄谷参观多瑙河航船博物馆。出来便被一个热情的大胖子拦住，拉进他的院子，打开酒窖沉重的门，一股清冷之气混同醉人的酒香扑面而来。他请我们钻进这石头砌成的酒窖，里面全是橙色大木酒桶，形状酷似这红皮肤的胖子，摞得很高，他笨拙却熟练地爬上去，用一根长而弯的玻璃吸管插入酒桶，立即吸上酒来。他先饮一杯，大喊：“好酒！全奥地利最好的酒！”然后给我们每人一大杯。酒色清亮，喝入身体觉得浑身都清亮了；醇美的酒香弄得满口芬芳。尽管我们都不擅喝酒，也止不住再要上一大杯。胖胖的主人兴奋起来，站在酒桶上放声歌唱。我们也情不自禁，一同合唱。奥地利人把歌曲和音乐当作最好的酒茶。愈喝愈唱，愈唱愈喝，直到脸颊发烫，脑袋热烘烘，分不清是酒醉还是心情高涨。这时，同来的一位奥地利朋友悄悄对我们说：如果你们把酒杯偷偷掖进口袋，这胖子会更高兴。这是奥地利人的习惯。

我们这样做了，胖主人果然兴高采烈，赠给我们一人一瓶他窖藏的自制葡萄酒，一直把我们送上路。走了好远，他还远远站在那里，举杯、喝酒、唱歌，为我们祝福……

◎文章品读

小酒馆是奥地利人寻求生活乐趣的好去处。在奥地利的小酒馆，人们可以欣赏音乐节目，可以品尝百年陈酿的葡萄酒，也可以结交古道热肠的当地朋友。在本篇中，作者把奥地利风土人情鲜活地展现给了大家，让人如同也闯进了多瑙河畔的绿地、沼泽、满山遍野的葡萄园。

葡萄酒传入中国大约在 1200 年前。然而在欧洲，酿制葡萄酒却可以追溯到 2000 多年前。奥地利便是这样一个国度。作者行文迅速入题，由王翰《凉州词》中的诗句，生发对葡萄美酒的热爱，并借此引出奥地利独具特色的小酒馆。

奥地利的酒馆开得很多，在维也纳边缘，开得尤其像中国的“龙井村”。家家酿制，家家又都有各自的绝招。在鳞次栉比的小酒馆中，作者精心选择了“哥灵精酒店”这家百年老店来写。在这个有着 300 年历史的酒馆中，人们感受到的是扑面而来的浓浓的酒文化：小小的院落，一个微型的古代造酒业博物馆，地下室储藏着历经百年的榨酒机、各种造酒器具、上千种的酒瓶“起子”等。随着作者一路看过去，过往不复的岁月痕迹，不同时代的风韵，无不令人玩味。在酒馆的葡萄园，作者的思绪随着美酒、音乐翩然起舞，深深陶醉在异域的文化气息中。

感受过葡萄园，作者一行又来到了当地的酒窖——品味葡萄酒，正应该在葡萄园或真正的酒窖中才更加地道——这个酒窖是当地居民的收藏，从行文中可以看出主人对葡萄酒无比的珍视和热爱：他为作者们用大杯斟酌，并在酒桶上放声歌唱，兴高采烈之余赠送给客人“一人一瓶他窖藏的自制葡萄酒”。人物的刻画凸显了受酒文明长期熏陶的奥地利人民的纯朴、善良、执著的秉性及心中对生活的无限热爱。

散文的环境描写、人物特写都很到位，洋溢着音乐节奏般的美感。字里行间虽处处讲酒，实则抒发了作者对欧洲古老文明的热爱、感怀。

·作者简介·

冯骥才（1942～），著名作家、画家。生于天津，祖籍浙江慈溪。1960年高中毕业后，到天津市书画社从事绘画工作。1974年调入天津工艺美术厂，在工美工人业余大学教授绘画、文艺理论。1978年调至天津市文化局。后转入中国作家协会天津分会从事专业创作。历任天津市文联主席、国际笔会中国中心会员、《文学自由谈》和《艺术家》主编等职。代表作有小说《高女人与她的矮丈夫》《三寸金莲》《炮打双灯》等。部分作品被译成英、法、德、日、俄等文字在海外出版。现任中国文联副主席、中国小说学会会长、中国民间文艺家协会主席、国际民间艺术组织副主席等职。

读书示小妹十八生日书

●贾平凹

七月十七日，是你十八生日，辞旧迎新，咱们家又有一个大人了。贾家在乡里是大户，父辈那代兄弟四人，传到咱们这代，兄弟十个，姊妹七个；我是男儿老八，你是女儿最小。分家后，众兄众姐都英英武武有用于社会，只是可怜了咱俩。我那时体单力孱，面又丑陋，十三岁看去老气犹如二十，村人笑为痴傻，你又三岁不能言语，哇哇只会啼哭，父母年纪尚老，恨无人接力，常怨咱这一门人丁不达。从那时起，我就羞于在人前走动，背着你在角落玩耍；有话无人可说，言于你你又不能回答，就喜欢起书来。书中的人对我最好，每每读到欢心处，我就在地上翻着跟头，你就乐得直叫，读到伤心处，我便哭了，你见我哭了，也便趴在我身上哭。但是，更多的是在沙地上，我筑好一个沙城让你玩，自个躺在一边读书，结果总是让你尿湿在裤子上，你又是哭，我不知如何哄你，就给你念书听，你竟不哭了，我感激得抱住你，说："我小妹也是爱书人啊！"东村的二旦家，其父是老先生，家有好多藏书，我背着你去借，人家不肯，说要帮着推磨子。我便将你放在磨盘顶上，教你拨着磨眼，我就抱着磨棍推起磨盘转，一个上午，给人家磨了三升包谷，借了三本书，我乐得去亲你，把你的脸蛋都咬出了一个红牙印儿。你还记得那本《红楼梦》吗？那是你到了四岁，刚刚学会说话，咱们到县城姨家去，我发现柜里有一本书，就蹲在那里看起来，虽然并不全懂，但觉得很有味道。天快黑了，书只看了五分之一，要回去，我就偷偷将书藏在怀里。三天后，姨家人来找，说我是贼，我不服，两厢骂起来，被娘打过一个耳光，我哭了，你也哭了，娘也抱住咱们哭，你那时说："哥哥，我长大了，一定给你买书！"小妹，你那一句话，给了兄多大安慰，如今我一坐在书房，看着满架书籍，我就记想那时的可怜了。

咱们不是书香门第，家里一直不曾富绰，即使现在，父母和你还在乡下，地分了，粮是不短缺了，钱却有出没入，兄虽每月寄点，也只能顾住油盐酱醋，比不得会做生意的人家。

但是，穷不是咱们的错，书却会使咱们位低而人品不微，贫困而志向不贱。这个社会，天下在振兴，民族在发奋，咱们不企图做官，以仕途之路做功于国家，但作为凡人百姓，咱们却只有读书习文才能有益于社会啊。你也立志写作，兄很高兴，你就要把书看重，什么都不要眼红，眼红读书，什么朋友都可抛弃，但书之友不能一日不交。贫困倒是当作家的准备条件，书是忌富，人富则思惰，你目下处境正好逼你静心地读书，深知书中的精义。这道理人往往以为不信，走过来了方才醒悟，小妹可将我的话记住，免得以后悔之不及。

兄在外已经十年，自不敢忘了读书，所作一二篇文章，尽属肤浅习作，愈是读书不已。过了二月二十一日，已到了而立之年，才更知立身难，立德难，立文难。夜读《西游记》，悟出"取经唯诚，伏怪以力"，不觉怀多感激，临风而叹息。兄在你这般年纪，读书目过能记，每每是借来之书，读得也十分注重，而今桌上，几上，案上，床上，满是书籍，却常常读过十不能记下四五，这全是年龄所致也，我至今只有以抄写辅助强记，但你一定要珍惜现在年纪，多多读书啊。

既有条件，读书万万不能狭窄。文学书要读，政治书要读，哲学，历史，美学，天文，地理，医药，建筑，美术，乐理……凡能找到的书，都要读读，若读书面窄，借鉴就不多，思路就不广，触一而不能通三。但是，切切又不要忘了精读，真正的本事掌握，全在于精读。世上好书，浩如烟海，一生不可能读完，且又有的书虽好，但不能全为之喜爱，如我一生不喜食肉，但肉确实是世上好东西。你若喜欢上一本书了，不妨多读：第一遍可囫囵吞枣读，这叫享受；第二遍就静心坐下来读，这叫吟味；第三遍便要一句一句想着读，这叫深究。三遍读过，放上几天，再去读读，常又会有再新再悟的地方。你真真正正爱上这本书了，就在一个时期多找些这位作家的书来读，读他的长篇，读他的中篇，读他的短篇，或者散文，或者诗歌，或者理论，再读外人对他的评论，所写的传记，也可再读读和他同期作家的一些作品。这样，你知道他的文了，更知道他的人了，明白当时是什么社会，如何的文坛，他的经历，性格，人品，爱好等等是怎样促使他的风格的形成。大凡世上，一个作家都有自己一套写法，都是有迹而可觅寻，当然有的天分太高了，便不是一时一阵便可理得清的。兄读中国的庄子，太白，东坡诗文，读外国的泰戈尔，川端康成，海明威之文，便至今于起灭转接之间不可测识。说来，还是兄读书太少，悟觉浅薄啊！如此这番读过，你就不要理他了，将他丢开，重新进攻另一个大家。文学是在突破中前进，你要时时注意，前人走到了什么地方，同辈人走到了什么地方？任何一个大家，你只能继承，不能重复，你要在读他的作品时，就将他拉到你的脚下来读。这不是狂妄，这正是知其长，晓其短，师精神而弃皮毛啊。虚无主义可笑，但全然跪倒来读，他可以使你得益，也可能使你受损，永远在他的屁股后了。这你要好好记住。

在家时，逢小妹生日，兄总为你梳那一双细辫，亲手要为你剥娘煮熟的鸡蛋。一走十年，竟总是忘了你生日的具体时间，这你是该骂我的了。今年一入夏，我便时时提醒自己，要到时一定祝贺你成人。邻居妇人要我送你一笔大钱，说我写书，稿费易如就地俯拾，我反驳，又说我“肥猪也哼哼”，咳，邻人只知是钱！人活着不能没钱，但只要有一碗吃，钱又算个什么呢？如今稿费低贱，家岂是以稿费发得？！读书要读精品，写书要立之于身，功于天下，哪里是邻居妇人之见啊！这么多年，兄并不敢侈奢，只是简朴，唯恐忘了往昔困顿，也是不忘了往昔，方将所得数钱尽买了书籍。所以，小妹生日，兄什么也不送，仅买一套名著十册给你寄来，乞妹快活。

1983年7月初写于静虚村

◎文章品读

这是一篇描写亲情的文章。行文充满了对家人的关爱、挂念及谆谆教导。文字朴实无华，情感真挚，感人至深。

文章由小妹生日写起，侃侃而谈。先是对往事的追忆，继而勉励小妹读书。行文中，写了很多生活细节，如边哄小妹边读书，给村民磨包谷借书，在亲戚家偷拿《红楼梦》等。这些情节的穿插，展现的是兄妹情深，自己对书的情有独钟。由于自身漂泊在外，加之对过去贫困的记忆，作者由衷地勉励小妹读书。劝勉时，作者以自身的经历、阅历，将诸多经验倾囊相授，情辞恳切，充满了发自内心的关怀。文中用了不少的举例、说明，如自己研读庄子、太白、东坡诗文的心得，建议小妹多读地理、医药、建筑、美术、乐理书籍等。作者内心思绪万千，付诸笔端，皆化作对小妹的拳拳关爱。篇末再次点题，由小妹生日，再次强调读书，并以书为礼物为小妹庆生。由博返约，意犹未尽。

作者平生之所写，或记乡情、说友人，或言书画、谈秦腔，大多为地道的传统文化。笔之所至，见解精当。而凡涉及亲情、友情、世情，则多用清逸之语，不卖弄，不枯燥，满腔的真情实感，读来别有一番韵味与感悟。

·作者简介·

贾平凹（1952～），原名贾平娃。陕西丹凤人。著名作家。1975年毕业于西北大学中文系。历任陕西人民出版社文艺编辑、《长安》文学月刊编辑等职。1982年开始专业创作。现任陕西作家协会理事、中国作家协会主席团委员等职。主要著作有：小说集《兵娃》《姐妹本纪》《山地笔记》《野火集》《商州散记》《腊月·正月》《天狗》《晚唱》《贾平凹获奖中篇小说集》《贾平凹自选集》，长篇小说《商州》《浮躁》《废都》《白夜》，散文集《心迹》《爱的踪迹》《贾平凹散文自选集》，诗集《空白》及《平文论集》等。

溪流

●贾平凹

我愈来愈爱着生我养我的土地了。

就像山地里纵纵横横的沟岔一样，就像山地里有着形形色色的花木一样，我一写山，似乎思路就开了，文笔也活了。

甚至觉得，我的生命，我的笔命，就是那山溪哩。虽然在莽莽的山的世界里，它只是那么柔得可怜，细得伤感的一股儿水流。

我常常这么想：天上的雨落在地上，或许会成洪波，但它来自云里；溪是有根的，它凉凉地扎在山峰之下。人都说山是庄严的，几乎是死寂的，其实这是错了。它最有着内涵，最有着活力；那山下一定是有着很大很大的海的，永远在蕴涵的感情，永远是不安宁，表现着的，恐怕便是这小溪了。

或许，是从小草的根下一个泡儿一个泡儿冒出来的。但是，太阳晒不干、黄风刮不跑的。天性是那么晶莹，气息是那么清新；它一出来，便宣告了它的生命，寻着自己的道路要流动了。

正因为寻着自己的道路，它的步伐是艰辛的。然而，它从石板上滑下，便有了自己的铜的韵味的声音；它从石崖上跌落，便有了自己白练般的颜色；它回旋在穴潭之中，便有了自己叵不可测的深沉。

它终于慢慢地大起来了，要走更远的道儿；它流过了石川，流过了草地，流过了竹林，它要拜访所有的山岭，叩问每一块石头，有时会突然潜入河床的沙石之下去了呢。于是，轻风给了它的柔情，鲜花给了它的芬芳，竹林给了它的凉绿，那多情的游鱼，那斑斓的卵石，也给它增添了美的色彩。

它在流着，流着。它要流到哪里去呢？我想，山既然给了它的生命，它该是充实的，富有的；或许，它是做一颗露珠儿去滋润花瓣，深入到枝叶里了，使草木的绿素传送；或许，它竟能掀翻一坯污泥，拔脱了一丛腐根呢。那么，让它流去吧，山地这么大，这么复杂，只要它流，它探索，它就有了自己的路子。

我是这么想的，我提醒着我，我鼓励着我，我便将它写成了淡淡的文字，聊作这本小书的小序了。

◎**文章品读**

《溪流》是作者为自己的小说集写的序文，短小简洁，同样也是一篇优美的抒怀散文。

该文运用象征手法，以托物言志的方式，通过对山间溪流的描绘，揭示了生命由生长至壮大再到奉献的一般规律，赞颂了溪流执著追求、不畏艰辛、勇于探索的精神品质，传达出个人蓬勃向上、积极进取的人生态度。行文中，处处写小溪，处处有“我”，物我交融中，我们看到，山溪的成长，即是“我”的成长；“我”有了进步，山溪也在徐徐前进，求索不断。

小文开篇情感深沉，“我愈来愈爱生我养我的土地了”，对故土之心仪、眷恋定下了全篇情感的基调。因心中爱之深沉，每每提笔，作者思路会随之开阔，“文笔也活了”，甚而整个生命，乃至“笔命”都与故土山溪融为一体。

写山溪，沿着它的诞生、成长、壮大一步步写来。最初的溪水是孱弱的、细柔的，然而柔和中孕育着刚强，它的根“扎在山峰之下”，顺着山的脉络，人们必定能发现很大的海。当它聚而为海，便有了顽强的生命力。对于山溪的诞生，作者用语单纯、率性，言其是从小草的根下一个泡儿一个泡儿冒出的，然而“太阳晒不干、黄风刮不跑”，“晶莹”“清新”——山溪诞生了，开始找寻自己未来的路。

描述山溪艰辛的步伐，展现的是生命力量的不可阻挡。只见孱弱的溪流或涌动，或回旋，或湍急，或澎湃，它“流过了石川，流过了草地，流过了竹林”，拜访了所有的山岭，叩问了所经过的每一处石头。随着自身慢慢壮大，它“从石崖上跌落，便有了自己白练般的颜色”，它“回旋在穴潭之中，便有了自己叵不可测的深沉”，与最初从石板上滑落发出的细微响动一日千里。有了成长，便有了对收获的期盼，山溪收获的是什么? 轻风的柔情、鲜花的芬芳、竹林的凉绿……成长的路上，它收获了丰盛的美的色彩。长途跋涉后，山溪流向了自己的归宿：它用自己的充实、富有，“滋润花瓣”“传送绿意”“拔脱腐根”，把自己无私地奉献了出来。山溪边走边唱，探索的是自己未来更远的路。

人如溪，溪即是人。山溪的性格与情怀映射的正是作者所追求、实践着的人生道路：生命始于卑微，从最初的渺小成长，只要坚持拼搏、奋进，即便前方尚有不尽的坎坷、曲折，但人生的历程必定是丰富而多彩的。

陪考一日

●莫言

7月6日晚，带着书、衣服、药品、食物等诸多在这三天里有可能用得着的东西，搭出租车去赶考。我们很运气，女儿的考场排在本校，而且提前在校内培训中心定了一个有空调的房间，这样既是熟悉的环境，又免除了来回奔波之苦。信佛的妻子说：这是佛祖的保佑啊！我也说，是的，这是佛祖的保佑。坐在出租车上，看到车牌照上的号码尾数是575，心中暗喜，也许就能考575分，那样上个重点大学就没有问题了。车在路口等灯时，侧目一看旁边的车，车牌的尾数是268，心里顿时沉重起来。如果考268分那就糟透了。赶快看后边的车牌尾数，是629，心中大喜，但转念一想，女儿极不喜欢理科而学了理科，二模只模了540分，怎么可能考629？能考575就是天大的喜事了。

车过了三环路，看到一些学生和家长背包提篮地向几家为高考学生开了特价房间的大饭店拥去。虽说是特价，但每天还是要400元，而我们租的房间只要120元。在这样的时刻，钱是小事，关键的是这些大饭店距考场还有一段搭车不值得步行又嫌远的尴尬距离，而我们的房间距考场只有100米！我心中蛮是感动，为了这好运气。

安顿好行李后，女儿马上伏案复习语文，说是“临阵磨枪，不快也光”。我劝她看看电视，或者到校园里转转，她不肯。一直复习到深夜十一点，在我的反复劝说下，才熄灯上床。上了床也睡不着，一会儿说忘了《墙头马上》是谁的作品，一会儿又问高尔基到底是俄国作家还是苏联作家。我索性装睡不搭她的话，心中暗暗盘算，要不要给她吃安定片。不给她吃怕折腾一夜不睡，给她吃又怕影响了脑子。终于听到她打起了轻微的鼾，不敢开灯看表，估计已是零点多了。

凌晨，窗外的杨树上，成群的麻雀齐声噪叫，然后便是喜鹊喳喳地大叫。我生怕鸟叫声把她吵醒，但她已经醒了。看看表，才四点多钟。这孩子平时特别贪睡，别说几声鸟叫，就是在她耳边放鞭炮也惊不醒，常常是她妈扳着她的脖子把她扳起来，一松手，她随即躺下又睡过去了，但现在几声鸟叫就把她惊醒了。拉开窗帘，看到外边天已大亮，麻雀不叫了，喜鹊还在叫。我心中欢喜，因为喜鹊叫是个好兆头。女儿洗了一把脸又开始复习，我知道劝也没用，干脆就不说什么了。离考试还有四个半小时，我很担心到上考场时她已经很疲倦了，心中十分着急。

早饭就在学校食堂里吃，这个平时胃口很好的孩子此时一点胃口也没有。饭后，劝她在校园里转转，刚转了几分钟，她说还有许多问题没有搞清楚，然后又匆匆上楼去复习。从七点开始，她就一趟趟地跑卫生间。我想起了我的奶奶。当年闹日本的时候，一听说日本鬼子来了，我奶奶就往厕所跑。解放后许多年了，我们恶作剧，大喊一声：鬼子来了！我奶奶马上就脸色苍白，提着裤子就往厕所跑去。唉，这高考竟然像日本鬼子一样可怕了。

终于熬到了八点二十分，学校里的大喇叭开始广播考生须知。我送女儿去考场，看到从培训中心到考场的路上拉起了一条红线，家长只许送到线外。女儿过了线，去向她学校的带队老师报到。

八点三十分，考生开始入场。我远远地看到穿着红裙子的女儿随着成群的考生涌进大楼，终于消失了。距离正式开考还有一段时间，但方才还熙熙攘攘的校园内已经安静了下来，杨树上的蝉鸣变得格外刺耳。一位穿着黄军裤的家长仰脸望望，说：北京啥时候有了这玩意儿？另一位戴眼镜的家长说：应该让学校把它们赶走。又有人说：没那么悬乎，考起来他们什么也听不到的。正说着蝉的事，看到一个手提着考试袋的小胖子大摇大摆地走了过来。人们几乎是一起看表，发现离开考还有不到十分钟了。几个带队的老师迎着那小胖子跑过来，好像是责怪他来得太晚了。但那小胖子抬腕看看表，依然是不慌不忙地、大摇大摆地向考场走。家长们都被这个小子从容不迫的气度所折服。有的说，这孩子，如果不是个最好的学生，就是一个最坏的学生。穿黄裤子的家长说，不管是好学生还是坏学生，他的心理素质绝对好，这样的孩子长大了可以当军队的指挥官。大家正议论着，就听到从学校大门外传来一阵低声的喧哗。于是都把身体探过红线，歪头往大门口望去，只见两个汉子架着一个身体瘦弱的男生，急急忙忙地跑了进来。那男生的腿就像没了骨头似的在地上拖拉着，脖子歪到一边，似乎支撑不了脑袋的重量。一个中年妇女——显然是母亲——紧跟在男孩的身后，手里拿着考试袋，还有毛巾药品之类的东西，一边小跑着，一边抬起胳膊擦着脸上的汗水与泪水。一群老师从考试大楼里跑出来，把男孩从那两个男人手里接应过去，那位母亲也被拦挡在考试大楼之外。红线外的我们，一个个都很感慨很同情的样子，有的叹气，有的低声咕哝着什么。我的觉悟不高，心中有对这个带病参加考试的男生的同情，但更多的是暗自庆幸，不管怎么说，我的女儿已经平平安安地坐在考场里，现在已经拿起笔来开始答题了吧。

考试正式地开始了，蝉声使校园里显得格外安静。我们这些住在培训中心的幸运家长，站在树荫里，看到那些聚集在大门外强烈阳光里的家长们，心中又是一番感慨。因为我们事先知道了培训中心对外营业的消息，因为我们花了每天 120 元钱，我们就可以站在树荫里看着那些站在烈日下的与我们身份一样的人，可见世界上的事情，绝对的公平是不存在的，譬如这高考，本身也存在着很多不公平，但它比当年的推荐工农兵大学生是公平得多了。对广大的老百姓的孩子来说，高考是最好的方式，任何不经过考试的方式，譬如保送，譬如推荐，譬如各种加分，都存在着暗箱操作的可能性。

有的家长回房间里去了，但大多数的家长还站在那里说话，话题飘忽不定，一会儿说天气，说北京成了非洲了，成了印度了，一会儿又说当年的高考是如何地随便，不像现在的如临大敌。学校的保安过来干涉，让家长们不要在校园内说话，家长们很顺从地散开了。

将近十一点半时，家长们都把着红线，眼巴巴地望着考试大楼。大喇叭响起来，说时间到了，请考生们立即停止书写，把卷子整理好放在桌子上。女儿的年级主任跑过来，兴奋地对我说：莫先生，有一道 18 分的题与我们海淀区二模卷子上的题几乎一样！家长们也随着兴奋起来。一位不知是哪个学校的带队老师说：行了，明年海淀区的教参书又要大卖了。

学生们从大楼里拥出来。我发现了女儿，远远地看到她走得很昂扬，心中感到有了一点底。看清了她脸上的笑意，心中更加欣慰。迎住她，听她说：感觉好极了，一进考场就感到心中十分宁静，作文写得很好，题目是《天上一轮绿月亮》。

下午考化学，散场时，大多数孩子都是喜笑颜开，都说今年的化学题出得比较容易，女儿自觉考得也不错。第一天大获全胜，赶快打电话往家报告喜讯。晚饭后，女儿开始复习数学，直至十一点。临睡前，她突然说：爸爸，下午的化学考卷上，有一道题，说“原未溶解……”我审题时，以为卷子印错，在“原未”的“未”字上用铅笔写了一个“来”字，忘记擦去了。我说这有什么关系？她突然紧张起来，说监考老师说，不许在卷子上做任何记号，做了记号的就当作弊卷处理，得零分。我说你这算什么记号？如果这也算记号，那作文题目是不是也算记号？另外，即便算记号，你知道谁来判你的卷子？她听不进我的话，心情越来越坏，说，我完了，化学要得零分了。我说，我说了你不信，你可以打电话问问你的老师，听听她怎么说。她给老师打通了电话，一边诉说一边哭。老师也说没有事。但她还是不放心。无奈，我又给山东老家在中学当校长的大哥打电话，让他劝说。总算是不哭了，但心中还是放不下，说我们是在安慰她。我说：退一万步说，他们把我们的卷子当成了作弊卷，给了零分，我们一定要上诉，跟他们打官司。爸爸认识不少报社的人，可以借助媒体的力量，把官司打赢……

凌晨一点钟，女儿心事重重地睡着了。我躺在床上，暗暗地祷告着：佛祖保佑，让孩子一觉睡到八点，但愿她把化学卷子的事忘记，全身心地投入到明天的考试中去。明天上午考数学，下午物理，这两项都是她的弱项……

◎文章品读

作家莫言以小说见长，无论是早期的《红高粱》《酒》，还是后来的《四十一炮》《丰乳肥臀》，他的作品感染了不止一代人。然而写起散文，作家也毫不含糊，仍旧表现得认真、严谨，才情不输过往。

《陪考一日》真情迸发，从一个平常人的角度审视了高考。作者是一个父亲，也要带女儿参加一年一度的高考，在历经了考前的紧张，考中的意外，考后的担忧后，心潮起伏。一种随同孩子的紧张、焦虑的情绪贯穿全篇。

散文中，作者描绘最为出彩的地方是对候考家长们的细腻刻画。有的家长留心起了知了，并建议把它弄走；有的家长看见姗姗来迟的小胖子，竟不约而同地为其捏了一把汗；更多的家长，在炎炎的烈日下，焦虑地等着孩子从考场出来……可怜天下父母心，这句话，用于本文最合适不过。作者重点描绘了一个带病来参考的孩子，两个大汉架着他，而他“像没了骨头似的，脖子歪到一边”，这个情形让同为陪考的父母感慨、唏嘘不已。高考的压力，学子的期望，家长的紧张，表现得入情入理，令人心生无限的喟叹。

行文中，对比、衬托、类比等手法的运用也为文章增色不少，令诠释的高考主题得以深化。

·作者简介·

莫言（1956～），原名管谟业。山东高密人。著名作家。2012年诺贝尔文学奖获得者。12岁时因“文革”辍学，回乡务农。1976年应征入伍。1984年考入解放军艺术学院。1986年毕业。文学创作始于1981年，陆续发表过《枯河》《秋水》《民间音乐》等作品。1985年以中篇小说《透明的红萝卜》轰动文坛。另有《红高粱》《金发婴儿》《丰乳肥臀》等代表作。其中《红高粱》获全国优秀中篇小说奖，并被搬上银幕。现为中国作家协会副主席。

德加眼中的芭蕾舞女

●铁凝

我的中学时代基本上是一个不崇尚读书的时代，不特别注重学生功课好坏。再说，好又如何？因为没有大学可念，我们毕业后的前途，多半是去乡村务农。仿佛就是为着务农，初中二年级时学校还开了一门“农业”课，有很多化肥的内容，氮、磷、钾、人粪尿什么的。可以想见学生对待这门课的不认真态度。那么，我们的注意力到底在哪里呢？那时各年级几乎都有毛泽东思想宣传队，用文艺节目的形式宣传毛泽东思想。年级和班级之间经常搞些文艺演出，再显赫些，还能参加市一级的中学生会演。对待功课的不认真，促成了文艺活动的空前“繁荣”，加之工厂、军队的文艺团体也经常到学校来挑选文艺人才，如果被选中，我们的前途将不再是乡村，这对许多学生实在是太大的吸引，相当一批同学都盼望尽快发现自己身上的文艺细胞。很快我就热衷于宣传队的活动了，宣传队能释放我充沛的精力，能满足我小小的希望单调的服装有所变化的虚荣心，能让我接近我所热爱的舞蹈。

我热爱舞蹈，尤其是芭蕾舞。那个年代中国唯一的也是最著名的两部芭蕾舞剧《白毛女》和《红色娘子军》拍成电影之后，可以使我这个生活在中等城市的小观众不厌其烦地看个没完，这期间我们城市的专业文艺团体也正努力试着上演这两出难度很大的舞剧。不过内心里我瞧不上这外省的芭蕾，这里的芭蕾舞演员大多是由民族舞半路改行的，缺乏扎实的基本功。我最崇拜在上海芭蕾舞团的《白毛女》里跳“白毛女”的那个名叫石钟琴的女演员，那时如果有人要我挑出世间最完美的一个女人，我就会说是石钟琴。我还收集各种各样的芭蕾舞剧照，从家中残存的那些旧画报上寻找她们的蛛丝马迹。英国的、法国的、日本的、苏联的、古巴的……我把这些国家的演出剧照从画报上剪下来，粘贴在一个16开的硬皮本子上，经常独自欣赏或独自模仿。不久，我的家庭还认识了来自北京铁道部文工团的一位芭蕾舞教师，这教师姓张，在他们团的《红色娘子军》中跳过洪常青的，我叫他张老师。张老师是随文工团到我们城市的一所监狱进行思想改造的，时间大约一年。当然，监狱并没有把他们当成犯人，他们在这里过着半军事化的集体生活，除去周末，平常的行动是不自由的。不知我的父母怎样认识了张老师，总之他们认识了并且相处得很好。现在想来，那是一种知识分子间的同病相怜吧。张老师经过了一周的学习、劳动后，周末来到我家，能吃一顿比平常的伙食可口的饭菜，能让紧张的神经暂时放松一下。张老师就在这样的日子里对我进行了芭蕾舞最初的基本功训练，站位，踢腿，一些旋转……让我激动不已的是，他还送给我一双芭蕾舞鞋。那时他们也经常在改造思想之余为监狱的干部职工演出，这鞋一定是他从女演员那里"偷"出来的。当我第一次穿上那双淡绿色的、鞋尖填有软木的芭蕾舞鞋，用脚尖站立起来时，我有一种自己高于一切的感觉。我不能不认为，芭蕾舞是一切舞蹈中的舞蹈。它是如此高雅，如此超凡脱俗。我把芭蕾舞鞋带到学校，立刻被毛泽东思想宣传队的同学们所羡慕。我忘乎所以地认为，我能够成为一名芭蕾舞演员。我在张老师指导下的练功还算刻苦，后来还曾被一个部队文工团选中。虽然我最终没有去专业团体跳舞，但我一直感谢那位和蔼的张老师对我的舞蹈训练，这训练使我对自己的身体充满自信，使我在那个不强调女性特征的年代里也敢于挺起自己的胸。还有对美的辨认，对生活的爱。认识德加也是从这时开始的。

德加一生有少数几个常画不衰的重要题材，芭蕾舞演员便是其中之一。最初我并不喜欢德加对芭蕾舞演员的描绘，他的描绘让我感到困惑。他笔下的芭蕾舞演员没有挺拔、傲然的身姿，典雅、飘逸的舞步和仙女样的容貌。她们的面孔多半是模糊的，神情多半是倦怠的，身材也谈不上婀娜，甚至给人畸形之感。比如《舞蹈教室》，那拄棍而立的老师和学生之间分明是一种紧张并且对立的关系。那教师心中是有火气的，而学生们却显得心不在焉。有人在说话，画面左侧那个女生在挠后背，还有人在东张西望。在这里你看不见舞蹈的神圣，有的只是一些不情愿的动作。年少无知的我以为这德加不是不懂芭蕾舞就是不会表现芭蕾舞，我尤其不能容忍的是，他把那些女孩子的腿都画得那么短。这和我收集的那些剧照相差那么遥远啊。

成年之后我又看德加，还是同样的那几幅画，我却被深深打动了。是因为我有了一些写作的经历，知道了一些写作历程的艰辛么？是因为我有了一些生活的经验，知道了一点生活在本质上的不容易么？德加的时代，在巴黎的上流社会，观赏芭蕾舞是一种流行的消遣。剧院的观众可以自由出入舞者的更衣室和舞台两侧，还可以看预演。这使出身上层的德加能够深入了解舞台大幕背后的舞者。那些从七八岁就开始习舞的女孩子，多半出身低微，为了争取比较长久的演出，挣得比较稳定的薪水，她们必然进行极其艰苦的训练。这艰苦的内涵也是复杂的，一些女孩子很可能还盼望在来往于后台的观众里找到自己可以以身相许的丈夫。这就是德加的视角，他近于冷酷地拂去了芭蕾舞公众性的优雅、超凡的那一面，他强调它枯燥、乏味的而又无休无止的训练，他抓取的是舞者背对观众时的那些更加生活化、私人化的极其真实的“偶然瞬间”。《舞蹈教室》《舞台上的舞者》和其他作品里都有这样的“偶然瞬间”，在这样的瞬间里，舞者的疲乏和劳累是显而易见的，这时我才有点明白为什么德加把芭蕾舞女的腿都画得偏短并有一种僵硬感。那像是过度的压力所致，那也就暗喻了德加对艺术本质的看法：艺术和生命都是寂寞的，在所有艺术的后台上永远有着数不清的高难度的训练，数不清的预演、排练，数不清的单调、乏味的过程。即使在《舞台上的舞者》这样的表现正式演出的画面上，我们仍然能够从德加精心构图的俯视角度，在短暂欣赏了舞者那华丽的轻盈欲飞的舞姿之后，立刻发觉隐在侧幕内的一个露出半身的黑衣男人。那就是舞蹈质量的监视者吧，他使画面呈现一种不稳定的拘谨氛围，使观众从瞬间的超然回到了活生生的世俗。在德加眼里，最高雅的芭蕾舞演员和最凡俗的烫衣女工之间并没有太大差异，她们都是劳动着的人，她们为生存付出着超常的体力。在《烫衣女工》里，那个毫不掩饰地打着哈欠的女工，很容易让人想起那些疲倦地整理着舞衣的芭蕾舞女。

德加的冷静、挑剔和他对芭蕾舞演员入木三分的挖掘、刻画，彻底“破坏”了少年时我对艺术那虚无缥缈的肤浅理解。我想，少年时我对芭蕾舞的梦想毕竟是更多地追逐它那华丽而又神秘的一面，我从来就没有为它的枯燥和受罪做过准备。所有的艺术都是永无休止的劳动，而劳动本身是不分高雅和低俗的。当我坐在桌前面对白纸开始我的劳动时，德加的《烫衣女工》有时候会出现在我眼前。

◎文章品读

铁凝从写小说起，即惯用一种行文结构：小切口，大内涵。文坛常称这种手法为“瓮式结构”。通俗来讲，它的切入点很小，然而里面别有洞天，蕴涵着丰富的内容。

《德加眼中的芭蕾舞女》所用的也正是这种结构。作者开篇以少年时读书为起点，在不经意的叙述中，嵌入了大量的内容：背景为“文革”年代，学生都热衷参加“毛泽东思想宣传队”，作者也因热爱文艺而有了一个机会接触芭蕾舞。从对芭蕾的懵懂认知，到有了启蒙老师后对芭蕾的痴迷、热爱，再到成年后对画家笔下舞者的冷静分析、思考，行文纵横起伏，纷繁而厚重。不仅有个人的成长历程，特殊时代的剪影，更有对艺术、生活的理解、升华。一路读来，散文有了饱满的内涵和张力。

篇章中，感受与体会，是作者的思维模式；反思与喟叹，是行文的基调。从作者行云流水的笔端，我们看到的不仅是一个个体少年时代的天真、烂漫，成年后的沉稳、深刻，更多的是一种对人性命运的关注与思考。

·作者简介·

铁凝（1957～），著名作家。生于北京，祖籍河北赵县。1975年高中毕业后赴河北博野农村插队。1979年回保定，在区文联花山编辑部任小说编辑。1975年开始发表作品。1982年以短篇小说《哦，香雪》获全国优秀短篇小说奖。同年，中篇小说《没有纽扣的红衬衫》获全国优秀中篇小说奖。此后获奖不断。1984年调入河北省文联任专业作家。1996年10月当选河北省文联副主席。现为中国作家协会主席。

岁末恒河

●韩少功

出访印度之前，新德里烧了一次机场，又暴发登革热，几天之内病死者已经过百，入院抢救的人则数以千计，当局不得不腾出一些学校和机关来当临时的医院。电视里好几次出现印度军警紧急出动在市区喷洒药物的镜头，有如临大敌的气氛。

我被这些镜头弄得有些紧张，急忙打听对登什么热的预防办法。好在我居住的海南岛以前也流行过这种病，只到近十来年才差不多绝迹。但对这种病较有经验的医生还算不少。一位姓凌的医生在电话里告诉我，登革热至今没有疫苗，因此既不可能打预防针，也没有什么预防药品可言。考虑到这种病主要是靠一种蚊虫传染的，那么唯一的预防之法，就是长衣长裤长袜，另外多带点防蚊油。

新德里的深秋，早晚的气温转凉，长衣长裤长袜已可以接受。但我没有料到，紧紧包裹全身再加上随身携带的各种防蚊药剂，用来对付印度的蚊子仍是防不胜防。星级宾馆里一切都很干净，只要多给点小费，男性侍者的微笑也应有尽有。但不管有多少笑脸，嗡嗡蚊声仍然不时可闻，令人心惊肉跳，令人心里“登格”。有时，几位同行者正在谈笑，一些可疑的尖声不知从何处飘忽而近，众人免不了脸色骤变手忙脚乱地四下里招架，好端端的一个话题不得不中止和失散。出于一种中国式的习惯，我对眼前的飞蚊当然决不放过。有意思的是，我出手的动作总是引来身旁印度人惊讶和疑惑的目光，似乎我做错了什么。

中国使馆的官员也给我们准备了防蚊油。他们后来才告诉我，印度是一个宗教的国度，大多数人都持守戒杀的教规，而且将这种大慈大悲惠及蚊子。蚊子也是生命，故可以驱赶，但断断不可打杀。对于我两手拍出巨响的血腥暴行，他们当然很不习惯。

我这才明白了他们一次次惊讶和疑惑的回头。

也才明白了登革热的流行。

生活在印度的蚊子真是幸福。但是，蚊子们幸福了，那一百多条死于登格热的人命怎么说呢？人类当然可以悲怀，悲怀一切植物、动物乃至蚊子，但人类有什么理由不悲怀自己的同类？为什么可以把自己积善的记录看得比同类的生命更为重要？

在印度，不仅蚊子们幸福，人类以外的其他各种活物也很幸福。新德里街头常有呼啦啦的猴群从你身边跳踉而过，爬到树上或墙上悠闲嬉耍。每一片绿荫里也都有松鼠在道上来回奔窜，有时居然大摇大摆爬入你伸出的手掌。还有潮水般的鸦鸣雀噪，似乎从泰戈尔透明而梦幻的散文里传来，一浪又一浪拍打着落霞，与你的惊喜相遇。你无论走到哪里，都似乎置身于一个天然的动物园，置身于童话。你周围的一些公共服务场所也常有这样一些童话式的公告牌："本展览馆日出开门，日落关门。"这种拒绝钟表的时间表达方式早已与新闻、法律、教材以及商务文件久违，大有一种童话里牧羊人或者王子的口吻。

地球本来是各种动物杂处的乐园，后来人类独尊，人类独强，很多地方的景观才日渐单调。我在中国已经很少听到鸟叫。那些儿时的啁啁啾啾一一熄灭，当然是流失到食客们的肠胃里去了，到中国人花样百出的冷盘或火锅、蒸笼或烤炉里去了，到遍布城乡灯红酒绿热火朝天的各色餐馆里去了。中国人真是能吃。除了人肉不吃，什么都敢吃，什么都要吃。一个宗教薄弱的世俗国家，一个没有素食传统的嗜向性大众，红光满面大快朵颐成了人际交往的普遍表情。人们正在吃得一个又一个物种几近绝迹，随着食文化的发达繁荣，眼看着连泥鳅、青蛙一类也难于幸免。我一位亲戚的女儿，长到八岁，至今也只能在画册上认识蝌蚪。

印度也是一个人口大国，但绝无中国这么多对于动物来说恐怖万分的餐馆。这当然让刚到此地的中国人不大习惯。有时候搜寻了几条街，好容易饥肠辘辘地找到了一家有烟火味的去处，菜谱也总是简单得让中国食客们颇不甘心。牛是印度教中的圣物，不论野外有多少无主的老牛或肥牛，牛肉是不可能入厨的。由于受伊斯兰教的影响，猪肉也是绝大多数餐馆的禁忌。菜谱上甚至极少见到鱼类，这使我想起了西藏人也不大吃鱼，两地的习俗不知是否有些关联。可以想见，光是有了这几条，餐桌上就已经风光顿失，乏善可陈，更不可能奢望其他什么珍奇的荤腥了。在这一个斋食和节食几乎成为日常习惯的国家里，我和朋友们不得不忍受着千篇一律的面饼和面饼和面饼，再加上日复一日拿来聊塞枯肠的鸡肉。半个月下来，我们一直处在半饥饿状态，减肥的状态，眼球也叭哒叭哒似乎扩张了几分。

咽下面饼的时候，不得不生出一个疑问：印度的军队是不是也素食？如果是，他们冲锋陷阵的时候是否有点力不从心？印度的运动员们是不是也素食？如果是，如何能保证他们必要的营养和热量？如何能保证他们的体能，足以抗衡其他国家那些牛排和猪排喂养出来的虎狼之师？难怪，就在最近的一次世界奥运会上，偌大一个印度居然只得了一块奖牌。这一可悲的纪录原来让我百思不得其解，现在倒让我觉得顺理成章。也许，素食者自然素心——相当多数的印度人与竞技场上的各种争夺和搏杀，一开始就没有缘分。

他们看来更合适走进印度教、伊斯兰教、佛教的寺庙，在那里平心静气，无欲无念，从神主那里接受关切和家园。当他们年迈的时候，大概就会像所有我所见到的印度老人，成为一座座哲学家的雕像，散布在城乡各地的檐下或路口。无论他们多么贫穷，无论他们的身体多么枯瘦衣着多么褴褛，无论他们在乞讨还是在访问邻居，他们都有自尊、从容、仁慈、睿智、深思而且十分了解熟悉你的表情。他们的目光里有一种对世界洞悉无余的明亮。

一块奖牌的结局在印度引起争论，引起了一些印度人对体育政策、管理体制、文化传统的分析和批评。果然，也有一位印度朋友对我不无自豪地说："我们不需要金牌。"

"为什么？"

"金牌是体育的堕落。这样的体育，以巨额奖金为动力，以很多运动员的伤残为代价，越来越新闻化和商业化了，不是堕落是什么？"他再一次强调，"我们不需要金牌，只需要健康和谐的生活。"

说这些话的时候，我们正在班加罗尔一个剧院门口，等待着一个地方传统剧目的演出开始。由于 1996 年度的世界小姐选美正在这个城市举行，他们也七嘴八舌抗议着这种庸俗的西方闹剧。

我们用英语交谈。说实话，英语在这里已经印度化，很不好懂，清辅音全都硬邦邦地浊化，与英美式英语的差别，大概不会小于普通话与湖南话的差别。我们代表团的译员姓纽，英语科班出身，又在西北边陲与巴基斯坦人和印度人打过多年交道，听这种英语也有些紧张，脸上不时有茫然之态。我比起小纽来说当然更加等而下之。幸好印度人听我们的英语毫无障碍，收支失衡的语言交流大体还可以进行下去。更大的问题是，我们没有印地语译员，很难深入这里的社会底层，很难用手势知道得更多。英语在这里仅仅是官方语言之一，只属于上流人士以及高学历者，普通百姓则多是讲印地语或其他本土民族的语言——这样的“普通话”在印度竟多达二十几种。这个国家一直处在语言的四分五裂之中，既有民族的分裂，也有阶级的分裂。他们历史上没有一个秦始皇，主体社会至今人不同种，书不同文。他们也没有诸如 1949 年的革命大手术，贵族与贱民的分离制度至今存留如旧。这就是说，他们没有经历过文化的大破坏，也没有文化的大一统。我没法知道，是社会的裂痕，阻碍了他们语言的统一？还是语言的裂痕，阻碍着他们阶级的铲除和民族的融合？

循着英语的引导，你当然只能进入某种英国化的印度：议会、报馆、博物馆、公务员的美满家庭、世界一流的科研基地和大学，还有独立、博学、优雅并且每天都在直接收看英国电视和阅读美国报纸的知识阶层。但就在这些英语岛屿的周围，就在这些精英们的大门之外，却是残破不堪的更广阔现实。街道衰老了，汽车衰老了，栅栏和港口衰老了，阳光和落叶也衰老了，连警察也大多衰老了。这些白发苍苍的老人抄着木棍，活得没什么脾气，看见哪一辆汽车大胆违章，也只是照着车屁股打一棍就算完事。很多时候，他们搂着木棍或者掉牙的套筒枪，在树荫下昏昏大睡，任街面上汽车乱窜尘土蔽天日月无光。所有的公共汽车居然干脆拆掉了门，里面的乘客们挤不下了，便一堆堆挤在车厢顶上去，迎风远眺，心花怒放。乘着这样自由甚至是太自由的汽车驶入加尔各答市恒河大桥广场，你可能会有世界轰的一声塌下来的感觉。你可以想象眼前的任何房子都是废墟，想象街上涌动着的不是市民，而是百万游牧部落正在浩浩荡荡地开进了城市并且到处安营扎寨。这些部落成员在路旁搭棚而居，垒石而炊，借雨而浴，黑黝黝的背脊上沉积着太多的阳光。他们似乎用不着穿什么，用不着吃什么，随便塞一点面渣子入口，似乎就可以混过一天的时光，就可以照样长出身上的皮肉。他们当然乞讨，而且一般来说总是成功地乞讨。他们的成功不是因为印度有很多餐馆，而是因为印度有很多寺庙。他们以印度人习惯施舍的道德传统为生存前提，以宗教的慈悲心为自己衣食的稳定来源。

面对着这些惊心动魄的景象，老警察们不睡觉又能怎么样？再多几倍或几十倍的警察又能怎么样？幸好，一切还没有理由让人们绝望。交通虽混乱，但乱中有序；街市虽破旧，但破中无险。他们的门窗都没有铁笼子一般的防盗网，足以成为治安状况良好的标志，并且足以让中国人惭愧。外人来到这里，不仅不会见到三五成群贼眉鼠眼的人在街头滋事，不仅不会遭遇割包和抢项链，不仅不会看到色情业和强买强卖，甚至连争吵的高声也很难找到。印度人眼里有出奇的平和与安详，待人谦谦有礼。最后，人们几乎可以相信，这里的老警察们睡一睡甚至也无关紧要。

一个不需要防盗门的民族，是一个深藏着尊严的民族。也许，印度教的和平传统，还有甘地的非暴力主义，最可能在这个民族的清洁和温和里生长。我看过一部名为《甘地传》的电影，一直将甘地视为我心中谜一般的人物。这个干瘦的老头，总是光头和赤脚，自己纺纱，自己种粮，为了抗议不合理的盐税，他有一次还曾经带着男女老少拒食英国盐，一直步行到海边，自己动手晒盐和滤盐。他推翻英帝国殖民统治的历史性壮举，不需要军队也不需要巨资，一旦拿定主意，剩下的事就是默默走出家门就行。和平大进军。他从一个村子走到另一个村子，从一片平原走向另一片平原，他身后的队伍滚雪球一样越来越壮大，直至覆盖在整个地平线上，几乎是整整一个民族。碰到军队的封锁线，碰到刺刀和大棒，他们宁愿牺牲也决不反抗，只是默默地迎上前去，让自己在刺刀和大棒下鲜血淋淋地倒下。第一排倒下了，第二排再上；第二排倒下了，第三排再上……直至所有在场的新闻记者都闭上了眼睛，直至所有镇压者的目光和双手都在发抖，直至他们惊恐万状地逃离这些手无寸铁的人并且最终交出政权。

甘地最终死于同胞的暗杀。他的一些亲人和后继者也死于暗杀。从某种意义上来说，这些频频得手的暗杀并不能说明别的什么，倒是恰恰证明了这个民族缺乏防止暴力的经验和能力。他们既然不曾反抗军警，那么也就不大知道如何对付暗杀。

作为印度之魂，甘地不似俄国的列宁、中国的毛泽东、南斯拉夫的铁托以及拉丁美洲的格瓦拉，他一弹不发地完成了印度的独立，堪称 20 世纪的政治奇迹和政治神话之一。也许，这种政治的最不可理解之处，恰恰是印度人最可理解之处：

这是一种印度教的政治，一种素食者和流浪者的政治，来自甘地对印度的深切了解。这种“非暴力不合作”运动的理论与实践，不过是天才性地给一个贫困和散弱到极致的民族，找到了一种最可能强大的存在形式，找到了一种最切合民情也最易操作的斗争方法——比方在军警面前一片片地坐下来或躺下来就行。在尚武习兵的其他民族看来，这简直不是什么斗争，甚至不过是丐群的日常习惯。

现在，他们还坐在或躺在街头，抗议危及民族工业的外国资本进入，抗议旧城区的拆迁，抗议水灾和风灾以及任何让人不高兴的事，或者他们也无所谓抗议，并没有什么意思，只是不知道要如何把自己打发，坐着或躺着已成了习惯。时过境迁，他们面对的已不再是英国军警，而是一项项举步艰难的现代化计划。这些缺衣少食者被一个伟大的目标所点燃的时候，他们个个都成了赤脚长衫的圣雄，个个都强大无比。而这种坐着或躺着的姿态继续向未来延伸的时候，也许便成为历史的沉重，甚至会轮到一届届印度政府头痛不已。20世纪末的全球一体化经济正在铁壁合围，没有一个大陆可以逃避挑战。那么，哪一个政府能把眼前这个非暴力不合作的黑压压人海组织起来、管理起来并且向他们提供足够的住房、食品以及教育和工作的机会？从更基本的一点来说，哪一个政府能使素食者投入竞逐而流浪者都服从纪律？如果不能的话，他能否像创造当年的政治神话一样，再一次创造出经济神话？也就是说，他能否找到一种印度教的经济，一种素食者和流浪者的物质繁荣，并且再一次让全世界大吃一惊？

我们将要离开印度的时候，正赶上加尔各答地区某个民族的新年日，即这个国家很多新年日中的一个。一排排点亮的小油灯排列台阶，零星礼花不时在远方的空中闪烁。节日的女人很漂亮，裹身的沙丽五彩缤纷，一朵朵在节日的暗香中游移和绽放。只是这种沙丽长于遮盖，缠结繁复，是一种女神而非女色的装束，有一种便于远观而拒绝亲近的意味，不似某些西式女装那样求薄求露求透甚至以“易拉罐”的风格来引诱冲动。

这里的节日也同中国的不一样：街上并无车水马龙，倒有点出奇的灯火阑珊和人迹寥落；也没有杯觥交错，倒是所有的餐馆和各家各户的厨房一律关闭——人们以禁食一天的传统习俗来迎接新的岁月。他们不是以感官的放纵而是以欲望的止息来表示欢庆。他们的饥饿是神圣，是幸福，也是缅怀。这种来自漫长历史的饥饿，来自漫长历史中父亲为女儿的饥饿、兄长为妹妹的饥饿、儿子为母亲的饥饿、妻子为丈夫的饥饿、主人为客人的饥饿、朋友为朋友的饥饿、人们为树木和土地的饥饿，成为他们世世代代的神秘仪礼，成为了他们的隆重的节日。

母亲，你回来吧，回来吧，
你从恒河的滚滚波涛里回来吧，
你从树上的每一片叶子里回来吧，
你从路上的每一个脚印里回来吧，
你从我的睡梦里和眼泪里回来吧。
……

河岸上歌潮迭起。这就是恒河，在印地语里发音“刚嘎”，浩浩荡荡地流经加尔各答。这使我联想起西藏的“贡嘎”机场，与之声音相近，就依傍着恒河的上游，即雅鲁藏布江。司机给我翻译着歌词的大意，引我来到这里观看人们送别嘉丽——这位恒河两岸人们的母亲，是他们每一个新年都必须供奉的女神。她差不多裸着身子，年轻而秀丽，在神位上的标准造型倒有点怪：惊讶地张嘴悬舌，一手举剑，一手提着一个血淋淋的人头，这样的人头在她的脚下还有一大串。由于语言的障碍，我没法弄明白关于这些人头的全部复杂情节。我只知道，在一次为人间扫除魔鬼的著名战斗中，她杀掉二十几个敌手，也杀掉了自己的丈夫——她手中那颗人头。

直到这个时候，她才如梦初醒地伸长了舌头。

从那一刻起，她便凝固成永远的惊讶和孤独。

已经是新年的第二天了，民间庆典即将结束。人们拍着鼓，吹着号，从城市的各个角落载歌载舞结队而来，在恒河岸边汇成人海，把他们各自制作的嘉丽女神送入河水，让那一次次大小不等色彩纷呈的永恒惊讶和永恒孤独随水而下，一一漂逝在夜的深处。这是他们与恒河年复一年的约定。看得出来，这些送别者都是穷人，衣衫不整，尘土仆仆，头发大多结成了团，或散成了草窝。他们紧张甚至恐慌地两眼圆睁手忙脚乱大喊大叫，一旦乱了脚步，抬在肩上的女神就摇摇晃晃。他们发出呼啸，深一脚浅一脚踩得水花四溅，从河里返回时便成了一个个癫狂的水鬼，浑身水滴如注，在火光下闪着光亮。但他们仍然迷醉在鼓声之中，和着整齐或不整齐的声浪大唱，混在认识或不认识的人中间狂舞——与其说这是跳舞，倒不如说他们正在折磨着自己的每一个骨节，一心要把自己粉碎和熔化于鼓声。

一个撑着拐杖的跛子也在跳跃，拐杖在地下戳出密密的泥眼。

你从路上的每一个脚印里回来吧，母亲；

你从我的睡梦里和眼泪里回来吧，母亲。

……

恒河的那一边，几柱雪亮的射灯正照亮着巨大的可口可乐广告牌，照亮了那个风靡全球的红色和巨大的瓶子。在那一刻，我突然觉得，远去的嘉丽高扬血刃回眸一瞥，她伸长舌头永远所惊讶的，不是丈夫的人头落地，而是一个我们完全无法预知的世纪正在悄悄来临。

我抬起头来看彼岸急速地远退，留给我无限宽阔的河面。

◎文章品读

韩少功出访印度归来，写下了这篇《岁末恒河》。恒河是印度人心目中的圣河，当地人祖祖辈辈敬仰恒河，将其视为女神的化身。篇章取名“岁末”恒河，韵味悠长。岁末，可以是岁尾，也可以看作是古老的传统与全球化经济冲突的尾声。整篇散文，蕴含着大量的信息，在作者层层的表述中，人们看到的是一个古老的国度在传统与现实的夹击下，挣扎、碰撞。

本篇散文容量很大，但思维清晰，条理井然有序。作家到印度后，对登革热心有余悸，由在酒店拍杀蚊子而意外得知登革热暴发的原因——印度是宗教国度，戒杀是宗教的信条。在印度，不仅仅是蚊子过得优哉游哉，连带猴子、牛、猪等动物都有幸福的生活。由此作者想到了中国，想到了素食国度外的残杀，人类独尊给其他生物造成的灭顶之灾。辩证分析过后，作者重新认识了印度人的宗教观。

由宗教作者马不停蹄想到语言，随即再次展开论述，阐发了语言多样性对民族的深远影响。因为语言，作者又看到了印度社会的断层：讲官方语言英语者往往有着良好的社会背景和素质，生活得惬意、悠然；而大门外即是底层人民的穷困、杂乱无章。在人们以为作者要对此展开评说时，作者又笔锋一转，写印度的乱中有序、破中无险，将另一种生活场景做了细致分析，并拿同国内的不良社会治安状况作了生动的比较。结论是，印度虽乱却平和，谦谦有礼。一个人口众多的泱泱大国给读者留下了深刻的印象。

写过了社会治安，作者联想丰富，以“一个不需要防盗门的民族，是一个深藏着尊严的民族”领起，进一步分析了印度的历史、印度的和平传统。回到现实中，作者写了印度一年一度最为隆重的新年节，并选取了节日里“禁食”“送别嘉丽”两件事详写。其间多费笔墨，将印度世代的神秘仪式与全球经济一体化的壁垒结合论述，抒发了自己对于印度在传统与现代化冲突间的担忧、反思。尾声蕴含丰富。

韩少功以小说名世，散文的写作也毫不懈怠。甚至对很多人来讲，读他的具有强烈思辨色彩的散文，更能体会到一种冲击力和震撼力。这种观点因人而异，但不可否认的是，作家行文中无所不在的思辨气息，对古往今来人类精神遗产的强烈关注，也在深深地打动着我们。

·作者简介·

韩少功（1953～），湖南长沙人。1968 年初中毕业后到湖南汨罗县插队务农。1974 年秋调入县文化馆任创作辅导员。1977 年开始文学创作。1978 年考入湖南师范大学中文系。次年加入中国作家协会。1982 年大学毕业后，到湖南省总工会工作，先后任《主人翁》杂志编辑、副总编。1985 年在《作家》上发表文章《文学的根》，引发文艺界的广泛讨论。同年进入湖南省作家协会，并当选为中国作家协会理事。1990 年调入海南省作家协会任副主席。现为中国作家协会主席团委员。主要作品有：小说集《月兰》《飞过蓝天》《诱惑》《空城》《谋杀》，评论集《面对空洞而神秘的世界》。作品内涵丰富，独树一帜，被译成多种语言出版。

体验爱，体验幸福

●摩罗

诗人海子已经被人们谈论了十年。我似乎是为了避开这种热闹，从来没有在文章中正面议论过他，也很少接触他的诗作。九十年代之初，我在一位朋友那里拜读过海子的长诗，那种浓烈的意象和哽哽吧吧地翻滚着的激情给我留下了极深的印象。我感到海子确实是一个天才少年。可是，几乎每一个卓有成就的诗人都曾经是天才少年。天才虽然十分可贵，但这没有什么好奇怪的。一个诗人在他少年时代显示出少年气质，这虽然同样可贵，但也同样没有什么可奇怪的。所以，多年以来我像对所有自杀者保持敬意那样，对海子保持着一份严肃的敬意，却一直没有主动走进他的内心世界。

昨天晚上，我读一位朋友谈论宗教的文章，从这篇文章的附录中读到了海子的一首短诗，题为《面朝大海，春暖花开》，我立时被它所震撼。诗的全文是这样的：

从明天起，做一个幸福的人
喂马，劈柴，周游世界
从明天起，关心粮食和蔬菜
我有一所房子，面朝大海，春暖花开

从明天起，和每一个亲人通信

告诉他们我的幸福
那幸福的闪电告诉我的
我将告诉每一个人
给每一条河每一座山取一个温暖的名字
陌生人，我也为你祝福
愿你有一个灿烂的前程
愿你有情人终成眷属
愿你在尘世获得幸福
我只愿面朝大海，春暖花开

打动我的不是激情，也不是一般意义上的美感之类。打动我的是这首诗的平静和朴素，以及在平静和朴素之后像天空一样广阔无垠的爱和幸福。我捧着这首诗，在心里反复地念叨着幸福、幸福，我不知道我究竟是感动还是羡慕，我只知道我确实从这首诗中感受到了幸福，感受到了爱。也许我既不是感动也不是羡慕，而是一种真诚的羞愧。我因为自己长期以来感受不到幸福和爱而羞愧。人生虽然有无穷无尽的苦难，可是我们的心灵不能仅仅只感受苦难，不能让苦难把我们的心灵严严实实地包裹起来。我们应该用自己的心灵去包裹苦难，在包裹和消化苦难中体验做人的尊严与幸福。

体验幸福，体验爱，这是一个漫长的过程，是一个需要修炼和学习的过程。但也可以说这是一种素质，一种与生俱来的精神素质。同时还可以说这是一种状态，一种看待世界和自己的态度，一种盈满爱和幸福体验的自由境界。最确切的说法也许是这样的：这是一种源于信任、源于爱、源于生命的完整与健全的放松。体验不到苦难的心灵是肤浅的，体验不到幸福的心灵是猥琐的，体验不到放松的心灵是残缺的。

一个人的心灵是不是残缺，并不完全取决于外部世界的冷与暖，同时还取决于你是不是能够用自己羸弱的爱心包裹这个世界。一个人如果能够用心灵包裹这个世界，整个世界的灿烂和澄明，都会永驻他的心中。用佐西马长老（见《卡拉马佐夫兄弟》）的话说，就是要“用爱去获得世界”。即使是临终的时刻，佐西马长老的脸色“依然明朗，几乎带着喜悦，眼神也是愉快、和蔼的”。因为他的内心充盈着幸福，充盈着爱。他兴致勃勃地说话，不仅是为了说教，同时是“渴望着跟大家共同分享他内心的喜悦和欢乐”。临终的喜悦和欢乐，这真是妙极了。这是一个人从内到外的幸福感。他并不是在黑暗和罪恶面前闭上眼睛，相反，他对罪恶的体验比谁都明敏，比谁都深刻。他在临终忏悔中说：“我们每一个人对世界上所有的人和所有的事都是有罪的，这是毫无疑问的。这不但是因为我们都参与了整个世界的罪恶，而且每个具体的人对于世界上所有的人和每一个人都是有罪的。”这样的人，无论他看到多少丑恶，无论他看到多少黑暗，他都不会只作简单的反应，因为他知道，一切丑恶和黑暗都是与自己融为一体的，那里面有我，有自己，有我们人性的缺陷和不幸。甚至可以说，一切丑恶和黑暗都是从人性内部生长出来的，它们本来就是我们共同的人性苦难的一部分。一个人爱世界，爱人类，爱人，就意味着必定会对人类精神内部的黑暗投之以广博的悲悯，施之以温暖的抚慰。

平静和朴素，从容和慈爱，悲悯和抚慰，这不仅应该成为诗人的瞬间体验，而且应该成为我们每一个人的生命状态，成为我们的眼神和表情，成为我们的手势和声音。我在翻看电影杂志时，老是觉得西方演员和中国演员的表情很有一点区别。尽管那些中国演员常常喜欢模仿西方明星的姿势和笑容，可是中国演员们无论怎样努力地笑，都只能使笑成为一种肌肉运动，而不是那种从内心弥漫开的生命运动，不是那种朴素、自然和放松，不是佐西马长老所体验的喜悦和欢乐。我由此感到，也许我们中国种族缺乏一种自然的天性。前不久，我去一家宾馆看望两位从美国来的朋友，我在他们脸上也看到了西方演员脸上那样从容、平静的笑，我当时是那么高兴，那几天我几乎逢人就讲我拜见那两位朋友的感觉，羡慕和向往之情无法掩饰。我的那两位朋友也是中国人，他们去美国也就那么几年时间。为什么那些中国演员在摄影棚里永远学不会的从容而又灿烂的笑，我的朋友在另一个环境里仅仅几年时间就学会了呢？

这显然给我提出了一个难题，这个难题不是我今天所要讨论的。我所要讨论的，依然是我们每个个人的生命体验和精神素质问题。我们每个人都早就习惯于一开口就是“中国文化”“中国社会”等等，我想我们决不可完全陷溺于这一套话语之中。我们到了该对我们自身的生命和灵魂提出一点要求的时候了。我们不敢直面黑暗时，我们当然要反复强调直面黑暗的勇气。但直面黑暗绝不是显示我们懂得黑暗或者我们不怕黑暗，而是要面对黑暗体验世界的丰富和生命的诗性，体验灵魂的超越和自由。

爱与幸福，也许就是生命的最纯粹状态；悲悯与抚慰，是源于爱与幸福的对于世界的态度；而从容与平静，则是爱与幸福所穿的一件休闲服。这种内与外的一致，才是真正的自然与放松。这样的生命，才是博大甚至伟大的生命。

《圣经》说：“你要向天观看，瞻望那高于你的穹苍。”（见《圣经·约伯记》）

所谓观看和瞻望，就是以一颗赤子之心，与天地灵光相沟通。也许这就是获得内与外的一致的最有效的方式，也就是佐西马长老所说的获得世界的方式。只有那与宇宙灵魂相通的人，才能拥有真正博大高远的生命和伟大高贵的灵魂。

这种观看和瞻望，固然需要饱满的生命激情做动力，也同样需要一种博大的宁静做底气。而一个高贵的灵魂，正是需要在一个宁静的氛围里静静地发育生长。海子的遗憾之处在于，他没有为灵魂的进一步生长提供足够的时间，因为他过早地放弃了为灵魂的生长所必须的肉身依托。1989 年 3 月 26 日，这个天才的诗人以其 26 岁的英年告别了这个他所深爱的世界。这自然说明他的灵魂尚有某种内在的晦暗。但他曾经这么深地体验过幸福，这么深地体验过爱，体验过宇宙之光的沐浴与照耀，也就说明他曾经实实在在地获得了世界，而且是非常完整地获得了这个世界。他的体验已经给我们提供了一些极其可贵的启示。它让我相信，中国作家也是可以体验爱与幸福的，中国文学也是可以从爱与幸福、祈祷与拯救的层面寻找发展的可能性的。我们应该努力拓展这种可能性，努力使之成为我们的文学现实和精神现实。最为重要的是，海子的诗让我感到了爱，感到了幸福，也就是感到了他的沐浴与照耀。这种沐浴与照耀，它好像同时也是来自自我灵魂的内部，可以说这是一种内外一致、通体透明的照耀。它不是让你感到被爱，而是让你感到爱。这个世界上几乎可以说没有被爱，任何对于爱的意识，都是对自己生命力的调动和激扬，是对内在爱心的发现和体验。

体验爱，体验幸福，体验光明，体验温暖，这是我们生命的一种能力，一种状态，甚至这就是生命本身。只有能够体验幸福的人，才能说得上是完整的人。生命是痛苦的，这是一个不需要论证的真理，一个人仅仅凭着他的本能，就可以体验到这个真理。生命是幸福的，这却是一个需要用灵魂才能体验到的真理，是一个需要秉承天地之灵的启示才能领悟到的关于爱的真理。我们不应该再扭曲下去，我们应该生活得堂堂正正，这就必须放松，必须有爱和幸福做底气。一个堂堂正正的人是高贵的。做一个堂堂正正的人，就是做一个高贵的人。做一个高贵的人，就是做一个能够体验爱和幸福、体验祝福和祈祷的人。

由于海子的诗的激发，我辗转难眠，于凌晨两点起床，我以写作的方式体验我的幸福，并将这“幸福的闪电告诉我的”，告诉给每一位朋友。我以写作的方式，向一切幸福和不幸福的人，致以深深的祝福。

◎文章品读

这是一篇很有穿透力的散文。作者是特立独行的“民间思想者”摩罗。

能够写就这篇散文，源于诗人海子的一首小诗《面朝大海，春暖花开》。它让作者沉思，对幸福的追逐有了切身的感悟。作家是感性的，思潮翻涌，“辗转难眠”，于是深夜起床，以笔将“‘幸福的闪电告诉我的’，告诉给每一位朋友”。

海子的小诗，吟咏的是爱与幸福。诗人早逝，作品却散发着恒久的魅力，为今天人们的生活增添了一抹亮色。爱与幸福，历来是我们民族所匮乏的，在中国的当代文学中也是长期缺失的。在今天的人们看来，爱与幸福总是那样遥不可及，取而代之的是喧嚣的浮躁与疲惫。那么，如何体验到爱，体验到幸福？什么是爱和幸福？

作者借海子的诗告诉我们：“（爱与幸福）是一种源于信任、源于爱、源于生命的完整与健全的放松。”幸福其实很简单，就像海子的诗中所说，喂马，劈柴，周游世界，关心粮食和蔬菜，有一所房子，面朝大海，春暖花开。有这样体验的人，都是幸福的。然而，它看似简单，却“是一个漫长的过程，一个需要修炼和学习的过程”，或者是一种与生俱来的精神素养。因为在当今的经济社会，人们实在是太疲惫，心中永远放不下的是人世浮华，金钱名利。人为自己所累，也就很难获得平静与从容的心态。

作者在文中，对爱与幸福做了详细的分析，也给出了如何体验爱与幸福的答案。这一切，都源自海子的一首简朴的小诗。它成了激发作家思想灵光的火花，也赋予了散文长久的魅力。

·作者简介·

摩罗（1961～），原名万松生。江西都昌县人。1978年考入九江师范专科学校。毕业后在都昌县任中学语文教师。1993年考入华东师范大学中文系。1997年获中国文学硕士学位。现就职于中国艺术研究院文化研究所。主要作品有《耻辱者手记》《自由的歌谣》《因幸福而哭泣》《大地上的悲悯》《速读中国现当代文学大师与名家丛书·鲁迅》（与人合著）等。

精神的三间小屋

●毕淑敏

面对那句——人的心灵，应该比大地、海洋和天空都更为博大的名言，自惭自秽。我们难以拥有那样雄浑的襟怀，不知累积至那种广袤，需如何积攒每一粒泥土，每一朵浪花，每一朵云霓？

甚至那句恨不能人人皆知的中国古话——宰相肚里能撑船，也让我们在敬仰之余，不知所措。也许因为我们不过是小小的草民，即便怀有效仿的渴望，也终是可望而不可即，便以位卑宽宥了自己。

两句关于人的心灵的描述，不约而同地使用了空间的概念。人的肢体活动，需要空间。人的心灵活动，也需要空间。那容心之所，该有怎样的面积和布置？

人们常常说，安居才能乐业。如今的城里人一见面，就问，你是住两居室还是三居室啊？……喔，两居室窄巴点，三居室虽说也不富余，也算小康了。

身体活动的空间是可以计量的，心灵活动的疆域，是否也有个基本达标的数值？

有一颗大心，才盛得下喜怒，输得出力量。于是，宜选月冷风清竹木萧萧之处，为自己的精神修建三间小屋。

第一间，盛着我们的爱和恨。对父母的尊爱，对伴侣的情爱，对子女的疼爱，对朋友的关爱，对万物的慈爱，对生命的珍爱……对丑恶的仇恨，对污浊的厌烦，对虚伪的憎恶，对卑劣的蔑视……这些复杂对立的情感，林林总总，会将这间小屋挤得满满，间不容发。你的一生，经历过的所有悲欢离合喜怒哀乐，仿佛以木石制作的古老乐器，铺陈在精神小屋的几案上，一任岁月飘逝，在某一个金戈铁血之夜，它们会无师自通，与天地呼应，铮铮作响。假若爱比恨多，小屋就光明温暖，像一座金色池塘，有红色的鲤鱼游弋，那是你的大福气。假如恨比爱多，小屋就阴风惨惨，厉鬼出没，你的精神悲戚压抑，形销骨立。如果想重温祥和，就得净手焚香，洒扫庭院。销毁你的精神垃圾，重塑你的精神天花板，让一束圣洁的阳光，从天窗洒入。

无论一生遭受多少困厄欺诈，请依然相信人类的光明大于暗影。哪怕是只多一个百分点呢，也是希望永恒在前。所以，在布置我们的精神空间时，给爱留下足够的容量。

第二间小屋，盛放我们的事业。

一个人从 25 岁开始做工，直到 60 岁退休，他要在工作岗位上度过整整 35 年的时光。按一日工作 8 小时，一周工作 5 天，每年就要为你的职业付出 2000 个小时。倘若一直干到退休，那就是 70000 个小时。在这个庞大的数字面前，相信大多数人都会始于惊骇终于沉思。假如你所从事的工作，是你的爱好，这 70000 个小时，将是怎样快活和充满创意的时光！假如你不喜欢它，漫长的 70000 个小时，足以让花容磨损日月无光，每一天都如同穿着淋湿的衬衣，针芒在身。

我不晓得一下子就找对了行业的人，能占多大比例？从大多数人谈到工作时乏味麻木的表情推算，估计这样的幸运儿不多。不要轻觑了事业对精神的濡养或反之的腐蚀作用，它以深远的力度和广度，挟持着我们的精神，以成为它麾下持久的人质。

适合你的事业，不靠天赐，主要靠自我寻找。这不但因为相宜的事业，并非像雨后的菌子一样，俯拾即是，而且因为我们对自身的认识，也是抽丝剥茧，需要水落石出的流程。你很难预知，将在 18 岁还是 40 岁甚至更沧桑的时分，才真正触摸到倾心的爱好。当我们太年轻的时候，因为尚无法真正独立，受种种条件的制约，那附着在事业外壳上的金钱地位，或是其他显赫的光环，也许会灼晃了我们的眼睛。当我们有了足够的定力，将事业之外的赘生物一一剥除，露出它单纯可爱的本质时，可能已耗费半生。然费时弥久，精神的小屋，也定需住进你所爱好的事业。否则，鸠占鹊巢，李代桃僵，那屋内必是鸡飞狗跳，不得安宁。

我们的事业，是我们的田野。我们背负着它，播种着，耕耘着，收获着，欣喜地走向生命的远方。规划自己的事业生涯，使事业和人生，呈现缤纷和谐相得益彰的局面，是第二间精神小屋坚固优雅的要诀。

第三间，安放我们自身。

这好像是一个怪异的说法。我们自己的精神住所，不住着自己，又住着谁呢？

可它又确是我们常常犯下的重大失误——在我们的小屋里，住着所有我们认识的人，唯独没有我们自己。我们把自己的头脑，变成他人思想汽车驰骋的高速公路，却不给自己的思维，留下一条细细的羊肠小道。我们把自己的头脑，变成搜罗最新信息网络八面来风的集装箱，却不给自己的发现，留下一个小小的储藏盒。我们说出的话，无论声音多么嘹亮，都是别的喉咙嘟囔过的。我们发表的意见，无论多么周全，都是别的手指圈画过的。我们把世界万物保管得好好，偏偏弄丢了开启自己的钥匙。在自己独居的房屋里，找不到自己曾经生存的证据。

如果真是那样，我们的精神小屋，不必等待地震和潮汐，在微风中就悄无声息地坍塌了。它纸糊的墙壁化为灰烬，白雪的顶棚变作泥泞，露水的地面成了沼泽，江米纸的窗棂破裂，露出惨淡而真实的世界。你的精神，孤独地在风雨中飘零。

三间小屋，说大不大，说小不小。非常世界，建立精神的栖息地，是智慧生灵的义务，每人都有如此的权利。我们可以不美丽，但我们健康。我们可以不伟大，但我们庄严。我们可以不完满，但我们努力。我们可以不永恒，但我们真诚。

当我们把自己的精神小屋建筑得美观结实、储物丰富之后，不妨扩大疆域，增修新舍，矗立我们的精神大厦，开拓我们的精神旷野。因为，精神的宇宙，是如此的辽阔啊。

◎文章品读

作为小说家的毕淑敏，在散文领域也取得了不俗的成绩。不少名篇佳作为读者所熟知，如《谁能预测你一生的苦难》《我很重要》《养心的妙药》等。心理、哲理、情感是作家散文的三个非常突出的特点。

本篇《精神的三间小屋》也是一篇难得的佳作。文章简洁明了，笔墨精致。看似闲话平常，然而却在不经意间，为人类的心灵把脉，开出了一剂良方。

精神生活，是人们日常生活所无法避免和忽视的。心灵的健康与否也牵引着人们关注的视线。在散文中，作家循循善诱，为人们规划了三间精神的小屋：一间盛装爱与恨，将人类情绪的喜怒哀乐聚集一堂；一间装载事业，让它的存在滋养着人类的精神；一间则装着人类自身，为自己的思维留下一条“羊肠小道”。对于三个空间的打理、规划，作者一路细细道来，如春风拂面，令人受益匪浅。

三间小屋，一个都不能少。每一间小屋出了问题，都是致命的。对此，作者分别作了生动的假设、说明，“假若爱比恨多，小屋就光明温暖，像一座金色池塘，有红色的鲤鱼游弋，那是你的大福气。假如恨比爱多，小屋就阴风惨惨，厉鬼出没，你的精神悲戚压抑，形销骨立。”“当我们有了足够的定力，将事业之外的赘生物一一剥除，露出它单纯可爱的本质时，可能已耗费半生。然费时弥久，精神的小屋，也定需住进你所爱好的事业。否则，鸠占鹊巢，李代桃僵，那屋内必是鸡飞狗跳，不得安宁。”“在我们的小屋里，住着所有我们认识的人，唯独没有我们自己。……如果真是那样，我们的精神小屋，不必等待地震和潮汐，在微风中就悄无声息地坍塌了。”作者在每一部分中，都详细分析了其重要性，并分别举反证说明精神平衡的重要意义。文辞优美，语言富于表现力。

毕淑敏笔下的小屋，说大不大，说小不小。在非常的空间中，为智慧生灵建立了一个精神栖息的港湾，为精神的健康起了导航的作用。

·作者简介·

毕淑敏（1952～），著名作家、内科主治医师、国家注册心理咨询师。生于新疆。1969 年入伍，在西藏阿里高原部队从事军医工作十余年。1980 年转业回京，开始专事写作。现为中国作家协会会员。著有《昆仑殇》《红处方》《血玲珑》《握紧你的右手》及《毕淑敏文集》等。

感觉城市

●刘元举

都市最好的建筑都是留在广场上。越老的广场越有味道，特别是那种椭圆形队列，极有耐心地组合成建筑博览系列，其风格的和谐与典雅令岁月黏稠。然而，到了今天，这些苍老的面孔对于周围的疾速变化却呈现出一副凄哀的无奈状。高楼大厦争先恐后，顶天立地，倏忽间，竟形成了一个巨人家族，控制着广场的领空，从中透出一种现代城市的霸气。

城市的现代锋芒是无法收敛的。不管你喜欢不喜欢愿意不愿意，你就得接受就得适应。城市的表情在过去如果说是因含蓄而充满魅力的话，那么说城市的现在，则全然抛开了这份传统的服饰，变得简单而直露。不是吗？玻璃幕墙体通体透亮，还有什么含蓄可言？钢架交错，似裸露闪亮的筋骨，没有任何羞涩需要多余的遮掩。远去了，哥特式建筑；远去了，巴洛克的繁绮奢华；远去了，爱奥尼与陶立克柱子，就连我们古典的影壁墙、歇山顶、鸱吻、雕梁画栋也无法取悦都市的目光。大工业与现代化正在不可阻挡地改变着我们的城市的面孔，犹如一双粗暴的手，把城市陈旧的服饰一件件剥光。

有一位作家到日本后写了一本书，题为《裸体的日本》。这个题目一针见血地道出了现代化的日本城市的流向，是否越接近现代文明就越远离了掩饰和含蓄？

由城市及人，由城市的服饰演进说到人的装束变化，这是很有意思的。古罗马的著名建筑师威特鲁威早就给建筑下过这样的定义，他说，建筑就是组织人们的生活。

城市建筑对于人们的生活的影响无论过去还是现在都是有目共睹的。城市在告别繁冗，在失去含蓄，城市中的人，势必也要适应这种流向。城市人生活状态的变化首先要从服装上表现出来。比如，过去的女人以包裹严实为尊为美，连衣裙是小翻领口，还是长袖的，腰间还有个捆扎的带子，不扎不端庄，不淑女，现在还有人穿这种连衣裙吗？不仅不穿长袖的，甚至连袖子都是多余的。由长袖而半袖，再由半袖而变成无袖；裙身过去长至膝下，甚至垂到脚面，走起路来风摆杨柳，婀婀娜娜，不乏古典韵致。从什么时候起时兴了超短？再看上衣、马甲，一些两件套装、三件套装，一些原本属于辅助性的衣服倒变成了正宗服饰，几乎取代了西服上衣西服裙，而且，这种取代没商量，马甲也好，上衣也好，越来越短，短到了可以露出肚脐眼。阳光下，上下衣之间因脱节而断层，透出的那一条子皮肤的白皙度犹如一道灿然的光带照亮行人的眼目时，城市建筑的玻璃幕墙体肯定会更加刺眼，更加热烈，城市的热情与城市的温度都会随之升高。那些阳光照不到的阴郁的古典柱廊以及浮雕的阴暗凹处，也会被这道肤浅的光芒洞穿吧？城市不会再有含蓄了，而更加易变的人们还能存留几多含蓄？

睡衣式的服饰可以堂皇出现在闹市，男人忘记的背心却以一种新的面料成为了女性的抢眼时装。还有人愿穿翻领衣裙吗？越短越好，越露越好，越透越薄越性感越好。为什么牛仔裤被体形裤取代？又被裤袜特别是那种裤子式的裤袜代替？还有短裤，更具超越优势。过去人们出趟国，到日本，或者到香港深圳，回来给亲友捎带的最普遍的礼物就是丝裤袜，哪一位女性的家中没有一叠没拆封的塑料包装的棱角分明的长短丝裤袜呢？买的时候，肯定像藏书似的，看不看没关系，先买来搁家里摆着放着，那是一种喜悦，一种满足。那时候大概不会想到会有一天不再喜欢吧？时髦的女孩子现在谁还会在大热天往光滑的腿上套一条丝袜？不穿那东西是一种纯朴，而纯朴则成了一种新的时尚。

泳装更说明问题。比基尼正在成为一道风景线，尤其是海滨的城市。

由此，我想到了南方的园林建筑。那种奇妙的造园手笔可以用几个字概括：漏、透、瘦、皱。这四个字体现了造园艺术的精髓，体现出一种千古不变的神韵。按照这四个字造出的园林，无论到了什么时候，都不会是直白的，单调的，其中的含蓄是可以让游人驻足且流连忘返的。而流行时装这几个字则正与园林艺术达到的效果恰恰相反。

或许我不该进行这种比附，时装与园林原本就不是一回事，一种追求的是艺术的永恒，一种要的只是闪烁迷人的一瞬，多一点，长久一点，那都是犯大忌的。现代人的生活观念不恰恰是在改变永恒吗？谁还讲白头到老？哪还有什么举案齐眉相濡以沫？爱情是真是假？哪来的永恒爱情？有那么一个瞬间就了不得了。所以，风靡的爱情歌曲只能是“让我一次爱个够”“不求一生相守，但求一朝拥有”“瞬间就是永恒”之类。

瞬间，只能是瞬间，再难忘的瞬间也还是瞬间，不可能代替永恒。而我，一个有着古典情结的中年男人更看重那种永恒。我曾冒着大雨赶到同里小镇，为的是去一睹那里的古建筑风采。那真是一批国宝：一处藻井就是一座展馆，被灰尘遮盖的彩绘极耐人寻味；一扇有着木雕的门扇就是一件艺术精品，如同屏风般的组合门扇叙述了一部《西厢记》，有莺莺，还有张生，张生与莺莺的约会是永恒的，令我感动。可惜这几道门扇朽了。燕翼楼造型奇特，特别是屋脊有着宁静的动感，有云流动时，更是神奇，跃跃欲飞，令我难过的是它已经折断了翅膀，塌了腰身。

我们的城市正在日新月异，我们新的楼房都是从外部世界抄来的，很少有我们自己民族的底蕴，正像我们的服装，一茬茬虽然炫目，却也是从西方世界拿来的。“拿来主义”构成了我们城市的时尚。我们的城市正在洋化，我们的服装也正在洋化。洋化不是不好，却也不能说就是绝对的好。还应该有一点我们民族自己的东西，比如旗袍，比如蜡染的民族服饰，我都挺喜欢。我的最爱穿戴的妻子从来就不喜欢旗袍，但是，我给她买下了两件，一件是在广州买的，一件是在石狮买的。刚买回家时，她不喜欢，不穿，但是，放了一段时间，她逐渐开始喜欢了，终于有一天她穿上街头。从后面看，她步态古雅，简直不像是我的老婆了。

◎文章品读

这是一篇带有批判色彩的散文。立足点是我们今天日新月异的城市变化。作者是一个有着浓重怀旧情结的人，对于大工业与现代化催生的城市及其派生物心生不断的质疑与困惑。

提起城市建筑，建筑大师贝聿铭也曾含蓄地指出不少城市的高楼千篇一律，少有内涵。一如文中所说，处处如同克隆，没有含蓄，没有厚重，更谈不上底蕴。拿来主义，仅在建筑上便已领跑城市潮流，直到今天仍然乐此不疲。

作者目睹现代工业文明的一路飞跃，心中的感慨难以名状。他用建筑与服饰类比，将人们头脑中观念的变化、反差层层递进地铺展开来。二者交叉进行，有条不紊。对于建筑，作者似乎难以平抑心中的激愤，反问、设问、排比，各色表达方式此起彼伏：“（城市的表情）变得简单而直露。不是吗？玻璃幕墙体通体透亮，还有什么含蓄可言？钢架交错，似裸露闪亮的筋骨，没有任何羞涩需要多余的遮掩。”“远去了，哥特式建筑；远去了，巴洛克的繁绮奢华；远去了，爱奥尼与陶立克柱子……”比喻的用法最为别致，“大工业与现代化正在不可阻挡地改变着我们的城市的面孔，犹如一双粗暴的手，把城市陈旧的服饰一件件剥光。”言语激越，对盲目的工业扩张不以为然。取服饰为喻体，提点下文。

“建筑就是组织人们的生活”，城市建筑对人们生活的影响不言而喻。由建筑及人，最突出的表现窗口就是人们服饰的更迭，它和古建筑的命运有着惊人的相似——从以包裹严实为美，连衣裙小翻领，长袖束腰发展到今天的超短、睡服外穿、比基尼。变化的速度令人瞠目。它们与现代建筑风格相映生辉，同样，也以飞快的速度与耐人寻味的永恒渐行渐远。在文章的后半部，作者亲身体验传统的魅力，不惜冒雨一睹陈年古建筑，将所观所感饱含深情地写了出来。最后，以旗袍收束全篇，对“拿来主义”进行了不动声色的批驳。篇章观点鲜明，对传统与反传统的思索意蕴悠长。

·作者简介·

刘元举（1954～），著名作家。出生在辽宁大连普兰店，祖籍山东。1963年就读于大连普兰店中心小学。1974年中学毕业后参加工作。1984年毕业于辽宁大学函授中文系。中国作家协会会员。曾任职中国散文学会常务理事，《鸭绿江》文学月刊主编、社长。现任辽宁省作家协会副主席。著有小说集《人·情》，散文集《西部生命》《上帝广场》《表述空间》《没有初恋》，纪实文学集《黄河悲歌》，长篇报告文学《中国钢琴梦》《钢琴时代》《学琴生涯》等。

弯人自述

●陈村

三十七年前的今天，本人来到这个世界——四肢活跃，身材魁梧，声音洪亮，食欲旺盛。这样的小子人见人爱，想必立刻收到许多即兴的评论。我记不清了，自己当时是否沾沾自喜。要是当时就知道，时过三十余年，自己将成为一名把握曲线美的“弯人”，婴儿的我是否还会得意地晃动着那个大头?

母亲爱听旧戏，戏中有句唱词“官人好比天上月”，我说“弯人好比天上月”。自然，不是元宵中秋般的圆月。仿佛是一次月全食，地球的暗影袭来，蚕呀么蚕食得紧，后来，只剩得一个月牙儿——那就是我。齐白石笔下的虾，嬉戏浅水，一伸一收，在收的那一刻定格——那就是我。西方一位名叫丘比特的爱神，背着一对小白翅，飞来飞去发人情思，手中所持的那张可爱的神弓——那就是我。天上的彩虹，地上的河曲——那就是我。

出于自爱，我通常只以较为美丽的事物自比。这样，自己弯起来的同时，仿佛也占有了永恒、壮阔、鲜活、精灵之气。我鼓励读者有这样的误会。

俗话说：弯人不是一天造成的。说得真是对极了！有道是百炼成弯，有道是拳不离手曲不离口弯不离身。只要功夫深，直汉弯成弓。我们的黄河，不就是这样形成的，东弯西弯，弯成了万里黄河。

弯了之后，第一个好处是和任何人都有了永恒的话题，而且从来不必备课。比如他问：“你这腰，好像扭了？”我就答。问的词不是“扭了”就是“伤了”“不得劲了”“不方便”。接下来一定是“怎么不去看看？”我答些世情再答些科学。几问几答之后，俨然成了熟人。而且，提问的总是学生。如果学生不提问，我就自问自答——我当教师时经常这样，所有的教师都这样。

我的病真是生对了，不是那种难言之隐，要去请教电线杆上的“香港老军医”。这种病在任何场合说起来都是很雅的。脊椎是堂堂正正的骨头，不像有些组织通往不三不四的地方。这个病的全称是“强直性脊柱炎”。强而直，本也不是坏词，比起“肿毒”一类词好听得多。

此病的又一个好处是生得醒目。除了我女儿尚以为当父亲是要弯一弯的，其余的人都一目了然。有些病要靠病人自己去宣传，比如胃疼、脚癣、早搏。就说胃疼，一直等到疼得弯下腰，人们才会关切。其实，人们是被弯腰的姿势唤起了同情。而我总是弯着腰，胃还偏偏不疼。可见，生病要生得巧。

与我共同生活的人总是一再被人们提醒，要好好照顾我。面对这种人道主义的关心，他们除了说“这是应该的，我已这么做了”，还能有什么别的回答呢？家庭生活中，不聪明的人总是要逞强，以势压人或以理服人。我反其道而行，公开地明白地称弱。老子曰：“知其雄，守其雌，为天下溪。为天下溪，恒德不离。恒德不离，复归于婴儿。”老子阐述过“柔弱胜刚强”的哲学。从一滴水看太阳，老子确实很伟大。

其实我也很伟大。

我的身上无时无刻不产生哲学。

我的病，据说是由于免疫系统信号错乱，将自身当作入侵者来攻击。这才是真正的自相矛盾。可怜我的亲爱的脊椎骨，一个个被自己攻无不克的攻击力干掉了。这应验了那句老话：堡垒总是从内部攻破的。更可怜的是医学界，至今未能抓获人体内的叛徒。叛徒像电脑病毒一样潜伏着，很可怕。

尽管没当成老子，我还有另一次伟大的机会，当一名中国的卡夫卡。

没人知道我面对《变形记》是何等的沮丧。我就是那个格里高尔·萨姆沙，我就是那只无可奈何的甲虫，是我而不是卡夫卡的脊背背叛了自己。我拥有当一只甲虫的全部感觉。可惜我生得太晚了。假如我要创作，只能创作动画片，像《忍者神龟》一样的卡通，爬过来爬过去。

是不是想试试？

既弯之，则安之。

如果有意识地寻找，像找男子汉一样用点力气，弯其实是一种境界。

还是老子在说："曲则全，枉则直；洼则盈，敝则新；少则得，多则惑。"

弯更是一种审美趣味。

赵州桥是立体的一例，高高拱起，占了天时，青史留名。九曲桥是平面的另一例，水平摇曳，尽了地利，游人如云。现代人提倡亲爱自然，粗粗一想，凡自然的造物，没见过笔直的一根。遥想人类当年，四肢趴地，长背向天，臀圆颅方，天然生趣，何直之有？平而致曲，直而后弯，大到天体，小到心术，莫不如此。这么一想，实在不必妄自菲薄，人生难得一回弯呢。

话虽这么说，初弯之时，心里尚且想不开。一次大病，长久卧床，亏得家人照顾医生用心，慢慢好转，试着下床。心想从此可以站起来，不免高兴。谁知站着总是别扭，去镜前照照，站是站了，站得较弯，一点潇洒全无。

在去医院的路上，看着直来直去的路人，心中好生羡慕。触景生情，闷闷不乐。挂完专科门诊的号，去候诊室排队，忽然发现一部分人已经先弯起来了。真是一个好消息！心中的郁闷一扫而空。

记得有个笑话，说有个口吃的人问别人现现在几几点钟。那人不答，再问再不答。口吃者以为他是聋哑人，就不问了，走了。他走，那人"唉"了一声。一旁有人问，刚才为什么不回答。他说："历历史的经经验值得注注意。"他也口吃，过去回答口吃者，被认为是取笑对方，挨了耳光。历史的经验确实值得注意。我不和与我同病者一起前进，以免被看成半只书名号。更不与之站在街头聊天，否则像阿Q和小D，影子在墙上映出一道虹。那时，是否要来个新的笔名——半虹？

过去看老头爱背着手踱步，心里不解，以为是要摆摆派头。现在才知，人一弯过去，重心就向前了，要做出一个天鹅之死的姿势来平衡。我从不站着抱女儿，而是背她。她像起重机的压铁，帮着我省力。像我这样的人，实在应该去打篮球，始终是努力向前的模样，教练一定喜欢。假如我勤快一些，坚持散步，一定能致富，因为地上的钱无疑是我首先发现。

还是回到医院。过去，我见到医生总有说不出的自卑感，我像一名"可以教育好的子女”等候盘查。如今我再也教育不好啦，神色就有点不逊。医生照例还是很神气。我敲敲自己的骨头，意思是“你会看吗？”他当然不会。他要是会看此病早就出大名发大财不会坐在这里。然后我就报几个药名，由他来抄方子。这样，上医院的感觉好多了。

我当然是个与众不同之人，所以，从不染指奇装异服。本人就是奇装异服，只此一件，永不磨损。一个人如果弯起来的话，的确十分耀眼。想当明星而四处碰壁者，不妨一学。虽然没人在床头挂自己的尊容，虽然不被抢着握手，请去电视上做如泣如诉的广告，明星效果还是有一点的。本人只要上街，自信必有人观赏，所以从不在服装发式上费心，天长日久，更不计较并不计算什么“回头率”。何况，回头看我的人，目光中是绝对没有邪念的。

有一次我赶火车去外地，身背结结实实的一个包，腰间引出一副耳机。途中换公共汽车三辆，经过隧道时将耳机戴上，听听这洞中可有无线电波。车是出奇地空，好几位乘客在看我。见我对视，忙将视线低下去。过了一会儿又看。我实在是被看惯了，心里非常坦然。下了汽车，阔步通过大厅、候车室、月台，等到在自己铺位上坐下，才发现身上那条关系到文明的拉链不曾关闭。好生凉快。

要是换一个人，会有我的空城计的气魄吗？

还是在汽车上。

我怕坐公共汽车。人一弯，占的体积就大。自从成为弯人，才知道上海的乘客们是如何的丝丝入扣。他们容不得我的奢侈，一波一波地要将我弄直。要是真的能直，我早就直着走上来了，还用得着费大家的力吗？

接着就是怕站在姑娘的身后，尤其是梳一根马尾巴的那种姑娘。姑娘稍不满意就摇头晃脑，将马尾巴甩东甩西地赶着苍蝇。本人的整根脊柱像那泰山顶上一青松，无法避让，只好以手隔面，似乎害羞。姑娘常常并不因此而饶人，总是将眼睛白过来，白得快时简直就是浪里白条。然而，我还是一青松。我常在心里对她讲：你说呀，说呀。她一说我就能解释，化马尾为垂柳，柳浪闻莺，人间天堂。可是，汽车上的战斗往往是无声片，撇撇嘴白白眼就结束了。为此，我尽可能不乘公共汽车。让无名的姑娘生气，于心不安。

此外还有难堪。在车上，一对恋人相视轻语。我身后的大力士一使劲，就出现了一个第三者。我的头伸在两位之间。我充耳不闻，你们尽可以说下去。你们可以将我看成一根石柱，卢沟桥上的那种，柱头刻着个石狮。你们说下去。我决无打搅你们的心肠。我与石狮的差别只在于我会出汗，汗狮。有时，也真的有人说下去，多半是小伙子，他已深入目中无人的境界。说到不聪明的地方，我很想代他说。我是小说家，一向很会说。可是我必须沉默。人们不回避石狮，就因为它沉默。

依然是公共汽车。汽车是个出故事的地方。等到有一天，我们大家都有了自备汽车，我们会想念那段过去的坏时光吗？在车上，曾有人给我让座，我也给别人让座。但是，相濡以沫，不如相忘于江湖。

无论社会发展到什么时代，我总会记得公共汽车上的一则故事。

那是白天。我上车后站在一个身材高大的男子之后。车不算太挤，没到只用一只脚站的地步。后来就有点挤了，我贴向高大的男子。忽然发现他抱着一个婴儿，婴儿伏在他胸前睡着似的。我高举双手撑住扶手，不叫自己挤了他。大家都不容易是不是。在拥挤的车中，总嫌车开得太慢。

不知过了多少时间，婴儿慢慢抬起头，脸对着我。我看见一双只有婴儿才有的大眼睛，眼圈涂有眼影。她的目光有点迷惘，像在看我，又像没看。我和她面对面，相距不过半尺。心里一惊，停了停，才想到闭目念佛。过了一会儿，我睁开眼，她正抬着头，眼神依然迷惘。她的男友的右手拢着她。我从不跳舞，没有如此近地与陌生异性对视的经验。面对美丽的脸庞，只好再闭上眼睛。车停站，赶紧躲开，要不然真会打架的。为这样美丽的姑娘打架十分值得，可惜我又打不过人家。

我总是很谦逊地低头弯腰。人要是仰着头，很有点目中无人的神气。而低头像沉思也像反省。要是早生一二十年，我这种人是要挨斗的。我预先培养成这般姿势，斗起来也许少吃点亏。风度其实是不重要的，谦恭才更被人们赏识。这个道理，日本人最懂。但是我不笑，连微笑也不。男人总在微笑，看起来有点不正经。而我是最正派的，从不回头看侧身而过的美人。回头率爱好者见了我只好昏过去，本人永不回头。

而且，本人既不点头也不摇头。好像旧时的皇上，批一句“知道了”，不必再问。

在大学，我免修体育。谈恋爱，我从不将腿走得贼慢，还一溜小跑。去登记身份证，工作人员难以确定我的身高。本人只论身长不论身高。早上高一些，晚上矮一点，最后只好折中算了。爬山是我所爱，我常常走不动楼梯，病得猖狂时拉着扶手像拔河一样将自己拔上去。但我却能爬山，见到山就精神了，拄一支杖勤勤恳恳地爬。等我登上山顶，就想：山，我是弯着爬上来的。山应该羞愧。本人在爱的战线上一向成绩平平，就想，弯着尚且如此，一旦直起来是何等潇洒何等魅力，只怕会忙不过来！于是罢了，就弯着吧。

当然也有苦处。晚上睡觉，侧身要一个枕头，平卧要两个枕头。初睡要两个枕头，睡醒只要一个半。弄得枕头很忙。我曾起用空气枕头，可升可降，非常快活。可惜用不久就告了乏，吹气放气常要操作，吹气吹得肺气肿，放气时声音不雅。于是君子不取。

还有一苦是难以想象的。

电影上，情人接吻，两个脑袋如中国的纸扇一开一合，煞是好看。有心想学学不来，只好不变应万变，永远的中正式。好在这样的幸福时刻不多，也就免得常常伤感。

我最大的心病是死后。

只要不是被腰斩，我死起来就有点麻烦。如果也开追悼会，召来亲朋好友恩人仇人，一个个沉痛得肃穆。没想到我来也，躺在车上被推将出来，上身欠起，面带微笑，两颊扑着红粉，是个和众人打招呼的样子，这岂不是闹鬼么？要是吓死个把人，我的罪孽就深重了，地狱因此要加到十九层。

一个人活不好倒也罢了，要是死也死得折腾，没意思了。一个人活着出点风头也罢了，安息之时却像要坐起来，这个风头出得太大了。

为此，心有不安。

不知为什么，我在梦中经常奔跑、跳跃。我常常当上足球运动员，脚下功夫当然杰出，头球也十分了得。醒来之后，不知身在何处。

医生从来嘱咐我睡硬板床，我偏买来软床。我有自己的理论，如能在软床上睡平已是本事，然后可以论硬板。初学围棋，得了几个手筋，便找九段高手搦战，岂不是找死？

去年因眼睛住了一月医院。不能看书，就操练起来。在那张较硬的床上撤去枕头装死。当然，疼得很，于是听娜娜·莫斯科里的歌镇痛。很久，忽然砰的一声，全身一震，一节骨头打开了。这对我犹如一声春雷。站起来看看，人直了许多，几乎能冒充含着胸的直人。我将双手抱在胸前，较为得意，盘算着出院后给广有读者的晚报写篇短文，题目也想好，叫作《调戏骨头》。

后来我出了医院，可以看书写字了，却没为晚报动笔。我又回到了自己的软床，操心谋生而不是操心骨头。要是没有饭吃，调戏得笔直的自己不是还会弯下腰来吗?

我的那篇流产的短文有个漂亮的结束。它的最后一句是：

我想做一个正直的人。

◎文章品读

陈村在中国文坛上，是一位头脑清醒的独行客。他以小说步入文坛，才思敏捷，不赞成以笔为旗，却难免为稻粱谋。他的文笔潇洒、从容，不失风趣、诙谐，也有着难掩的大气。

本篇《弯人自述》选自陈村的同名短文集，风格一如既往，轻松中，三分淡定，七分调侃，不为生活所累，多的是满足、欣然与生之感悟。

弯人，自从“弯”字写起——作者患有强直性脊柱炎，常年腰背弯曲，是为“弯人”。谋篇布局，笔随心走：从最初的呱呱坠地，到戏谑弯人来历；从知足现状，沉湎“弯”的哲学，到回顾往昔，心路历程的点滴，一一写来。对于病态，没有隐讳，没有抱怨。神气活现的叙述方式，令人耳目一新。

散文的言语轻松，联想丰富。爱自己，有颇多的“溢美之词”——自己整天弯腰，那不是通常的驼背，而是一个月牙儿，是丘比特的弯弓，是天上的彩虹，地上的河曲。但凡美好的词汇，作者一一拿来，这份自爱与矜持，是对生命的尊重，也是面对生活坎坷的大度与从容。

写生病的好，生病的不便与尴尬，比重相近。好，趣味盎然：因病，多了结交朋友的机会；因病，多了他人的关怀；因病，有了病的哲学。病的不适与难言的苦楚则带有更多的平静：看《变形记》，没有人知道“我”的沮丧；病房门口，弯者无数，景色别致，“心中的郁闷一扫而空”；此病无治，“我”看透医生，于是每次只向医生报药名，皆大欢喜。此外，乘车的无奈与尴尬，生活中经常遇到的种种小事，均是“弯人”的不便，然而作者挥毫泼墨，调侃得风生水起，仿佛不是脊椎生了病，而是一个健康的人正要飞步跳跃一般。心的鲜活，让人们看到了一个乐天中抱有信念，苦痛中却不见悲观的强者形象。它与身长无关，有的是心境的超脱与坦然。

生动、有趣是本文最大的特色。格言、俗语的引用以及在常人所不能发现的事物中细致思索，都使文章具有了值得咀嚼的韵味。

·作者简介·

陈村（1954～），原名杨遗华，回族，生于上海。1971 年到安徽农村插队。1975 年因病返回上海，在街道里弄生产组做工。1978 年初进入上海师范大学学习，毕业后到上海市政二公司工作。1979 年以小说《两代人》步入文坛。1985 年加入中国作协，同年调作协上海分会从事专业创作。20 世纪 90 年代涉足网络，曾在“榕树下”网站任艺术总监、总版主，主持过网络文学评奖。作品有《陈村文集》，中短篇小说集《少男少女，一共七个》《蓝旗》《屋顶上的脚步》，短文集《今夜的孤独》《弯人自述》《小说老子》《百年留守》《四十胡说》《古典的人》《杨家有女》，随笔新著《五根日记》等。

麦田中央的坟

●谢宗玉

南方人喜欢把自己的祖先葬在荒山野岭，垒上石头，让他们与山魂野精为伍。身为南方人，我从没思考，就认为这是理所当然的事。没想到北方人却不，北方人把自己的祖先葬在麦田里，培上厚土，让他们与自己的儿孙后代为伍。

从郑州到洛阳，越过车窗，越过一排排迅速后撤的白杨，看着时不时出现的坟堆隆起在麦田中央，随着塬上的一切草木生动地向后旋转，我一下子就被打动了，并很快接纳了这种安葬方式，我想待自己百年过后，也吩咐儿孙把尸骨安葬在自家土地中央。

把祖先葬在经常耕耘的土地中间，就像葬在身边一样。高高隆起的坟堆，还像祖先依稀的背影。劳作累了，就一锄头横在坟边，坐下来，卷一筒纸烟，再喝几口自酿的米酒，可以沉默，与祖先共同回忆那些逝去的时光。那时自己还很小很小，祖先常把自己举过头顶，乐起来，就将满脸胡楂直往小鸡鸡上扎。光阴荏苒，小鸡鸡已经长大了，小鸡鸡上面也长了胡须，并且生了更小的鸡鸡，那不远处在草丛中卧戏蚱蜢的黑娃就是咱家的后代，在坟中的祖先大可安心。

不想沉默的时候，就与祖先唠唠家常：瞧，狗日的麦苗长得多青多肥，今年又是个丰收年。媳妇儿想南下打工，我没让，都说南方俊妞儿招人惹。哦，父亲也老得走不动了，他要我常替您拔拔草，到时我就让他也葬在您身边。等黑娃长大了，说上媳妇生了崽，我一放锄头，也万事不管来给您做伴……

黄昏回家，一手牵着黑娃，一手提着锄头，嘴里噙着一根从坟上拔下的青草。别担心夜里的庄稼，祖先是真正的麦田守望者，会看好这一切的。猫头鹰是祖先的家犬。在残月的夜里，猫头鹰踞守坟头，凄叫两声，土拨鼠就吓得不敢出来。黑娃是祖先的孩子，庄稼也是祖先的孩子，夜里庄稼的拔节声，同白天黑娃的笑声一样令祖先心旷神怡。

春季引水灌麦，顺便把祖先也浇浇，只要有水，祖先的枯骨就像舍利子一样不会风化。清凉的水从昆虫的小洞里渗进祖先的坟里，滋润祖先的灵魂。祖先的灵魂同孩子同麦苗一样需要甘汁的滋润，水使祖先的灵魂变得鲜活丰沛，丰沛的灵魂浮游在麦田上空，呼风唤雨，引蜂招蝶，使麦苗更好地生长，使麦穗子多粒足。

麦子收割了，地要闲上一阵，祖先若是孤独，就回家去看看，反正村庄离麦田并不遥远，反正自家的窑洞从来就不曾陌生过，反正来回的路已一遍一遍看着儿孙踩熟。回家看看也好，看儿孙们的日子是否过得比以往红火，看自已织的藤筐是否还结实耐用。还有那些家畜呢，也是否同它们的祖先长得一样，就像黑娃，隔了几代，还像绝了自己。

……我们熟睡之时，祖先在房间里这里摸摸，那里瞅瞅，看看一切都好，就心满意足地离去。别担心饿了渴了祖先，揭开锅盖，里面的白馍馍还是温热的呢，而飘香的高粱酒缸依然摆在他生前的位置上。

心满意足的祖先觉得做鬼也属多余，就心无牵挂地酣睡过去了。若干年醒来，发现耕作的后代已全是陌生的面孔，好在从相貌上判断，还能知道他们是自己的后代。瞧瞧周围，祖先发现黑娃的坟也在不远处高高隆起，而自己的坟却已完全湮失不见，在尸骨化土的地方，是一大片青青麦苗。祖先感到身子骨有些酸痛，麦苗的根系在强有力地拥抱自己，祖先感觉自己在一丝一丝顺着根系往上走。不久祖先就发现自己变成了一大片麦苗，被后代的后代用结实的手指柔软地侍弄着，祖先突然感到自己像初生的婴儿一样柔弱。夏天，祖先长成麦粒。秋天，麦粒化作了后辈的精气神。

突然有一天，祖先发现自己竟以后辈的样子站在麦田里耕耘，一时间祖先什么都明白了，原来世世代代都可轮回，麦苗的生长过程就是我们的轮回之路。麦田是我们真正的家。

◎文章品读

青年作家谢宗玉以写小说起家，《麦田中央的坟》是其从小说转型散文的第一篇作品。行文有着浓郁的新生代特征：文体有着空前的活力，语言语义具备了一定的革新，想象力非常丰富。

这篇散文写于2000年。作者从洛阳、陕西游走一趟，即信手写下了这篇文章。有“涂鸦”性质，文笔极为娴熟，偶尔还可以读到写小说时的痕迹。

文章讲的是“坟”。南北方土葬的风格迥然不同，作者更加接受北方的下葬形式——将逝者安葬于家中的田地中央，与亲人相伴，与大地禾苗亲密接触。这种温馨的安葬形式，让作者乍一看见，便“很快接纳”。讲的是坟，然而行文流水，从先人去世、魂归故里，到代代相传、生死轮回，无所不提。

事实上，从行文第二段起，作者即开始了一种对命运的诠释。这种阐释不离国人独具的乡土情结、家文化。作者耗费了大量的笔墨描写先祖，在作者的笔下，逝者有灵魂，有感觉。他们可以为家人庇佑麦田，也会孤独，偶尔也会回家看看。他们会因田间灌溉的水流而“鲜活丰沛”，从而飘荡在田地上空，“呼风唤雨，引蜂招蝶”，让麦田生长得更好。作者字里行间不离轮回之说：祖先死去了，自己也从孩童成长起来，自己也有了后代，如果自己死了，后代长大了，后代的后代又会层出不穷……多年以后，耕作的后代已换作陌生的面孔了，祖先则化作了青葱的麦苗；又是若干年后的一天，“祖先自己竟以后辈的样子站在麦田里耕耘……”从阴世到阳间，作者凭借丰富的艺术想象，将假想幻化成现实。坟茔里的先人在作者的精心构想中再次与后人共忆往昔，共话桑麻。天马行空的畅叙中，生命的无止息、命运的玄机之说饱含张力。

散文在语言的运用方面也可圈可点，质朴不失活泼，贴近生活。行文的流畅与自然，则给文章增添了不少可读性。

·作者简介·

谢宗玉（1972～），湖南安仁人。湘潭大学中文系毕业，写有小说和散文。作品多见于《人民文学》《中国作家》《天涯》《大家》《芙蓉》《莽原》《青年文学》等刊物。著有长篇小说《天地贼心》，散文集《田垄上的婴儿》《村庄在南方之南》等。共有四十多篇散文和小说入选中国年度优秀散文和小说选。有十多篇散文入选中学语文课本和读本。现为中国作家协会会员。

西墙

●谢宗玉

砌新屋的时候，只记得高兴，没想到日后会有那么猛的雨。墙是土墙，又支棱得特别高，住进后的第一场雨就把一家人吓坏了，来雨时阵风强烈，风夹着雨像个披头散发的泼妇，一头一头往东墙上撞，只一会儿，墙上就有大片大片暗红的稠液顺着墙面流下来，别以为是雨撞破了头，雨才伤不着呢，受伤的是土墙。雨像受了谁的唆使，说土墙的土站得太高太显，就联合风想把墙上的土重新带回地面。可墙上的土才不在乎站高站低呢。真正受损的是我们，一场雨就把墙弄成这样，往后的日子可怎么办？正在我们担心东墙的时候，西墙被另一场雨同样撕得遍体鳞伤。好在人字形的屋顶把南墙北墙压得很低，伸出头的屋檐把它们给护住了。

紧邻东墙的还有一块空地，是二狗家的屋基。为了给东墙找个蔽护，父亲就跑去找二狗，要他早点把屋砌起。二狗又不是傻子，当然知道父亲的心思，就老拖着说自家的劳力还没长齐，没有砌屋的实力。父亲一咬牙，就说，只要他尽早砌屋，我们全家都去帮衬。二狗要的就是这话。我们全家在二狗的屋场里整整做了半个月工，二狗的新屋就砌起了。我家东墙的问题总算解决。可二狗家的东墙又有新问题了。二狗被几场雨淋虚了胆，忙在村里寻找新的合作伙伴。

我家砌屋时村里已有二十年没砌屋了，我家砌好屋后，东边就一幢傍着一幢，砌了八九幢。村里没有别的更大的便宜可沾，村人就想沾这么点便宜。母亲比父亲的胸怀可能要窄些，为这事，母亲几次私下里埋怨父亲心太急，又说地基也没选好。

是的，地基真的没选好。西边是一丘稻田，就算父亲有心帮工，也没有人家来帮着砌屋，西墙的问题就这么一直悬着。风雨一场一场地刮，西墙的泥一层一层剥下，眼看西墙很快就不能承负屋梁的重量了。某个早晨起来，屋盖下一家人竟有好几个夜里做梦，梦见屋子倒下来把一家人压在下面。父亲就再也坐不住了，他赶到山那边买回一车石灰，把土墙粉刷了一番，以为这样就成了。可几场雨过后，石灰就一块一块大面积逃离，没过完那个冬天，墙上就只剩最后几块贴心的石灰了。父亲不得不另想办法，一家人就选了几个放晴的日子，织了很多草帘张挂起来，把西墙遮住。西墙突然像一个披着蓑衣的老农的背影，一下子老了许多。但这样也不管用，风太霸蛮了，还没来得及等到一场雨，风就先自个儿把稻草一绺一绺扯下来往空中撒得纷纷扬扬，剩下的就是一些光杆帘篙了。

春天来到南方，整个村子都回潮返湿，什么东西都在发芽，连空气都带着芽绿色，湿润的西墙上居然也生了几根小草。那天早晨小妹把这个发现告诉父亲，父亲忙兴冲冲地跑进屋，告诉正在做饭的母亲，母亲看都没看他一眼，就说，大惊小怪的，你以为你还小哎？父亲说，我找到西墙不受雨劈的办法了。

等一场斜雨过后，父亲在黏糊糊的西墙上大把大把撒上草籽。没几日，草籽发芽了，西墙顿时粉砌玉琢，焕然一新。过完春天，西墙就出落得像个美少女了，绿意盎然的草叶斜挂西墙，微风过处，就舞出许多美的极致。更重要的是骤然而来的夏雨再也伤害不了西墙，无数草叶就像无数只伸出的手，雨滴打过来就被弹射出去，而草根则牢牢地抱紧土墙，再不让泥土流失。父亲的这个发明激发了母亲的创造力，那年夏天，她在墙根种下一排爬山虎。她想一劳永逸。

秋天气候干燥，一墙草叶转黄，西墙金碧辉煌，让小妹有了许多逃避贫穷的童话般的幻想。草死了。草根却牢牢地抓住墙壁，风再也扯不动它。一墙衰草就这样为西墙挡了几年风雨。后来爬山虎长大了，细细腻腻地爬了一墙，西墙就长满了无数的耳朵。我说出这个比喻时，我和小妹越看越觉得形象，就在墙根下笑得像两只滚瓜。有一墙的耳朵守着我们睡觉，从此梦也香多了。有这样的父母真是福气，我心底的诗心应该是在那时就种上了。

覆盖着爬山虎的西墙同大地一齐荣枯，也就同大地一样永恒。春芽夏绿秋黄冬枯了很多年，仍然春芽夏绿秋黄冬枯。西墙像一年换一次血液，永远也不会老去。

村庄里的时间就这么在西墙边凝固了，日子太浓太稠，压得人有点喘不过气来，我和小妹选择了逃离。我们各自隐居城中，日子飙风而过，生命也掂不出个轻重。

若干年后，我们回到村庄，村庄已变得非常陌生，除了西墙依旧，还举着一壁耳朵。

◎文章品读

如果说，《麦田中央的坟》蕴含的是一种独到的生死观，引人深思的话，那么《西墙》则是一篇有着浓郁谢氏风情的佳作：优美、质朴，去除雕饰，顺其自然。他的视觉锐利，他的心境细腻，经常出其不意地唤回人们心底迷失已久的记忆。

《西墙》从砌盖新屋说起。盖房之初，由于地基没有选好，殃及后来的东西墙被风吹雨淋，岌岌可危，一家人想尽了办法。先是找东邻二狗，商量他在东边盖新房。可是新房虽然盖好了，西墙却依旧危急，于是一家人给西墙抹石灰，给西墙加草帘“蓑衣”，竟都不能阻挡风雨。作者的小妹一日偶然发现了墙面上的小草，于是家人灵感闪现，为西墙植了一壁草籽。春天过后，西墙亭亭玉立，风雨再也奈何不得。若干年后，当一切都已变得陌生的时候，西墙依旧，带着绰约的绿草，满壁的“耳朵”——爬山虎。

文章没有高深晦涩的内涵，没有镶嵌令人深思的“升华”，有的是自然、清新及运笔成风的流畅。作者遣词造句十分风趣，比喻用得极好，如开篇写风雨：“风夹着雨像个披头散发的泼妇，一头一头往东墙上撞。”拟人配合得饶有趣味：“……只一会儿，墙上就有大片大片暗红的稠液顺着墙面流下来，别以为是雨撞破了头，雨才伤不着呢，受伤的是土墙。”“雨像受了谁的唆使，说土墙的土站得太高太显，就联合风想把墙上的土重新带回地面。”风像个悍妇，雨不是个省油的灯，最后遭殃的是新起的房屋。语言诙谐，机锋迭出。修屋于是成了常谈。

修屋是行文的重点，因为修屋，一家人想尽了办法，和邻居“结盟”，邻居再找邻居“结盟”。如此，转嫁危机的结果是，从“我”家新屋的东墙起，一连串盖起了八九幢新房。这一过程的描述妙趣横生，令人难忘，对乡间的亲切感油然而生。

种草是文章的转折，因为种草，西墙从此摆脱了遭风雨侵蚀的命运，而且，因为草的生命力的顽强，岁岁枯荣，岁岁繁荣，不但护了墙壁，且增加了一道美妙绝伦的风景线。当秋天来临，“草墙”枯萎，一片灿烂丰收之色，让作者小妹心生无限遐想：编织逃避贫穷的童话幻想。草墙很美，很有风味，通过作者嬉戏游走的语言，读者可以充分感受得到。西墙，已不仅仅是遮风挡雨的一面墙，更是一份成长的见证——人成长，岁月如梭。

羊的样子

●鲍尔吉·原野

“泉水捧着鹿的嘴唇……”这句诗令人动心。在胡四台，雨后或黄昏的时候，我看到了几十或上百个清盈盈的水泡子小心捧着羊的嘴。

羊从远方归来，它们像孩子一样，累了，进家先找水喝。沙黄色干涸的马车道划开草场，贴满牛粪的篱笆边上，狗不停地摇尾巴。这就是胡四台村，卷毛的绵羊站在水泡子前，低头饮水，天上的云彩以为它们在照镜子，我看到羊的嘴唇在水里轻轻搅动。即使饮水，羊仍小心。它粉色的嘴巴一生都在寻觅干净的鲜草。

然而见到羊，无端地，心里会生添怜意。当羊孤零零地站立一厢时，像带着哀伤，它仿佛知道自己的宿命。在动物里，羊是温驯的物种之一，似乎想以自己的谨小慎微赎罪，期望某一天执刀的人走过来时会手软。同样是即将赴死的生灵，猪的思绪完全被忙碌、肮脏与浑浑噩噩的日子缠住了，这一切它享受不尽，因而无暇计较未来。牛勇猛，也有几分天真。它知道早晚会死掉，但不见得被屠杀。当太阳升起，绿树和远山的轮廓渐渐清晰的时候，空气中的草香让牛晕眩，完全不相信自己会被杀掉这件事。吃草吧，连同清凉的露珠。动物学家统计：牛的寿命为25年，羊15年，猪20年，鸡20年，鹰100年。这种统计如同在理论上人寿可达150年一样，永无兑现。本来牛羊可以活到寿限，它们并非像人那样被七情六欲破坏了健康。在人看来，牛羊仅仅作为人类的蛋白质资源而存在着。屠夫也从不计算它们是否到了寿限——像人类离退休那样有准确的档案依据。时至某日，它们整齐受戮，最后“上桌”。如果牲畜也经常进城，看到橱窗或商店里的汉堡、香肠和牛排之后，会整夜地睡不好觉，甚至自杀，像上千只的鲸鱼自杀一样。另一些思路较宽的动物可以这样安慰自己：那些悬于铁钩上带肋的红肉，在馅饼里和葱蒜杂掺一处的碎肉，皆为人肉。因为人是这样的多，又如此不通情理，他们自相食。这样想着，睡了，后来有鼾。

“众生”是释迦牟尼常常使用的一个词。在一段时间内，我以为指的是人或动物昆虫。一次，如此念头被某位大德劈头问住：你怎么知道“众生”仅为鸟兽虫鱼与人类？你在哪里看到佛这样说法？我不解，“众生”到底是什么呢？佛经里有一段话，“众生皆有佛性，只是尔等顽固不化。”所谓“不化”即不觉悟，因而难脱苦海。后来获知，“众生”还包括草木稼蔬，包括你无法用肉眼看见的小生灵。譬如弘一法师上座时把垫子抖一抖，免得坐在看不见的小虫身上。可知，墙角的草每一株都挺拔翠绿，青蛙鼓腹而鸣，小腻虫背剪淡绿的双翅，满心欢喜地向树枝高处攀登，这是因为“众生皆有佛性”。即知，“佛性”是一种共生的权利，而“不化”乃是不懂得与众生平等。若以平等的眼光互观，庶几近于佛门的慈悲。

乡村的道上，羊整齐站在一边，给汽车马车让路。吃草时，它偶尔抬起头“咩”的一声，其音悲戚。如果仔细观察羊瘦削的脸，无神的眼睛，大约要得出这样的结论：这些生灵“命不好”。时常是微笑着的丰子恺先生曾愤怒指斥将众羊引入屠宰厂的头羊是“羊奸”。虽然在利刃下，“羊奸”也未免刑。黄永玉说：“羊，一生谨慎，是怕弄破别人的大衣。”当此物成为“别人的大衣”时，羊早已经过血刃封喉的大限了。但在有生之年，仍然小心翼翼，包括走在血水满地的屠宰厂的车间里。既然早晚会变成“别人的大衣”，羊们何不痛快一番，如花果山的众猴，上蹿下跳，惊天动地，甚至穿着“别人的大衣”跳进泥坑里滚上一滚。然而不能，羊就是羊，除非给它“克隆”一些猛兽的基因。夏加尔是我深爱的俄裔画家。在他笔下，山羊是新娘，山羊穿着儿童的裤子出席音乐会。在《我和我的村庄》中，农夫荷锄而归，童话式的屋舍隐于夜色，鲜花和教堂以及挤奶的乡村姑娘被点缀在父亲和山羊的相互凝视中。山羊的眼睛黑而亮，微张的嘴唇似乎在小声唱歌。夏加尔常常画到羊，它像马友友一样拉大提琴，或者在脊背铺上鲜花的褥子，把梦中的姑娘驮到河边。旅居法国圣保罗德旺斯的马克·夏加尔在一幅画中，画了挤奶的女人和乡村之后，仍然难释乡愁，又画了一只温柔的手抚摸画面，这手竟长了七个指头，摸不够。在火光冲天、到处是死亡和哭泣的《战争》中，一只巨大的白羊象征和平。在《孤独》里，与一个痛苦的人相对着的是一位天使和微笑的山羊。夏加尔画出了羊的纯洁，像鸟、蜜蜂一样，羊是生活在我们这个俗世的天使之一，尽管它常常是悲哀的。在汉字源流里，羊与“美”相关，又与“吉”有关，如汉瓦当之“大吉羊”。从夏加尔27岁离开彼得堡之后70年的时光里，在这位天真的、从未放弃理想的犹太老人的心中，羊成了俄罗斯故乡的象征。在大人物中，正如有人相貌似鹰，如叶利钦；像豹，如萨达姆；也有人像山羊，如安南，如受到中国人民包括儿童尊敬的越南老伯胡志明。宁静如羊的人，同样以钢铁的意志，带领人们走向胜利和平。

城里很少见到羊。我见过的一次是在太原街北面的一家餐馆前。几只羊被人从卡车上卸下来，其中一只，碎步走到健壮的厨工面前，前腿一弯跪了下来。羊给人下跪，这是我亲眼见到的一幕。另两只羊也随之跪下。厨工飞脚踢在羊肋上，骂了一句。羊哀哀叫唤，声音拖得很长，极其凄怆。有人捉住羊后腿，拖进屋里，门楣上的彩匾写着“天天活羊”。

后来，我看到“天天活羊”或“现杀活狗”这样的招牌就想起给人下跪的羊，它低着头，哀告。到街里办什么事的时候，我尽量不走那条道，即使有人用“你难道没吃过羊肉吗？”这样的训词来讥刺我。此时，我欣慰于胡四台满山遍野的羊，自由嚼着青草和小花，泉水捧起它们粉红的嘴唇。诗写得多好，诗中还说“青草抱住了山冈”，“在背风处，我靠回忆朋友的脸来取暖”。还有一首诗写道：“我一回头，身后的草全开花了，一大片。好像谁说了一个笑话，把一摊草惹笑了。”这些诗，仿佛是为羊而作的。

◎文章品读

这是一篇因羊而做的文章。作者鲍尔吉·原野是著名的蒙古族作家。其笔下的草原风貌、风土人情如同一股甘泉，在夏日里流进了人们燥热的心田。

写羊，却不全是为羊，没有全方位的肖像描画，有的只是这个生灵的温顺哀戚和圈养它们成长，直至把它们送上断头台的人。

篇章运用了大量的拟人手法，使牛羊和芸芸众生一样，有视觉，有听觉，有思想。“卷毛的绵羊站在水泡子前，低头饮水，天上的云彩以为它们在照镜子。”“猪的思绪完全被忙碌、肮脏与浑浑噩噩的日子缠住了，这一刻它享受不尽，因而无暇计较未来。”“牛勇猛，也有几分天真。它知道早晚会死掉，但不见得被屠杀。”“……空气中的草香让牛晕眩，完全不相信自己会被杀掉这件事。”作者随后解释“众生”，以佛家经纶阐述生命的平等和灵性。这一暗线与明写动物的悲惨命运并行，成为行文的两条线索。字里行间充满了对自然生灵的关爱、赞美，同时也饱含了对人类冷漠的心灵的质疑与批驳。

“羊的样子”旨在呼唤人类能有更多的悲悯，善待、爱惜这些鲜活的生命，让人与自然能够和谐共处，为所有的生命营造一个平等、和谐、美好的栖息地。虽无高谈阔论，却始终萦绕着人文关怀，引人思索。

·作者简介·

鲍尔吉·原野（1958 ~），著名作家。出生在呼和浩特，祖籍内蒙古哲里木盟宾图旗。蒙古族人。毕业于赤峰师范学校。1979 年参加工作，先后担任赤峰广播电台记者、辽宁公安厅《平安》杂志编辑、《辽宁公安报》副编审等。1984 年开始发表作品。1996 年加入中国作家协会。著有随笔集《脱口而出》《百变人生》，短篇小说《野马分鬃》，散文集《酒到唇边》《善良是一棵矮树》《羊的样子》《掌心化雪》等。曾被评为辽宁省优秀青年作家。获人民文学散文奖、中国新闻奖、东北文学奖、全国少数民族优秀文学作品奖及辽宁文学奖等多种奖项。

姜是老的辣

●刘墉

接到古先生的电话，小宋心跳到了一百二十下。

“这么大牌的制作主持人，居然会找到我。”小宋放下电话，兴奋地对老婆说，“还约我明天碰面，说要谈节目的事。”

小宋一夜没睡好，小宋的老婆也没睡好，一大早就起来为小宋烫衬衫，一边烫，一边问:“你猜，古先生是找你做什么节目呢？”

“不知道! 可以确定是不会找我主持他的《四海心声》。”

《四海心声》是古先生的成名节目，自己的制作班底，加上自己主持。起初大家看他一定弄不成，没想到一炮而红，愈红愈有大人物愿意上，收视率也愈高，使古先生不仅在电视界，连在政治界、学术界，也成了一号人物。靠着关系做生意，更愈做愈大。

想想，有谁会把自己的“成名之作”，交给别人呢? 尤其是交给小宋。

当然了! 小宋也是新秀，留美的硕士，又仪表堂堂、辩才无疑。大家都说他是“学者从秀”，前途无量的明日之星。

“如果古先生能提我一把，就棒了! ”小宋出门时，在胸前画了个十字，又要老婆亲了一下:“希望你的吻，能带给我好运。”

小宋果然交了好运，一个想都不敢想的好运——古先生居然真的要把《四海心声》的主持棒，交给小宋。

"我的事情多，常在世界各地跑，偏偏节目每个礼拜都得录影。"古先生两只热手握着小宋冰凉的手，很诚恳地说，"想来想去，只有你这位青年才俊，够格来接，你考虑考虑。"

"哪里还要考虑？"小宋高声叫着，对电话那头的老婆喊，"我当场就接了。"小宋接手主持《四海心声》，真像是一声雷，震动了电视界，更震动了观众。大家议论纷纷："小宋这么嫩，怎能接古先生的东西？"

"老古把自己打下来的江山，交给小宋，太冒险了！"

"不是小宋这样的旷世才子，又有谁接得了？放眼今天，能主持，又有学校背景的，能有几人？"

节目播出了，小宋果然主持得可圈可点。虽然有些看惯古先生的人，一时不能习惯，隔些时也就成了。

问题是，隔了好些时，节目不但收视率没提高，反而下降了，小宋四处请求，广告商就是不跟。

"老弟！这可是我的'老招牌'，你要加油啊！"古先生常鼓励小宋，只是，说归说，连古先生的制作班底，也愈来愈没劲。而且听说都去搞另一个新节目了。

《四海心声》在古先生打响招牌十年之后，终于因为收视率太差，广告又太少而宣告结束。

小宋伤心极了，觉得愧对古先生重托。

"没关系！没关系！"古先生拍着小宋，"连你这样的人才，都做不下去，也就没话说了。不怪你！不怪你！"

隔不久，又传出了雷声。

古先生再度出马，开辟一个比《四海心声》更精彩的节目，而且亲自主持。

退出的广告，一下子全回来了。

古先生的班底，居然在短短两个星期当中，已经制作了好几集，还存了许多精彩的"点子"！

新节目又一炮而红。

还是古先生的魅力惊人。只是年轻的才子小宋，砸了《四海心声》那么有名的节目，成为票房毒药，短时间很难再爬起来了。

（想一想）

看完这个故事，你有什么感想？

古先生是很不简单，居然把他的成名节目，交给小宋。小宋也硬是在众目睽睽之下，把节目做垮了。

只是很奇怪，古先生的老招牌砸了，似乎没伤害到古先生，反证明古先生的魅力，使他更红了。

再想想，那个做了十年的《四海心声》，似乎也真是太老，该换新东西了。

说到这儿，相信你已经找到了答案。

古先生的成名作、老招牌，怎么能在他自己的手下砸掉，那是多明显的失败啊！可是节目又该更新了，怎么办？

于是“卡位”的计谋产生。把这个已经没救的位子让给小宋吧！他做成功了，那是我古先生的节目，在我铺路下，做成功的。

做失败了，只怪他能力不足。这么老的招牌，居然到他手上就垮了，可见还是我古先生行，还是换我来吧！

年轻人！记住！

这世界上处处有古先生，看来把最好的东西交给你，令你感激涕零。但是，你也要想想，凭什么他要给你？你是真年轻干练，足当重任吗？抑或你只是个替死鬼？

不要忘了！尤其在你最得意的时候，切记：天下没有白吃的午餐！

笨蜻蜓抱着自己的尾巴啃，还以为抓到了一只大肥虫。

◎文章品读

刘墉是著名的画家、作家。其散文风格平易近人，有着广泛的读者群。

本篇选自其文集《我不是教你诈》，文章精致、警醒，针对社会现象的针砭褒扬处处可见。

篇章主人公是新人小宋和“老姜”古先生。小宋得到了梦寐以求的古先生的提拔——得以接力一宗王牌节目“四海心声”。小宋年轻气盛，踌躇满志，准备做出一番成绩。然而，好运与其打了照面即背道而驰，节目收视率不但下滑，广告难觅下家，制作班底也日渐涣散。节目最终死在了众目睽睽之下。这时，古先生“适时”地杀回了大本营，重整旗鼓，以全新的节目重新亮相，并再次赢得了公众的信任。

文章没有精致的心理特写，没有步步为营的铺垫，然而结局的波澜不惊，还是让人们由衷感叹作者的一句话：“姜还是老的辣”——老人为新人铺路，路上不仅仅是荆棘；新人磨刀霍霍，最终一头栽入了看不见的陷阱中。

文中刻画“老姜”，言语利落、传神：“我的事情多，常在世界各地跑，偏偏节目每个礼拜都得录影。”“想来想去，只有你这位青年才俊，够格来接，你考虑考虑。”小宋冰凉的手与“老姜”的热情如火，有了第一回合的比对。节目倒闭后，“老姜”面不改色，颇具大将风范，“连你这样的人才，都做不下去，也就没话说了。不怪你！不怪你！”小宋的万分愧疚与“老姜”的“博大胸襟”又有了第二次的碰撞，不同的是，“老姜”从此峰回路转；年轻人则落马，折戟沉沙。

作家将一个故事以精简的语言表述出来，所要传达的也只是一个道理：天下没有白吃的午餐。

在作家诸多的散文中，浓郁的个人风格形成了独特的烙印——往往由一件小事发挥，得出的结论却是意味深长——它们轻松、闲散，蕴藏的却是个人的练达人生。作为小散文，它们平实、清浅，虽然与谨严、深邃的大构想不同，然而其自由、淡定、天马行空，还是赢得了另一片天空，不输名人大家。

·作者简介·

刘墉（1949～），号梦然，祖籍北京。著名画家、作家。曾任美国丹维尔美术馆驻馆艺术家、纽约圣若望大学驻校艺术家、圣文森学院副教授。其作品以教导读者如何面对人生为己任，行文穿插各种小故事及自己的人生体会，充满了哲理智慧。出版中英文著作60余种，在世界各地举行个人画展近30次。

母语

●席慕蓉

年少的时候，在家中，父母都是用蒙文交谈。只能听懂几个单字的我，有时候会故意去捣乱，字正腔圆地向他们宣示："请说国语。"母亲常常就会说："好可惜！你五岁以前蒙古话说得多好！"

一九八九年八月底，我在父亲的祝福之下，开始我的溯源之旅，从北京向内蒙古高原前行。和我一起出发的还有好友王行恭，还在德国的父亲又特别请托了他的忘年之交，居住在北京的蒙古诗人尼玛先生来给我们带路。尼玛到机场来接机，等到我们的行李都在王府井饭店安顿好了之后，天色已近黄昏。他就带我们直奔在市区另一端的中央民族学院，说是在那里刚好有个晚会，一方面是在北京工作的蒙古同乡一年一次的联谊，一方面也是款待从各地前来参加蒙古史诗《江格尔》研讨会的学者。会场里人很多，空气不太流通，灯光又不够亮，每个人对我来说都是第一次见面，包括尼玛。所以，尽管我努力要适应这个新环境，慢慢地还是觉得有点力不从心，就想法子找到一处比较空旷也还安静的角落坐了下来。坐定了之后，往周围一看，原来早已经有三位男士坐在那里了。大概和我差不多，都是有点觉得疲累的远客，只是衣着不同。我穿的是普通城里人穿的衣裙，他们却是穿着蒙古袍子，系着腰带，头戴毡帽，脚下是长统的靴子，衣冠齐整，正襟危坐。那被草原上的太阳晒得很黑，被高原上的风霜侵蚀得皱纹满布的面容，有一种很奇怪的肃穆和漠然。看见我这个闯入者对他们微笑点头致意，他们三人也只是稍稍欠身还礼，依旧沉默着不发一言。我可是忍不住了，第一次见到从草原过来的蒙古同胞，让我很想和他们攀谈。于是，侧过身去，用我有限的蒙古话向他们问候：“您好吗？”原来漠然的双眸忽然都重新调整焦距，向我专注地望了过来，我心中一热，又急着说了两句蒙古话来自我介绍：“我也是蒙古人，我的父亲和母亲都是蒙古人。”在昏暗的灯光下，有些什么在我眼前忽然变得非常明亮，他们三个人同时向我展现的笑容是那样的天真的欢欣，充满了善意，一切暗藏着的藩篱在那瞬间全部撤除得干干净净，只因为我说的是我们共同的母语。当然，在这之后的交谈，我那几句蒙古话是绝对不够用的。不过，我尽可以找一位住在北京的蒙古同乡来帮我们翻译，他们也不会在意了。好像那最初的几句话已经成为我的护照，让我可以从此自由进出他们的国境——那一处曾经因为遭受过无数的挫折与伤害，因而不得不严密设防的大地。果然，他们来自遥远的天山，是土尔扈特人，而且是用一生的时间记诵和演唱《江格尔》史诗的艺术家、民间诗人。蒙古人尊称他们为“江格尔齐”。心中珍藏着卫拉特先民的文化瑰宝，一代又一代传诵下来的英雄史诗，却在另外一个民族强势文化挤压之下，几乎要失去了生存的空间，直到最近几年才得到学术界的重视。因此，在他们风霜的面容之上，才会流露出那种内在的肃穆以及外在的漠然了罢？这种神情，普遍出现在内蒙古自治区许多牧民的脸上。从一九八九年那个晚上开始，十年来，走在碎裂的高原之上，常会遇见相似的情景。可是，只要我用蒙古话一开口问候，那藩篱就会自动撤除，然后光灿温暖的笑容就会出现了。

有一次，我用玩笑的语气向一位教蒙文的教授说：“这些牧民，怎么就凭我这几句话就轻易地相信了我？”想不到他却正色回答：“你现在虽然说不出几个句子，可是每个字的发音都很标准，我们的耳朵一听就知道。你不晓得，在母亲怀中学会的语言，有些细微的差异，别人是学不来的啊！”

◎文章品读

席慕蓉是台湾知名的画家，更是著名散文家与诗人。她的诗集、散文、画作均不乏名篇，或意境优美、玲珑剔透，饱含着对生命的挚爱真情；或浸润着东方的古老哲学，带着浓郁的宗教色彩，向人传递一种古幽苍凉的韵味。

相较于诗词，席慕蓉的散文更加富于表现力，所传达出的意境也相对宽泛而成熟。在作家的作品中，爱情、人生、乡愁，均写得极美。其中，“乡愁”是其终生不忘的课题。

席慕蓉出生于四川，祖上是地道的蒙古族。在父亲的军旅生活中，席慕蓉辗转颠沛，最后去了台湾。四十余年间，没有踏上过故乡土地。本文《母语》，是作者 1989 年溯源之旅的一则小记。虽然短小，然而意蕴绵长。情节也很单纯，讲自己到北京后参加同乡联谊会的所观所感。行文语言简朴，一扫诗篇中的空灵、唯美；在对人物的刻画上也以写情见长，不着刻意修饰。如对几位蒙古族艺术家前后态度转变的描写：“看见我这个闯入者对他们微笑点头致意，他们三人也只是稍稍欠身还礼，依旧沉默着不发一言。……于是，（作者）侧过身去，用我有限的蒙古话向他们问候：‘您好吗？’原来漠然的双眸忽然都重新调整焦距，向我专注地望了过来……在昏暗的灯光下，有些什么在我眼前忽然变得非常明亮，他们三个人同时向我展现的笑容是那样的天真的欢欣，充满了善意，一切暗藏着的藩篱在那瞬间全部撤除得干干净净。”几位艺术家态度的前后不同，突显了语言的力量，即行文的主题“母语”。有了共同的渊源，距离自然就拉近了，隔阂也随之消失。艺术家忽然都重新调整焦距的双眸、忽然变得非常明亮的眼神形象地点出了人与人之间从生疏到走近的一种心态起伏。用语不多，但字字恰到好处。

篇章末尾，作者与蒙语教授间的对话点及行文的主题，再次升华了“母语”的概念。首尾呼应，水到渠成。

·作者简介·

席慕蓉（1943 ~），原名穆伦·席连勃，蒙古族人。台湾著名诗人、画家和散文家。生于四川重庆，祖籍内蒙古察哈尔盟明安旗。1949 年迁至香港。1954 年迁至台湾。毕业于台湾师范大学艺术系、比利时布鲁塞尔皇家艺术学院。著有诗集《七里香》《无怨的青春》《时光九篇》，散文集《有一首歌》《江山有诗》《画出心中的彩虹》，美术论著《心灵的探索》等。

芳邻

●三毛

我的邻居们外表上看去都是极肮脏而邋遢的沙哈拉威人。

不清洁的衣着和气味，使人产生一种错觉，以为他们也同时是穷苦而潦倒的一群。事实上，住在附近的每一家人，不但有西国政府的补助金，更有正当的职业，加上他们将屋子租给欧洲人住，再养大批羊群，有些再去镇上开店，收入是十分安稳而可观的。

所以本地人常说，没有经济基础的沙哈拉威人是不可能住到小镇阿雍来的。

我去年初来沙漠的头几个月，因为还没有结婚，所以经常离镇深入大漠中去旅行。每次旅行回来，全身便像被强盗抢过了似的空空如也。沙漠中穷苦的沙哈拉威人连我帐篷的钉都给我拔走，更不要说随身所带的东西了。

在开始住定这条叫作金河大道的长街之后，我听说同住的邻居都是沙漠里的财主，心里不禁十分庆幸，幻想着种种跟有钱人做邻居的好处。

说起来以后发生的事情实在是我的错。

第一次被请到邻居家去喝茶回来，荷西和我的鞋子上都粘上了羊粪，我的长裙子上被罕地（当地的警官）小儿子的口水滴湿了一大块。第二天，我就开始教罕地的女儿们用水拖地和晒席子。当然水桶、肥皂粉和拖把、水，都是我供给的。

就因为此地的邻居们是如此亲密的缘故，我的水桶和拖把往往传到了黄昏，还轮不到我自己用，但是这并不算什么，因为这两样东西他们毕竟用完了是还我的。

住久了金河大道，虽然我的家没有门牌，但是邻居们远近住着的都会来找我。

我除了给药时将门打开之外，平日还是不太跟他们来往，君子之交淡如水的道理我是十分恪守的。

日子久了，我住着的门总得开开关关，我门一开，这些妇女和小孩就涌进来，于是，我们的生活方式和日常用具都被邻居很清楚地看在眼里了。

因为荷西和我都不是小气的人，对人也算和气，所以邻居们慢慢地学到了充分利用我们的这个缺点。

每天早晨九点左右开始，这个家就不断地有小孩子要东西。

“我哥哥说，要借一只灯泡。”

“我妈妈说，要一只洋葱——”

“我爸爸要一瓶汽油。”

“我们要棉花——”

“给我吹风机。”

“你的熨斗借我姐姐。”

“我要一些钉子，还要一点点电线。”

其他来要的东西千奇百怪，可恨的是偏偏我们家全都有这些东西，不给他们心里过意不去，给了他们，当然是不会还的。

“这些讨厌的人，为什么不去镇上买。”荷西常常讲，可是等小孩子来要了还是又给了。

不知什么时候开始，邻居的小孩子们开始伸手要钱，我们一出家门，就被小孩子们围住，口里叫着：“给我五块钱，给我五块钱！”

这些要钱的孩子们，当然也包括了房东的子女。

要钱我是绝对不给的，但是小孩子们很有恒心地每天来缠住我。有一天我对房东的孩子说：“你爸爸租这个破房子给我，收我一万块，如果再给你每天五块，我不如搬家。”

从这个时候起，小孩子们不要钱了，只要泡泡糖，要糖我是乐意给的。

我想，他们不喜欢我搬走，所以不再讨钱了。

有一天小女孩拉布来敲门，我开门一看，一只小山也似的骆驼尸体躺在地上，血水流了一地，十分惊人。

“我妈妈说，这只骆驼放在你冰箱里。”

我回头看看自己如鞋盒一般大的冰箱，叹了一口气，蹲下去对拉布说：“拉布，告诉你妈妈，如果她把你们家的大房子送给我做针线盒，这只骆驼就放进我的冰箱里。”她马上问我：“你的针在哪里？”

当然，骆驼没有冰进来，但是拉布母亲的脸绷了快一个月。她只对我说过一句话：“你拒绝我，伤害了我的骄傲。”

每一个沙哈拉威人都是很骄傲的，我不敢常常伤害他们，也不敢不出借东西。有一天，好几个女人来向我要“红色的药水”，我执意不肯给，只说：“有什么人弄破了皮肤，叫他来涂药。”

但是她们坚持要拿回去涂。

等我过了几小时听见鼓声跑出去看时，才发觉在公用天台上，所有的女人都用我的红药水涂满了脸和双手，正在扭来扭去地跳舞唱歌，状极愉快。看见红药水有这样奇特的功效，我也不能生气了。

更令人苦恼的是，邻近一家在医院做男助手的沙哈拉威人，因为受到了文明的洗礼，他拒绝跟家人一同用手吃饭，所以每天到了吃饭的时候，他的儿子就要来敲门。

“我爸爸要吃饭了，我来拿刀叉。”这是一定的开场白。

这个小孩每天来借刀叉虽然会归还，我仍是给他弄得不胜其烦，干脆买了一套送给他，叫他不许再来了。

没想到过了两天，他又出现在门口。

“怎么又来了？上一次送你的那一套呢？”我板着脸问他。

“我妈妈说那套刀叉是新的，要收起来。现在我爸爸要吃饭——”

“你爸爸要吃饭关我什么事——”我对他大吼。这个小孩子像小鸟似的缩成一团，我不忍心了，只有再借他刀叉。毕竟吃饭是一件重要的事。

沙漠里的房子，在屋顶中间总是空一块不做顶。我们的家，无论吃饭、睡觉，邻居的孩子都可以在天台上缺的那方块往下看。

有时候刮起狂风沙来，屋内更是落沙如雨。在这种气候下过日子，荷西跟我只有扮流沙河里住着的沙和尚，一无选择其他角色的余地。

荷西跟房东要求了好几次，房东总不肯加盖屋顶。于是我们自己买材料，荷西做了三个星期日，铺好了一片黄色毛玻璃的屋顶，光线可以照进来，美丽清洁极了。我将苦心拉拔大的九棵盆景放在新的屋顶下，一片新绿。我的生活从此改进了很多。

有一天下午，我正全神贯注地在厨房内看食谱做蛋糕，同时在听音乐。突然听见玻璃屋顶上好似有人踩上去走路的声音，伸头出去看，我的头顶上很清楚地映出一只大山羊的影子，这只可恶的羊，正将我们斜斜的屋顶当山坡爬。

我抓起菜刀就往通天台的楼梯跑去，还没来得及上天台，就听见木条细微的断裂声，接着惊天动地的一阵巨响，木条、碎玻璃如雨似的落下来。当然这只大山羊也从天而降，落在我们窄小的家里，我紧张极了，连忙用扫把将山羊打出门，望着破洞洞外的蓝天生气。

破了屋顶我们不知应该叫谁来赔，只有自己买材料修补。

“这次做石棉瓦的怎样？”我问荷西。

“不行，这房子只有朝街的一扇窗，用石棉瓦光线完全被挡住了。”荷西很苦恼，因为他不喜欢星期天还得做工。

过了不久，新的白色半透明塑胶板的屋顶又架起来了。荷西还做了一道半人高的墙，将邻居们的天台隔开。

这个墙不只是为了防羊，也是为了防邻居的女孩子们，因为她们常常在天台上将我晒着的内衣裤拿走，她们不是偷，因为用了几天又会丢回在天台上，算作风吹落的。

虽然新屋顶是塑胶板的，但是半年内山羊还是掉下来过四次。我们忍无可忍，就对邻居们讲，下次再捉到穿屋顶的羊，就杀来吃掉，绝对不还他们了，请他们关好自己的羊栏。

邻居都是很聪明的人，我们大呼小叫，他们根本不置可否，抱着羊对我们眯着眼睛笑。

“飞羊落井”的奇观虽然一再发生，但是荷西总不在家，从来没能体会这个景象是如何的动人。

有一个星期天黄昏，一群疯狂的山羊跳过围墙，一不小心，又上屋顶来了。

我大叫："荷西，荷西，羊来了——"

荷西丢下杂志冲出客厅，已经来不及了，一只超级大羊穿破塑胶板，重重地跌在荷西的头上，两个都躺在水泥地上呻吟。荷西爬起来，一声不响，拉了一条绳子就把羊绑在柱子上，然后上天台去看看是谁家的混蛋放羊出来的。天台上一个人也没有。

"好，明天杀来吃掉。"荷西咬牙切齿地说。

等我们下了天台，再去看羊，这只俘虏不但不叫，反而好像在笑，再低头一看，天啊！我辛苦了一年种出来的九棵盆景，二十五片叶子，全部被它吃得干干净净。

我又惊又怒又伤心，举起手来，用尽全身的气力，重重地打了山羊一个大耳光，对荷西尖叫着："你看，你看！"——然后冲进浴室抱住一条大毛巾大滴大滴地流下泪来。

这是我第一次为沙漠里的生活泄气以致流泪。

羊，当然没有杀掉。

跟邻居的关系，仍然在借东西的开门关门里和睦地过下去。

有一次，我的火柴用完了，跑到隔壁房东家去要。

"没有，没有。"房东的太太笑嘻嘻地说。

我又去另外一家的厨房。

"给你三根，我们自己也不多了。"哈蒂耶对我说，表情很生硬。

"你这盒火柴还是上星期我给你的，我一共给你五盒，你怎么忘了？"我生起气来。

"对啊，现在只剩一盒了，怎么能多给你？"她更不高兴了。

"你伤害了我的骄傲。"我也学她们的口气对哈蒂耶说。

拿着三根火柴回来，一路上在想，要做史怀哲还真不容易。

我们住在这儿一年半了，荷西成了邻居的电器修理匠、木匠、泥水工——我呢，成了代书、护士、老师、裁缝——反正都是邻居们训练出来的。

沙哈拉威的青年女子皮肤往往都是淡色的，脸孔都长得很好看，她们平日在族人面前一定蒙上脸，但是到我们家里来就将面纱拿掉。

其中有一个蜜娜，长得非常的甜美，她不但喜欢我，更喜欢荷西，只要荷西在家，她就会打扮得很清洁地来我们家坐着。后来她发觉坐在我们家没有什么意思，就找理由叫荷西去她家。

有一天她又来了，站在窗台叫："荷西！荷西！"

我们正在吃饭，我问她："你找荷西什么事？"

她说："我们家的门坏了，要荷西去修。"

荷西一听，放下叉子就想站起来。

"不许去，继续吃饭。"我将我盘子里的菜一倒倒在荷西面前，又是一大盘。这儿的人可以娶四个太太，我可不喜欢四个女人一起来分荷西的薪水袋。

蜜娜不走，站在窗前，荷西又看了她一眼。

"不要再看了，当她是海市蜃楼。"我厉声说。

这个美丽的"海市蜃楼"有一天终于结婚了，我很高兴，送了她一大块衣料。

我们平日洗刷用的水，是市政府管的，每天送水一大桶就不再给了。所以我们如果洗澡，就不能同时洗衣服，洗了衣服，就不能洗碗洗地，这些事都要小心计算好天台上水桶里的存量才能做。天台水桶的水是很咸的，不能喝，平日喝的水要去商店买淡水。水，在这里是很珍贵的。

上星期日我们为了参加镇上举行的"骆驼赛跑大会"，从几百里路扎营旅行的大漠里赶回家来。

那天刮着大风沙，我回家来时全身都是灰沙，难看极了。

进了家门，我冲到浴室去冲凉，希望参加骑骆驼时样子清洁一点，因为西班牙电视公司的驻沙漠记者答应替我拍进新闻片里。等我全身都是肥皂时，水不来了，我赶快叫荷西上天台去看水桶。

"是空的，没有水。"荷西说。

"不可能嘛！我们这两天不在家，一滴水也没用过。"我不禁紧张起来。包了一块大毛巾，我光脚跑上天台。水桶像一场噩梦似的空着。再一看邻居的天台，晒了数十个面粉口袋，我恍然大悟，水原来是给这样吃掉了。

我将身上的肥皂用毛巾擦了一下，就跟荷西去赛骆驼了。

那个下午，所有会疯会玩的西班牙朋友都在骆驼背上飞奔赛跑，壮观极了，只有我站在大太阳下看别人。这些骑士跑过我身旁时，还要笑我："胆小鬼啊！胆小鬼啊！”

我怎么能告诉人家，我不能骑骆驼的原因是怕汗出太多了，身上不但会发痒，还会冒肥皂泡泡。

这些邻居里，跟我最要好的是姑卡，她是一个温柔又聪明的女子，很会思想。但是姑卡有一个毛病，她想出来的事情跟我们不大一样。也就是说她对是非的判断往往令我惊奇不已。

有个晚上，荷西和我要去此地的国家旅馆里参加一个酒会。我烫好了许久不穿的黑色晚礼服，又把几件平日不用的稍微贵些的项链拿出来放好。

“酒会是几点？”荷西问。

“八点钟。”我看看钟，已经七点四十五分了。

等我衣服、耳环都穿好弄好了，预备去穿鞋时，我发觉平日一向在架子上放着的纹皮高跟鞋不见了，问问荷西，他说没有拿过。

“你随便穿一双不就行了。”荷西最不喜欢等人。

我看着架子上一大排鞋子——球鞋、木拖鞋、平底凉鞋、布鞋、长筒靴子——没有一双可以配黑色的长礼服，心里真是急起来，再一看，咦！什么鬼东西，它什么时候跑来的？这是什么？

架子上静静地放着一双黑黑脏脏的尖头沙漠鞋，我一看就认出来是姑卡的鞋子。

她的鞋子在我架子上，那我的鞋会在哪里？

我连忙跑到姑卡家去，将她一把抓起来，凶凶地问她：“我的鞋呢？我的鞋呢？你为什么偷走？”

又大声呵叱她：“快找出来还我，你这个混蛋！”

这个姑卡慢吞吞地去找，厨房里，席子下面，羊堆里，门背后——都找遍了，找不到。

“我妹妹穿出去玩了，现在没有。”她很平静地回答我。

“明天再来找你算账。”我咬牙切齿地走回家。那天晚上的酒会，我只有换了件棉布的白衣服，一双凉鞋，混在荷西上司太太们珠光宝气的气氛里，不相称极了。坏心眼的荷西的同事还故意称赞我：“你真好看，今天晚上你像个牧羊女一样，只差一根手杖。”

第二天早晨，姑卡提了我的高跟鞋来还我，已经被弄得不像样了。

我瞪了她一眼，将鞋子一把抢过来。

“哼！你生气，生气，我还不是会生气。”姑卡的脸也涨红了，气得不得了。“你的鞋子在我家，我的鞋子还不是在你家，我比你还要气。”她又接着说。

我听见她这荒谬透顶的解释，忍不住大笑起来。

“姑卡，你应该去住疯人院。”我指指她的太阳穴。

“什么院？”她听不懂。

“听不懂算了。姑卡，我先请问你，你再去问问所有的邻居女人，我们这个家里，除了我的‘牙刷’和‘丈夫’之外，还有你们不感兴趣不来借的东西吗？”

她听了如梦初醒，连忙问：“你的牙刷是什么样子的？”

我听了激动得大叫：“出去——出去。”

姑卡一面退一面说：“我只要看看牙刷，我又没有要你的丈夫，真是——”等我关上了门，我还听见姑卡在街上对另外一个女人大声说：“你看，你看，她伤害了我的骄傲。”

感谢这些邻居，我沙漠的日子被她们弄得五光十色，再也不知寂寞的滋味了。

◎文章品读

20世纪70年代初，三毛奔赴非洲撒哈拉，开始了新的旅程。在非洲的沙漠，三毛和恋人荷西结婚，开始共同经历人生的风雨。这一时期三毛的创作极有代表性，它们美丽、浪漫，将不毛之地幻化作了生命的绿洲，引人遐思。

本篇《芳邻》是作者来到沙漠后的点滴记录，讲述其在撒哈拉的生活经历。所写均为小事、趣事，风格俏丽活泼，给人留下深刻美好的印象；作者的聪慧细致，与其内心对生活的无限热爱，流淌于字里行间。

文风是作家惯有的风格：轻松、写意，而且很风趣，行者的沧桑与文人的惬意精致融合。对后者，散文《白手成家》则展现得更为充分——作者将租来的一无所有的坟场空屋布置成了沙漠中最华丽的宫殿，参观者络绎不绝——棺材盖、骆驼头骨、垃圾场捡来的破轮胎、坟堆的石雕，无不被巧妙运用，焕发出勃勃生机。

本篇写了很多与沙哈拉威邻居共处的趣味小事。从中可以看出地域、文化差异所造就的鸿沟，是一时无法填平的。作者努力地去适应，过程充满了戏剧性。

整篇文章流畅、生动，听作者絮絮道来，诙谐、无奈、妙趣横生贯穿始终——由于邻居们远离现代文明，在接触作者后，时不时上门求助，她们向作者借灯泡、借刀叉、借电线、借火柴，作者家里有的，无所不借。结果是，作者的“水桶和拖把往往传到了黄昏，还轮不到自己用”；别人家开饭，必有人来借刀叉；借出的红药水被当地妇女涂得满手满脸，再到阳台上起舞狂欢……这样的事几乎日日发生，作者不胜其扰，然而当地人的固执、高傲，又每每令其无可奈何。在众多的事件中，作者详细描述了“骆驼与冰箱”“飞羊落井”“姑卡借鞋”等几件事，沙漠邻居的愚顽、淳朴、热情，被刻画得栩栩如生。“我妈妈说，这只骆驼放在你冰箱里。”“你的鞋子在我家，我的鞋子还不是在你家，我比你还要气。”“你拒绝我，伤害了我的骄傲。”闻者忍俊不禁。如此“芳邻”，不但不“芳”，而且让人心生疲惫。

在沙漠旅居的日子，作者为自己营造了美丽的家、尽量舒适的生活，与邻居和睦共处。这段生活快乐、充实，让作者的人生经历得到了极大的丰富、补给。其时的散文创作也达到了巅峰，魅力长久不衰。

·作者简介·

三毛（1943~1991），原名陈平，生于四川重庆，祖籍浙江。初中二年级时休学，在父母的指导下学习诗词、古文、英文。1964年在“中国文化大学”哲学系旁听。1967年再次休学，只身赴西班牙。曾就读于西班牙马德里大学、德国歌德书院，并在美国伊诺大学文艺组任教，教授小说创作、散文习作课程。1984年辞职，以写作、演讲为生活重心。1990年从事剧本写作，完成《滚滚红尘》。1991年1月，在医院自杀身亡。作品多由皇冠出版社印行，主要有：散文集《闹学记》《撒哈拉的故事》《雨季不再来》《哭泣的骆驼》《万水千山走遍》及剧本《滚滚红尘》等。

我的四个假想敌

●余光中

二女幼珊在港参加侨生联考，以第一志愿分发台大外文系。听到这消息，我松了一口气，从此不必担心四个女儿通通嫁给广东男孩了。

我对广东男孩当然并无偏见，在港六年，我班上也有好些可爱的广东少年，颇讨老师的欢心，但是要我把四个女儿全都让那些“靓仔”“叻仔”掳掠了去，却舍不得。不过，女儿要嫁谁，说得洒脱些，是她们的自由意志；说得玄妙些呢，是因缘，做父亲的又何必患得患失呢？何况在这件事上，做母亲的往往位居要冲，自然而然成了女儿的亲密顾问，甚至亲密战友，作战的对象不是男友，却是父亲。等到做父亲的惊醒过来，早已腹背受敌，难挽大势了。

在父亲的眼里，女儿最可爱的时候是在十岁以前，因为那时她完全属于自己。在男友的眼里，她最可爱的时候却在十七岁以后，因为这时她正像毕业班的学生，已经一心向外了。

父亲和男友，先天上就有矛盾。对父亲来说，世界上没有东西比稚龄的女儿更完美的了，唯一的缺点就是会长大，除非你用急冻术把她久藏，不过这恐怕是违法的，而且她的男友迟早会骑了骏马或摩托车来，把她吻醒。

我未用太空舱的冻眠术，一任时光催迫，日月轮转，再揉眼时，怎么四个女儿都已依次长大，昔日的童话之门“砰”地一关，再也回不去了。四个女儿，依次是珊珊、幼珊、佩珊、季珊。简直可以排成一条珊瑚礁。珊珊十二岁的那年，有一次，未满九岁的佩珊忽然对来访的客人说："喂，告诉你，我姐姐是一个少女了！"在座的大人全笑了起来。

曾几何时，惹笑的佩珊自己，甚至最幼稚的季珊，也都在时光的魔杖下，点化成"少女"了。冥冥之中，有四个"少男"正偷偷袭来，虽然蹑手蹑足，屏声止息，我却感到背后有四双眼睛，像所有的坏男孩那样，目光灼灼，心存不轨，只等时机一到，便会站到亮处，装出伪善的笑容，叫我岳父。

我当然不会应他。哪有这么容易的事！我像一棵果树，天长地久在这里立了多年，风霜雨露，样样有份，换来果实累累，不胜负荷。而你，偶尔过路的小子，竟然一伸手就来摘果子，活该蟠地的树根绊你一跤！

而最可恼的，却是树上的果子，竟有自动落入行人手中的样子。树怪行人不该擅自来摘果子，行人却说是果子刚好掉下来，给他接着罢了。这种事，总是里应外合才成功的。当初我自己结婚，不也是有一位少女开门揖盗吗？"堡垒最容易从内部攻破"，说得真是不错。

不过彼一时也，此一时也。同一个人，过街时讨厌汽车，开车时却讨厌行人。现在是轮到我来开车。

好多年来，我已经习于和五个女人为伍，浴室里弥漫着香皂和香水气味，沙发上散置皮包和发卷，餐桌上没有人和我争酒，都是天经地义的事。戏称吾庐为"女生宿舍"，也已经很久了。做了"女生宿舍"的舍监，自然不欢迎陌生的男客，尤其是别有用心的一类。但自己辖下的女生，尤其是前面的三位，已有"不稳"的现象，却令我想起叶慈的一句诗：

一切已崩溃，失去重心。

我的四个假想敌，不论是高是矮，是胖是瘦，是学医还是学文，迟早会从我疑惧的迷雾里显出原形，一一走上前来，或迂回曲折，嗫嚅其词，或开门见山，大言不惭，总之要把他的情人，也就是我的女儿，对不起，从此领去。无形的敌人最可怕，何况我在亮处，他在暗里，又有我家的"内奸"接应，真是防不胜防。只怪当初没有把四个女儿及时冷藏，使时间不能拐骗，社会也无由污染。现在她们都已大了，回不了头。我那四个假想敌，那四个鬼鬼祟祟的地下工作者，也都已羽毛丰满，什么力量都阻止不了他们了。先下手为强，这件事，该乘那四个假想敌还在襁褓的时候，就予以解决的。至少美国诗人纳许（Ogden Nash，1902 ~ 1971）劝我们如此。

他在一首妙诗《由女婴之父来唱的歌》（Song to be sung by the father of infant female children）之中，说他生了女儿吉儿之后，惴惴不安，感到不知什么地方正有个男婴也在长大，现在虽然还浑浑噩噩，口吐白沫，却注定将来会抢走他的吉儿。于是做父亲的每次在公园里看见婴儿车中的男婴，都不由神色一变，暗暗想："会不会是这家伙？"

想着想着，他"杀机陡萌"，便要解开那男婴身上的别针，朝他的爽身粉里撒胡椒粉，把盐撒进他的奶瓶，把沙撒进他的菠菜汁，再扔头优游的鳄鱼到他的婴儿车里陪他游戏，逼他在水深火热之中挣扎而去，去娶别人的女儿。足见诗人以未来的女婿为假想敌，早已有了前例。

不过一切都太迟了。当初没有当机立断，采取非常措施，像纳许诗中所说的那样，真是一大失策。如今的局面，套一句史书上常见的话，已经是"寇入深矣！"女儿的墙上和书桌的玻璃垫下，以前的海报和剪报之类，还是披头，拜丝，大卫·凯西弟的形象，现在纷纷都换上男友了。至少，滩头阵地已经被入侵的军队占领了去，这一仗是必败的了。记得我们小时，这一类的照片仍被列为机密要件，不是藏在枕头套里，贴着梦境，便是夹在书堆深处，偶尔翻出来神往一番，哪有这么二十四小时眼前供奉的？

这一批形迹可疑的假想敌，究竟是哪年哪月开始入侵厦门街余宅的，已经不可考了。只记得六年前迁港之后，攻城的军事便换了一批口操粤语少年来接手。至于交战的细节，就得问名义上是守城的那几个女将，我这位"昏君"是再也搞不清的了。只知道敌方的炮火，起先是瞄准我家的信箱，那些歪歪斜斜的笔迹，久了也能猜个七分；继而是集中在我家的电话，"落弹点"就在我书桌的背后，我的文苑就是他们的沙场，一夜之间，总有十几次脑震荡。那些粤音平上去入，有九声之多，也令我难以研判敌情。现在我带幼珊回了厦门街，那头的广东部队轮到我太太去抵挡，我在这头，只要留意台湾健儿，任务就轻松多了。

信箱被袭，只如战争的默片，还不打紧。其实我宁可多情的少年勤写情书，那样至少可以练习作文，不致在视听教育的时代荒废了中文。可怕的还是电话中弹，那一串串警告的铃声，把战场从门外的信箱扩至书房的腹地，默片变成了身历声，假想敌在实弹射击了。更可怕的，却是假想敌真的闯进了城来，成了有血有肉的真敌人，不再是假想了好玩的了，就像军事演习到中途，忽然真的打起来了一样。真敌人是看得出来的。在某一女儿的接应之下，他占领了沙发的一角，从此两人呢喃细语，嗫嚅密谈。即使脉脉相对的时候，那气氛也浓得化不开，窒得全家人都透不过气来。这时几个姐妹早已回避得远远的了，任谁都看得出情况有异。万一敌人留下来吃饭，那空气就更为紧张，好像摆好姿势，面对照相机一般。平时鸭塘一般的餐桌，四姐妹这时像在演哑剧，连筷子和调羹都似乎得到了消息，忽然小心翼翼起来。明知这僭越的小子未必就是真命女婿（谁晓得宝贝女儿现在是十八变中的第几变呢？），心里却不由自主升起一股淡淡的敌意。也明知女儿正如将熟之瓜，终有一天会蒂落而去，却希望不是随眼前这自负的小子。

当然，四个女儿也自有不乖的时候，在恼怒的心情下，我就恨不得四个假想敌赶快出现，把她们统统带走。但是那一天真要来到时，我一定又会懊悔不已。我能够想象，人生的两大寂寞，一是退休之日，一是最小的孩子终于也结婚之后。宋淇有一天对我说："真羡慕你的女儿全在身边！"真的吗？至少目前我并不觉得，自己有什么可羡之处。也许真要等到最小的季珊也跟着假想敌度蜜月去了，才会和我存并坐在空空的长沙发上，翻阅她们小时相簿，追忆从前，六人一车长途壮游的盛况，或是晚餐桌上，热气蒸腾，大家共享的灿烂灯光。人生有许多事情，正如船后的波纹，总要过后才觉得美的。这么一想，又希望那四个假想敌，那四个生手笨脚的小伙子，还是多吃几口闭门羹，慢一点出现吧。

袁枚写诗，把生女儿说成"情疑中副车"，这书袋掉得很有意思，却也流露了重男轻女的封建意识。照袁枚的说法，我是连中了四次副车，命中率够高的了。余宅的四个小女孩现在变成了四个小妇人，在假想敌环伺之下，若问我择婿有何条件，一时倒恐怕答不上来。沉吟半晌，我也许会说："这件事情，上有月下老人的婚姻谱，谁也不能篡改，包括韦固；下有两个海誓山盟的情人，'二人同心，其利断金'，我凭什么要逆天拂人，梗在中间？何况终身大事，神秘莫测，事先无法推理，事后不能悔棋，就算交给21世纪的电脑，恐怕也算不出什么或然率来。倒不如故示慷慨，伪作轻松，博一个开明父亲的美名，到时候带颗私章，去做主婚人就是了。"

问的人笑了起来，指着我说："什么叫作'伪作轻松'？可见你心里并不轻松。"

我当然不很轻松，否则就不是她们的父亲了。例如人种的问题，就很令人烦恼。万一女儿发痴，爱上一个耸肩摊手口香糖嚼个不停的小怪人，该怎么办呢？在理性上，我愿意"有婿无类"，做一个大大方方的世界公民。但是在感情上，还没有大方到让一个臂毛如猿的小伙子把我的女儿抱过门槛。

现在当然不再是"严夷夏之防"的时代，但是一任单纯的家庭扩充成一个小型的联合国，也大可不必。问的人又笑了，问我可曾听说混血儿的聪明超乎常人。我说："听过，但是我不稀罕抱一个天才的'混血孙'。我不要一个天才儿童叫我Grandpa，我要他叫我外公。"问的人不肯罢休："那么省籍呢？"

"省籍无所谓，"我说，"我就是苏闽联姻的结果，还不坏吧？当初我母亲从福建写信回武进，说当地有人向她求婚。娘家大惊小怪，说'那么远！怎么就嫁给南蛮！'后来娘家发现，除了言语不通之外，这位闽南姑爷并无可疑之处。这几年，广东男孩锲而不舍，对我家的压力很大，有一天闽粤结成了秦晋，我也不会感到意外。如果有个台湾少年特别巴结我，其志又不在跟我谈文论诗，我也不会怎么为难他的。至于其他各省，从黑龙江直到云南，口操各种方言的少年，只要我女儿不嫌他，我自然也欢迎。"

"那么学识呢？"

"学什么都可以。也不一定要是学者，学者往往不是好女婿，更不是好丈夫。只有一点：中文必须精通。中文不通，将祸延吾孙！"

客又笑了。"相貌重不重要？"他再问。

"你真是迂阔之至！"这次轮到我发笑了，"这种事，我女儿自己会注意，怎么会要我来操心？"

笨客还想问下去，忽然门铃响起。我起身去开大门，发现长发乱处，又一个假想敌来掠余宅。

◎文章品读

在台湾文坛上，在大陆最广为人知并为各界所欣赏的作家大约只有余光中了。

很多人是读着他的《乡愁》慢慢长大，眼泪也无数次地洒抛。至今仍有很多海外飘零的游子读之而泪湿青衫。事实上，除却写诗，余光中还在其他的文学领域取得了相当可观的成就，比如散文。

余光中的散文自成一家，或写读书杂感，或写域外游踪，或写亲情世故，内容宽泛，不拘一格。

本篇《四个假想敌》是余光中诸多名篇之一。以语言诙谐、心理描写细腻最为出色。

篇章的主人公是作者心目中的四个“敌人”——与之争夺女儿的四个闯入者。这四个毛头小伙，和作者的四个女儿一样迎风长大，并在“适当”的时候，一个都不少地出现在余家门口。这一“变故”，让作者心中犹如打翻五味瓶，进退两难。想与“入侵者”打一番争夺战，却心有余而力不足。最后，乐得超脱，“故示慷慨，伪作轻松，博一个开明父亲的美名。”父爱如山，行文的点点滴滴将此表现得淋漓尽致。

行文中，作者的语言描写、形态刻画及对心理的揣摩极为出彩。如，“四个女儿，依次是珊珊、幼珊、佩珊、季珊。简直可以排成一条珊瑚礁。”“冥冥之中，有四个‘少男’正偷偷袭来，虽然蹑手蹑足，屏声止息，我却感到背后有四双眼睛，像所有的坏男孩那样，目光灼灼，心存不轨，只等时机一到，便会站到亮处，装出伪善的笑容，叫我岳父。”小女儿的可爱，未来敌人的面目可憎，作者心中早有对比，付诸笔端，妙趣横生。对女儿的珍爱、紧张，对未来可能出现的危险了然于胸。

散文以作者的心理变化为行文路线，而引导其频繁变化的乃是四个“敌人”。他们锲而不舍，百折不挠，步步为营，攻势如拉网般展开，直到作者无以招架，“开门揖盗”。运笔层层深入，变幻层出不穷，令读者应接不暇。

各种修辞手法、表达方式的运用也为文章增加了不少趣味性、可读性，如比喻、夸张、对比、抒情、议论、引用等。作者运筹帷幄，悉心安排，感性、理性并行，水到渠成。虽只是一篇散文随笔，然而思维之清晰、人情之练达，无不令人赞叹。

·作者简介·

余光中(1928～2017)，台湾著名诗人、散文家。生于南京，祖籍福建永春。1948年考入厦门大学外文系，开始新诗创作。1949年转入台湾大学外文系。1952年毕业。1959年获美国爱荷华大学艺术硕士学位。先后任教于台湾东吴大学、台湾师范大学、台湾大学及台湾政治大学。曾两度受邀赴美任客座教授。1972年任台湾政治大学西语系教授、主任。1974年至1985年间任香港中文大学中文系主任。著有诗集《舟子的悲歌》《白玉苦瓜》，评论集《掌上雨》《分水岭上》，散文集《左手的缪思》《听听那冷雨》《桥跨黄金城》等诸多作品。在海内外文学界享有盛誉。

幽默的境界

●余光中

据说秦始皇有一次想把他的苑囿扩大，大得东到函谷关，西到今天的凤翔和宝鸡。宫中的弄臣优旃说："妙极了！多放些动物在里面吧。要是敌人从东边打过来，只要教麋鹿用角去抵抗，就够了。"秦始皇听了，就把这计划搁了下来。

这么看来，幽默实在是荒谬的解药。委婉的幽默，往往顺着荒谬的逻辑夸张下去，使人领悟荒谬的后果。优旃是这样，淳于髡、优孟是这样，包可华也是这样。西方有一句谚语，大意是说：解释是幽默的致命伤，正如幽默是浪漫的致命伤。虚张声势，故作姿态的浪漫，也是荒谬的一种。凡事过分不合情理，或是过分违背自然，都构成荒谬。荒谬的解药有二：第一是坦白指摘，第二是委婉讽喻。幽默属于后者。什么时候该用前者，什么时候该用后者，要看施者的心情和受者的悟性。心情好，婉说；心情坏，直说。对聪明人，婉说；对笨人只有直说。用幽默感来评人的等级，有三等。第一等有幽默的天赋，能在荒谬里觑见幽默。第二等虽不能创造幽默，却多少能领略别人的幽默。第三等连领略也无能力。第一等是先知先觉，第二等是后知后觉，第三等是不知不觉。如果幽默感是磁性，第一等便是吸铁石，第二等是铁，第三等便是一块木头了。这么看来，秦始皇还勉强可以归入第二等，至少他领略了优旃的幽默感。

第三等人虽然没有幽默感，对于幽默仍然很有贡献，因为他们虽然不能创造幽默，却能创造荒谬。这世界，如果没有妄人的荒谬表演，智者的幽默岂不失去依据？晋惠帝的一句"何不食肉糜？"惹中国人嗤笑了一千多年。晋惠帝的荒谬引发了我们的幽默感：妄人往往在不自知的情况下，牺牲自己，成全别人，成全别人的幽默。

虚妄往往是一种膨胀作用，相当于螳臂当车，蛇欲吞象。幽默则是一种反膨胀（deflationary）作用，好像一帖泻药，把一个胖子泻成一个瘦子那样。可是幽默并不等于尖刻，因为幽默针对的不是荒谬的人，而是荒谬本身。高度的幽默往往源自高度的严肃，不能和杀气、怨气混为一谈。不少人误认尖酸刻薄为幽默，事实上，刀光血影中只有恨，并无幽默。幽默是一个心热手冷的开刀医生，他要杀的是病，不是病人。

把英文 humour 译成幽默，是神来之笔。幽默而太露骨太嚣张，就失去了“幽”和“默”。高度的幽默是一种讲究含蓄的艺术，暗示性愈强，艺术性也就愈高。不过暗示性强了，对于听者或读者的悟性，要求也自然增高。幽默也是一种天才，说幽默的人灵光一闪，绣口一开，听幽默的人反应也要敏捷，才能接个正着。这种场合，听者的悟性接近禅的“顿悟”；高度的幽默里面，应该隐隐含有禅机一类的东西。如果说者语妙天下，听者一脸茫然，竟要说者加以解释或者再说一遍，岂不是天下最扫兴的事情？所以说，“解释是幽默的致命伤”。世界上有两种话必须一听就懂，因为它们不堪重复：第一是幽默的话，第二是恭维的话。最理想也是最过瘾的配合，是前述“幽默境界”的第二等人围听第一等人的幽默：说的人说得精彩，听的人也听得尽兴，双方都很满足。其他的配合，效果就大不相同。换了第一等人面对第三等人，一定形成冷场，且令说者懊悔自己“枉抛珍珠付群猪”。不然便是第二等人面对第一等人而竟想语娱四座，结果因为自己的“幽默境界”欠高，只赢得几张生硬的笑容。要是说者和听者都是第一等人呢？“顿悟”当然不成问题，只是语锋相对，机心竞起，很容易导致“幽默比赛”的紧张局面。万一自己舌翻谐趣，刚刚赢来一阵非常过瘾的笑声，忽然邻座的一语境界更高，利用你刚才效果的余势，飞腾直上，竟获得更加热烈的反应，和更为由衷的赞叹，则留给你的，岂不是一种“第二名”的苦涩之感？

幽默，可以说是一个敏锐的心灵，在精神饱满生趣洋溢时的自然流露。这种境界好像行云流水，不能做假，也不能苦心经营，事先筹备。世界上有的是荒谬的事，虚妄的人；诙谐天成的心灵，自然左右逢源，取用不尽。幽默最忌的便是公式化，譬如说到丈夫便怕太太，说到教授便缺乏常识，提起官吏，就一定要刮地皮。公式化的幽默很容易流入低级趣味，就像公式化的小说中那些人物一样，全是欠缺想象力和观察力的产品。何可歌有一个远房的姨夫，远房的姨夫有几则公式化的笑话，那几则笑话有一个忠实的听众，他的太太。丈夫几十年来翻来覆去说的，总是那几则笑话，包括李鸿章吐痰、韩复榘训话等等，可是太太每次听了，都像初听时那样好笑，令丈夫的发表欲得到充分的满足。夫妻两人显然都很健忘，也很快乐。

一个真正幽默的心灵，必定是富足、宽厚、开放，而且圆通的。反过来说，一个真正幽默的心灵，绝对不会固执成见，一味钻牛角尖，或是强词夺理，厉色疾言。幽默，恒在俯仰指顾之间，从从容容，潇潇洒洒，浑不自觉地完成：在一切艺术之中，幽默是距离宣传最远的一种。“舍我其谁？”的英雄气概，和幽默是绝缘的。宁曳尾于涂中，不留骨于堂上；非梧桐之不止，岂腐鼠之必争？庄子的幽默是最清远最高洁的一种境界，和一般弄臣笑匠不能并提。真正幽默的心灵，绝不抱定一个角度去看人或看自己，他不但会幽默人，也会幽默自己，不但嘲笑人，也会释然自嘲，泰然自贬，甚至会在人我不分物我交融的忘我境界中，像钱默存所说的那样，欣然独笑。真具幽默感的高士，往往能损己娱人，参加别人来反躬自笑。创造幽默的人，竟能自备荒谬，岂不可爱？吴炳钟先生的语锋曾经伤人无算。有一次他对我表示，身后当嘱家人在自己的骨灰坛上刻“原谅我的骨灰”（Excuse my dust.）一行小字，抱去所有朋友的面前谢罪。这是吴先生二十年前的狂想，不知道他现在还要不要那样做。这种狂想，虽然有资格列入《世说新语》的任诞篇，可是在幽默的境界上，比起那些扬言愿捐骨灰做肥料的利他主义信徒来，毕竟要高一些吧。

其他的东西往往有竞争性，至少幽默是“水流心不竞”的。幽默而要竞争，岂不令人啼笑皆非？幽默不是一门三学分的学问，不能力学，只可自通，所以“幽默专家”或“幽默博士”是荒谬的。幽默不堪公式化，更不堪职业化，所以笑匠是悲哀的。一心一意要逗人发笑，别人的娱乐成了自己的责任，那有多么紧张？自生自发无为而为的一点谐趣，竟像一座发电厂那样日夜供电，天机沦为人工，有多乏味？就算姿势升高，幽默而为大师，也未免太不够幽默了吧。文坛常有论争，唯“谐坛”不可论争。如果有一个“幽默协会”，如果会员为了竞选“幽默理事”而打起架来，那将是世界上最大的荒唐，不，最大的幽默。

◎文章品读

被文坛誉为“左手的缪思”的余光中，学贯中西，不仅是蜚声中外的诗人、学者，更是位妙语连珠的幽默大师。此人时常“灵光一闪”“绣口一开”，令人欣喜不止。该篇《幽默的境界》就是其为阐明自家余氏幽默理论而特别撰写的。

散文以秦始皇准备扩充苑囿的趣事开篇，为幽默作注，解释幽默。言语凿凿，诙谐轻松。作者为荒谬把脉，下药两剂：一是坦白指摘，二是委婉讽喻。以幽默为标准评定人的等级，给出三种分类：一等有幽默的天赋，可在荒谬中披沙拣金，属于“先知先觉”；二等虽不能创造幽默，却能多少领略到别人的幽默，是为“后知后觉”；三等最下，连领略也无能为力，归为“不知不觉”。风趣的背后，有如良医在延脉诊治。虽刀锋嘴利，却让人耳聪目明。每一种分类中，作者又区别对待：一等、二等固然好，三等虽下，却也不是一无是处。你没有幽默感？不怕，你可以创造荒谬，世上若没有妄人的荒谬表演，智者的幽默何足道哉！君不见晋惠帝一句“何不食肉糜”惹得国人笑翻千余年，倘若没有等而下之的人存在，没有人牺牲自己，成全别人，幽默即失去了依据。调笑过幽默主体人的分类后，作者再细细辨别幽默与刻薄、病与病人，语言不多，却道出了一种观点：欢声笑语虽处处可见，却应有甄别的慧眼，肉麻作有趣，以尖酸刻薄作幽默，恰恰混淆了幽默的界限，“高度的幽默往往源自高度的严肃，不能和杀气、怨气混为一谈”，“刀光血影中只有恨，并无幽默”，幽默如医生，手冷心热，而不是见人横眉冷对，用错了对象。分析辛辣、风趣，道理不言自明。

“幽默”二字的诞生，是神来之笔。作者由对舶来品音译的赞叹，兴致浓厚，步步为营，承接前文基调，进一步分析幽默作为一门语言艺术的内涵。由于是语言的艺术，说者与听者的关系十分微妙，二者要对等，幽默的人灵光一闪，绣口一开，听者反应必要敏捷，才能接个正着。二者不对等，幽默的效果打折，可惜了言论的妙处。此节分析，仍拿三等人说事，有兵法的巧妙，无安置的雷同。读后引人深思，微笑叹服。

对于幽默的话题，作者心中藏有洋洋万言，付诸笔端，小露锋芒。作者向往富足、圆通的机锋诙谐，心中理想之异人如庄子，如钱默存（钱钟书），如吴炳钟，此一干人或高洁清远，物我交融；或荒诞的背后自具格调，不争腐鼠，释然自嘲。作者心下神往的，乃是一种生活态度的潇潇洒洒，从从容容。结尾，仍旧怪论调侃，以生活中对于幽默的认识作结，诸多“荒唐”言，令人捧腹不止。

心田上的百合花

●林清玄

在一个偏僻遥远的山谷里，有一个高达数千尺的断崖。不知道什么时候，断崖边上长出了一株小小的百合。

百合刚刚诞生的时候，长得和杂草一模一样。但是，它心里知道自己并不是一株野草。

它的内心深处，有一个内在的纯洁的念头："我是一株百合，不是一株野草。唯一能证明我是百合的办法，就是开出美丽的花朵。"有了这个念头，百合努力地吸收水分和阳光，深深地扎根，直直地挺着胸膛。终于，在一个春天的早晨，百合的顶部结出了第一个花苞。

百合的心里很高兴，附近的杂草却都不屑，它们在私底下嘲笑着百合："这家伙明明是一株草，偏偏说自己是一株花，还真以为自己是一株花，我看它顶上结的不是花苞，而是头上长瘤了。"公开的场合，它们讥笑百合："你不要做梦了，即使你真的是会开花，在这荒郊野外，你的价值还不是跟我们一样？"

偶尔也有飞过的蜂蝶鸟雀，它们也会劝百合不用那么努力开花："在这断崖边上，纵然开出世界上最美的花，也不会有人来欣赏呀！"

百合说："我要开花，是因为我知道自己有美丽的花；我要开花，是为了完成作为一株花的庄严使命；我要开花，是由于自己喜欢以花来证明自己的存在。不管有没有人欣赏，不管你们怎么看我，我都要开花！"

在野草和蜂蝶的鄙夷下，野百合努力地释放着内心的能量。有一天，它终于开花了，它那灵性的洁白和秀挺的风姿，成为断崖上最美丽的颜色。

这时候，野草与蜂蝶，再也不敢嘲笑它了。

百合花一朵朵地盛开着，它花上每天都有晶莹的水珠，野草们以为那是昨夜的露水，只有百合自己知道，那是极深沉的欢喜所结的泪滴。

年年春天，野百合努力地开花、结籽。它的种子随着风落在山谷、草原和悬崖边上，到处都开满洁白的野百合。

几十年后，远在千百里外的人，从城市、从乡村，千里迢迢赶来欣赏百合花。许多孩童跪下来，闻嗅百合花的芬芳；许多情侣互相拥抱，许下了“百年好合”的誓言；无数的人看到这从未有过的美，感动得落泪，触动内心那纯洁温柔的一角。

那里，被人们称为“百合谷地”。

不管别人怎么欣赏，满山的百合都谨记着第一株百合的教导：“我们要全心全意默默地开花，以花来证明自己的存在。”

◎文章品读

《心田上的百合花》是一篇语言优美，富于哲理的寓言性散文。作者林清玄，台湾著名作家。

本文写了一株生长在山谷悬崖边上的百合花顽强不息，努力开花的故事。情节并不复杂，而出现在文中的众多角色却别有趣味。

百合花从出生就认定自己不同于杂草，因此努力地“吸收水分和阳光，深深地扎根，直直地挺着胸膛”，努力地开花。在一个春天的早晨，它结出了第一个花苞。然而对于百合的努力，周围的邻居不是褒赞，而是不约而同地嘲笑——杂草认为它分明是一株草，头上结的不过是病态的瘤，更在公开的场合讥笑说：“即使你真的是会开花，在这荒郊野外，你的价值还不是跟我们一样？”丝毫不认同百合的作为；偶尔飞过的蜂蝶鸟雀，则“好心”地劝慰百合不要做无谓的努力，因为“在这断崖边上，纵然开出世界上最美的花，也不会有人来欣赏”……

面对邻居们的鄙夷，百合没有气馁，它“努力地释放着内心的能量”，直到开出花朵，“成为断崖上最美丽的颜色”。年复一年，竟开得漫山遍野。若干年后，人们甚至千里迢迢来观看野百合怒放的盛景。百合花以独有的顽强和坚韧，赢得了人们的尊重、喜爱，也给了嘲讽者一个有力的回击。

篇章始终围绕着“我要开花”运笔，从花朵坚定的信念到责任感、使命感，再到最后以不懈的努力证明自己存在的价值，脉络清晰，层次分明。童话般的情节、语言共同为读者演绎了一出美丽而又感人的励志故事。

·作者简介·

林清玄（1953～），台湾高雄人。曾用笔名秦情、林漓、林大悲等。著名作家。毕业于台湾世界新闻专科学校，1973年开始散文创作。1979年起连续获台湾“中国时报”文学奖、散文优秀奖和报导文学优等奖、台湾报纸副刊专栏金鼎奖等7项大奖。被誉为“当代散文八大家”之一。作品有：散文集《莲花开落》《冷月钟笛》《温一壶月光下的酒》《鸳鸯香炉》《金色印象》《白雪少年》等。

投奔中医记

●柏杨

高雄《民众日报》通令给一些爬格纸动物，要每人写一篇“我的生活”，写的话银子从丰，不写的话提头来。柏杨先生停笔数月之久，仍挡不住威迫利诱，写了一篇交卷，从副题上可看出内容之精彩，曰：“闭门思过，平心检讨。”初一瞧好像是学生在课堂上写给教习看的作文，再一瞧又好像是大哼秘书在有冷气的房间里写给小民看的训话训词。不过事实上我说的全是肺腑之言，盖我“思”的结果，是别人有“过”，“检”的结果，也是别人应“讨”也。我老人家集字典上所有美德名词于一身，却沦落到今天这种“为人所不牙”的地步，都是因为我这个人太好，而所有朋友都太坏之故。言之痛心，不说也罢，但各位读者老爷不可不知。

除了上面这个“闭门思过，平心检讨”的严正理由，柏老所以停笔数月之久，有些紧张大师以为我忽然销声匿迹，准是被人干了一帽，前往绿岛旧地重游。其实非也，而是御体有点违和。贵阁下读过《论语》乎？吾友孔丘先生泪汪汪曰：“斯人也，而有斯疾也。”那就是对柏杨先生说的。从圣人的痛哭流涕，可知敝御体违和的隆重程度。呜呼，柏老年纪虽迈，却一向健壮如牛。去年被摩托车撞了个仰面朝天，如换了个没啥学问的人，早就脑震荡兼见阎罗，我却悠悠魂还，顾盼自雄，正说明天生异禀，不同凡品。可是天祸中华，敝阁下眼睛却出了毛病，这毛病应追溯到五年之前。最初有点模糊，读书读报，一片鸦鸦乌。到了前年，更进一步，看字只看一半，要想看全，就得歪脖斜眼，丑态毕露。我就天天骂眼镜店无商不奸，如今欺负到俺糟老头身上来啦。可是，无论怎么配眼镜，换了一副又一副，总是如昔。柏杨夫人劝我到医院求治。一听要去医院，我就呼天抢地，抵死不从。盖目前的风俗习惯，流行死不认错，我的尊眼仍是七十年前的尊眼，想当年明察秋毫，五里外连一块钱都看得一清二楚，有啥可挑剔的？显然地错处在眼镜店，应依法严办，才是正确真理，怎能吃里扒外，私通番邦，疑心我有毛病也。折腾了一阵，又加上老妻力大无穷，仍不得不被押解前往。先去长庚医院，一位冷若冰霜的女医师左照右照；继去空军医院，一位热情如火的男医师把我的尊头放在架子上前敲后敲；又去找门庭若市，却脏兮兮兼乱糟糟的一位名医。结果是查了出来，异口同声宣布，我的尊眼血管破裂，瘀血堆积在眼球下半部，无法消失。这种贵恙，到了“第四级”就要举行全盲大典，我老人家已到了“第二级”，指日高升，快啦。

主要的现象是，用眼稍久，眼球就英勇地发胀，胀得简直要爆出来，而且痛，而且涩。医生老爷说，视神经已有若干细胞死亡。而视神经细胞，乃人体上最高贵的细胞（脚跟上的细胞算老几），死一个少一个。于是“斯人也，而有斯疾也”，乃到了百药罔效之境，医生老爷除了面谕多服维他命 ABCDE 外，别无他法。在德国的虞和芳女士，得到消息，她曾由德赴美，学过针灸（她虽是一个博士，却也是一个神童，十八般武艺，样样精通），求她美国的老师，介绍台北中医张齐贤大夫。看在老友份上，这次是自动自发前往求治的。一直到今天，我每天都在拼命猛吃张大夫散丸交加的中药，眼睛有点稳定得住的趋势，胀痛的情形稍轻；又给我煮之熏之的药，每天熏上一次两次，干涩的情形也稍轻。——不过两种稍轻，距政躬康泰，还有十万八千里。现在仍然是只看半个字，但歪脖斜目之后，也能支持十数分钟，看书看报虽然困难，写稿已无大碍，因稿纸上的格子格大，冒冒失失，总可填得进去。不过中药似乎太贵，动辄数千元，每次都心如刀割，与其破财，真不如瞎掉算啦。

吾友傅斯年先生在世时，一提起中医就七窍生烟，一些新派洋派，对中医更是摇头摆尾。一位朋友，被我借钱看病借急啦，有一次抓住我领口——武林高手的锁喉战术，吼曰：“老头，你下跪也没有用，一文不给。要看病，我陪你去找西医，费用我包。”于是立刻又被押解秦重华大夫处。秦大夫亲自把我送到他的一位眼科朋友处，检查结果，学名是“黄斑部变性”，据说只有何仙姑下凡，才有希望。

该朋友悻悻地掏出银子，摔到地上，我就捡起来仍去继续投奔中医。敬告读者老爷，我现在的尊眼除了看书看报有点差劲外，对于其他，看啥都行。看电影，看电视，尤其是看女人，无不得心应手，而且开起汽车来，更为灵光（如有仁人君子送我汽车，只管送好啦，不要客气）。

自从盘古先生开天辟地，中国是世界上硕果仅存，唯一屹立迄今，文化最悠久的国度。传统文化中，一部分是僵固了的酱缸文化，另一部分则是优秀的活泼文化。总不能一竿子打落一船人，中医有它的至理在也，它唯一的缺点，是知其然而不知其所以然。中医只知道“麻黄”治咳嗽，但问到“麻黄”为啥能治咳嗽，就一律瞪眼。三〇年代，医学堂终于分析出来其中成分，提炼制成“麻黄素”，新派洋派才闭口结舌。

其实洋药在本质上也是知其然而不知其所以然的。“盘尼西林”可以消炎，问到为啥能消炎，回答是，甲菌干掉了乙菌焉。但问到为啥甲菌能干掉乙菌？为啥甲菌具有这种特质而丙菌却没有？同样地一律瞪眼。柏杨先生说这话，可不是报名参加了义和团，横眉怒目发高烧，而是说中医中药是中国传统文化中最优秀的弃儿，被丢在阴暗的角落，一面任它自生自灭，一面嫌恶它为啥不去上学堂呀。中医之所以没有经过整理，大概是学医的中国同胞，都立竿见影地要挂招牌，马上赚钱，很少肯在不能马上赚钱的药理上下功夫，遂使弃儿一天比一天骨瘦如柴。再熬个几十年，如果仍没人伸出援手，中国这一支优秀的文化结晶，恐怕要从地球上扫地出门，这不仅是中国的损失，也是人类文明的损失。

因为科学的落后，无论药理上或手术上，中医给西医提鞋都不配，再崇拜中医的朋友，恐怕不会请中医为他割盲肠。但如果是吞到尊肚的玩艺儿，至少中西医药并驾齐驱。尤其西药多半是矿物质的，凡矿物质的都容易引起副作用。中药大多数是植物质的就安全得多。至于古代圣贤豪杰，帝王将相，猛吃硫矿，以求长生不老，那属于贵族特权，跟我们升斗小民无关。

不科学是中医最严重的致命伤。有时候看见有些中医老爷，口中念念有词，不像是治病，倒像是一位巫师在做法场，真能使人跃跃然想动脚踢其屁股。但事实上中药有其潜在的科学结构和科学原理，只是我们还没有弄明白那结构和原理的真相。傅斯年先生因为家人被中医治死，以致恨中医入骨。可是被西医治死的人更多。呜呼，凡是反对中医的朋友，包括傅斯年先生在内，几乎全都死在西医之手（除非老天保佑你，掉到河里淹死，或被汽车撞个魂归离恨天），却没有人反对西医。柏老就知道至少有一位洋大人对中医佩服得五体投地。提起此人，家喻户晓，乃美国前副总统洛克菲勒之父，第一任石油大王洛克菲勒之子，老洛克菲勒是也。老洛想当年害了眼疾，以他的银子，自不必像柏老一样发愁进当铺，可是再多的银子也治不好尊眼，走遍了英、法、德、奥，最后垂头丧气到了中国，中国朋友就用一种不值几文钱的草药灌之，本抱着死马当作活马医的心理，料不到竟灌得他重见天日，使他对这个古老国度的医药，吓了一跳，就在北平建了一个迄今闻名世界的协和医院，专门研究中国医药。可惜的是，协和医院每天忙着看病，看病可以赚钱，而研究却是肉包子打狗。中国人何等聪明，岂肯把银子往无底洞里扔。看样子要想中国医药科学化，靠中国同胞恐怕不行，势必得靠洋大人。盖洋大人都呆而且傻，容易上当，才肯花钱干这种没有急功近利的勾当也。

◎文章品读

《投奔中医记》选自柏杨的杂文集《红尘静思》，是作家诸多笔锋犀利的杂文之一。文章有着浓浓的柏杨风格：嬉笑怒骂，妙语连珠，不乏冷静客观的分析、思考。

文章开篇即将写作者贬为“爬格纸动物”，直白地申明写作动力——所谓“写则银子从丰，不写则尽管提头来”，风趣诙谐，其时以笔糊口的创作心态给人留下深刻印象。

为日报写作自然不是文章主旨。作者以其为阶梯，引出了“闭门思过”的理由——身体抱恙，眼睛得了疾病。在描述自身的状况时，作者仍旧不忘调侃，顾左右而言他，并不时迸出一些敏感的字眼做缀，如“绿岛”。“绿岛”是台湾诸岛之一。早年关押过大量“政治犯”，是有名的监狱。此处旧话重提，颇有自嘲的况味：多日不见，“有些紧张大师”以为他又进了监狱。所谓紧张大师，自然不是真的关心柏杨，而是对他的过往耿耿于怀。关注远多于关怀。嬉笑怒骂间，皮里阳秋。

生病后就医，作者写得生动盎然。先是在各大西医处就诊，确诊结果是“眼血管破裂”，基本无药可医，只能用维生素暂时维持，等待“全盲大典”。就在这时，老友向他推荐了中医，结果竟收到了意想不到的效果。此番柳暗花明，令作者心动不已，生发洋洋立论，阐述中医。对中国医学的博大精深表达了由衷的认可与关注。行文间，写人记事，评论中医文化的悠久传承，观点明确，对照鲜明，一些事例的援引，也值得体味、深思。如对傅斯年的提及，虽言语不多，但此君在历史上曾与中医不共戴天，极力倡导过“废止中医”说。像傅斯年这样的人物曾经很多，对中医的发展缺少良性的推动。言语间，对中医学的境况感慨良多。

认可了中医的渊源，作者随即又辩证地分析了中西医的发展史。从理论到临床，从个案到普遍，夹叙夹议，鞭辟入里，言辞间为中医的滞后深感忧虑。文章最后，作者不忘表白对这一学科的殷切期待，并独具匠心地以洛克菲勒的眼睛重见光明，出资修建北平协和医院告终。收束含蓄，意味悠长。

·作者简介·

柏杨（1920～2008），原名郭定生，笔名柏杨。出生在河南开封。东北大学毕业后，担任过东北青年日报社社长、沈阳辽东学院教师等职。1949 年移居台湾。1950 年开始文学创作。1960 年用笔名柏杨写杂文，揭露中国文化的病态及台湾社会的阴暗面。其一生著述丰厚，杂文被认为成就最高。代表作有《玉雕集》《倚梦闲话》《西窗随笔》《牵肠挂肚集》《云游记》等。